Horst-Jürgen Heinrich, 1942 in Posen geboren, studierte in München Betriebswirtschaft und begann eine kaufmännische Karriere, die ihn in das Top-Management verschiedener internationaler Transportunternehmen brachte.
Bekannt wurde H. J. Heinrich in seiner schriftstellerischen Laufbahn durch Erzählungen in verschiedenen Anthologien und Zeitschriften sowie durch seine Science-Fiction-Kurzgeschichten, von denen *Der Soldat* 1974 für das Fernsehen verfilmt wurde. Für seinen Roman *Kein Stein wird auf dem anderen bleiben* erhielt er 1988 die Littera-Medaille. Heute lebt H. J. Heinrich als freier Schriftsteller in Rohrbach/Obb.

D1854963

Vollständige Taschenbuchausgabe Juni 1990
Droemersche Verlagsanstalt Th. Knaur Nachf., München
Lizenzausgabe mit freundlicher Genehmigung der
F. A. Herbig Verlagsbuchhandlung GmbH, München/Berlin
Copyright © 1987 by edition meyster in der
F. A. Herbig Verlagsbuchhandlung GmbH, München/Berlin
Originalverlag edition meyster, München
Umschlaggestaltung Adolf Bachmann
Umschlagfoto Norbert Dallinger
Druck und Bindung brodard & taupin
Printed in France 5 4 3 2 1
ISBN 3-426-02871-9

Horst Jürgen Heinrich:

Kein Stein wird auf dem anderen bleiben

Roman

Knaur®

»... UND SIEHE! DA WAREN SECHS MÄNNER, DIE AUS DER RICHTUNG DES OBEREN TORES KAMEN, DAS NACH NORDEN SIEHT, EIN JEDER MIT SEINER WAFFE ZUM ZERSCHLAGEN IN SEINER HAND; UND DA WAR EIN MANN MITTEN UNTER IHNEN, MIT LINNEN BEKLEIDET, MIT DEM TINTENFASS EINES SCHRIFTFÜHRERS AN SEINEN HÜFTEN, UND SIE KAMEN DANN HEREIN UND STELLTEN SICH NEBEN DEN KUPFERNEN ALTAR.
UND JEHOVA SPRACH ZU IHM: GEH MITTEN DURCH DIE STADT, MITTEN DURCH JERUSALEM, UND DU SOLLST EIN KENNZEICHEN AN DIE STIRN DER MÄNNER ANBRINGEN, SIE SEUFZEN UND STÖHNEN ÜBER ALL DIE ABSCHEULICHKEITEN, DIE IN SEINER MITTE GETAN WERDEN.
UND ZU DIESEN ANDEREN SPRACH ER VOR MEINEN OHREN: ZIEHT DURCH DIE STADT IHM NACH UND SCHLAGT. LASST ES EUREM AUGE NICHT LEID SEIN, UND EMPFINDET KEIN MITLEID. GREIS, JÜNGLING UND JUNGFRAU UND KLEINKIND UND FRAUEN SOLLTET IHR TÖTEN ...«

Hesekiel 9.2-5

Er wußte, daß ihn alle für verrückt hielten, ihn, den ehemaligen Legionär, der sich an Rosenpflanzen erfreute und der Tränen zeigen konnte, wenn man ihn über die ruhmreichen Tage des römischen Imperiums befragte, in denen er einen Teil seines Ichs zurückgelassen hatte. Er, der Legionär, der auf dem Forum in Rom öffentlich von Kaiser Titus Flavius Vespasianus ausgezeichnet worden war, und von dem die Leute nicht begreifen wollten, daß er daraufhin brüllend die Stufen des Palastes hinunterhetzte und in der verwirrten Zuschauermenge verschwand.

Aber was wußten die Leute schon, dachte Domitius Sabinus, von all dem, was gewesen war, jetzt, in einem neuen Jahrzehnt, das auf zwei vergangene gefolgt war seit dem Tage, wo er sein Schwert zurückgegeben hatte. Er hatte damals die Auszeichnung verloren, die ihm als Teilnehmer an der Einnahme Jerusalems zuteil geworden war. Aber das lag schon so unendlich lang zurück, vor Jahrtausenden vielleicht, obschon er sich noch genau an alles erinnern konnte.

Von den Feldern vor seinem Haus erklang Kinderlachen. Er strich mit faltiger Hand über die Blütenpracht der hellroten Rosen, die den Weg zu den Fischteichen umsäumten. Kinderlachen, schoß es ihm durch den Kopf. – Ich hörte damals nur ihr Schreien. Eine Hand legte sich vor die Augen, als versuchte sie, die Bilder vergangener Schreckenstage zu verwischen.

Er war durch Blut gewatet, über aufgequollene Leiber, durch Kot und Gedärme. Er hatte geschrien, um seine Gedanken zu übertönen, und er erinnerte sich, mit seinem Schwert um sich geschlagen zu haben, obschon kein Gegner vor ihm war.

Er stöhnte auf. Rauch, Feuer, ätzender Qualm, dampfendes Blut, Gestank und Tod. – Die Sonne, wo war nur die Sonne geblieben?

Er riß die Hand von den Augen. Über den Rosenbeeten funkelte der Sonnenschein auf roten und gelben Blütenblättern. Er wischte sich die Tränen von den Augen. Vom sanft abfallenden Hang, an dem sein kleines Haus stand, ertönten die Rufe der ackernden Bauern. »Sonne und Leben«, flüsterten die schmalen Lippen, und seine Augen schlossen sich unter dem wohligen Licht der Sonne. Ich habe sie alle überlebt, Vespasian, seine Söhne Titus und Domitian, die Feldherren Tiberius Alexander und Marcus Julianus. Er lächelte, und seine Gedanken waren bei Rosen und Blütenduft.

Ich habe selbst den Tod überdauert, sagte er sich nach einer Weile. Denn wer den Tod so nahe vor sich gehabt hatte, daß er ihm ins wesenlose Antlitz hätte fassen können, der fühlte seine Existenz in beruhigendem Gleichmut. Und dennoch hatte es lang gedauert, bis meine Sinne etwas anderes vernommen hatten als den Gestank des Todes, dachte er. Selbst beim Schneiden der Rosen erinnert mich manches Mal die Farbe an das Blut, das meine Augen immer wieder sehen.
Er setzte sich auf die Bank inmitten der duftenden Pracht und betrachtete die Rosenbüsche. Er lächelte zufrieden und doch ein wenig wehmütig. Ich bin alt geworden, dachte er bei sich. Alt geworden unter dem Vergessenwollen, und es hat zu lange gedauert, das Vergessen.
Er reckte seinen müden Körper in den warmen Sonnenstrahlen. Sie halten dich alle für verrückt, dachte er, und unwillkürlich kam ein leichtes Kichern von den welken Lippen. Aber sie sind alle tot, und ich kann kein zweites Mal mehr sterben.
Er erhob sich, und seine Hände tasteten über die Blüten, aus denen sich eine Wolke süßen Duftes in den gleißenden Tag erhob. Nachdenklich heftete sich sein Blick auf die Blutstropfen in seiner Hand, die von den Dornen seiner Rosen zerstochen war. »Jetzt riechen die Rosen wieder nach Rosen«, murmelte er, »und die Oleanderbüsche nicht mehr nach Schweiß und Kot.«
Seine Lippen lächelten wieder, als er sich die blutende Hand abgewischt hatte und zu den Fischteichen weiterging.

Claudia

Der Dekurio salutierte und wischte sich den Regen aus dem Gesicht. Claudia nahm die Briefrolle entgegen. Sie erkannte das Siegel ihres Bruders.
»Ich danke dir, Dekurio.«
Sie erbrach das Siegel und rollte den Brief auf.
»Soll ich auf Antwort warten?«
Die junge Frau winkte ab. »Danke, du kannst gehen.«
Der Dekurio salutierte, und sie war allein. Die Zeilen auf dem Pergament verschwammen vor ihren Augen. Sie ließ sich auf die Bank in der Säulenhalle nieder und starrte auf die Worte, die so unwirklich schienen.

»Claudia, meine liebe Schwester. Ich weiß, ich werde Dir Schmerz zufügen mit meinem Schreiben, doch wird er geringer sein, wenn Du die Wahrheit von mir erfährst, als durch das Geschwätz der sensationssüchtigen Tratschmäuler auf den Straßen. Bevor Du weiterliest, bitte ich Dich schon im voraus, dieses Schreiben sorgfältig zu bewahren und es anschließend zu verbrennen. Denn es würde mir schaden, sollte es an die Öffentlichkeit gelangen. Ich schreibe Dir von meinem Feldlager aus. Jerusalem wird in den nächsten Tagen fallen, aber das dürfte für Dich weniger von Interesse sein. Ich habe unseren Freund Marsena hier in Judäa angetroffen, aber nicht auf der Seite Roms. Er kämpft auf der Seite der Aufständischen, und Du weißt, was das für mich bedeutet. Ich habe ihn zu einem Gespräch in meinem Zelt gehabt, obwohl ich wußte, daß er für uns verloren war. Ich mußte den Verstand verloren haben, ihn wieder von mir fortzulassen. Doch was hätte ich zurückhalten können? – Den Freund Marsena ben Arinos, den wir kannten, den wir liebten? Oder einen Feind Roms, eine Gefahr, die, wie ich jetzt sehe, von mir damals hätte gebannt werden können. Doch, ich konnte es nicht, um deinet- und auch um meinetwillen nicht. Du liebst ihn, Claudia, und dennoch muß ich Dich bitten, ihn zu vergessen. Denn wir werden ihn niemals wiedersehen. Titus hat befohlen, die Stadt dem Erdboden gleichzumachen, und Marsena wird mit ihr sterben. Wenn ich darüber nachdenke, erscheint mir die Situation so grotesk, daß es mit Worten kaum auszudrücken ist – wir beide in verschiedenen Lagern. Titus würde mich nach Britannien versetzen, wenn er etwas von unserem Zusammentreffen erführe. Ich hoffe nur, daß ich ihm nicht im Kampf gegenübertreten muß, wir würden Feinde sein. Claudia, verstehe mich. Marsena ist für uns gestorben...«
Claudia blickte in den Regen hinaus. Es ist eigentlich noch zu früh für solch ein Wetter, dachte sie. Sie erinnerte sich an den Frühherbst des letzten Jahres. Goldene Tage, sonnentrunkene Stunden, und sie waren zusammen gewesen, Marsena und sie. Seine graublauen Augen hatten sie immer verwirrt. Rätsel aus Judäa, hatte sie ihn genannt, und sie hatten beide gelacht.
Sie wußte, daß ihre Freundinnen sie seinetwegen beneideten. Sie hatte ihn absichtlich gleichgültig behandelt, um ihm ihr Interesse nicht augenfällig erscheinen zu lassen. Und dennoch hatte sie um ihn gekämpft, wie eben nur eine Frau zu kämpfen versteht. Sie wunderte sich manchmal, daß er so ganz ohne Ahnung zu sein schien, wußten

doch bald alle Kreise in Rom, daß sich Claudia aus dem Patriziergeschlecht der Julier in einen Ausländer verliebt hatte, noch dazu in einen Juden. Wie mußte sie ihn in Gesellschaftskreisen überall verteidigen! Seine Taten für Rom wurden durch ihren Mund mehr bekannt als durch öffentliche Kundgebungen. War es möglich, daß er von alledem nichts wissen konnte? Sie lächelte ein wenig traurig. Er hatte bestimmt nichts davon gewußt. Sein ganzes Wesen war darauf abgestimmt, sich selbst nicht zu beachten und alles, was mit ihm zusammenhing. Zudem war er ein Träumer. Sie wunderte sich oft, wie dieser sensible junge Mann es fertigbrachte, sich auf den Schlachtfeldern zu behaupten, zu töten und zu wissen, daß auch er getötet werden konnte.

Ihr Bruder war da ganz anders. Es war eigentlich erstaunlich, daß zwei so verschiedene Menschen sich gefunden hatten und sich zu verstehen suchten. Marsena voll Schwärmerei für die Rätsel der Erde, wie er zu sagen pflegte – dagegen Marcus, älter als Marsena, überlegen und bisweilen von rechnender Arroganz, wie man sich eben landläufig einen jungen ehrgeizigen Römer vorzustellen pflegte. Es verwunderte sie, wie sie zwei so grundverschiedene Menschen lieben konnte. Ihren Bruder, zu dem sie stolz aufzublicken pflegte, der trotz seiner Jugend inmitten einer Karriere stand, deren Ende nicht abzusehen war. – Marsena, den großen blonden Judäer aus Jerusalem, der sanft und zärtlich sein konnte, verträumt und in sich gekehrt, von dem sie sich eingestehen mußte, ihn nicht gekannt zu haben.

»Claudia«, hatten ihre Freundinnen sie gefragt, »wie sind die Männer aus Israel im Bett? – Wie ist das mit der Beschneidung?«

Ja, und sie war die Antwort schuldig geblieben, weil er nie den Versuch unternommen hatte, mit ihr zu schlafen. Das hatte sie fast wie eine Beleidigung empfunden. Sie, der die ganze vornehme Jugend Roms zu Füßen lag, fand sich von einem Juden verschmäht. Und mit der Zeit empfand sie so etwas wie eine Haßliebe zu dem Mann, der der beste Freund ihres Bruders war.

Damals, bevor er nach Palästina versetzt wurde, hatte Marcus sie noch geneckt: »Ihr könntet eigentlich langsam an die Ehe denken.«

Und sie hatte mit einem bewußt spöttischen Seitenblick auf Marsena geantwortet: »Nicht, solange er nicht im Senat sitzt.«

Marsena hatte sich betroffen auf die Lippen gebissen. Kein Ausländer, hatte er auch die römische Staatsbürgerschaft, würde je in den Senat gewählt werden. Es war eine offensichtliche Beleidigung gewe-

sen, und sie wünschte sich, sie hätte dies nie gesagt. Doch es war unwiederbringlich. Die Tage waren für immer verloren.
Sie sah wie in Trance auf das Pergament in ihren Fingern, dann glitt die Rolle achtlos zu Boden. Sie hatte sich erhoben. Ihr Blick verlor sich im regengrauen Garten. Die Maulbeerbüsche troffen vor Nässe. Unablässig perlte das Wasser von den dunkelgrünen Ästen. Weiter hinten bei den Pavillons war alles dunkel.
Sie starrte auf die kleine Briefrolle, die auf dem feuchten Boden lag. Die Schriftzeichen begannen zu zerfließen, und sie fing an zu weinen.

Marsena

»Halt!« Der Zenturio hob die Hand, und der junge Reiter zügelte sein Pferd. Vor ihm lagerten vielleicht drei Manipel römischer Soldaten, auf beide Seiten der Straße verteilt, die selbst von einer provisorischen Barriere abgesperrt war. Söldnertruppen aus Kleinasien, konstatierte der Reiter, bis auf den Hauptmann, der aus Ägypten stammen mochte.
Der Offizier trat an ihn heran, flankiert von vier Soldaten, die ihre Pila im Anschlag hielten.
»Du bist Römer?«
»Das siehst du doch«, antwortete der junge Mann mit leichtem Lächeln.
Der Zenturio verzog den Mund. »Römische Kleidung macht noch keinen Römer.«
Der Reiter wirkte belustigt. »Das ist richtig, Zenturio. Deine Heimat scheint auch nicht das große Rom zu sein.«
Der Offizier blickte unwillig auf, und sein Ton wurde um eine Spur schärfer: »Das ist Sperrgebiet. In einem Umkreis von hundert Stadien um Jerusalem wird jeder kontrolliert. Kannst du dich ausweisen?«
Der Reiter griff in die Satteltasche, zog eine lederne Hülle hervor und entnahm ihr eine kleine Papyrusrolle, die er dem Offizier zuwarf. Der Zenturio entrollte sie umständlich und begann, mit strenger Miene den Inhalt zu studieren. Dann nahm er Haltung an. »Du bist Tribun, Herr?«
»Wenn es darin steht?«
»Du trägst zivile Kleidung. Ich konnte es daher nicht sogleich erkennen.«

Der Reiter nickte nur und wartete.
»Marsena ben Arinos« – der Zenturio hob die Augenbrauen. »Das ist ein jüdischer Name.«
Der Reiter lachte kurz auf. »Du bist nicht ganz über die Herkunft der Namen aus diesem Land unterrichtet. Marsena ist keineswegs jüdisch, sondern stammt aus dem Chaldäischen, aber ansonsten hast du zweifelsohne recht. Trotzdem, ich bin römischer Staatsbürger, wie du aus dem Dokument ersehen kannst. Ein jüdischer Name macht noch keinen Juden.«
Der Römer grunzte etwas Undefinierbares vor sich hin; dann reichte er die Papyrusrolle zurück. »Darf man fragen, woher du kommst und wohin du willst?«
»Du darfst fragen, aber du erhältst keine Antwort – geheim.«
»Geheim, geheim«, seufzte der Zenturio und machte eine resignierende Handbewegung. »In letzter Zeit munkelt man nur von geheimen Bewegungen. Wer weiß, was sich da die Generäle wieder ausdenken. Wir stehen hier als Posten schon beinahe zwei Jahre, und es rührt sich nichts. Wenn das das Leben eines verdienten Soldaten sein soll? Ich würde mich an deiner Stelle Jerusalem nicht zu sehr nähern. Der Abschaum aus ganz Palästina hat sich dort versammelt. Es wird Zeit, daß wir dieses letzte Rattennest auch noch ausheben. Ich weiß sowieso nicht, warum der große Vespasian sich damit so lange Zeit läßt.« Er spuckte in den Sand.
Der Reiter lächelte nur sanft und sagte: »Ich bin auch kein Feldherr, Zenturio, um dir darauf Antwort geben zu können. Aber es hat den Anschein, als ob deine Wartezeit bald ein Ende hätte.«
Der Zenturio knurrte nur und gab seinen Soldaten einen Wink. »Er kann passieren.« Dann räusperte er sich und machte eine schlampige Ehrenbezeigung. »Gute Reise, Tribun.«
Aber der Reiter hatte sein Pferd schon angetrieben, und die letzten Worte des römischen Offiziers erreichten ihn nicht mehr.
Als er die Hügelkuppe erreicht hatte, zügelte er sein Pferd. Vor ihm lag die große Stadt. »Jerusalem«, kam es fast andachtsvoll von seinen Lippen. In seiner Brust spannte sich etwas, und sein Atem ging schwerer. Er lehnte seine Hände auf den Sattelknauf, und seine Blicke vertieften sich in das Bild, das sich vor ihm auftat.
»Großer König, David«, flüsterten seine Lippen. »Du müßtest heute deine Stadt sehen können. Weiser König Salomo; dein Tempel, von dem die Schriften berichten, der die Wunder aller Jahrhunderte ver-

gessen ließ, von dem selbst der Feind voller Ehrfurcht zu sprechen vermochte, ist bei dem Anblick, den Stadt und Heiligtum heute den Augen bieten, zum Vergessen verurteilt.«

Marsena ben Arinos' Herz pochte. Ja, hier lag die wundervolle Stadt vor seinen Augen. Auf den Ausläufern des judäischen Berglandes gebaut, das sich im Hintergrund im rötlichen Dunst verlor, breitete sich das ewige Symbol des Judentums vor dem staunenden Reiter aus.

Das Pferd versuchte anzutraben, und es schnaubte leise, als es die straffen Zügel zum Stehen zwangen. Der Wind wehte durch Mähne und Haar, und der junge Reiter wischte sich die blonden Strähnen aus der Stirn. Er fühlte, wie sein Gesicht brannte. War die Wiederkehr so erregend, der wiedergewonnene Anblick so anders als die Erinnerung? Seine Augen maßen die Ausdehnung der Stadt, die gewaltigen Mauern, aus denen sich die riesigen Türme Mariamne, Phasael und Hippikus noch in ungeheure Höhen streckten. Im Hintergrund erhoben sich über die Türme hinaus die riesigen Mauern des Tempels. Die Festung Antonia, die Herodes nach seinem Freund Marc Anton so benannt hatte, schloß sich links an den Tempelbezirk an. Die stattlichen Gebäude im griechischen Stil, auch aus der Zeit Herodes' des Großen, gaben einen sonderbaren Kontrast zu den niederen Häusern der Altstadt mit ihren zeltüberspannten Dächern oder flachen Kuppeln. Der weitläufige Xystus, ein Platz von Säulenreihen umrahmt, war eine der wenigen freien Flächen im orientalischen Chaos des eng sich aneinanderschmiegenden Häusermeeres. Aus allem ragte das große Viadukt des Pontius Pilatus, das bis in den Tempelbezirk führte, und der Hasmonäerpalast in der Nähe des in griechischem Stil gehaltenen Rathauses. Die Marmorquadern des Königspalastes schimmerten hell aus den Grünflächen der königlichen Gärten, und die goldgefaßten Dächer des Herodespalastes suchten an Glanz dem alles überragenden Tempel auf dem Berge Morija gleichzukommen, dessen reingoldener First die Strahlen der Morgensonne gleich flammenden Pfeilen in den beginnenden Tag schleuderte und die Augen des versunken Betrachtenden blendete.

Der Reiter blieb stumm, und es schien eine Ewigkeit zu vergehen, bis er sich regte. Seltsame Bilder tanzten vor seinen Augen, spielten mit seinen Gedanken. Und es waren Erinnerungen aus Kindertagen, voll von Träumen, Abenteuern, voller Scheu vor den Rätseln einer tiefempfundenen Kindheit. Das tänzelnde Pferd schließlich beendete den Gedankenreigen, den Strom der Erinnerungen, der sein Herz zu

überfluten drohte. Er ließ die Zügel frei, und das Tier stürmte los durch silberne Olivenhaine, unter dem Laub der frühlingsgrünen Feigen- und Granatapfelbäume. Er spürte den Duft des Blütenmeeres, der aus den Villengärten zog, und sein Herz jubelte mit dem Morgen, dem ersten seit sechzehn Jahren wieder in Jerusalem.
Die Wachen sahen ihm neugierig nach, als er durch den Schatten des großen Westtores ritt, aber sie hielten ihn nicht auf, und er entschwand bald ihren Blicken im Gewirr der Morgenkarawanen, die das Tor in Richtung Damaskus verließen. Der Atem der großen Stadt hatte ihn umfangen mit dem Geruch von Gewürzen, Blüten und Staub, der aus den engen Gassen strömte. Er lenkte sein Pferd zum Essenertor, wo er eine Herberge wußte, aber seine Gedanken waren bei seinem Ziel, das im Herzen der Davidstadt lag, einem Haus, das er sechzehn Jahre zuvor verlassen hatte.

Ben Ari

Marsena berührte die Mesusa ehrfurchtsvoll. Fast liebkosend fuhren seine Finger über die Metallhülse, in der die Pergamentstreifen mit einer Abschrift des Gesetzes Mosis aufbewahrt waren, und seine Lippen küßten die Finger, die dem Worte Gottes so nahe gewesen waren. Eine Flut von Jahren lag es schon zurück, daß er diesem jüdischen Brauch gemäß gehandelt hatte. Er stellte die Mesusa in die Mauernische zurück und betätigte den schweren bronzenen Türklopfer. Dumpf hallten die Schläge wider.
Das Tor wurde einen Spalt geöffnet. Ein unbekanntes Gesicht sah ihn fragend an. »Du wünschst, Herr?«
»Dies ist Ari ben Aschchurs Besitz?« Es war mehr eine Feststellung als eine Frage.
»Gewiß, Herr.«
Das Gesicht des jungen Mannes überzog sich mit einem freudigen Lächeln. »Führe mich zu ihm. Ich bin Marsena, des Arinos Sohn. Und du?«
»Melech, ein Diener dieses Hauses.«
»Du bist noch nicht lange hier?«
»O doch, Herr, beinahe vier Jahre.«
»Vier Jahre!« Er seufzte. Vier Jahre, welch kurze Zeit. Er sah durch

das geöffnete Tor in das Innere des Anwesens, und seine Gedanken fragten ihn: Ist es das, was du in deinem Inneren bewahren konntest? Der Diener sah ihn forschend an.
Marsena lächelte. Was konnte er von dem verstehen, was ihn bei diesem Anblick bewegte? Es war vieles so, wie er es in Erinnerung hatte, und doch schwang in den Erinnerungen ein fremder Ton mit. War es ein Wunder, nach sechzehn Jahren?
Seine Augen schweiften über das große Haus aus den sorgfältig verputzten Sandsteinblöcken, den weiten Innenhof mit säulenumrahmten Arkaden, deren Böden aus Mosaiken bestanden, in einer Großzügigkeit, die in Jerusalem befremdend wirkte, und die eher den überschwenglichen Formen griechisch-römischer Bauweise glichen als den konservativen des jüdischen Stils. Große Tonschalen, in denen eine Fülle verschiedenster Blumen wuchsen, säumten die Säulenreihen des Peristyls.
»Ich werde deine Ankunft meinem Herrn melden.« Die Worte des Dieners rissen Marsena aus seinen Gedanken. Er nickte und setzte sich auf eine Marmorbank, von wo er das geschäftige Treiben in den Wirtschaftsgebäuden beobachten konnte. Das Äußere des Anwesens hatte sich kaum verändert, nur die Gesichter der Diener und Sklaven waren ihm zum größten Teil unbekannt. ›Fremd wie ich selbst‹, sagten seine Gedanken, und ein wenig Wehmut mischte sich in die aufgewühlten Gefühle seiner Wiederkehr.
Dort drüben waren die Lager für die feinen Stoffe aus Alexandria und Damaskus, mit denen Ari ben Aschchur ein Vermögen verdiente. Von hier zogen die Karawanen, die er belieferte, nach Ephesus und Pergamon, Milet und Tarsus in Kleinasien, nach Petra im Nabatäerland, und früher, als Judäa noch nicht mit Rom im Krieg lag, ließ er auch Ladungen nach Neapolis und Ostia verschiffen. Er hatte ein vertragliches Monopol mit den Herstellern der wunderbaren Damaststoffe in Damaskus und der hauchzarten Byssusstoffe in Alexandria erwirkt, und die ganze Welt kaufte bei ihm ein. Hier war ein Teil seiner Kindheit vorübergeschwebt, mit dem unvergessenen Rhythmus der Tage voll des Erwartens und Erlebens.
Marsena streckte sich wohlig auf der Marmorbank. Die Luft war lau und voll der Töne eines wundervollen Frühlingstages. Von den Ställen her klang das energische Wiehern der Nabatäerhengste, von den Dächern das Gurren balzender Tauben und aus dem Peristyl das verträumte Plätschern der Springbrunnen.

Der Diener findet seinen Herrn wohl nicht, dachte er belustigt. Aber ihn störte das Warten nicht, wollte er die Eindrücke und Gefühle doch erst seinem Bewußtsein näher bringen. Was würde Ari ben Aschchur zu seiner Wiederkehr zu sagen haben? Würde er ihn willkommen heißen können, nachdem er dieses Haus ohne Abschied verlassen hatte? Hoffnung und Bangen mischten sich mit dem Gefühl des Zuhauseseins.

Im Schatten der Tür gegenüber erschien eine Gestalt. Es war eine alte Frau mit weißen Haarsträhnen und zerfurchtem Gesicht. Dunkle Augen maßen ihn erstaunt, um dann erkennend aufzuleuchten. Marsena war aufgesprungen. Dieses Gesicht, wenn auch in sechzehn Jahren faltenreicher und müder geworden, hatte er nie vergessen.

»Zilla!« rief er und eilte auf sie zu.

*

»Herr, es ist Marsena«, rief Zilla, die alte Dienerin und eilte in den Raum, aus dem sie den Ankömmling auf der Schwelle neugierig gemustert hatte.

»Marsena, Sohn des Arinos – Marsena, mein Sohn?« klang eine dunkle Stimme, und ein Mann von hoher Gestalt trat aus dem Dunkel des Hauses. Sein Gesicht umgab ein dichter Bart, der an einigen Stellen das Grau des Alters zeigte, wenngleich die straffe Haltung und das energische Antlitz noch von jugendhafter Frische zeugten. Nein, Ben Ari, der Sadduzäer, wirkte wie ein Mann in bestem Alter, und obschon er über sechzig Jahre zählte, war sein Blick klar und fest, sein Gang energisch und selbstbewußt.

»Zilla, so führe ihn herein!« forderte er die Magd auf. Aber er war schon selbst an die Schwelle getreten, um den Gast zu begrüßen.

»Friede sei mit dir, Ari, und mit den Deinen«, sagte der junge Mann höflich, der in Größe und Wuchs in nichts dem Älteren nachstand. Sein Gesicht war schmal und von der Sonne gebräunt, seine Augen von einem Blau, das je nach Lichteinfall ins Graue überging. Das helle Haar hatte römischen Schnitt, und er war im Gegensatz zu den meisten Juden glatt rasiert. Man hätte ihn für einen Römer halten können, aber er sprach aramäisch ohne Akzent, was nur den wenigsten Römern gelang, zumal man im öffentlichen Sprachgebrauch das Griechische bevorzugte, und nur die Juden untereinander sich noch in Hebräisch unterhielten.

»Marsena, Sohn meines Freundes Arinos«, sagte der Alte mit bewegter Stimme, »welche Freude für dieses Haus. Friede sei auch mit dir.« Er faßte den jungen Mann an den Schultern und zog ihn erfreut an die Brust. »Der Tag ist ein Freudentag, und wir wollen ihn auch so begehen. Zilla, laß Wasser holen, damit sich unser Gast vom Staub des Weges befreien kann!«
Aber die Magd war schon losgeeilt, um einen Krug mit frischem Wasser zu holen.
»Komm herein, Marsena, mein Sohn, mein Haus gehört dir.«
»Ich danke dir, Ben Ari«, sagte Marsena bewegt. »Es ist, als kehrte ich nach Hause zurück.«
»So soll es auch sein. Du warst mir wie ein Sohn, und du bist es immer noch.«
Marsena neigte leicht sein Haupt.
»Nachdem du nach dem Tode deiner Eltern aus Jerusalem verschwandest, war es mir, als hätte ich einen meiner Söhne verloren.«
»Es ist seitdem eine lange Zeit verstrichen, und ich war jung, als ich fortging.«
»Eine sehr lange Zeit«, nickte Ari und musterte sein Gegenüber lange. »Du gingst als Jude nach Rom und kehrst als Römer zurück.«
»Nicht ganz«, lächelte Marsena. »Obwohl ich einige Mühe hatte, es auf dem Wege von Jericho nach Jerusalem zu beweisen.«
Ari nickte. »Verständlich, wenn man bedenkt, wie verhaßt die Römer sind. – Du wirst viel zu erzählen haben. Doch zuvor iß und trink, und der Segen Jahs möge auf dir ruhen.«
»Ich vermisse Judas, Simon, Gilead und Damaris.«
Ben Ari lächelte. »Du hast sie lange nicht gesehen. Auch sie sind erwachsen geworden, und du wirst sie vielleicht nicht wiedererkennen.«
»Bruder und Schwester erkennt man wieder, wie lange die Zeit auch verflossen sein mag. Die Tage der Kindheit sind verweht, aber die Erinnerung ist unauslöschlich.«
»Du sprichst recht, mein Sohn.« Ari nickte beifällig. »Rom hat die brüderliche Liebe in dir nicht versiegen lassen.«
»Nein, mein Vater. Weder Rom noch sonst eine Macht der Welt können Empfindungen entreißen, die tief im Herzen verwurzelt sind.« Marsena wunderte sich, wie leicht diese Worte von seinen Lippen kamen, wo er, Tausende von Meilen entfernt, sie schon längst vergessen zu haben glaubte. Ich spreche die Wahrheit, sagten seine Gedanken.

Ich empfinde, was ich spreche, und ich denke plötzlich jüdisch und freue mich darüber. Er sah Ben Aris freundliches Gesicht vor sich, die Augen, die ihn wirklich in aller Ehrlichkeit willkommen hießen, und ein Gefühl von heimatlicher Zufriedenheit durchströmte seinen Körper.
Ben Ari klatschte in die Hände, und zwei Diener erschienen aus einem Nebenraum. »Wascht unserem Gast die Füße und nehmt das beste Öl. – Du weißt, Marsena, wir Sadduzäer halten nicht viel von den Waschungszeremonien der Pharisäer«, lächelte er, »aber es wird dir sicherlich gut tun, denn nach dem Staub auf deiner Kleidung zu urteilen, hattest du noch keine Gelegenheit, dich zu erfrischen. Zilla, sage den Mägden, sie mögen ein Festmahl bereiten – für einen Sohn, der nach Jahren zurückgekehrt ist.«
»Ja, Herr«, sagte die Magd mit bewegter Stimme, und ihre Augen glänzten feucht.
»Sie hat dich nicht vergessen, Marsena«, sagte Ari, als Zilla den Raum verlassen hatte.
»Wie sollte sie auch«, lächelte Marsena. »Bei all dem, was sie mit uns mitgemacht hat?«
»Ja, ihr wart noch Kinder, als deine Eltern und Mirjam, meine Frau, starben, und Zilla für euch sorgte.« Aris Stimme war bei seinen Worten düster geworden, und seine Augen hatte sich voll Traurigkeit verdunkelt. – »Aber es ist schon zu lange her, seit die Epidemie die Stadt in Tränen stürzte. Die Schatten sind verblaßt. Wir wollen an diese Zeit nicht mehr denken, zumal an diesem Freudentag für Traurigkeit kein Platz sein darf. Komm, Marsena, wir wollen in das Innenhaus gehen. Der Raum hier ist so düster und für unsere Gedanken wenig geeignet. Licht und Sonne erhellen des Menschen Herz, und Wein erquickt die Seele.«
Sie gelangten durch eine offene Säulengalerie in das Innenhaus, das ähnlich einem römischen Atrium gebaut war. Der Anblick war überwältigend. Gewiß, Marsena kannte das Haus aus seinen Jugendtagen, aber jetzt sah er es mit dem Blick des herangewachsenen Mannes. Ben Aris Haus konnte wohl zu den schönsten Jerusalems gezählt werden, und es hielt auch jedem Vergleich mit den Villen Roms und den prächtigen Landsitzen der Patrizier stand. Aber das Innenhaus war mehr als das. Es glich einem sonnenfunkelnden Juwel. Die Wände waren mit grünlichen phönizischen Kacheln belegt. Eine drei Schritt breite Umrandung aus hellem, sandfarbenem Marmor mit eingelasse-

nen Mosaiken zog sich wie eine Veranda um den ganzen Raum und führte in Stufen zu einer tiefergelegenen Terrasse, die einem Zaubergarten glich. Marsena verglich ihn mit den Farnhäusern der römischen Prachtvillen, und er mußte sich eingestehen, daß deren Pracht bei diesem Anblick zu verblassen begann. Zwischen den ausladenden Fächern von Palmen wuchsen tropische Pflanzen, wie er sie nur einmal bei einem arabischen Händler gesehen hatte. Sie stammten aus einem Gebiet, wo römische Macht schon längst ihre Wirksamkeit verloren hatte. Trapobane, so hatte ihm der Händler erklärt, war eine Insel am Ende der Erdscheibe, und sie war voll von all dem tropischen Grün, so wie dieser Garten inmitten des Hauses. Oleanderbüsche, Farne und efeuartiges Gewächs umrahmten ein aus grünem Marmor gehauenes Becken, in das sich aus einer alabastergeformten Öffnung in der abgrenzenden Wand ein Strom klaren Wassers ergoß.
»Ein kleiner Garten Eden«, flüsterte Marsena beeindruckt.
Ari lächelte. »Die Güter der Welt nützen nur, wenn man Freude an ihnen empfinden kann.«
Marmorne Bänke mit Sitzkissen ägyptischer Herkunft gruppierten sich um den künstlichen Teich, und in der Stille war nur das Plätschern des Wassers zu vernehmen. Acht schlanke Säulen aus gemasertem Marmor an den Enden der weiten Terrasse stützten die gewaltige Decke aus Zedernholz, die in der Mitte eine große rechteckige Öffnung aufwies. Hier flutete das Sonnenlicht durch in Blei gefaßtes phönizisches Glas und spiegelte zauberhafte Reflexe auf Wände und Säulen. Bronzene Leuchter an den Wänden und das mosaikgefaßte Portal rundeten diesen Raum zu einem Bild vornehmer Eleganz und Harmonie. Das Fehlen jeglichen überflüssigen Zierats verstärkte nur den überwältigenden Eindruck auf den versunken Betrachtenden.
Ben Ari ließ Wein bringen. »Wein aus Judäa, hellrot und leicht, von den Strahlen der Sonne gesüßt und selbst in Rom nicht unbekannt.«
Marsena lächelte nickend. »Nicht nur das. In den vornehmen Kreisen sogar äußerst begehrt. – Zumal augenblicklich durch das Kriegsgeschehen die Versorgung nur noch sporadisch erfolgt. Ja, und die Römer verstehen etwas vom Wein.«
Sie setzten sich auf die Polster am Marmorbecken, und Marsena tauchte die Hand in das kühle Wasser. »Ich glaube, ich habe dich noch nie gefragt, wo das Wasser eigentlich herkommt. Es fließt doch Tag und Nacht und kann doch durch die öffentlichen Brunnen gar nicht gespeist werden?«

Ben Ari strich sich schmunzelnd über den Bart. »Ja, es fließt Tag um Tag, und das seit nahezu vierzig Jahren. Es ist ein kleines Kunstwerk, von römischen Baumeistern errichtet.«
»Von Römern?«
Ben Ari schenkte ein und nickte. »Als Pilatus das große Aquädukt bauen ließ, war er in finanziellen Schwierigkeiten. Mein Vater wußte das und besprach sich mit mir. Wir haben das Projekt zu einem Teil mitfinanziert und uns diese Spielerei ausbedungen. Dergleichen auch die Springbrunnen im Garten und den Teich bei den Myrten und Granatapfelbäumen. Aber es ist natürlich mehr als nur eine Spielerei. Vom Aquädukt führt eine Abzweigung zu meinem Haus. Das Wasser fließt durch Bleiröhren unterirdisch bis zur Zisterne, die du hinter dem Haus auf der Anhöhe des Gartens sehen kannst. Ja, und der Rest ist einfach. Von dort führen wiederum Röhren das Wasser bis ins Haus. Der Ablauf erfolgt über ein reinigendes Kiesbett in den Siloahteich. Sollte das Wasser einmal knapp werden wie vor vier Jahren bei der Belagerung durch Cestius Gallus, als er den Schlangenteich ableitete und das Viadukt beschädigte, wird die Zisterne durch einen Schieber dichtgemacht, und wir haben immer einen Wasservorrat in nächster Umgebung. Du hattest mich früher nie gefragt.«
»Nein, ich sah nur das sprudelnde Wasser und wunderte mich. Ich meinte, es käme aus einer Quelle. Aber Jerusalem hat ja nur einen einzigen natürlichen Zufluß, die Gichonquelle. Es ist wirklich eine Meisterleistung wie es sie in Jerusalem kein zweites Mal gibt.«
Ben Ari schmunzelte. »Auch von römischem Wissen kann ein Jude profitieren. Doch erzähle von dir, Marsena. Es sind sechzehn Jahre her, seit du mit den Händlern aufbrachst. Nur ein einziger Brief von dir hat uns in dieser Zeit erreicht, was mich ehrlich gesagt betrübt hatte, zumal wir nicht wissen konnten, ob dir nichts Schlimmes widerfahren war.«
»Ja, ich schrieb ihn von Capua aus, und zu diesem Zeitpunkt ging es mir schon einigermaßen gut. Die Jahre davor wären einer Schilderung nicht würdig. Vor allem, ich erinnere mich nicht gern daran, denn sie würden nur zu gern Vergessenes wieder aufleben lassen.«
»Nun, auch die Vergangenheit ist Teil des Lebens, nicht nur Gegenwart und Zukunft, mein Sohn. Aber ich will nicht erfahren, was du nicht selbst zu äußern wünschst. Mir scheint jedoch, du lebst, zumindest was die Gegenwart betrifft, nicht schlecht. Ich selbst«, er strich sich über die Augen, »zehre gern ein wenig von der Vergangenheit.

Aber«, er machte eine abwehrende Handbewegung und lachte, »höre nicht auf die Sentimentalität eines alten Mannes. Die Jugend spricht von der Zukunft und nicht von unwiederbringlich Verflossenem. Deine Zukunft, so scheint mir, verläuft auf erfreulichen Bahnen.«
Ari blickte an der Gestalt Marsenas hinab. Die purpurfarbene Tunika war am Halsausschnitt und an den Armansätzen mit silberdurchwirkten Borten eingefaßt. Um die Lenden trug er einen metallbeschlagenen Gürtel, an dem in einer fein ziselierten Scheide ein kurzer Dolch mit elfenbeinernem Griff hing. Hohe, aus feinstem hellem Wildleder gefertigte, vorn geschnürte Stiefel umschloßen die muskulösen Beine.
Marsena lachte. »Sieh nicht nach dem Äußeren, mein Vater. Der Schein trügt. Mein Besitz ist bescheiden, nach römischen Maßstäben gemessen zumindest. Ich besitze nicht mehr als ein Haus bei Capua, vier Pferde, drei Sklaven und alles in allem nicht mehr als hundert Talente in Silber.«
Ari brach in schallendes Gelächter aus. »Das ist wahrlich ein Scherz. Du bringst das so bescheiden heraus, als wärest du ein armer Mann. Du bist ein Fürst, mein Sohn.«
Marsena wehrte ab. »Das ist zuviel gesagt. Aber ich habe in Rom viel gelernt, unter anderem auch, daß man erst dann Achtung gewinnt, wenn man nach außenhin zu glänzen weiß.«
»Du wirst dies überall auf der Welt finden, Marsena«, warf Ari ein. Er schenkte die Becher wieder voll und blickte nachdenklich auf. »Auch Jerusalem macht da keine Ausnahme.«
»Ich will nicht sagen, daß ich nicht Wohlgefallen an Reichtum und Größe gefunden hätte«, meinte Marsena lächelnd. »Doch wie sie erkauft werden müssen, entspricht nicht immer meinen Vorstellungen.«
Ari warf einen fragenden Blick auf ihn. Marsena blickte sinnend auf den in den Sonnenstrahlen funkelnden Wasserspiegel des Marmorbeckens. Dann sah er Ari in die Augen. »Ich sah, wie Rom sich seinen Prunk erwirbt. Ich selbst machte da in meinem jugendlichen Bestreben auch keine Ausnahme. In der Gesinnung eines Römers erzogen, vergißt man zu leicht, auch einmal einen Blick über die Mauer der eigenen Selbstsucht zu werfen.«
»Mir scheint aber, daß du es getan hast«, Aris Stimme klang wohlwollend. »Du brauchst mir dies aber alles nicht zu erzählen, wenn du es nicht willst.«

»Du sollst wissen, wen du aufgenommen hast.«
»Ich wußte es auch so«, lächelte der Alte. »Den Sohn meines Freundes Arinos. Das allein genügt zu wissen.«
»Ich hoffe, ich weiß es auch«, murmelte Marsena. »Sechzehn Jahre sind eine lange Zeit.«
»Nicht lange genug, um sein Vaterhaus zu vergessen.«
Marsena zuckte die Achseln. »Es hat sehr lange gedauert, bis ich zu dieser Erkenntnis gelangte.«
Ari lächelte. »Die Jugend braucht die Zeit der Anpassung. Und sie ist für den einen schmerzvoller als für den anderen. Ich erinnere mich noch gut, wie oft du deinem Lehrer fortranntest, als es darum ging, die Schriften zu studieren.«
Marsena lachte herzhaft auf. »Es ging mir weniger um das Studium der Schriften als um die pedantische Art, die Meir ben Belgas, mein Lehrer, an den Tag legte. Ich mußte Papyrus und Pergament konservieren, Staub von den Regalen wischen und Hüllen für die Schriftrollen fertigen. Wehe, wenn ich aus Unachtsamkeit oder aus Versehen eine der von ihm verehrten Buchrollen beschädigte.«
Ben Ari nickte schmunzelnd vor sich hin. »Es zeigte sich schon damals, daß du dich nicht zu den Gesetzen hingezogen fühltest. Das Kidrontal war dir lieber als die Plätze in den Synagogen, und den Fechtplatz hast du dem Tempelplatz vorgezogen. Aber ich hatte es deinem Vater prophezeit. Ich mußte das gleiche ja auch bei meinen Söhnen erfahren. Jedoch als Pharisäer und als Sohn eines Pharisäers war dein Vater ja nicht umzustimmen. Mich wundert ohnehin, daß wir so gut miteinander auskamen. Pharisäer – Sadduzäer, das konnte eigentlich nicht gut ausgehen. Nun, die Diskussionen waren auch manchmal recht hitzig. Aber was erzähle ich dir das, es ist schon so lange her, zudem erinnerst du dich ja selbst gewiß noch gut genug.«
»Mein Vater konnte wohl Verständnis für etwas anderes, das aus seinem Schriften- und Überlieferungskreis herausragte, nicht aufbringen. Ich träumte davon, den Blick einmal außerhalb der Mauern Jerusalems schweifen zu lassen, ferne Küsten zu sehen, das Wasser fremder Flüsse rauschen zu hören und der Sprache fremder Völker lauschen zu dürfen.«
»Alles das ist dir gelungen, Marsena.«
Über die Lippen des jungen Mannes zuckte ein leichtes Lächeln. »Gewiß, und an Stelle der Lehren Schamais und meines Lehrers Meir

bekam ich Cicero zu hören, und ich vertauschte den Platz in der Synagoge mit Kapitol und Forum.«
Ben Ari lachte. »Wissen ist Macht, mein Sohn. Du ranntest einem Lehrer fort, um in die Hände eines anderen zu fallen. Dein Vater wünschte, daß du einmal einen Sitz im Sanhedrin einnehmen solltest. Aber das hätte deinem Wesen nicht entsprochen. Nur, so hoffe ich, daß dich die Rhetoriker und Sophisten Roms nicht gänzlich in ihren Bann geschlagen haben.«
Marsenas Antlitz wurde ernst. »Ich war nicht blind, mein Vater. Und wenn ich auch die Lehrmethoden Meirs verabscheute, so vergaß ich die Lehren selbst nicht.«
Schritte wurden laut, und Stimmen ertönten aus dem Nebenraum. »Meine Söhne sind zurückgekommen; sie werden Augen machen, dich zu sehen.«
Marsena lächelte und stellte seinen Becher auf die Marmorplatte. Als er damals Jerusalem mit den Händlern verlassen hatte, war er vierzehn Jahre alt gewesen. Er freute sich auf den Anblick der einstigen Spielgefährten, und die Erinnerungen an die Tage des unbeschwerten Zusammenseins erwachten in ihm. Judas war in seinem Alter, Simon vier Jahre jünger, und Gilead war, als er ihn das letzte Mal gesehen hatte, ein kleiner Junge von drei Jahren gewesen.
»Wir werden die Römer aus unserem Land vertreiben«, hatte Judas ihm damals gesagt, und er hatte begeistert zugestimmt. Der Ölberg war der Schauplatz ihrer imaginären Schlachten gewesen, Äste ihre Schwerter, der Kidronbach die Grenze der feindlichen Lager, und das Bild eines immer siegreichen Feldherrn hatte im träumenden Kinderherzen eine tiefe Spur hinterlassen.
Ja, er würde gegen die Römer kämpfen, wenn er einmal groß wäre, wenngleich er auch nicht sagen konnte, weshalb er das eigentlich tun sollte. Im Innersten seines Herzens hatte er eher Bewunderung für die prächtigen Rüstungen, die blinkenden Helme und Schilde, das Klirren der Waffen, das Wippen der bunten Federbüsche von den Helmen der Offiziere empfunden. Ihn begeisterten die wohlgeordneten Reihen der Soldaten, das dumpfe Dröhnen der Trommeln, der gellende Klang der Tuben und Hörner, das Gepränge von Standarten und Feldzeichen und der gleichmäßige Takt der eisenbeschlagenen Stiefel auf dem Pflaster der Straße.
In seinem Herzen war eine Sehnsucht aufgeglommen, die nichts verstand von Unterdrückung, Herrschaft über andere, Haß gegen ein

Volk, das er eigentlich um seiner Soldaten willen nur bewundern konnte.
Ferngeblieben waren auch die Parolen der Unterdrückten, die in den Klängen der Fanfaren, in den Farben der Feldzeichen, im Stampfen der Schritte den Hohn der Unterdrücker zu verspüren glaubten. Er verstand nicht den Schrei nach Freiheit, der allein in ohnmächtigem Haß zum Ausdruck kam. – Freiheit bedeutete für ihn, auf den Rükken der prächtigen Pferde zu sitzen, auf denen die Tribune und Zenturionen ihre Truppen anzuführen pflegten, wenn alle zwei Monate die Garnison auf der Festung Antonia ihre Besatzung wechselte.
»Vater«, rief eine Stimme, und der Vorhang zum Atrium wurde aufgeschlagen. Eine hochgewachsene Gestalt betrat den Raum. Der Mann war ungefähr dreißig Jahre alt und vom Aussehen eines Simson, wie Marsena sich sagte. Ihm folgten zwei weitere junge Männer, nicht weniger prachtvoll gewachsen. Die Gesichter der beiden Älteren wurden von dichten, schwarzen Bärten umrahmt, während der Bart des Jüngeren erst zaghaft wuchs. Schwere, bis zu den Knöcheln reichende Gewänder umflossen die kräftigen Gestalten, die darin noch hünenhafter wirkten.
»Vater«, begann der Ältere der drei wieder. »Die Versammlung ist zu dem Entschluß gekommen, Simon bar Giora den Zutritt zur unteren Stadt zu verwehren.«
Dann sah er den Fremden im Raum und seine Schritte verhielten. Dunkle Augen musterten ihn eindringlich. Für Sekunden senkten sich die Blicke ineinander. Dann ging ein verstehendes Leuchten über die Züge des jungen Mannes, und ein Freudenschrei durchdrang den Saal. »Marsena!«
»Judas!«
Ari beobachtete mit verständnisvollem Lächeln die Begrüßung der beiden. Sie hatten sich an den Schultern gefaßt und schüttelten sich. Die Stimmen hallten lachend durch den Raum.
»Zilla hat nichts von dir erwähnt«, lachte Judas. »Mich wunderte schon ihr verschmitztes Gesicht. Sie wollte uns die Überraschung nicht vorenthalten, und sie ist auch völlig geglückt.« Er wandte sich zu seinen Brüdern. »Unser Freund und Bruder, Marsena, ist nach Jahren der Ewigkeit zu uns zurückgekehrt. Simon, Gilead, begrüßt euren Bruder!«
Auch Simon hatte Marsena wiedererkannt und faßte ihn herzlich an den Armen. Gilead maß ihn mit erstaunten Blicken, in denen die

Scheu des Fremden lag. Dann streckte er die Hand aus und sagte zögernd: »Ich begrüße dich, Marsena, doch die Erinnerung an einen Römer ist in mir nicht wach.«
Marsena blickte an sich herunter und lachte. »Du hast recht, Gilead. Mein Aussehen muß euch befremden. Aber um durch die römischen Streifen zu gelangen, war diese Kleidung vorteilhaft, außerdem konnte ich nicht mit viel Gepäck reisen. Es wäre bei den Plündererscharen, die überall herumstreifen, auch nicht ratsam gewesen.«
»Weiß unsere Schwester schon, daß du hier bist?« fragte Judas, indem er Marsena auf die Bank drückte. »Du mußt die Worte unseres kleinen Bruders nicht überbewerten, er ist voller Ehrgeiz, seinen judäischen Stolz aller Welt zu zeigen.«
Marsena ließ sich lächelnd auf die Polster nieder.
»Wir brauchen Wochen, um über die lange Vergangenheit sprechen zu können«, fuhr Judas munter fort. »Aber was rede ich! Ich vergaß ganz, daß du erst kurze Zeit hier sein kannst. Oder bist du schon länger in Jerusalem und hast nur nichts von dir hören lassen?« – Seine Stimme nahm einen gespielt drohenden Ton an.
Marsena schüttelte lächelnd den Kopf. »Ich hätte es mir nie verziehen, nicht zuerst den Weg zu euch genommen zu haben.«
»Und wir hätten es dir nicht verziehen«, Judas lachte. »Du mußt aber auch mir verzeihen, daß wir dich so mit Worten überschütten, aber es sind immer noch zu wenige, um dich zu begrüßen.«
Sie umringten Marsena, um ihm in jugendlichem Überschwang immer wieder auf die Schultern zu klopfen. Nur Gilead war zurückhaltend geblieben und betrachtete die überschwengliche Begrüßungsfreude mit reservierter Neugier.
Schließlich beendete Ben Ari die Szene, indem er Marsena freundschaftlich mit sich zog. »Meine Söhne werden dich vor Freude noch umbringen«, lachte er. »Sie vergessen wirklich, daß du dich von deiner Reise erholen mußt, wenngleich wir natürlich begierig sind zu hören, wie du die Zeit verbracht hast, in der du diesem Hause fehltest. – Wo hast du dein Gepäck?«
»Ich ließ es in einer Herberge am Essener-Tor.«
»Wie konntest du in einer Herberge absteigen, wo du hier ein Zuhause hast!« meinte er vorwurfsvoll. Ben Ari winkte einem Diener und gebot ihm, die genannte Herberge aufzusuchen und Marsenas Gepäck herbeizuschaffen.
Marsena drückte seine Hand. »Es sind sechzehn Jahre verflossen,

mein Vater. Ich gestehe, daß ich mit gemischten Gefühlen gekommen bin. Zu plötzlich war damals mein Verschwinden.«
Ben Ari neigte sein Haupt. »Wir waren sehr besorgt und konnten uns dein Fortgehen nicht erklären. Aber ein verlorener Sohn, der nach langer Zeit den Weg zurückfindet, ist ein besonderer Anlaß zur Freude, und er wiegt Sorge, Schmerz und Unmut bei weitem auf. Meine Söhne sind, wie mir scheint, der gleichen Meinung, und was Damaris betrifft – hier ist sie, frage sie selbst.«
Marsena war überrascht stehengeblieben. Eine Frauenhand hatte den Vorhang beiseite geschoben. Jetzt stand das Mädchen im Eingang und blickte ihn erstaunt an. Dunkle, große Augen in einem schmalen Antlitz, schweres, nachtschwarzes Haar, das wallend über die Schultern fiel und bis zu den Hüften reichte, volle Lippen, die sich im Erstaunen leicht geöffnet hatten. Ein zartes, blaugefärbtes Gewand, das, obwohl es verhüllte, doch jede Linie des schönen Körpers betonte.
Marsenas Blicke maßen die schlanke Gestalt. Sein Herz klopfte plötzlich unkontrolliert heftig, und er verspürte das Pochen in seinen Schläfen. Er hatte ein kleines Mädchen erwartet, und er sah sich einer jungen Frau gegenüber, die eine Schönheit war. – ›Dummkopf, es sind sechzehn Jahre verflossen. Das kleine Mädchen ist längst erwachsen!‹
Er hörte sich von irgendwoher sprechen: »Ich sah dich als Kind, Damaris, doch du bist eine Frau geworden!« Ein Hauch von Röte überzog das schöne Gesicht, die langen Wimpern senkten sich. »Ich heiße dich willkommen, Marsena«, flüsterte sie.
Die Frauen Jerusalems stehen denen von Alexandria und Rom an Eitelkeit nicht nach, dachte er verschmitzt. Dennoch mußte er eingestehen, daß die gewählten Farben an Lidern und Brauen weit weniger aufdringlich waren, als er es von den Frauen in den Städten Italiens gewohnt war. Du bist eine wunderschöne Frau geworden, Damaris, dachte er, und sprach: »Meine kleine Schwester von einst, das Mädchen, das ich kannte, ist zur Zierde für das Haus Ben Aris, meines Vaters geworden. Ich bedaure, sechzehn Jahre versäumt zu haben.«
Sie sah verwirrt zu ihm auf, und er war selbst überrascht von seinen Worten. Die drei Brüder schmunzelten, während sie sich wortlos abwandte und aus dem Raum eilte.
Die Begegnung hatte Marsena wie ein Blitzstrahl getroffen, und er erkannte, daß er wirklich zu lange fort gewesen war. Er blickte ein we-

nig unsicher zu Ben Ari, der ihn an der Schulter faßte und mit sich fortzog. »Sie freut sich, daß du bei uns bist«, lächelte er. »Frauen zeigen so etwas eben auf sonderbare Weise. Sie lassen einen Gast einfach stehen.«

*

Marsena hatte sich auf seinem Lager ausgestreckt und sah durch die Öffnung des Fensters zum nachtblauen Himmel, der mit einer Flut von Sternen übergossen war. Die Blätter der Platanen und Zypressen wisperten leise im Wind. Der Weg von Rom nach Alexandria, und von dort nach Jerusalem schien ihm unendlich weit zurückzuliegen. Die Reise hatte ihn von Nikopolis nilaufwärts nach Thmuis geführt, und von dort mit einer römischen Nachschubeinheit über Petra durch das aufrührerische Idumäa nach Askalon. Mehrfach hatten sie sich auf dem Weg nach Caesarea gegen Banden räuberischer Idumäer wehren müssen, die nach der Unterwerfung des gesamten Gebietes durch Vespasians Truppen die Überreste eines verbrannten Landes plünderten. Roms Truppen konnten nicht überall sein, und wo die Sieger verschwanden, erschienen die Geier. Es war ein trauriges Wiedersehen mit seiner Heimat gewesen, das zudem recht gefühlsarm geblieben war, und er fragte sich, was er eigentlich erwartet hatte. Konnte er sich noch erinnern? Wollte er es überhaupt? Es schien alles so unendlich entfernt, so gestaltlos, ewig vergangen, daß seine Gedanken keinen Halt fanden. War es wirklich so, wie sein väterlicher Freund Ari in nationalem Stolz erklärt hatte, daß er dem Ruf seines Blutes gefolgt war, um nach Judäa zurückzukehren? – Er hätte antworten können, daß seine Augen das verwüstete Land geschaut hatten, aber sein Herz unbewegt geblieben war. Er hätte antworten müssen, daß er von den zerstörten Festungen Gischala, Gamala, Jotapata in Galiläa gehört und Ginaea, Bemeselis, Phasaelis in Samaria gesehen habe und Gophne, Jericho, und wie all die zerschlagenen Steinhaufen sonst noch heißen mochten. Ja, und er hätte zugeben müssen, daß seine Brust nicht bei diesem Anblick gebebt hatte. Nein, daß eher sein Interesse an militärischer Perfektion und Strategie erwacht war. Er hatte registriert und beobachtet, aber nicht gelitten oder gezürnt. War es möglich, daß sich das Blut Judas so wenig regte beim Anblick der verbrannten Träume seiner Kindheit, die sich Israel nannten? Was eigentlich hatte ihn zu dieser Erinnerung bewogen nach sechzehn Jahren des Vergessens? Heimweh? – Kaum! Neugier? – Schon eher. Er war vom Schauplatz der Geschehnisse zu weit entfernt gewesen, um mehr als nur Interesse über Neuigkeiten zu empfinden. – Israel in Aufruhr? Galiläa, Samaria, Judäa von den römischen Truppen niedergeworfen? Reine Tatsachen, Tatsachen über die perfekteste Kriegsmaschinerie, die die Welt je gesehen hatte. Eigentlich nichts, was Staunen hervorrufen konnte, allenfalls Bewunderung über die Kühnheit, der stärksten Weltmacht der Geschichte trotzen zu wollen.

War aber da nicht doch ein Funke, der tief im Inneren weiterglomm und mehr bewirkte als nur das Registrieren der Tatsache, daß ganz Palästina unterworfen war und nur noch Jerusalem als letztes Bollwerk jüdischen Stolzes sich behauptete? Konnte er, ein Bürger Roms, überhaupt noch jüdisches Blut in den Adern fließen haben? Waren sechzehn Jahre Kindheit genug, um Jude zu sein, oder genügten sechzehn Jahre im römischen Imperium, um zum Römer zu werden?

Marsenas Gedanken wanderten zu der dichten Wolke der Plejaden, die am klaren Himmel unendlich weit weg schienen, während der Prokyon am Horizont zum Greifen nahe war. Und dennoch waren beide selbst den Träumen nicht erreichbar. Ob in den Sternen mein Ich zu finden wäre? Er lächelte über sich selbst. Das Gesetz Mose verbot diese Gedanken. Waren es jüdische oder römische? Als Römer war er den Sternen mehr zugetan. Nein, er konnte sich die Frage nicht beantworten.

Was sagte man einem römischen Freund, um ihm zu erklären, warum man Rom verließ, um eine gesicherte Gegenwart gegen eine ungewisse Zukunft zu tauschen? Ich glaube nicht, sagte sich Marsena, daß er es verstehen wird, er, der geachtete Sproß altrömischen Adels, der sich herabgelassen hatte, ihm, dem verachteten Juden, seine Freundschaft zu gewähren.

Er erinnerte sich eines leidenschaftlichen Disputs über Ruhm und Größe Roms, in dessen Verlauf die Meinungen so hart aufeinandergeprallt waren, daß Marcus Julianus voller Zorn ein Pilum von der Wand gerissen und es in die schwere, pinienholzverkleidete Tür dicht neben Marsena geworfen hatte. »Ihr Juden feindet alles an, was an Schönem, Gutem für alle Welt von Rom erschaffen wurde«, hatte er geschrien. »Ihr seid die wahren Verräter an der bestehenden Ordnung, eine Pestbeule am Arm Roms, eine Schmach für jede Gesellschaft. Primitiv, verwirrt in euren eigenen Gedanken. Eure Gesinnung frißt und bohrt unablässig. Die Gefahr für uns sind nicht die Barbaren Galliens, nicht die Thraker, nicht Skythen noch Germanen, das wahre Übel seid ihr. Das winzige Land im Osten, kaum auf einer römischen Karte zu finden, hat Menschen hervorgebracht, die an Anmaßung den Rest der Welt in den Schatten stellen. Ich frage mich, welch unbegreifliches Wesen der Unterwelt meinen Verstand verwirrte, als ich dich zum Freund erkor.«

Es war immer dasselbe, dachte Marsena. In seiner Wut war Marcus Julianus unsachlich und ungerecht.

»So antworte doch«, hatte er nach einer Weile gerufen, in der Marsena ihn belustigt betrachtet hatte.

»Du beantwortest doch alles selbst. Und eine Antwort, die deiner Vorstellung nicht entspricht, möchtest du ohnehin nicht hören. – Und ich glaube nicht, daß die meinige deiner Auffassung entspräche.«

Marcus Julianus hatte mit hochrotem Kopf genickt. »Natürlich nicht. Man sollte euch Juden als Sklaven halten und nicht als freie Mitbürger im Herzen Roms umherlaufen lassen. Wie konnte man dir nur die Staatsbürgerschaft verleihen?«

»Du hast selbst vortrefflich dafür gesorgt, mein bester Freund«, war Marsenas lächelnde Antwort gewesen.

Zwei Jahre waren vergangen, seit Marcus nach Galiläa beordert worden war, und sie den letzten Abend zusammen verbracht hatten. Vielleicht war Marcus darüber verärgert gewesen, ausgerechnet in einen der entferntesten Teile des Imperiums abberufen worden zu sein und hatte deshalb seinen ganzen Unmut auf ihn abgewälzt, der er dem Volk entstammte, zu dem er »strafversetzt« worden war, wie Marcus Julianus sich ausgedrückt hatte. Vor Marsena tauchte das letzte Bild ihrer Begegnung auf. Das Pilum neben ihm in der Tür, Marcus Julianus mit blutunterlaufenen Augen in streitsüchtiger Haltung, die in seinem trunkenen Zustand allerdings ein wenig lächerlich wirkte.

Marsena starrte zur Decke, und es schien ihm, als werde sie lebendig. Sie zeigte das Bild der julianischen Villa in Pompeji, die nach dem großen Erdbeben sieben Jahre zuvor mit großem Pomp und Prunk wieder aufgebaut worden war. »Selbst die Götter zittern vor Rom«, hörte er Marcus Julianus fauchen, und seine Antwort: »Da ihr selbst nicht an sie glaubt, ist das kein Wunder. Sie bangen um ihre Existenz.«

Marcus Julianus' Zorn war verflogen. Er hob den Becher auf, den er voller Zorn an die Wand geworfen hatte und goß sich vom schweren toskanischen Wein ein. Er lachte leise, als er den Schaft des Pilums mit einem heftigen Ruck aus der Türverkleidung riß. »Ich bin froh, daß du nicht dort standest«, sagte er heiter. »Wie du mich immer zum Zorn reizt!«
»Vielleicht sind unsere Völker doch zu weit voneinander entfernt, um miteinander leben zu können, und das nicht nur geografisch«, meinte Marsena so nebenbei.
»Unsinn«, fauchte Julianus. »Wenigstens nicht, was dich betrifft. Denn du bist mehr Römer als du je Jude gewesen warst. Und wenn ich auch manchmal Kritik an diesem Volk übe, so meine ich nicht dich in Wirklichkeit. Aber du selbst sprichst so oft von trennenden Gegensätzen, daß ich fast glaube, du wünschst es.« Er faßte Marsena mit festem Griff an den Schultern.
Marsena lächelte. »Ich antworte dir nur immer auf dieselben Argumente mit denselben Antworten.«
Julianus ließ ihn los und griff wieder zum Weinbecher. »Ich werde mich betrinken. Nur im Suff ist ein Jude zu ertragen.«
Marsena lachte. »Ich fürchte, dazu fehlt nicht mehr viel.«
Marsena machte sich nicht viel aus Wein. Er fürchtete das fortschreitende Stadium, in dem sich ein Mann vom Helden zum Prahler und schließlich zum johlenden Affen wandelte. Rom ertrank im Wein und die Moral dazu. Wie konnte eine solch weinselige Nation die Erde beherrschen? Es war ein Rätsel. Wenn er seinen Freund betrachtete, der mit fortschreitender Zeit immer unkontrollierter in seinen Reden wurde und schließlich lallend das letzte Stück Würde festzuhalten suchte, dann fragte er sich, wie dies ein persönlicher Freund Titus', des Sohnes Vespasians, sein konnte, dem Beherrscher des römischen Weltreichs.
Marsena lächelte zum sternenbleichen Himmel – Marcus Julianus, aus dem ruhmreichen Geschlecht der Julier, geachteter Sproß aus kaiserlicher Linie, General für Rom und Freund Marsena ben Arinos' aus Judäa. Welch seltsamer Kontrast.
Ich verdanke dir so viel, dachte Marsena, dir, der du mir die Hand reichtest, als die Gesellschaft mich zu übersehen suchte, und deinem Vater, der mich vor sechzehn Jahren aus dem trüben Hafenviertel Catanas gefischt hat. Eine Minute nur im Leben hatte über meine Zukunft entschieden, entschieden über ein Leben im Abschaum der rö-

mischen Hafenstädte und über ein Leben in Reichtum, in vornehmer Gesellschaft, in den Schulen der besten Lehrer Roms.
Bin ich undankbar und vergesse die Vergangenheit durch meine Gegenwart hier in Aris Haus? Was könnte ich dir erklären, Marcus Julianus, dir, dem Römer, der du nur für Rom zu denken vermagst? Aber du hättest recht, wenn du mich nicht verstündest, wo ich es selbst nicht vermag. Sechzehn Jahre, eine schier unüberbrückbare Zeit. Und dennoch lag er jetzt hier in einem Obergemach in Jerusalem, bei einer der angesehensten Familien Judäas, und er wußte nicht, ob seine Sehnsucht der Vergangenheit galt oder der Zukunft, die ihm das Bild eines Mädchenantlitzes vorgaukelte, umrahmt von dichtem, schwarzem Haar, von einem Mädchen, das vor unendlich langer Zeit seine Spielgefährtin gewesen war und jetzt ihm doch so entfernt zu sein schien. Die Plejaden flimmerten am entfernten Himmel wie der Funke in seinem Herzen, der nicht verlöschen wollte. Marcus Julianus, was wirst du sagen, wenn du erfährst, daß dein Freund ohne Erlaubnis in das Gebiet des aufständischen Israels gereist ist, und der nicht einmal mit Gewißheit sagen kann, warum?
Marcus Julianus, General Roms, Sohn des Konsuls und Stadthalters von Ägypten, Freund und Gönner. Ich hoffe, ich habe deiner Freundschaft durch mein Handeln keinen Schwertstreich versetzt. Und dennoch bereue ich nichts. Die Sehnsucht nach etwas Unbegreiflichem ist stark genug, um etwas Unbegreifliches zu tun. Genauso wie ich damals von Jerusalem fortzog, genauso kehre ich zurück. Kannst du das verstehen? Marsena lächelte, während seine Augen über das sternenübersäte Nachtblau des Himmels glitten. Nein, natürlich nicht, denn dazu müßte man träumen können. Nicht einmal du, Claudia, würdest mich begreifen. Dazu bist du viel zu sehr die Schwester deines Bruders. Aber ich verstehe euch dennoch. Um ein Reich wie Rom aufzubauen, es gegen alle Welt zu halten, braucht man mehr als Träume.

*

Er hatte die lachenden Stimmen der Händler in sich aufgenommen, das geschäftige Treiben der Sklaven, die die Kamele und Esel beluden, das nervöse Tänzeln der Pferde, auf denen die bewaffnete Begleitmannschaft saß, und die Sehnsucht in ihm hatte die Vernunft verwischt. Er war zu einem Händler gegangen und hatte ihn schüchtern am Gewand gezupft.

»Wo geht eure Reise hin, Herr?« hatte er gefragt und der bärtige dunkelhäutige Mann hatte ihm lächelnd geantwortet: »Nach Alexandria, mein Sohn.«

Alexandria – welch ein Wort. Aber nein, kein Wort, nicht nur der Name einer Stadt! Ihm schien es damals, als könnte diese Stadt nur in den Träumen existieren, am Rande des Universums, zumindest jedoch fast am Ende der Welt. Nur Rom war noch weiter entfernt.

»Alexandria«, war es andächtig von seinen Lippen gekommen, und der Mann vor ihm hatte ihn belustigt gemustert. Der Tag mit seinem warmen Atem, die Stimmen um ihn herum, die Geräusche der aufbrechenden Karawanen, das Schellen der Glöckchen an den Zäumen der Tragtiere und die Farben der Gewänder im bunten Gemisch des fröhlichen Durcheinanders hatten ihn plötzlich wie in einem Taumel ergriffen, und er hatte sich sagen hören: »Ich bitte dich, Herr, nimm mich mit.«

Marsena erinnerte sich des erstaunten Gesichtsausdruckes, der Frage, wie seine Eltern darüber denken würden, und seiner Antwort: »Ich habe keine Eltern mehr.«

Der große, dunkelhäutige Mann hatte ihn noch eine Zeitlang schweigend gemustert und schließlich mit dem Kopf genickt. »Dann komm mit.«

*

Verstehst du, Claudia, warum ich vor sechzehn Jahren Jerusalem verließ, warum ich die Träume sehen mußte, die vor meinen Augen unendliche Reihen von Bildern malten, warum ich das Rauschen fremder Flüsse, das Wispern fremder Bäume, das Flüstern fremder Worte hören wollte? Aber wie solltest du? Du bist schön, Claudia, und ich glaube, ich liebe dich, so wie ich deinen Bruder Marcus als Freund liebe. Doch die Gedanken, die wir denken, sind verschieden, und die Sprache, die wir sprechen, verbindet nicht.

Seine Augen erfaßten in Gedanken die luxuriöse Villa im gartenreichen Pompeji, die duftenden Blumenreihen zwischen den Springbrunnen und die Statuen, die die Wege umsäumten. Er dachte an Capua zurück, an seinen eigenen Besitz, zu dessen Herrin er sich Claudia gewünscht hatte. Aber da war ein anderes Bild. Ein Mädchenantlitz mit großen, dunklen Augen, in denen die Schatten Moabs verborgen zu sein schienen, mit dem langen, schwarzen Haar, das bis zu den

Hüften reichte – Lippen, die voller Staunen waren, eine Gestalt voll Leben und Verheißung – und das Bild Claudias begann zu verblassen.

*

»Nun, Marsena, wie fühlt ein Heimgekehrter sich in der neuen Umgebung?« fragte ihn Ben Ari wohlgelaunt, als Marsena zwischen den weinumrankten Arkaden auf die marmorgeflieste Terrasse trat, wo sich die drei Brüder, Damaris und Ben Ari bereits zum Morgenmahl zusammengefunden hatten.

Die Dienerinnen brachten weißes, noch warmes Brot, Milch, Honig, Butter, Salz und zartes Fleisch mit verschiedenen Kräutern. Ein Diener reichte eine Schale mit Wasser und ein Tuch, und Marsena wusch sich dem Brauch gemäß die Hände.

»Ich danke dir, Ben Ari, für die Güte, die du mir erweist. Ich hoffe, ich verdiene sie. Aber wie sollte ich mich im Hause eines Vaters nicht geborgen fühlen und in der Nähe von meinen Brüdern nicht voller Zufriedcnheit sein, und in der Gegenwart einer Schwester nicht voller Freude?«

»Die blumenreiche Sprache der Orientalen ist in dir noch wach«, Simon lachte, als er Marsena am Tisch Platz machte.

Marsena lächelte. »Es ist nicht der Mund, der spricht, sondern das Herz.«

Damaris sah kurz auf, und für einen Augenblick trafen sich die Blikke. Wie wenig Purpur sie auf die Lippen aufgetragen hat, dachte er – doch wie hätten diese Lippen dies auch nötig.

»Marsena kann sich von deinem Anblick nicht losreißen, Damaris«, neckte Simon. »Er sucht sechzehn Jahre Vergangenheit zu überspringen und aufzuholen.«

Über Damaris' Gesicht zog ein Anflug von Ärger. »Du bringst Marsena und mich in Verlegenheit, Simon.« Sie erhob sich hastig und eilte ins Haus zurück.

Welch ein Unterschied zwischen ihr und den römischen Frauen, dachte Marsena. Sie, das seltsam scheue Wesen, das wie ein Hauch aus dem Blickfeld verschwand, und dort die Frauen, die in der Bemerkung Simons sicherlich eine Aufforderung zur Koketterie gesehen hätten.

»Was sagst du zu unserer Schwester, Marsena? Kannst du dir vorstellen, daß dies das kleine Mädchen von einst ist, mit dem wir vor den

Mauern im Tale Josaphat gespielt haben? Bald wird sie den Myrtenkranz tragen, und unser Haus wird um eine Freude ärmer sein.«
Marsena fühlte bei Judas' Worten Unruhe in sich aufsteigen. »Ist sie schon versprochen?« fragte er eine Nuance zu schnell, aber Judas schien dies nicht zu bemerken.
»Wenn es nach den jungen Männern Jerusalems ginge, wäre sie schon längst die Zierde eines anderen Hauses. Jedoch scheint die Liebe in ihr noch keinen Platz gefunden zu haben. Mir scheint, sie wartete auf dich.« Judas hatte diese Worte gesprochen, um Marsena zu necken. Ihm jedoch war es wie ein Stich ins Herz. Er meinte, daß jeder Blick auf ihn gerichtet wäre, und er fühlte sich in seinen innersten Gedanken ertappt.
Als würde Gilead Marsenas Verlegenheit noch vertiefen wollen, sagte er: »Was redet ihr da! Marsena hat sicherlich ein römisches Mädchen, und ihr bringt ihn durch euer Reden sichtlich in Verlegenheit. Außerdem geht es uns nichts an.«
»Natürlich«, Simon lachte. »Du verzeihst unsere Neugier, aber wir wollen alles über dich wissen. Nimm unsere plumpen Worte nicht übel.«
Marsena lächelte ein wenig unsicher. »Ich bin nicht verheiratet, wenn ihr das meint.«
»Gut so«, meinte Gilead, »denn Freiheit ist alles, wie die Sikarier sagen.«
»Du vergißt aber den ersten Teil dieses Spruches«, entgegnete Judas: »Der Tod ist nichts.«
»Euer Gespräch verdient wirklich keine Aufmerksamkeit«, sagte Ari belustigt. »Wollt ihr Marsena nicht lieber all das zeigen, was ihm nach seiner langen Abwesenheit wichtig erscheinen könnte?«
»Vielleicht den Sanhedrin«, scherzte Judas.
Marsena hob abwehrend die Hände. »Dann doch lieber den Fechtplatz«, entgegnete er lachend. »Dort bin ich sicher eher zu Hause als bei den Erforschern der Schriften und Hohen Räten.«
»In dieser Zeit ist dies auch der beste Platz für einen Mann«, nickte Judas. »Solange das Schwert regiert, haben Papyrus und Pergamente besser ihren Platz in den Regalen der Synagogen.«
Ari strich sich durch den Bart. »Ich wünschte, daß wenigstens einer meiner Söhne den sicheren Weg der Papyrusrollen eingeschlagen hätte. Lieber mit Worten kämpfen, als mit dem Schwert. Aber nein, alle drei mußten den Waffen den Vorrang geben. Ich fürchte, daß sich

keiner von ihnen so recht für mein Erbe begeistert. Der Handel liegt auf meinen Schultern, die Söhne erhitzen sich in Versammlungen, auf denen nur vom Krieg gesprochen wird.«
Gilead hob beschwörend die Hände. »Du bist ja selbst oft genug dabei, wie auch Merton, dein Freund.«
»Vater meint es gar nicht so«, schmunzelte Judas. »Außerdem hat er Damaris, die ist völlig unkriegerisch.«
Simon lachte. »Du vergißt die Schlachten auf dem Ölberg, gegen Marsena.«
»Ach ja, doch diese Zeit ist vorbei. Jetzt herrscht das Zeitalter der Schminktöpfe und goldenen Ringe, der zarten Schleier und duftenden Salben. Auch aus einer kleinen Schwester wird eine Frau.«
»Wie es auch bei den Töchtern des Merton zu sein scheint«, versetzte Ari mit Schalk in den Augen. »Wenn ich nicht einige Male an den fruchtlosen Gesprächen teilgenommen hätte, müßte ich annehmen, daß eure Besuche eher den Mädchen galten als dem angeblichen Wohle Israels.«
Sie lachten.
»Wir haben von Merton viel gelernt, du weißt es ja, Vater. Wir könnten dich heute besiegen, Marsena.« Judas zwinkerte mit den Augen. »Damals mußten wir ja andauernd verlieren – eine undankbare Aufgabe, die uns zum Ehrgeiz angestachelt hatte. Doch Merton, du kennst ihn ja, hat Gilead und mich im Schwertkampf unterwiesen, und wie ich meine, nicht ohne Erfolg.« Er räkelte sich zufrieden in die Kissen, und Ben Ari nickte beifällig.
»Simon zieht den Bogen vor.« Er blickte respektvoll zu seinem Bruder hinüber, der sich in gespielter Ehrerbietung verbeugte. »Aber ich möchte nicht sein Gegner sein. Und du, Marsena? Ich glaube nicht, daß dich die Gewürze und Stoffballen in ihren Bann geschlagen haben oder die Buchrollen mit den Weisheiten geschriebener Worte.«
Marsena nickte langsam. »Die Worte der Waffenmeister waren auch meine Belehrung und der Gebrauch des Schwertes meine Weisheit«, sagte er salbungsvoll und lachte.
Sie blickten erwartungsvoll auf. Dunkle Augen in gebräunten Gesichtern. Sie gleichen sich sehr, dachte Marsena. Nur die Jahre unterscheiden sie.
»Du hast bei den Römern das Waffenhandwerk gelernt? So erzähl doch!«
Marsenas Finger spielten mit dem Becher vor ihm. »Was soll ich euch

erzählen? Von den Lagern der Legionen, vom Exerzieren bis zur Erschöpfung, oder wollt ihr hören, daß die römische Fechtkunst das Beste und Wirkungsvollste ist, was eine kriegerische Macht je hervorbrachte? – Ja selbst fähig, die Strategie eines Alexanders vergessen zu machen! Doch das wißt ihr ja selbst.«
»War das jetzt Mißbilligung oder Schwärmerei, Marsena?« Judas lächelte und Marsena lächelte zurück. »Mißbilligung der Strapazen, die einem Anfänger aufgebürdet wurden und Schwärmerei über die Kunst, eine Waffe zu führen.«
»Und du beherrschst diese Kunst?«
Marsena zuckte die Schultern. Die langen Jahre in römischen Feldlagern und auf Exerzierplätzen müßten eigentlich etwas hinterlassen haben.«
Gilead schürzte die Lippen zu einem ironischen Lächeln. »Wir haben unsere Praxis im Kampf gegen Cestius Gallus erhalten.«
Marsena spürte den Vorwurf in seinen Worten, obwohl sie nur wie beiläufig gesagt waren. »Du warst noch sehr jung, wenn du dabei warst, es sind vier Jahre seither verflossen.«
»Ist man mit fünfzehn Jahren zu jung, um einem Feind entgegenzutreten?«
Marsena lächelte. »Zu jung jedenfalls, um schon zu sterben!«
»Sterben, Tod?« Gilead machte eine wegwerfende Handbewegung. »Was bedeutet das schon, wenn es um die Freiheit jedes einzelnen von uns geht und um die Freiheit Judäas. Jeder, der dafür starb, hat unserem Volk einen Teil seines Stolzes wiedergegeben.
»Ich glaube, der Tod hat nichts Stolzes an sich.«
»Hast du ihn überhaupt je zu Gesicht bekommen?« Gileads Augen ruhten unverwandt auf ihm. »Ich für meinen Teil habe Freunde im Kampf gegen die römischen Legionäre sterben sehen, mit stolzen, heldenhaften Rufen auf den Lippen.«
Marsena runzelte die Stirn. »Bist du sicher, richtig gehört zu haben? War es nicht eher der gequälte, angstvolle Schrei einer sterbenden Kreatur?«
»Angst?« Gilead lachte unwillig. »Angst vor wem? Wir fürchten nichts, und das mußten Roms Truppen auch sehen, als sie Hals über Kopf flohen, allen voran Cestius Gallus.«
»Und jetzt? Ganz Palästina ist niedergeworfen, tot, verbrannt!«
»Jerusalem nicht«, entgegnete Gilead trotzig. »Und es wird es auch niemals sein.«

Judas legte eine Hand auf die Schulter seines Bruders. »Du hast recht, Marsena. Er ist noch sehr jung, und er spricht mit der Begeisterung der Jugend. Er wird auch noch ruhiger werden.«
Gilead verzog die Lippen. »Gewiß, ihr Greise, die ihr gerade um zehn Jahre älter seid. Wie sollte ich da wohl mitreden können?«
Sie lachten. »Kommt!« Judas war aufgestanden. »Wir wollen zu Judas und Simon, den Söhnen Mertons. Du erinnerst dich sicherlich noch an sie. Als Kinder konnten wir sie nicht sonderlich leiden, doch inzwischen sind wir gute Freunde geworden. Wir müssen dich ihnen unbedingt zeigen. Du wirst sie mögen. Sie führen die Truppen, die Eleasar ben Jair zum Schutz gegen Johannes von Gischala aufgestellt hat. Aber seit Simon bar Giora in der Stadt ist, hat sich die Situation grundlegend geändert. Unruhen erschüttern die Stadt, und kein Tag vergeht ohne Mord und Plünderung. Wir überlegen uns, was wir tun können, um Simon bar Gioras Übergriffe auf diesen Stadtteil zu verhindern. Als ob es nicht schon genug wäre, daß Johannes von Gischala seinen Plündererscharen freie Hand läßt. Bis jetzt haben sie es ja noch nicht gewagt, die Akra zu belästigen. Aber wer weiß, wie lange noch. Du kennst ja nicht die Zustände, die zur Zeit in Jerusalem herrschen. Nicht genug damit, daß der Feind draußen übermächtig ist, bekämpfen wir uns auch noch untereinander. Wir wollen wenigstens dafür sorgen, daß hier in der Unterstadt die Übergriffe der Sikarier und Idumäer nicht überhand nehmen.«
Marsena schüttelte den Kopf. »Die ganze Welt ist in Aufruhr. Ein Chaos, in das sich die Menschheit hineingestürzt hat. Selbst Rom ist von Unruhen erschüttert worden. Nach dem Tod Neros überschlugen sich die Ereignisse. Ein Kaiser nach dem anderen kam und wurde entthront. Man hatte sich kaum an einen gewöhnt, so konnte man ihn schon wieder vergessen.«
»Das war ein Vorteil für uns«, bemerkte Gilead. »Die römischen Truppen waren ebenso verwirrt.«
»Doch jetzt hat Vespasian die Macht, und er ist stärker als Galba, Otho und Vitellius zusammengenommen.«
»Er hat als Feldherr bewiesen, was in ihm steckt, man muß es zugeben«, meinte Simon, »doch als Kaiser? Ein Soldat als Imperator des römischen Reiches?«
»Gerade das wird Jerusalem zu spüren bekommen«, murmelte Marsena nachdenklich.

War Ari ben Aschchurs Haus als eines der schönsten Jerusalems anzusehen, so stand das Anwesen Merton ben Ephraims diesem kaum nach. Es überblickte in seiner Hanglage das Tyropöontal und ragte aus all den flachkuppeligen Bauten der Akra wie ein Tempel heraus. Marsena hatte dieses Haus noch nie betreten. In den Kindertagen hatte es ein geheimnisvoller Flor umwoben, lebte doch hier der Mann, von dem sich Israel irgendwann die Befreiung vom römischen Joch erhoffte, Merton ben Ephraim. Der beste Fechter Israels sollte auch die Initiative zur Befreiung von Rom ergreifen, so dachte man landläufig und so dachte auch M. Antonius Felix, der damalige Statthalter Judäas. Aber Merton ben Ephraim wußte, daß das nur ein Wunschtraum war, der weder durch Fechtkunst noch durch Demagogie realisiert werden konnte. Warum also des römischen Statthalters Aufmerksamkeit zu sehr auf sich ziehen?
Die Bewohner Jerusalems verstanden Merton nicht, am wenigsten die Jugend Judäas, und auch Marsena nicht, der sich in seiner Phantasie schon als rechte Hand Mertons sah, wenngleich er es vor Judas und Simon, den Söhnen Mertons, nie zugegeben hätte, und schon gar nicht vor seinen Töchtern, Judith und Esther.
Inzwischen wußte Marsena um die Vernunft Mertons. Die verbrannten Gebiete Israels zeigten nur zu deutlich auf, daß die Unabhängigkeit von Rom wirklich nur ein Wunschtraum sein konnte, der von den Juden zwar geträumt, aber nicht vor den Ohren der römischen Obrigkeit ausgesprochen werden durfte. Jetzt stand er nach Jahren in den weitläufigen Gartenanlagen und sann darüber nach, wo Judäa heute stünde, hätte Merton damals dem feurigen Wunsch der Zeloten entsprochen und den Oberbefehl über Israels Truppen angetreten.
Israel ist dir zu Dank verpflichtet, Merton, sagte er zu sich, auch wenn es dies selbst nicht weiß. Ein Aufstand damals unter Antonius Felix wäre schon im Ansatz zum Scheitern verurteilt gewesen. Er bedauerte, heute Merton ben Ephraim nicht begegnen zu können, da sich dieser außerhalb Jerusalems aufhielt. Gerüchte wollten wissen, daß er zu geheimen Verhandlungen mit einer Delegation der Parther in die Gaulanitis gereist war.

*

Marsena hatte sie kennengelernt, die der Stolz der jüdischen Familien im Villenviertel der Akra waren, die Söhne des Merton, Judas und Simon, dann Jonathan ben Assur, eine finstere Natur, wahrscheinlich nabatäischer Abstammung, seinem Wesen nach Sikarier. Jason, zu jung, um Marsenas Meinung nach die Erfahrung für wichtige Beratungen mitbringen zu können, und zu ungestüm, um vernünftigen Überlegungen zugänglich zu sein. Jakobus, Sohn des Sosas, dessen dunkle Hautfarbe an einen Araber erinnerte, und Simon, Sohn des Kathla, des Zeloten aus Bethsaida. In ihnen vereinigte sich die Führerschaft jener zweitausend Mann, die sie als Gegengewicht zu Simon bar Giora und Johannes von Gischala aus den Bewohnern der Akra zusammengezogen hatten. Nur Eleasar ben Jair war nicht zugegen. Ihn hätte Marsena gerne getroffen, sprach doch ganz Jerusalem von ihm.
Die Begrüßung, die Marsena zuteil geworden war, war reserviert und fast unfreundlich gewesen, was ihn eigentlich nicht überrascht hatte. Die mißtrauische Natur der Juden allem Fremden gegenüber hatte an Marsenas römischem Äußeren Anstoß genommen. Jonathan ben Assur wollte seinen Gruß nicht einmal erwidern.
Marsena hatte sich nicht am Gespräch beteiligt, und man hatte ihn auch nicht aufgefordert. Nur Judas ben Merton hatte ihn einige Male gemustert, als suchte er hinter die römische Erscheinung Marsenas zu blicken. Er hatte zurückgeblickt und gelächelt. Das Lächeln war ohne Erwiderung geblieben. Marsena hatte interessiert gelauscht, um nach der langen Zeit außerhalb jüdischen Einflusses ehemals Vertrautem wieder zu begegnen. Aber die Unterhaltung war nur noch stokkend weitergeführt worden – vielleicht, um dem Fremden vor Augen zu führen, daß er kein Teil ihrer Gemeinschaft war oder aus Furcht, einen Unbefugten in Pläne von militärischer Bedeutung einzuweihen. Selbst die Söhne Mertons, die er noch aus Kindertagen kannte, hatten scheinbar vergessen, daß sie einst gemeinsame Interessen verbunden hatten. So war es nur vernünftig gewesen, sich aus dem Kreis dieser verschworenen Gemeinschaft zu lösen, so gut es eben ging.
»Ich muß noch meine Sachen auspacken«, war sein Argument gewesen, um das Haus Mertons zu verlassen. »O nein, Freunde«, wehrte er die Absicht Simon ben Aris ab, ihn zu begleiten. »So lange ist es nun auch wieder nicht her. Ich finde zu deines Vaters Haus allein zurück.« Die Rückkehr in den Schoß Israels fängt ja gut an, dachte er

eher belustigt als beleidigt, als er in die Sonnenstrahlen hinaustrat und das erregte Stimmengewirr hinter ihm verklang.

*

Marsena zerrte die ledernen Tragtaschen auseinander. »In Capua hättest du Dienerinnen, die dir dein Gepäck auspacken und aufräumen könnten«, murmelte er.

»Ich kann dir eine Dienerin schicken«, ertönte eine Stimme vom Eingang zu seinem Zimmer. Marsena fuhr erstaunt herum. Gilead stand im Türrahmen. »Entschuldige, Marsena, daß ich so eindringe. Ich wollte dir nur sagen, daß mir der heutige Tag für dich leid tut. Sie waren alle nicht sehr freundlich zu dir. Und ich selbst war es wohl auch nicht.«

Über Marsenas Gesicht huschte ein Lächeln. »Laß nur, Gilead, es macht mir nichts aus. Sie werden sich auch an mich gewöhnen. Und«, fuhr er gut gelaunt fort, »ich weiß auch nicht, wie ich reagiert hätte, wenn ich an eurer Stelle gewesen wäre. Ein Jude muß auch wie ein Jude aussehen, nicht wahr?« Gilead nickte. Marsena machte eine hilflose Geste. »Ich suche etwas Passendes. Doch ich fürchte, alles was hier in diesen Taschen steckt, dürfte nicht nach eurem Geschmack sein. Dabei muß ich gestehen, daß ich mich in kurzen Kleidern wesentlich wohler fühle als in den langen Gewändern, die ihr tragt.«

Er hatte einen Teil des Tascheninhaltes auf den Boden verstreut. Gilead war näher getreten. »Das ist ein römisches Schwert«, sagte er interessiert und wies auf den funkelnden Griff einer Waffe, die aus dem Wirrwarr der Gepäckstücke ragte.

Marsena zog die Waffe heraus und reichte sie Gilead lächelnd.

»Sieh es dir an.«

Fast ehrfürchtig faßte Gilead danach. »Ein spanisches Kurzschwert«, murmelte er und strich über die Schnitzereien der Elfenbeinscheide. Er zog das Schwert heraus und blickte Marsena fragend an. »Es ist nicht das Schwert eines gewöhnlichen Soldaten, es ist das Schwert eines Offiziers – oder mehr noch eines Fürsten. Wie kommst du zu dieser Waffe?«

Marsena lächelte. »Du sagtest es bereits, es ist das Schwert eines Tribunen.«

»So bist du ein Offizier Roms?« Gileads Worte klangen unsicher, verwirrt. »Ein Tribun Roms in Jerusalem?«

»Ich hoffe, du siehst in mir nur mich selbst, und nicht Rom.«
Gilead blickte wieder auf das Schwert. »Ich kann es nicht glauben«, meinte er nach einer Weile.
»Warum? Viele Juden dienen in den Legionen.«
Gilead hatte die Lippen zusammengekniffen. »Jetzt auch noch?«
Marsena zuckte die Schultern. »Viele haben sogar das römische Bürgerrecht. Aber das besagt noch nicht, daß sie in den Legionen kämpften, die Vespasian gegen Israel geführt hat. Rom ist nicht so dumm, sie gegen ihr eigenes Volk einzusetzen. Das gäbe böses Blut in den Legionen. Und das kann sich auch ein Imperium Romanum nicht leisten. Versuche dir vorzustellen, ich wäre auf Heimaturlaub.«
»Mitten im Krieg ein römischer Tribun in Jerusalem?« Er wiederholte die Worte langsam, als könnte er ihren Sinn nicht erfassen. Gilead schüttelte den Kopf. »Du riskierst viel, und ich weiß noch nicht, warum du es tust. Ich hoffe nur, du weißt, was das für dich bedeuten kann. Der Haß auf Rom macht auch vor einem Juden nicht halt.«
»Ich hoffe, dein Haß auf Rom wird vor mir haltmachen«, sagte Marsena ruhig.
Gilead schwieg. Er hielt seinen Blick auf die funkelnde Klinge des kurzen römischen Schwertes in seiner Hand gerichtet. »Es ist ein herrliches Stück«, sagte er nach einer Weile bewundernd. Er ließ die Klinge durch die Luft blitzen, um sie kurz vor Marsena abzubremsen. »Aber etwas leicht in der Hand.« Ihre Blicke kreuzten sich einen Augenblick. Dann reichte Gilead das Schwert zurück.
Marsena hatte einen juwelenbesetzten Dolch aus einem Lederetui entnommen. »Ich hoffe, du wirst dieses Stück Rom als Geschenk annehmen«, sagte er lächelnd.

*

»Gilead sagte uns, du wärst ein Freund Roms.« Judas und Simon waren in sein Zimmer getreten.
Marsena seufzte tief. »Ein Offizier Roms, meinst du – das ist nicht dasselbe.«
»Wir stehen mit Rom im Krieg, Bruder«, gab Judas zurück, und in seinen Augen stand zu lesen, daß er begierig auf eine Antwort Marsenas wartete.
Marsena faßte seine Schultern und drückte ihn an sich. »Ich nicht mit euch.«

»Und doch wirst du dich eines Tages entscheiden müssen, auf welcher Seite du stehst.«
»Ich wünschte, ich müßte dies nie in Erwägung ziehen, Judas«, sagte Marsena herzlich. »Aber was auch geschehen mag, ich bin hier, und das allein sollte Antwort genug sein. Ich verheimliche euch nicht, daß ich im römischen Heer ausgebildet wurde.«
»Nein, aber auch nicht, daß du dort einen hohen Offiziersrang bekleidest.«
»Spielt das für dich eine Rolle?«
»Einen Tribun Roms vor mir zu sehen? – Es ist ein gewaltiger Unterschied in Feindesland das Kämpfen zu erlernen oder feindliche Truppen zu befehligen.«
»Hier ist niemand, den ich befehligen könnte«, versuchte Marsena lächelnd einzuwenden.
»Und dennoch verkörperst du Rom!« warf Simon ein; aber es klang nicht sehr überzeugt. »Ich nehme an, du hast Freunde in Rom?«
Marsena nickte langsam. »Sollte ich nicht? Freundschaft ist keine Frage der Volkszugehörigkeit.«
Simon und Judas sahen ihn schweigend an. Marsena konnte sie verstehen. Erzogen in der Sehnsucht nach dem verlorenen davidischen Königtum, eingezwängt in jahrhundertealte Fremdherrschaft, war jeder von ihnen ein Demagoge geworden, unbeugsam und kompromißlos gegen jeden Annäherungsversuch von außen. War es nicht so, daß sie denken mußten, ihre Freundschaft aus Kindertagen sei durch ihn verraten worden?
Er war auf die Terrasse getreten. Unter ihm dehnte sich der große Garten bis zur alten Davidsmauer aus. Ein Hauch von Frühling wehte über die Dächer der großen Stadt. Judas und Simon waren ihm nicht gefolgt. Vielleicht erahnten auch sie die widersprüchlichen Gedanken in seinem Inneren, Erinnerungen, die miteinander kämpften, und von denen keine die Oberhand zu erringen vermochte. Er lehnte sich an die steinerne Brüstung und fühlte die Wärme des Gesteins. Große ewige Stadt, wie anders bist du als Rom, die man die Ewige nennt. Doch du bist älter als Rom, und dein Atem geht bedächtiger, nur der Atem deiner Bewohner leider nicht.
Eine Hand legte sich auf seine Schulter. »Verzeih mir, Marsena«, Judas' Stimme klang ein wenig unsicher. »Du mußt nicht mit uns weitersprechen, wenn du nicht willst.«
Marsena strich über die Wedel der Dattelpalme, die sich an die Balu-

strade schmiegte und wandte sich dann entschlossen um. »Ich will. Ihr habt ein Recht darauf, über mich zu wissen, was ihr für wichtig haltet. Und ihr sollt wissen, daß es mir bei meinen Freunden egal ist, ob sie in Rom, Alexandria, Jerusalem oder sonst wo auf dieser Welt leben, und daß mir auch ihre politische Einstellung gleichgültig ist. Ja, ich hatte Freunde, und ich hoffe, ich habe sie noch jetzt. Und ich hoffe, es wird einmal nicht mehr nötig sein, sich Gedanken machen zu müssen, ob diese Freundschaft sich mit der augenblicklichen politischen Konstellation vereinbaren läßt.« In seiner Stimme schwang ein Hauch von Wehmut.

»Wenn ich Freunde in Rom gefunden habe, so habe ich doch hier Brüder; und wer könnte vor der Sprache des Herzens die Ohren verschließen?«

Judas' Antlitz blieb ernst, doch in seinen Augen war ein kurzes Lächeln zu erkennen. Er ergriff kurz Marsenas Hand und drückte sie. Dann wandten sie sich schweigend um und verließen das Zimmer.

Er ließ sich auf eines der Ruhekissen nieder, die auf der Terrasse lagen. Die feine ägyptische Seide schmiegte sich an seinen Körper, und Nardenduft umgab ihn. Seine Finger glitten über das schillernde Gewebe, über die Ornamente von Blumenranken und Arabesken. Ja, es waren zwei Welten, die wenig gemeinsam hatten. Selbst in den Blumenmustern der Kissen waren sie zu verspüren. Nach jüdischem Gesetz dürfen keine Abbilder von Menschen oder Tieren gemacht werden, und so waren sie nicht einmal auf den Stickereien der prächtigen Stoffe zu finden, die orientalischem Brauch gemäß die Räume des großen Hauses schmückten.

Marsena schloß die Augen. Wohlig warm spielten die Sonnenstrahlen auf seinen Lidern. Die Geräusche von den Straßen klangen nur undeutlich zu ihm herauf. Das Klingen der Glöckchen, das Geschrei der Treiber, das unwillige Brummen der Kamele, das Klappern der Hufe auf dem Pflaster – Geräusche, die ihn als Kind in ihren Bann gezogen hatten, erschienen nicht mehr so vertraut wie einst, und der Geruch nach Myrrhe, nach Gewürzen, Leder, Salz und Träumen war weit weniger intensiv als die Erinnerungen daran.

Marsena lachte leise auf. »Herr, wir haben eine kleine Ratte an Bord«, hatte der Kapitän in jener düsteren Nacht gerufen, als sie in Catana anlegten, und ihn mit kräftigem Schwung, unter dem Johlen der Besatzung, auf die Laderampe warfen, direkt vor die Füße eines belustigt blickenden Mannes, der Licinius Valerius Julianus hieß. Wütend

wollte er um sich schlagen, aber der Mann vor ihm hatte ihn am Kragen gepackt und mit eisernem Griff vor sich hingehalten.
»Eine kleine Ratte, Kapitän? Ein kleiner, wenn auch schmutziger Löwe – und der Schmutz ist zu entfernen.« Der Mann hatte gelächelt und auf griechisch gesagt: »Du gleichst einem kleinen Löwen, den ich früher kannte und der schon erwachsen ist – meinem Sohn.« Die düstere Nacht von Catana war freundlicher geworden.

*

Vor seinen geschlossenen Augen tanzten rote Bilder in seltsam grotesken Formen. Wie die Sonnenstrahlen selbst die Lider durchdringen, dachte er. Und du siehst Farben, wo die Augen doch geschlossen sind. Gedanken sind etwas Sonderbares, du vermagst sie nicht abzustellen; selbst im Schlaf überfallen sie dich als Träume, nur der Tod vermag sie auszulöschen. Judas schien auf ihn zuzukommen. Traurig schüttelte er den Kopf: »Ich muß es von dir selbst hören. Du weißt, ganz Galiläa und auch der größte Teil von Judäa sind in römischer Hand. Mit brutaler Gewalt wurde das Land niedergeworfen. Du bist römischer Tribun. Und gerade in dieser Zeit bist du hier.«
Er hörte sich antworten: »Ich weiß, was du sagen willst, Judas, aber ich kann dich beruhigen. Ich habe meine Hand nicht gegen dieses Land erhoben.« Er hatte die Brauen zusammengezogen, und seine Miene war ernst. »Oder dachtest du am Ende, ich wäre gekommen, um für Rom zu spionieren? Das wäre doch absurd; zudem hätte ich es dann auffälliger wohl kaum machen können.«
Über Judas' Lippen huschte ein verlegenes Lächeln. »Natürlich nicht, Marsena. Es war dumm von mir, überhaupt nur daran zu denken.«
Marsena strich über den Griff seines Schwertes mit den eingravierten Faunen, und seine Augen verweilten gedankenverloren auf der Waffe. Als er sprach, war es, als redete er mit sich selbst. »Ich frage mich, ob dein Mißtrauen wirklich so unberechtigt ist, Judas? Was würde ich getan haben, wenn man mich nach Judäa abkommandiert hätte? Ich habe gelernt, für Rom zu kämpfen. Von Rom erhielt ich den Sold, durch Rom schuf ich meinen Besitz. Ich lernte, wie ein Römer zu leben, und ich lebte auch so. Hätte ich für all das nicht auch den entsprechenden Preis zahlen müssen?«

Judas sah ihn einen Augenblick schweigend an. »Der Preis wäre allzu hoch gewesen.«
Marsena lächelte kurz. »Es ist sonderbar, hier zu sein, und ebenso sonderbar, überhaupt nach Alexandria und Rom gegangen zu sein. Es ist wie ein Tausch von zwei Sternen, die untereinander unerreichbar sind. Zu welchem gehöre ich? Ihr haßt Rom. Ich kann keinen Haß gegen Rom empfinden, und dennoch bin ich jetzt bei euch und habe allem den Rücken gekehrt – Gegenwart, Vergangenheit und vielleicht auch der Zukunft. Ich hörte euch heute zu und versuchte, euch zu verstehen. Ich kann trotzdem für eure Ideale nicht das rechte Verständnis aufbringen. Ich glaube, ich habe verlernt, wie ein Jude zu denken und bin noch nicht römisch genug, um wie ein Römer zu handeln. Ich fürchte, der Mensch ist sich selbst ein Knecht, und man ist nicht Herr genug, ihn sich völlig untertan zu machen.«
Marsena warf das Schwert mit einer gleichgültigen Bewegung zu seinem Gepäck am Boden. »Was werden eure Freunde sagen, wenn sie erfahren, daß Marsena ben Arinos ein anderer ist als der, der vor sechzehn Jahren im Kidrontal mit Stöcken gegen ›Römer‹ kämpfte und mit Steinen ihre Schiffe aus Rinde versenkte? Marsena ben Arinos, dem die Alten beifällig auf die Schultern klopften, wenn sie bei diesen Spielen zusahen, und von denen manch einer selbst verstohlen nach einem Stein griff, um nach den Schiffchen zu werfen, die wir in den Kidronbach setzten.«
Judas fuhr sich über den dichten, schwarzen Bart. »Niemand wird es wagen, dich zu belästigen. Du stehst unter unserem Schutz.«
»Unter wessen Schutz?« fragte Marsena nachdenklich. »Unter dem Schutz der Gastfreundschaft dieses Hauses, oder unter dem Schutz von Freunden und Brüdern?«
Judas schwieg einen Augenblick, als dächte er nach. »Wir begrüßten dich als Freund und Bruder«, sagte er dann, und seine Stimme klang bestimmt. »Daran hat sich nichts geändert.«
Marsena seufzte. »Mein Bruder, ich will mein Herz wiederfinden. Helft mir zu wissen, wo es zu schlagen hat.« Er griff nach Judas' Schulter, doch das Bild des Freundes zerfloß, und seine Hand tastete ins Leere.
Er öffnete die Augen. Die Sonne blendete ihn. Die Geräusche der Karawane in der Ferne waren verklungen. Er erhob sich aus den Kissen, trat an die Balustrade und sah in das Peristyl hinab. Es war alles ruhig. Nur die Tauben, die in den Säulenkapitellen nisteten, gurrten, und

das im Sonnenlicht funkelnde Wasser der Zierbrunnen plätscherte leise.
»Ich habe geträumt«, murmelte Marsena. »Und die vielen Fragen sind unbeantwortet geblieben.«

Marcus Antonius Julianus

Träge wälzten sich die rötlichen Staubwolken durch die ausgetrockneten Wadis rechts und links der Karawanenstraße, die sich von Pelusium am Nildelta über Ostrakine, Rhinokorura und Raphia durch die Provinz Syriae nach Gaza, Askalon, Joppe und Caesarea zieht und von da weiter über Tyrus durch das Libanongebirge bis nach Kadesch führt und die seit jeher schon der Philisterweg genannt wird.
Es war freilich keine Karawane, die nach einem Kaufmannszug aussah. Was da durch die wüstenartigen Ausläufer des Sinaigebirges stampfte, begleitet von Waffengeklirr, meist in schweigendem Gleichschritt, war die Eliteeinheit des römischen Imperiums, geführt von Titus, dem Sohn Vespasians, des neunten Kaisers der römischen Geschichte. Ihr Ziel war Caesarea, der Sammelpunkt für die größte Truppenkonzentration in der Geschichte des jüdischen Krieges.
»Noch vier Tage, Marcus Antonius«, sagte Titus zu dem neben ihm reitenden Mann von vielleicht fünfunddreißig Jahren. »Dann sind wir aus dieser Hölle heraus und können wieder Grün anstatt der roten Felsen sehen, die scheinbar bis ans Ende der Erdscheibe reichen.«
»Wenn dein Vater vom Grün Judäas noch etwas übriggelassen hat.«
Marcus Julianus schnallte den Kinnriemen auf und schob den Helm etwas zurück. Er wischte sich über das schweißnasse Gesicht und sah nicht ohne Schadenfreude, daß den Kameraden die Hitze offenbar auch zu schaffen machte.
Da war Tiberius Alexander, ein Mann von fünfzig Jahren, als Jude geboren, aber im Dienst Roms, seit er denken konnte, und ein persönlicher Freund seines Vaters. Es ist eigentlich merkwürdig, dachte er, daß unser Haus schon immer Verbindung hatte mit Juden. Für das altadelige Geschlecht der Julier, das außerdem verwandtschaftliche Bindungen zum flavischen Kaiserhause Vespasians hatte, eine recht unrömische Tradition. Aber es scheint allgemein in Mode zu kommen. Er warf einen kurzen Seitenblick auf Titus. Man munkelte, daß

sich der junge Kaisersohn der Frau des Agrippa angenommen habe, die zudem noch dessen Schwester war, jener Berenice also, von der die ganze Provinz Syrien tuschelte. Aber man hielt lieber den Mund, offiziell wenigstens, auch als Freund eines Kaisersohnes, sonst mochte es sein, daß man sich in einer noch abgelegeneren Provinz wiederfand als Judäa, Samaria oder Galiläa.
Marcus Julianus lachte leise in sich hinein. Er stellte sich die Gesichter der römischen Gesellschaft vor, sollte Titus die jüdische Schlampe mit nach Rom nehmen. Was wohl sein Vater dazu sagen würde? Eigentlich hatte Vespasian seinen Söhnen Titus und Domitian wenig Einschränkungen auferlegt, was deren Privatleben betraf. Vielleicht auch nur, weil er als alter Veteran zu sehr mit seinen Legionen beschäftigt war, und – Pedant, der er war – als Imperator noch weniger Zeit hatte, sich um Gerüchte zu kümmern. Außerdem war ja bekannt, daß Titus ein nicht gerade keusches, um nicht zu sagen zügelloses Leben führte, wenngleich seine militärischen Fähigkeiten unbestritten waren. Marcus Julianus erinnerte sich der Zeiten, als für sie beide das Vergnügen der einzige Lebensinhalt gewesen war. Titus hatte es dennoch einige Male zum Konsul gebracht, was unter Otho und Vitellius allerdings nicht sonderlich schwierig gewesen war, ansonsten aber war er mehr durch seinen ausschweifenden Lebensstil aufgefallen und er, Marcus Julianus, mit ihm. Sollten sich die Klatschmäuler in den Thermen ruhig damit beschäftigen. Rom schien ohnehin in allem mit dem Judentum verknüpft zu sein, und das hatte nur in zweiter Linie mit dem hoffnungsvollen Sproß des Kaisers zu tun. Roms beste Truppen waren nach Judäa unterwegs, um das betrübliche Kapitel des jüdischen Aufstands, der dem Ansehen des Weltreiches so unendlich geschadet hatte, zu beschließen. Der Generalstabschef des römischen Heeres, der Statthalter von Ägypten, Schwager der Berenice, war Jude. Und wer sonst noch Jude war in dem riesigen Schmelztiegel der Völker – selbst in einflußreichen Stellungen am römischen Kaiserhof –, wußten nur die Götter. Er hätte fünfzigtausend Sesterzen verwettet, daß man, würde der Stammbaum einiger Konsuln zurückverfolgt, sicherlich auf Juden stoßen würde. Selbst römische Kaiser nannten Juden ihre Freunde. Der göttliche Augustus war dem Herodes sehr gewogen gewesen, die Freundschaft hatte über dessen Tod hinaus bestanden. Hatte nicht dieses Verhältnis, das von vielen Kritikern mißbilligt worden war, dazu geführt, daß an Stelle der Prokuratoren jüdische Ethnarchen in Palästina eingesetzt wor-

den waren, die sicherlich nicht den römischen Interessen den Vorrang gaben? Aber was ging ihn Politik an? Er war Soldat, und zudem, auch ohne Selbstlob, ein recht guter. War auch die Freundschaft mit Titus als Protektion zu betrachten, so hatte ihn dieser doch nicht deswegen in seinen Stab berufen. Vor kurzem noch hatte er dieses Kommando als Strafversetzung angesehen. Doch war es klug, sich den Wünschen eines Kaisersohnes nicht zu demonstrativ zu widersetzen. Und er hatte recht getan.

»Der Sieg ist nur noch eine Frage von Wochen, mein Freund.« So hatte Titus ihn begrüßt, als die Galeere in Alexandria einlief. »Was hältst du von der Stellung eines Prokurators von Judäa?«

Besser als zum Grenzdienst nach Britannien beordert zu werden, hatte Julianus gedacht. Und wenn er den emotionalen Äußerungen dieses Jungen trauen konnte, dann war Judäa immerhin ein Anfang – ein zwiespältiger allerdings. Denn irgendwie mußte er an einen Juden denken, den er selbst gut kannte und der Marsena hieß, Marsena ben Arinos aus Judäa, den seine Schwester zu lieben glaubte und der ihm in all den Jahren fast zum Bruder geworden war. Julianus fuhr sich mit dem Handrücken über die schweißtriefende Stirn. »Seltsame Wege, die die Götter dem Menschen auferlegt haben«, murmelte er und trieb sein Pferd zu schnellerer Gangart an.

»Selbst die Sonne ist gegen uns«, knurrte er, als er wieder zu Titus aufgeschlossen hatte. »Das ist kein Land, in dem man leben möchte, noch weniger eines, um darin zu sterben.« Er konnte nicht verstehen, warum man nicht ein bequemes Schiff genommen hatte, das nur zwei Tage gebraucht hätte, Caesarea zu erreichen.

*

Tiberius Alexander aber hatte den Marsch durch die Wüste dem Seeweg vorgezogen, und Titus in seinem jugendlichen Enthusiasmus hatte zugestimmt: »Eine gute Übung für Soldaten, um feldmarschmäßig ausgerüstet im Vorbild ihrer Feldherren die nötige Motivation für Disziplin und Durchhaltevermögen zu finden.«

Weniger pathetische Worte hätten es auch getan, dachte Julianus. Aber eines stimmt: Wir schwitzen genauso wie unsere Soldaten. Die Truppen Alexandriens, die besten der Provinz Africa, wie Titus anerkennend äußerte, wenn nicht die besten des ganzen Imperiums, wie Tiberius Alexander nicht ohne Stolz bemerkte, waren im jüdischen

Krieg bisher passiv gewesen. Trotz täglichen Exerzierens war das Leben in Ägypten nicht gerade förderlich für die Schlagkraft einer Truppe. Der lange Marsch durch die unwirtlichste Gegend des römischen Imperiums, wie die Soldaten unter der Last ihres sechzigpfündigen Marschgepäcks fluchend fanden, sollte ihnen einen Vorgeschmack auf das geben, was sie an den Mauern Jerusalems erwartete.
»Und dem Sohn eines Kaisers schadet es auch nicht«, knurrte Julianus und nestelte an seinem Brustpanzer herum, der auf die Schultern drückte und fast zu heiß zum Anfassen war.
Er blickte sich um. Hinter ihnen stapfte das Gros der Hastati in Sechserreihen. Vor ihnen die Zenturionen, die ihre Pferde immer wieder dem Marschtempo der Truppe anpassen mußten, die Standartenträger in ihren Leopardenfellen, an den Flanken die Reiterei, die sich aber immer wieder zurückfallen lassen mußte, wenn die Felsen zu nahe an die Straße rückten. Sie hatten bei diesem Marsch auf die üblichen Pioniertruppen verzichtet, ebenso auf Belagerungsgerät, um schneller voranzukommen. Was hier marschierte, war wirklich eine Kerntruppe, wie jeder Offizier sie sich nur wünschen konnte – ohne Hilfstruppen, die selten zuverlässig waren und sich auf die Disziplin der Legionen nur negativ auswirkten.
Die Späher vor ihnen verschwanden in den Staubwolken, die sie selbst aufwarfen. Man sollte sie zurückholen, dachte Julianus. Was gibt es denn zu erkunden, wo alles in unserer Hand ist? Aber es war Vorschrift, und nur der Vorschrift war es zu verdanken, daß die dreißig Legionen Roms den Rest der Welt in Schranken halten konnten. Und nur der Vorschrift verdankst du es selbst, daß du heute noch am Leben bist und nicht unter der Erde Galliens oder Dalmatiens verfaulst.
Sie hatten sich Tücher vor die Nasen gebunden, um den Sand einigermaßen abzuhalten, der die Augen entzündete und in Nase und Mund drang.
»Ja, vier Tage noch bis Caesarea«, dachte Julianus. Weitere zwei Tage bis Jerusalem. Und dann? Wie viele Tage oder Wochen vor den Mauern? Also wie viele Tage zurück nach Alexandria? Plötzlich erschien ihm die Aussicht auf den Posten eines Prokurators nicht mehr so erstrebenswert, zumal da wohl noch Vespasian einiges mitzureden hatte. Er blickte auf Titus, der den Helm abnahm, um sich über die schweißnassen Haare zu fahren. Eigentlich zu jung mit seinen neunundzwanzig Jahren für die Aufgabe, die ihm sein Vater übertragen

hat, dachte er. Denn schließlich geht es hier nicht nur um eine Schlacht, sondern um die Zukunft eines ganzen Imperiums. Sollten die Juden lange genug Widerstand leisten können, um die Grenzvölker zum Aufstand zu ermutigen, dann war der Höhepunkt der Macht Roms überschritten, und wir würden so verschwinden, wie Ägypten, Persien, Griechenland. Welch eine Aussicht für einen Offizier Roms, der außer den Studien an den Militärakademien nichts gelernt hatte, um sein Leben zu fristen. Wenn man davon absieht, daß du ja immerhin die Schriften Ciceros und Quintilians studiert hast und das Vermögen deines Vaters aufbrauchen kannst, dann ist der Rest deiner Persönlichkeit nicht gerade überwältigend. Er lachte leise in sich hinein. In Wirklichkeit zweifelte ohnehin niemand daran, daß die letzten Rebellen in Judäa innerhalb kürzester Zeit der Vergangenheit angehören würden. Und ob Titus es nun verstand, das Heer zu führen, oder nicht, blieb bei all den kampferprobten Legaten, die er um sich versammelt hatte, eigentlich bedeutungslos. Außerdem hatte er sich unter der Leitung seines Vaters bei der Niederwerfung Galiläas und Samarias als umsichtig genug erwiesen, um diese Angelegenheit, die an der Substanz des Imperium Romanum zu nagen begann, endgültig aus der Welt zu schaffen.

*

Hinter ihnen begannen die Soldaten zu singen. Das tun sie bestimmt nicht ohne Befehl, grinste Julianus. Der Zenturio, der den Befehl dazu gab, wird sicherlich mit frommen Wünschen bedacht werden. Es war eigentlich kein Gesang, der das Stapfen der metallbeschlagenen Stiefel begleitete. Ein Grollen aus Hunderten von Kehlen, ein Knirschen von Sand zwischen den Zähnen, ein heiseres Atmen in glühender Luft.

Wir haben jetzt Frühling, dachte Julianus. Wie sieht es erst aus, wenn sich das ganze judäische Gastspiel bis in den Sommer hineinzieht?

Hinter ihm brummten heisere Stimmen den törichten Text eines Marschliedes. Unter dem schützenden Tuch verzogen sich Julianus' Lippen zu einem ironischen Lächeln. »Ich hätte den Genien vor unserem Marsch opfern sollen. Ich werde es nachholen, wenn wir glücklich in Caesarea ankommen, einschließlich aller Lemuren und Larven. Gut, daß du die Auguren nicht zu Rate zogst. Sie hätten dir sicherlich wieder nur Positives prophezeit, und du wüßtest nicht, auf

was sich das bei dieser Schinderei wohl beziehen könnte. Deine Voreingenommenheit den Auspizien gegenüber hätte wieder recht behalten, aber deiner inneren Zufriedenheit hättest du wieder einen schlechten Dienst erwiesen.«
Er wußte selbst nicht, warum er gegen das Mitwirken der Priester im Heer war. Vielleicht war es die Angst vor einem schlechten Omen, einem negativen Deuten der Familiaris und die ohnmächtige Furcht, dem Opfertier gleich zu sein, von dem so viel abzuhängen schien. Eigentlich sollte jetzt nur noch Mars seine Hand im Spiel haben und all den Quacksalbern und Zeichendeutern das Handwerk legen, die über das Wohl von Legionen ihre Willkür verkündeten – Jupiter möge mir verzeihen.

Damaris

Marsena lenkte seine Schritte zum Marktplatz am Schaftor. Er liebte das bunte Treiben, den Geruch der Gewürze und Früchte, die Stimmen der Händler, all die Laute, die diesem Ort ein so faszinierendes Gepräge gaben. Die engen Gassen mit ihren zur Straßenseite hin völlig offenen Läden, die auch jetzt trotz der römischen Blockade von Waren aller Art vollgepfropft zu sein schienen. Die typische Haltung der Händler, die mit untergeschlagenen Beinen auf ihren Kissen hockten und mit wortreichen Gebärden die Vorübergehenden zum Kauf einluden. Es war so wie vor sechzehn Jahren, dachte er. Die Zeit schien kaum vorangeschritten zu sein. Wohl hatten sich die Gesichter geändert, die Standorte der einzelnen Händler, doch sie waren alle da, wie es ihm seine Erinnerung ins Gedächtnis brachte: Goldschmiede, Juweliere aus Damaskus, die Töpfer und Olivenholzschnitzer aus Hebron, Tuchhändler aus Alexandria, Teppichknüpfer, Zeltmacher, Bewohner der Landgebiete mit ihren bunten Haufen von Früchten, Gemüse, Getreide, das in Scheffeln abgewogen wurde. Aufgetürmte Flechtwaren, der Geruch von frischem Leder, das auf Wunsch an Ort und Stelle verarbeitet wurde. An den Mauern der Gassen, durch die der Duft von frischen Orangen und Zitronen strich, lehnten und hockten die Verkäufer, meist Landleute aus den Gebieten von Jericho und Bethlehem in ihren dunklen Schaf- und Kamelwollmänteln. Die Dialekte aus Galiläa, Samaria und Judäa vermischten sich mit dem

Schnauben der schwer beladenen Lastkamele, die sich kaum durch die Menschenmenge hindurchbewegen ließen, Maultierzüge und hochbeladene Esel, die von ihren Besitzern lauthals angetrieben wurden, suchten ihren Weg durch das Gewühl.
Jetzt schon begann sich abzuzeichnen, was Jerusalem am nahe bevorstehenden Passahfest zu erwarten hatte. Die Stadt würde berstend voll sein. Schon jetzt fanden die Fremden kaum noch Platz, ihre Pferde durch die Menschenmassen zu dirigieren. Da waren dunkelhäutige Nabatäer, Wüstenscheichs aus Idumäa auf prachtvollen Pferden und Reitkamelen, reiche Juden aus Alexandria und Antiochien, die irgendwie die römische Blockade umgangen hatten, um traditionsgemäß einmal im Jahr die heilige Stadt zu besuchen. Ein schlecht gewählter Zeitpunkt, dachte Marsena. Andererseits bewundernswert, in Zeiten des Aufruhrs, der unsicheren Lage, die ihre Schatten von Kleinasien bis Ägypten warf, die Strapazen der rituellen Reise auf sich zu nehmen. Eigenartigerweise bist auch du selbst zu einem Zeitpunkt hier angekommen, der dich das Passahfest erleben läßt, das erste nach sechzehn Jahren, dachte er und griff nach einer Aprikose, um sie zu kosten. Es könnte ein Land sein, in dem Milch und Honig fließen, sagten seine Gedanken. So wie die Schriften es aussagten, und wie Jehova, der Gott Israels, es wünschte. Nur die Menschen selbst vergessen dies viel zu schnell und machen daraus eine Stätte der Zerstörung und des Abscheus. Wie sinnlos hatte der judäische Krieg seinen Anfang genommen. Natürlich war im Grunde jeder Krieg sinnlos. Dieser jedoch war an Sinnlosigkeit nicht mehr zu überbieten. – Und beide Parteien waren gleichermaßen daran beteiligt gewesen. Was mit beiderseitiger Vernunft noch hätte geregelt werden können, zerbrach an Voreingenommenheit, Machtsucht und Willkür.
Wie lange wird der Atem aus Lärmen, Düften, Farben und Bewegung noch durch diese Gassen wehen? Fast sehnsüchtig gaukelten die Bilder seiner Kindheit vor seinen Augen. Das Tollen zwischen den Gemüseständen, das Springen über die schlafenden Händler, das Fluchen, das ihnen folgte, wenn sie etwas umwarfen. Das verstohlene Greifen nach einem Granatapfel oder einer Feige, das Schimpfen, wenn sie ertappt wurden und das Entkommen auf Schleichpfaden, die nur sie kannten. Er lächelte wehmütig. Sechzehn Jahre, wie unwiederbringlich waren sie.
Im Osten erhob sich der Berg Moria mit dem Tempel. Er sieht aus wie eine Festung, dachte Marsena, als sein Blick auf das in der Mor-

gensonne strahlende weiße Marmorgebäude fiel. Die Goldplatten des Daches flammten im Licht, und ihr Schein schien heller zu leuchten als die Sonne. Wie eine Festung oder vielmehr wie der schneebedeckte Gipfel des Hermon. Eine Festung für die Gedanken und Hoffnungen eines Volkes. Er wunderte sich über seine Gedankensprünge, aber auch er konnte sich nicht dem prachtvollen Bild entziehen, das einem Weltwunder gleich war und vor dem selbst die prachtvollen Paläste und Tempel Roms verblaßten.
»Ein würdiges Haus für den Gott Israels«, sagte eine Stimme neben ihm. Er kannte den Mann nicht, aber er schien in den gleichen Gedanken versunken wie er selbst. Symbol für die Ewigkeit Judäas? Wenn ja, dann mußte dieses Land, diese Stadt für ewig bestehen. Denn das funkelnde Prachtwerk schien für die Ewigkeit gebaut zu sein.

*

Er sah Damaris. Sie stand bei einem Händler mit Flaschen aus Alabaster, gefüllt mit Duftstoffen und Ölen aus Indien und Persien. Sie schien auf dem Markt eingekauft zu haben, denn ihr Korb war gefüllt, und sie wollte sich sicherlich nur noch die Kostbarkeiten fremder Länder besehen. Und was gäbe es für ein Mädchen Faszinierenderes, dachte er innerlich lächelnd, als diese kleinen Dinge der persönlichen Eitelkeit? Auch Damaris macht da keine Ausnahme.

*

»Damaris, es freut mich, dich zu treffen.«
Das Mädchen fuhr herum, und ein Hauch von Röte überflog ihr Gesicht. »Oh, Marsena, du hier?«
Sie war verlegen, und in ihrem hilflosen Ausdruck fand Marsena sie bezaubernd.
»Ich sehe, Damaris, daß dich der Duft ferner Länder nicht unbeeindruckt läßt.« Er griff nach einigen Flaschen. »Oh, ja, Rosenwasser aus Samarkand, Balsam aus Jericho, Nardensalbe aus Indien – ein herrlicher Duft. Hast du schon gewählt?«
»Ich muß gehen, Marsena«, sagte sie schnell und wandte sich zum Gehen. Er hielt sie sanft am Arm fest. »Nicht bevor wir etwas ausgesucht haben. Ich denke, wir nehmen die Nardensalbe, die Königin aller Düfte.«

»Nicht, Marsena«, sagte sie erschrocken. »Es kostet ein Vermögen.«
»Kein Römer würde sich Gedanken wegen des Preises machen, wenn es darum geht, einer schönen Frau Freude zu bereiten.«
»Du bist Jude.«
»Nein«, lachte er vergnügt, »augenblicklich bin ich Römer.« Er bezahlte den Händler und wandte sich ihr wieder zu.
Ihr Gesicht war von Röte übergossen. Er nahm ihr den Korb ab und faßte sie an der Hand. »Komm, Damaris, wir wollen gehen.«
»Marsena«, sagte sie bestürzt, »du weißt, es schickt sich nicht für einen Mann, einer Frau beim Tragen zu helfen.«
»Kein Römer würde einer jungen Dame erlauben, die schwere Last selbst zu tragen«, neckte er sie. »Und es ist der Vorteil eines Römers, sich nicht um jüdische Gesellschaftsregeln kümmern zu müssen. Außerdem hättest du ja Diener und Mägde genug, die dies alles für dich besorgen könnten. Wenn du also vorziehst, es selbst zu tun, muß ich dieses Los eben auf mich nehmen.« Er lachte, und ein Seitenblick zeigte ihm, daß auch sie lächeln mußte.
Eine Weile gingen sie schweigend nebeneinander her. Er betrachtete sie von der Seite, und ab und zu trafen sich ihre Blicke. Ihre Scheu gleicht der der Taube in den Felsenklüften, wie sie einst Salomo besang, dachte er und schmunzelte, wenn sie ihren Kopf hastig umwandte, um wieder starr geradeaus zu schauen.
Sie gingen durch die Gassen und Straßen der Oberstadt, und Marsena verweilte einen Augenblick, um aus einem der Brunnen eine Handvoll Wasser zu schöpfen. Er fühlte das kühle Wasser über sein Gesicht rinnen, und wieder drängten sich die Erinnerungen in sein Bewußtsein. Hatten sie so nicht schon einmal voreinander gestanden, er mit erhitztem Gesicht, das er in einen der kühlenden Brunnen tauchte, nach einer Jagd durch wer weiß wie viele Gassen, und sie, das kleine Mädchen, das mit einer der Dienerinnen vom Markt kam und ihn mit großen Augen betrachtete. Er hatte damals großspurig erklärt, eine Legion Römer wäre ihm auf den Fersen, und er hätte keine Zeit, mit ihr zu sprechen.
Nur die Plätze schienen ihm fremd. Der Markt, ja, dieses Bild stand vor ihm, als wäre er nie fort gewesen. Doch alles andere, das auf ihn so ungestüm eindrang? Ist es wirklich so lange her, daß ich die Stätten meiner Kindheit vergessen habe? Oder war es ihre Gegenwart, die ihn verwirrte, die seinen Atem in ungeahnter Weise schneller gehen ließ, die die Umgebung vergessen machte, seine Schritte unbewußt

die alten Gassen durchschreiten ließ? Er atmete tief ein und wandte sich ihr zu. »Kannst du dich noch erinnern, Damaris, wie wir miteinander gespielt haben? Du warst ein ziemlich kleines Mädchen, fast zu klein, um mit uns mitspielen zu dürfen.«
Sie sah zu ihm auf, und ihre Augen lächelten. »Ich habe es nicht vergessen, Marsena.«
»Weißt du noch, wie wir am Kidronbach geplanscht haben?«
Sie lachte leise auf. »Gewiß, und wie Gilead uns mit Steinen beworfen hat, weil wir ihn nicht mitspielen lassen wollten.«
»Du hast es wirklich nicht vergessen«, staunte er.
»Es war eine Zeit voll von Träumen – Kinderträumen.«
»Mein Vater hat mich damals verprügelt, weil wir uns bei den Grabstätten herumgetrieben hatten und dadurch vielleicht ein kleines Mädchen geängstigt haben konnten. Von der Entweihung des würdevollen Ortes ganz zu schweigen.« Er lachte und schüttelte den Kopf.
»Ich hatte keine Angst, wenn du bei mir warst«, sagte sie leise und verstummte plötzlich, als habe sie zuviel gesagt.
Er blickte auf sie und meinte nachdenklich: »Wir haben hinter der Mauer Gethsemanes damals Römer gespielt. Die alte Ölpresse war die Festung, deine Brüder waren die Römer...« Seine Augen suchten die ihren, und für einen Augenblick fanden sie sich. Und es war mehr darin zu lesen als Kinderträume.
Sie senkte den Blick und vollendete den Satz: »Ja, du warst Jude und hast mich beschützt. Du hast immer gewonnen.«
»Es ist seltsam«, sagte er nachdenklich. »Jetzt steht Judäa mit Rom im Krieg, und ich war vor kurzem noch Römer. Kann ich jetzt noch gewinnen?«
Fast unhörbar kam die Antwort: »Du bist Jude, Marsena.«
Er atmete tief ein und in seinem Inneren glomm etwas auf. »Ich möchte sie wiedersehen, die alte Ölpresse im Garten auf dem Ölberg, Damaris. Willst du sie mir zeigen?«
Sie war stehengeblieben. Vor ihnen dehnte sich das Tyropöontal bis zu den Davidsgärten aus. Zypressen und Maulbeerbäume umsäumten die herodianische Brücke, die sich zum Tempelgelände hin spannte. Hinter ihnen war der Lärm des Marktes zurückgeblieben, und nur die Schritte der wenigen Pilger, die über die lange Brücke zum Westtor des Tempels zogen, klangen zu ihnen hinunter. Die Schatten der Pfeiler legten ein zartes Dunkel über die Terrassengärten

des Tales, aus dem der Hauch von Zitronenblüten zu ihnen emporstieg. Sie wandte ihm den Rücken zu. Ihr langes, dunkles Haar spielte im Wind, der sacht durch die Gärten strich.
»Ich möchte sie auch wiedersehen, Marsena«, sagte sie einfach.

Titus Vespasian

Julianus vernahm, wie draußen die Wachen salutierten, und gleich darauf wurde der Vorhang zur Seite geschoben. Marcus Julianus erhob sich von seinem Lager, als er im Schein der Öllampe Titus Vespasian erkannte, und hob die Hand zum Gruß.
Titus Flavius Vespasianus, Held von Gamala und Jotapata, Prokonsul des römischen Reiches und Lieblingssohn des Kaisers. Er mochte den jugendlichen Freund, wenngleich ihm auch die Vorsicht sagte, daß diese Freundschaft mit Vorsicht zu genießen war. Zuviele Neider trachteten danach, jedem Günstling der kaiserlichen Familie ein Bein zu stellen.
»Der Verbindungsreiter aus Jericho ist eingetroffen. Morgen werden die Truppen Antiochos Epiphanes', des Sohnes des Kommagenerkönigs, eintreffen, was unser Heer nicht unbedeutend verstärken wird.«
Titus schien zufrieden.
Marcus Julianus sah in das sinnliche Gesicht des Kaisersohnes und dachte an die seltsame Verknüpfung, die seinen Freundeskreis bestimmte. Hier der zweitmächtigste Mann der Welt und irgendwo in der Erinnerung ein judäischer Jüngling, den er seinen Bruder nannte, und gegen dessen Volk er heute kämpfte. Fast grotesk erschienen ihm die Worte Titus': »Vielleicht werden sich die Juden angesichts unserer Überlegenheit besinnen und ihren unsinnigen Widerstand aufgeben. Schließlich sind die Tetrarchen und Fürsten Judäas immer unsere Freunde gewesen.«
Nie wird sich dieses Volk beugen, dachte Julianus, aber er nickte und meinte fröhlich: »Viele Juden sind Roms Freunde.« Dann verstummte er. Denn er sah in Titus' fragenden Blick und überlegte, ob seine Worte eine Anzüglichkeit über dessen Gespielin Berenice enthalten hatte. Es war nicht seine Absicht gewesen. Aber Titus war empfindlich, und die Intrigenspiele am Kaiserhofe taten ein Übriges. Man mußte seine Worte sorgfältig wählen, insbesondere in Gegenwart

eines Kaisersohnes. Gewiß, Titus war sein Freund, sofern man den Sproß seines Kaisers als Freund nennen durfte. Aber er wäre nicht der erste von Titus' Freunden gewesen, der sich plötzlich in einem abgelegenen Gebiet des römischen Imperiums wiederfand.
Ein Glück, dachte Julianus, daß er wenigstens nicht seinem jüngeren Bruder Domitian gleicht, dessen extremer Charakter von Zynismus über Tierquälerei bis zum Menschenhaß zu reichen schien. Hoffentlich wird er nie den Thron sehen! Er hatte sich mit Domitian nie anfreunden können. Er erinnerte sich, wie sie einmal die Vororte Roms durchstreiften und am Tiber einen kleinen Jungen Steine werfen sahen. »Er macht es nicht richtig«, hatte Domitian höhnisch gegrinst und nach einem großen Stein gegriffen. Es war Absicht gewesen, daß er den Jungen am Kopf getroffen hatte. Die Wucht war so groß gewesen, daß der Junge lautlos in den Tiber gestürzt und von Julianus in letztem Augenblick gerade noch vor dem Ertrinken bewahrt worden war. Die blutende Wunde schien Domitian nicht im geringsten gerührt zu haben, und nur Julianus' Faustschlag würde er wohl nie mehr vergessen. Es waren zwar mittlerweile Jahre vergangen, aber Julianus wußte, daß er auch als Kaisersohn immer der böse kleine Bub bleiben würde. Julianus' Augen verengten sich bei diesen Gedanken. Von Domitian würde er nichts Gutes zu erwarten haben. Ich hoffe, du lebst lange genug, Freund Titus, um mich vor diesem Tier, deinem Bruder, zu bewahren.
Titus' Stimme unterbrach seine Gedanken. »Morgen sehen wir uns die Belagerungsmaschinen an. Ich habe ihnen, ehrlich gesagt, bisher zu wenig Beachtung geschenkt. Zumal ihnen nach den Erfahrungen bei den gescheiterten Sturmangriffen auf Gamala und Jotapata die Hauptlast zur Überwindung der Mauern Jerusalems zufallen wird. Cerealis sprach von einem neuen Mauerbrecher, der alle Rammböcke in den Schatten stellen soll. Es muß ja ein Wunderding sein. Mit einer Schwerpunktverstellung.Ist extra für den judäischen Krieg in Auftrag gegeben worden.«
Julianus nickte mechanisch. Er hatte die Maschine bereits gesehen. Sie war wirklich gewaltig. Er hörte Titus reden, aber seine Gedanken waren weit entfernt. Auch du, Titus, der du in deiner Jugend so begeistert vom Krieg sprichst, wirst eines Tages von den Erinnerungen und Träumen leben, die allein die Vergangenheit deines Seins bestimmen. Und an wie wenige Träume kannst du selbst dich jetzt erinnern? Er sah in Titus' fragende Augen und nickte zustimmend. »Ich weiß.

Da alle bedeutenden Städte in Palästina mit Mauern umgeben sind, dachte Nero damals nicht zu Unrecht an entsprechende Maschinen. Seine Phantasie hatte manchmal auch etwas Praktisches an sich. Leider kamen diese Maschinen zu spät zur Eroberung Galiläas und Samarias. Die Konstruktion und der Transport – wegen des Winters mußte der Landweg benutzt werden – haben mehr Zeit in Anspruch genommen, als ursprünglich geplant war. Der Weg durch Griechenland und Kleinasien war unendlich. Aber dein Vater und du, ihr habt Palästina auch ohne sie unterworfen. Und für Jerusalem wird uns diese Wunderwaffe sehr nützen. Genauso wie die neuen Wurfmaschinen, die Geschoße von hundert Pfund Gewicht zwei Stadien weit werfen können.«
»Das ist gut so, Marcus. Ich muß gestehen, ich war mit deinem Plan, die Mauern ohne Beschuß zu nehmen, nicht ganz einverstanden, zumal ich hoffe, Jerusalems Verteidiger mit Argumenten der Vernunft zur Übergabe zu veranlassen. Ich meine, daß ein Sieg, der ohne viele Verluste erzwungen werden kann, genauso bedeutend ist wie einer, der mit der Glorie des Heldentums in die Annalen eingeht. Der Erfolg ist maßgebend. Vom Heldentum hat keiner unserer gefallenen Soldaten etwas.«
Julianus lachte leise auf. »Daß dich keiner unserer Priester hört! Sie werden deine Ansicht nicht teilen und auch unsere Soldaten nicht.« Sein Blick glitt prüfend über den Sohn des Kaisers.
»Ich weiß«, winkte Titus ab. »Jeder brennt darauf, als erster die Mauern zu ersteigen. Ich werde diese Stadt erobern. Entweder unblutig, durch die Vernunft der Bewohner, oder mit dem Schwert. Aber wenn ich auch nur hundert Soldaten mit meiner Taktik am Leben erhalten kann, so ziehe ich diese der deinen vor, die allerdings, ich gebe es zu, äußerlich ein beachtliches Schauspiel abgeben müßte.«
Marcus Antonius Julianus fuhr sich mit der Zunge über die Lippen. Es war heiß im Zelt, und er schielte zu der Karaffe mit dem würzigen judäischen Wein auf dem Ebenholztisch, auf dem auch sein Helm und seine Waffen lagen. Eros und Mars, Liebe und Krieg, wo soll da die Verbindung sein? Mit Nachsicht wird dieses Volk nicht zu besiegen sein. Aber er schwieg. »Du bist der Feldherr, Titus.«
Der Sohn Vespasians hob die Hand. »So meine ich es nicht. Du weißt, wieviel Wert ich auf deine Meinung lege. Wo immer wir auch zusammen kämpften, ich verließ mich oft genug auf deine Entscheidungen. Die Geschichte wird aber meines Erachtens einmal nicht danach fra-

gen, ob unser Feldzug von prachtvollen Einzelsiegen gekrönt war, sondern ob er sein Ziel erreicht hat, die Eroberung Jerusalems.«
Julianus kräuselte die Lippen zu einem ironischen Lächeln. »Die glorreichen Einzelsiege werden aber darüber entscheiden, wie unsere Soldaten vor uns und den Beobachtern unserer Völker dastehen. Von den Ehrungen und Belohnungen ganz zu schweigen. Lieber mit der Corona muralis in den Tod, als mit einem bald vergessenen taktischen Erfolg zurück in die Anonymität. Es war immer schon so, daran wird sich das Jahrtausend nach uns noch erinnern. Du wirst bei den Kommandanten der Legionen mit deiner Milde auf wenig Gegenliebe stoßen. Die Schlachtenehre Roms geht immer noch vor Vernunft.«
Titus klopfte mit einer Kartenrolle auf den schweren Tisch. »Das Verhältnis der Gefallenen wie bei Gischala, Jotapata und all den Orten, die wir mit Glorie eroberten, ein Römer auf drei Juden, ist mir immer noch zu hoch.«
Julianus nickte. »Du wirst ein guter Nachfolger deines Vaters werden. Und vielleicht werden wir dann irgendwann einmal in der Zukunft im ganzen Reich Frieden haben.«
»Weißt du, daß ich vorhabe, Flavius Josephus zu den Bewohnern Jerusalems reden zu lassen? Vielleicht hören sie auf ihren ehemaligen Anführer. Wir könnten eine Menge Blut auf beiden Seiten sparen.«
»Sie werden ihn zerfleischen«, knurrte Julianus. »Meinst du, die Sikarier und Zeloten haben vergessen, wie sich Joseph ben Mattathias vor dem Heldentod in Jotapata gedrückt hat? Und ausgerechnet den willst du zur Kapitulation auffordern lassen? Sie werden uns mit Kot bewerfen, falls sie das nicht schon beim Aufmarsch auf Jerusalem tun.«
Titus lachte auf. »Wen sollten wir zwischen Caesarea und Jerusalem schon antreffen? Die letzten wehrhaften Männer haben sich nach Jerusalem zurückgezogen. Frauen und Kinder werden uns begegnen, wenn sie sich nicht in ihren Hütten verkriechen. Es ist wirklich nur noch Jerusalem, das uns trotzt. Aber vielleicht werden sie vernünftig genug sein zu erkennen, daß es diesmal keinen Ausweg gibt. Cestius Gallus wird ein für alle Male in der Geschichte des jüdischen Krieges vergessen sein. Dafür wird auch die zwölfte Legion selbst sorgen, die durch die unglückliche Führung unter Gallus genug Schmach erlitten hat und nur darauf brennt, sich zu rehabilitieren. Die gesamte Legion übrigens hat sich zu Sonderübungen bereiterklärt, um diesesmal an

den Mauern Jerusalems nicht wieder zu versagen. Sie hat sich in ihr Übungslager bei Narbata zurückgezogen, um sich ganz auf den bevorstehenden Sturm zu konzentrieren. Du weißt, Narbatas Mauern sollen die von Jerusalem simulieren. Es sind zehn Meilen von Caesarea bis zum Lager.«
Als ob ich nicht wüßte, wo die zwölfte Legion steht, dachte Julianus belustigt, aber er schwieg und nickte nur.
Titus wirkte stets ein wenig theatralisch. Die Marschordnung und Aufstellung der einzelnen Legionen sowie der Hilfstruppen waren nunmehr schon mindestens ein dutzendmal besprochen worden. Cerealis führte die fünfzehnte Legion über Emmaus, wo sie auf die Fünfte zu stoßen hatte. Die Zehnte sollte den Ölberg abriegeln und die Zwölfte das Umfeld von den räuberischen Sikariern abschirmen, die schon bei der Niederlage Cestius Gallus' die römischen Truppen in Angst und Schrecken versetzt hatten. Aber dies war Angelegenheit Tiberius Alexanders. Als Generalstabschef hatte er die Verantwortung, wie die einzelnen Truppenkontingente bis zur Vereinigung vor Jerusalem vorzugehen hatten.
Julianus verzog den Mund zu einem leichten, mißbilligenden Lächeln. Tiberius Alexander hatte den Oberbefehl auch nur aus Dankbarkeit erhalten, da er der erste gewesen war, der Vespasian als Imperator den Treueid geschworen hatte. Freilich war das zu diesem Zeitpunkt keineswegs eine sichere Angelegenheit gewesen, da Vitellius noch verhältnismäßig sicher die Cäsarenwürde innehatte. Tiberius Alexander hatte sich trotz des beträchtlichen Risikos zu Vespasian bekannt. Das war unbedingt anerkennenswert.
Nicht, daß er Alexander den Generalstabsposten mißgönnte. Doch fand er, daß er, Marcus Antonius Julianus, der bessere Soldat war. Und hatte ihn Titus auch in seinen Stab berufen, so war eben Tiberius Alexander immer noch vor ihm. Was half es da, daß sie pseudoverwandtschaftliche Bande verknüpfte? Er, der Julier aus altpatrizischem Blut, der schon, wußten die Götter wo, für Rom seine Haut zu Markte getragen hatte. Und vor seiner Nase ein Mann, der im Grunde genommen ein Jude war. Er füllte den Weinbecher viel zu rasch und lächelte ein wenig sarkastisch. Nach dem achten Mal wird mir diese Überlegung gleichgültig sein, und das Unbehagen größer. Bei allen Waldgeistern, Faunen, Pans und dergleichen: Ich finde, du bist ein schlechter Soldat, wenn du nicht mit Anstand eine Niederlage einstecken kannst. Zudem trennt uns die Weisheit von nahezu zwan-

zig Jahren. Du bist achtunddreißig, Tiberius Alexander sechsundfünfzig. Ist der Ehrgeiz so groß, dich in die undankbare Rolle des Generalstabschefs drängen zu wollen? Die wahre Entscheidung fällt mit den Kommandanten der einzelnen Legionen, und du bist deren direkter Vorgesetzter.

Titus hatte ihn nachdenklich beobachtet. Ein leichtes Lächeln glitt über seine Züge, als ahnte er die Gedanken Julianus': »Ich erwarte eine dringende Nachricht von meinem Vater, und sie wird auch dich betreffen.«

Marcus Julianus sah fragend auf.

Titus Vespasian winkte ab, als hätte er schon zuviel verraten. »Ich frage mich, warum die Nachrichtenverbindung in diesem Land so katastrophal unzuverlässig ist. Mir ist es schon bei Jotapata und Gamala aufgefallen. Da warst du noch in den schützenden Armen unseres geliebten Rom.«

Julianus lachte leise auf. »Das ja, aber schützend? Du vergißt, ich habe mit Mucianus für deines Vaters Machtergreifung gekämpft, gegen die Truppen des Vitellius unter Valens. Und sie waren uns um ein Mehrfaches überlegen.«

Titus nickte. »Nichts ist vergessen, was du für meinen Vater und für mich getan hast. Was immer man meinem Vater auch nachsagen kann, er hat nie jemanden aus den Augen verloren, der für ihn eingestanden ist. Sogar seinen Feinden hat er große Gunst erwiesen. Denke nur an Joseph ben Mattathias, der jetzt den ehrenvollen Namen Flavius Josephus tragen darf. Er war unser ärgster Gegner vor Jotapata und ist jetzt Berater und Vertrauter in unseren Reihen.«

»Ich mag den Juden nicht«, knurrte Julianus. »Nimm es mir nicht übel. Aber nur weil er deinem Vater die Cäsarenwürde prophezeit hatte, ihn gleich als Freund zu betrachten? Ich finde, es ist zu einfach, seine Meinung und seinen Vorteil nach der Richtung des Windes zu bedenken.«

»Ich glaube eher, du magst die Juden nicht – Berenike...« Er verstummte für einen Augenblick. Dann lachte er leise auf. »Du weißt von Berenike?« Und ohne eine Antwort abzuwarten fuhr er fort: »Natürlich weißt du von ihr. Alle Welt weiß es, und niemand spricht es aus, weil man Angst hat, mich zu erzürnen. Jeder meint, ich wüßte es nicht. Ist das nicht ein seltsamer Kreislauf?«

Julianus schmunzelte. »Nicht, wenn daraus eine Verbannung nach Britannien erfolgen könnte. Nichts ist unsicherer, als über die Gefüh-

le eines Menschen nicht Bescheid zu wissen, der eine Frau liebt, die er...« Er zögerte.
»Die er nach römischer Tradition und römischen Vorstellungen nicht lieben dürfte? Sprich es ruhig aus. Ich werde meinen besten Freund nicht in das kalte, unwirtliche Britannien schicken. Nicht wegen einer Frau!«
»Kann ich mich darauf verlassen?« – Sie lachten.
Dann wurde Titus nachdenklich. »Ich weiß nicht, was mich an Palästina so fesselt. Ich habe Berenike so oft nach dem Geheimnis gefragt, das mich an sie und dadurch auch an dieses Land so bindet. Es gibt weit schönere Frauen und freundlichere Gegenden. Ich werde ein Land zerstören, vielleicht dadurch auch die Liebe zu einer Jüdin. Sie setzt meine Handlungsweise der der Barbaren Galliens und Germaniens gleich und nennt mich den Mörder ihres Volkes. Und dennoch fühle ich bei ihr und ihrem Lande beinahe Geborgenheit, obwohl mich nicht geringes Heimweh nach Rom bewegt.«
Julianus schwieg.
»Du bist ein guter Zuhörer, Marcus Antonius.« Titus lächelte müde und blickte an ihm vorbei in das Dunkel am Ende des Zeltes. »Doch hoffte ich, mehr als nur einen Zuhörer zu finden.«
»Wenn du einen Rat von mir wünschst, Ablehnung oder Zustimmung zu deinen Gefühlen, dann findest du in mir das gleiche Nichtverstehen und dieselbe Frage nach den Rätseln der menschlichen Empfindungen wie bei dir selbst. Ich wäre eine schlechte Stütze.«
Titus sah ihn fragend an.
Julianus sah zur Decke hinauf. »Auch meine Empfindungen kämpfen gegen jüdisches Territorium und für einen Menschen, der mir sehr nahesteht, und auch Jude ist.«
Titus Vespasian wartete schweigend auf eine weitere Erklärung. Die Stille im Zelt wurde nur durch das Lärmen der exerzierenden Soldaten auf dem Forum unterbrochen.
»Marsena ben Arinos!«
Titus wiederholte den Namen. Er sprach die Worte langsam und bedächtig aus, als suche er darin die Erklärung über die Vergangenheit, die er aus seinem Unterbewußtsein zu lösen gedachte. »Ich kannte ihn doch?«
Marcus Julianus nickte.
»Ich wünschte, du würdest mich bei meinen Erinnerungsversuchen unterstützen.«

»Es ist unwichtig«, gab Julianus zögernd zurück. »Für dich wenigstens.«
»Und für dich?«
»Wir wuchsen auf wie Brüder, und – ich empfinde so für ihn.«
Titus fuhr sich über die Augen. »Ja, ich erinnere mich. War das nicht der blasse, schüchterne, schmächtige blonde Junge in eurem Hause...? Wollte dein Vater ihn nicht adoptieren?«
»Anfangs nicht. Es war mehr eine Erziehungsprestigeangelegenheit. Er wollte beweisen, daß die römische Erziehung gut angewandt, aus einem Nichts einen römischen Adeligen zu schaffen vermag.«
»Ach ja, ich glaube, mich erinnern zu können. Claudia, deine Schwester, hatte diesen in meinen Augen so unbedeutenden jüdischen Jungen in ihr Herz geschlossen. Ich konnte nie verstehen, was sie an ihm so bedeutend fand. Ich wollte ihr den Hof machen, aber sie hatte nur Augen für ihn.«
»Du hattest keinen guten Ruf.«
Titus schmunzelte. »Um so schlimmer, daß ein so unbeschriebenes Blatt mich aus dem Feld zu räumen vermochte.«
»Über allem die Menschlichkeit«, sann Marcus Julianus. »Ja, selbst über der Größe eines Kaisersohnes.« Er lachte, als er Titus' fragenden Blick sah.
Dann wurde er wieder nachdenklich. »Ich wünschte, ich wüßte mehr von ihm. Sein Vorhandensein war eine solche Selbstverständlichkeit, daß ich ihn direkt vermisse. Ich fürchte, ich habe einen Teil meiner römischen Gesinnung an einen jüdischen Knaben geopfert.«
Titus nickte langsam. »Es ist das Geschick Roms, in den Atem seiner Vasallen einzutauchen und umgewandelt daraus hervorzugehen. Wenn es die Völker nur begreifen würden, daß wir mehr sie sind als wir selbst. Wir könnten uns die Kriege ersparen.«
»Was wir gar nicht wollen.« Julianus sagte es mit einem schmerzhaften Unterton.
Titus lachte kurz auf. »Da kennst du meinen Vater nicht. Er jammert jetzt schon über die ungeheuren Kosten, die dieser Feldzug verschlingen wird. Dabei hat er kaum begonnen. Wenn es nach ihm ginge, müßten wir die Juden an ihren eingefleischten Geschäftssinn erinnern und ihnen die Kosten für die nächsten Monate vorrechnen, um ihnen die Unsinnigkeit dieses Krieges klarzumachen.«
Marcus Julianus sah zur Spitze des Zeltes hinauf, als suche er da eine Antwort. »Ich fürchte, daß hier weder der Geiz der Juden noch der

eines besonders sparsamen römischen Kaisers für Vernunft sorgen wird.«
Beiden schien es, als hätten sie den Annalen vorgegriffen.

Eleasar ben Jair

Judas ben Ari hatte Marsena zu der Versammlung der Akraeinwohner mitgenommen. Er sollte endlich Eleasar ben Jair kennenlernen, der zusammen mit den Söhnen des Merton und des Ari dem Verteidigungsbund der Unterstadt vorstand. Er war neugierig auf den Zeloten aus Bethsaida, von dem selbst die Söhne des Ari schwärmten und dessen Führerpersönlichkeit in ganz Jerusalem die Gemüter bewegte. Zur Freude für die Bewohner der Davidsstadt, zum Ärger für Simon bar Giora und Johannes von Gischala, die sich gegenseitig befehdeten.
Marsena wunderte sich, daß niemand mehr über seine römische Vergangenheit sprach, daß man ihn anscheinend integrieren wollte in den engsten Kreis eines jüdischen Verbundes – ihn, der in ihren Augen noch der Römer sein mußte, dem man eigentlich zu mißtrauen hatte.
Das letzte Zusammentreffen mit den Größen der Akra im Hause des Merton war noch lebhaft in seiner Erinnerung. Du bist ein Fremder und wirst es noch lange sein. Was wohl Damaris von ihm hielt? Er hatte sie schon seit Tagen nicht mehr gesehen. Und es war seltsam, daß er diese Tatsache mehr als nur bedauerte. Er empfand beinahe Verlassenheit, und das beunruhigte ihn.
Ihre Erscheinung hatte ihn wie ein Blitzstrahl getroffen, und wie dieser unauslöschliche Spuren hinterläßt war es auch mit ihrem Antlitz. – Es ließ sich nicht mehr aus seinen Gedanken entfernen. Ich hoffe, sie heute noch zu sehen, sagte er sich und wußte, daß er für das heutige Treffen mit den Führern der Davidstadt keine guten Voraussetzungen mitbrachte, da alle seine Gedanken um sie kreisten.
Was habe ich mit alldem zu schaffen? fragte er sich. Gewiß, Eleasar ben Jair interessierte ihn. Hätte dieser den Tempelbezirk behaupten können, wäre der schwelende Bürgerkrieg in der zerstrittenen Stadt vielleicht schon längst zu Ende. Ich wüßte wirklich zu gerne, ob ich in meiner Geburtsstadt aufgenommen bin. Ob Judas, Simon und Gilead mich als Bruder sehen wie einst oder als Römer. Wenn meine

Brüder mir mißtrauen, so verbergen sie es jedenfalls geschickt, tröstete er sich, als er an der Seite Judas und Simon ben Aris den Versammlungsraum betrat.

*

»Das ist Eleasar ben Jair, der den Tempelbezirk gegen Johannes von Gischala verteidigt hat, bis sich die Männer des Johannes als Pilger verkleidet in den Innenhof schmuggeln konnten.«

Wie eigenartig, dachte Marsena, und eine Farce zugleich. Nach Eleasars Aussagen hatte er den Tempel vor der Entweihung durch Johannes von Gischalas Truppen bewahren wollen. Andererseits war das durch seine eigenen Leute schon längst geschehen. Wir Juden messen immer wieder mit ungleichen Maßen. Die mündliche Überlieferung und Tradition wird höher bewertet als das geschriebene Gesetz. Der Blick auf ein Heiligtum wird verwehrt, das Blut, das es beschmutzt, nicht beachtet. Wie wird Gott uns einst beurteilen? O ja, Jehova, du unser Herr! Wie konnten wir so weit von dir abfallen, daß wir jetzt deinen gerechten Zorn zu spüren bekommen? Wir hatten alles, was uns dir nahebringen konnte. An deinen Sternen ist zu erkennen, was an Liebe, Macht, Weisheit und Herrlichkeit in dir verborgen ist. Du bist der Souverän, der Große, ohne Anfang und ohne Ende. Ja, tausend Jahre sind in deinen Augen nur wie ein Tag, wenn er vergangen ist und wie eine Wache während der Nacht.

Marsena wischte sich über die Augen. Eine plötzliche tiefe Trauer hatte ihn umfangen. Die Worte des Psalmisten, die eigenartigerweise plötzlich in ihm aufgeklungen waren, zerflossen. Die wunderbaren Gedanken, die dein Volk Israel dir entgegenzubringen vermochte, stammen alle aus der Vergangenheit. Du hast ein halsstarriges Volk, und nur die unvergessenen Worte Davids und Salomos vermögen die Gegenwart zu mildern und ihr einen Hauch der Verbundenheit zu geben, die du, Jehova, diesem Volk bereit warst zu geben. Du bist mitten unter ihnen, Marsena ben Arinos, und Teil des Geschicks, das auf sie wartet!

Er sah sich Eleasar ben Jair genauer an. Eleasar war ein stattlicher Mann mit dichtem, dunklem Haar und vollem, aber sorgfältig gestutztem Bart. Er muß einen guten Führer abgeben, dachte Marsena, während sie sich musterten.

Die Söhne des Ari hatten sich unter die anderen Anwesenden ge-

mischt, und Marsena und Eleasar ben Jair waren allein. Der Zelot griff nach Marsenas Arm und zog ihn auf eine Trikline nieder. »Judas hat viel von dir berichtet.« Seine Stimme hatte einen tiefen Klang. Marsena schwieg und wartete.
»Erzähl mir von Rom.«
Marsena sah ihn forschend an. »Soll ich dir erzählen, was du ohnehin schon weißt? Deine Sprache, deine Reden zeigen mir, daß du selbst schon so viel gesehen hast, daß du auf meine Berichte verzichten kannst.«
Eleasar ben Jair lachte. »Ich bin ein einfacher Fischer. Meine Welt war Bethsaida am Tiberias-See, und was ich weiß, stammt nur aus Erzählungen. Ich wünschte, ich hätte mehr gesehen als nur die Ebene von Sharon, die Hügel um Beth Shean oder die Golanhöhen, wenngleich sie alle mit nichts zu vergleichen sind. Nein, Marsena ben Arinos, ich habe keinen anderen Teil dieser Welt mit eigenen Augen gesehen außer dem Land, das uns von unseren Vätern überlassen worden ist. Ich kenne Hebron und Tiberias, Joppe und Jericho, aber weder Damaskus noch Tyrus, Antiochia oder Alexandria.« Seine Stimme hatte einen leichten Klang von Melancholie angenommen. Und als fürchtete er, Schwäche daraus erkennen zu lassen, lachte er kurz auf und winkte energisch ab.
»Du hast Familie?« Marsena unterbrach das Schweigen.
»Meine Frau und meinen Sohn habe ich in Bethsaida zurückgelassen. Sie sind jetzt auf Masada. Du kennst Masada, die Felsenburg?«
Marsena nickte.
»Dort weiß ich sie in Sicherheit. Der Ort ist so friedlich, daß Rom keinerlei Interesse für ihn aufbringen wird.«
»Und dennoch entstammt ihm einer der größten Rebellen«, lächelte Marsena.
Eleasar zuckte die Schultern, und für einen Augenblick verdüsterte sich sein Antlitz. »Rebell? Vielleicht. Und dennoch wünschte ich mir jetzt, in meinem Boot auf den Wellen des Tiberias-Sees zu schaukeln und alle Gedanken über Rebellion, Kriegsgeschrei, Phrasen über Sieg und Niederlage, Emotionen über Recht und Unrecht zu vergessen.«
Marsenas Augen lächelten. Er empfand eine plötzliche Zuneigung zu diesem Mann. Welcher Zwist mußte in seiner Seele herrschen, daß ein Idol des rebellierenden Israels sich einem Fremden gegenüber so freimütig äußerte! »Du wirst es ihnen nicht sagen können!« meinte er lächelnd, und Eleasar ben Jair lächelte zurück.

»Wir werden manches sagen, was wir nicht glauben und vieles verschweigen, was jeder wissen müßte!« Er sah Marsena lange an. »Judas hat mit mir über dich gesprochen. Es ist vieles an dir, was mir gleicht. Ich weiß, daß du meine Worte für dich behalten wirst – sie waren auch nur für dich gedacht. Es ist gut, wenn man seine Empfindungen einmal in Worte fassen kann.« Er drückte kurz Marsenas Arm und verschwand in der Menge.

Marsena ben Arinos sah ihm nach. Das also war der Mann, dessen Namen in aller Munde war, von dem man angenommen hatte, er wäre durch Johannes von Gischalas Leuten umgebracht worden, als sie das Heiligtum des Tempels stürmten. Er sah unverwundbar aus, in seinem Herzen war die Wunde aber schon längst aufgebrochen. Marsena lächelte stumm in sich hinein. Es wird mit uns Juden immer so sein. Einmal sind wir über die Wolken hinaus in Euphorie, dann wieder tief betrübt bis zu den Grenzen des Scheols.

Er erinnerte sich, wie Judas ihn zur Versammlung eingeladen hatte. »Sie möchten, daß du teilnimmst.« Er hatte überrascht die Augenbrauen gehoben und sich gefragt, wie ihn die Aristokratie beurteilen würde.

Judas hatte seine Gedanken ausgesprochen. »Vielleicht ist es Neugier, vielleicht wollen sie auch deinen Standpunkt im römisch-jüdischen Konflikt ermitteln. Auf jeden Fall soll ich dir die Einladung Eleasar ben Jairs und der Söhne des Merton aussprechen.

Judas' Tonfall war eine Mischung aus freundlicher Aufmunterung und fragendem Drängen gewesen. Eleasars Ansprachen auf dem Xystos, dem Marktplatz gegenüber der Tempelbrücke waren ihm noch in Erinnerung, wenngleich er ihn damals noch nicht persönlich gekannt hatte. Wenn jemand die Juden zu einigen vermochte, dann er, hatte er damals gedacht. Er schmunzelte. Einigkeit war für das jüdische Volk eigentlich ein Fremdwort. Dazu waren die Eifersüchteleien unter den Ständen zu gravierend. Schon diejenigen, die dem Volk das Wort seines Gottes hätten näherbringen müssen, waren untereinander zerstritten. Pharisäer, Sadduzäer, Essener, Nasiräer, Schriftgelehrte und Versammlungsälteste hatten zu dem spöttischen Sprichwort beigetragen, das überall im römischen Reich kursierte: Wo fünf Juden dieselbe Frage erörtern, kommen fünf verschiedene Antworten, wenn nicht gar sechs.

Eleasar ben Jair war ein Bestandteil des jüdischen Seins wie die Söhne Aris und vielleicht auch er, Marsena ben Arinos. Er erinnerte sich noch der ersten kurzen Begegnung bei seiner Ankunft in Jerusalem, als ihn Judas mit zum Hause Mertons genommen hatte. Der ablehnend abwartende Blick, das Mißtrauen, die reservierte Haltung. Wie anders war doch heute ihre Begegnung verlaufen! Gewiß, man betrachtete ihn immer noch als Fremden, als Eindringling in den auserlesenen Kreis, den sich der Adel der Davidsstadt geschaffen hatte. Aber er glaubte heute einen weiteren Freund gefunden zu haben, Eleasar ben Jair.

Der Statthalter

Das Sternenband der Milchstraße spiegelte sich im großen Meer. Das Rauschen an den Kaimauern Caesareas, das Flackern der Lampen vor der Hafeneinfahrt wirkte einschläfernd wie eh und je. Aber es täuschte. Über der Stadt selbst lagen der Geruch und das Geräusch des großen Heeres, das sich zum Aufbruch rüstete. In zwei Tagen würde das gewaltige Ungeheuer aus Menschen, Leder und Metall losstapfen in der ausgeklügelten Ordnung der römischen Heeresvorschriften.
Marcus Antonius Julianus hatte die Arme hinter seinem Kopf verschränkt und war in Gedanken versunken. Neben ihm auf dem schweren Ebenholztisch, der ihn seit Jahren auf seinen Kriegszügen begleitete, stand die halbleere Weinkaraffe.
Wie einen der Geist des Weines in die Vergangenheit zu tragen vermag, dachte er. Du bist jetzt achtunddreißig, Erbe des hochadeligen Geschlechtes der Julier. Es wird Zeit, daß du etwas vollbringst, das dich unsterblich werden läßt. Du kannst dich nicht nur immer auf die Verdienste deines großen Vorfahren Julius Cäsar berufen. Gewiß, deine Familie ist eine der angesehensten des ganzen Reiches; aber du selbst? Auf den Schlachtfeldern, gewiß, da hat dein Name Klang. Da kennt ihn selbst der kleinste Rekrut. Und du kannst stolz sein, daß dein Name niemals in unehrenhafter Weise erwähnt worden ist. Dein Wort war immer wie ein Schwur, und du brauchtest nie deine rechte Hand zu verpfänden, um deinen Zusagen Nachdruck zu verleihen. Aber du hast auch nie den Namen deines Vaters erreichen können. – Licinius Valerius Julianus, Prokonsul Ägyptens, Mitglied des Senats, durch den Kaiser selbst zum vir clarissimus, zum Erlauchten, ernannt und – was in dieser Zeit mehr zählte als sämtliche Titel – einer der zehn reichsten Männer der Welt!

Marcus Julianus hörte den Klang der Schwerter auf den Brustharnischen seiner Prätorianergarde, das vorgeschriebene Salutieren bei hochgestellten Persönlichkeiten. Dann wurde der schwere Vorhang zu seinem Zelt zur Seite geschoben, und Titus Vespasian stand am Eingang.
»Ich grüße dich, General der Legionen«, sagte der Kaisersohn heiter lächelnd.
Julianus wischte die Vergangenheit aus seinen Gedanken. Er winkte ab, und in sein Gesicht kehrte ein gezwungenes Lächeln zurück. »Zuviel der Ehre und der Förmlichkeit, Sohn Vespasians, unseres gnädigen Kaisers.«
Sie lachten beide. Julianus' Blick heftete sich auf einen mit blauem Samt verhüllten Gegenstand in Titus' Händen. Er war ein wenig verärgert, hatte ihn der Sohn seines Kaisers aus wehmütigen Gedanken gerissen, denen er sich gerade jetzt bereitwillig hingeben hatte wollen. Auch als General der Truppen des Titus hatte man Recht auf ein wenig Privatleben. Aber wie sollte man dies einem sensiblen Geist wie Titus klarmachen, ohne dessen Unbill heraufzubeschwören? So wartete er ergeben auf eine Reaktion des Kaisersohnes.
Titus blickte ihn lange an. Dann schlug er das Samtbündel auf. In ihm lag ein mit Gold umkränzter elfenbeinerner Stab. Marcus Antonius sah ohne zu begreifen, wie Titus' Hand sich um den Stab legte, sich in pathetischer Langsamkeit erhob und vor seinem Gesicht innehielt.
Er lauschte der Stimme des Kaisersohnes, der Worte sprach, die nicht in den Raum zu gehören schienen: »Marcus Antonius Julianus, kraft meiner Vollmachten und des Willens unseres großen und gnädigen Kaisers Titus Flavius Vespasianus, von den Legionen des unsterblichen Rom berufen, Pontifex Maximus, Imperator und Inhaber der tribunischen Macht und obersten Befehlhabers usw. usw., erkläre ich dich hiermit zum neuen Prokurator Judäas und Samarias. Übernimm den Stab der Macht. Möge der ruhmreiche Herrscher der Welt, Vespasian, immer über uns herrschen und mögen die Götter Roms deinen Weg überwalten.«
Julianus fühlte in seiner Hand die Wärme des Elfenbeins und die Kühle des Goldes. Er starrte den Kaisersohn einen Augenblick entgeistert an.
»Hier ist das Ernennungsschreiben, vom Kaiser persönlich unterzeichnet.«
Er hörte die Stimme Titus' nur von ferne. Wollte der Kaisersohn

einen seiner seltsamen Späße mit ihm treiben? Aber Titus Vespasians Gesicht war frei von jeglichem Schalk. Nein, er meinte es ernst! Da waren auch der Prokuratorenstab und die schwere Urkundenrolle.
Titus' Gesicht überzog jetzt ein verschmitztes Lächeln. »Ich sehe dein Erstaunen«, sagte er munter. »Aber ich sagte dir bereits, unser großer Kaiser vergißt niemals etwas – nicht jene, die ihm schaden, schon gar nicht einen seiner treuesten Generäle. Heil dir, Marcus Antonius Julianus, Freund des Titus und Statthalter Palästinas!«

*

Marcus Julianus saß noch lange in seinem Ebenholzsessel, nachdem Titus das Zelt verlassen hatte. Er starrte auf den Elfenbeinstab in seiner Hand und auf die Urkunde mit dem Siegel des Imperators.
»Du solltest mich jetzt so sehen können, Marsena«, sagte er zu sich selbst. »Prokurator von Judäa!«
Plötzlich hatte er sein Schwert in der Hand. »Das ist das Zeichen für dein Volk, Freund und Bruder. Das Zeichen des Mars. Wo magst du jetzt sein? In den Armen Claudias? Nein, denn sie hat dich zutiefst verletzt, mein Bruder. Aber wir werden uns alle wiederfinden, wenn dies hier vorbei ist.« Er legte sein Schwert zu dem Prokuratorenstab und fand, daß die beiden Machtsymbole sehr gut zueinander paßten.
»Roms Vergangenheit und Zukunft sind ewig, solange die Macht so unverbrüchlich in den Händen deiner Armee liegt. Mögen Senatoren, Konsuln, Censoren, Praetoren und Aedilen auch das Reich recht und schlecht verwalten. Bis hinunter zu den Quaestoren weiß doch jeder, daß es das römische Heer ist, das über Krieg und Frieden seine Stimme erhebt. Du bist jetzt Prokurator eines äußerst unzuverlässigen Teils des römischen Imperiums und zudem noch Verwaltungsbeamter, was dir gar nicht liegt. Aber du bist auch Soldat, ein sehr guter sogar, in aller Bescheidenheit. Und du wirst mit dem Symbol des Mars diesen Weg beschreiten. Du wirst den Fetialis, den zwanzig Priestern, die über das Völkerrecht zu wachen haben, deine Vorstellungen über die Provinz Palästina von Grund auf klarmachen. Rom ist die Macht für die Ewigkeit, und alle Völker haben dies einzusehen. Auch Judäa, Samaria, Galiläa, all ihr kleinen Nichts auf den Karten des römischen Reiches! Wir werden dieses Land niederreißen und in römischer Pracht wieder aufbauen. Ich werde den Curatoren, den Aufsehern über Tempel, öffentliche Bauten und Aquädukte, meine

Ideen unterbreiten. Ein Netz von Wasserleitungen wird dieses Land durchziehen, damit die Wüste zum Erblühen kommt und Rom so für alle Zeit Denkmäler setzt. Wie die Patria Potestas, die militärische Zucht im Heer, eine Selbstverständlichkeit ist, wird es auch für die Verwaltung dieses Landes in der Zukunft sein. Von Noricum bis zum Tigris, von Zama bei Karthago bis Eburacum, an den wilden Grenzen Britanniens ist das Gesetz des römischen Reiches Kraft, aber auch Schutz zugleich. Palästina, ein Land, in dem das Judentum nur Unheil zu stiften vermochte, wird unter dieser Macht endlich befriedet werden. Wir werden das Erbe des unvergessenen Pompeius und auch des Marcus Antonius im neuen Glanz erstrahlen lassen. Alle freien Bürger Roms werden durch dieses Land streifen können, ohne von Wegelagerern und religiösen Fanatikern wie den Zeloten, jemals wieder belästigt zu werden. Das wird die wahre Aufgabe eines zielstrebigen neuen Prokurators sein. Ich werde die Fehler eines Pontius Pilatus, eines Antonius Felix, eines Portius Festus vergessen machen!
Plötzlich überkamen ihn tiefgreifende Zweifel. Würden seine Gedanken Wirklichkeit werden? Waren dies nicht nur Träume, die auch all seine Vorgänger geträumt hatten, und die nur in Rauch und Blut versunken waren?
Er sah auf den verzierten Elfenbeinstab, und eine Flut wirrer Gedanken ging durch seinen Kopf. Prokurator über Judäa? Ist es eine Auszeichnung oder nur ein Hoffnungsschimmer für Titus selbst, weil er sonst niemanden für diesen Posten findet?
Er lachte kurz auf. Auf jeden Fall wirst du jetzt nicht um deine Rede an die Legionen herumkommen. Und es wird dem neuen Prokurator dieses verdammten Landes einiges einfallen müssen, um die staubmüden Gesichter der Legionäre Regung erkennen zu lassen.
»Ich weiß, Soldaten«, hob Marcus Julianus in Gedanken an. »Ihr habt lange auf diesen Tag gewartet. Ist zwar Palästina völlig in unserer Hand, bedarf es dennoch der Beseitigung eines Geschwürs, das wir zwangsläufig einige Monate haben wachsen lassen müssen. Doch jetzt unter dem Schirm göttlicher Gnade, und dem Ruhm unseres vielgeliebten neuen Imperators Vespasian... und so weiter, und so weiter... Ich brauche euch nicht an die ruhmreichen Siege zu erinnern, die ihr erfochten habt.« – Nein, natürlich brauche ich sie nicht daran zu erinnern. Die Kerben in Schwertern und Schilden und ihre Narben an Armen, Brust und Beinen sprechen für sich.
»Heil Imperator Vespasian, heil Titus« dröhnte der einstimmige

Ausruf der Soldaten durch die Reihen. »Heil dir Marcus Julianus« kurz darauf. Und in den rauhen Ton der Soldatenstimmen mischte sich das Klappern der Schwerter, die von den Legionären als Ausdruck von Zustimmung auf die Schilde geschlagen wurden.
Er erwachte aus seinen Träumen. Der Elfenbeinstab war immer noch in seiner Hand. Wie kalt er ist, dachte er. Ein Frösteln durchzog ihn. Du selbst bist jetzt der Tod für dieses Land und nicht mehr Titus allein. Mögen Mars und Jupiter zusammen mit mir sein.

Das Heer

Marcus Julianus kannte die Offiziere, die vor ihm salutierten, fast alle persönlich. Viele hatten mit ihm zusammen die Offizierslaufbahn begonnen, und er fragte sich, ob sein Aufstieg wirklich nur seinem Können zuzuschreiben gewesen sein mußte, oder ob das persönliche Ansehen, das seine Familie genoß, ihm die Leiter des Erfolges weniger steil hatte erscheinen lassen.
Der Blick vom Tribunal ließ wieder einmal die faszinierende Gesamtheit eines römischen Heeres erkennen. Julianus stand neben Titus Vespasian und Tiberius Alexander. Alle hatten ihre Paraderüstungen angelegt, Bronze und Messing funkelten in der Sonne, die Silberstükke an Schwertgehänge und Schurz blitzten und die vergoldeten Helme mit den aufgesetzten Zierstücken, die vor dem Kampfeinsatz abgenommen würden, glänzten in der Morgensonne. Prächtig wirkten auch die Ziertuniken mit ihren Goldborten und die schweren Offiziersmäntel aus scharlachfarbenem Stoff, ja allein der Anblick der Feldherren auf dem Tribunal, die den Kaisersohn Titus umringten, vermittelte schon Überlegenheit und ungebrochene Macht; die in Paradeaufstellung angetretenen Truppenteile bildeten die daraus resultierende Begleiterscheinung des unsterblichen Imperium Romanum. Solange Legaten und Offiziere so unbesiegbar wirkten, solange würde es auch das Heer sein.
Vor dem Tribunal war die erste Kohorte der Prätorianergarde aufgebaut. Exakt wie ein Sandkastenmodell ausgerichtet, fand Julianus, und er nickte dem Zenturio zufrieden zu, der als Primus Pilus für die Disziplin und Ausbildung verantwortlich war. Er trug den versilberten Schuppenpanzer des Zenturionenranges, den Julianus immer

schon bemängelte, denn er schützte bei weitem nicht so gut wie die altbewährten Gliederplattenpanzer, wie sie die Legionäre seit vier Jahrzehnten trugen. Sie hatten die alten Kettenpanzer abgelöst, die zwar gegen Schwerthiebe Schutz boten, aber kraftvoll geführten Lanzenstößen nicht widerstehen konnten. Die Auxiliartruppen waren aber immer noch mit den Kettengliederrüstungen ausgestattet, und auch die Reiterei teilte sich diesen Schutz mit dem neueren Schuppenpanzer, den vorzugsweise deren Offiziere trugen. Die stehende Legion war aber einheitlich auf den Eisenplattenpanzer umgerüstet worden, genauso wie auch auf den neuen Helmtyp ohne Busch, mit dem breiten Nackenschild und den bronzenen Beschlägen.

Eigentlich reichte der Blick gar nicht aus, um das angetretene Heer zu überschauen. Dabei waren es nur zwei Legionen, die angetreten waren, die zehnte Fretensis und die fünfzehnte, Apollinaris. Mit den anderen zwei Legionen sowie mit den weiteren Hilfstruppen aus Syrien und Kleinasien, würde man sich auf dem Marsch nach Jerusalem treffen. Die fünfte Legion, Macedonia und die zwölfte, Fulminata, wurden derzeit mit einer neuen Ladung Schwerter ausgerüstet, um die im bisherigen Kampf um Palästina stark abgenützten zu ersetzen. Nach den Kuriermeldungen konnten sich diese Truppen aber in längstens zwei Tagen in Marsch setzen.

Die exakte Gliederung in Zenturien, Manipel und Kohorten, mit den gestaffelten Reihen der Hastaten, Principes und Triarier zu der Quincunxaufstellung formiert, die auch in der eigentlichen Schlacht eingehalten werden würde, um jedem Kämpfer den nötigen Bewegungsraum zu geben, war ohne Beanstandung.

»Elitetruppen sind der Augapfel der Legion«, sagte Julianus zufrieden zu sich selbst. Es könnten Statuen aus Messing, Eisen und Bronze sein, mit erzenem Blick und gegossener Haltung. Vor jeder Zenturie der erste Zenturio mit seinem typischen Helm und querstehenden Helmbusch. Hinter ihm, neben der letzten Reihe der Triarier, der Optio, sein Stellvertreter, in Front jeder Zenturie nebeneinander der Tessarius als Parolenträger, der Signifer mit dem Feldzeichen der Kohorte, mit der skurrilen Kopfbedeckung eines Löwenhauptes anstelle des Helmes, neben ihm der Cornicen in ein Wolfsfell gehüllt, im linken Arm das große Horn für die Signalgebung der Truppe. Vor ihnen etwas abgesetzt die höheren Offiziere, die fünf Tribuni Angusticlavii, der Praefectus castorum, der Aquilifer mit dem goldenen

Legionsadler und der Offizier im höchsten Tribunenrang, der Tribunus laticlavius.
Die Paradeaufstellung, die heute auch der üblichen Kampfformation entsprach, war ohne Zweifel ein erhebender Anblick. Noch in unbeweglicher Haltung, wie in Stein gehauen oder aus Erz gegossen, würden sich die einzelnen Einheiten in Sekundenschnelle auf einen einzigen Befehl hin zu der alles überwälzenden Maschinerie eines ausgeklügelten Automaten wandeln. Die großen Legionschilder, die jetzt noch zu Füßen der Männer standen, würden mit einem Ruck hochgehen, die jetzt noch senkrecht gehaltenen Pila wie mit einer Faust zum Wurf erhoben werden, und dann würde sich die Maschine in Bewegung setzen, Schritt für Schritt, mit dem Stampfen von zwölftausend Beinen, dem Quietschen von Leder, dem Klirren der Metallbeschläge, dem unheimlichen Schweigen der Gesichter, dem klagenden Ton der Hörner und dem schrillen Klang der Trompeten – dem ganzen tödlichen Atem von sechstausend Mann einer jeden einzelnen Legion. Die einhundertzwanzig Pferde der Kundschafter und Meldereiter würden antraben, und ihnen würden sich die Hilfstruppen anschließen, von denen jeder Legion nochmals je fünftausend Mann zugeteilt waren. Darüber war Julianus jedoch nicht sehr glücklich, stellten sie immer wieder das dünnste Glied im Kettenpanzer der Legion dar. Und dennoch waren sie unentbehrlich, die balearischen Schleuderer, die kretischen Bogenschützen und Speerwerfer, die Bedienungsmannschaften der Schleudergeschütze, der Skorpione und Rammböcke aus allen Teilen des unermeßlichen römischen Reiches.
Julianus betrachtete die syrischen Truppen auf den prachtvollen Pferden, wie sie nur bei den Wüstenvölkern zu sehen waren, und ihre Offiziere mit den skythischen Helmen und den Schuppenpanzern aus Bronzeplättchen auf Leder genäht, die seiner Meinung nach einem wuchtigen Schwertstreich kaum standzuhalten vermochten. Sie wirken aber sehr dekorativ, dachte er und erwiderte den Gruß des weißgekleideten Kommandeurs, der auf einem wundervollen, tänzelnden Rappen saß.
Er blickte in die Gesichter der weißgekleideten arabischen Truppen, in die finsteren Mienen unter den hellen Burnussen, die den Gestalten zu einem seltsamen und unheimlichen Aussehen verhalfen. Er hatte eine unerklärliche Abneigung gegen diese scharfgeschnittenen Gesichter, die ihm irgendwie voller Zynismus vorkamen. Er mißtraute diesen Bewohnern der Wüstengegenden Nabatäas, war sich aber

durchaus bewußt, daß das römische Reich keine besseren Bogenschützen hatte als sie. Dann waren da noch die Macedonen, diese selbständige Reitereinheit, die sich in ihren griechischen Rüstungen, den korinthischen Helmen mit den gewaltigen Helmbuschen etwas antiquiert ausnahmen, für das römische Heer aber unentbehrlich waren. Dieses verfügte zwar über eine geradezu unüberwindliche Fußtruppe, aber bei weitem nicht über eine gleichwertige Reiterei. Hier griff man gerne auf die Reiternationen zurück, Araber, Syrer und auf die macedonische Kerntruppe, die bei allen Kavalleriegefechten die Hauptlast zu tragen hatte.

*

»Es ist die größte Armee, die dieses Land je gesehen hat«, meinte Titus bewundernd, als sie die Principia zum Tribunal entlangschritten. Es war schon immer erhebend gewesen, die Parade angetretener römischer Legionen abzunehmen, und Marcus Julianus, der seinem Rang gemäß neben Titus Vespasian und Tiberius Alexander schritt, lächelte zufrieden. »Die besten Truppen Roms«, nickte er. Er hatte die Soldaten entlang des großen Aquäduktes aufstellen lassen, um den Bewohnern Caesareas das unvergleichliche Schauspiel römischer Präsenz in Gestalt seiner Truppen zu bieten, was gleichzeitig der unausgesprochenen Warnung entsprach, sich nie gegen das Imperium Romanum zu erheben.
Die lange Strandpromenade war von Menschen dicht gedrängt. In der Luft hing ein Rauschen tausendfacher Worte und Sätze, unverständlich und doch der Bewunderung gemäß, die dem Schaustellen von Macht und Überlegenheit die Referenz erwies.
Sie schritten die Front der vorderen Reihen entlang, um zu dem festlich geschmückten Tribunal zu gelangen, das in der Nähe des großen Amphitheaters aufgebaut war. Titus und Julianus wollten eine kurze Ansprache an die Soldaten halten, und Marcus Julianus dachte belustigt an das bevorstehende Zeremoniell, wenn die Auspizien der bereits wartenden Priester mit den Worten an die gespannt ausharrenden Truppen in Einklang gebracht werden mußten. Hoffentlich entspricht die Leber des Opfertieres unserem Vorsatz, einen Strich unter das Kapitel zu setzen, das Judäa hieß; und hoffentlich gleicht der Vogelflug unserem Willen, dem jeder andere sich unterzuordnen hat; –

er lachte in sich hinein. – Auch der Wille der Priester mitsamt ihren sturen Opferziegenböcken.
Marcus Julianus blickte zufrieden an sich hinunter. Er und Titus trugen ihre Schwerter nach Legionärsart an die rechte Hüfte geklinkt, wie die Soldaten auch. Julianus wußte, daß es die Truppen gerne sahen, wenn man es ihnen gleichtat. Er warf einen kurzen Blick hinter sich. Die Stabsoffiziere folgten ihnen in angemessenem Abstand. Messing, blankpoliert, funkelte in der Sonne. Die weißen Togen mit den schmalen Offiziersstreifen umrahmten, kunstvoll in Falten geschlungen, die Männer, die nach Titus, Tiberius Alexander und ihm die Verantwortung für das riesige Truppenkontingent trugen, das im Begriff stand, das letzte Rebellenkapitel, das in diesem Land immer noch offen war, zu schließen.
Da war Sextus Cerealis, der Kommandeur der Kampfmaschinenabteilung. Ihm unterstanden die viertausend Mann Bedienung der modernsten Schleuder- und Belagerungsgeräte, die ein Weltreich je hervorgebracht hatte. Der Hafen Caesareas war voll von Schiffen, die Tag und Nacht unvorstellbare Massen an Vernichtungsmaschinen entluden. Scorpione, Widder, Ballisten, Katapulte, Onager, Sturmböcke, noch in Einzelteile zerlegte Belagerungstürme mit den dazu gehörigen Panzerplatten, die sie vor Brandgeschossen zu schützen hatten, Tausende von Bündeln Bolzengeschosse für die Schnellschußkatapulte, die gewaltigen Balkengerüste für die fahrbaren Rammböcke, ein Schauspiel von ungeheurem Ausmaß ergoß sich über die Stadt, und erstickte sie fast. Sextus Cerealis, der eigentlich Kommandant der fünften Legion war, sich aber die Überwachung der für die Belagerung Jerusalems entscheidenden Maschinen nicht nehmen ließ, kannte er schon aus jungen Tribunentagen in Gallien. Wenn jemand die Mauern der jüdischen Metropole zum Wanken bringen konnte, dann er.
Neben Cerealis schritten Larcius Lepidus, der Legat der zehnten Legion, und Titus Phrygius, der die fünfzehnte befehligte. Liternius Fronto, der den Truppenkontingenten aus Alexandria vorstand, hinkte ein wenig hinterher. Marcus Julianus erinnerte sich, daß Frontos linkes Bein steif war, seitdem ihm ein parthischer Bolzen die Kniescheibe zerschmettert hatte. Er verharrte einen Augenblick vor Domitius Sabinus, einem in vielen Schlachten ergrauten Zenturio und seinem persönlichen Adjutanten, den Julianus gern seinen Freund nennen wollte, trennte sie nicht Rang und Herkunft. Er lä-

chelte Sabinus kurz zu. Dessen Blick blieb unbewegt, nur der metallische Klang des Schwertes auf den Brustpanzer als Ehrenbezeichnung für den Legaten zeigte dessen Regung.
Das Tribunal hatte kaum Platz für die imposante Szenerie der versammelten Heerführer. Aber es zeigte in seiner Gesamtheit auch die enge Zusammengehörigkeit zwischen Titus, dem Sohn des römischen Kaisers, Tiberius Alexander, dem Stabschef und Marcus Antonius Julianus, dem neuen Statthalter von Judäa.
Wenn jetzt noch die Kommandanten der restlichen Truppenteile anwesend wären, müßte das Tribunal bei all der physischen und symbolischen Gewichtigkeit zusammenbrechen, dachte Julianus belustigt, als er mit weitausholender Geste seinen Umhang zurückwarf und sich dem Heer zuwandte.
Die Reihen der Soldaten waren unübersehbar. Den langen rechteckigen, metallbeschlagenen Leder- und Holzschild an der linken Seite, das furchtbare Pilum, den mit einer Dreikantspitze versehenen Speer in der rechten Faust, zeigten sie die Ausstrahlung der faszinierenden römischen Macht. Das waren die Männer, denen eine ganze Welt sich unterzuordnen hatte, das Herz des unbesiegbaren Roms. Geschärft und geprüft im dauernden Kampf um Rom, an Grenzen, den weitesten, die ein Land je zuvor zu bewachen hatte. Eigentlich waren die Truppen Roms zu gering, um den Besitz dieses gewaltigen Reiches als berechtigt erscheinen zu lassen. Doch die Furcht vor der metallenen Walze des römischen Angriffsheeres hatte den Völkern den Mut zur Rebellion genommen. In Einheit hätten sie es schaffen können, das Joch abzustreifen, das von Hispania im Südwesten, Britannia im Norden, Gallia im Westen, über die Provinzen Dalmatia, Tracia, Moesia und Asia im Osten bis an die Grenzen des großen Partherreiches reichte, und im Süden ganz Nordafrika umschloß – eine Grenze von mehr als fünfzehntausend römischen Meilen Länge.
Aber die Einigkeit der anektierten Völker reichte nicht einmal bis an die eigenen Grenzen. So war es nicht weiter verwunderlich, daß Karthago, Mauretania, Syria, Gallia, Hispania, jedes um ein Vieles den römischen Truppen überlegen, sich knurrend und winselnd zu Füßen der größten Macht der Geschichte wanden.
Und das kleine Judäa, ein Nichts auf den Karten des Reiches, sollte das auch zu spüren bekommen. Ein Exempel wird statuiert werden, das allen Völkern ein für allemal die Rebellion gegen Rom vergällen wird, dachte Marcus Julianus, als er sich seine kurze Rede wieder

durch den Kopf gehen ließ, die er den Soldaten zu halten gedachte. Die Sonne brannte heiß hernieder, und das Tragen der Rüstung war lästig. Aber zufrieden bemerkte Julianus, daß die Truppen unbeweglich dastanden, wie aus Erz gegossen. Die Perfektion, die Disziplin, der soldatische Ehrgeiz waren noch nie so gut wie gerade jetzt, sagte er sich. Gehärtet in den Feldlagern und gestählt in der Schlacht, welch ein Bild geballter dynamischer Kraft. Er schmunzelte über den euphorischen Ausbruch seiner Gedanken. Schade, daß kein Wind weht, dachte er. Die wehenden Banner und Togen würden dem Schauspiel den letzten Nachdruck verleihen.
Aber auch so war das Bild imposant. Links von ihm hatte sich die zehnte Legion aufgebaut, eine Legion aus altbewährten Kämpfern, die bei der Vernichtung der galiläischen Truppen schon maßgeblich beteiligt war. Dann die fünfzehnte Legion, die unter Vespasian die Orte Gischala, Jotapata und Ammathus vernichtet hatte, verstärkt durch die syrischen und arabischen Bogenschützen, die eine eigene Abteilung bildeten und in Gestalt und Kleidung geradezu unheimlich wirkten. Die Führer in ihren Leopardenfellumhängen, den riesigen Bogen auf die Erde gestemmt, die überlangen Pfeile gebündelt an der linken Seite getragen, umgeben von den Schleuderern, die aus allen Teilen des römischen Reiches zu stammen schienen, dunkelhäutige Nubier, hellhäutige Syrier; Marcus Julianus war sich nicht sicher, ob unter ihnen sich nicht auch noch Juden befanden, die aus irgendwelchen Gründen gegen ihr eigenes Volk zu kämpfen trachteten. Und alle warteten auf seine Rede als neuer Statthalter von Judäa und stellvertretender Oberbefehlshaber des Heeres, zusammen mit Tiberius Alexander.
Er blickte hinunter auf die gewaltige Macht und dachte: Da unten ist Freiheit, wie Seneca sagte. Aber ist es wirklich so? Er meinte den Tod, ich das Leben.
Während er sprach, sah er über sich einen Bussard kreisen. Vielleicht ist es auch eine Krähe, dachte er und mußte beinahe lachen. »Wir wollen deshalb daran denken, daß wir eine moralische Verpflichtung haben, dieser frechen Herausforderung, die einen Schlag ins Gesicht eines jeden Römers bedeutet, mit aller Konsequenz zu begegnen. Unsere Schmach wird erst getilgt sein, wenn auch der letzte Rebell von diesem Lande getilgt ist...«
Die Worte sind eigentlich immer dieselben, sagte er sich insgeheim. Ich glaube, ich habe sie schon in Noricum als junger Tribun, am Be-

ginn meiner Karriere gebraucht. – Doch sie wirken immer wieder. Er lächelte kurz, und Titus warf einen schnellen Blick auf ihn, den er schmunzelnd erwiderte. Was die Tribunen denken werden? Sie wirken jedenfalls konzentriert und tun so, als hätten sie meine Reden zum ersten Mal vernommen. Er tippte mit seinem Legatenstab einige Male in die linke Handfläche und ließ seinen Blick in die Runde schweifen. Sie brauchen diese Ansprache, dachte er. Sie brauchen sie immer wieder, auch wenn sich die Worte immer wieder gleichen. Diese Worte verbinden sie jetzt. Später in der Schlacht, werden sie von dir wenig zu Gesicht bekommen, aber deine Worte werden mit ihnen sein, und die Erinnerung an diesen Tag, wenn die feierliche Atmosphäre der Parade im Unterbewußtsein ihren Platz gefunden hat.
»... wir werden die Wunde säubern, die diesem Land geschlagen wurde, indem wir das Geschwür ausbrennen, das Jerusalem heißt...«
Er sah einem Taubenpaar nach, das in die Sonne hineinflog. Das Kreisen des Bussards hatte aufgehört. Die in ruhigem Fluge ausgebreiteten Schwingen bewegten sich plötzlich, und der Greifvogel schoß jäh hinab.
Julianus schloß für einen Augenblick die Augen. Als er sie wieder geöffnet hatte, war der Himmel leer. Marcus Julianus seufzte tief auf und richtete seinen Blick wieder auf das große Heer. Welch Zeichen, o Mars, hast du den Auguren beschert? Er sah aus den Augenwinkeln zu den Priestern. Sie gestikulierten wild. Ihre kurzen Speere, das Zeichen ihrer Macht, waren hilflos in ihren Händen. Sie sind sich des Zeichens nicht schlüssig, dachte Julianus und konzentrierte sich wieder auf seine Rede. Hoffentlich sind meine Worte in der Meinung des Heeres wenigstens positiv.
»... Männer der ruhmreichen zehnten und fünfzehnten Legion«, fuhr er fort. »Wenn Worte auch nicht Taten nach sich ziehen müssen, so wissen wir doch alle, daß hier und jetzt Mars sein feuriges Schwert für alle Zeit über dieses frevlerische Land geschwungen hat, und ihr die Gunst erhalten werdet, für ihn das Urteil zu vollstrecken.« Seltsam, dachte er. Wie wenig überzeugend mein Innerstes den eigenen Worten lauscht. Und doch würden nach der Rede die Legionäre in ihr traditionelles Beifallsgebrüll ausbrechen. Schon klangen in seinen Ohren das Klirren der Schwerter auf den Schilden und die heiseren Rufe aus Tausenden von Kehlen: »Julianus, Julianus«. Er lächelte, als seine Gedanken abzuschweifen begannen. Es wird jemand hinter dir stehen müssen, der dir sagt, daß du sterblich bist. Doch vielleicht sind

wir alle schon überheblich geworden, und es bedarf der Erinnerung, daß jeder Sieg mit Sterben und Tod verbunden ist. Doch die Sonne strahlt herunter und beleuchtet unsere Macht. – Wo Finsternis, könnte da dein Sieg bleiben? Die Geschichte wird schreiben, daß die Rede des Marcus Antonius Julianus an die Truppen des Kaisers Titus Flavius Vespasianus recht einfältig gewesen sei, sie wird aber auch schreiben, daß sie einem Ereignis vorausging, das die Annalen mit der Krone der Unsterblichkeit versehen würden. Und deshalb, Marcus Antonius Julianus, stellvertretender Stabschef, Patrizier aus dem Geschlecht der Julianer und Prokurator von Judäa, wirst auch du unsterblich sein.

»Bedenke, daß du sterblich bist.« Die Stimme, die dies hinter ihm geflüstert hatte, gehörte Titus. Er wandte sich kurz um und sah das Grinsen auf dem Gesicht des Kaisersohnes.

Als hätte er meine Gedanken erraten, schmunzelte Julianus. Ist meine Rede wirklich schon zu Ende? fragte er sich belustigt, als er das Salutieren der Zenturionen bemerkte, die sich mit geballter Faust auf den Brustpanzer schlugen. Die Feldtribunen unterhalb des Rednerpultes streckten ihm den Arm entgegen zu symbolischem Gruß und Ehrerbietung. Aus den vorderen Reihen der Legion hatte einer der Soldaten das Schwert gezogen und es demonstrativ hochgestreckt. Jetzt schlug er es an seinen Schild, und der Klang des Metalls hallte in den Ohren aller wider. Vereinzelte Rufe zuerst, dann aber rollte ein Schrei wie aus einem Munde durch das angetretene Heer: »Heil dir Julianus, heil dir Titus, heil dir Imperium Romanum!«

Gegenwart und Vergangenheit

Der Blitzstrahl traf ihn ein zweites Mal, als er Damaris wieder sah. Die Morgensonne flimmerte in den Zweigen der Myrtenstauden, die den Innenhof der Arischen Villa umkränzten, und er sagte sich, daß die Symbole der Liebe ein würdiges Bild zu seinen Gedanken abgaben. Fast Verlegenheit sprach aus seinen Worten. »Ich habe dich einige Tage nicht gesehen.«

Sie lächelte ihn freundlich an. Aber es war ein Lächeln der Höflichkeit, und keines, das er sich für seine Person wünschte. »Ich war bei meinem Oheim, Nikodemus ben Gorion. Er lebt allein und ist glück-

lich, wenn ihn jemand aus seiner Verwandtschaft ab und zu aufsucht.«
Er kann glücklich sein, dich als seine Nichte zu haben, sagte Marsena zu sich. Und die Jugend Jerusalems müßte glücklich sein, dich als Frau zu besitzen. Er erschrak fast bei diesem Gedanken, und er wußte, daß ein Hauch von Eifersucht ihn erfaßt hatte. Er wandte seinen Blick etwas hilflos von ihr ab. Er fürchtete, sie könnte seine innersten Gedanken erraten.
»Es ist ein Morgen, an dem die Römer sagen würden, die Götter sind betrunken – so berauschend und geheimnisvoll.«
»Es gibt nur einen Gott, Marsena«, sagte sie, und ihre Augen verdunkelten sich.
»Ja, natürlich. Ich sagte auch, die Römer... Ich bin kein Römer. Oder denkst du so wie deine Brüder?«
Sie schüttelte den Kopf. »Judas und Simon lieben dich wie sich selbst. Nur Gilead weiß noch nicht, wie er seine wirklichen Gefühle für dich zu werten hat.«
»Ich fragte dich, wie du selbst denkst? – Über mich.«
Sie sah ihn einen Augenblick verwirrt an. »Ich denke so wie Judas und Simon.«
»Und liebst mich wie einen Bruder – schade.« Seine Gedanken aber waren Bedauern, das er am liebsten in Worte gekleidet hätte.
»In Rom würden an diesem sonnentrunkenen Morgen die Menschen auf das Forum Romanum pilgern und Blumengirlanden vor den Statuen niederlegen.« Er sagte es, um seine Verlegenheit zu überspielen.
»Eine Stadt voller Götzendienst.«
»Aber herrlich in ihrem Blütenduft an solch einem Morgen. Bis der Gestank des Tibers alles wieder wegwischt und nur noch die Statuen sich an das Vergangene erinnern.«
»Du weißt, Marsena, wie die Gebote lauten, die unser Gott Jehova Moses am Berge Horeb einst gab: Du sollst dir kein geschnitztes Bild machen, weder von dem, was über der Erde, noch unter der Erde, noch unter den Wassern ist.«
Marsena lachte. »Natürlich. ›Du sollst dich hüten, ihnen Ehre zu erweisen und sie anzubeten.‹ Die Gebote sind klar. Ich lache nur, weil ich daran denke, daß in Rom an jeder Ecke ein Gott steht, eben entweder geschnitzt oder aus Stein, und Metall.«
Er winkte ab, als sie entsetzt auffahren wollte. »Glaube mir, Damaris. Nichts hätte mich verleiten können, diesen Göttern Reverenz zu er-

weisen. Die heiligen Schriften unseres Volkes sind auch in Rom nie aus meinem Gedächtnis entschwunden. Denn eine Wirrnis von Riten kennzeichnet die römische Priesterschaft. Von uralten Vorschriften festgenagelt, dürfen die einen sich zum Beispiel auf kein Pferd setzen, die anderen kein Eisen berühren, und wieder andere an bestimmten Tagen keine Wege beschreiten, wie bei uns am Passahfest. Die Auguren beobachten die Blitze und den Vogelflug, die Haruspice stellen aus Milz und Leber von Opfertieren Vorhersagen auf. Und für jeden Zweck gibt es einen Gott, den es zu besänftigen gilt.«
Damaris schüttelte sich. »Kein Wunder, daß das jüdische Volk die Römer so widerwärtig findet. Dieses Volk tut alles, was Jehova in seinem Gesetz verboten hat. Und du als Jude warst mitten unter ihnen!«
Marsena lächelte. »Ich hatte weder mit den Göttern Roms etwas zu schaffen noch mit den Priestern. Aber ich sagte es dir bereits.«
»Mußte deine Einstellung nicht auf Widerstand stoßen?«
»Man ist in Rom sehr tolerant. Es gibt sogar jüdische Synagogen. Und die meisten der Großhändler im Kernland des römischen Reiches sind Juden. Wie du siehst, konnte sogar ich, ein unbedeutender Jude aus einem vergessenen Geschlecht, es zu etwas bringen. Nur der Senat wird mir immer verwehrt bleiben.«
Damaris' Lippen formten sich zu einem forschenden Lächeln. »Bedauerst du es?«
Er sah sie an, und sein Innerstes sagte: Niemals, Tochter des Ari! Und wenn es ein Schicksal geben sollte, wie die Römer behaupten, und es mich in seiner Willkür wieder nach Jerusalem verbannt haben sollte, so müßte ich ihm dankbar sein. Wie sonst hätte ich einem Traum je ins Angesicht blicken können, so wie jetzt? Einem Traum, der Damaris heißt?
Er schüttelte den Kopf. »Nichts bedaure ich, Damaris. Rom ist eine Stadt, in der es sich leben läßt. Jedes Haus, das Rang und Namen hat, besitzt ein eigenes Bad mit kaltem und heißem Wasser. Hier in Jerusalem sind die Bäder, wenn überhaupt vorhanden, meist außerhalb der Häuser. In Rom hat jedes Haus eines vornehmen Römers sogar einen eigenen Baderaum, mit Tepidarium, wo es Becken mit lauwarmem Wasser gibt, Caldarium, mit heißem Wasser, und dann die Kaltwasserbecken des Frigidariums.«
»Auch unser Haus hat diese Anlagen!« Etwas wie verletzter Stolz klang aus ihrer Stimme.
Er lächelte. »Gewiß, euer Haus hält auch den Vergleichen mit den Pa-

triziervillen Roms, Praenestes und Pompejis stand. Doch bildet es hier in Jerusalem eine der wenigen Ausnahmen. Überhaupt lassen sich die beiden Städte nicht miteinander vergleichen. Ost und West, ein Unterschied, der sich in wenigen Worten nicht ausdrücken läßt. Es ist wie das Staunen über die Exotik, die einem fremd erscheint.«
»Ihr hieltet uns also in Rom für exotische Wesen?«
Marsena lachte hell auf. »Der Vergleich ist nicht schlecht. In der Tat führten die Gespräche, wenn sie die Provinz Palästina berührten, manchmal in diese Richtung.«
»Hast du nicht versucht, diesen Irrtum aufzuklären?«
»Hätte ich es überhaupt vermocht? Mir kommt noch jetzt so manches so fremd vor, als entstammte ich diesem Land überhaupt nicht.«
»Warum kamst du dann zurück?«
»Um dich zu sehen!«
Damaris' Augen verdunkelten sich, und ihre Antwort klang wütend: »Ein exotisches Wesen in einem Käfig?« Sie eilte, ohne sich noch einmal zu ihm umzuwenden, zwischen den Myrtensträuchern davon.
Marsena war stehengeblieben. Seine Augen verfolgten die zarte Gestalt, bis das silberne Laubwerk der Ölbäume sie verdeckt hatte. »Ja«, flüsterte er. »Um dich zu sehen.« Seine Gedanken waren wie in einem Taumel. Um dich zu sehen, das kleine exotische Wesen, das wundervollste was ihm je begegnet war.

*

Marsena wanderte durch die engen Gassen der Stadt. Er stieg die Treppen empor, die aus dem Tyropöontal hinauf in die Oberstadt führten, vorbei an niedrigen einstöckigen Häusern der Proletarier und an den Villen der Vornehmen der Stadt, in deren Gärten Platanen und Terebinthen Schatten spendeten. Er warf nur einen kurzen Blick auf den Palast des Kaiphas, seines Großvaters, den er nie betreten hatte, da sein Vater sich noch vor seiner Geburt mit dem damaligen Hohenpriester Jerusalems überworfen hatte und nie mehr mit ihm in Verbindung getreten war.
Marsena war stolz auf seinen Vater. Nichts von all dem Reichtum des großen Kaiphas war auf sie übergegangen, aber die Erinnerung an die Jahre des Glücklichseins mit Vater und Mutter in Armut war mehr als aller Glanz dieser Welt.
Er würde das Haus seiner Kindheit aufsuchen, nicht heute oder mor-

gen. Langsam nur wollte er sich an die wehmütigen Erinnerungen herantasten. Herrliche alte Stadt! Wie konnte ich dich so lange vergessen! Jeruschalajim, Stadt Jehovas, unseres Gottes! Nichts wird dir je gleichen, nicht Rom, nicht Athen, nicht Korinth, Damascus, Antiochia und auch nicht Alexandria, du zweite Stadt des Judenvolkes in römischer Welt!

Du konntest nicht Römer werden, Marsena ben Arinos, nicht mit deinem jüdischen Blut, nicht mit der großartigen Welt deiner Kindertage! Deine Rückkehr in den Schoß israelitischen Ursprungs war keine emotionale Handlung, nicht die bloße Reaktion auf Sentimentalität und Träumerei! Es war der unmißverständliche Ruf deines Blutes, die Vergangenheit deiner Vorväter, die mit nichts zu vergleichende Geschichte deines Volkes unter der Leitung unseres Gottes Jehova! Wie konnten in diesem Vergleich fremde Götter bestehen wie Jupiter und Saturn, Mars, Venus, Apoll, Neptun und Janus, Minerva, Odin und Thor, Amon Ra, Anubis, Zeus und Hera, alle Mysterien einer weit zurückliegenden Welt?

Er wußte, daß er in einem Zwiespalt lebte. – Hier war die Erde, der er entstammte, doch lag noch nicht allzu weit hinter ihm das Leben, das mehr als sechzehn Jahre seine Gedanken geprägt hatte. Ich bin doch eigentlich Jude und Römer zugleich, überlegte er, als er weiter an den Stätten seiner Kinderzeit vorbeiwanderte.

Oleander und Maulbeerbüsche säumten die aus Bruchsteinen errichteten niederen Mauern, und aus irgendeinem Hof wehte schmeichelnd der Duft von Rosenöl zu ihm herüber. Marsena lächelte. Im Gebrauch von Parfüms standen die Frauen Israels denen Roms nicht nach. Er liebte diese Stadt, das wurde ihm plötzlich bewußt, wenngleich sie eine gänzlich andere Atmosphäre ausstrahlte als die Metropole des römischen Imperiums. Die römischen Städte waren überladen mit Statuen, Triumphbögen, die in Jerusalem völlig fehlten. Und dennoch tat dies der Schönheit dieser Stadt keinen Abbruch. Gerade das Fehlen jeglicher Skulptur, jeden Standbildes gab den Straßen und Plätzen die sonderbare Faszination von vornehmer Schlichtheit und träumender Stille. Gewiß, da waren die Gebäude, die Herodes, der Große, wie er von seinen Gönnern genannt wurde, in griechisch-römischem Stil errichtet hatte: das riesige Hippodrom, das drittgrößte nach Rom und Alexandria, das große Theater, die Oktodone der oberen Agora, des weiträumigen Marktes, direkt neben dem gewaltigen Palast des Herodes, der für sich allein schon ein Wunder an Architek-

tur darstellte. Aber auch diese Gebäude waren, um einen Kompromiß mit den hartnäckigsten Verfechtern jüdischer Tradition einzugehen, ohne jegliche Darstellung von Mensch und Tier.
Da zweigte die Straße ab, die irgendwann in den Platz mündete, wo das Haus seiner Eltern gestanden hatte. Er verhielt seinen Schritt. Ein Gefühl von Sehnsucht und Traurigkeit umfing ihn. Siebzehn Jahre seid ihr schon tot, ihr, die ihr mir eine herrliche, unwiederbringliche Kindheit bereitet hattet, und die heute wieder so unauslöschliche Erinnerungen wachruft. Man müßte weinen können wie damals, als der Schmerz über den endgültigen Abschied das Herz des Jungen fast zerbrochen hatte. Aber siebzehn Jahre verwischen auch die größte Trauer, dachte er, und sein Blick sah das Heute, das den Tagen seiner Kindheit so glich, als wären die vielen Jahre nie verflossen.
Hier waren sie durch die Gassen getollt, hier hatten sie die sonnentrunkenen Tage des Frühlings durcheilt, die sich wie Samt über Jerusalem legten; das kindliche Rufen und Lachen war eins gewesen mit dem erwachenden Gesang der Vögel über den Dächern der Stadt. Das Schrillen der Schwalben am Himmel wie das Rauschen des Frühlingswindes in Palmenkronen und Platanengezweig hatten die unendlichen Stunden jener Tage begleitet. Glückliche, unvergessene Kindheit!
Dieser Morgen in Jerusalem ähnelte dem vor siebzehn Jahren. Damals lebten seine Eltern noch, und das Kinderherz war unbeschwert und offen für all die Herrlichkeit der Kinderwelt.
Er setzte sich an einen der Zierbrunnen, die vom Aquädukt des Pilatus gespeist wurden und lehnte sich an die sonnenwarmen Steine. Er ließ seine Gedanken kreisen. Sie waren wieder leicht wie die flimmernde Luft über Jerusalem, denn er dachte nur noch an Damaris. Wunderbares Jerusalem, ich stehe wieder am Beginn der Entdeckungen von einst und empfinde erneut die unsägliche Freude, deinen Geheimnissen zu lauschen, und ich hoffe, das Geheimnis ergründen zu können, das Damaris heißt. Er mußte sie sehen, den Faden wieder knüpfen, den ihr Gespräch heute zerrissen hatte!
Die silberne Trompete vom Tempelplatz tönte über die im Dunkel versinkende Stadt, als er in das öllampenerhellte Rund des Vorplatzes der arischen Villa trat. Judas und Simon waren in der Versammlung der Akra. Aber nicht sie wollte er treffen, sondern...

*

»Ich nehme das exotische Wesen zurück«, sagte er, als er Damaris im Atrium traf. Sie wirkte ruhig und lächelte kurz. »Es ist bereits vergessen«, sagte sie ohne merkliche Regung.
Sie verwirrt mich mit jedem Tag, dachte er, und es beunruhigt mich, da ich ihre Gefühle nicht abzuschätzen vermag. Nie konnte er sich sicher sein, daß ihr Interesse an ihm mehr war als nur zurückhaltende Höflichkeit, die einem Gast gebührte.
Ihre Augen verweilten einen Augenblick in den seinen, und er glaubte darin einen forschenden Ausdruck zu sehen. Aber der Augenblick verging, und sie wandte sich zum Gehen. »Bitte bleib noch ein wenig«, sagte er und erschrak gleichzeitig vor seinen Worten. Konnte sie daraus auf seine Gedanken schließen, die sich nahezu nur noch mit ihr befaßten?
Sie zögerte. »Wen willst du sprechen, Marsena? Das kleine exotische Wesen von den judäischen Bergen oder deine kleine Schwester von einst?« Er hätte antworten wollen: Keine von beiden, nur die wunderbare Frau von jetzt. »Du hast mir das exotische Wesen verziehen, Damaris – ich bestehe darauf. Und wenn du für mich als für den Bruder von einst empfindest, dann vergiß nicht, daß meine Jahre in Rom nichts am Gefühl für deine Familie zu ändern vermochten.«
»Wirklich nicht, Marsena?« Ihre Frage schwebte noch im Raum, als sie ihn schon längst verlassen hatte. Um ihn war nur noch das Plätschern des Brunnens und die Ungewißheit über Damaris' Gedanken. Er setzte sich an das Marmorbecken und tauchte seine Finger in das kühle Wasser.
Was erwartest du, sagte er zu sich. Hat sie dir nicht aufgezeigt, daß in ihr das verborgene Mißtrauen gegenüber allem Römischen ist und das auch dir gegenüber gilt? Du kannst es aus den Worten der Söhne Mertons entnehmen, – ja selbst aus den Blicken deiner Brüder – der Söhne Aris. Wie kann sie dann frei sein von diesem tiefverwurzelten Empfinden, das auch dich treffen muß?
Wären die sechzehn Jahre doch nie so vergangen! Doch was wäre gewesen, hätte er Jerusalem nicht verlassen? Hätte er weiter die Studien bei seinem Lehrer Meir ben Belgas fortgesetzt und wäre er ein angesehener, aber doch unbemittelter Schriftgelehrter geworden – wie sein Vater? Würde er bereits mit einer der Töchter Jerusalems verheiratet sein und ein unbedeutendes, wenn auch geruhsames Leben in den Mauern der Stadt Davids verbringen? Wäre aber sein Herz dann nicht frei von all den Zweifeln und ruhelosen Empfindungen, die ihn

jetzt quälten? – Nein, er war froh, daß er das bittersüße Sehnen in seiner Brust verspürte, das ihm sagte, wie er für die Tochter des Ari empfand. Wäre es so geworden, wenn er in Jerusalem geblieben wäre? Morgen würde er wissen, wie ihn die Vergangenheit berührte. Er würde den Ort seiner Kindheit aufsuchen, die Gassen durchstreifen wie damals und im vermeintlichen Schatten des Elternhauses seine Gedanken finden – die Fülle des Schmerzes wie auch der Hoffnung. Er wußte, daß das Haus seines Vaters nicht mehr stehen würde, aber auch das konnte die Erinnerung an die glücklichen Jahre der Vergangenheit nicht berühren. – Es würde sein wie vor sechzehn Jahren.

*

Über den judäischen Bergen ging die Sonne auf. Ihr Schein war eins mit dem Glanz des Frühlings über Jerusalem.

Marsena atmete den Geruch des neuen Morgens mit dem Hauch von Rosmarin und Lavendel. Er traf Judas ben Ari an der Tür zum Speiseraum.

»Du ißt nicht mit uns?«

»Ich werde heute fasten, um meine Gedanken freizuhalten für die Eindrücke und Empfindungen, die der heutige Tag mir offenbaren mag.«

Judas sah ihn fragend an.

»Ich will den Ort aufsuchen, an dem meines Vaters Haus gestanden hat.«

»Es steht nicht mehr dort. Es wurde abgerissen und durch das eines Nabatäers namens Archelaos ersetzt. Das geschah, als du noch bei uns warst.«

»Ich weiß, aber der Ort, die Straße, die Erinnerungen sind die gleichen geblieben.«

Judas legte ihm die Hand auf die Schulter. »Geh nicht hin.«

Marsena lächelte. »Keine Angst. Die Schmerzen sind längst vergessen, und ein wenig Wehmut kann ein Herz nicht zerstören.«

»Soll ich dich begleiten?«

Marsena schüttelte den Kopf. »Ich danke dir, aber du wirst verstehen, ich möchte dort allein sein.«

Sein Weg führte ihn auf die andere Seite des Tyropöontales. Die schmalen Gassen waren kühl, die gegenüberliegenden Hauswände ließen nur wenig Sonnenlicht eindringen. Die meisten Menschen, die

hier wohnten, waren nicht gerade begütert, und auch seine Eltern waren nicht reich gewesen. Um so reicher war aber die Erinnerung an die Erlebnisse seiner Kindheit, und Marsena hätte sie nicht für alle Reichtümer der Welt eingetauscht. Es war vieles noch so wie damals. Die Alten saßen vor ihren Häusern am mit Wolldecken verhängten Eingang, knüpften Teppiche, spannen Flachs und Wolle oder erzählten einfach nur. Die weißgetünchten Häuser waren größtenteils ohne aufgesetzte Stockwerke erbaut, mit einer flachen Steinkuppel als Dach oder auch nur mit einer Zeltplane überspannt. Hinter den mannshohen Mauern lagen die winzigen Gärten, in denen meist nur eine einzige Terebinthe oder Dattelpalme Platz fand, für Kinderaugen aber ein Platz der Abgeschiedenheit, der die Phantasie anregte. Die Weinreben an den Wänden, der Duft der Nachtschattengewächse, die sich um Pfeiler und Säulen rankten, der Sandsteinboden, der zu Lasur und Achat wurde, die schmalen Fenster, die zu Säulenarkaden und Kolonnaden wuchsen, das Gras in den Mauernischen, das die Würde der Königspaläste mit ihren prunkvollen Gärten erhielt, und über allem der blaue Dom des judäischen Himmels, der ein Universum verhieß. Nichts ließ sich mit den Erinnerungen der Kindheit messen, kein Besitz der Welt, der für manchen Erwachsenen Realität erlangte, kein Streben nach dem zweifelhaften Fortschritt – nichts, was mit Geld zu erkaufen war.
Auch das Haus seines Vaters war eines der vielen Gebäude gewesen, mit nur zwei Räumen, dunkel, um die intensive Sonne abzuhalten, aber mit einem Flachdach, zu dem eine Treppe an der Außenmauer hinaufführte. An heißen Sommertagen hatten sie ein Zeltdach aufgespannt und unter der weiten, unendlichen Flut der Sterne geschlafen. Auch diese Erinnerung war unauslöschbar. In der Nähe ihres Hauses hatte eine der vielen kleinen Synagogen gestanden, die sein Vater jeden Tag aufsuchte, um mit dem Priester die Schriften zu studieren. Sein Vater war als Schriftenvervielfältiger ein angesehener Mann gewesen, aber dennoch nie reich geworden. Aber er kannte die Schriften wie einer der Gelehrten, und auch Marsena hatte dies als ein Erbteil des Wissens seines Vaters, soweit es bei einem Jungen von zwölf Jahren möglich war, mitbekommen.
Er fragte sich heute noch, wie die beiden, sein Vater und Ari ben Aschchur zueinander gefunden hatten. Diese so verschiedenen Menschen, Ari, der Patrizier, reich und höchst geachtet in ganz Jerusalem, und Arinos, der Pharisäer und Schriftforscher, dessen Haus das

Eigentum des patriarchischen Rates der Synagogenverwaltung seines Stadtviertels war. Was sie besaßen, hätte nie ein Kontaktpunkt zu einer der reichsten Familien Judäas sein können. Nie wurde im Familienkreis darüber gesprochen. Aber gerüchteweise mußte ihr Kennenlernen mit einer Begebenheit zusammenhängen, die sich vor beinahe vierzig Jahren in Jerusalem zugetragen hatte. Zur Zeit, als Pontius Pilatus Prokurator von Judäa gewesen war, sollte ein Aufruhr das Land durchzogen haben, der das Volk der Juden in Verwirrung gestürzt hatte. Man glaubte, sich der römischen Herrschaft durch ein erneutes israelisches Königtum entledigen zu können. Ein Traum, der das jüdische Volk in zwei Lager gespalten hatte. Es mußte irgendwie mit der Frage des Messias zu tun gehabt haben. Jemand hatte sich den Titel eines Königs der Juden angemaßt, was zu seiner Verurteilung durch den Sanhedrin und dem darauffolgenden Todesurteil durch den Prokurator, der allein nach römischem Recht zu handeln vermochte, geführt hatte. Man sprach nicht gern darüber, und Marsena hatte deshalb auch nie weiter danach gefragt. Als Kind interessierte er sich ohnehin nicht für politische Querelen, die nur die Erwachsenen zu Emotionen hinreißen konnten, außerdem hatte sich der Sturm zu seiner Zeit schon längst gelegt. Sein Vater war zum Zeitpunkt dieses kritischen Momentes in der jüdischen Geschichte noch Schüler im Rate Kaiphas', seines Vaters gewesen, und Ari, wie es hieß, hatte damals viele Verkaufsstände in den Tempelkolonnaden gehabt, die aber später abgeschafft wurden, um die Würde und Heiligkeit des Tempelbezirkes nicht zu gefährden.
Wie schnell doch alles immer vergessen wird, dachte Marsena, als ihm diese Erinnerungen durch den Kopf gingen. Jetzt waren die Tempelkolonnaden wieder erfüllt von den Anpreisungen der Händler, die Tauben und Schafe als Opfertiere verkauften. Zu beiden Seiten des Susantores waren auch jetzt wieder das Blöken der Schafe, das Brüllen der Rinder und das Geschrei der Geldwechsler zu vernehmen, die die unreinen Währungen in jüdisches Geld umwechselten, und die den Psalmengesang und die Gebete der Priester zur Bedeutungslosigkeit herabwürdigten.
Vor ihm lag der Platz mit dem öffentlichen Brunnen, an dem vor nahezu siebzehn Jahren sein Zuhause gestanden hatte. Er hatte das Haus des Nabatäers nie gesehen, und mit dem Tod seiner Eltern war auch das einstige Heim für immer aus seinem Blick verschwunden. Ari ben Aschchur hatte ihn zu sich genommen, auf die andere Seite

des Tyropöontales, und er war nie wieder an die Stätte seiner Kindheit zurückgekehrt. Das Haus vor ihm war fremd, und nur die Umgebung hatte sich nicht verändert. Die Tamariske im Garten war das einzige, was an das Haus seines Vaters erinnerte.
Er stand da, und seine Augen brannten. Er wandte sich abrupt ab. Die Erinnerungen waren plötzlich alle wieder wach. Er sah seine Mutter im flackernden Schein der Öllampe, ihr sanftes Antlitz, das viel zu früh verblaßt war, seinen Vater, der ihm aus den eigenhändig verfaßten Schriftrollen die wundersamen Aussprüche des großen König Salomo vorlas. Er fühlte die Wärme und Geborgenheit des Elternhauses und die Liebe, die es ausstrahlte.
Er wischte sich die Tränen von den Augen, die er nicht zurückzuhalten vermochte. Dann war der Blick wieder klar, und nur das Haus des Nabatäers blieb, der vertraute Platz und der Brunnen, aus dem er vor siebzehn Jahren das letzte Mal Wasser geschöpft hatte. Er zog am Seil, und quietschend drehte sich die Rolle.
Das Empfinden war das gleiche wie damals. Die verträumte Jugend lag hier im Schatten des Brunnens. Die Zeit mochte stillgestanden haben, und doch war sie unendlich weit entfernt. Er ließ das Seil los. Tief unten hörte er den Eimer auf das Wasser klatschen. Er sah sich nicht mehr um und ging die Straße weiter, wo er die kleine Synagoge wußte, in die ihn sein Vater zu den Gebeten immer mitgenommen hatte, und in der er, dem Wunsche seines Vaters gemäß, zu einem Studium der heiligen Schriften hätte angehalten werden sollen. Sein Gesicht wurde ernst, als er sich zurückerinnerte und fand, daß die Schriften wohl in Ordnung gewesen waren, seiner Auffassung nach aber nicht die Lehrer, die sie ihm verständlich zu machen suchten. Er hatte ehrfurchtsvoll den Ausführungen des mosaischen Gesetzes gelauscht und voller Bewunderung die mächtigen Taten Jehovas vernommen, vom Auszug aus Ägypten, der Wanderung des Volkes Israel in den Wüstenstrichen der Sinaihalbinsel, bei der sie ihr Gott so wunderbar mit Manna und Wachteln versorgt hatte, dem gewaltigen Schauspiel der Gesetzesverkündigung und dem Einzug ins verheißene Land. Der Fall Jerichos unter der Führung Josuas war ihm ebenso unvergessen geblieben wie die Existenzkämpfe gegen die Ammoniter, Moabiter und Edomiter, die alle zufolge der Präsenz Jehovas erfolgreich verlaufen waren.
Er erinnerte sich aber auch der furchtbaren Strafen, die über das Volk kamen, wenn sie, wie so oft in der Geschichte Israels, sich von Jehova

abwandten, um Götzendienst zu pflegen. Und noch eines war ihm aufgefallen. Daß sich die Anordnungen des Gottes Israels in vielem von den Riten und Zeremonien der Priester von heute unterschieden, daß mancher Grundsatz von einer Flut von verwässernden Vorschriften beinahe unkenntlich gemacht worden war. Er erinnerte sich nur zu deutlich der Reaktion seines Lehrers Meir ben Belgas, als er ihn mit seinen dreizehn Jahren auf eine dieser unverständlichen Tatsachen aufmerksam gemacht hatte. Er hatte vorgebracht, daß seiner Meinung nach den klaren Gesetzesanweisungen Jehovas vor den menschlichen Überlieferungen Vorrang eingeräumt werden mußte. Die Rutenschläge auf seinem Rücken hatten ihm aber schmerzhaft die Erkenntnis gebracht, daß eine priesterliche Ausführung anscheinend über die ihres Gottes zu setzen sei, wenngleich rein äußerlich davon scheinbar nie die Rede sein konnte. Die Wege Jehovas waren seltsam, die der ihm unterstellten Priester aber bei weitem noch seltsamer. Wie wundervoll waren ihm die Aufzeichnungen der fünf Bücher Mosis vorgekommen, wie unverständlich und unpersönlich dagegen die Reinigungs- und Waschungsvorschriften der Priester. Sollte ein so mächtiger Souverän wie Jehova auf diese extreme und fanatische Pedanterie einen solchen Wert legen, wo er seinem Volk gegenüber sonst mild und großzügig zu handeln pflegte? Er hatte diesen Gott immer bewundert, der trotz des störrischen Wesens des von ihm auserwählten Volkes zu seinem Bund hielt. Er konnte sich nicht vorstellen, daß dieses wankelmütige Menschengeschlecht noch in dessen Gunst stehen konnte. Und doch hatte er durch seinen Propheten Maleachi sagen lassen: ›Kehret um zu mir, so will ich zu euch umkehren.‹ Welche Größe war doch in diesen wenigen Worten enthalten! Hätte er als einzig wahrer Gott es nötig gehabt, zu einem Volk zurückzukehren, von dem wiederum der Prophet Maleachi gesprochen hatte: ›Und nun, dieses Gebot ist für euch, o Priester. Wenn ihr nicht zuhören werdet und wenn ihr es nicht zu Herzen nehmen werdet, meinem Namen Ehre zu geben, hat Jehova der Heerscharen gesprochen, so werde ich gewißlich den Fluch über euch senden, und ich will eure Segnungen verfluchen. Denn die Lippen eines Priesters sind es, die Erkenntnis bewahren sollten, und das Gesetz sollte man aus seinem Munde suchen; denn er ist der Bote Jehovas der Heerscharen. Ihr aber – ihr seid vom Wege abgewichen. Ihr habt viele veranlaßt, im Gesetz zu straucheln. Ihr habt den Bund Levis verderbt, hat Jehova der Heerscharen gesprochen.‹

Diese Worte aus der Schriftrolle des Maleachi hatten ihm damals viel zu denken gegeben, aber er hatte nicht gewagt, dies vor Ben Belgas zu äußern. Je mehr er von den Schriften Kenntnis erlangte, um so mehr kamen ihm die Zweifel an der Aufrichtigkeit der jüdischen Gesetzeslehrer.
Erst jetzt bemerkte er, daß ihm einige Gestalten folgten. Sie hielten sich in einigen Schritten Abstand und tuschelten miteinander. Ab und zu wies einer auf ihn. Was sie sagten, konnte er nicht verstehen, aber anhand der Gesten und des Gesichtsausdruckes der Männer war ihm klar, daß es wenig Freundliches war. Die Art der Bekleidung und die Farbe ihrer Gewänder wies sie als Kupferhändler und -schmiede aus. Auch sah er einige Wasserträger und Olivenholzschnitzer unter ihnen. Er bemerkte, daß die Schar immer mehr Mitläufer fand, und die an den Häuserwänden lehnenden Müßiggänger sich dem Zuge anschlossen. Marsena fragte sich, ob die Aufmerksamkeit allein seiner Person gelten mochte, waren ihm die Leute doch völlig unbekannt. Alle Zweifel waren beseitigt, als einer aus der Gruppe einen Stein aufhob und in seine Richtung warf. Marsena runzelte die Stirn, setzte aber seinen Weg unbeirrt fort. Auf einmal kamen ihm die Blikke der in den Häuserschatten sitzenden Tuchweber und Mattenflikker nicht mehr so freundlich vor, und die Gespräche, die nur undeutlich an sein Ohr gedrungen waren, hatten ihn auf einmal als Gegenstand. Er hörte Wortfetzen, die das Wort »Römer« immer deutlicher zum Ausdruck brachten und mußte plötzlich lächeln. Er trug eine dunkelblaue Tunika mit einem losen Überwurf und die hohen Wildlederstiefel. Er sah recht unjüdisch aus, sagte sich aber, daß auch die Besucher aus Antiochien und Damascus sich nicht viel anders kleideten, war die römische Mode auch in den asiatischen Provinzen doch schon seit langem immer beliebter geworden. Dummheit kennt keine Grenzen, dachte er ungerührt. Die Antipathie gegen Rom machte selbst vor der Mode nicht halt. Er kümmerte sich nicht weiter über den Pöbel hinter ihm, fand dessen Reaktion eher belustigend als beleidigend, obwohl die Aggressionen immer deutlicher wurden. Vor ihm tauchte die Flachkuppel der Synagoge auf. Nichts hatte sich in dieser Straße geändert, nur der Anstrich der Synagoge mochte erneuert worden sein. Plötzlich war er von allen Seiten umringt. Je näher er zu seinem Ziel kam, um so dichter wurde der Kreis der Verfolger. Er sah, wie manche Steine aufhoben, aber noch nicht wagten, auf ihn zu werfen. Er blieb plötzlich stehen und warf einen Blick in die Runde.

Die ihm am nächsten Stehenden zogen sich ein wenig zurück, wurden aber von den Nachdrängenden wieder an ihn herangeschoben. Als er einige fixierte, sah er Angst und Wut in ihren Gesichtern. Er spürte ihren nahen Atem und verzog angewidert den Mund. Der Abschaum Jerusalems hatte sich anscheinend auf einmal um ihn herum versammelt. Wie die Ratten aus den Mauerritzen erschienen die Gestalten plötzlich von überall. Das Wogen ihrer Leiber hatte etwas Unwirkliches und Beängstigendes an sich.

Immer deutlicher hörte er die Mißfallenskundgebungen. Fäuste wurden gegen ihn geschüttelt. Drohende Worte, in unverkennbarem Haß hinausgespien, gingen von Mund zu Mund. »Seit den Tagen des Florus wagte es kein Römer mehr, den Boden Jerusalems zu betreten«, hörte Marsena eine keifende Stimme schreien. Er versuchte, sich weiter zu beherrschen und lächelte nur mitleidig in den Kreis der braunen, roten, blauen, gelben und grünen Farbflecken hinein, die ihn umringten. Er überflog die Gesichter der murrenden und keifenden Menge und sagte sich, wie wenig das Volk der Juden sich in den Jahrtausenden seines Bestehens geändert hatte. Sie werden nie lernen, nach etwas anderem zu urteilen, als sie zu sehen vermögen. War ein Gewand weiß, so interessierte sie nicht die Gesinnung, die sich hinter irgendeinem Deckmantel verbarg. Starre Tradition und mißtrauische Gesinnung, gepaart mit einem ewigen Vorurteil gegen alles, was sich außerhalb ihres Blickfeldes befand, ließ in ihren Augen jeglichen Kompromiß zur Gotteslästerung werden. Jeden Handgriff, jede Tätigkeit, jeden Gedanken maßten sie sich als im Einklang mit ihrem Gott an. In all ihren Ritualen übersahen sie aber das Wichtigste, welches sie von ihrem und meinem Gott in all den Gesetzen als Priorität anzuerkennen hatten, die wahre Menschlichkeit, mit den Faktoren Liebe, Macht, Weisheit und Gerechtigkeit. Von all diesen Punkten strebten sie wohl nur nach der Macht.

Ihn überkam plötzliche Wut. Er griff in die Menge und packte einen der Schreier am Mantel. Mit einem heftigen Ruck zog er ihn zu sich heran. Die dunklen Augen vor ihm weiteten sich erschrocken.

»Warum pöbelst du mich an?« zischte Marsena. »Kennen wir uns?«

»Du bist ein Römer«, stotterte der Mann.

»So, nur weil ich diese Kleidung trage? Noch macht eine Tunika keinen Römer aus. Genausowenig, wie eure Obergewänder jüdische Gesinnung zu vermitteln vermögen. Oder aber vielleicht sogar gerade deswegen.« Seine Augen hatten sich zu Schlitzen verengt. »Ob-

wohl ich selbst Jude bin, fällt es mir schwer, stolz darauf zu sein. Gezänk und Streit begleiten mich, seit ich die Schwelle des Westtores überschritten habe. Ich möchte nicht wissen, wie viele eurer faltenreichen Überwürfe ein Messer verborgen halten, das für Mord und Raub geplant ist und wie viele Spitzel sich unter der Maske der friedfertigen Bürger verkriechen, um dem Chaos in der Stadt nur ja die Basis zu erhalten. Ich verwette mein Pferd, daß selbst jetzt in eurer Mitte mehr bezahlte Randalierer sind als Kaufleute und Händler, wie es eure Gewänder eigentlich aussagen müßten. Eure Empörung über mich, da ich römische Kleidung trage, ist nichts als eine Farce.«
Er stieß sein Gegenüber in die Menge zurück und verzog spöttisch den Mund. »Ich wüßte wirklich nicht, warum ich mich euch angleichen sollte.«
Er schritt auf die Umgebenden zu, die ihm zögernd auswichen. Er wartete auf eine feindselige Reaktion, auf eine geballte, für ihn gefährliche Entladung ihres Hasses, aber nichts geschah. Er streifte beinahe die Gewänder der Umstehenden, fühlte förmlich den heißen Atem der angriffslustigen Masse, die es aber nicht wagte, zuzuschlagen. In dieser Stadt scheint es notwendig zu sein, lange Obergewänder zu tragen, um sein Schwert darunter verbergen zu können, dachte er und ballte die Fäuste, als ihn jemand anrempelte. Der Mann hob abwehrend die Hände, als fürchtete er den drohenden Blick Marsenas. Dann war er durch, und das Stimmengewirr blieb hinter ihm. Er trat in den dunklen Eingang der Synagoge und atmete auf.
Er schloß die schwere Türe hinter sich, und der Lärm der Meute verebbte zu unbedeutendem Raunen.
Aus dem Dunkel, an das sich seine Augen langsam gewöhnten, hörte er eine Stimme, die Psalmen sang.
»Unvergängliches Trugspiel«, murmelte er, als er die Worte vernahm, die der Psalmist vielleicht schon vor Jahrhunderten in den Äther hinausgesungen hatte: ›Ich will Jehova segnen zu allen Zeiten, beständig wird sein Lobpreis in meinem Munde sein. In Jehova wird sich meine Seele rühmen; die Sanftmütigen werden hören und sich freuen. Hoch preist mit mir Jehova, und laßt uns seinen Namen zusammen erheben.‹
Wunderbare Worte, die ihr als Volk nicht erfüllt. Weder lobpreist ihr Jehova, noch seid ihr sanftmütig, noch erhebt ihr seinen Namen über den euren.

Der Gesang der Psalmen verstummte. Aus dem düsteren Zwielicht der Synagoge hob sich eine Gestalt ab, die auf ihn zukam. Es war älter geworden, das Gesicht vor ihm, aber er kannte es. Meir ben Belgas, der Priester, sein Lehrmeister vor sechzehn Jahren.
Der Priester musterte ihn, als dächte er über den Fremden nach, der seine Synagoge betreten hatte. Dann brach er das Schweigen. »Ist der Aufruhr da draußen deinetwegen?«
Marsena nickte. »Sie halten mich für einen Römer.«
Der Priester musterte ihn abschätzend. »Du siehst auch so aus. Wenn du Jude bist, dann ist deine Kleidung in dieser Zeit und an diesem Ort äußerst unangebracht.«
»Du sagst mir nichts Neues. Aber ich bin noch nicht lange in Jerusalem.«
»Bist du vor ihnen in die Synagoge geflüchtet?«
»Nein, ich wollte ohnehin hierher. – Mein Name ist Marsena, des Arinos Sohn.«
Der Priester hob erstaunt die Augenbrauen. Sein Blick blieb lange auf ihn gerichtet. Dann runzelte er die Stirn und sagte nachdenklich: »Ich erinnere mich. Dein Vater war des Kaiphas' Sohn. Er wollte, daß du den Lehrgängen der Schriftgelehrten beiwohntest. Du warst mein schlechtester Schüler, für den Enkel des großen Kaiphas eine Schande. Du hast wenig von deinem Vater, der hochangesehen war in den Kreisen des Rates, und noch weniger von deinem Großvater. Ein schlechtes Erbe für den damaligen Hohenpriester von Jerusalem.«
Marsena lachte innerlich leise auf. Wenn Abraham gewußt hätte, was aus seinen Nachkommen werden würde, hätte er sicherlich auf einen Erben verzichtet.
Des Priesters Gesicht verfinsterte sich. »Ja, jetzt wird die Erinnerung an dich immer lebendiger. Schon damals fielst du mir unangenehm auf. Du hattest an vielem etwas auszusetzen, hieltest dich nicht an den Ablauf der heiligen Riten. Deine ganze Art, wie du dich gabst, war eine einzige Lästerung. Bist du gekommen, um an heiliger Stätte wieder über dein Volk und seine Ideale zu lästern?«
Marsena schüttelte langsam den Kopf. »Nein, im Gegenteil. Ich hoffte den Lebensimpuls meines Volkes hier zu finden. Ich hoffte, verstehen zu lernen, warum ein Volk sich den Lehren der Priesterschaft so urteilslos unterwirft. Ich will wissen, ob Jehova wirklich mit uns ist.«
»Wenn du es bisher nicht wußtest, wird es dich die Gegenwart auch nicht lehren.« Die Stimme des Priesters wurde schärfer.

Marsena lachte leise auf, sagte aber nichts.
»Dein Lachen ist die gleiche Antwort wie vor vielen Jahren, als du bei mir warst. Wie lange ist es her?«
»Sechzehn Jahre.«
»Sechzehn Jahre«, wiederholte der Priester. »Du tauchst auf, wie du verschwandest. Plötzlich und mit unangenehmen Begleiterscheinungen.«
»Du meinst die Meute da draußen?« Marsena lachte geringschätzig auf.
»Du bringst Ärger in die Anbetungsstätte unseres Gottes, der auch deiner ist.«
Er hielt einen Augenblick inne und sah Marsena fragend an. »Oder hat sich auch das so geändert wie deine Kleidung?«
Marsena sah ihm direkt in die Augen.
Der Priester hielt seinem Blick für einige Augenblicke stand, dann sah er an ihm vorbei.
Deine Überheblichkeit ist unverändert geblieben, Ben Belgas, dachte Marsena und gab mit leichtem Spott zurück: »Einem Juden fällt es anscheinend immer schwer, das Positive in anderen zu sehen.«
Die Mundwinkel Ben Belgas' zuckten, und ein zynischer Zug ging über das Gesicht des Priesters. »Bist du sicher, daß dein Zurückkommen in den heiligen Bereich Israels wünschenswert ist? Sechzehn Jahre haben aus dir keinen Juden zu machen verstanden, und Verräter an unserem Volk sind uns nicht willkommen.«
»Verräter?« Marsena lachte spöttisch auf. »Ist nicht derjenige ein größerer Verräter, der eine ganze Nation verrät und in Unkenntnis gelassen hat?«
Die Augen des Priesters wurden hart. »Was willst du damit ausdrükken, Sohn des Arinos?«
Marsenas Lippen umspielte ein kurzes Lächeln. »Ich wünschte, ich hätte diese Worte nie gebrauchen müssen. Aber seit ich das Land meiner Väter wieder betreten habe, höre, sehe und verspüre ich nur Haß. Haß, Haß, immer nur Haß. Gibt es denn in euren Reihen kein bißchen Liebe mehr? Hat euch Jehova nur den Haß gelehrt? Sprechen die wunderbaren Gedanken unseres Gottes nicht eher von seiner eigenen überragenden Eigenschaft, der Liebe?«
»Die beiden Begriffe liegen eng beieinander«, gab der Priester mürrisch zurück. »Das Gebot lehrt: ›Liebe deinen Nächsten und hasse deine Feinde!‹«

Marsena schüttelte traurig den Kopf. »Ihr begreift nichts. Du sagst, die beiden Begriffe von Haß und Liebe liegen eng zusammen. Nur nicht bei euch. Da trennen sie Welten. Es heißt nämlich auch: ›Liebe das Gute und hasse das Schlechte.‹ Das scheint ihr immer wieder zu vergessen. Es ist nichts, was für euch sprechen könnte. Du sagtest, ich verrate euch, nur weil du mit Voreingenommenheit meine äußere Erscheinung zu interpretieren versuchtest. Ich antwortete dir mit Worten, die dich begreiflicherweise treffen mußten. Ich werde dir aufzeigen, wo ihr wirklich steht. Laß deinen Synagogendiener die Schriftrolle des Jeremia holen.«
Ben Belgas blickte ihn mit starrem Gesicht an, dann gab er einen Wink.
Marsena nahm die schwere Rolle in die Hand. Seine Finger strichen über die lederne Hülle mit den eingestanzten Ornamenten von Pflanzen und Arabesken, über die Einfassungen von Gold, die schweren Griffe aus graviertem Palisanderholz, und meinte sinnend: »Es ist die Arbeit meines Vaters. Ich weiß, wie er Tag und Nacht geschrieben hat.«
Meir nickte. »Er hat vier Jahre daran gearbeitet.«
Marsena rollte den Papyrus auf, und die Schriftzeichen begannen vor seinen Augen zu tanzen. Vater, in meinen Händen halte ich dein Werk, die Zeichen deiner Hand, wo du schon längst tot bist. Mögen die Worte unseres Gottes, die du niedergeschrieben hast, diesem Priester zeigen, daß es mehr bedeutet, als nur davon zu wissen.
»Lies vor«, forderte er den Synagogendiener auf und reichte ihm die schwere Rolle zurück.
Ben Belgas hob die Augenbrauen, und für einen Augenblick verengten sich seine Augen zu einem bösen Blick, dann winkte er dem Synagogendiener bejahend zu.
»Menschen sind es, die sie fangen. Wie ein Käfig voll von fliegenden Geschöpfen, so sind ihre Häuser voller Trug. Darum sind sie groß geworden, und sie gewinnen Reichtum...«
Marsena beobachtete genau das Mienenspiel seines Gegenübers. Das Gesicht des Priesters verdüsterte sich mit jedem gesprochenen Wort.
»... Sie sind fett geworden; sie glänzen. Sie sind auch übergelaufen vor schlechten Dingen...«
»Es ist genug«, sagte der Priester scharf. »Ich wüßte nicht, was du damit auszusagen hättest.«
Marsena verzog die Lippen zu einem ironischen Lächeln. »Wirklich

nicht? Das solltest du eigentlich. Denn es bezieht sich auf euch, die ihr glaubt, Jehova wäre mit euch. Es sind seine Worte an die Priesterschaft Israels.«

»Lies weiter«, forderte er den Synagogendiener auf.

»Sollte ich nicht gerade dieser Dinge wegen Abrechnung halten, ist der Ausspruch Jehovas, oder sollte an einer Nation, die wie diese ist, meine Seele sich nicht rächen?...«

Marsena sah in die Augen des Priesters. Er gerät in Zorn, sagte er sich.

»... eine entsetzliche Sachlage, ja etwas Gräßliches, ist im Lande herbeigeführt worden: Die Propheten selbst prophezeien tatsächlich in Falschheit; und was die Priester betrifft, sie gehen nach ihren Kräften auf Unterwerfung aus. Und mein eigenes Volk hat es so geliebt...«

Natürlich müssen ihn diese Verse treffen.

Die Augen des Mannes vor ihm verdüsterten sich zusehends.

»... von ihrem Geringsten selbst bis zu ihrem Größten macht jeder ungerechten Gewinn für sich; und vom Propheten selbst bis zum Priester üben sie alle Falschheit...«

Der Priestergehilfe stockte und senkte die Buchrolle.

»Lies doch weiter«, forderte ihn Marsena auf.

Der Priester blieb stumm und starrte Marsena nur verbissen an.

Der Gehilfe fuhr zögernd fort zu lesen: »... und sie versuchen den Zusammenbruch meines Volkes leichthin zu heilen, indem sie sprechen: ›Da ist Friede! Da ist Friede!‹ wenn kein Friede da ist.«

Das Gesicht Ben Belgas' war zorngerötet. Er gebot dem Diener zu schweigen.

Marsena lachte trocken auf. »Es gefällt dir nicht, Meir ben Belgas, die Wahrheit zu vernehmen.« Er nahm dem Priestergehilfen die Buchrolle aus der Hand. »Ich werde weiterlesen: ... an den Rocksäumen sind die Blutspuren der Seelen unschuldiger Armer gefunden worden...«

Gleich wird er sein Gewand zerreißen, dachte Marsena, während er fortfuhr. »... dies ist, was Jehova der Heerscharen, der Gott Israels gesprochen hat: ›Siehe, ich bringe Unglück über diesen Ort, wovon jedem, der es hört, die Ohren gellen; darum, daß sie mich verlassen haben‹...«

»Schweig!« Das Gesicht des Priesters hatte sich zu einer wütenden Fratze verzerrt. »Du verdrehst die Worte, von denen du nichts weißt. Jeremias Anklage bezog sich auf seine Zeit«, schrie der Priester.

»Wirklich?« höhnte Marsena. »Hat sich seit seiner Zeit irgend etwas an der Einstellung der Priesterschaft Israels geändert?«

»... und sie haben diesen Ort mit dem Blut der Unschuldigen erfüllt.«
Marsena blickte auf und sah in ein versteinertes Gesicht.
»Genügt es, oder soll ich weiterlesen?«
Er sah, wie sich Ben Belgas bemühte, die Fassung nicht vollends zu verlieren. Mühsam beherrscht, zwängten sich die Worte aus seinem Mund: »Ich sagte dir bereits, daß sich diese Worte des Propheten Jeremia auf die Zeit Zedekias bezogen. Es sind seither nahezu sieben Jahrhunderte vergangen.«
»Du meinst, für das Volk Israel von heute paßt es nicht?« Marsenas Lippen überzog ein spöttisches Lächeln. »Was hätte sich bei euch in all den Jahrhunderten wohl ändern können?« Er lachte. »Ich war ein schlechter Schüler, Ben Belgas, du hast zweifelsohne recht. Dennoch habe ich vieles aus den Schriften nicht vergessen, und manches gelesen, was du mir nicht zeigtest. Wenn du mich die Schriftrollen katalogisieren, den Staub entfernen ließest, und mir den Auftrag gabst, beschädigte Stellen auszubessern, dann konnte ich auch den Inhalt erkennen, den du vor deinen Schülern verborgen hieltest. – Und der ließ mich zum Nachdenken kommen. Die Schriften sind erhaben, ihr Inhalt voller Weisheit, und die Anordnungen gerecht und verständnisvoll. Nur nicht die, die diese Schriften bewahren, den Inhalt verschweigen oder ihn nach ihrem Gutdünken interpretieren!«
Die Augen des Priesters verengten sich. »Was willst du damit schon wieder sagen?«
Marsenas Mund lächelte, aber seine Augen blieben unbewegt. »Ich glaube, du hast mich wohl verstanden! Ich hatte nie begreifen können, warum man die klaren Anordnungen im Gesetz Mosis mit einer Flut von Erklärungen, Zusätzen, mit Riten und Zeremonien umgeben mußte, so daß sie für das Volk Jehovas, für das sie bestimmt waren, unverständlich werden mußten. Aber vielleicht war es gerade deshalb, weil die Erklärung in euren Händen lag und somit eure Machtstellung ungebrochen blieb. Das Volk war ohne euch hilflos, die ihr verpflichtet wart, den Willen Gottes dem Volk verständlich zu machen. Aber nicht zugunsten der Menschen habt ihr gehandelt, die euch erwartungsvoll gelauscht haben, die ihr Vertrauen in eure Worte gelegt hatten, die überzeugt gewesen waren, daß das, was ihr sagtet, die Worte ihres Gottes Jehova sein mußten.
Diese Verpflichtung hattet ihr zwar, doch wußte schon der Prophet Jeremia, wie ihr eure Vertrauensstellung zu eurem Nutzen ausspieltet.«

Meir war bei den Worten Marsenas bleich geworden. Der dunkle Raum ließ sein Gesicht noch weißer erscheinen, und Marsena wußte, daß er sich einen unversöhnlichen Gegner geschaffen hatte.
Die Worte, die ihm entgegengeschleudert wurden, waren voller Haß. »Ich hätte deinem Vater schon damals sagen müssen, daß du ein Greuel für das Volk Israels bist. Deine Zunge möge für deine Worte verdorren! Du wagst es, den heiligen Stand der Priesterschaft Israels aufs tiefste zu verletzen? Der Zorn Jehovas wird dich strafen!«
Marsena lächelte mitleidig. »Bist du sicher, daß Jehova dich noch erhören wird? Ich glaube eher, daß ihr es seid, die in seinen Augen zum Greuel geworden sind.«
»Schweig!« schrie der Priester. Er winkte seinem Synagogendiener, der im Hintergrund voller Staunen den Wortwechsel verfolgt hatte. »Du hast seine Worte gehört«, keuchte er und wies auf Marsena. »Wir werden dem Rat des Sanhedrin über dich zu berichten wissen. Du verrätst dein Volk mit Worten, und dein Äußeres zeigt, daß es wohl nicht bei Worten geblieben ist.«
Marsena sah in das hochrote Gesicht des Priesters. Er sah die in grenzenlosem Haß glühenden Augen, die verzerrten Züge des Mannes, die bebenden Lippen, und er hörte die kreischende Stimme, die sich in hilfloser Wut überschlug.
Ungerührt gab er zurück: »Ich verrate Israel, sagtest du? Ihr verratet mehr – Gott!« Er sah fest in das verkniffene Gesicht, in die zu schmalen Schlitzen verengten Augen, und erblickte nur Haß. Er wird gleich sein Obergewand zerreißen. Eigentlich zu schade für unseren Wortstreit. Ich werde es ihm ersparen und lieber gehen.
Marsena rollte die Buchrolle zusammen und warf sie dem bestürzten Synagogendiener in die Arme. »Ich habe vergessen, die letzten Gedanken aus der Buchrolle vorzulesen. Es stand darin: ›Und die von Jehova Erschlagenen werden schließlich an jenem Tage gewißlich von einem Ende der Erde bis zum anderen Ende der Erde sein. Sie werden nicht beklagt werden, noch werden sie zusammengesammelt werden, noch begraben werden. Zu Dünger auf der Oberfläche des Erdbodens werden sie werden!«
Er wandte sich ab. »Ihr müßtet euch wie in einem Spiegel gesehen haben. Ihr seid zu bedauern. Aber noch mehr die, die ihr betrügt. Ich habe nur Verachtung für euch.«
Er hörte die kreischende Stimme des Priesters hinter sich: »Hund von einem Römer«, aber er blickte nicht mehr zurück.

Ihr werdet es nicht begreifen, und wenn ihr Hunderte von Jahren Zeit hättet, die Schriften zu durchforschen. Wächter ohne Verantwortung, Lehrer ohne Lehre. Getünchte Gräber ohne Leben. Und die, die euch anhören, sind bedauernswerte Opfer eurer Zeremonien und Überlieferungen. Die Schriften haben ihre Rolle verloren, zu der sie geschrieben wurden, denn ihr kennt den Inhalt nicht, und wenn doch, so haltet ihr euch selbst nicht daran. Wie wollt ihr Leben vermitteln, wo ihr selbst tot seid?
Er stieß die Tür auf und trat in den Sonnenschein. »Aus dem Dunkel ins Licht«, sagte er und schlug die Tür hinter sich zu.

Über den Sternen

Marsena stieg die steinernen Stufen zur Dachterrasse empor. Judas, Simon und Gilead waren zur Versammlung gegangen, wo sie Eleasar und Ben Merton zu treffen hofften, um mit ihnen Pläne gegen ein Übergreifen Simon bar Gioras auf die Akra zu besprechen.
Hier oben auf dem Dach des Hauses, das selbst den Königspalast der Adiabener überragte, war man den Sternen am nächsten. Hier oben vergaß man auch alles Dunkle im Herzen, die Vergangenheit der schmerzlichen Erinnerungen und... er lachte leise in sich hinein... die Gegenwart, auch wenn sie Meir ben Belgas hieß.
Er blickte in den bleichen Glanz über sich. Der erste Vollmond im Frühjahr, sann er. Nur noch wenige Tage, und du wirst dein erstes Passahfest nach sechzehn Jahren wieder feiern. Ob ich den Geschmack der bitteren Kräuter wieder erkennen werde? Das ungesäuerte Brot und das gebratene fehlerlose Lamm, dem kein Knochen gebrochen werden durfte? Unter ihm raschelten die Fächer der Dattelpalmen im Nachtwind. Vom Siloahteich her tönte das Quaken der Frösche, und aus den Mauernischen das Zirpen der Zikaden. Du atmest den Frühling, den du vergessen zu haben glaubtest, und deine Ohren hören die Klänge der Nacht, die nur Judäa kennt. Vielleicht bist du nun endgültig zu Hause.
Marcus Antonius hatte geschrieben, daß er jetzt in Alexandria vorübergehend stationiert wäre, bis zu seinem Aufbruch nach Palästina. Marsena hatte ihn aber in Alexandria nicht aufgesucht. War es ein Abbrechen letzter Brücken? Hatte er Angst gehabt, der Anblick seines Freundes könnte ihn zurückhalten?

Er erinnerte sich, wie Claudia ihn zurückhalten wollte, als er seinen Dienern den Befehl gab, seine Sachen zusammenzupacken und sie nach Ostia zu schaffen. Er lächelte ein wenig wehmütig in das Dunkel hinein. Ja, Claudia. Sie war für ihn etwas Heiliges gewesen, das man nicht berühren durfte. Er hatte sie geliebt, und sie hatte ihn betrogen. Die Nacht birgt Seltsames in sich, sagte er zu sich. – Erinnerung und Vergessenheit. »Großer Lehrer Seneca«, flüsterte er, »wie viele Wunder dieser Erde weiß ich aus deinem Munde. Wie wenig weißt du selbst aber, da du nie Judäa kennengelernt hast! Du schriebst vom glückseligen Leben – *De vita beata*, aber du kanntest den judäischen Frühling nicht, mit seinem Blütenduft von Zitrone, Oleander und Jasmin. Du fordertest die Einstellung des ausschweifenden Lebens Roms, der Menschenschlächterei in den Arenen. Du riefst zu einem einfachen und anständigen Leben und zur Aufhebung der Unterschiede zwischen Freien, Freigelassenen und Sklaven auf, kanntest aber nie den Traum des jüdischen Volkes, der bis zu seinem Vorvater Abraham zurückreicht. Du schriebst ein Werk über die Vorsehung – *De providentia*, konntest aber nicht dem Giftbecher entgehen, den dir Nero, dein Schüler, zudachte.«
Vielleicht wirst du dies alles einmal vergessen und nur noch für die Zukunft leben. Wie tief ist in dir noch Rom, daß du an diesem blütentrunkenen Abend an seine Willkür denkst? Rom, das du deine größten Denker sterben läßt und die Völker um dich nicht leben! »Oderint dum metuant – mögen sie mich hassen, wenn sie mich nur fürchten!« Und dennoch ist in dir Schrecken und Schönheit vereint. Vielleicht werden deine Schrecken einmal vergessen sein und nur die Schönheit deiner Dichtkunst die Erinnerung an dich bewahren. Wenn wir alle vergessen sind, werdet ihr noch leben – Gaius Valerius Catullus, Titus Lucretius Carus, mit deiner Dichtung über das Weltall. – Wenngleich deine Vorstellung von der der heiligen Schriften Israels doch sehr verschieden ist. Publius Vergilius Maro – deine *Aeneis* wird Roms Vergangenheit unsterblich machen.
Er spürte eine Bewegung hinter sich und wandte sich um. Im Sternenglanz sah er den Schatten Damaris'.
»Ich habe dich nicht gehört«, sagte er erstaunt.
»Ich wollte dich in deinen Gedanken nicht stören«, erwiderte sie leise.
»Es war nichts Wichtiges.«
Sie schwieg, aber er fühlte, wie sie ihn beobachtete.

»Ich sprach mit mir selbst«, lachte er ein wenig unsicher. Hatte sie sein Selbstgespräch verfolgt?
»Du bist sehr oft auf der Terrasse, wenn der Tag versunken ist.«
»Ja«, sagte er erstaunt. »Ich wußte nicht, daß es euch aufgefallen ist.«
»Nur mir«, sagte sie, und er wußte, daß sie lächelte.
»Man meint, der Himmel ist direkt über uns. Nur auf dem Ölberg ist man ihm näher.«
»Ich weiß«, kam es aus dem Dunkel zurück, »ich bin sehr oft hier.«
»Aber heute ist es das erste Mal, daß wir zusammen sind.«
Sie schwieg.
Ihr Parfüm vermischte sich mit dem Blütenduft aus dem großen Garten.
»In den Tagen unserer Kindheit waren die Sterne größer.«
»Und viel näher«, gab sie zurück.
»Aber die Abende und Nächte waren gleich. Voll der Unwirklichkeit und der Träume.«
»Nur die Gedanken, die sie erfüllen, haben sich gewandelt.«
»Bist du sicher? Ich weiß nicht, ob ich je anders gefühlt habe.«
»Du vielleicht nicht, aber ich. Wenn ihr abends noch auf den Ölberg gelaufen seid und mich nicht mitnehmen durftet, habe ich geweint.«
»Ja«, sann er. »Deine Tränen waren wie die Wildbäche in den Wadis auf der Straße von Jerusalem nach Jericho.«
»Und dennoch rührten sie euch nicht!«
Er lachte leise. »Du warst noch ein Kind.«
»Mit Träumen, die den deinen glichen.«
»Ich habe es nicht gewußt«, flüsterte er.
»Nein«, sagte sie leise. »Dein Sinnen war nach Ruhm, Schlachtengetümmel und Ehre. Wie hättest du die Tränen eines Mädchens ernst nehmen können?«
»Ich war nicht mehr Kind genug, um sie zu vergessen, Damaris«, sagte er und wünschte ihre Augen sehen zu können.
»Sie sind vor sechzehn Jahren versiegt, Marsena«, hörte er ihre Stimme aus dem Dunkel der Nacht, und es war die Traurigkeit der Nacht selbst, die aus ihr sprach.
»Unsere Kindheit liegt da draußen.« Er wies in die Richtung, wo der Ölberg liegen mußte. Der Mond kam hinter einer Wolkenwand hervor. Er beleuchtete ihr Gesicht, und er sah, daß ihre Augen nach der dunklen Masse des Berges gerichtet waren, die der Schein des Mondes als Schattenriß aufwarf.

»Ja«, gab sie zurück. »Dort im Dunkel der Prophetengräber, bei den Mausoleen des Absalom, Zacharias und Josaphat im Tal des Kidron, – und im Garten Gethsemane.«
»Wir wollten ihn miteinander wieder aufsuchen.«
»Ja«, sagte sie, »wir haben davon gesprochen.«
»Wann, Damaris?« drängte er.
Sie zögerte. – »Morgen?«
In seiner Stimme klang Jubel. »Ja, morgen, wie früher, bevor der Tag voll erwacht ist.« Er blickte über die silberne Flut der Ölbäume hinweg. ›Shalom, Israel. Ob hier auf den Hügeln Judäas oder im Tal des Jordan. Unser Herz ist ein Teil deiner Nacht, und vielleicht wird mein Herz eines Tages wieder voll für dich zu schlagen vermögen.‹
In die Stille klang nur das Rauschen der Blätter aus dem Garten.
Er blickte zurück. Die Stelle, wo Damaris gestanden hatte, war leer. So leise wie sie gekommen war, war sie wieder gegangen.
Sein Seufzen verklang mit dem des Windes. Ein letzter Blick ging über die schlafende Stadt. Dann stieg er die Stufen vom Rande des Himmels herunter.

Gethsemane

Die Geräusche eines erwachenden Tages klangen um ihn her. In der Ferne krähte ein Hahn. Von irgendwoher ertönte das klagende Bellen eines Hundes in den dämmernden Morgen hinaus. Das Geschrei eines Esels und erste Vogelstimmen fielen mit ein.
Er blickte hinaus. Der Sternenhimmel war am Verblassen. Bald würde die Sonne über den Ölberg gleiten mit der Aura unvergänglichen Lichts. Und sie würden dasein, in dem Strahlenschimmer eines ewigen Morgens. – Damaris und er, im Garten auf dem Ölberg, wie vor langen Jahren.
Er traf sie unten im Peristyl, und es war, als träfe er den Morgen selbst.
Sie war in ein leichtes, zartes Gewand gekleidet, das ihren Körper wie im Spiel umwogte, und die lange schwarze Flut ihres Haares umfloß die schlanke Gestalt und schmiegte sich vollendet um die Wölbung ihrer Brüste.
›Wie schön du bist‹, sagte sein Inneres, aber über seine Lippen kam nur ein etwas hilfloses »Guten Morgen!«

Das Lächeln auf ihren Lippen spiegelte sich in ihren Augen. Noch war es ruhig im Haus, und es schien, als wäre das einzige Leben um sie her sie selbst.
»Wir waren auch damals als erste im Garten«, sagte er.
Sie nickte und nahm ihn an der Hand. »So wie damals«, sagte sie und lächelte ihn an.
In seiner Kehle war etwas, was ihn hinderte zu sprechen.
Sie traten nach draußen. Von den Ställen klang das Schnauben der Nabatäerhengste, und von den Straßen das erste Klingen der Glöckchen an den Hälsen der Kamele, die vor den Herbergen lagerten und jetzt von den Treibern geweckt worden waren.
Damaris hielt immer noch seine Hand umfaßt, und es schien, als wären sechzehn Jahre ausgelöscht.
›Es ist ein unvergänglicher Zauber, der über diesem Land schwebt‹, sagte er sich, ›und er heißt, Frühling über Judäa.‹ Würde der Hauch dieses Frühlingstages aber sein Herz so klopfen lassen und ihn so atemlos machen, ohne das Mädchen an seiner Seite?
Sie wanderten in den Frühlingsmorgen hinein. Der Duft des neugeborenen Tages umhüllte sie. Wie mit zarter Hand strich der Wind durch das Haar und wehte einige vorwitzige Locken Damaris' in Marsenas Gesicht. Für einen Augenblick spürte er einen Hauch ihres Parfüms und die schmeichelnde Berührung ihres Haares. Verlegen wollte sie ihr Haar zurechtstreichen, aber das Spiel des Windes vereitelte ihre Bemühungen.
›Wie anmutig ihre Bewegungen sind‹, dachte Marsena, und er ertappte sich, wie er sie eine geraume Weile betrachtete, bis sie seinen Blick bemerkte.
Sie überquerten den Kidronbach. Er hob einen Stein auf und ließ ihn über die blitzenden Wellen tanzen. Das war immer das erste was du tatest, erinnerte er sich, wenn du in deiner Kindheit an den Bach kamst und alleine warst. Aber du warst nie allein. Die herrliche tiefbewegende Stimmung dieses Tales war immer um dich, auch wenn deine Spielkameraden sich dir nicht anschlossen. Der Saum der Myrtensträucher, das dunkle Geäst der Lorbeerbüsche, der Schrei des Bussards in der seidenen Luft, das Rascheln im Gras, der verträumte Duft eines unendlichen Kindertages begleiteten dich stets. Ja, und manchmal auch ein kleines Mädchen mit langen dunklen Haaren, das deinen Schutz suchte, und dem du den sichersten Weg über den Kidron zeigtest, das Hüpfen über die Kiesel, damit keine Welle den

Saum des Kleides berührte. Und manchmal trug er sie auch hinüber, wenn Gefahr bestand, daß sie ausglitt. Den Weg über die Brücke benutzten sie nie. Das war der Weg, den die Alten gingen, die Karawanen mit ihren Lasten, die Pilger bei ihrem Gang zum Tempel, die Besucher aus Jericho und den anderen Städten am Jordan. Für sie war das Überqueren des Baches wie das Überschreiten einer Grenze gewesen. Hinter dem Ölberg begann eine unbekannte Welt, und sie befanden sich auf der Schwelle zu dieser Welt.
Auch heute war die Brücke unbenutzt geblieben. Damaris hatte ihr Kleid ein wenig gerafft und war leichtfüßig über die aus dem Wasser ragenden Steine geeilt. Am anderen Ufer streckte sie ihm die Hand entgegen und sagte mit verschmitztem Lächeln: »Heute ist es einmal umgekehrt.« Er ergriff ihre Hand und sprang mit einem Satz auf die andere Seite. Für einen Augenblick war sie ihm so nahe, daß er die wundervolle Berührung ihres Körpers verspürte. Dann entzog sie ihm ihre Hand und wies zum sanft ansteigenden Hang hin. »Der Garten Gethsemane!« In Damaris' Stimme schwang ein Hauch von Ehrfurcht mit.
»Ich glaube, ich weiß nicht, ob ich jemals nach dem Besitzer des Gartens gefragt habe«, sagte Marsena und suchte in seinem Inneren die Bilder aus der Vergangenheit, die Damaris und ihn als Kinder hier hatten spielen sehen.
»Er gehört einem Oheim meines Vaters, Nikodemus ben Gorion«, gab sie zur Antwort. »Er erzählt wundersame Geschichten über einen Jesus von Nazareth, der der Messias gewesen sein soll. Aber der Mann ist alt, und nur wenige schenken seinen Reden Achtung, obwohl er einer der angesehensten und wohlhabendsten Männer Jerusalems ist.«
»Man hört zu viele wundersame Geschichten aus dieser Generation, um mehr als Neugierde empfinden zu können.«
Sie sagte nichts darauf. Ihr Gesicht war abgewandt, und so konnte er nicht feststellen, ob sie von seiner Bemerkung überhaupt Notiz genommen hatte.
Die Mauer, die den Garten vor ihnen umgab, war alt und von Wind und Witterung zernagt. Und dennoch schien es, als hätten sechzehn Jahre Zeit keine Trennung verursacht.
Ein bittersüßes Gefühl der Erinnerung durchzog seine Brust. Das Tanzen der Blätter im Wind war anscheinend das gleiche geblieben. Die Riefen und Sprünge im Gestein waren dieselben, vielleicht waren

einige hinzugekommen. Der Geruch von Gras und Blüten war unverändert, und der Anblick von Mauerwerk und Bäumen schien erst Minuten alt. Die Zeit schien geruht zu haben, und die Gegenwart von der Vergangenheit ungelöst.
Er verharrte einige Augenblicke vor dem Eingang. Damaris stand schweigend neben ihm, und er wünschte in diesem Moment, ihre Gedanken erforschen zu können.
Er stieß das verrostete Eisengitter auf. Das Vogelgezwitscher aus dem Blätterdach des großen Drachenbaumes verstummte für einen kurzen Moment, um dann aber wieder beruhigt einzusetzen.
Es ist alles gleich geblieben, nur die Bäume sind älter geworden und wir selbst. Er lächelte leicht. Der Garten war vielleicht in der Erinnerung größer gewesen, der Hang, an den er sich schmiegte, steiler, der Flor, der ihn umgab, aber war voller Geheimnis geblieben wie in Kindertagen.
Da hinten befand sich die alte Ölpresse. Ihre Umrisse erahnte er durch das Blätterwerk der Olivenbäume, und unwillkürlich beschleunigte er seine Schritte. Ja, sie steht hier wie vor sechzehn Jahren, sagte er sich. Fast andachtsvoll langte er nach dem zerbrochenen Gestänge. Nur umwucherte sie jetzt ein Wall von Unkraut, das er mit seinen Händen auseinanderbog.
»Es war schon lange niemand mehr hier«, sagte er nachdenklich. »Ohne uns hat dieser Garten sechzehn Jahre lang geträumt. Das Kinderlachen von damals, das Jauchzen und auch das Geschrei, die Freude und das Schweigen sind hier verborgen geblieben.« Damaris war neben ihn getreten. Ihr Körper berührte ihn sanft. Er fühlte ihre Nähe, den zarten Hauch ihres Parfüms, ihren Atem, der seinen Nacken streifte, die Sonnenstrahlen auf seiner Haut, die Gedanken von lieblicher Vergangenheit und noch faszinierenderer Gegenwart, und es war eine Stimme in der Luft, als wären die Worte Salomos, die vor Jahrhunderten verklungen waren, allgegenwärtig: »Erwache, o Nordwind, und komm herbei, o Südwind. Wehe über meinen Garten.«
Damals hatte er den Arm um die zarten Schultern eines Kindes legen können, und keine imaginären Legionen waren in der Lage gewesen, seinen Schutz zu durchbrechen. Er wünschte, er könnte die wundervolle Unberührtheit der Kindertage in den Frühlingstag von heute versetzen, nur würde sein Arm die Schultern einer schönen, jungen Frau umfangen. Nein, die Unbefangenheit eines Kinderspieles könn-

te niemals mehr zu wiederholen sein. Die Selbstverständlichkeit von einst mußte vor der Barriere, die Erwachsene anscheinend immer umgeben würde, ihr unbekümmertes Fluidum verlieren, und der Abstand voneinander mit der Zeit identisch sein, die sie für immer den Kinderträumen entrissen hatte. Nein, auch ein Garten Eden, der Gethsemane hieß, konnte der Kindheit mit all den Wundern und Ängsten, den skurrilen Phantasiegebilden und phantastischen Träumen nicht mehr die Hände reichen. Es war alles dem Wasser des Kidron gleich, das Jahr für Jahr das gleiche zu sein schien und doch in jeder Welle, in jedem Murmeln und Plätschern die Vergangenheit besang, unwiederbringlich wie der Wind, der nie zurückkehrte. Ja, so unwiederbringlich wie jede Stunde der langen Jahre, in der die beiden Kinder von einst sich vergessen lernten und zu Fremden heranwuchsen. »Man müßte Kinderträume festhalten können«, sagte er leise, und seine Hand strich wie liebkosend über die Feigenblätter, die das zerbröckelte Mauerwerk in ihren Schatten betteten. »Aber es gelingt nie, und die Erinnerungen, so süß sie auch sind, werden immer schmerzhaft sein.«
Sie berührte sacht seine Schulter, und ihre Hand ruhte für einen Augenblick auf seinem Arm. Ein Gefühl unbeschreiblicher Schwerelosigkeit überkam ihn. Er sah sie an. In ihren Augen spiegelten sich die Strahlen der Frühlingssonne, der Glanz eines wundervollen Tages, das Blitzen im Laub der Feigenbäume und die Schatten unter der Krone des Drachenbaumes.
»Aber Träume können zu jeder Zeit des Lebens schön sein, auch wenn die der Vergangenheit unwiederbringlich sind.« Sie sah den Schwalben nach, die pfeilschnell über den zartblauen Frühlingshimmel jagten. Es war ein Schweigen um sie her, in das nur ihr Atem klang, das Zwitschern der Schwalben, das zarte Rascheln der silbernen Olivenblätter und das Summen der Insekten in den Blüten der gelben Narzissen, der roten, blauen und purpurnen Anemonen, die den Berghang zwischen den Olivenhainen bedeckten. Ein leichter Wind strich über die Kuppe des Ölberges. Die Tamarisken, Sykomoren und Terebinthen neigten sich sanft, und das leise Wispern verband sich mit dem Blütenduft roten Oleanders zum süßen Atem eines wundervollen Frühlings, der sich sehnsuchtsvoll in den Tag hinausschwang.
Sie ließen sich schweigend im Schatten des großen Drachenbaumes nieder. Es war keine Sprache notwendig, um den Zauber des Tages in

Worte zu kleiden. Ihre Nähe war für ihn wie das Rauschen der Wasserfälle im fernen Dalmatien, wie das Raunen in den Ästen der dunklen Eichen an den mondbeschienenen Seen Galliens.
Er lächelte. Nein, die Vergleiche waren nicht zutreffend. Ihre Nähe war wie der Bogen der Milchstraße, denn in ihm war die Unendlichkeit der Gedanken verborgen, mehr als je ein Mensch zu träumen vermochte. Schweigen ist wie das Weltall selbst, dachte er. Es braucht keine Worte, um seine Größe zu ermessen. Die Augen allein vermögen das Wunder zu begreifen und die Gedanken, gleich dem Wunder, das neben mir atmet.
Er wandte sich zu ihr um. Sie schien mit ihren Gedanken weit weg. Wunderbares Bild, das nur Augen zu malen verstehen, wie entfernt mußte ich sein, um erkennen zu können, wie nah Wunder sind.
Unter ihnen dehnte sich das Kidrontal, unvergessener Bestandteil ihrer Kindheit, bis zu der ungeheuren Mauer, die sich entlang des Tales zog, soweit das Auge reichte. Er verschränkte die Arme hinter dem Nacken, und sein Blick verlor sich in den Konturen der großen Stadt. So hatte er sie immer gesehen, wenn er als Junge über den Ölberg tollte, und sein Herz war auch damals voller Bewunderung gewesen.
Dort drüben zeigte sich die große Arena des Herodes, zu der er sich immer heimlich geschlichen hatte, war dieser Platz den Juden doch ein Greuel, genauso wie das Amphitheater und die Kolonnaden im griechischen Stil. Aus dem Häusergewirr ragten Hunderte von Synagogenkuppeln, die der Dyrenäer, Essener, Alexandriner, und die wiederum geteilt in Pharisäer und Sadduzäer, Gott mochte wissen, in wie viele Parteien noch. Marsena war die religiöse Uneinigkeit des jüdischen Volkes gleichgültig. Der Anblick dieser Stadt ließ vieles vergessen, auch daß in ihrem Inneren das tödliche Geschwür der Uneinigkeit fraß und bohrte.
Von hier konnte man auch die Villa Aris sehen, mit den ausgedehnten Gartenanlagen, die sich gleich einem Park in den dichtgeschachtelten Häuserreihen der Davidsstadt ausnahmen. Es war eines der ältesten Viertel Jerusalems. Schon zu Zeiten des Nehemia bewohnt, zeigte es die charakteristischen winkeligen Gassen, die der brütenden Sommersonne den Zutritt verwehrten und im Winter den kalten Stürmen vom Westen her. Es war ein Viertel, das sich die meisten einfachen Bewohner Jerusalems mit den alteingesessenen Patriziergeschlechtern teilten. Die Neureichen hatten sich in der Bezetha niedergelassen. Paläste und niedrige Lehmhäuser nahmen die unübertroffene

Würde in Anspruch, die dieser Stadtteil ausstrahlte. Hier hatte die Burg Zion gestanden, der Palast Davids. Hier hatte die Bundeslade mit den Zehn Geboten, die Jehova dem Mose auf dem Berg Sinai gegeben hatte, in einem prunkvollen Zelt ihren Platz gefunden, bis König Salomo um sie herum einen prachtvollen Tempel erbaut hatte, von dem nur noch das Fundament ein letztes trauriges Zeugnis gab, nachdem der babylonische König Nebukadnezar ihn und die Stadt vor über sechshundert Jahren zerstört hatte.

Aber die Vergangenheit war unwichtig, es zählte nur die Gegenwart, und die war das Mädchen neben ihm. Sie hatte die Hände um ihre Knie gelegt und ihr Kinn darauf gestützt. Ihr Blick hatte kein Ziel. Er war wie der Wind, dem kein Auge zu folgen vermochte. Er wünschte, ihre Gedanken lesen zu können, und hatte dennoch Angst vor dem, was ihn berühren könnte. Konnte es noch die Vertrautheit von früher geben, die sie als Kinder unzertrennlich machte? – Unzertrennlich? – Als er mit den Händlern mitgezogen war, hatte er nicht so gedacht. Da war die Sehnsucht nach draußen stärker gewesen als die Erinnerung an ein kleines, schwarzgelocktes Mädchen mit großen, dunklen Augen. Und in der Ferne, in all den Jahren, war da die Erinnerung an sie nicht nur die wesenlose Andacht an die Vergangenheit gewesen? Er hatte neue Mädchen kennengelernt, Mädchen, die Frauen waren, und die kleine Spielgefährtin war in den blassen Erinnerungen ein Kind geblieben. Und jetzt, waren da die Erlebnisse der letzten Jahre plötzlich nicht noch weiter entfernt, als die sechzehn Jahre Abwesenheit? Die kindliche Vertrautheit von damals hat sich in Scheu verwandelt, und es hatte nichts mit der Zeit zu tun, die zwischen ihnen lag. Die Scheu Erwachsener war es, die sich neu kennenlernten, denn die Erinnerung hatte nur noch zwei Dinge in Einklang bringen können – schwarze lange Haare und große dunkle Augen. Und die Vergangenheit mußte sich erst an die wundervolle Gegenwart gewöhnen, an die ganze Herrlichkeit einer jungen schönen Frau.

Er blickte verstohlen zu ihr hinüber. Die Flechten des bläulich schimmernden Haares flossen über Nacken und Schultern und berührten den Blumenteppich, auf dem sie sich niedergelassen hatten. Ich bin nicht Dichter genug, um dieses Bild zu beschreiben, dachte er, und ich wüßte keinen, der es überhaupt könnte. Ein Epos aus Betrachtung und unausgesprochenen Worten. Und die Phantasie der Gedanken wird Wirklichkeit. Wann hatte er je über eine junge Frau solche Gedanken ersonnen? Er konnte sich nicht erinnern. Alexandria und

Rom schienen hinter einem Vorhang von nebelhaftem Dunkel zu liegen. Und alles aus der Vergangenheit wurde unwichtig. Es sind mehr als Betrachtungen, sagte er sich. Es sind Wunschträume des eigenen Ichs.
Sie setzten sich an die Mauer. Ihr Blick ging über das Kidrontal hinweg zum Ölberg. Die Sonne sandte ihre Strahlen wie sanfte Wellen über die Fächer der Dattelpalmen, und eine sehnsüchtige Stille war um sie her. Von weitem erklang das Rufen der Treiber einer Karawane, aber es war nichts, was ihre Gedanken voneinander trennen konnte. »So saßen wir vor vielen Jahren auch hier«, sagte er. »Es ist, als wäre es gestern.«
Ihre Augen wandten sich ihm zu, und über ihre Lippen huschte ein zartes verträumtes Lächeln. »Sechzehn Jahre, Marsena. Bist du sicher, dich zu erinnern?«
»An jeden Tag erinnere ich mich, Damaris. Und keinen möchte ich missen.«
»Wir waren Kinder. Können Kinderherzen so empfinden wie wir heute?«
»Du warst ein kleines Mädchen, Damaris, ich schon beinahe so alt wie jetzt.«
Sie lachte leise. »Und wie dachtest du damals und empfindest heute?«
Er schwieg, aber in ihm war eine Stimme, die sprach: ›Kann man überhaupt Gedanken beschreiben, die man fühlt? Kann der Traum die Sehnsucht sehen? Oder der Wind die Worte formen, die nur ein Herz zu sprechen vermag? Ich möchte dir sagen: Tausend Sommer und ein Tag. Und du wirst fragen: Ist das nicht die Ewigkeit? Ja, rufen dir meine Gedanken zu. Ja, die Ewigkeit und ein Tag. Nicht kürzer dürfte unser Zusammensein sein und nicht geringer meine Sehnsucht. Wenn du das Rauschen des Windes in den Ästen vor deinem Fenster hörst, dann sollst du wissen, daß es meine Sehnsucht ist, die aus dem Wispern spricht. Wenn du das flammende Universum des Nachts betrachtest, dann wirst du vielleicht ahnen, wie meine Liebe der Unendlichkeit gleicht. Alles Träumen dieser Welt ist nur ein Spiegelbild meiner Träume. Das Rauschen des Regens an einem grauen Novembermorgen ist nur die Traurigkeit in mir, dir nicht nahe zu sein. Das Atmen des Windes in den Bäumen entspringt dem tiefen Seufzen meiner Brust. Das Kosen eines Sommermorgens gleicht dem Sehnen meiner Lippen. Der Schritt durch herbstbemaltes Laub ist gleich dem Schritt, der sich dir nicht zu nähern vermag. Siehst du den Mond in

den Blüten schweben? Hörst du den Gesang der Blätter im Wind? Sie sprechen nur deinen Namen und flüstern nur von dir.‹

Sie kehrten zurück.
Im Tal begannen sich die ersten Schatten um die Grabmäler zu legen.
Früher hätte er sie an der Hand gefaßt und schützend durch das Dunkel geführt. Er war versucht, ihre Finger zu berühren. Aber vielleicht würde dann der Zauber verschwinden, der seinen Atem umfangen hielt und mit seinem klopfenden Herzen spielte.
Über den Zinnen der großen Mauer spielten die letzten Sonnenstrahlen. Bald würden auch sie verschwunden sein und Dunkel und Stille zu einer träumenden Einheit verschmelzen, wie damals vor sechzehn Jahren.
Wieder senkte sich eine Nacht aus samtblauem Dunkel, in das Myriaden von Sternen eingewebt schienen, über das Land des Abraham, Isaak und Jakob.
Der letzte Schein eines versunkenen Tages spielte auf den Wassern der Jordanquellen, tanzte über den stürmischen Lauf des jungen Flusses und verlosch auf den Wellen des galiläischen Meeres, an dessen Ufer die ersten Lichter in den Städten Tiberias, Genezareth, Kapernaum und Bethsaida aufflammten.
In Kapernaum betrat der Priester die Synagoge, um das Abendgebet zu sprechen. Auf den Golanhöhen fing der Blick den letzten Sonnenglanz ein, der über dem großen Meer im Westen in Nichts zerfloß. Dort lag Caesarea, die prunkvolle Metropole der römischen Präsenz. Auf der langen Hafenpromenade wurden die Fackeln entzündet, deren Lichterschein die weißen marmornen Statuen rings um das Prätorium, die große Arena, die Prunkbauten der Patrizier zu Leben zu erwecken schien. Auf dem Berge Gerizim, nahe Samaria, flammten die Feuer der Hirten auf, die ihre Herden zur Ruhe kommen ließen.
Schläfrig klatschten die Wellen des Sees Tiberias gegen die Steinmauer, über der der prachtvolle Palast des Antipas sich, einem Lichtermeer gleich, in den nachtdunklen Himmel reckte. Die Fischerboote draußen warfen ihre schwarzen Silhouetten auf das spiegelnde Wasser, und von irgendwoher erklang Gesang. Aus den Gärten zog mit dem sanften Abendwind der Wohlgeruch stark duftender Blumen, und vom See her war das Klatschen der Ruder eines letzten heimkehrenden Bootes zu vernehmen.

Mit dem Westwind trieben dunkle Abendwolken vom großen Meer her über das judäische Gebirge. Sie zogen über die Steilhänge der Moabiterberge am Ostufer des Toten Meeres und verloren sich in den dunklen Gründen des sagenumwobenen Landes im Osten Judäas. Die schroffen Felsenklüfte blinkten im Widerschein des scheidenden Tages, gleich einem farbigen Mosaik von tiefblau bis dunkelrot. Aus den Talkesseln stieg flimmernd die Luft des heißglühenden Tages, in die kein Windhauch drang, in der die Palmen und Tamarisken, die rotleuchtenden Oleanderblüten und gelben Narzissen schweigend und bewegungslos die Kühle der Nacht erwarteten.
Auf den Felsensteigen erwachten Fledermäuse und Eulen zu gespenstischem Leben, und ihr Huschen und Gleiten war die einzige Bewegung in der anbrechenden Nacht.
Gleich werden wir wieder hinter den Mauern sein, die dem Schutz dienen und in Wirklichkeit so viel von der Freiheit nehmen, dachte Marsena. Neben sich fühlte er mehr die Gegenwart Damaris', als daß er sie sah. Er blickte zurück. Der Ölberg war nur noch ein schwarzer Schatten. Über ihm gleißte der Kreis der Sterne, und ihr Funkeln war wie die Ewigkeit selbst.
»Hier draußen ist man den Sternen am nächsten.« Er wußte nicht, ob Damaris sein Flüstern verstanden hatte, aber auch sie war stehengeblieben und hatte ihren Blick emporgerichtet.
Hier oben, wo sich jedes eitle Denken im Angesicht des blinkenden Himmels zur Sinnlosigkeit erniedrigte, wo der Atem der Ewigkeit seinen Bann aussprach und wo die Worte Salomos seit Jahrhunderten, als könnten sie Unsterblichkeit erlangen, in die Nacht hinausschwebten: Alles ist Nichtigkeit.
Mürrisch öffneten die Wächter ihnen das Tor. Der finstere Torgang umfing sie. Hinter ihnen blieb der Weg zu den Sternen zurück.

*

Seltsam, dachte Marsena auf seinem Zimmer. Er hatte die Arme hinter dem Nacken verschränkt und starrte auf die Querbalken an der Decke. Jedesmal wenn ich Damaris sehe, fühle ich mich so unbeholfen. Marcus Antonius und auch seine Schwester Claudia würden mich auslachen. Bei einem kleinen jüdischen Mädchen nichts mehr von Redegewandtheit und Überlegenheit zu wissen, ja noch hilfloser zu sein, als der letzte Anfänger auf dem Forum Romanum. Den Mäd-

chen in Rom und Ostia konntest du imponieren mit deinem Auftreten, vielleicht auch ein wenig mit deiner äußeren Erscheinung. – Jedenfalls aber auch mit dem Ausdruck deiner Sprache. Hier klingen die Worte dir in den eigenen Ohren nur lächerlich, und du fühlst alles andere als Überlegenheit in dir. Oder, sollte es sein, er lachte plötzlich leise vor sich hin, daß dir aus diesem Grunde dein eigenes Ich nicht mehr zusagt, weil du befürchtest, diesem Mädchen nicht zu gefallen, weil du sie mehr als nur gerne hast – weil du in sie verliebt bist? Das muß es sein, sagte er sich. Du liebst Damaris. Ihre Gegenwart macht dich unbegreiflicherweise verlegen, unruhig, weil du fürchtest, sie könnte dich übersehen. Deine kleine Spielgefährtin von einst hat dich besiegt, Tribun Marsena ben Arinos! Sein Atem ging plötzlich schneller. Er sprang von seinem Lager und eilte ans geöffnete Fenster, durch das zarter Blütenduft ins Zimmer strich. Du hast zum zweitenmal in deinem Leben verloren! Das erste Mal gegen deinen Ausbilder im Kampf mit hölzernen Schwertern, und das war schmerzhaft gewesen. Wochenlang spürtest du die Hiebe auf deinem geschundenen Körper, und du schworst dir, niemals wieder auf so unwürdige Weise zu verlieren! Genau das war das Konzept des Legionsausbilders gewesen, den Ehrgeiz anzustacheln, daß ein römischer Soldat zwar fallen könne, nie aber eine schmähliche Niederlage erleiden dürfe. Und so war es gekommen. – Du erhieltest eine Menge Wunden noch, als du für Rom dein Schwert zogst, aber dein Ich hätte keine Schlacht verloren, auch wenn du auf irgendeinem der fremden Schlachtfelder gefallen wärst.
Und heute fühlst du, wie dein Ich sich der Niederlage zu beugen wünscht, und dennoch gleicht diese Erkenntnis einem Triumph. Es ist eine seltsame Niederlage, Sohn des Arinos. Berauschend, unwirklich und verwirrend genug, um dir eingestehen zu müssen, daß alles, was du dir zuvor über Liebe eingebildet hattest, nur ein kläglicher Abglanz gewesen war.
Er lachte und atmete tief den Myrrhenduft ein, und er sagte sich, daß selbst Kaiser Vespasian jetzt gegen ihn verlieren müsse.
»O Gott Israels«, sagten seine Lippen, »laß mich alles vergessen, was die Vergangenheit in meinem Innern gelöscht hatte. Vergib die Zeit, wo ich dich vergaß und gib uns Zeit, das Neue unvergeßlich zu machen.«
Wie ruhig alles ist, dachte er, und seine schwer atmende Brust sog die laue Luft ein, die sich wie träumend um das frühlingserwachende Je-

rusalem schmiegte. Viel zu ruhig für den letzten grünen Fleck in einer kriegsverbrannten Wüste und zu still, um eine unsichere Zukunft vertuschen zu wollen.

*

Die Söhne des Merton hatten sie zu einem Turnier eingeladen. Judas ben Ari eröffnete es Marsena am nächsten Morgen. Vormittags würden sie auf dem Fechtplatz sein, nachmittags ihre Wunden kühlen und abends, wenn sie noch in der Lage dazu wären, an einem Fest im Hause Mertons teilnehmen.

»Ich soll dabei sein?« Marsena fragte es mißtrauisch. Er erinnerte sich noch zu gut an den ersten Empfang in Mertons Haus, an die Beratung, bei der er sich mehr als ein Fremdkörper vorgekommen war.

»Du bist sogar das Hauptereignis des Tages.« Judas ben Ari faßte Marsena freundschaftlich an der Schulter. »Und alle wollen deine Fechtkunst erleben. Simon und Judas ben Merton, Jakobus ben Sosa, Simon ben Kathla, Eleasar ben Jair, Jonathan ben Assur, Mannaeus ben Lazarus, Jason ben Magassaros...«

»Großes Israel, das ist halb Jerusalem!« stieß Marsena hervor. »Ich dachte, ihr hättet Roms Art, mit dem Schwert umzugehen, mehr als genug erlebt. Wozu diese Zurschaustellung?«

»Tu ihnen und uns den Gefallen. Weißt du«, Judas lachte stolz, »du hast zwar die römische Kriegskunst erlernt, aber auch wir sind in den Jahren nicht müßig gewesen. Den Fechtplatz, dem du den Vorrang vor den Studien der Schriften gabst, hatten auch wir mehr aufgesucht, als die Schulen unserer Rabbis. Wir sind begierig zu wissen, wessen Fechtkunst vorzuziehen ist. Deine römische oder die, die wir von den Parthern erlernt haben. Ben Merton ist ein Meister in diesem Fach, wie du vielleicht noch wissen wirst.«

»Ich werde mitkommen«, sagte Damaris bestimmt.

Erst jetzt sah Marsena, daß die Tochter des Ari am Eingang des Peristyls stand. Simon und Gilead tauchten hinter ihr auf. Er atmete tief auf. Es war immer das gleiche. Ihr Anblick ließ sein Herz unkontrolliert schneller schlagen, und um nichts wollte er dieses Gefühl missen.

»Ein Mädchen hat auf dem Kampfplatz nichts zu suchen!«

»Damals im Kidrontal war es euch recht.«

»Damals kämpften wir auch mit Stöcken.«

»Ihr werdet euch verletzen«, sagte Damaris erschrocken.

»Hast du Angst um deine Brüder, Damaris?« Marsena sah sie erwartungsvoll an. »Ich werde achtgeben, daß ihnen nichts passiert.«
Sie zögerte. Dann sagte sie leise: »Auch du bist nicht unverwundbar, Marsena. Das Kidrontal von damals mit dem Gefecht von Stöcken und Ruten weicht heute dem Ehrgeiz junger Männer mit scharfen Schwertern.«
Er lächelte erwartungsvoll. »Hast du Angst um mich?«
Ihr Blick nahm einen Hauch von Zorn und Verlegenheit an. »Nein, aber du bist unser Gast. Wie könnten wir zulassen, daß dir etwas geschieht?«
Marsenas Augen suchten in ihrem Antlitz. »Ich wünschte, es wäre nicht nur die Gastfreundschaft und die Sorge um einen Fremden, der dich diese Worte sagen läßt.«
Sie schwieg, während ein Anflug von Rot über ihr Gesicht huschte. »Ich werde dabeisein!« flüsterte sie trotzig.
Simon hatte sie um die Schultern gefaßt. Er lachte schelmisch auf. »Wir werden unsere Schwester brauchen, um unsere Wunden zu verbinden.« Und Judas sagte in verhaltenem Ulk: »Wir werden unseren Gast schonen. Er selbst soll herausfinden, ob ihre Sorge der Behandlung eines Gastes und Bruders gilt, oder seiner selbst.«
»Ich wünschte, du hättest Angst um mich«, sagte Marsena und versuchte, ihren Blick zu finden. Er hatte seiner Stimme einen schelmischen Klang geben wollen und wußte, daß es ihm mißglückt war. Seine Stimme klang verlegen, alle Anwesenden wußten, daß sein Innerstes gesprochen hatte.
Sie sah ihn mißbilligend an. »Warum, Sohn des Arinos? Soll ich eurer Eitelkeit die Krone aufsetzen, indem ich mich um euch sorge? Verletzt euch nur! Ihr werdet an dem Fest heute abend dann wenig Spaß haben.«
»Ich werde mich hüten«, sagte Marsena leise und nur für sie hörbar. »Ich werde nicht zulassen, daß ein anderer mit dir tanzt, während ich mich einsam meinen Verletzungen widmen müßte. – Oder würdest du mich trösten?«
»Wage ja nicht, daran zu denken«, gab sie schnippisch zurück. »Das einzige, was ich für euch zu tun gedenke, ist für genügend Verbandszeug zu sorgen. Als wenn in Jerusalem nicht schon genug Wirren wären! Müssen sich die jungen Männer zu Krüppeln schlagen!«
Sie übertreibt, dachte Marsena, und gleichzeitig hoffte er, daß in ihrer Sorge ein kleiner Teil ihm zugedacht war.

»Brauchst du ein Schwert?« fragte Judas.
»Nein, ich hole mein eigenes.«
Er eilte in sein Zimmer und griff sich die Waffe, die er an einen Haken an der Wand gehängt hatte. Er sah auf den blinkenden Stahl. Es war eigentlich schade, die Waffe auf dem Fechtplatz abzunützen. Dann lächelte er. Wozu brauchte er sie dann überhaupt? Sollte er für Rom je wieder kämpfen, würde er ein Gebrauchsschwert benützen, wie die Legionäre selbst. Diese Waffe war zu kostbar um sie im harten Zweckgebrauch zu ruinieren. Und für Israel? Nein, er würde sich in nichts einmischen, was ihn nichts angehen durfte. Aber hier auf dem Fechtplatz würde diese Klinge sicherlich Bewunderung erregen. Außerdem war sie so ausgewogen, daß sie für die Demonstration des Fechtens sicherlich die geeignetste war. Und Damaris würde heute sehen, daß seine Siege im Kidrontal vor sechzehn Jahren nicht von ungefähr kamen.
Am Fechtplatz waren schon alle versammelt.
Sie sehen in mir den Gladiator, der römisches Barbarentum vertritt, dachte Marsena belustigt. Selbst ihre Augen gleichen denen des Volkes im Rund des Circus Maximus, in Erwartung des ersten Aufeinandertreffens der tödlichen Klingen. Nun, sollen sie ihren Spaß haben.
Marsena traf als erstes auf Simon ben Merton. Er wußte, daß der Sohn des alten Merton von seinem Vater selbst ausgebildet worden war. Und Merton war der Inbegriff der Fechtkunst Israels. Aber Simon konnte nicht wissen, daß er, Marsena, auf den Militärakademien Roms in der Theorie des Schwertgebrauchs wie auch in der Praxis stets die ersten Preise erhalten hatte.
Die ersten Schläge waren reines Abtasten. Das Klirren des Metalls hatte aber etwas Prickelndes an sich. Das erste Aufeinandertreffen meines Schwertes seit einigen Monaten mit einer fremden Waffe, sagte Marsena zu sich, und es war, als aktivierte sich in ihm ein neuer Geist. Niemals hättest du es im Studium der Schriften zu etwas gebracht. Dein Weg ist der Weg des Kampfes. Für oder gegen Rom!
Er schlug zweimal zu, und das Schwert flog aus Simon ben Mertons Hand. Ein Raunen ging durch die Runde.
Marsena suchte Damaris' Gesicht. Er fühlte, wie ein wenig Stolz in ihm aufkam. Dann lachte er in sich hinein. Wie eitel ein Mann doch war! Immer suchte er die Anerkennung eines weiblichen Wesens. Und wenn man alle Konflikte in der Welt genau analysierte, dann war im Endeffekt stets eine Frau im Spiel. Dummköpfe, die wir sind!

Er reichte Simon ben Merton die Hand und dankte ihm für den guten Kampf. Er sah im Gesicht des Sohnes Merton einen Hauch von Bewunderung. »Du mußt mir diese Schläge noch einmal genauer zeigen«, sagte er und hob Marsenas Hand zum Zeichen des Sieges.
Dann blickte Marsena in Damaris' Augen. Aber sie waren nicht ihm zugewandt, wie er gehofft hatte. Sahen sie auf Jonathan ben Assur? Oder auf Judas ben Merton? Das bittere Gefühl der Eifersucht kam in ihm auf. ›Du wirst ein Narr bleiben, Marsena ben Arinos, solange du lebst‹, schalt er sich in Gedanken. ›Und du wirst dich heute abend betrinken, aus Kummer, den du dir selbst bereitest.‹
Er blickte in die Runde. »Wer ist der Nächste...?«

*

Marsena war nicht der einzige, der sich betrank. Das Fest hatte einen einschlägig weinseligen Abschluß gefunden. Am Anfang hatte er es genossen, von den Töchtern des Merton und Judas ben Judas umschwärmt zu sein. Dann aber war es ihm zum Bewußtsein gekommen, daß er eigentlich nur nach Damaris Ausschau gehalten hatte, die ihm nicht ein einziges Mal die Hand zum Tanz gereicht hatte. Während der ganzen Unterhaltung hatte er nur nach der Tochter des Ari geschielt, sie war ihm aber geflissentlich fern geblieben. Für sie hatte der Begriff »Held« wohl keine Bedeutung? Narr! Er hatte sich eher lächerlich gemacht. Wenigstens in ihren Augen.
Die Mädchen hatten das Fest längst schon verlassen, als sie sich auf den Heimweg machten. Wäre nicht das Desinteresse Damaris' an seiner Person gewesen, hätte er Zufriedenheit in sich verspüren können. Marsena hatte heute zum ersten Mal so etwas wie Anerkennung in den Blicken der jungen Männer der Akra verspürt. Seine Demonstration der Schwertübungen war auf Erstaunen und Bewunderung gestoßen. Er hatte seine ausgelosten Gegner alle bezwungen. Der Schwertkampf der Parther ist der römischen Schwertkunst nicht gewachsen, hatte er erkennen können. Wieso hatte Rom die Parther aber nie zu besiegen vermocht?
Aber was sinnierte er? Sein Einsatz hatte doch nur einen Zweck gehabt – Damaris zu imponieren. Er war eitel gewesen, wie ein kleiner verliebter Junge in Gegenwart seiner ersten Liebe. Und das war es auch. Er war verliebt. Und sein einziger Gedanke war – Damaris!
Nun war er betrunken und wußte, daß es Damaris' wegen war. Sie

hatte ihn auf dem Fest keines Blickes gewürdigt. Andererseits hatte er aus verletzter Eitelkeit die schwärmerischen Gespräche der jungen Mädchen im Hause Mertons nur zu gern zum Anlaß genommen, gleichermaßen Gleichgültigkeit gegenüber Damaris zu heucheln. Aber er hatte dabei wiederum den kürzeren gezogen. Damaris hatte sich aus seinen anregenden Gesprächen mit den Töchtern des Merton und des Judas anscheinend nichts gemacht. Er hatte sie so oft mit Jonathan ben Assur zusammen gesehen, daß sein Weinbecher mehr als gewöhnlich voll und leer gewesen war.

Jetzt lungerten sie im Perystil der Arischen Villa herum, und Marsena war sich in seiner Trunkenheit bewußt, daß er eine schmähliche Niederlage errungen hatte, trotz seiner Siege auf dem Fechtplatz heute. Wie stand sie zu Jonathan ben Assur? Was trieb er sich in Jerusalem herum? Hatten die römischen Truppen Jericho so abgeschirmt, daß er nicht mehr zurück konnte? Marsena hatte von Judas erfahren, daß Ben Assur aus Jericho stammt – aus einer sehr angesehenen Familie. Ich mache mir in Gedanken Feinde, wo gar keine sind. Tribun Roms, du bist ein völliger Ausfall! Ein Glück, daß ihn sein Adoptivbruder Marcus Julianus nicht so sah. Nicht wegen seiner Trunkenheit. Die würde Julianus jederzeit akzeptieren. Nein, seine eingefahrenen Gedanken waren es, die ihn hilflos machten – zumindest in den Augen Roms. Wenigstens waren die Söhne Aris in keinem besseren Zustand – zumindest nicht nach außen hin. Die Qualen in seinem Inneren würden sie nicht erkennen. Er hörte kaum auf das Lachen der drei Brüder. Für seine eigenen wirren Gedanken gab es nur eines – Damaris.

»Hast du ihre Brüste gesehen?« schwärmte Simon und ließ sich mit weit ausgebreiteten Armen auf die Kissen fallen. »Fest wie die Früchte des Granatapfelbaumes neben dem Teich.«

»Konntest du das mit Blicken feststellen?« Judas lachte.

»Mir scheint, er beruft sich auf ganz handfeste Beweise«, Gilead schmunzelte.

»Ihr Neider«, knurrte Simon in gespieltem Zorn. »Man müßte dem Schöpfer dieser herrlichen Formen Dank sagen, daß er sie so und nicht anders zu gestalten wünschte. Wußte doch der weise Salomo von der Fülle und Lieblichkeit dieser wunderbaren Früchte der Schöpfung zu singen: ›Wer ist diese, die herabblickt wie die Morgenröte, schön wie der Vollmond, lauter wie die Sonnenglut, ehrfurchtgebietend wie um Banner versammelte Scharen? Zum Nußbaumgarten war ich hinabgegangen, um die Knospen im Wildbachtal zu sehen, ob der Weinstock gesproßt hatte, ob die Granatapfelbäume erblüht waren. Wie ein Gefäß voll Myrrhe ist mir mein Liebster; zwischen meinen Brüsten wird er die Nacht verbringen. Wie eine Hennatraube ist mir mein Liebster, inmitten der Weingärten von En-Gedi...‹« Er seufzte tief auf. »Wie könnte ich Judith besser beschreiben als der König in seinem Lied?«

»... Und Esther und Tabitha«, Judas lachte. »Ja, die Töchter des Merton sind der Glanz Jerusalems. Wir müssen uns nur einig werden, wer wem den Myrtenkranz überreichen wird.«

Simon lachte schelmisch. »Seht euch Marsena an. Seine Augen blikken immer noch verträumt. Ich glaube, daß er selbst in Rom keine vollendeteren weiblichen Linien zu Gesicht bekommen hat. Wir werden bei der Verteilung der Myrtenkränze ein Auge auf ihn zu werfen haben...«

Judas stieß Simon an, und dieser verstummte.

Marsena folgte ihren Blicken und sah am Eingang Damaris stehen, in deren Blick Erstaunen und Ärger zu lesen war.

»Männergespräche, Damaris«, sagte Judas mit einem gezwungenen Lächeln. »Ich fürchte, daß dich deren Inhalt nicht sonderlich interessieren wird.«

»Sicherlich nicht«, gab sie mit verhaltenem Ärger zurück. »Besonders dann nicht, wenn er sich ausschließlich auf die Beschreibung und Beurteilung weiblicher Anatomie bezieht.«

»Du hast gelauscht!« Gilead lachte verschmitzt.

»Ein Lauschen war nicht notwendig; ihr habt laut genug gesprochen«, entgegnete sie schnippisch.

»Und dennoch hast du deine Ohren nicht verschlossen und deinen Schritt nicht gezügelt, ja selbst nicht den Eintritt in diese eng begrenzte Runde dir verwehrt.« Er kicherte belustigt und zwinkerte Marsena zu.

»Ihr rieft nach Wein«, entgegnete sie verärgert. »Warum sollte um diese späte Stunde eines der Mädchen ihren wohlverdienten Schlaf aufgeben, nur weil ihr es euch einfallen ließet, nach einem durchzechten Abend auch noch den Rest der Nacht in Trinkgelagen zu verbringen?«

»Ist die Nacht schon so weit fortgeschritten?« fragte Simon erstaunt. »Wieso bist du dann noch wach? Du wirst doch nicht auf uns gewartet haben?«

»Das sollte euch ja nicht einfallen«, fauchte sie. »Euer Lärmen war nicht angetan, um Schlaf finden zu können.« Sie trat ins Zimmer und stellte wütend einen Weinkrug auf den Tisch. »Mag morgen euer Schädel dem Bersten nahe sein«, sagte sie zornig und wandte sich zum Gehen.

»Damaris...« versuchte Marsena sie anzusprechen.

»Ich glaube nicht, daß wir uns in dieser einseitig weinseligen Stimmung etwas zu sagen haben, Marsena ben Arinos«, sagte sie kalt, und in ihren Augen war Ablehnung und Enttäuschung zu lesen.

Noch nie hatte er Damaris, dieses sanfte zarte Wesen, die ihn beim Sprechen kaum anzusehen wagte, so entschlossen und zornig gesehen, und er wünschte, daß ihn sein weinumnebeltes Gehirn einige vernünftige Sätze aussprechen ließe, um sie zu besänftigen. Doch seine Ansätze blieben ohne Wirkung. Damaris hatte sich, ohne ihn eines weiteren Blickes zu würdigen, abgewandt und den Raum verlassen.

»War das eure Schwester?« fragte er verwirrt.

Die drei Brüder gluckten vor Lachen. »Du denkst an die scheue Gazelle, die Taube aus den Felsenklüften, die Anemone an den Hängen des Ölberges? – So wie Salomo sein Sulamithmädchen beschrieb? – Sanft wie der Wind über dem Jordantal, zart wie der Tau des Hermon auf den Lilienblüten?« Judas grinste. »Jede Frau hat zwei Gesichter. Und das zweite unserer Schwester hast du jetzt gesehen.« Er schüttelte sich vor Lachen. »Armer Marsena, Held des Kidrontales, Verteidiger des Gartens Gethsemane. Schwarm aller Mädchen von vier bis acht Jahren. Wie tief mußt du getroffen sein? Das kleine Mädchen von einst, das ihre Brüder im Stich ließ, um sich dem edlen Marsena ben Arinos zu unterwerfen, hat ihn heute vernichtend geschlagen.« Er legte ihm, immer noch lachend, die Hand auf die Schulter und sagte: »Mach dir nichts daraus, mein Bruder. Und erwarte nie Barmherzigkeit einer verärgerten Frau. Wir werden morgen ihre Vergebung erflehen.«

»Hoffentlich erinnert sie sich an ihr erstes Gesicht«, murmelte Marsena zweifelnd.

Simon nickte lachend, stellte sich in Pose und deklamierte: »Phase eins – erstes Gesicht. ›Er küsse mich mit den Küssen seines Mundes, denn seine Liebkosungen sind besser als Wein. Wie ein Öl, das ausgegossen wird, ist dein Name. Lieblich sind deine Wangen zwischen den Haarflechten, dein Hals in einer Perlenschnur. Ringe von Gold werden wir dir machen mit silbernen Kugeln. Bis der Tageswind weht und die Schatten entflohen sind, werde ich meines Weges gehen, zum Myrrhenberg und zum Hügel duftenden Harzes...‹«

Sie klatschten Beifall. »Wartet!« Er grinste und winkte ab. »Phase zwei – zweites Gesicht. Es stammt auch von unserem weisesten Herrscher, Salomo: ›Besser ist es, auf einer Dachecke zu wohnen, als mit einer streitsüchtigen Ehefrau, wiewohl in einem gemeinsamen Hause. Besser ist es, im Land einer Wildnis zu wohnen, als mit einer streitsüchtigen Ehefrau und Verdruß dabei. Wie ein goldener Nasenring im Rüssel eines Schweines, so ist eine Frau, die schön ist, sich aber von Verständigkeit abwendet.«

Ein Entrüstungssturm wurde laut.

»Wartet es ab, Freunde«, winkte Simon ab. »Ihr werdet es selbst sehen, wenn der Myrtenkranz zur stählernen Fessel geworden ist.«

»Mein Bruder mit Erfahrung«, höhnte Judas. »Im Inneren seines Herzens wünscht er, daß diese stählerne Fessel Judith heißen möge.«

Simon warf ein Kissen nach ihm. »Höre weiter, du Frevler, was dir der Weise Israels zu sagen hat und halte dich zurück von der Schlinge einer Frau!«

»Da ist einer, der gedankenlos redet wie mit Schwertstichen, aber die Zunge der Weisen ist Heilung«, murmelte Gilead müde. »Auch das sagt der weise König Salomo. Hat er dich gekannt?«

»Schweigt und hört weiter«, unterbrach ihn Simon. »Bei allen Myrtenkränzen und Brautschleiern, erwägt die Erfahrung unseres großen Königs. Und ihr werdet einen Bogen um eine verführerische Frau machen.«

Gilead kicherte. »Dann ist die Weisheit nie zu dir gedrungen.«

»...denn wie eine Honigwabe träufeln beständig die Lippen einer Fremden, und ihr Gaumen ist glatter als Öl. Aber die Nachwirkung von ihr ist so bitter wie Wermut; sie ist so scharf wie ein zweischneidiges Schwert. Ihre Füße steigen zum Tode hinab. Ja ihre Schritte haften am Scheol selbst...«

»Genug, genug«, riefen sie durcheinander. »Nimm uns nicht all unsere Hoffnung.«

»Es geht noch weiter«, meinte Simon schmunzelnd.

»Schweige, kleiner Bruder«, grinste Judas. »Mögen Lorbeer und Myrte – Sieg und Liebe nie von uns weichen. Bei aller Ehrfurcht vor unserem großen König Salomo.«

»So sei es!« Simon nickte zufrieden. »Möge uns nur das Lied des Salomo inspirieren und weniger seine Sammlung von Sprüchen. Zumal

wir bisher nur die Lieblichkeit der Töchter Mertons erlebt haben und nicht das, was die Zukunft vielleicht noch lehren wird. Deshalb, mein Bruder Marsena, was kümmert dich das Grollen unserer Schwester? Hast du nicht die glutenden Blicke bemerkt, die dir Esther zugeworfen hat? Halte dein Augenmerk auf sie und denke nicht an das Trugbild einer unverständigen Frau.« Er schenkte sich zufrieden seinen Becher voll und prostete Marsena zu.
Marsena war plötzlich wieder nüchtern. »Die Blicke der Töchter Mertons sind nur für euch. Ich kenne nur einen Blick, der mich verwirrt, den eurer Schwester.«
Durch die Fenster strich schon das Grau des anbrechenden Tages. Marsena war an die Balustrade getreten. Das Lachen und Lärmen der Brüder war nur noch unbedeutendes Geräusch im Hintergrund. »Damaris«, flüsterte er, als die ersten Sonnenstrahlen sich über die Kuppe des Ölberges tasteten.

*

Damaris blieb den ganzen Tag verschwunden, und er wagte nicht, nach ihr zu fragen. Man hätte es ihm sicherlich angesehen, daß seine Gedanken in Aufruhr waren, daß seine Worte, wie immer sie ausgesprochen würden, nur nach ihr gefragt hätten. Und er war sich nicht sicher, ob nicht ohnehin jeder auch so seinen Zustand erkennen mußte.
Judas ben Ari riß ihn aus seinem Sinnieren. »Nun, mein Bruder. Wir haben gestern schlecht abgeschnitten in der Gunst weiblicher Wesen.«
Er nickte nur.
»Der einzige, der dem Fest von gestern etwas abgewinnen konnte, ist Simon.« Judas umfaßte Marsenas Schultern. »Für Judith und ihn wird der Myrtenkranz die Fessel sein, die Simon gestern noch energisch verworfen hat.« Er lachte. »Wir haben das Glück, noch frei zu sein.« Er sah Marsena schelmisch von der Seite an. »Du solltest mit mir lachen!«
»Ich habe mich gestern unmöglich benommen«, murmelte Marsena.
»Wieso? Betrunken waren wir alle. Und was deine Präsenz auf dem Fechtplatz betrifft – du warst großartig.«
»Das ist bedeutungslos.«

Judas' Gesicht zeigte seine strahlende Laune. »Wenn du den Zwischenfall mit Damaris meinst...«
»Sieht man es mir an?«
Judas lächelte ihn an. »Ist etwas daran, das dich berühren könnte?«
»Habe ich mich denn nicht als Gast danebenbenommen?«
»Was heißt Gast? – Du bist unser Bruder.«
»Dann als Bruder?«
Judas lachte. »Damaris wird dir vergeben. Ich weiß nicht, wie viele Male sie es schon bei uns tun mußte.«
»Dann habe ich noch eine Chance«, murmelte Marsena und drückte Judas die Hand.
Er ging in den sonnenumfluteten Garten hinaus. In seinem Kopf war noch der verworrene Reigen des vergangenen Tages.
Judas ben Ari sah ihm lächelnd nach. »Marsena, mein Bruder«, flüsterte er. »Möge die Fessel des Myrtenkranzes dich mit der Zartheit ergreifen, die uns Männer die Überlegenheit vorzugaukeln pflegt, die wir in Wirklichkeit nie haben werden.«
Hinter Marsena erhob sich die Mauer des Nehemia. Nahezu fünfhundert Jahre Vergangenheit blicken auf dich, sagte er sich. Ob sie all die Wirrnisse eines Herzens erlebt hat? – Gewiß, in dem Schatten dieser Mauer sind Träume versunken, Hoffnungen, Schicksale durch den Lauf der Jahrhunderte hindurch. Aber auch erfüllte Träume, glückliche Herzen und erfüllte Hoffnungen werden sich in deinen Zinnen gespiegelt haben. Er lehnte sich an die feinbehauenen großen Steine. Sie waren kühl und hatten noch nicht die Wärme der judäischen Sonne in sich.
Als er unter das Dunkel der Lorbeerbäume trat, sah er Simon und Judith Hand in Hand im Gras des Myrtenteiches. Ihr Blick, mit dem sie an dem Sohn Aris hing, war hingebungsvoll und voller Liebe.
Marsena lächelte. »Was wird wohl Salomo jetzt zu zitieren haben, mein Freund«, sagte er leise zu sich selbst.
Er trat in den Schatten zurück, um die beiden nicht zu stören. Er selbst wünschte sich, Damaris unter dem Duft der Zitronenbäume zu finden. »Ich habe dir so viel zu sagen, Tochter des Ari«, flüsterte er in das zarte Rauschen der morgenwindbewegten Blätter des Olivenhains.
Er wußte, er hatte in seinem trunkenen Zustand von gestern den feinen Kristall ihres ersten Verstehens zerbrochen, und der Schmerz, den er verspürte, sagte ihm, daß seine Gedankenwelt niemals mehr

frei sein würde ohne ihr Bild, ihre Worte, ihr ganzes Sein. Und er wußte, daß alles andere in seinem Leben gleichgültig sein würde. Wo waren Rom, Antiochia, Pompeji, Capua? Es waren Städte irgendwo fern im Universum. Es gab nur Jerusalem. – Nein, nur die Tochter des Ari.

Er sah in die aufsteigende Morgensonne. Die Tage über Jerusalem vergingen und erfüllten ihn mit der seltsamen Melancholie, die nur die zarte, noch unverstandene Liebe zu einer Frau hervorzurufen vermochte.

Er wußte, daß er nicht mehr weg konnte, daß er nicht mehr weg wollte. Aber sie waren sich noch fremd. Nein, das entsprach nicht dem, was sie wie ein seltsamer Nebel umfing. Es war eine zarte Scheu, die Furcht, etwas wunderbar Heranwachsendes zu zerstören. Marsena wußte, daß er ihr seine Liebe noch nicht offenbaren konnte. Er wollte nicht den pulsierenden Zauber brechen, der ihr Zusammensein umgab.

Damaris, ich liebe dich wie der Wind die Wolken, wie die Sonne den Frühling, sagten seine Gedanken, als er aus dem Garten in den großen Innenhof trat. Eine seltsame Befangenheit erfaßte ihn, als er Damaris in den Kolonnaden traf.

Die Tochter des Ari und der Frühling sind eins, sagte sein Bewußtsein. Er wußte, daß aller Vorwand, den Garten, das Haus zu besichtigen, die Ställe, die Haine, der Teich, nur dem Wunsch gegolten hatte, sie zu treffen, ihre Nähe zu fühlen, ihr Gesicht zu sehen.

Wie schön du bist, Damaris, sagte er sich. In ihrem Haar glänzten die ersten Sonnenstrahlen. Der Morgenwind schmiegte ihr Gewand aus feinem, hellblauen Leinen um die zarte Gestalt. Seine Augen umfingen ihre Erscheinung mit unendlicher Sehnsucht.

Sie wollte an ihm vorübergehen. Aber er verstellte ihr den Weg.

»Verzeih mir, Damaris!«

Sie sah ihn kurz an. »Weswegen?«

»Du weißt, wegen gestern Nacht. Ich wollte nicht, daß du mich so siehst.«

Ihre Lippen zuckten ein wenig spöttisch. »Es ist mir gleichgültig, Marsena ben Arinos, ob du betrunken bist oder nicht.«

Er wollte ihre Hand berühren, hielt aber in der Bewegung inne. Er sah in ihren Augen Gleichgültigkeit, und für einen Augenblick stieg tiefes Erschrecken in ihm auf. War das, was er zu sehen glaubte, ihr wahres Empfinden?

»Ich hoffte, ich wäre dir nicht gleichgültig«, preßte er hervor. Er suchte in ihrem Antlitz zu lesen und sah nur leichten Spott, der ihn zu verhöhnen schien.
Er mußte diesen Augenblick überspielen, in dem ihr Spott zur Wirklichkeit werden konnte und eine unüberwindbare Mauer hinterließ.
»Liebe Schwester von einst«, hört er sich sagen. »Ohne deine Vergebung bin ich nichts. Ohne ein Wort der Verzeihung ist die Zukunft mir verwehrt. Möge deine Barmherzigkeit nicht an deinem Bruder vorübergehen.« Er sprach in schelmischem Ton, aber sein Innerstes wußte, daß er für sich selbst sprach.
Sie sah ihn einen Augenblick lang verwirrt an. Dann kam ein leichtes Lächeln auf ihr Gesicht zurück. »Ist deine blumenreiche Sprache nicht dem Trug gleich, den uns die Wüste lehrt? Wir Orientalen beschreiben mit unseren Worten das, was wir in der steinigen Wildnis unseres Landes nur erahnen können. Wir gebrauchen unsere Sprache als Ausgleich für die fehlenden Farben um uns her, und sagen, was wir gar nicht denken.«
Seine Stimme klang rauh, als er antwortete. »Ich fühle so, wie ich denke, und ich spreche so, wie ich fühle. Meine Worte haben nichts mit der Sprache der Wüste gemein. Bitte sage mir, daß du mir vergibst.«
Ihr Lächeln war gewichen. Ein Hauch von Melancholie war an seinen Platz getreten. »Ich habe dir nichts zu vergeben, Marsena, da ich kein Recht habe, dir wegen irgendwelcher Dinge zu grollen.«
»Ich gebe dir das Recht und bitte dich darum.«
Sie hatte ihren Blick abgewandt, und ihre Antwort war ein Flüstern. »Ich verzeihe dir.« Das Haar wehte um ihre Schultern, und er fühlte sich versucht, ihr über den zarten Nacken zu streichen. ›O meine Taube in den Schlupfwinkeln der Felsenkluft, im Versteck des steilen Weges, zeige mir deine Gestalt, laß mich deine Stimme hören, denn deine Stimme ist angenehm, und deine Gestalt ist lieblich.‹ – So hatte Salomo von der anmutigen Gestalt des Sulamithmädchens gesprochen.
Marsenas Gedanken sagten ihm, es sei zu wenig, um Gefühle zu einem geliebten Mädchen auszudrücken. Ich wünschte, ich könnte dir sagen, Damaris, was Salomo nur andeuten konnte. Ich würde dir sagen: ›Geliebte Damaris, wann auch immer meine Gedanken zu denken beginnen, sie denken immer nur eins – Damaris. Was Poesie und Lyrik auszudrücken vermögen, sie enden immer in den Worten: ich liebe dich. Mein Herz vermag nur noch einen Rhythmus zu schla-

gen, den Klang deines Namens. Diese Worte, die von Liebenden seit Jahrtausenden gesprochen, Zeit und Raum, Leben und Sterben überdauert haben, sind in meinem Bewußtsein wie ein Fanal. Sie bitten um Unsterblichkeit, weil die Ewigkeit zu kurz ist für die Liebe, die ich zu dir empfinde. Ich liebe dich, Damaris...‹ Aber seine Lippen blieben stumm.
Sie wandte sich ihm zu. Er hoffte, in ihren Augen einen Hinweis auf ihre Gedanken zu finden, vielleicht das Ahnen seiner Gedanken. Ihre langen Wimpern waren leicht über die dunklen Augen gesenkt. Hinter diesen Schatten lag die Wahrheit, vielleicht die Erfüllung seiner Hoffnungen. Doch sie blieb verborgen wie ein Quell hinter dichtem Farn.
»Erzähl mir von Rom, Marsena«, sagte sie plötzlich.
Eine Strähne ihres Haares wehte in sein Gesicht. Er spürte den Duft von Narde, und seine Gedanken sagten: ›Nicht von Rom möchte ich sprechen, Damaris, nicht von unwichtiger Vergangenheit. Wie könnte ich diesen Augenblick an etwas anderes denken als an dich! O Damaris, Rom hat es nie gegeben, nur dich.‹
Ihre Augen warteten. Sahen sie, was in ihm vorging? Vielleicht war er nur so vermessen anzunehmen, seine Gefühle müßten ihr Bewußtsein ahnen lassen, wie sein Herz pochte, seine Gedanken rasten, seine Hoffnung suchte.
Ihre Augen sagten nichts, sie waren nur neugierig.
Ich werde dir sagen, daß ich dich liebe. Nicht heute, wo dein Interesse nur Neugierde ist. Ich werde dich fragen, ob die Ewigkeit uns gehört, und ich werde eine Antwort erhalten, vor der ich Angst habe, weil sie gegen mich sprechen könnte.
»Du sagst nichts.«
Er scheuchte verlegen seine Gedanken von sich.
»Wovon willst du hören? Vom Leben Roms, von seinen Bauten, seinen Legionen, seinen Frauen?«
»Von allem.«
Er schmunzelte. »Soll ich dir einen Vortrag über römische Architektur halten?«
»O ja, bitte.«
Welche Augen, dachte er. Ein Wandel von Melancholie zu überschäumender Freude. Alle Rätsel Ägyptens verlieren an Bedeutung im Glanz deiner Augen, Damaris. Wie bedeutungslos sind doch jetzt meine Worte, wenn meine Gedanken nur an sie zu denken vermögen.

»Man sagt, die römischen Häuser seien die schönsten der Welt.« Marsena schmunzelte. »Ich kenne nicht die ganze Welt, so kann ich nicht darauf antworten.«
»Auch die halbe Welt genügt, um es zu wissen.«
»Der Stil zu leben, ist überall verschieden, so kann man schlecht Vergleiche ziehen. Aber wenn du Komfort meinst, der bis zum überladenen Prunk reicht, dann hast du sicher recht. Man lebt nicht schlecht als römischer Bürger. Zumindest für die Reichen trifft das zu, wie überall. Als Armer möchte ich auch in Rom nicht leben.«
»Jedes Haus soll einen eigenen Baderaum haben, mit heißem Wasser und geheiztem Boden.«
»Das ist richtig. Aber das ist ja auch bei eurem Haus der Fall. Und wie ich schon sagte, die Privilegien der Reichen sind überall die gleichen. In den Slums von Rom wirst du ebensowenig Vornehmheit finden wie in den Armenvierteln von Alexandria, Ephesus oder Jerusalem.«
»Wir hatten einen griechischen Baumeister.«
»Ja, ich weiß, es ist wirklich eines der schönsten Häuser in ganz Jerusalem.«
»Und deines, ist es schöner als das meines Vaters?«
»Nun, sagen wir, anders.«
»Erzähl mir davon.«
»Es ist ein altes Haus, eine ehemalige Gladiatorenschule. Jetzt ist natürlich nichts mehr davon zu sehen. Es ist umgebaut und modernisiert worden. Aber es liegt sehr schön, auf einer Anhöhe zwischen Zypressen und Wacholderbüschen, etwas außerhalb von Capua an der Via Appia.« Marsena lachte leise auf. »Der Makler behauptete, hier wären die Sklaven zu Gladiatoren ausgebildet worden, die vor hundert Jahren, bei ihrem Aufstand, Rom an den Rand einer unrühmlichen und beinahe tödlichen Niederlage gebracht haben sollen. Spartacus soll ihr Anführer geheißen haben. Man erinnert sich aber in römischen Kreisen nicht gern daran. Der Verkäufer des Hauses wollte mich glauben machen, daß dieser Spartacus von hier aus seinen Triumphzug begonnen habe. Aber das war natürlich nur Geschwätz, um den Kaufpreis in die Höhe treiben zu können.«
»Dieses Haus hast du zurückgelassen?«
»Nicht für immer, hoffe ich. Kein Krieg dauert ewig.«
»Ob du dann wieder zurückkehren kannst?«
»Ob ich dann noch will«, Marsena lachte. »Kein Römer weiß, daß ich hier bin, und kein Römer hat mich zu fragen, wo ich war.«

»Und deine Vorgesetzten?«
»Ich habe mich vom Dienst freistellen lassen.«
»Für die Dauer eines Krieges?«
»Ich sagte schon, der Krieg dauert nicht ewig.«
»Für wen? Für Rom oder für uns?«
»Spielt das eine Rolle?«
»Für den Verlierer bestimmt.«
»Der Krieg ist sehr weit, laß uns von etwas anderem reden.«
Damaris schüttelte den Kopf. »Du sprichst mit der Gleichgültigkeit eines Römers, Marsena. Vor unseren Toren ist der Krieg und vielleicht bald innerhalb unserer Tore.«
Marsena sah sie verwundert an. »Ich erinnere mich, daß du sagtest, der Krieg kümmere dich nicht.«
»O nein, Marsena.« Ihre Augen funkelten. »Ich sagte, mich interessierten eure Gespräche über Kampf und Kriegstechnik nicht. Ich meinte nicht damit die Trauer, das Elend, die Tränen, die mit diesem Krieg verbunden sind.«
»Der Tag ist zu schön, um uns damit zu belasten.« Marsena versuchte, gleichgültig zu erscheinen.
»Ob die das auch sagen können, die all dieses Leid betrifft?«
»Das Gespräch wird einseitig, Damaris. Ich billige den Kummer dieser Welt keineswegs, doch du vergißt, daß er immer den Tribut des Krieges bilden wird. Und, es betrifft nicht nur Israel. Die Sklaven damals hatten diesen Tribut zu zahlen, gleichwie die Legionen Roms.«
»Du sprichst von Spartacus?«
»Ja, Spartacus mit seinen Gladiatoren, Bauern aus den Weinbergen, Haussklaven, Frauen und Kindern.«
»Es klingt wie eine Legende.«
»Es war Wirklichkeit und dennoch Legende. Die Tatsache, daß er zwischen Rom und Capua an der Via Appia ans Kreuz geschlagen wurde, man behauptet es jedenfalls; und die Legende von der Freiheit jedes Menschen.«
»Judas, Simon und Gilead hoffen darauf.« Damaris' Blick schweifte über die Lilien am Teich.
Marsena runzelte die Stirn. »Die Legende ist wesenlos, und ihrer Bedeutung nach ein Phantasiegebilde, ohne Hoffnung auf Wirklichkeit. Denn um sie zu verwirklichen, müßte das Imperium Romanum aufhören zu bestehen.«
Damaris sah ihm in die Augen. »Jedes Reich hat bisher sein Ende ge-

funden, ob Ägypten, Babylon, Assyrien, Persien oder Griechenland. Auch Rom wird einmal aufhören zu bestehen.«

»Das glaubten die Sklaven auch, als sie sich Spartacus anschlossen. Doch sie hatten keine Chance gegen Rom – auf die Dauer gesehen, nicht. Niemand kann sich gegen dieses Imperium auflehnen, ohne daran zu zerbrechen. Es ist nur eine Frage der Zeit. Ich fürchte, Israel hat weniger Chancen als die Sklavenarmeen damals gegen Crassus, und ihr habt keinen Spartacus.«

»Wir sind auch keine Sklaven, Marsena.«

Er lachte trocken auf. »Alle Völker, die dem Imperium angehören, sind seine Sklaven. Ihr seid es auch, wenn ihr euch auch dagegen wehrt. Im Archiv des Kaisers ist eine Urkunde, worauf die Provinz Palästina mit den Regionen Samaria, Galiläa und Judäa eindeutig als Eigentum Roms aufgeführt ist. Warum also die Auflehnung? Denke an die Sklaven vor einhundert Jahren. Auch sie waren das Eigentum Roms. Und Rom trennt sich nicht von seinem Eigentum. Eher zerschlägt es den Besitz, als ihn aufzugeben. Nein, es gibt keine weitere Alternative.« Marsenas Tonfall hatte einen bitteren Klang angenommen. »Nahezu siebentausend Kreuze von Capua bis Rom, entlang der appischen Straße, waren Beweis für das Besitzrecht Roms. An jedem dieser Kreuze hing ein Sklave, nie hatten die Raben und Geier eine reicher gedeckte Tafel, und nie hatte die Welt ein annähernd ähnliches Schauspiel vor Augen geführt bekommen.«

»Und dennoch hast du dich nicht gescheut, dich dieser Nation anzuschließen.« Damaris' Augen waren anklagend und voll erschrockener Verständnislosigkeit, und in die Unbehaglichkeit des Schweigens, das sich anschloß, griff eine kalte Hand, die sie trennte und den Zauber fortwischte, der zwischen den beiden jungen Menschen zu schweben schien.

Er wagte nicht zu antworten. Wie recht sie doch hatte. Hätte er jemals vergessen dürfen, wie sehr sein Vater Rom gehaßt hatte? An diesem Haß war sogar sein Anrecht auf die Würde des Hohenpriesters zerschellt. Der Sanhedrin hatte nicht gewagt, ihn für dieses Amt vorzuschlagen, aus Angst vor der Reaktion des römischen Prokurators, war diesem die antirömische Haltung des Arinos ben Kaiphas nur zu gut bekannt. Als Enkel des berühmten Kaiphas, der unter dem Prokurator Pontius Pilatus sich einen Namen gemacht hatte, wäre er, Marsena, da nicht moralisch gezwungen gewesen, traditionell die Besatzungsmacht zu hassen, die den Nationalstolz eines heißblütigen

Volkes so demütigend in den Staub zwang? Er zwang ein Lächeln auf sein Gesicht. Er hatte sich dies schon mehrfach gefragt, und die Antwort, die ihm sein Inneres gab, war jedesmal nein gewesen. Wie oft hatte ihn das Schicksal der unterworfenen Nationen über Sinn und Bedeutung der menschlichen Existenz grübeln lassen. Aber es war nicht die Frage nach Gerechtigkeit und Berechtigung gewesen. In seinem Inneren wußte er, daß Rom ein kaltes, in Willkür handelndes Tier war.

Aber er konnte kein Volk hassen, das das unsterbliche Griechenland von seiner Machtstellung abgelöst hatte, dessen Grenzen das Sonnenrund kaum erfaßte und dessen Völker innerhalb dieser Grenzen kaum zu zählen waren. Aber Marsena wußte, daß Damaris' Anklage nicht politischer und demagogischer Herkunft war. Was kümmerte den Sonnenstrahl das Blitzen einer Schwertklinge und den Ruf des Windes der Schall der Trommel?

»Was geht uns Rom an, Damaris?« sagte er nach einer Weile besänftigend, als das Schweigen zwischen ihnen unerträglich zu werden begann. »Wir sind hier in Jerusalem, und Rom ist unendlich weit weg. Wenn ich von Rom erzähle, dann nicht, weil ich politisch mit ihm einiggehen würde.«

»Aber du hast für Rom gekämpft, und du bist ein Tribun Roms.«

»Ja, und dennoch hat es nichts mit meinem Wesen zu tun. Faszination ist nicht Teil von Recht und Unrecht, nicht machtpolitisch orientiert, nicht die Überlegung von Wahrheit und Lüge. Es ist eher ein Traum der Jugend, die über Grenzen hinwegsieht und für die Namen wie Israel und Rom noch unbedeutend sind. Haß ist nicht angeboren, er wird erzogen oder entspringt der selbst interpretierten Umwelt. Wie könnte ich eines von beiden hassen – Israel oder Rom?«

Damaris sah ihn ernst an. »Wer sollte das von dir verlangen, Marsena? Ich sprach von der Menschenwürde, die uns Rom abspricht, und von dem Krieg, der unsere beiden Nationen in Verbindung bringt. Ich verstehe dich wohl, wenn du von dem Fernen und Fremden schwärmst, von dem ich viel zu wenig weiß, um urteilen zu können. Aber du erwähntest die Sklaven vor hundert Jahren unter Spartacus, deren Träume und das, was ihnen verwehrt wurde – es war Rom. Es gleicht uns zu sehr, als daß es unerwähnt bleiben dürfte. Auch ich hasse nicht Rom, ich kenne es viel zu wenig. Ich wehre mich nur gegen alles, was Träume verbietet. Ich möchte mehr von Rom wissen, um objektiver urteilen zu können.«

Marsena dachte nach. Was wußte er selbst über dieses Rom, das die Welt beherrschte, von so vielen gehaßt und von noch mehreren gefürchtet wurde. Er wußte nicht, ob dieses Rom von irgend jemand anderem geliebt wurde, außer von sich selbst. Welch eine seltsame Ironie! Beide Teile seines Lebens, Israel und Rom kamen ihm jetzt so unwirklich vor, daß er sich fragte, wo er in Wirklichkeit bisher geatmet hatte. »Wir Juden lieben die Natur, die ganze wunderbare Schöpfung. Wir waren Jahrtausende mit dieser Welt verbunden. Wir lebten am Nil, wanderten durch die Wüste, schauten die Herrlichkeit des Jordanlaufes, rochen den Duft der Ebene Jesreel, erblickten den ewigen Schnee auf dem Gipfel des Hermon. In uns ist das Erbe der weiten Wanderungen unseres Urvaters Abraham. Wir erinnern uns der ungeheuren Weiten des Landes zwischen Euphrat und Tigris, auch wenn wir sie nie zu sehen bekamen. Wir ahnen den Hauch der arabischen Wüste, spüren den Sand in unseren Händen, der über die Oase Tadmor streicht. Wir können über den Wind sprechen, über die Farben der Blumen, über das Schäumen eines Wildbaches, über das Flüstern in den Zweigen eines Baumes, über all das, was für unsere Augen und Ohren erreichbar ist. Für einen Römer wäre das plebejisch. Rhetorik, Wagenrennen, Gladiatorenkämpfe, Spiel und Kampf in den Arenen, das sind die Dinge, die einen Römer in ihren Bann schlagen können. Alles andere wäre unrömisch, vor allem in besseren Kreisen.«
»Dann muß dieses Volk recht arm sein«, meinte Damaris sinnend. »Die Augen vor der Schönheit der Welt zu verschließen, bedeutet, die Gunst Gottes zu verschmähen.«
»Vielleicht flüchten sie sich deshalb aus der Realität in eine Scheinwelt voller Mythen und Sagen.« Marsena ließ den Wind durch seine Finger streichen, und für einen Augenblick schwiegen sie nachdenklich. Marsena wußte, daß er sich mit seinen eigenen Worten mitverurteilte. Seine Worte waren ein Teil seines Ichs, das er in Rom zurückgelassen hatte.
»Sprich weiter«, sagte sie in das Schweigen, in das nur das Zwitschern der Schwalben hoch über ihnen klang.
Was vermag ich dir von Rom zu erzählen, das mich nicht selbst anklagt? dachte er. »So realistisch ein Römer seinem Machtstreben nachgeht, so unwirklich ist seine Vorstellung vom Bereich des Überirdischen. Und so paradox es klingt, in dieser Vorstellung vermischen sich Realität, Mystik und Romantik zu einer seltsamen Poesie. Auf

der einen Seite ist er unduldsam und mitleidlos, verstrickt in das Wissen um seine Macht, die er als Bürger eines gewaltigen Reiches genießt, dann aber beinahe hilflos gefangen in seinem unüberschaubaren Götterkreis, voll des mystischen Sehnens, das ihn, in einer Welt voller Menschen, mit denen er sich bei seinen Eroberungszügen umgeben hat, einsam bleiben läßt und seine Natur so rätselhaft gestaltet. Rom ist so groß, daß viele seiner Bewohner sicherlich nicht wissen, wie groß es wirklich ist. Aber nichts, was Rom besitzt, stammt von ihm selbst. Der Reichtum, ja jede Faser seines Selbst entstammt dem Blut, den Tränen, den zerschundenen Knochen der Unterdrückten, der Sklaven, all der bedauernswerten Kreaturen in dem großartigen Imperium Romanum. Wunderbare Statuen schmücken die Straßen und Plätze der römischen Städte. Aber es sind Griechen, Ägypter, die sie herstellten. Wunderbare Salben, Aromata, Duftwasser, Schminken und Tuschen überfluten die Baderäume und Schminkzimmer der Reichen. Aber die Rezepte stammen aus Ägypten. Sie haben eine eigene Sprache, verwenden aber das Griechische, weil es ihnen vornehm dünkt. Sie atmen den freien Odem eines unendlichen Imperiums, aber nur, weil sie andere nicht atmen lassen. Ja, selbst die Kreuze, die sie so gern mit den Leibern ihrer Sklaven und Unterdrückten schmücken, sind nicht ihre eigene Idee – es war ein Mitbringsel aus Karthago. Und welche Freude haben sie doch daran gefunden! Der römische Geist ist äußerst flexibel im Stehlen und Kopieren. Aber es gibt wenig, worauf er stolz sein könnte. Die Römer verachten das Leben, aber nur das der anderen. Ja, Straßen und Waffen stammen von ihnen selbst. Alles was zum Erobern und Zerstören erschaffen ist, das entstammt dem römischen Geist. Nur die Schönheit, die Kunst, all das Reine, das der menschliche Geist zu vollbringen vermochte, ist ein Plagiat.«
Damaris lächelte. »In dir ist Liebe und Haß zugleich.«
Marsenas Gedanken waren weit weg. Seine Augen sahen Bilder, die aus der Vergangenheit zu ihm kamen. Ja, Liebe und Haß kennzeichneten die Gefühle, die mit Rom verbunden waren. Er sah vor sich Titus Flavius Vespasian in einem der flüchtigen Treffen zusammen mit Marcus Julianus und hörte seine Stimme: »Sollte es irgendwo auf dieser Welt noch ein Land geben, das zu erobern sich lohnt, Rom wird es tun.« »Größenwahn«, knurrte Marsena. Titus lachte. »Größe ja, – Wahn? War es Wahn, der den dunkelsten Norden in unsere Hand gab? Britannien, das niemand kannte, und das selbst das Meer vor uns

abzuschirmen dachte. Hat es mein Vater nicht völlig in Roms Hände gelegt? Ein Reich voller Macht und Größe ist entstanden, das es in dieser Ausdehnung niemals gegeben hat, noch je wieder geben wird. Ein Reich, in dem die Sonne Schwierigkeiten hat, am gleichen Tag irgendwo die Nacht zu sehen. Ist das Wahn? Oder spricht nur der Neid des Fremden aus dir?«
»Ich bin römischer Bürger, Titus Vespasian.«
»Oh, ich vergaß. Man könnte aus Rom bald einen neuen jüdischen Staat machen. Hoffentlich merken es die Völker, die uns Tribut schulden, nicht. Sie würden sonst mit den vielen Juden, die Roms Atem genießen, um unsere Existenz zu schachern anfangen.«
Damaris' Stimme brachte ihn wieder zurück. »In deinen Augen leben die Gedanken an Rom weiter. Vielleicht werden sie einmal Israel mit einschließen.«
Marsena sah sie an. ›Wenn du Israel bist, Tochter des Ari, dann habe ich nie an ein anderes Land gedacht.‹
Aber Rom würde bestehen, solange sie atmeten. Es würde immer zwischen all den Träumen stehen, die sie begleiteten.
»Sie hatten gegen Rom keine Chance«, murmelte er. Die Geschichte war geschrieben, und sie hatte so abzulaufen. »Niemandem steht die Macht eines Weltreiches besser zu Gesicht als Rom. Auch als die Sklavenarmeen unter Spartacus Rom zu stürzen suchten, war es nicht der Versuch, eine Weltmacht zu stürzen.«
»Sie suchten die Freiheit und keinen Ruhm.«
Marsena nickte. »So muß es gewesen sein, und deshalb hatten sie in Wirklichkeit niemals die Chance, Rom auf Dauer zu besiegen. Ein Weltreich zu gründen, muß auf anderen Grundlagen ruhen, als nur auf dem Wunsch, frei von irgendeinem Joch zu sein.«
»Das macht sie nur noch sympathischer. So sind sie uns sehr ähnlich. Auch Israel will kein Weltreich gründen, sondern nur den Traum verwirklichen, frei zu sein.«
»Ihnen ähnlich? Du sagtest selbst, daß ihr euch nicht als Sklaven fühlt.«
»Aber die Träume sind ähnlich, weil es Träume von Menschen sind, einfachen Menschen. Ich wüßte gern, ob sie träumen konnten, Menschen in Ketten, von Peitschenhieben zerfleischt, wie Tiere behandelt?«
»Von Freiheit? Gewiß haben sie davon geträumt. Sie mußten es einfach. Denn der Willen, der sie beflügelt hatte, vier der besten Legio-

nen Roms zu vernichten, mußte aus einem glühenden Traum heraus geboren worden sein. Aber dieser Traum ist eben nur Legende geblieben, wie jeder, der nicht mehr enthält als eben nur Freiheit.«

»Und deine Träume, Marsena? Oder kann man überhaupt noch träumen, wenn man die Hälfte seiner Jugend lang nur römisches Gedankengut in sich aufgenommen hat?«

»Meine Träume? Ich werde dir etwas erzählen, und vielleicht wirst du mich verstehen. In der Nähe Pompejis, am Westhang des Vesuvs, liegt eine kleine Stadt. Sie ist seit Jahren verlassen, weil dort Erdrisse und Eruptionen des Vulkans immer wieder Häuser zum Einsturz brachten. Aber ein Teil der Häuser hat die Launen der Natur überstanden und wird seitdem von Buschwerk und Unkraut überwuchert. Es gibt nichts Märchenhafteres als eine träumende Stadt ohne Menschen. Die Gärten, in denen die wilden Blumen ein wundervolleres Bild abgeben als es die menschliche Hand je erreichen könnte. Die Statuen, die Jahr für Jahr in die Jahreszeiten blicken, als warteten sie auf das Leben, das nie zurückkehrt. – Ich sage das nur, um dir zu zeigen, wie das Herz empfindet, nicht wie der Verstand denkt. – Die Statuen, die in verlassenen Peristylen stehen, und die unser Gesetz verpönt, sind gleich den Träumen, die im Sommerwind geträumt werden, mit einem Grashalm im Mund, die Augen auf die treibenden Wolken gerichtet, und den Atem des lichterfüllten Tages um sich her.«

Ihre Augen verschmolzen mit den seinen. Aber er spürte, daß sie ihn nicht wirklich sahen. Sie forschten nach den Worten, die in den wundervollen Tag hinausschwebten, den Gedanken gleich, die sie geformt hatten.

»In dieser Stadt, Damaris, wohnen die Träume. Aber sie sind überall. Zwischen den Sträuchern und Blumen stehen Faune aus grünem Marmor, und du vermeinst gleichermaßen lebende Faune aus dem wispernden Laub hervorhuschen zu sehen, mit dem unergründlichen Lächeln eines Märchenwesens.«

Damaris strich sich das Haar aus der Stirn, das der Wind um ihr Gesicht wehen ließ. »Du sprichst sehr begeistert von all dem, was ich nicht verstehe, und was ich eigentlich auch nicht verstehen darf. Und doch klingt es faszinierend, wenn auch fremd und geheimnisvoll. Du weißt, all die geschnitzten Bilder, die in den Augen Jehovas ein Greuel sind, die unser Vorvater Mose bereits am Berg Horeb verurteilte, als er die Gesetze Gottes erhielt.«

Marsena lächelte. »Wir haben uns schon darüber gestritten. Ich kenne die Schriften, wenn ich auch nicht in ihnen bewandert bin. Und mir würde es nie einfallen, sie verletzen zu wollen. Wenn auch die Römer all die Bildnisse verehren und anbeten, so tat ich es doch nie. Nein, die Faszination liegt in all den Träumen, die nur der Wind kennt.« Er blickte nach dem silbernen Laub der Pappelreihe, das im Lufthauch leicht erzitterte. »Da, im Wispern des Windes sind meine Träume, Damaris.« Und seine Gedanken sprachen weiter: ›Und meine Träume, Damaris, sprechen nur von dir.‹ Er faßte ihre Hand, als sie dem Haus zuschritten, und zögernd schlossen sich ihre Finger um die seinen.

Frühling – 70 n. Chr.

Marsenas Gedanken hüllten ihn in wohltuende Müdigkeit. Der Raum dampfte, und er fühlte die Wärme durch Haut und Muskeln ziehen. Sein Körper begann von Schweiß zu glänzen, und die salzigen Perlen vereinigten sich zu Rinnsalen, die immer schneller über Gesicht und Nacken flossen. Er atmete die dampfende Luft tief in sich hinein und empfand Zufriedenheit. Das Caldarium war der Ort, der ihn schon immer voll entspannen hatte lassen. Wenn die römische Welt eigene Kultur zu vermitteln vermochte, dann waren die Thermen hinzuzuzählen. Er erinnerte sich an die Heißbäder, die er in Rom und Capua zweimal täglich genossen hatte, wenn der Körper in schwebender Müdigkeit erschlaffte, die Gedanken irgendwo im Raum versanken, der Dampf wie Nebelschleier aus dunklen Mooren emporwallte, und die Glieder sich in Schweiß und Hitze zufrieden streckten. – Dann das frische Wasser, das die Badesklavinnen über den erhitzten Körper ausgossen, das wohlige Massieren von zarten kundigen Händen, das glättende Öl, das in Haut und Muskeln eindrang, der Duft der Salben, die den regenerierenden Körper aufatmen ließen, das schläfrige Dahindämmern im Tepidarium, all das faszinierende Zeremoniell, das nichts mehr mit der eigentlichen Reinigung des Körpers gemein hatte, aber den Geist einem Phönix gleich zu neuem Leben erwachen ließ.
Hier konnte man nachdenken, überlegen, planen und auch vergessen. Und es gab so viel zu vergessen und so vieles, woran die Gedanken sich fast sehnsuchtsvoll klammerten. Er erinnerte sich, wie er als

frischgebackener Tribun voller Stolz zum Hause der Julianer geeilt war, in seinem neuen Messingharnisch mit den in getriebener Arbeit dargestellten Blumenarabesken, nach denen zwei Satyrn griffen, um seine Hüften der bronzebeschlagene Lederschurz, mit den reichen Verzierungen und das spanische Schwert, das ihm zusammen mit dem Tribunenring vom Legionskommandanten Mucianus überreicht worden war, nach Legionärsart in Hüfthöhe eingeklinkt. Die weiße Toga wallte von seiner Schulter, und er war sich bewußt gewesen, daß ihm die Uniform eines Tribunen gut stand. Marsena, Sohn des Pharisäers Arinos, des Sohnes Kaiphas', des ehemaligen Hohenpriesters Jerusalems und Tribun im Dienste Roms. Ein grotesker Gedanke und doch Wirklichkeit. Aber seine Familie bestand nicht mehr; er war jetzt ein Teil des römischen Patriziergeschlechtes der Julianer mit der ehrwürdigen Abstammung aus dem Julischen Zweig, der bis in die graue Vorzeit Roms zu verfolgen war.
Er sah in Gedanken, wie er im Julianischen Palast mit Freude empfangen worden war, und er hörte die Stimme Marcus Julianus': »Das Fest ist für dich, mein Freund und Bruder. Die Julianische Erziehung hat einen neuen Triumph zu feiern. Ihr seht hier meinen Bruder Marsena als neuen Tribun Roms. Wir werden seinen Namen mit dem der Julianer eng verbunden finden, und sie werden in der Zukunft einen wohlklingenden Teil bilden zu dem, was wir unser Imperium Romanum nennen.« Der Jubel klang noch in seinen Ohren, und er spürte den Druck der vielen Hände, die die seinen ergriffen hatten. Er sah die Blicke von Claudias Freundinnen, die außer Bewunderung mehr zu sagen hatten, und Claudias Augen, die mißtrauisch ihn und die Mädchen, die ihn umringten, musterten. Er lächelte leicht vor sich hin. Die Zeit war verflogen und die Triumphe der Jugend mit ihr.
Er sah in Julianus' Gesicht, das voll brüderlichem Stolz war, aber auch den Zug von Arroganz nicht vermissen ließ, der scheinbar für alle Zeiten mit Rom eng verknüpft zu sein schien. Dann hob der Römer die Hand, um die raunenden Stimmen im Saal verstummen zu lassen und sagte feierlich: »Tribun Marsena ben Arinos, ich habe ein Geschenk für dich.« Julianus reichte ihm einen schweren, länglichen Gegenstand, eingehüllt in dunkelblauen Samt. Marsena zog das Tuch zurück, und seine Augen weiteten sich überrascht. In seinen Händen lag das Schwert, das seine Bewunderung seit dem ersten Mal, als er es erblickt hatte, erregt hatte und das er nicht mehr vergessen konnte. Das Schwert hatte Marcus von seinem Vater erhalten, als er von

einem Feldzug zusammen mit Titus Vespasian gegen die Thraker siegreich zurückgekehrt war, und ganz Rom ihm jubelnd zu Füßen lag. Marsena reichte ihm das Schwert mit einer hastigen Bewegung zurück. »Es ist ein Geschenk deines Vaters. Wie kannst du es weitergeben?«

Marcus Julianus lächelte verschmitzt und zog sein eigenes Schwert aus der Scheide. Es glich dem in Marsenas Händen bis ins letzte Detail. Die breite Klinge aus makellosem blauem Stahl – der mit Rubinen und Saphiren besetzte Griff in Form von zwei ineinanderverschlungenen Faunen – das Heft mit den Arabesken, in deren Ornamente Jaspissteine eingelassen waren – die ganze wunderbare Arbeit eines phantastischen Waffenschmiedes.

Marcus Julianus lächelte über Marsenas verwirrten Blick. »Ein Meisterwerk des Theanides. Das heißt, zwei Meisterwerke. Ich ließ ihn seinen Kopf verpfänden, daß das zweite Schwert meinem vollends gleichen müßte. – Und ich muß sagen, er hat seinen Kopf mehr als gerettet.«

Marcus Julianus schüttelte seine Hände. »Ich beglückwünsche dich zu deiner Ernennung zum Militärtribunen. Mögen alle Götter Roms und auch dein eigener, einsamer, dir auch in Zukunft ihre Gunst erweisen, wie sie es ohne Zweifel bislang nicht vermissen ließen. Ich fürchte, ich muß mich vorsehen, damit du mich nicht übertrumpfst. Das edle Geschlecht der Julier überflügelt von einem jüdischen Jungen.« – Er lachte wie über einen guten Witz. Dann reichte er ihm einen Becher Wein, und das Tosen der Ovationen, die ihm, Marsena ben Arinos galten, war noch im Hause Ari ben Aschchurs zu vernehmen, als hätten die Jahre den Klang nicht verstummen lassen können.

Ein wenig Wehmut war in seinen Augen, als er vor sich hinflüsterte: »Nichts von alledem ist eingetroffen, Marcus Julianus. Ich habe dich nicht übertrumpft, und mein Name wird in Rom bald vergessen sein. Vielleicht wird ihn Claudia einige Male aussprechen, aber auch bei ihr wird er verschwinden wie der Nebel über dem Lauf des Tibers. Es ist nichts, was mich noch mit dem Imperium Romanum verbinden könnte. Bald nicht einmal mehr die lange wundervolle Vergangenheit.«

Er hatte seinen Kopf zurückgelegt, und seine Augen sahen nur Dampf in milchigen Schwaden, der alle Bilder zu schlucken begann.

*

Marsena merkte es mit jedem Tag mehr, wie Rom in ihm zu verblassen begann. Die Erinnerungen an Claudia und Marcus Julianus verloren zunehmend die leise Wehmut in ihm, die ein Teil von Heimweh gewesen zu sein schien. An ihre Stelle war ein Bild getreten, das seine Gedanken zu erfüllen begann wie nichts zuvor.
Wenn er in den Garten hinaustrat, dann wußte er, daß er die Tochter Aris suchte. Wenn er das Atrium betrat oder das Peristyl, hoffte er das Bild zu sehen, das sein Herz unkontrollierbar höher schlagen ließ, und wenn er ihren Namen vernahm, dann wußte er, daß auch seine Lippen ihn formten – Damaris. Er wußte, er mußte seine Hoffnungen und Wünsche in sanfte Bahnen lenken, um das zarte Pulsieren zwischen ihnen nicht zu gefährden. Damaris glich der sanften, grazilen Gazelle aus Salomos Lied und war dem Frühlingswind gleich, der über die Kuppe des Ölberges huschte. Und sie war für ihn so unstet wie eben dieser Frühlingswind. Sie war scheu und bestimmt zugleich. Konnte er in dem einen Augenblick hoffen, daß sie ihm näher kam, war sie ihm in einem Nu wieder fern. Er wünschte, er hätte ihre Gedanken erraten können, aber sie verschloß sie vor ihm, wenn er sich ihnen näherte. Hatte sie sich ihm entfremdet seit dem Vorfall in Ben Mertons Haus? Entfremdet? Er fragte es sich in Selbstironie. Sicherlich gab es nichts, was ihn ihr überhaupt nähergebracht haben könnte. Sie war ihm so fern wie die Zeit von sechzehn Jahren selbst. Aber konnte er auch das nur erahnen? Er wußte nichts – weder über sie noch über sich selbst. ›Ich bin wie ein Blatt auf den schwankenden Wellen des großen Meeres‹, sagte er zu sich selbst. ›Und die Wellen, die mich hin und her werfen, heißen – Damaris.‹ Wer bist du, Marsena ben Arinos, der du vor langer Zeit Simon von Juda genannt worden bist? – Tribun Roms, Freund Roms – Jude, Gefangener deiner Gedanken, die sich nur noch um ein jüdisches Mädchen drehen? ›Bei den Propheten Israels! Ich bin wirklich ihr Gefangener.‹ Er lächelte bitter in sich hinein. – Ein Gefangener, den sie überhaupt nicht zu haben wünschte.
Er fühlte sich fast in seinen Gedanken ertappt, als er sie plötzlich vor sich sah. Sie kam ihm auf den Stufenstraßen entgegen, die ins Tyropöontal führten. Er selbst war auf dem Xystos gewesen, wo er einen Teil der Propagandareden der Anhänger Simon bar Gioras und Johannes von Gischalas mitverfolgt hatte. Ihr Anblick ließ ihn die Zwietracht der Parteien vergessen. Was konnte all der Hader in der Stadt der Ausstrahlung Jerusalems anhaben, wenn es sie gab? Er spür-

te wieder das Hämmern in sich und das Durcheinander in seinen Gedanken. Ja, es gab nur noch dieses eine Wissen – er würde ihr Sklave sein. Nicht Rom, nicht Israel hatten für ihn Bedeutung – nur die Tochter Aris, die als herrliches Bild für seine Augen die Treppen zu ihm herunterschritt.

Sie trug ein leichtes, gelbgefärbtes Kleid, das beschwingt um ihren Körper wehte.

Sie ist der Frühling selbst, dachte er. Er wußte nicht, wie er sie ansprechen sollte. Die Befangenheit, die ihn jedesmal bei ihrem Anblick erfaßte, war seltsam, beunruhigend, aber doch von einer faszinierenden Erkenntnis begleitet, die ihm sagte, daß sein ganzes Wesen ihr untertan war.

Sie blieb vor ihm stehen, und ihr Lächeln schien verheißungsvoll. In seinem Inneren war ein sehnsuchtsvolles Glühen, aber auch das schmerzvolle Wissen, daß ihr Lächeln nicht ihm persönlich galt – nicht seinen Wünschen. Ihr Lächeln ist die Höflichkeit einem Gast gegenüber, vielleicht auch einem Freund – nicht aber für einen gedacht, der sie liebt. Aber was durfte er erwarten? Meine Liebe zur Tochter des Ari mag so sinnlos sein wie meine Rückkehr selbst, war seine selbstkritische Antwort auf seine Frage. Aber trotzden, sie stand vor ihm und lächelte mit einem Mund, der alle Herrlichkeit dieser Erde versprach. Konnte sie seine Gedanken lesen und sein eigenes etwas künstliches Lächeln deuten?

»Wie schön dich zu sehen, Damaris«, sagte er ein wenig hilflos.

»Du siehst mich jeden Tag, Marsena.« Ihr Lächeln vertiefte sich.

Da war es wieder! War es Spott oder Sympathie, was aus ihren Worten sprach? Er wußte es nicht. Wie konnte eine junge Frau ihn so in den Bann ziehen, daß er nichts anders zu stammeln wußte als die Floskel: ›Wie schön, dich zu sehen.‹

Er hörte sich sagen: »Ich habe jetzt wenigstens Gelegenheit, dich zu begleiten.«

Sie lächelte immer noch, vielleicht noch eine Spur ironischer? »Dann wird dein Weg durch Jerusalem recht kurz sein – ich muß nach Hause zurück.«

Er hätte sagen wollen: ›Wo immer du hingehst, will ich mit dir gehen.‹ Aber er sagte: »Dann diese wenigen Schritte. Darf ich dich begleiten?«

Sie blickte kurz zu ihm auf. Und da war wieder dieser schnippische Unterton. »Wenn der Sohn des Arinos Zeit dafür aufbringt? Wieso bist du nicht mit meinen Brüdern bei all den Versammlungen, die sie Tag und Nacht glauben, abhalten zu müssen?«

Er seufzte und war froh, daß seine wirren Gedanken abgelenkt wurden. »Ich bin ein Fremder unter euch, vergiß das nicht. Ich werde zu den Zusammenkünften nur selten eingeladen. Bis man mich zu irgendwelchen Beratungen hinzuzieht, vergehen Tage, um sich überhaupt darauf einigen zu können.«

Sie lachte leise auf. »So sind die Judäer nun einmal. Aber vielleicht ist es auch nur, weil du es ihnen zu sehr zeigst, wie wenig dich die Belange Israels interessieren.«

›Israel bist du‹ – hätte er am liebsten gesagt. »Es ist nicht so, daß mir mein Volk gleichgültig wäre. Mich interessieren nur nicht die unsinnigen Querelen der Parteien dieser Stadt. Man findet an jeder Straßenecke nur Uneinigkeit.«

Wieder lachte sie. »Du solltest Jude genug sein, um zu wissen, daß das ein Teil unserer Mentalität ist.«

Er nickte. »Ja, furchtbar. Jehova hat es sicherlich schwer mit uns.«

»Und dennoch hat er dieses, unser Volk erwählt, und mit ihm diese Stadt. Jerusalem ist nicht wie Rom?«

»Nein. Es gibt keinen Vergleich zwischen den beiden Städten. Wenn man von der Faszination absieht, die in unterschiedlicher Weise beide Städte umgibt. Jerusalem strahlt Würde aus – geheimnisvolles langsames Atmen, Erinnerung an die Hand unseres Gottes; für mich natürlich auch die ewigwährende Erinnerung an meine Kindheit. Rom bedeutet Prunk, Lärm, atemloses Pulsieren von Leben im unterschiedlichsten Völkergewirr. Rom bedeutet Musik, Sprachenwirrnis, Tanz und Jubel, aber auch uneingeschränkten Übermut im Wissen um die eigene Macht.«

Er schwieg und sah die Stufen hinunter ins Tal, über dem der gewaltige Bau des Tempels thronte – fast in der Größe einer kleinen Stadt. Er hatte nach ihrer Hand gegriffen, und sie hatte sie ihm nicht entzogen. Der Wind rauschte in den Wedeln der Palmen und im Gezweig von Tamariske und Lorbeer. Damaris' Nähe zu ihm glich dem Rausch, den er empfand, wenn er durch diese wundervolle Stadt wanderte. – Nein, Jerusalem glich niemals Rom und war doch großartiger als jede andere Stadt dieser Erde.

Damaris ließ fast verlegen seine Hand los. »Es mag schönere Städte geben als Jerusalem es ist. Aber es wird keine Stadt geben, die ich mehr lieben werde.«

Du sprichst aus meinem Herzen, Damaris, sagte er zu sich selbst. Auch ich liebe Jerusalem – und dich.

Sie waren an Aris Haus angelangt.

»Gehen wir noch ein wenig in den Garten?« fragte er zögernd.

»Es wird bald dämmrig werden.«

»Es ist die schönste Zeit des Tages. Besonders hier in Jerusalem, wenn die Öllampen ihr erstes Licht erstrahlen lassen und der Himmel noch voller Farben ist.«

»Dann komm!« Ihre Worte waren für ihn wie eine Erfüllung.

Sie ging ihm voraus.

Wie wundervoll sich ihre Gestalt im Schein der niedrigstehenden Sonne ausmachte! – Dein Sklave folgt dir auf unabsehbare Zeit – wenn du es nur wünschen wolltest!

»Dieser Garten ist etwas Besonderes in dieser Stadt«, sagte er, um das Schweigen zwischen ihnen zu überbrücken.

»Ja«, antwortete sie. »Hier waren zu Davids Zeiten die Auslaufgründe seiner und Salomos Pferdezuchten.«

»Er ist beinahe so groß wie das Tempelareal selbst.«

»Ja, Vater konnte ihn so erhalten, da die Bezetha Raum für die Neubesiedlung bieten konnte und dadurch dieser Teil der Davidsgärten nicht beansprucht werden mußte.«

»Der Teich, die Ölbäume, Tamarisken, Lorbeerbäume, die Blumenwiesen – sie alle sind eine Herrlichkeit, die kaum ihresgleichen hat.«

»Nicht einmal in Rom?«

»Rom hat eigene Wunder. Dieses Wunder aber nicht. Gewiß, die palatinischen Gärten sind schön – wie ein angelegter, gepflegter Garten nun einmal ist. Nein, hier ist alles anders. – Die Pflanzen, das Singen in ihren Blüten, ja selbst die Luft. Jerusalem und Rom sind wundervolle Welten – jede in ihrer Eigenheit und ohne sie vergleichen zu können.«

»Du liebst Rom, so wie ich Jerusalem liebe.«

»Nein, ich verachte es nur nicht.«

»So wie meine Brüder und die Söhne des Merton?«

»Ja, sie sind natürlich voreingenommen. – Der Krieg. Aber ich spreche nicht von Rom als Nation, sondern von der Stadt mit ihren Palästen, Theatern, Skulpturen, Säulen, Brunnen. – Aber das habe ich dir ja schon alles erzählt.«

»Sprich weiter«, sagte sie mit einem verträumten Blick, der sich in der Weite des großen Gartens verlor.

Er stand dicht hinter ihr. Er atmete den Duft ihres Parfüms und vermeinte fast die Wärme ihres wundervollen Körpers zu spüren. Wie kannst du mich nach Rom fragen, dachte er, wo alle meine Gedanken nur dir gehören.

»Stell dir vor, daß dein Auge eine einzigartige Komposition von Farbe und Form erblickt. – Mosaik, Malerei, Arabesken, verschiedenfarbiger Marmor, Stuck, Glas, Bronze, Verzierungen in Silber und Gold an Mauern und Decken, ja sogar in den Fußböden der Patrizierhäuser und vieler Tempel. Porphyr aus Ägypten, Marmor aus Numidien und Euböa. Vasen, größer als Menschen selbst, an den Eingängen vieler Villen, in den Höfen marmorne Springbrunnen, umrahmt von Rosen, Lilien, Myrten, Veilchen und Anemonen. Und überall überlebensgroße Statuen als ewigwährende Präsenz von einem selbst, wenn man auch als Mensch eines Tages zerfällt.«

Sie hatte ihm atemlos zugehört. Auch jetzt schwieg sie und lauschte nur seinen Worten.

»Was willst du sonst noch von Rom wissen? Es hat mehr als eine Million Einwohner, vierzehn Aquädukte, viertausend Bronzestatuen auf öffentlichen Plätzen und sechstausend aus Marmor.« Er lachte leise auf. »Wie du weißt, führen alle Straßen nach Rom, und von Rom weg. Die Via Latina nach den Albanerbergen, die Via Aurelia nach Pisa und Antibes, die Via Flaminia nach Ariminum und die Via Appia, die Königin aller Straßen, nach Capua, Beneventum, Tarentum und Brundisium. Außerdem ist Rom bestimmt die brunnenreichste Stadt der Welt. Meines Wissens gibt es eintausenddreihundertfünfzig Brunnen, und es werden laufend neue gebaut. Rom hat die ausgereifteste Kanalisation, die prunkvollsten Bäder, die breitesten Straßen, wenn sie auch voller Schmutz sind, und die schönsten Kolonnaden, wenn man die des herodianischen Tempels ausnimmt.«

Er sah sie an.

Sie hatte seinen Worten stumm gelauscht. In ihrem Blick sah er die Faszination, die seine eigene Begeisterung hinterlassen hatte.

»Rom muß wirklich sehr schön sein«, sagte sie nach einer Weile leise.

»Und du hast all den Luxus und die Bequemlichkeit einer reichen römischen Familie zurückgelassen und bist in das arme ausgebrannte Judäa zurückgekehrt. Warum?«

Warum? Wie konnte er antworten, ohne sein Herz zu verraten. Nicht die Vergangenheit zählte und deren Gründe. Er würde ihr ant-

worten können, warum er nicht wieder nach Rom zurückkehrte, und es würde ihr Name sein, mit dem er ihre Frage abschloß.
Sie wartete in seinem Gesicht auf Antwort, und vielleicht würde sie in seinen Augen die Antwort lesen.
»Vielleicht gleiche ich Spartacus, den auch der Wind hin und her getrieben hatte und der nie ein Ziel fand.«
»Ach ja, Spartacus. Du erzähltest mir von ihm. Wer war er wirklich?«
Marsena zuckte die Schultern. »Wer weiß es in Wirklichkeit? Spartacus war ein Thraker, ein Sklave Roms. Seine Gefährten waren ein zusammengewürfelter Haufen aus allen Teilen der Welt und auch Sklaven. Ihr Trieb, frei zu sein und ein festes Ziel zu erreichen, war unerfüllbar.«
»Sind wir Juden nicht den Thrakern gleich – wie sie auch Sklaven in der Hand Roms? Dürfen wir diesen Traum nicht auch erhoffen, den Sklaven des Spartacus gleich?«
Marsena runzelte die Stirn. »Beim letzten Mal warst du dagegen, Sklaven Roms sich nennen zu müssen. Und außerdem, was versteht ein solch kleines Mädchen wie du von der Politik?«
Sie lächelte zu ihm auf. »Das kleine Mädchen vom Kidrontal ist nur noch Vergangenheit. Aber du hast recht. Nur Männer verstehen was davon. Die Vergangenheit und die Gegenwart zeigen es ganz deutlich – Politik, die keine Träume läßt.«
Ja, das Mädchen aus dem Tale Josaphat, mit dem er in den Kindertagen spielen durfte, war Vergangenheit. In seinen Gedanken trafen sich Wehmut und Freude. Die Gegenwart ist es, die mich nicht mehr nach Rom zurückkehren läßt. Und sie ist all das Zurückgebliebene wert. Mehr als aller Reichtum der Welt.
»Sind die Frauen in Rom schön?« Sie strich verlegen über das lange seidige Haar und hielt die Augen gesenkt, als schäme sie sich ihrer Frage.
Er lächelte: »Ja, sie sind schön, aber sie halten keinem Vergleich mit dir stand.« Sie sah ihn verwirrt an. »Du treibst Scherze mit mir, Marsena, das ist nicht recht.«
»Wie könnte ich angesichts der vollendeten Gegenwart lügen? Sieh in meine Augen, Damaris, und du wirst die Wahrheit erkennen.«
Sie hob ihr Antlitz, und ihre dunklen Augen senkten sich in seine. Ein flüchtiges Lächeln huschte über ihre Lippen. »Es ist nicht immer gut, die Wahrheit zu wissen, wenngleich ich...« Sie stockte und errötete.

»Sprich weiter«, bat er sie.
Sie schwieg und senkte den Blick.
»Ich wünschte, ich könnte den Satz, den du unvollendet ließest zu meinen Gunsten vollenden.« Er griff nach ihrer Hand, doch sie entzog sie ihm hastig.
»Nein, Marsena, man könnte uns sehen.«
»Wäre es schlimm?«
»Du vergißt, wir sind nicht in Rom.«
»Nein«, sagte er langsam. »Wir sind nicht im Rom, Damaris, und es ist gut so. Nur, um den Gefühlen Ausdruck zu verleihen, bedarf es keines besonderen Platzes. – Ob hier, in Rom, in Athen oder irgend sonst auf der Welt – die Antwort wird immer dieselbe sein. Ich liebe dich, Damaris.«
Sie sprang erschrocken auf. Ihr Gesicht war mit Röte übergossen. Ihre Lippen bebten, und die schönen Augen zeigten Verwirrung. »Ich muß gehen, Marsena. Ich habe noch Vorbereitungen für das Passahfest zu treffen.«
Er wollte sie zurückhalten. »Du hast Dienerinnen und Diener genug, was brauchst du dich darum zu kümmern? – Bitte bleibe.« Er griff nach ihr, und seine Hand streifte den Ärmel ihres Gewandes.
»Bitte nicht, Marsena«, rief sie erschrocken. »Zerstöre kein Bild, das noch nicht vollendet ist.«
Er ließ sich zurückgleiten.
Sie eilte mit leichten Schritten den sanften Hang hinauf, und er blickte ihr nach, bis die Zweige der Ölbäume ihre Gestalt verdeckt hatten.
Er lag noch lange im Gras, unter der gewaltigen Krone des Drachenbaumes, der die Anfangstage der Stadt Jerusalem schon erblickt hatte, der von den Zeiten Davids und Salomos, von den Tagen Jojakims und der Zerstörung durch Nebukadnezar hätte berichten können, und der immer noch stand, während das Leben von Generationen in seinem Schatten verweht war.
Es war Abend geworden. Farbe und Licht waren verschmolzen zu einer Front violettsamtenen Dunkels, und die ersten Lampen in der gewaltigen Stadt flammten auf. Der Wind hatte aufgefrischt und strich mit geheimnisvollem Singen durch das Blättermeer des Gartens. Es war, als flüsterten die Zweige der Ölbäume und Platanen nur ein Wort: Damaris.
Marsena erhob sich aus dem feuchten Gras, und in seinem Inneren war die Antwort, die heller flammte als die Lichter der Stadt und die

sehnsuchtsvoller flüsterte, als es der Wind am Lilienteich vermochte: Damaris.

*

Zwei Wochen war es her, seit Marsena das Damaskustor nach Jerusalem hinein durchquert hatte. Und die Zeit war wie ein Traum an ihm vorübergeeilt. Er empfand sein Hiersein so unwirklich wie ehedem seine Träume von den Weiten einer nie gekannten Welt. War es Damaris, die seine Wiederkehr mit dem Hauch der Unwirklichkeit umgab? – Damaris! Du Wunder für mich in Israel. – In einem Land, in dem Wunder die lange großartige Vergangenheit seines Volkes umgaben – seit ihrem Urvater Abraham vor undenklichen Zeiten. Damaris – ein Wunder mehr für dich, Marsena! Aber Wunder waren selten mit Händen zu greifen. Dachte er schon an die Zeit, die irgendwann kommen mußte – an seine Abreise? Es war, als steche etwas in sein Herz, als er sich dieses Gedankens bewußt wurde. Israel verlassen? – Damaris? Aber er war Tribun Roms; alles was er besaß war unendlich weit entfernt. Hier besaß er nichts, nur das wenige, das sein Pferd tragen konnte. Aber da war noch etwas, was materiellen Besitz seltsamerweise so unwichtig erscheinen ließ – die Wirrnis seiner Empfindungen und das Hämmern seines Herzens, wenn er an das Mädchen dachte, das einst seine kleine Schwester gewesen war. Jerusalem verlassen? – Zurückkehren nach Capua, Pompeji, Rom? War er denn nicht endlich heimgekehrt?
Judas ben Ari riß ihn aus seinen Überlegungen. Er stand im Zimmer und lächelte ihn an. »Mein Bruder Marsena, du mußt tief in deine Gedanken versunken gewesen sein. Ich habe angeklopft, du hast aber nicht geantwortet.«
»Ich muß geträumt haben«, murmelte Marsena und wischte die letzten zweifelnden Fragen aus seinem Bewußtsein.

Das Fest

Judas faßte ihn freundschaftlich an der Schulter. »Wir werden heute abend ein Fest für dich bereiten.«
»Für mich? Weswegen?«

»Weswegen?« Judas lachte. »Ein Bruder für uns, und ein Sohn für unseren Vater ist zurückgekehrt. Und du fragst nach dem Warum?« Er nahm ihn zärtlich in die Arme. »Nie zuvor ist mir so bewußt geworden, wie sehr wir dich vermißt hatten. Mögest du dieses Haus nie mehr verlassen!«
Marsena empfand plötzlich tiefe Zuneigung zu dem Sohn des Ari. Ja, so war es. Er war zurückgekehrt in das Haus seiner Kindheit, zu seinen Brüdern – und zu seiner Schwester, für die er mehr empfand als nur geschwisterliche Zuneigung.
»Ich danke dir für deine brüderliche Freundschaft, Judas«, sagte er, und wischte verstohlen eine Träne weg, die er nicht zurückzuhalten vermocht hatte. »Ich bin eurer Freundschaft und Gunst nicht würdig«, murmelte er verlegen.
Judas schüttelte lächelnd den Kopf. »Mein Bruder Marsena. Die Freude in diesem Hause war noch nie so groß wie bei deiner Wiederkehr. Ich muß dir Dank sagen, daß du Vater nach langer Zeit wieder zum Lachen gebracht hast und uns die Vorfreude empfinden läßt, ein großes Fest in diesem Hause zu feiern. Nach dem Tode meiner Mutter und deiner Eltern war nur noch selten Fröhlichkeit in diesen Mauern. Ganz Jerusalem wird deine Wiederkehr feiern. Die schönsten Mädchen werden heute abend um uns sein. Und einige wirst du selbst noch aus unserer gemeinsamen Jugendzeit her kennen. Die Töchter des Merton zum Beispiel.« Er blickte Marsena schalkhaft an. »Du wirst an diesem Abend Rom vergessen lernen. Und du wirst nie fortgewesen sein. Und du wirst hoffentlich endlich wieder zu Hause sein – wie einst.« Er drückte Marsena kurz an seine Brust. »Ich muß mich beeilen. Es ist noch eine Menge an Vorbereitungen zu treffen. Laß dich überraschen. Das beste wird sein, daß du dem Trubel bis heute abend aus dem Wege gehst. Sieh dir Jerusalem an. Es hat sich in den letzten Jahren doch sehr verändert. Lerne deine Heimatstadt wieder kennen und bringe deine Erinnerungen an das Einst für heute abend wieder zurück. Mögest du wieder ein Teil von uns allen sein!« Er winkte Marsena zu und eilte aus dem Tor hinaus, das die Diener vor ihm geöffnet hatten. Über Jerusalem kehrte das Licht des anbrechenden Tages zurück. Die Diener verneigten sich und schlossen das Tor hinter Marsena. Vor ihm lag die erwachende große Stadt.
»Jerusalem, Stadt Davids und unseres Gottes Jehova«, flüsterte er, als er die Stufen zum Tempelberg emporschritt.
Der Tag begann über den Ölberg zu wandern.

Marsena stand vor den Toren des Tempels. Mißtrauische Blicke musterten ihn von den salomonischen Säulenhallen her.
»Die Schergen Johannes von Gischalas«, murmelte er spöttisch. Ihre Anwesenheit läßt die Existenz des heiligen Tempels zur Farce werden.
Man ließ ihn durch, nachdem man ihn nach Waffen durchsucht hatte. Aber dennoch wird auch das Vorhandensein dieser Tempelschänder dem wundervollen Bild nichts nehmen können, das sich den Augen bietet. Wenn du etwas hinterlassen hast, das auch dem größten Gegner Bewunderung abringt, Herodes, den man den Großen nennt, dann diesen Tempel, den selbst der unvergessen große Salomo nicht in dieser Pracht errichten konnte, dachte er.
Die Sonne erschien über der Kuppe des Ölberges. Ein Meer von Strahlen ergoß sich über das goldene Dach des Tempels.
»Die Sonne, sie scheint schon«, rief der Priester der Tempelwache von der Zinne der Umfassungsmauer. Im Vorhof erklang der Chor der Priester, die erwartungsvoll der Ankündigung des Morgens gelauscht hatten.
»Leuchtet der Himmel bis Hebron hin?« – »Er leuchtet bis nach Hebron hin«, erklang die Antwort jubelnd im Glanz der Sonnenscheibe, die sich in den Himmel schwang und die erste Wärme in den Morgen sandte. – Hinter Marsena schloß sich das Tor. Da stand er wieder, nach sechzehn Jahren, im Herzen Judäas, im Mittelpunkt der Welt, wie die Pharisäer ein wenig anmaßend sagten. Ein seltsames Zittern machte sich in seiner Brust breit. Es war als flüsterte eine Stimme in seinem Inneren: ›Du bist zu Hause.‹ Kinderblicke hatten die Pracht einst gesehen, und sie war unvergessen geblieben. Kinderohren hatten die Sprache der Priester vernommen, und sie war auch in weitester Ferne nie verklungen. »Ja«, flüsterte er, »ich bin zu Hause.« Was Kinderaugen unvergessen geblieben war, die geheime Ehrfurcht vor diesem heiligsten Ort des Judentums, die Mystik im Kinderherzen, das atemlose Staunen, erblickten die Augen und Gedanken eines erwachsenen Mannes, und der Zauber aus Kindertagen verblaßte dennoch nicht.
Vor ihm erstreckten sich die vier Reihen von je vierzig Marmorsäulen, alle von verschiedener Farbe, die gewaltigen Umfassungsmauern im Quadrat gezogen, deren Ursprung aus der Zeit Salomos stammte. Über den Säulen die zedern- und pinienholzgetäfelten Dächer, in reichster Verzierung, die eine Ahnung der Pracht des eigentlichen

Tempelbaus nur andeutungsweise geben konnten. Von dieser ersten Halle schweifte der Blick in den weiten Vorhof der Heiden, der von oben offen war, so daß der morgendliche Himmel in seinem feurigen Glanz sich auf dem herrlichen bunten Marmorboden mit den in verschiedensten Farben ausgelegten Mosaiken zu spiegeln vermochte. In der Mitte dieses großen offenen Platzes erhoben sich die Tempelgebäude, Stockwerk über Stockwerk, zur Kidronschluchtmauer hin emporsteigend, wovon das letzte, alles überragend, das Heiligtum war, mit seinem gewölbten Dach aus mit Gold bedecktem Zedernholz, worin sich die Morgensonne in einer Flut von Flammen badete. Marsena schritt die zwölf Stufen zum »Schönen Tore« hinauf, dessen offene Flügel aus glänzendem Erz so schwer waren, daß zwanzig Männer benötigt wurden, sie zu schließen. Das dahinterliegende Gebäude, der Vorhof der Frauen, endete an den fünfzehn Stufen aus gemasertem Marmor, die zum Vorhof der Männer und Priester führten, zu dem man durch das gewaltige Nikanortor gelangte. Durch dieses Tor, das ein Meisterwerk aus Gold, Silber, feingeschnitzten Hölzern und ziselierten Beschlägen war, schritten die Sänger und Musiker des Tempels in den Vorhof der Priester, den Frauen nicht betreten durften. Hier versammelten sich die Gläubigen vor dem gewaltigen Brandopferaltar, von dem der Rauch des Morgenopfers in den gleißenden Himmel emporstieg. Hinter dem großen Waschbecken, das von zwölf ehernen Löwen getragen wurde, am Ende des säulenumkränzten Hofes, erhob sich der eigentliche Tempel mit den Eingangssäulen aus Porphyr, den schweren armdicken Vorhängen, mit der aus purem Gold getriebenen Tür, hinter der sich der heilige Ort, den nur die Priester betreten durften, befand. Dort standen die zwei reingoldenen Tische für die Schaubrote, den goldenen Leuchter und den goldenen Rauchaltar, auf dem die Priester jeden Morgen wohlriechendes Räucherwerk entzündeten. Am Ende des golddurchfluteten Raumes hing ein an goldener Stange befestigter Vorhang, in den das Weltall eingewebt war, und der den Zugang zum Allerheiligsten verbarg, einem Raum, den nur der Hohepriester betreten durfte, und das auch nur einmal im Jahr. In diesem völlig leeren Raum, der einstmals die verlorengegangene Bundeslade barg, erahnte man die Gegenwart des lebendigen Gottes Israels, Jehova. In diesem legendenumwobenen Raum, dem geheimnisvollsten Teil Israels, brannte nur eine kleine Öllampe, seitdem das göttliche Schekinalicht aufgehört hatte, die Präsenz des Gottes Israels anzuzeigen. Der milde gelbe Schein reichte nicht aus, die purpurnen Blumen an den Wänden zu beleuchten, das reine Weiß der Säulen oder die schweren Goldplatten, mit denen die Wände verkleidet waren. Hier war die Stätte, an der einmal im Jahr der Hohepriester mit Gott Zwiesprache hielt. Marsena erwachte aus seinen Gedanken. Er fuhr sich über die Augen. Ihn schauderte, wenn er daran dachte, daß Gott sich anscheinend schon lange von dem Volk der Juden zurückgezogen hatte. Die täglichen Gebete der Priester waren jedenfalls nicht erhört worden, ein freies unabhängiges Königreich Israel wie zu Davids oder Salomos Zeiten wiederherzustellen.

Die silberne Trompete ertönte zum Gebet. Selbst die Soldaten Johannes von Gischalas neigten ihre Häupter. Die Zeremonie war uralt, verwoben in den Gesetzen Mosis wie dieses Volk selbst. Und dennoch schien der Glaube dieses Volkes, der es Jahrtausende zu einer Einheit geschmiedet hatte, nur noch ein Fragment zu sein, die Zeremonien waren nur ein Abglanz vom wahren Gesetz, das in den Buchrollen für die Ewigkeit erhalten sein sollte. Marsena erinnerte sich, wie ungeheuer frevelhaft ein Betreten des Tempelgeländes unter Waffen angesehen worden war, und jetzt standen an jedem Tor, vor jeder Treppe eine Gruppe schwerbewaffneter Männer, die der Heiligkeit dieser Stätten hohnlachten. Der Zauber in seinem Herzen war plötzlicher Traurigkeit gewichen. Er eilte förmlich die breiten Marmorstufen hinunter zu den Huldapforten, so daß die im Gebet versunken Harrenden und die zahlreichen Soldaten ihm verwundert und mißbilligend nachstarrten. Die Opfertiere zerrten ängstlich an ihren Banden, als er an ihnen vorbeihastete. O Gott Israels, jagten seine Gedanken. Ich bin wieder zu Hause, und ich war für einige Augenblicke glücklich für die kurzen Empfindungen meines Herzens. Doch ich fühle, daß du nicht mehr mit uns bist und unsere Gedanken und Worte ohne Erfüllung bleiben. Er lehnte sich schweratmend an das geschlossene Tor, das zu dem gewundenen Gang der Huldapforten führte und wartete, bis es ihm geöffnet wurde. Er stolperte in das Dunkel hinein. Hinter ihm schloß es sich mit einem dumpfen Klang. Als sich seine Augen an das Dunkel des Ganges gewöhnt hatten, sah er eine Gestalt auf dem Boden kauern, die ihm eine runzelige Hand entgegenstreckte.

»Ich sehe dir an, daß du traurig bist.« Die Stimme klang rauh und vom Alter zittrig.

»Wie willst du das im Dunkeln erkennen?« fragte Marsena mürrisch

und wollte an dem Alten vorbeisteigen. Die Hand ergriff sein Gewand und hielt ihn fest.
»Wer im Dunkeln lebt, sieht auch das Dunkel im Herzen eines Menschen, das Dunkel verbirgt sein Antlitz nicht und nicht den Ton seiner Lippen. Wer vom Hause des Gottes Israels kommt mit Kummer im Herzen, mit Traurigkeit im Blick, dem fehlt es am Glauben. Wer von heiliger Stätte zurückkehrt, ohne etwas von den Worten des Gebets im Herzen zu empfinden, ist er nicht wie ein Blatt im Wind, von Zweifel geplagt, ohne Ziel, wie eine im Sturm gepeitschte Meereswoge? Du bist jung, und die Gedanken, die du hegst, sind deiner Jugend nicht förderlich. Geh aus dem Dunkel hinaus ins Sonnenlicht. Das Dunkel um dich und das Dunkel im Herzen sind für die Sterbenden, nicht für dich, der du die ersten Stufen zum Licht des Lebens kaum erstiegen hast.«
»Du sagtest, mir fehle es an Glauben, Alter. Glaubst du noch, nachdem dein Volk seine heiligste Stätte beschmutzt?« Marsenas Stimme klang unwillig. Was ging den Alten sein Empfinden an? Hatte er nicht wirklich Freude empfunden, nach so langer Zeit die Schritte zum Tempel gelenkt zu haben, zu dem ihn sein Vater in den Tagen seiner Kindheit regelmäßig mitgenommen hatte? Müssen Kinderträume immer ein solch enttäuschendes Ende erfahren? Er erinnerte sich noch an das ehrfurchtsvolle Erschauern, wenn er den Hohenpriester zu Gesicht bekam, die stattliche Gestalt mit der Mitra auf dem Haupt und der blitzenden Krone, das lange blaugefärbte Gewand mit den goldenen Glöckchen daran und den funkelnden Granatäpfeln, die den Saum des Gewandes einfaßten. Das goldene Ephod mit den eingravierten Namen aller jüdischen Stämme auf der Brust blitzte, und die Juwelen darauf funkelten. Der Gesang der Psalmen, der Rauch der Brandopfer, die Farben, die Stimmen, die Geräusche, all das erregende Zeremoniell waren für das aufgeschlossene Kinderherz ein von Geheimnissen umranktes Bild, das im Gedächtnis unauslöschlich haften blieb.
Die Stimme des Alten klang aus dem Dämmerlicht: »Ich weiß, was an heiliger Stätte geschieht. Doch können wenige Läuse eine Terebinthe fällen? Dein Herz entscheidet vor Gott, nicht die Frevel einiger Narren. An ihrem eigenen Gespei werden sie ersticken. Jehova läßt sich nicht verspotten.«
»Genau das ist es, was ich befürchte«, antwortete Marsena müde. »Wir waren immer ein Volk, und die Gunst Gottes erging immer an

das ganze Volk, aber auch der Zorn und die Strafe. Für einige wenige büßt ein ganzes Volk. Nur, der Läuse, die du erwähntest, sind viele geworden. Sie fressen das Laub, und daran stirbt die Terebinthe, auch wenn sie nicht fällt. Ich sah einen Traum aus Kindertagen, doch er scheint ausgeträumt zu sein. Nein, Alter, die Traurigkeit, die du erblicktest, gilt nicht mehr mir selbst. Sie bleibt mit Erinnerungen zurück, die bald vergessen sein werden.« Er warf dem Alten ein Geldstück zu und eilte ins Freie, wo ihn das Licht eines strahlenden Morgens erwartete.

*

Ari ben Aschchur hatte dem Fest ein eindrucksvolles Gepräge gegeben. Schon von weitem hörte Marsena den Klang von Musik und das Lachen vieler Menschen.

Er zögerte kurz vor dem Tor. Da öffneten sich die mächtigen Flügel vor ihm, und die Diener grüßten ihn ehrerbietig. »Herr, unser Gebieter erwartet dich schon sehnlichst. Eine große Anzahl von Gästen hat sich bereits eingefunden.«

Marsena nickte nur kurz und eilte auf sein Zimmer.

Vom Innenhof drang der Schein der vielen Feuer in seinen Raum. Der Geruch von gebratenem Fleisch hing in der Luft. Der Klang der vielen Stimmen, die zu ihm heraufdrangen, sagte ihm, daß Ari ben Aschchur wohl ganz Jerusalem zu diesem Fest eingeladen hatte. Er tauchte sein Gesicht in eine Schüssel mit kühlem Wasser. Er war den ganzen Tag durch Jerusalem gewandert, und die Erinnerung an vergangene Tage hatte ihn wie einen übermächtigen Rausch umfangen. Keine Stadt der Welt ließ das Pulsieren ihres Lebens so in ihre Bewohner übergehen, wie Jerusalem, die ewige Stadt der Könige und Fürsten Israels, die heilige Stadt Jehovas, ihres Gottes.

Was war Rom im Vergleich zu ihr, obwohl zehnmal so groß? Ein seltsam mystischer Hauch hatte ihn in den Gassen umwoben, ein geheimnisvolles Fluidum, das er sich nicht zu erklären vermochte. War es die Kindheit selbst, die mit ihm gewandert war? Hatte er gehofft, die Geheimnisse und Abenteuer der Vergangenheit hinter jeder Krümmung und dunklen Ecke der verwinkelten Straßen wiederzufinden? Vielleicht ist es der Atem der Stadt selbst, der sich mit dem Lebensatem eines jeden Besuchers vermengt, wenn er die jahrtausendalten Pflastersteine deiner Straßen und Höfe betritt? In dir sind

Lorbeer und Myrte zu einem verwobenen Einen geworden, Kampf und Sieg, Träume und Liebe, seit undenklichen Zeiten. Auch deine Gedanken sind diesem Pulsieren gleich geworden – Lorbeer und Myrte. Und sie haben nur ein Ziel: Damaris.

Wird sie an deinem Tag zugegen sein? Wird sie deine Heimkehr ebenso willkommen heißen wie ihre Brüder? Er wußte plötzlich, daß nur ihre Entscheidung Bedeutung haben konnte. Was kümmerte ihn die Meinung der Vornehmen Jerusalems, wenn die ihre seine Zukunft bestimmen würde? Er suchte aus seinem Gepäck die weißgegerbten Stiefel und die silberdurchwirkte Tunika heraus und fand, daß sie dem Fest entsprechen würden. Dann eilte er dem festlichen Lärm entgegen, der aus dem Atrium des großen Hauses drang.

Als er die Halle betrat, wandten sich ihm die Gesichter zu. Er erkannte nur die wenigsten. Und das Gesicht, das er erhofft hatte zu sehen, war nicht unter ihnen. Vom Hof her erscholl fröhliches Lachen, und er fühlte, wie ein seltsames Unbehagen in ihm erwuchs. Sie ist draußen bei den jungen Gecken Jerusalems und wird von ihnen umschwärmt. Er wußte, daß er im Begriff stand, eifersüchtig zu werden.

Ari ben Aschchur riß ihn aus seinen Gedanken. Er war freudestrahlend auf ihn zugegangen und hatte ihn um die Schultern gefaßt. »Das ist also Marsena, der Sohn Arinos', den ihr sicherlich noch in guter Erinnerung habt, wenngleich er vor langer Zeit schon von uns gegangen ist. Aber sein Sohn lebt zu seiner Erinnerung weiter. Und er ist ein Sohn des Hauses Ari – und ich hoffe, er wird es bleiben.«

Beifall klang um sie herum auf, und Ari hob einen gefüllten silbernen Becher, den er Marsena reichte. »Auf die Heimkehr meines Sohnes Marsena ben Arinos.« Sie tranken Marsena zu, und in ihm wurde die Freude wach zu wissen, daß er in Aris Haus wirklich zu Hause sein konnte. Es ist seltsam, dachte er. Vor sechzehn Jahren nahm mich ein einflußreicher Römer auf, und ich wurde fast wie sein Sohn. Jetzt treibt mich etwas nicht Greifbares wieder zurück nach Jerusalem, und ich finde wieder diese offenen Arme. Die Priester Roms würden mich vor so viel Glück warnen. Aber hier in Jerusalem gibt es keine Göttinnen des Glücks, die mir diesen Tag mißgönnen könnten. – Oder doch? Wo ist Damaris, die dem heimgekehrten Bruder das freudevolle Willkommen entgegenbringt, den Myrrhenzweig und das schwesterliche Strahlen ihres Antlitzes? Du bist ein Narr, schalt er sich. Du weißt, daß sie und die Söhne des Ari dich mit offenen Armen empfangen haben, und daß das heutige Fest nur dem offiziellen

Zeremoniell dient, dem großen Freundes- und Bekanntenkreis Ari ben Aschchurs dich als Glied des Hauses vorzustellen. Und doch hättest du vor aller Augen gern den Myrrhenzweig aus ihrer Hand empfangen.
Er stand an Ari ben Aschchurs Seite und begrüßte die lange Reihe der Geladenen. Er wandte sich Ari zu. »Du hast ein Fest gestaltet, das eines Königsohnes würdig wäre. – Mir jedoch?«
Ari ben Aschchur drückte ihn an sich. »Für mich bist du es.«
Marsena sah in seinen Augen Tränen der Freude.
»Die Alten kannten alle deinen Vater, Marsena. Und sie freuen sich, seinen Sohn wieder zu sehen.«
»Mein Vater war arm und unbedeutend.« Marsena hatte die Lippen aufeinandergepreßt. »Und mich kannte auch niemand. Es ist nur dir zu verdanken, mein Vater, daß sie mich heute beachten.«
Ari sah ihn fest an. »Du irrst dich, mein Sohn. Deine Familie mag zwar nicht vermögend gewesen sein, sie war aber hoch angesehen. Dein Großvater Kaiphas war Hoherpriester Jerusalems.«
Marsena lächelte leicht. »Das alles ist Vergangenheit, und wie sie kaum mehr im Gedächtnis Jerusalems. Aber ich danke dir, der du mir wie ein Vater bist.« Er umarmte Ari ben Aschchur.
Als Damaris den Raum betrat, wagte er kaum zu atmen. Ihre Erscheinung ließ alles zur Unwirklichkeit werden, die Umgebung, die Freunde, die Töchter des Merton, die Musik. Nur sie war da. Was waren schon Ashtoret, Venus, Astarte und Isis? Tote Göttinen, trotz der Schönheit ihrer starren Bildnisse. Neben ihr, der Tochter des Ari, verblaßte alle Kunst und all der Mythos, der eine ganze Welt in Taumel hielt. In dir, o Tochter des Ari, sind alle Wunder eins.
Im warmen Licht der Öllampen schien ihr Gewand durchsichtig. Ein Hauch von Flor umgab sie. Es war hochgeschlossen, aus feinem Byssus, wie es gerade in Korinth und Athen Mode war. Am Halsausschnitt, an den weiten Ärmeln und am Saum war es silberdurchwirkt, ohne sonstigen Zierat. Welcher Schmuck könnte sich mit deiner Schönheit messen? Marsena stand da und registrierte kaum die Namen der Gäste, die ihm genannt wurden. Judas sah ihn von der Seite an und lächelte. »Simon, Sohn des Kathla, Jakobus, Sohn des Sosas, Tephtheus, Sohn des Neteiras.« Die Namen glitten an ihm vorbei, und er hörte in sich nur: »Damaris.«
Sie sah kurz zu ihm hin. Ihre Lider waren mit Malachitstaub bläulich gefärbt. Brauen und Wimpern glänzten im Licht der Wandleuchter

durch den aufgetragenen Bleiglanz blauschwarz. Ihre Fingernägel hatte sie mit Pulver aus der Rinde der Zypernstaude rot gefärbt, und ihr Mund leuchtete im Karmesinrot feinster ägyptischer Kosmetik.

Auf unserem Weg zum Garten Gethsemane warst du die Schwester von einst, Damaris. Hier bist du eine Königin, unerreichbar für die Sehnsüchte eines Fremden. Er wünschte sich in diesem Augenblick weg von hier, fern von den Geräuschen und Klängen des Festes ihm zu Ehren. Wie kann mein Sinn die Gesichter und Namen erfassen, die um mich sind, wenn meine Augen nur sie zu sehen vermögen?

Ja, du bist die Königin Jerusalems. Tochter des Ari. Und ganz Jerusalem scheint sich um dich zu scharen. Und ganz Rom würde das gleiche tun, wärest du dort. Für wen leuchten deine Augen, Damaris? Für die Söhne des Merton? Für den Sohn des Neteiras? Oder für den finsteren Jonathan ben Assur, der dich mit seinen Blicken verzehrt?

Eine sanfte Hand berührte seinen Arm. Die Augen Judiths, der Tochter Mertons, waren auf ihn gerichtet. Sie lächelte ihn an. »Du scheinst nicht mitten unter uns zu sein, Marsena ben Arinos. Ich vermißte deine Begrüßung.«

»Verzeih, Judith. Dieser Abend verwirrt mich. Mir scheint, daß das ganze vornehme Jerusalem sich in Aris Haus eingefunden hat.«

»Dir zu Ehren, Marsena. Ben Ari hat jeden wissen lassen, daß sein verlorener Sohn wieder zurückgekehrt ist. Bist du wiedergekehrt, Sohn des Arinos? Deine Augen sind jedenfalls weit weg und sehen anscheinend nur die Tochter des Ari. Es ist wie damals im Tal des Kidron. Esther, Tabitha und ich wären gern von dir beachtet worden, aber es war nur Damaris, die du in deiner Nähe duldetest. Das waren aber Tage der Kindheit, Marsena. Es sind viele Jahre seither vergangen, wie du hoffentlich sehen wirst.« Ihr roter Mund lachte ihn schelmisch an.

Ja, Tochter des Merton, du bist zur Schönheit herangereift. Und nicht Schönheit ist es, die ich vergleiche, sondern Träume, die seit all den Jahren in meinem Inneren geschlummert haben, die aber nie aufgehört haben, zu bestehen.

Er riß sich aus seinen Gedanken. Er lächelte. »Wie könnte jemand dich und deine Schwestern sehen und nicht beachten? Wie könnte der Wind über dem Jordantal den Jordan nicht sehen oder der Tau des Hermon nicht den Schnee auf seinem Haupt?«

Sie lachte. »Deine Worte klingen schön, Marsena, doch dein Herz ist woanders.«

Er wollte antworten, doch sie legte ihm schnell die Hand auf den Mund. »Sage nichts, Sohn des Arinos. Deine Worte schwingen in meinen Gedanken nach, und ich möchte sie nicht zerstört sehen. Auf jeden Fall grüßen wir dich, großer Bruder. Das Haus unseres Vaters wird dir stets offen sein.« Sie wandte sich schnell ab, und der Kreis der Gäste Aris ließ sie seinen Blicken entschwinden.
Er griff mechanisch nach dem Becher Wein, den ihm ein Diener hinhielt. Wie gut, daß du den meisten der Geladenen unbekannt bist! Auch wenn dein väterlicher Freund Ari um deinetwillen das Fest hat stattfinden lassen, es berührt dich nicht. Deine Gedanken gehören nicht dir selbst, Sohn des Arinos. Sie sind Gefangene der Augen eines Mädchens, das Damaris heißt.
So einsam warst du schon einmal! Damals, als der Mann starb, der dich aus den Elendsvierteln Catanas rettete, und der dich beinahe zu seinem Adoptivsohn machte, und den du ebenfalls nie vergessen wirst, wie die Erinnerung an Israel, die dich hierher zurückgetrieben hat. – Licinius Valerius Julianus. Vielleicht verdanke ich dir auch die Rückkehr in das Land meiner Väter. Wo wäre ich sonst geblieben, als mich der Kapitän des Handelsschiffes damals an Land warf? Und du warst nicht da, um die letzten Worte des liebenswertesten Römers zu vernehmen, dem du in den Jahren deines Heranreifens in den Armen oder Fängen Roms begegnetest. Wie lange schien diese Erinnerung schon zurückzuliegen? Es waren beinahe vier Jahre her, seit Marcus Julianus ihn mit kreidebleichem Gesicht an den Schultern gefaßt und mit schmalen Lippen die Worte herausgepreßt hatte: »Vater ist gestorben.« – Marcus Julianus' Vater – ein Vater auch für ihn. Der große Senator, Konsul des römischen Weltreiches, dessen Einfluß ihn, Marsena ben Arinos, zum römischen Ritter und hohen Offizier Roms gemacht hatte!
Nero selbst hatte die Totenfeier auf dem Forum Romanum angeordnet. Er erinnerte sich der Atmosphäre, die kein Dichter in passendere Formen hätte setzen können. Die Nacht war stürmisch gewesen. In den Straßen stiegen Staubwirbel auf. Über dem Himmel zuckte Wetterleuchten. Ein Duft von Herbst und Trauer klammerte sich an den verlorenen Sommer. Er erinnerte sich an Wolken, die sich wie Ungeheuer aufeinander stürzten. Er stand da, hilflos und mit unstillbaren Tränen vor dem flammenden Scheiterhaufen, der den Körper des Licinus Valerius Julianus verzehrte. Er sah die Narzissen, die einem weißen Leichentuch ähnlich über dem lodernden Holzstoß ausge-

breitet waren und nun in der Glut verdampften. Rauch und Wolken waren eins, wie die Ungeheuer aus den Sagen der Kindheit. Auch hier verlor sich ein Traum in der Unwiederbringlichkeit der Vergangenheit.
Er hatte für einige Augenblicke die Augen geschlossen. Als er sie wieder öffnete, war Damaris seinen Blicken entschwunden. Er atmete tief ein. Die Musik von draußen brachte ihn in die Gegenwart zurück.
Ein Arm legte sich um seine Schulter. »Marsena«, sagte Judas. »Dein Blick ist traurig. Laß uns an diesem Tag alles Bedrückende vergessen und dem Fest die Fröhlichkeit geben, für das es bestimmt ist. Für die Wiederkehr unseres Freundes und geliebten Bruders. Möge unser fröhliches Herz auch deines erreichen.«
Marsena lächelte ironisch. »Ihr sagtet, es wäre ein Fest für mich? Es scheint mir eher einer Brautwerbung der Vornehmen Jerusalems gleichzusehen.«
Judas lachte. »Du hast gar nicht so unrecht. Sieh nur, wie Simon Judith, die Tochter des Merton, umtänzelt. Mein Bruder gleicht einer Bachstelze im Jabokktal.«
»Und du, mein Bruder? Hat dein Herz aus den Schönen Jerusalems heraus schon gewählt?« Judas ben Ari lächelte. »Ich werde den Myrtenkranz eines Tages auf das Haupt Tabithas legen, der Tochter des Merton. Ich hoffe es wenigstens. Doch wer kennt das Herz einer Frau wirklich?«
Marsena schmunzelte. »Die Familien Mertons und Aris vereint. Das bedeutet herrschen über ganz Judäa.«
Judas ben Ari winkte ab. »Wie unwichtig das ist. Macht ist vergänglich, nur die Herzen zählen... für mich wenigstens.«
Marsena nickte. »Für mich gilt das gleiche, mein Bruder. Alle Macht der Erde würde ich für ein Wort geben, das in meinem Herzen die Flamme zu nähren vermöchte, die hoffnungsvoll, aber auch vielleicht ohne Zukunft brennt.«
Judas sah ihn schelmisch an. »Wer ist es Bruder, der dich und deine Gedanken so umfangen hält? Von den Töchtern des Merton ist nur noch Esther frei. Mein Bruder Gilead allerdings hat schon seine Augen auf sie geworfen. Aber er ist ein kleiner Junge und hat hier noch nicht mitzureden.«
»Du weißt genau, wer es ist, mein Bruder. Und keine Macht der Welt und auch keine andere Frau wird ihr Bild jemals aus meinem Bewußtsein zu tilgen vermögen.«

Judas nickte. »Wenn ich auch nur ahnen kann, wem dein Herz verfallen ist, so hoffe ich für dich, daß dein Ruf sein Echo findet. Unser Herz jedenfalls gehört dir.«
Marsena drückte die Hand des Freundes, und seine Augen gewannen die Gegenwart wieder.
»Wir wollen in den Hof und tanzen«, sagte Judas. »Komm, Marsena.«
Die Zimbeln, Lyren und Flöten sandten ihre Klänge bereits in den dämmernden Abend hinaus. Von den Häuserwänden und Säulenhallen, die den großen Hof umgaben, leuchteten die vielen Feuer wider, die um die Tanzfläche entzündet worden waren. In den Säulengängen flackerten die Schatten, und die Fontänen der Zierbrunnen blitzten im Feuerschein wie ein Meer von Rubinen, Saphiren und Smaragden. Das Plätschern des Wassers verband sich mit dem Klang der Musik zu den Tönen eines Märchenreigens, der sich in Marsenas Bewußtsein schmiegte.
Er hörte Damaris' silbernes Lachen, und Glut stieg in ihm auf. Er sah die Schar der jungen Männer um sie, und das Glühen in ihm wurde zu einer Lohe.
Wie in Trance bewegte sich sein Schritt auf das Mädchen zu. In ihrem Haar flammte das Feuer aus Fackelschein und Wasserglast, und in ihrem Antlitz sprühten Freude und Koketterie.
Dann stand er vor ihr und faßte sie an der Hand. Leuchteten ihre Augen im Glanz der Feuer, oder war es Freude, die er in ihnen zu sehen hoffte? Der Klang der Instrumente steigerte sich zu einem rauschenden Finale, das den Körper erbeben ließ. Oder war es das Blut, das den Wirbel in seinem Inneren entfachte, seine Stirne glühen, seinen Atem heftig werden ließ? Die Feuer wurden zu einem wilden Reigen, die Musik zu einem fernen Rauschen, die Tanzenden, Spielenden, die Gruppen der sich Unterhaltenden zu einer wesenlosen Kulisse. Nur sie war da! Ihr fliegendes Haar, das im Feuerglanz erstrahlte und wieder mit den Schatten verschmolz, die lachenden Lippen, die ganze liebliche Gestalt, in einem Hauch von Gewand, und einem Märchenwesen gleich, dem die Flammen zu huldigen schienen, die ihren Körper enthüllten und seine wundervollen Linien zeichneten, die herrlichen Formen ihrer Brüste, die feine Wölbung ihrer Hüften, die langen schlanken Beine, die das zarte Gewand kaum verhüllte.
Ihre Hände hielten sich, und in ihnen war ein Strom von Feuer. Ihr Atem berührte sich. Er blickte in ihr Antlitz. In ihren Augen waren

die Tiefen Moabs verborgen, die unerreichbare Weite eines träumenden Herzens.
Wo Traum und Wirklichkeit sich finden, entsteht ein neues Universum, ein Weltall aus Sehnsucht und Liebe. Und er wußte, daß es in diesem Augenblick entstand.
O Damaris, du herrlicher Traum der Gegenwart! Nie hätte ich Jerusalem verlassen dürfen und keinen Tag mehr versäumen um zurückzukehren. Kleine Schwester unserer Kindheit, die Ahnung der Liebe eines Jungen aus der Vergangenheit wird in diesen Augenblicken zu der herrlichen Gewißheit, die unvergänglich ist. Ich werde hoffen, ich werde träumen, daß meine Gedanken, Wünsche und Träume in deinem Herzen Regung finden.
Der Tanz endete in furiosem Finale. Er fing den wirbelnden Körper auf, und für einige Augenblicke lag ihr zarter Körper in seinen Armen. Blitzten ihre Augen schelmisch oder erschrocken? War der Hauch von Rot Verlegenheit oder Freude? Sie glitt aus seinen Händen und sah für einen Augenblick zu ihm auf. Ihre Augen senkten sich in seine, und es war der Glanz des Universums in ihnen.
Sie atmeten schwer. Marsena sah, wie sich ihr Busen hob und senkte, wie sich die wundervollen Linien im Lichterglanz bewegten, wie dieser herrliche Körper Leben ausstrahlte und Feuer in ihm entzündete. Er atmete ihr Parfüm, das ihn sacht umspielte und schloß für einen Augenblick die Augen.
Plötzlich stand Jonathan ben Assur neben ihm. Seine Augen glühten. »Du erlaubst«, sagte er zu Marsena gewandt, und seine Stimme klang kalt. Er ergriff Damaris' Hand, als die Musik wieder einsetzte und zog sie mit sich, ohne Marsenas Antwort abzuwarten.
Das selbstgeschaffene Universum zerbrach in diesem Augenblick in kleine Stücke, und die Wirklichkeit in Gestalt des hochaufgerichteten Ben Assur war nahe wie nie zuvor.
Ihre Augen waren fragend auf ihn gerichtet. Er antwortete nicht. Seine Gedanken wirbelten fieberhaft. Er sah die flackernden Feuer, die plötzlich höhnische Fratzen in die Säulengänge zu werfen schienen, die große Gästezahl, in deren Augen er Spott zu lesen meinte. Er fühlte sich plötzlich wie ein Fremder in einer feindlichen Welt.
Einige Paare waren auf die Tanzfläche getreten. Ihre Körper drehten sich im flackernden Schein, und zwischen ihnen waren Damaris und Assur verschwunden.
Eine Hand legte sich auf seine Schulter. Er blickte um und bemerkte

Judas, der ihn lächelnd zu sich hinabzog. Er hielt einen gefüllten Becher Wein, den er Marsena in die Hand drückte. »Trink«, sagte er heiter. »An deinem Fest solltest du nicht solch ein bedrücktes Gesicht machen. Hattet ihr bemerkt, daß ihr allein auf der Tanzfläche wart? Ihr gabt ein wundervolles Bild ab. Die Söhne des Merton blickten ganz neidisch auf dich.« Er lachte und hob seinen Becher, um Marsena zuzutrinken.

»Mein Fest?« murmelte Marsena. »Es scheint eher, daß ich mich in einer Arena befinde, und jeder auf meine Niederlage wartet. So muß es den Verurteilten zumute sein, die von einer gaffenden Menge umschlossen auf die reißenden Tiere warten.« Er sprach es ganz leise vor sich hin, und seine Worte gingen in den Klängen der Musik unter. »Wer ist Ben Assur?« fragte er plötzlich und stellte den Becher so hart neben sich, daß der Inhalt überschwappte.

»Jonathan, der Sohn des Assur?« fragte Judas. Aus seiner Stimme klang heraus, daß er genau wußte, wen Marsena meinte.

»Ja«, knurrte er, »den Ben Assur meine ich, der gerade mit deiner Schwester tanzt.«

Judas setzte den Becher ab und räusperte sich. »Er gehört einer angesehenen Familie aus Jericho an. Seine Eltern besitzen dort eine Balsampflanzung. Er ist nach Jerusalem gekommen, um...« Er stockte einen Augenblick, und Marsena sah in seinem Gesicht, daß es ihm unangenehm war, weiterzusprechen.

»Um deiner Schwester den Hof zu machen?« ergänzte Marsena mit gewollt ruhiger Stimme.

»Ja, er ist ein Bewerber um ihre Hand.«

Marsena griff nach dem Weinbecher und leerte ihn auf einen Zug. »Und sie?«

Judas legte die Hand auf seine Schulter. »Das, mein Bruder, mußt du sie schon selbst fragen.« Das Lächeln in seinem Gesicht hatte sich verstärkt. »Komm, laß dir unsere Freunde vorstellen, die du noch nicht kennst, und die, wie ich hoffe, auch deine Freunde sein werden.«

Marsenas Blick suchte unter den Tanzenden. Für einen Augenblick sah er Damaris und Ben Assur, und er wußte, daß er in Jerusalem zumindest einen Feind hatte.

*

Marsena trat in den Garten hinaus. Die Kronen der Dattelpalmen fingen das letzte Licht des Tages ein. Einzelne Sterne standen bereits am tiefvioletten Himmel über dem Ölberg, als wollten sie dem scheidenden Tag das Geleit geben. Der Garten war zu schemenhaften Schatten geworden, und das tiefergelegene Tal mit den Königsgärten lag bereits in nachtschwarzem Dunkel.
Marsena schritt zwischen den Zitronenbäumen hindurch, an der Maulbeerhecke vorbei und gelangte an den von Lorbeerbüschen und Myrtenstauden umsäumten Teich.
Er fand Damaris am Rande des Teiches unter den überhängenden Zweigen eines Lorbeerstrauches träumen. Sie hatte den Kopf zurückgelehnt, und ihr dunkles Haar verschmolz mit dem Dunkel der Schatten. Aus den Königsgärten erklang der Ruf einer Nachtigall, und Marsena wußte, daß sie ihr lauschte.
Als sie seine Schritte vernahm, wandte sie sich um. »Bist du es Marsena?«
»Erwartest du jemand, Damaris?« fragte er in gespieltem Erstaunen zurück.
Sie lachte leise auf. »Es hätte ja Vater oder einer meiner Brüder sein können.«
»Wären sie gekommen, um dem Lied der Nachtigall zu lauschen?«
In der Dunkelheit konnte er ihr Gesicht nur undeutlich erkennen, aber er fühlte, wie sie ihn musterte.
»Und du, Marsena?«
Er wünschte, sagen zu können »Nur deinetwegen bin ich gekommen. Das Lied der Nachtigall, das Seufzen des Windes, sie alle erinnern mich nur an dich, Damaris.« Aber er wußte, er würde dadurch den Zauber brechen, der wie ein unsichtbarer Strom kristallenen Wassers zwischen ihnen pulsierte.
In den Zweigen atmete die Nacht, und der Tag verstummte in einer Wolke von Blütenduft. »Du bist Gastgeber heute abend«, hörte er sie sagen. »Wir können unsere Gäste nicht zu lange allein lassen«
Marsena lachte leise auf. »Es waren dein Vater und deine Brüder, die diese Idee hatten, ich fühle mich nicht verantwortlich. Außerdem, so wie ich es in Erinnerung habe, wird mich keiner vermissen, und wenn ich ehrlich bin, von unseren Gästen, das heißt, meinen, ist keiner, den ich sonderlich missen würde.«
Er hörte ihr heimliches Lachen, und er wünschte, ihre Augen sehen zu können.

»Wir werden in Verruf kommen.«
»Bei all dem vielen Wein ist es bestimmt nicht aufgefallen, daß wir weg sind. – Das heißt; dich werden sie vermissen, kleine Schwester.«
»Wieso mich?«
Er zögerte kurz. »Hast du nicht die Blicke gesehen, die dir von Judas ben Merton und Jonathan ben Assur zugeworfen wurden?«
Sie lachte auf. Ihr Lachen war wie der Strom des Lebens selbst. »Wieso hast du das bemerkt? Ich sah dich so angeregt mit den Töchtern des Merton sprechen, daß dir für diese Beobachtung sicherlich Zeit und Möglichkeit fehlten.«
Seine Gedanken sagten: ›Ich sah nur dich, Damaris, und jeder Blick, der dir galt, war ein Schwertstreich gegen mich.‹ Aber er schwieg und nur seine Gedanken sprachen. ›Ich liebe dich, Damaris, ich liebe dich.‹
Sie unterbrach seine Gedanken. »Horch, die Nachtigall!«
»Singt sie ein Liebeslied?« Er hielt den Atem an und wartete auf eine Antwort.
Sie schwieg einen Augenblick. »Vielleicht. Vielleicht singt sie von Salomos Träumen, oder von der Liebe des Sulamithmädchens zu ihrem Hirten.«
»Träumt sie von dem Lied des Salomo? – Dann wäre es ein trauriges Lied. Der Traum von einer unendlichen Liebe, die keine Erfüllung in sich birgt.«
»Das Lied der Nachtigall ist traurig.«
»Würde sie sprechen können, würden ihre Worte sein: ›Wie eine Lilie unter dornigem Unkraut, so ist meine Gefährtin unter den Töchtern Israels. – Selbst viele Wasser vermögen die Liebe nicht auszulöschen, noch können Ströme sie hinwegschwemmen.‹« Seine Worte waren verklungen, nur das Schweigen antwortete. Er konnte ihr Antlitz im Schatten des Myrtenstrauches nicht erkennen, doch vermeinte er ihren Atem zu spüren und das Lauschen ihrer Gedanken.
Sanft tönte das Locken der Nachtigall aus den im tiefen Dunkel liegenden Königsgärten. Das Wispern im Gezweig der Ölbäume war wie das Atmen der Nacht, die aus dem Schlaf des Tages geweckt, dem letzten hellen Streifen über den Dächern der Stadt ein Lebewohl zuflüsterte.
Er blickte auf den samtblauen Himmel, in dem ein Lichtermeer zu funkeln begann, während am Horizont die Farben der versunkenen Sonne zu Pastelltönen zerflossen. Aus dem Dunkel des Myrtenstrau-

ches klang Damaris' Stimme leise und doch bestimmt: »Hattest du Sklavinnen?«
Marsena sah erstaunt in ihre Richtung, aber das Dunkel verbarg ihre Frage. Warum willst du dies wissen, kleine Schwester, Purpurlilie in Salomos Garten?
»Jeder Römer, der Wert auf gesellschaftliche Achtung legt, hat Sklaven und Sklavinnen. Ich war es meinem Pflegevater schuldig. Aber sie waren nicht meine Gespielinnen, wenn du das meinst.«
»Ich hatte dich nicht danach gefragt.«
Er glaubte in ihrer Stimme einen Hauch von Zorn zu vernehmen.
»Ich wollte, daß du es weißt.«
Eine Weile war es still.
Er wußte nicht, ob sie ihn ansah, ob ihre Blicke die seinen suchten. War das Erinnern an Rom und Capua nicht ein Sakrileg an dem wundervollen Abend mit seinem Duft von Zitronenblüten und Jasmin? Was bedeuteten jetzt Frauen und Mädchen der Vergangenheit? Damaris, du Sulamithmädchen meiner Gedanken. Dein Haar ist Sandelholz und Aloe, Myrrhe und Narde, und du selbst Glut und Dunkel der Nacht zugleich. Ich bin dein Sklave geworden, wie lange Gegenwart und Zukunft auch je sein mögen.
Eine Stimme tönte von den Säulengängen her: »Damaris!«
»Ich muß gehen, Marsena.«
Ein Hauch von Nardenparfüm schwebte zu ihm herüber.
»Ja, Vater, ich komme.« Dann waren nur noch ihre leichten Schritte zu vernehmen, die im Dunkel verklangen.
Über dem Ölberg stieg riesig groß die glänzende Scheibe des Mondes. Er ist fast voll, dachte Marsena. Noch zwei Tage bis zum Passahfest. Er ging zum Haus zurück, und seine Lippen bewegten sich: »Es flüstern die Schatten, und es raunen die Morgennebel: Ich liebe dich, Damaris.«

*

Das Fest ging seinem Ende entgegen.
Marsenas Blick suchte Damaris. Sie war nirgends zu sehen. Er wußte nicht, wem er zum Abschied die Hände schüttelte. Nur als Jonathan ben Assur an ihm vorbeischritt, verharrten beide einen Augenblick in abwägender Betrachtung. War Ben Assurs Blick spöttisch arrogant oder voll höhnischer Schadenfreude? Der Augenblick des Erkennens

war vorüber, und Marsena stand allein vor den verlöschenden Feuern, die müde Schatten in die Säulenhallen warfen. Vor dem Tor klangen noch eine Weile der Lärm und die Stimmen der scheidenden Gäste. Die Diener begannen die Becher und Krüge wegzuräumen, und Marsena lauschte dem Klang der Musik nach, die schon lange verstummt war.
Er mußte Damaris heute noch einmal sehen. Und wenn auch nur, um Jonathan ben Assur vergessen zu können. Dein Herz ist voller Eifersucht, pochten seine Gedanken, und er versuchte, der Stimmen in seinem Inneren gar nicht erst Herr zu werden. »Du bist ein Narr«, schalt er sich. »Wie kannst du annehmen, daß die Tochter des Ari etwas für dich empfinden könnte? Du tauchtest nach einem vollen Jugendalter aus der Ferne auf und meinst, die neue Welt sähe nach dir aus! Es ist nur die Gastfreundschaft und ein wenig Erinnerung aus dem Einst, das dich im Hause Ben Aris aufgenommen hat.«
Er wußte, er wollte seiner Wehmut nur noch ein wenig neuen Schmerz hinzufügen. Damaris, dachte er. Die Träume eines Kinderherzens sind die eines Erwachsenen geworden.
Er ging in das Dunkel hinaus. Die Kühle der Nacht kühlte auch seine Gedanken. Plötzlich kehrte eine seltsame Ruhe in ihm ein. Er sah im Mondschein den großen Garten vor sich, der sich über die Ausläufer des Kidrontales bis zu der Ostmauer des Nehemia erstreckte.
»Der Garten ist noch genau so schön, wie ich ihn in Erinnerung habe«, flüsterte er in die Nacht hinaus. »Nur die Bäume sind höher geworden und älter – so wie wir auch.« Er würde Damaris heute nicht mehr sehen. »Zerstöre den Zauber deiner Empfindungen nicht!« sagten seine Gedanken. Er fuhr sich über die Augen. In seinem weinseligen Zustand würde er dem Ende dieses Tages einen schlechten Schlußpunkt setzen. Es ist besser, du siehst sie heute nicht mehr! Aber er wußte, daß seine Gedanken vom heutigen Tage an die Tochter des Ari niemals mehr vergessen konnten. Er gab sich einen Ruck und schritt zum Haus zurück.
Er fand keinen Schlaf. Weder die einschläfernde Wirkung des Weins noch seine körperliche Müdigkeit konnten seine Gedanken in die Phase der Ruhe versetzen, die er für sein aufgewühltes Bewußtsein herbeiwünschte.
Irgendwo dämmerte bereits der Morgen, als er sich aus seinem Zimmer stahl und in den nachtatmenden Garten zurückkehrte. Er meinte immer wieder in diesem Garten ihre Gegenwart zu spüren. Es war,

als flüsterte der Wind in den Zweigen der Ölbäume: »Damaris.« Bald würde der erste Schein über die Kuppe des Ölberges ziehen. »Ich trinke in Gedanken deinen Atem, Damaris«, flüsterte er. »Aber ich weiß in Wirklichkeit nicht, wie fern du mir vielleicht bist.« Eine tiefe Unruhe wühlte in ihm. Sein Fest hatte ihm gezeigt, wie ganz Judäa Damaris umschwärmte. Er war bestürzt über sich selbst, da er sich bewußt war, daß er ein tief verwurzeltes Brennen nicht aus seinem Herzen reißen konnte, das Eifersucht hieß.

»Du bist hier nichts als ein unwichtiger Fremdling«, sagte er zu sich. »Deine Empfindungen sind im Grunde bedeutungslos und ein lästiges Beiwerk im Ablauf der Geschichte der Familie des Ari. Du kommst irgendwann nach Jerusalem zurück, verliebst dich Hals über Kopf in deine Schwester von einst und glaubst, daß sie ebenso empfinden könnte. Und du müßtest wissen, daß die Jahre unüberwindliche Schranken aufgerichtet haben. Sie wird eines Tages von fremder Hand den Myrtenkranz empfangen, und du wirst dabei sein und sterben.« Es war fast wohltuend, sich zu quälen. Seine Gedanken peinigten ihn und vertrieben den letzten Rest des Weines aus seinem Denken. »Jonathan ben Assur«, knurrte er. »Judas ben Merton. Ein jeder von euch kann dem Vermögen des Ari ein ungeheures weiteres hinzufügen. Und was wäre bedeutender als Macht? In deinen Händen, Marsena ben Arinos ist nichts, was auch nur den Anschein von Bedeutung hätte. Dein Besitz in Capua? Du weißt es in deinem Inneren, daß du ihn kaum wiedersehen wirst. Die Macht, die du in Verbindung mit der Dynastie der Julianer hast? – Hier in Jerusalem bist du nichts als nur der Sohn des Arinos, des angesehenen, aber völlig mittellosen Schriftgelehrten. Daß er der Sohn des Kaiphas war, des großen Hohenpriesters Jerusalems, ist Vergangenheit, die nicht mehr zählt. Zählen würde vielleicht die Vergangenheit der Kindertage. Aber auch das ist nur ein vergangener Traum, irgendwo verborgen im Innersten unserer Erinnerungen.«

Er seufzte tief auf und richtete seinen Blick auf die verblassenden Sterne. Man müßte mit ihnen durch die Unendlichkeit des Weltalls reisen können, losgelöst von allen Gedanken, all den wehmütigen Empfindungen, die ein verliebtes Herz in bittersüßem Schmerz entstehen ließ und alle Handlungen und alles Denken in die Wirkungslosigkeit verbannte.

Er war gerade im Begriff, ins Haus zurückzukehren, als sie plötzlich vor ihm stand. Sie war ebenso erschrocken wie er überrascht. Sie sa-

hen sich einen Augenblick verlegen an. Er war verwirrt und froh, daß die Dunkelheit seine Verlegenheit verbarg.
»Wir sehen uns nur im Dunkel des Morgens oder im Schatten der Nacht«, sagte er, um seine Befangenheit zu überwinden. »Nie können wir uns in die Augen sehen.«
»Am Tage bist du auf dem Fechtplatz oder mit meinen Brüdern bei den Töchtern des Merton.«
Sein Herz schlug plötzlich wie rasend. Warum erwähnte sie die Mädchen? War es ihr nicht gleichgültig, mit wem er sich traf? »Du weißt, Damaris, warum ich im Hause deines Vaters verweile«, sagte er rauh. Sein Herz klopfte immer noch wie rasend.
»Wegen meiner Brüder?«
Er lachte leise auf. »Auch wegen deiner Brüder, deinem Vater, der mein Vater ist. Aber nicht nur ihretwegen.« Seine Stimme war zu einem Flüstern geworden. »Du müßtest es wissen, du müßtest es ahnen.«
Sie schwieg. Und wie um die Spannung zu lösen, sagte sie nach einer Weile des atemlosen Schweigens zwischen ihnen: »Warum bist du schon auf, Marsena?«
»Die Feuer des Festes sind noch nicht ganz verglommen. Ich konnte nicht schlafen. Ich konnte es nicht – deinetwegen!« Er fühlte sich wie ein kleiner Junge, der seiner Gespielin seine kindliche Liebe gestanden hat, und er konnte sein rasendes Herz nicht unter Kontrolle bringen.
Für einen Augenblick war atemlose Stille zwischen ihnen. Nur von fern klang der Weckruf eines Hahnes, der von irgendwo Antwort erhielt.
»Meinetwegen?«
Er nickte in den dämmerigen Morgen. Seine Kehle war trocken, und er hätte nicht vermocht, die Gedanken zu formulieren, die in seinem Herzen brannten.
»Ist irgend etwas, was dich gekränkt haben könnte, Marsena?« fragte sie nach einer Ewigkeit des Staunens.
Er antwortete mit rauher Stimme, und er hatte Angst vor seinen Worten: »Um dir nahe zu sein, müßte ich mich in die lange Reihe deiner dich Umwerbenden stellen. Ganz Judäa liegt dir zu Füßen...«
»Ich verstehe dich nicht, Marsena.«
»O doch! Sie haben dich mit ihren Blicken verschlungen. Ihre Augen waren eine einzige Herausforderung und offene Begierde.«

Sie lachte silberhell. »Das tun sie schon seit Jahren. Ich müßte beleidigt sein, wenn sie es nicht täten.«
»Und du, wie empfindest du?« Er sprach heiser, und seine Worte kamen kaum von seinen Lippen.
Sie sah ihn groß an. »Warum fragst du?«
Er blickte an ihr vorbei. Sein Atem ging schwer, und es war, als würde sein ganzes Ich vor ihr offen daliegen. »Ich kann es nicht sehen«, murmelte er heiser. »Jeder Blick, der dir gilt, sticht in meinem Herzen. Jedes Wort, das sie an dich richten, ist ein Schlag in mein Gesicht. Ihre Nähe zu dir ist eine Mauer für mich selbst.«
Sie blickte ihn atemlos an. Waren ihre Augen nur in ungläubigem Staunen geweitet oder war es die Freude, die er in ihrem Blick zu sehen wünschte, und die ihn betraf?
Es war fast ein Flüstern, mit dem sie sprach: »Was ist es, das aus dir spricht, Marsena?«
»Es ist nicht der Wein, wenn du dies meinst! Du weißt, daß ich es nie mehr wagen werde, in weinseligem Zustand vor dich zu treten.« Der Hauch eines Lächelns huschte über ihr Antlitz, aber ihre Augen waren groß und fragend.
»Bist du sicher, daß deine Worte nicht an die Töchter des Merton gerichtet sind?«
»Sie sind nur an einen Menschen im ganzen Universum gerichtet.«
»Die Töchter des Merton sind schön.« – War es eine Frage oder nur eine Feststellung? Marsena sah sie an. Ihre Augen waren fragend auf ihn gerichtet. Augen gleich den Schluchten Thraziens, sagten seine Gedanken. »Sie sind hübsch, Damaris. Jedoch, kann sich ein bunter Fasan mit der Schönheit des Falken vergleichen und ein Blütenbeet im Garten mit dem Wunder einer Frühlingswiese?«
Sie zögerte. »Sind die Antworten römischer Poesie immer mit Fragen verbunden? Ich wollte meine Frage nicht selbst beantworten.« In ihrer Stimme war ein Anflug von Trotz. »Und ich erwartete auch keine Antwort von dir!«
Er lächelte. »Ich werde dir trotzdem antworten. Die Töchter des Merton sind meinen Gedanken fern.«
»Deine Augen waren sehr oft auf sie gerichtet.«
Er lachte. »Schönheit zu mißachten, wäre ein Frevel der eigenen Augen.«
Sie atmete tief auf. Der Klang ihrer Stimme war ein Versuch von Gleichgültigkeit. »War dein Blick nicht mehr als nur Beachtung?«

Er wollte sagen: ›Meine Augen sahen die Töchter des Merton, meine Gedanken jedoch nur dich, Tochter des Ari. Ich werde es dir sagen, Damaris, und du müßtest es fühlen. – Jeder Blick, der dich traf, schlug mir ins Gesicht. Jedes Kompliment für dich war eine Folterung für mich. Jeder Tanz, den du am Abend meiner Aufnahme in euren Kreis den jungen Männern schenktest, blendete meine Augen mit feurigen Eisen. – Es sind keine sechzehn Jahre verflossen, Damaris. Die Zeit war ein Nichts. Die Vergangenheit und die Gegenwart kennen nur das eine: Ich liebe dich!‹ Er hörte seine Worte verklingen, und er wußte, er hatte sie ausgesprochen: »Ich liebe dich.«
Hatte sie ihn gehört? Er sah atemlos nach ihrer Reaktion. Nichts war in ihrem Gesicht, das auf seine ausgesprochenen Gedanken einen Hinweis gegeben hätte.
Der Wind raschelte in den Olivenzweigen. Er war die Musik zu seinen Empfindungen, zu seinem bangen Lauschen. Sie hatte ihn gehört! Es war wie das Erwachen aus einem endlosen Staunen, als sich ihre Augen in die seinen senkten. »Du weißt nicht, was du sagst, Sohn des Arinos!« In ihrer Stimme schwang erschrockenes Ahnen, der Trotz eines jungen Mädchens und die forschende Frage, die aus dem Mißtrauen spricht.
»Du müßtest es in meinen Augen sehen, Damaris. – Du müßtest es, wenn du es nur wolltest.«
»Sind das Worte zwischen Bruder und Schwester?«
Er atmete tief. »Ich bin froh, daß du nur die Schwester unserer Kindheit bist. Die Liebe zu meiner kleinen Schwester von einst hat sich gewandelt in die eines Mannes zu einer Frau.«
Sollte er weitersprechen? Es war mehr gesagt worden, als es der Augenblick gestattet haben würde. War seine Liebe für sie nicht nur die peinliche Eröffnung von Gefühlen, die sie als Tochter seines Gastgebers nur höflich zur Kenntnis zu nehmen hatte? Sie mußte wissen, daß er in sie seit Anbeginn ihres Zusammentreffens verliebt war. Aber nichts deutete darauf hin, daß sie seine Gefühle auch nur im geringsten zu erwidern wünschte. Du machst dich zum Narren, Marsena ben Arinos, schalt er sich. Und du bringst sie in Verlegenheit und zerstörst deinen eigenen Traum durch deine unbeherrschten Äußerungen. Aber hatte er überhaupt noch Zeit, seine Empfindungen vor ihr zu verbergen? Vielleicht wußte er es nur noch nicht, und sie war einem der judäischen Fatzken von gestern bereits versprochen? Er spürte, wie sein Herz aussetzte. Er würde sterben, sollte sie den Myr-

tenkranz aus fremder Hand empfangen. Er mußte Gewißheit haben. Er würde ihre Brüder fragen, und es war ihm gleichgültig, sollten sie in ihm einen hoffnungslos verwirrten Narren sehen. Warum fragte er sie nicht selbst? Nur sie würde die Antwort geben können, die jeden Zweifel zerbrach. Aber er wagte nicht, aus ihrem Mund eine Entscheidung zu vernehmen, die gegen ihn sprechen könnte. »Wo immer ich dich treffe, werde ich dir sagen, daß ich dich liebe«, flüsterte er.

Er wußte hinterher kaum noch, wie sie auseinandergegangen waren. Plötzlich war er allein. Sie hatte sich wortlos abgewandt, und seine Fragen waren unbeantwortet geblieben. Er wagte nicht ihr zu folgen, als sie mit den Strahlen der Morgensonne im Dunkel der Lorbeerbäume verschwand. Aber er wußte, daß eine Entscheidung für oder gegen ihn bald getroffen werden mußte, sollte er weiter atmen können.

»Geliebte, kleine Gazelle der judäischen Höhen«, flüsterte er. »Ohne dich bin ich wie das haltlose Schlagen eines Blattes im Wind.«

Er ging zum Haus zurück. Ein tiefes Rauschen war um ihn her, als der Wind vom Ölberg herab in das Geäst der Ölbäume fuhr. Und er wußte, daß irgendwo zwischen den raschelnden Blättern er selbst war.

*

Der Rammbock war von ungeheurer Größe. Er stand auf zehn übermannshohen Rädern, die mit Eisen beschlagen waren. Das gewaltige Gerüst, das die Schwingbewegung des Rammkopfes auffangen mußte, war gegen Brandgeschosse mit Leder und Metallplatten geschützt. Das für die Augen erschreckendste war der Körper des Rammbockes selbst. »Titan« wurde er von den Soldaten genannt – und dieser Name gab ein wenig von der Gewaltigkeit wieder, die aus dem Gebilde sprach, das mit schweren Ketten, die auf gefettetem Leder nahezu reibungsfrei gelagert waren, am höchsten Punkt der Stützkonstruktion aufgehängt war. Der »Titan« hatte eine Länge von 60 Fuß; der Durchmesser der Ramme, eine Holzkonstruktion, die aus einem einzigen gewaltigen Baumstamm und dessen Verkleidung bestand, die ein Zersplittern beim Rammschlag verhindern sollte, war nahezu acht Fuß. Das Gewicht der Ramme mit dem grinsenden bronzenen Kopf eines Meeresungeheuers als Abschluß und Mauerbrecher war nahezu 10 000 Pfund. Das Gesamtgewicht dieses größten Zerstörungsgerätes, das die Menschheit je gesehen hatte, war über 40 000

Pfund und wurde auf dem Transport von Caesarea nach Jerusalem von 800 Sklaven gezogen. Man kam nur sehr langsam voran, da die Breite der Straßen für dieses Maschinenmonster nicht ausreichte. Die Pioniere mußten Straßenverbreiterungen vornehmen und Knüppeldämme legen. 600 Mann der Elitetruppen Alexandrias schützten den Transport, da er mit der Truppe nicht Schritt halten konnte. Der »Titan« würde Jerusalem eine Woche nach den Legionen erreichen.
Marcus Julianus schlug seinem Adjutanten gutgelaunt auf die Schulter. Domitius Sabinus straffte sich zur Ehrenbezeugung. »Steh bequem, Sabinus«, sagte Julianus aufgeräumt. »Sieh dir dieses Monstrum an. Es wird die Mauern Jerusalems innerhalb weniger Tage pulverisiert haben, wenn die Bewohner Jerusalems nicht schon allein bei seinem Anblick vor Schreck erstarren.«
»Ja, Herr«, sagte Sabinus pflichtschuldig.
»Ja, Herr, ja, Herr.« Julianus lachte selbstgefällig. »Du solltest in die Euphorie deines Feldherrn mit einstimmen. Ich bin heute überzeugt, daß wir nur wenige Wochen in diesem elenden Land zubringen werden. Das heißt«, er seufzte auf, »ihr wenigstens. Ich bin ja Prokurator und muß auch hinterher noch dieses Land ertragen.« Er lachte leise auf und sprach fast flüsternd weiter, so daß ihn Sabinus kaum verstehen konnte. »Sollte mich Titus nicht leiden können und mir deshalb diesen Posten verschafft haben?« Er gluckste über seinen eigenen Scherz. Schade, daß ihn Vater nicht mehr so sehen konnte. – Statthalter über Palästina. – Oder hatte Titus nur von Judäa gesprochen? Aber was sollte es – Statthalter über Galiläa, Samaria, Judäa. Es war mehr als augenblicklich zu erwarten war. – Dein Sohn hat der Stammlinie der Julier keine Schande gemacht. – Wie würde Marsena, sein Adoptivbruder empfinden? Er dachte lieber nicht daran. Aber Marsena war mehr Römer als Jude. Er würde verstehen, daß sie Israel unterwerfen mußten. Kein Land der Erde durfte es ungestraft wagen, gegen Rom die Waffen zu erheben. Der »Titan« war der ungeheuere Beweis für die ewigwährende Macht Roms. Wenn er an die Daten dachte, die ihm der Offizier der Bedienungsmannschaft dieses Giganten genannt hatte, konnte einem schwindlig werden, obwohl man wußte, daß Rom in der Lage war, die gigantischsten Konstruktionen an Kriegsgeräten hervorzubringen. Allein der Bronzekopf des Rammbockes wog 4 000 Pfund. Die Berechnungen ergaben eine Aufprallwucht nach zehnminütigem Schwingen von 60 000 Pfund. Keine Mauer konnte dieser ungeheuren Wucht mehr als nur einige

wenige Tage standhalten. Cerealis konnte stolz auf diese Maschine sein, die alle bisherigen Rammen und Widder um fast dreifache Größe übertraf. Sie waren gerüstet – besser als bei all ihren Interventionen bisher. Vielleicht kapitulierte Jerusalem, wenn seine Bewohner die gewaltige Maschine zu Gesicht bekamen?
Er schüttelte den Kopf. Nein, er wußte, daß dieses Volk nur mit der Anwendung von Gewalt zu bekehren war. Sie würden kämpfen müssen, und es würde ein langer, grausamer Kampf werden.
Er langte nach den Griffen an der Ramme. Fast von selbst begann der Baum zu schwingen. Unglaublich, dachte Marcus Julianus. Wenn die vierzig Mann Bedienungspersonal diesen Mauerbrecher in Bewegung bringen, dann sind die Werte, die mir der Zenturio genannt hat, wirklich nicht zu hoch gegriffen. – Die Aufprallwucht muß eine ungeheure sein! Er sprach mehr zu sich selbst als zu Domitius Sabinus. »Roms Maschinen sind wirklich der Beweis für das fortschrittlichste Volk auf dieser Erde. Und es ist somit kein Wunder, daß Roms Macht kaum mehr überschaubar ist. Und es wird ein interessanter Vergleich werden. Der gigantischste Rammbock gegen die größten Quadern, die je in eine Stadtmauer eingefügt wurden.« Marcus Julianus wußte, daß die herodianischen Mauerblöcke mit herkömmlichen Mitteln nicht zu durchbrechen waren. Deshalb auch die Sonderkonstruktion des »Titan«. »Und dennoch«, murmelte er. »Jerusalem ist bereits tot. – Ich bin Statthalter einer Leiche.« Er schob den Arretierhebel in die Sicherungsraste. Der Rammbock blieb mit einem dumpfen Schlag stehen. Das Gebälk erzitterte kurz. Dann war alles still. »Es ist Wahnsinn, sich gegen uns aufzulehnen. In wenigen Tagen werden wir sagen: ›Quod erat demonstrandum.‹«

*

Marsena war nicht zur Versammlung der Akra mitgegangen, zu der ihn die Söhne des Ari eingeladen hatten. Seine Gedanken waren weit entfernt von Politik und Ränkespiel, das in den Zusammenkünften das Hauptthema sein würde. Für ihn gab es augenblicklich nur ein Thema und das hieß – Damaris. Er hätte wissen müssen, daß er sich durch seine Ablehnung nicht gerade Freunde im Kreise der Aristokratie der Davidsstadt gemacht hatte. Und er sah es aus den Gesichtern der drei Brüder, als sie am Abend zurückkehrten.
»Ihr habt über mich gesprochen?«

»Ja«, knurrte Gilead. »Man weiß nicht, was man von dir halten soll.«
Marsena lächelte nachsichtig. »Man hat mich in den Kreisen deines Vaters herumgereicht, ich glaube nicht, daß noch irgend etwas Interessantes an mir ist.«
»Du hättest mitkommen sollen. Man wollte etwas mehr aus deiner Zeit in Roms Armeen erfahren. Du wirst das verstehen müssen – es kommt nicht alle Tage vor, daß sich ein hoher römischer Offizier hier in Jerusalem aufhält, noch dazu, wenn sich Israel und Rom im Krieg befinden.«
»Ich bin mit niemandem von euch im Krieg.«
»Nicht als ein Offizier Roms?«
»Wenn du so willst, bin ich als Privatperson hier. Weil ich Jude bin und hier geboren wurde.«
»Du wirst es den Ältesten der Akra erklären müssen.«
»Habe ich das denn nicht schon mehrfach? Ist man Römer, nur weil man in Rom gelebt hat?«
»Du hast für den römischen Kaiser gekämpft und hast ihm deinen Eid geschworen.«
»Ja, und nicht nur für Vespasian, Otho und Vitellius.« Marsena lachte leise.
»Wenn ich sage, ich hätte unter fünf Kaisern gedient, so denkt man unwillkürlich an einen alten Veteranen im Ruhestand. Und dennoch sind keine zehn Jahre seit meinem ersten Schwerthieb vergangen.«
Gilead runzelte die Stirn. »So warst du schon bei Nero in der Armee Roms und hast seine Grausamkeiten unterstützt?«
Marsena winkte ab. »Ich war kein Prätorianer. Nero war weit weg und uns nur durch das Wissen um seine Existenz bekannt. Das heißt – ja, einmal war ich sogar Gast im Palast des Cäsars auf den palatinischen Hügeln. Aber es war nur dem Wunsch und Einfluß des Julianus zu verdanken, oder besser gesagt, zuzuschreiben, zu dieser Ehre zu gelangen. Marcus Julianus' Vater, als einflußreicher Senator und Prokonsul des römischen Reiches, hatte mich als seinen Pflegesohn zu einer von Nero anberaumten Festlichkeit mitgenommen. Aber ich versichere dir, es galt damals nicht unbedingt als Ehre und Freude, einem der Feste Neros beizuwohnen. Je nach Laune des Kaisers konnte es leicht zu einem Todesurteil werden, sollte man sich irgendeiner Kleinigkeit wegen das Mißfallen des Tyrannen zugezogen haben. Der Palatin ist heute noch von Blut verschmiert, das sich aus dem Marmor nicht wieder auswaschen läßt.«

Er fuhr sich mit der Hand über die Augen, als suchte er die Erinnerungen wegzuwischen, die in wehmutsvoller Flut über ihn kamen.
»Ich denke manchmal an Seneca, meinen Lehrer in römischer Rhetorik. Er war ein kluger Kopf. Vielleicht trieb ihn Nero deshalb zum Selbstmord. Er duldete keinen Größeren neben sich. Aber vielleicht war sein Selbstmord nur die offizielle Stellungnahme. Ich glaube eher, daß ihn Nero umbringen ließ. Jedenfalls war er ein ziemlich zwiespältiger Mensch. – Auf der einen Seite spielte er den Moralisten, um gleich darauf seine eigenen Prinzipien umzustoßen. Humanist und Satiriker passen nicht zueinander. In ihrer Art paßten beide aber zueinander. Senecas Wesen war dem Größenwahn Neros sehr ähnlich. Beide zeigten es in Worten. Nur waren Senecas Worte ein wenig einfallsreicher.«
»Und unter diesem Ungeheuer hast du für die Unterdrückung der Völker gekämpft?«
»Weißt du, Gilead, das schönste an fremden Ländern ist die Sehnsucht nach ihnen. Hat man erst ihr Wesen kennengelernt, verschwindet ein großer Teil der geheimnisvollen Macht, die uns nach ihnen drängt. Auch ich verspürte diese Sehnsucht. Und mein Forschen war eins mit ihr. Nicht Rom war mein Beweggrund, sondern der Traum der Jugend. Ich fühle kein Bedauern und keine Schuld.«
»Auch jetzt nicht? Glaubst du wirklich, daß sich irgend jemand noch in seiner Zugehörigkeit heraushalten kann? Ob für oder gegen Rom – ob mit Israel oder nicht.«
Marsena sah Gilead fest an. »Ja, ich.«
Der Sohn Aris sah ihn ungläubig an. »Das kannst du nicht ernst meinen.« Er schüttelte den Kopf. »Ich glaube dir nicht.«
»Ihr selbst sagtet, ich wäre ein Römer. Was erwartest du von mir?«
Gileads Augen blitzten. »Daß du entweder wie ein Jude oder wie ein Römer handelst.«
Marsena nickte langsam. »Du meinst, der Beweis müßte offensichtlich sein. Genügt mein Hiersein nicht?«
»Wir hatten dich zu unserer Besprechung eingeladen. Doch du bist nicht erschienen. Wolltest du uns verhöhnen?«
»Keineswegs«, sagte Marsena ungerührt. »Ich dachte nicht, daß ihr, nachdem ich euch meine Ansichten dargelegt hatte, noch glauben könntet, euer Fanatismus gehe mich noch etwas an.«
»Der Kampf Rom gegen Israel geht dich nichts an?« Zornesröte war in Gileads Gesicht gestiegen.

»Es ist nicht mein Krieg,« unterbrach ihn Marsena in zunehmender Ungeduld. »Es ist der Krieg einer Handvoll Verrückter, die sich nicht vorstellen können, daß die Größe einer anderen Macht über ihrer eigenen zu stehen vermag.«
Gilead lachte ärgerlich auf. »Denke nur an die Cäsaren Roms. Wo siehst du in ihnen die Größe Roms? Ihnen gleicht das Volk, über das sie herrschen. – Eine Herrschaft von Wahnsinnigen, Schwächlingen, aufgeblasenen Schwätzern...«
»Nicht alle waren so«, unterbrach ihn Marsena. »Und sie symbolisierten nicht unbedingt ihr Reich.«
»Und doch taten sie es«, zischte Gilead. »An ihnen wurde und wird Sinn und Zweck einer Fremdherrschaft gemessen. – In den Gesichtern ihrer Offiziere und Soldaten genauso wie in denen ihrer Verwalter, ihrer Zensoren, Prokuratoren und Konsuln. In den Gesichtern ihrer Armee war das Gesicht der Cäsaren zu sehen. – Und vergiß nicht dabei das des Caligula und Nero! Die Augen, die uns musterten, unsere Frauen anstarrten, waren die Augen des Tiberius, Claudius, des Caligula und Nero. In den Feldzeichen war ihre Gier zu erkennen. In den bronzenen und messingenen Rüstungen spiegelten sich ihre Gedanken. Im Klirren ihrer Waffen zeigte sich ihr wahres Gesicht. Was war Größe an ihnen? Vielleicht die ihres Gliedes, wenn sie unsere Frauen vergewaltigten?« Er spie auf den Boden, und sein Haß traf Marsena, als hätte er ihn selbst angeklagt.
Marsena schwieg einen Augenblick und versuchte Gileads Haß verstreichen zu lassen. Nach einer Weile seufzte er nachsichtig: »Die Größe eines Volkes wird im allgemeinen an dem gemessen, was es leistet. Und selbst wir sollten es zumindest anerkennen, wenn auch nicht verstehen.«
Gilead brütete finster vor sich hin. »Dann hättest du besser bei ihnen bleiben sollen«, murmelte er nach langem Schweigen.
Marsena zuckte die Schultern. »Du wiederholst dich. Ich bin nicht so voreingenommen wie ihr. Vielleicht ist das ein Teil der Schulung Roms. Wenn ja, dann sicherlich nicht der schlechteste. Bestimmt ist vieles an Rom zu verachten. Ich behaupte sogar, daß der Kern Roms faulig geworden ist. Und nur die zweiunddreißig Legionen, die diesen Kern umgeben, lassen die Frucht frisch und saftig erscheinen. Aber wie steht es um Israel? Kaum eine Familie ist mit der anderen in Einigkeit. Wie sollte es dann eine Nation sein? Solange wir in moralischer und nationaler Hinsicht nicht einig sind, ist jedes Auflehnen ge-

gen eine Weltmacht wie Rom ein trauriges Trugbild. Gewiß, auch Rom hatte seine Krisen, nur die unseren dauern an. Roms innerer Zerfall wird durch den neuen Kaiser Vespasian wahrscheinlich gebannt werden. Er ist Krieger, und sogar die nichtrömische Welt spricht von ihm als einem herausragenden Kaiser der Geschichte Roms. Er wird die Welt wieder unter römischem Recht vereinen. Wie wollte gerade das kleine Judäa sich davon auszuschließen suchen. Besser unter der Herrschaft Roms, als unter der Knechtschaft der Parther. Augenblicklich blüht Rom unter seiner Geradlinigkeit auf. Aber Vespasian ist nahezu siebzig Jahre alt. Wie lange wird er seine Stärke wahren können? Wenn er einmal nicht mehr ist, wird der Strom der habgierigen und kampflustigen Nachbarn aus dem Osten auch über Israel hereinbrechen. Und noch niemals war ein Bündnis mit dem Osten für Israel bisher zum Nutzen. Denke nur an Assyrien, Babylon, Medopersien!«
»Dein Schwärmen für Rom grenzt an Verrat.«
Marsena lachte. »Ich vergleiche nur Tatsachen. Wir rufen nach Freiheit. Sollte sie uns Rom gewähren, wer sollte sie bewahren? Wenn sich Rom aus Palästina zurückzieht, dem wichtigsten Verbindungsstück zwischen den Ländern der Skythen, Parther und Ägypter, wird das Volk Israel überschwemmt werden und untergehen im Nationengewirr dieser Zeit. Ja, ich fürchte, Vespasian ist lediglich zu alt, um ewigen Frieden zu garantieren, und sein Sohn Titus zu jung, um der Herrschaft über ein Weltreich gewachsen zu sein.«
»Er ist so alt wie du, Marsena!« Gileads Mund überzog für einen Augenblick ein flüchtiges Lächeln.
Marsena lächelte zurück. »Ja, nur auf ihm ruht ein Großteil der Last eines Weltreiches.«
Gilead verengte die Augen. »Du meinst, daß du niemandem gegenüber irgendeine Verantwortung hast?«
Marsena dachte an Damaris. »Ich wünschte, ich hätte eine, für die sich zu leben und zu sterben lohnte«, sagte er leise.
»Genügt dir Israel nicht dafür?«
Er dachte: Wie wenig Sinn habe ich augenblicklich für Territorien und politischen Wirrwarr. Wie wenig bedeutet mir Rom und Israel, wenn meine Gedanken sich nur um einen einzigen Menschen zu drehen vermögen. »Ich hoffe, ich verletze nicht eure Gefühle, wenn ich mich von all dem Kriegsgeschrei nicht begeistern lasse«, sagte er leise. »Und ich hoffe, ich verletze das Band unserer brüderlichen Freund-

schaft nicht, wenn ich sage, daß der Aufstand der Zeloten vor vier Jahren eine nicht wiedergutzumachende Dummheit gewesen ist.«
Gilead fauchte: »Du warst nicht dabei. Weder damals noch sonstwann, wenn es darum ging, sich als Jude zu beweisen.«
Marsena nickte. »Überall auf der Welt weiß der Fanatismus der Jugend die Demagogie zu wecken. Man kann auch glücklich sein, ohne immer nur ein Schwert zu schwenken.«
»Das sagst du, ein Tribun Roms?«
»Das sage ich, der ich mich als euer Bruder fühle.«
Judas ben Ari hob die Hand. »Es ist genug Gilead. Ihr habt sicherlich beide recht, und die Zukunft wird entscheiden, auf wessen Seite sie den größeren Teil ihrer Gunst zu verteilen gedenkt.«
Er trat an Marsena heran. »Mein Bruder, was immer auch dein Denken ist, wir werden es respektieren, und nichts wird sein, was unsere brüderliche Liebe zu dir zu schmälern vermag.« Er lachte leise auf. »Und unsere Verbundenheit hat nichts mit unseren Kontroversen zu tun. – Gilead, gib deinem Bruder Marsena die Hand!«
Ob er sich je mit Gilead verstehen würde? Er war der zornige junge Löwe von Juda, den die Schriftrollen der Propheten besangen, und die der Hoffnung Raum gaben, einmal in einem befreiten Israel atmen zu dürfen. Und er barg, wie all die jungen Löwen Judäas, die Gefahr in sich, das gewaltige Ungeheuer zu unterschätzen, auf das sie sich zu stürzen gedachten, und das Rom hieß. »Ich wünschte, unsere Unterhaltungen würden sich um andere Dinge drehen als nur um den jüdisch-römischen Konflikt«, sagte Marsena, als ihn Judas zur Seite zog.
Judas ben Ari lächelte. Und Marsena meinte in seinem Lächeln ein wissendes Verstehen zu entdecken. »Welch ein Thema wäre in unserer Zeit noch zu besingen? Ruhm, Ehre – oder Liebe?«
»Jedes Thema wäre wertvoller als das ewige demagogische Beweihräuchern von Blut und Tod.«
»Leider war unsere Vergangenheit immer voll davon«, meinte Judas einlenkend.
»Gewiß. Deshalb wäre es an der Zeit, die Zukunft davon zu befreien.« Judas ben Ari legte ihm die Hand auf die Schulter. »Du warst wirklich schon zu lange von uns fort. Du wirst es in den nächsten Wochen selbst bemerken, – es gibt keinen Kompromiß, wenn es um die Frage unseres Volkes geht. König Agrippa hatte eine tränenrührende Rede gehalten. Sie hätte den Frieden einleiten können – bei je-

dem anderen Volk. Nicht bei uns. Wir haben ihn vertrieben. Er kann in der Dekapolis darüber nachdenken, wie wenig er wirklich über sein eigenes Volk weiß.«
»Und du, mein Bruder? Wie denkst du über dein eigenes Volk?«
Judas ben Ari sah ihn herzlich an. »Marsena, du wirst diese Frage bald selbst beantworten können – auch für dich selbst.«
»Tod und Leben«, murmelte Marsena. »Eine seltsame Synthese von Schmerz und Freude, von Traurigkeit und Sehnsucht, die die Geschichte unseres Volkes ausmacht.«
»Unseres Volkes?«
»Ich bin Jude wie du, Judas. Und vielleicht werde ich irgendwann die selben Worte sprechen wie du und deine Brüder. Du sagtest es zuvor. Die Zukunft wird unseren Weg bereiten.« Er lachte bitter auf. »Ich wünschte allerdings, ich wüßte über eine andere Zukunft besser Bescheid.«
Judas lächelte ihn sanft an. »Was ist es, mein Bruder, was du von mir wissen willst?«
»Mein Leben hängt davon ab«, murmelte Marsena.
»Dann gehörst du bereits zu uns.« Judas ben Ari lächelte ihn sanft an. »Aber ich glaube, es ist etwas völlig anderes, was dich bewegt, mein Bruder.«
»Wie soll ich es dir sagen?«
»Wenn du meine Schwester meinst, dann ist es ein Thema, von dem ich wenigstens etwas zu verstehen glaube.«
Marsena fuhr erstaunt zurück. »Du weißt?«
Judas lachte nur. »Ich müßte blind sein, um deine Blicke nicht deuten zu können.«
»Großes Israel!« Marsenas Hand wischte eine Haarsträhne aus seinem Gesicht. Er fühlte sich ertappt und vor der ganzen Welt bloßgestellt.
»Mein Bruder«, lächelte Judas. »Ich weiß natürlich nicht, wie tief deine Gefühle sind...«
»Wie tief ist das große Meer?« seufzte Marsena.
Judas sah ihn unverwandt an.
Marsena begegnete seinem Blick. Versuchte Judas zu entscheiden, ob er in seinen Augen der Schwester gerecht sein könnte?
»Ich fürchte, deine Schwester hat nicht viel für mich übrig.«
Judas lächelte amüsiert. »Ich werde sie nicht fragen. Aber ihre Entscheidung wird bald fallen müssen. – Wie immer sie auch sein wird.

Ganz Jerusalem fragt sich schon, wann die Tochter des Ari endlich nach dem Myrtenkranz greift. Sie ist in einem Alter, wo man die Männer Jerusalems nicht mehr warten läßt.«

»Auch die Töchter des Merton haben sich noch nicht endgültig entschieden. Oder doch?« Er sah Judas verschmitzt an. »Sie haben das gleiche Alter wie Damaris.«

Judas grinste. »Ein Komplott der Mädchen. Sie warten alle auf ihren Fürsten.«

Marsenas Gesicht verdüsterte sich. »Dann bin ich chancenlos.«

»Hat eine der Töchter Mertons dein Herz erreicht?« Judas' Frage war schelmisch.

»Du weißt, was mein Herz dazu antworten würde. Doch die Frage ist, wie sie sich entscheiden wird? Ich bin weder Fürst noch sonstwie in Jerusalem angesehen. Im Gegenteil. Freunde habe ich nur in euch.«

Judas legte ihm den Arm um die Schulter. »Eben, und das gilt für die ganze Familie. – Für alle!«

»Wer kann die Gedanken einer Frau erraten?« murmelte Marsena.

Judas lachte leise auf. »Mit diesem Problem haben wir alle zu leben.«

»Nur sind euch die Töchter des Merton sicher.«

Judas hob die Augenbrauen. »Wie kannst du das wissen?«

Marsenas Gesicht hellte sich auf. »Das ist mein Beitrag über das Wissen um Frauen. Man kann besser für andere ahnen und wissen als für sich selbst. Ich sah eure Augen und die der Töchter des Merton. Sie sprachen für sich.«

Judas schluckte. »Jetzt bin ich dran, Großes Israel zu sagen. Wenn so viel aus unseren Gesichtern spricht, wird bald ganz Jerusalem es wissen. – Und ich bin froh drum. Wenn wir beide so gut beurteilen können, wie wir hoffen, kann nichts fehlgehen. Ich bin dir für deinen Hinweis dankbar, daß meine Hoffnungen nicht unberechtigt sind.«

»Was ich von mir nicht sagen kann. Es gibt so viele Bewerber um den Myrtenkranz der Tochter Aris. Wo kann ich da nur stehen?«

»Hat die Zahl der Bewerber etwas zu sagen, wenn Herzen schon längst entschieden haben?«

»Mein Herz hat entschieden. Doch ihres?«

»Du wirst sie fragen müssen, mein Bruder!« Judas lächelte milde.

»Sie hat mir bisher noch nicht den Hauch einer Möglichkeit dazu gegeben. Sie ist schnippisch, abweisend und an allen anderen interessiert, nur nicht an meiner Person. In all den Wochen bei euch habe ich immer noch keine Ahnung, wie sie empfindet und denkt.«

Judas nickte. »Wenn das keine positiven Symptome sind.«
»Ich glaube nicht daran. – Ich wage nicht daran zu glauben. Da sind Judas und Simon ben Merton, die sie umschwärmen...«
Judas nickte. »Und Jakobus ben Sosas, ..., ich mache keinen Hehl daraus, daß wir ein wenig stolz sind, eine so hübsche Schwester zu haben, der Jerusalem zu Füßen liegt.«
»Und Jericho«, sagte Marsena finster. »Ist Jonathan Ben Assur nicht ihr eifrigster Bewerber?«
Judas sah ihn belustigt an. »Du weißt es. Ja, ben Assur ist einer der Bewerber um den Myrtenzweig.« Er lachte. »Du kennst ihn. Könntest du dir vorstellen, er wäre der richtige Mann für sie?«
Über Marsenas Mund huschte ein gequältes Lächeln. »Wenn das eure Meinung ist. – Was meint aber eure Schwester dazu?«
Judas lächelte und legte ihm die Hand auf die Schulter. »Wie es in Rom auch immer sein mag – in Israel bestimmt der Mann über die Heirat einer Frau. Ja, und wir sind gleich vier Männer, die zu bestimmen haben.«
»Ein grausames Ritual.«
Judas schmunzelte. »Die Tradition und die Überlieferungen verlangen es so. Doch ich redete nur zum Spaß. Wir werden Damaris keinesfalls Vorschriften machen, wen ihr Herz erwählt. Zumal«, er lachte leise auf, »sie sich ohnehin in dieser Hinsicht ganz energisch gegen unsere Einmischung verwahren würde.«
Marsena versuchte, seiner Antwort ein wenig Humor zu geben. »Dann kann ich gar nicht auf euren Einfluß zu meinen Gunsten rechnen.«
Judas sah ihn durchdringend an. Dann lächelte er. »Das Herz ist der trügerischste Teil des Menschen. Was immer dein Herz sagt, es wird allein entscheiden müssen. So wie auch das unserer Schwester.« Er zögerte einen Augenblick. »Wobei mein Herz dem deinen die Hand reicht.«

Die Legion

In der Nacht des zwölften Nisan vereinigte sich die von Emmaus heranrückende fünfte Legion mit der zehnten, die von Jericho aus auf Jerusalem marschierte. Sie trafen auf die zwölfte und fünfzehnte Legion, die Titus aus Caesarea unter der Führung des neuen Prokura-

tors von Judäa, Marcus Antonius Julianus, in Marsch gesetzt hatte. Mit dem Rest des Heeres, den zweitausend Mann aus Alexandria, zu dem die Hilfstruppen aus Syrien, Peräa und der Gaulanitis stießen, rückte er quer durch Samaria auf Jerusalem vor.
Die Heeresgruppen verschmolzen zu einer gewaltigen Walze, und die Nacht war erfüllt vom Stampfen der Pferdehufe und Klirren der Waffen. An der Spitze des Zuges trabten die Reiter der königlichen Truppen Herodes Agrippas II. Ihnen schloß sich das ganze Heer der Bundesgenossen an, dem die Straßenbautrupps und Vermessungsabteilungen der Pioniere folgten. Die Lastenträger und Gespanne der obersten Heeresleitung waren umringt von der Auxiliarinfanterie, die vorausgeschickt wurde, um das Gelände zu erkunden und Angriffe kleinerer Rebellengruppen abzuwehren. Nach den Hopliten, die in einer eigenen Gruppe marschierten, kam die Vorhut, bestehend aus einer durch das Los ermittelten Kohorte, unterstützt von einem Trupp Reiter, schließlich zehn Mann aus jeder Zenturie, die die Werkzeuge für den Lagerbau trugen, und die eigentlichen Pioniertruppen, die die Aufgabe hatten, der Marschkolonne den Weg zu bahnen. Ihnen schloß sich die berittene Vorausabteilung des Feldherrn Titus Vespasian an, er selbst zu Pferde, dicht dahinter folgte seine persönliche Leibwache aus Hilfstruppensoldaten, die aus Galliern, Germanen und Usipetern bestand. Umringt wurden sie außerdem noch von Lanzenträgern und Eliteeinheiten syrischer Panzerreiter. Dann folgte die gesamte Reiterei der Legionen, die außerdem die Aufgabe hatte, den Feldherrn und seinen Stab gegen alle Angriffe von hinten zu decken. Es waren zuerst die Panzerreiter, dann die Cohortes equitatae, die germanische gemischte Reiterei, bei der leichtbewaffnete Infanteristen neben den Reitern herliefen und sich, um nicht zurückzufallen, an der Mähne des Pferdes festhielten. Die leichte Kavallerie aus nordafrikanischen Truppen umschwärmte sichernd die schwergepanzerte Reiterei, die mit ihren großen Schilden, den langen Speeren und schweren Kettenpanzern relativ unbeweglich war. Die nordafrikanische Reiterei war völlig ungepanzert. Die Reiter ritten ohne Zaumzeug, und ihre Bewaffnung bestand aus Wurfspeeren und leichten Speeren. Da sie schnell und äußerst beweglich waren, konnten sie angreifen und zurückweichen, ehe der Gegner reagieren konnte. Den Schluß der Reiterei bildeten die berittenen syrischen Bogenschützen auf ihren schnellen arabischen Pferden, an der Seite den Köcher mit den langen Pfeilen, die schon leichten Spee-

ren glichen und den furchtbaren parthischen Bogen, der bis zu einer Entfernung von nahezu zwei Stadien schoß. Dann folgte der lange Troß der Maultiere, beladen mit den zerlegten Belagerungswaffen und Kriegsmaschinen. Die eigentliche Legion marschierte vor den großen Wurf- und Pfeilschußmaschinen, hinter denen die höheren Offiziere ritten, Legaten, Tribunen und Auxiliarpräfekten, geschützt durch eine Kerntruppen-Eskorte. Die Chiliarchen und Kohortenführer folgten dicht dahinter, mit einem Kontingent aus den Eliteeinheiten der vier Legionen. Hinter diesen marschierten die Adlerträger als Spitze jeder Legion, umgeben von den Feldzeichen, Hornisten, Trompetern und den Signaltrommlern. Es folgte nun die kämpfende Truppe, in Reihen zu je sechs Mann. Dahinter kam der Troß der jeweiligen Legion mit den Lasttieren. Das Ende des gewaltigen Zuges bildeten die Söldner und die Nachhut, die aus einem starken Kontingent schweren Fußvolks und Reiterei bestand.
Im Tal der Dornen traf das Heer auf die dreitausend Mann jener Schutztruppen, die am Euphrat stationiert waren und jetzt zur Verstärkung abberufen wurden. Die königlichen Truppen des Antiochos Epiphanes waren schon zuvor aufgebrochen, um einen Schutzwall um die Vermessungs- und Straßenbautruppen zu ziehen. Die Reiter auf ihren syrischen Pferden trabten in einem dichten Ring um den Troß des gigantischen Heeres und sicherten ihn gegen alle eventuellen Überfälle der Zeloten aus den samaritanischen Bergen ab.
Die Heeresschlange erreichte beim Dorf Gibea des Saul eine Länge von zwölf Meilen.

*

Marsena wanderte durch den Garten, der sich von der Villa Aris hinunter bis fast an die Ostmauer der Stadt hinzog. Er hatte den Vorwand benutzt, sich die alten Erlebnisse in diesem Teil seiner Kinderwelt wieder vor Augen führen zu wollen, um allein zu sein. In Wirklichkeit hoffte er die scheue kleine Gazelle zu treffen, die sich aus den Erinnerungen der Kindheit nicht mehr fortwischen ließ, und die ihn mehr beschäftigte, als er es sich eingestehen wollte. Kleine Damaris, du bist zu einer wundervollen Blüte geworden, und ich war fern von hier und hatte vergessen, daß ich mich eigentlich selbst zurückgelassen hatte. Er legte sich ins Gras unter einen Feigenbaum, und sein Blick wanderte durch das helle Grün zu den tanzenden Sonnenstrah-

len im Geäst. »Frühling in Judäa«, atmete er. »Der schönste Frühling der Welt.« In diesem Garten mußte man vergessen, daß in Judäa der Frühling erloschen war unter der verbrannten Erde des Krieges.
Die Stelle am Myrtenteich war leer. Er brach einen Zweig von einem der zarten Büsche und betrachtete ihn nachdenklich. Ein zarter Duft hing in der Luft. Er wünschte Damaris würde vor ihm stehen, und er könnte ihr den Myrtenzweig ins Haar flechten als Symbol seiner Gedanken.
Er traf sie im Peristyl. Sie saß vor dem großen Marmorbecken und blickte gedankenverloren auf die glitzernde Wasserfläche. Er trat leise hinter sie. Ihr Antlitz spiegelte sich im klaren Wasser. Dann tauchte neben ihr sein Gesicht auf. Für einen Augenblick zuckte sie überrascht zusammen, dann hatte sie sich wieder in der Gewalt, und ohne aufzublicken betrachtete sie weiter das Spiegelbild, zu dem seines sich hinzufügte.
»So kann man sich in die Augen sehen, ohne es selbst von Angesicht zu Angesicht zu tun«, sagte er leise.
Sie tauchte ihre Hand ins Wasser, und ihre beiden Spiegelbilder verwischten zu tanzenden Schatten.
Dann sah sie auf, und ihr Blick fiel auf den Myrtenzweig in seiner Hand.
Er lächelte. »Die Myrte, das Symbol ewiger Liebe.«
Sie hatte ihren Blick wieder gesenkt und betrachtete scheinbar konzentriert ihre immer noch tanzenden Schatten. »Ein Strauch wie jeder andere auch«, gab sie unbewegt zurück.
Marsena schüttelte den Kopf. »Keineswegs. Siehst du, der Lorbeerstrauch ist größer als die Myrte. Und für einen Römer ist auch der Ruhm wichtiger als die Liebe. Deshalb sagen sie auch, daß die Götter diese Pflanzen nach ihrer Wichtigkeit gestaltet haben. Für uns Juden ist der Lorbeer nichts weiter als ein Gewürz, die Myrte hingegen die Erinnerung, die unsere Sehnsüchte unvergessen macht. Ein Römer sagt, wenn über die Liebe gesprochen wird, daß die Liebe, die alles übersteigt, nicht römisch ist. Wie sehr unterscheidet sich doch Rom von Israel. Und deshalb«, er hielt kurz inne, um ihr Antlitz auf dem beruhigten Wasser des Marmorbeckens zu betrachten, »ist auch die Myrte kein Strauch wie jeder andere.«
Sie lächelte kurz auf. »Du sagtest mir, was Rom denkt. Wie denkst du darüber?«
»Ich bin kein Römer.«

»Aber du warst lange Zeit unter ihnen. Und einem dauernden Einfluß kann man sich nicht entziehen.«
»Nicht was grundlegende ethische Begriffe betrifft.«
»Du warst noch jung, als du fortgingst.«
Marsena betrachtete sie neugierig. »Du glaubst mir nicht, Damaris.«
»Ist es wichtig, was ich denke?«
»Für mich sehr.«
Ihre dunklen Wimpern senkten sich. Im spiegelnden Wasser war ihr Gesicht nur undeutlich zu erkennen, und er wußte nicht, was aus den Linien und Farben der Wellen sprach.
Für einen Augenblick war Schweigen, nur die Bienen in den Kletterrosen waren zu vernehmen und der Atem, der aus den Blüten zu ihnen schwebte.
Ihre Stimme war leise, als sie zu seinem Spiegelbild sagte: »Wer spricht aus dir, Marsena? Der Römer oder der Sohn Arinos'?«
»Wie kannst du nur so fragen?« Marsena runzelte die Stirn. »Ich fühle, wie du mir aus dem Weg gehst, Damaris. Wir waren früher unzertrennlich.«
»Da waren wir Kinder, und Kinderträume verwehen mit der Zeit. Man kann sie nicht für die Ewigkeit behalten.«
»Aber die Gegenwart, Damaris. Die Gegenwart ist nicht verweht.«
Damaris strich über die Blätter des Myrtenzweiges. »Die Gegenwart, Marsena, enthält auch keine Träume«, sagte sie leise. Sie fuhr mit der Hand wie zornig ins Wasser, und ihrer beiden Spiegelbild zersprang wie zuvor in unzählige Splitter.
»Warum sagst du so etwas?« fragte Marsena bestürzt.
»Du vergißt den Krieg«, rief sie fast wütend.
»Nein, aber er geht zu Ende.«
»Und du, wo wirst du dann sein? Was wirst du machen, wenn der Krieg zu Ende ist?«
Marsenas Blick schweifte über die leichtbewegte Oberfläche des Teiches. Die Sonnenstrahlen funkelten auf den Wellen in verspielten Träumen.
Damaris hatte eine Hand ins Wasser getaucht, ihre Augen musterten die zerbrochene Oberfläche des Spiegels, den ihre Finger in das Wasser gezeichnet hatten. Es schien, als erwarte sie keine Antwort.
Marsena wandte den Blick. Seine Augen umfingen das schmale Antlitz, das sonnenumflutete Haar, die zarte Gestalt, und unermeßliche Sehnsucht ergriff ihn. »Ich wünschte, ich könnte den Krieg in diesem

Augenblick beenden.« Seine Stimme klang atemlos. »Kleine Damaris, was weißt du von den Bildern ferner Reiche, vom Schlagen der Wellen des großen Meeres an die schroffen Felsen Griechenlands, den gischtenden Wasserfällen Galiziens, den unendlichen Wäldern Germaniens, vom Morgennebel über Britannien, den dunklen Schluchten Thraziens? Ich wünschte, ich könnte dir dies alles zeigen.«

Um die Lippen des Mädchens spielte der Hauch eines Lächelns. »Auch Judäa ist schön, Marsena«, flüsterte sie. »Was weißt du von den duftenden Palmengärten Jerichos, von den blühenden Sommerlilien, von den blumengeschmückten Wiesen am Jordantal im Frühling?« Sie blickte ihn plötzlich unverwandt an. »Du warst lange weg, Marsena. Erinnerst du dich an all das überhaupt? Man muß nicht in die Unendlichkeit schweifen, um träumen zu können. Auch hier ist Platz genug.« Ihre Augen warteten auf Antwort.

Marsena schwieg beschämt. »Verzeih mir, Damaris. Es war dumm von mir, mit der Ferne zu prahlen. Es sollte nicht Überheblichkeit sein, sondern nur die Freude an der Schönheit dieser Welt.«

»Gewiß«, sagte sie leise.

Marsena merkte mit Bestürzung, wie aus den dunklen schönen Augen Tränen quollen. »Ich kenne nichts von dem was du sagtest, Marsena. Und doch meine ich, dich verstehen zu können. Aber manchmal ist ein Träumen von all dieser Schönheit besser als ihr Kennenlernen.« Sie wischte sich verlegen über die Augen. »Ich war noch nicht einmal in Jericho«, flüsterte sie verschämt.

»Und die duftenden Palmengärten, von denen du sprachst?«

»Die Händler auf dem Markt wissen wundervoll zu erzählen«, erwiderte sie mit einem traurigen Lächeln.

»Oh, Damaris«, rief er bestürzt. »Was bin ich doch für ein Narr, dich mit all meinen dummen Phrasen zu quälen. Deine Gedanken sind größer als es meine je sein können. Ich wünschte, ich hätte die Macht, dir alle Träume zu Füßen zu legen.«

Sie lächelte mit Tränen in den Augen. Ihre Hände berührten sich, als würden zarte Finger die Saiten einer Harfe streichen. Nur einen Augenblick, dann entzog sie ihm ihre Hand. »Nicht Träume, Marsena«, gab sie mit gesenktem Blick zurück, »die Wirklichkeit ist Traum genug. Es wären keine Träume mehr, könnte man sie erfüllen.«

Das Universum, das sich vor ihnen öffnete, war größer als der Himmel mit Antares, Altair und Prokyon.

»Möchtest du die Wunder dieser Welt sehen, Damaris? Die Geheimnisse des Nils, die Gärten Alexandriens, die Paläste Roms, die dunklen grünen Tiefen Galliens?«
Damaris' Antlitz hatte sich mit einem Hauch von Rosa überzogen. Ihre Brust hob sich unter der Spannung und Faszination, die Marsenas Worte in den Tag zeichneten.
»Es ist eigenartig«, sagte Marsena, »ich bin in der halben Welt des römischen Imperiums gewesen und noch nie in den Bergen Moabs, nach denen ich mich als Kind so sehnte.«
Sie sah über den Myrtenteich hinweg, und ein Hauch von Traurigkeit klang aus ihrer Stimme. »Man erreicht seine sehnlichsten Ziele nie und zurück bleibt ein Stück Mysterie und ein Stück unerfüllter Sehnsucht. – Ich sah noch nie den Jordan an seinen blitzenden Quellen. Nur die Erzählungen, und die können die Erinnerungen der Sehnsucht nicht stillen.«
»Ich werde dir alles zeigen«, sagte er plötzlich. »Wir kennen zu wenig von unserem Land. Wir wollen jeden Fußbreit der Erde, die unser Gott mit seiner eigenen Hand vermessen hat, kennenlernen. – Möchtest du es überhaupt, Damaris? Ich schwelge in Schwärmereien und weiß überhaupt nicht...« Er stockte.
Ihre Augen ruhten erwartungsvoll auf ihm. »Sprich weiter«, drängte sie.
»Ich hoffte, du würdest mich verstehen.«
Ihre Augen blickten schelmisch. »Vielleicht weiß ich es. Ich möchte es aber von dir selbst hören.«
»Du weißt, daß ich dich liebe, Damaris. Ich liebe dich.«
»Oh«, ihre Augen blickten erstaunt, und in ihrem Antlitz war Verwirrung.
Marsena hatte plötzlich Angst. Angst, sie verlieren zu können, bevor sie ihm überhaupt gehörte.
Er wußte, er hatte den Zauber gebrochen, der sie umgab. Er war nach römischer Manier zu voreilig gewesen, obwohl sein Innerstes wußte, daß seine Worte weniger ausgedrückt hatten als es seinen Gefühlen entsprach. »Verzeih mir«, sagte er leise.
Sie antwortete nicht. Ihr Gesicht war von ihm abgewandt, und er konnte ihr Mienenspiel nicht erkennen. Er fühlte sich hilflos, und in seinen tiefsten Empfindungen entblößt. Er wußte, daß alles, was er sagte, nur ein hilfloses Überbrücken seiner eigenen Befangenheit sein würde. Aber er wußte auch mit einem Mal, daß er ihr Gefangener sein

würde, so wie in Kindertagen ihr Beschützer. Sein Blick würde immer nur sie sehen können.

»Wenn dieser Krieg vorüber ist, dann steht eine Welt voller Wunder vor uns offen. Und wir werden eine Ewigkeit vor uns haben, sie zu erfassen.«

»Wird dieser Krieg je vorüber sein? Für uns?« Ihre Augen blickten zweifelnd.

Marsena hob ihr Kinn und küßte sie sanft auf die Lippen.

Ihre Augen blickten voller Staunen auf ihn – große dunkle Augen, in denen die Wunder der ganzen Erde verborgen zu sein schienen.

Er hatte sie geküßt. Das erste Mal, und es war wie das Wirklichwerden eines Traumes.

Ihre Lippen waren leicht geöffnet. Der Ausdruck ihres Gesichtes zeigte Staunen, Verwirrung und, wie Marsena zu sehen hoffte, ein wenig von der Freude, die in ihm urplötzlich die letzte Faser seines Ichs erfaßte.

*

Marsena war sich nicht sicher, ob die Einladungen, mit denen er überhäuft wurde, ihm selbst galten oder der prickelnden Situation, einen der verhaßten Römer unter seinem Dach zu haben. Jedenfalls waren die Tage zu sehr ausgefüllt mit Reden und Erklärungen, die immer von neuem die Vergangenheit des »römischen Juden, Marsena ben Arinos« zum Inhalt hatten und nicht seine Gegenwart. In all diesem Trubel fühlte er sich einsam, zumal er die Tochter ben Aris vermißte. »Sie ist für einige Tage zu ihrem Oheim Nikodemus ben Gorion gezogen. Er wollte seine Lieblingsnichte wieder einmal um sich haben«, gab Judas auf seine Frage Antwort. War sein Blick schelmisch, als er in Marsenas Augen sah? Konnte er erkennen, daß seine Frage mehr war als nur beiläufiges Interesse? Bald wird ganz Jerusalem es in meinem Gesicht lesen können, daß ich verliebt bin in die Tochter ben Aris, meines Adoptivvaters.

Er fühlte sich fast erleichtert, als ein Diener ihn aus seinen Gedanken riß und ihm eine Einladung Merton ben Ephraims überbrachte. Der alte Ben Merton! Idol der Jugend Judäas! Merton unterhielt die beste Fechtschule Israels. Und selbst in den Offizierskreisen Roms dachte man mit respektvollem Unbehagen an die Auswirkungen, die das

Vermitteln der Fechtkunst Mertons an den römischen Truppen hinterlassen hatte. So sagte man sich wenigstens, daß die jüdischen Schwertkämpfer, die in die Schule Mertons gegangen waren, den römischen bei weitem überlegen seien und nur die militärische Disziplin den römischen Truppen einen Vorteil bot.
Marsena erinnerte sich, in seinen Kinderträumen den Wunsch gehabt zu haben, es dem großen Merton im Geschick mit dem Schwert gleichzutun. Es blieb bei dem Wunschtraum und dem Ehrgeiz, den Söhnen des Merton überlegen zu sein, wenn sie im Kidrontal mit Stöcken aufeinander losgingen. Eine fast kindliche Genugtuung kam in ihm auf, als er daran dachte, daß er in den Legionen, denen er gedient hatte, den Ruf des besten Schwertkämpfers erlangen konnte. Ein wenig Wehmut war in ihm, als er daran dachte, daß sein Vater und somit seine Familie nie in den Kreisen der Mertons und ihrer Freunde Fuß fassen konnten. Waren es die religiösen Schranken, die den Sadduzäer Merton von dem Pharisäer Arinos trennte? Oder der Reichtum des Merton? Vielleicht. Aber das alles war Vergangenheit und nur Fragment in der Erinnerung eines sehnsuchtsvollen Herzens. Als Marsena vor Merton stand, verging die Scheu vor dem großen Namen und nur die Ehrfurcht blieb, einem der Ältesten des Hohen Rates Israels gegenüberzustehen.
Er hatte Merton ben Ephraim nie zuvor zu Gesicht bekommen. Wenn er mit seinen Söhnen und zuweilen auch mit seinen Töchtern im Tal des Kidron oder auf den Höhen der umliegenden Berge zum ausgelassenen Spiel zusammentraf, dann war es der Name, der ihn zu besonderen Aktivitäten herausforderte. Merton ben Ephraim – Schwert Judäas! Vielleicht war es auch das Wissen, daß die Töchter des Merton ihren Kampfspielen zusahen, um ihn über die Söhne des Merton triumphieren zu lassen. Oder war es die kleine Tochter Aris, die mit ängstlichen Augen ihre wilden Jagden verfolgte, die diese Tage unauslöschlich in seinem Gedächtnis festzuhalten vermochte? Jetzt stand er vor diesem Symbol Israels und empfand ein wenig Traurigkeit, weil die Träume der Jugend und ihre Erwartungen an der Wirklichkeit verblassen mußten.
Merton ben Ephraim war immer noch ein stattlicher Mann, aber das Alter hatte Spuren hinterlassen. Marsena lächelte ein wenig wehmütig in sich hinein. Er erkannte, daß die Bilder aus Kindertagen besser nicht mit der Erkenntnis des Erwachsenseins zusammenträfen. Die Unberührtheit der Kindheit war ein geheiligtes Feld, das für sich zu

bleiben hatte. Marsena verbeugte sich artig vor dem Älteren, der ihn freundschaftlich an den Schultern faßte.
Ein wilder Reigen seiner Gedanken umfing ihn. Er war in dem Haus, vor dem er sich vor Jahren nur heimlich herumzuschleichen gewagt hatte! Und der alte große Mann wollte ihn sprechen, den kleinen unbedeutenden Marsena, Sohn des Pharisäers Arinos! Nein, diese Zeit war vorbei! Er war ein Kenner Roms und dadurch von Interesse, auch für die Adelsschicht Judäas. Er würde sich weder aus der Vergangenheit noch der Gegenwart Israels heraushalten können. – Die Worte Mertons bewiesen es, und er hatte nichts anderes erwartet.
»Du erlebst den schönsten Frühling seit Jahren, Sohn des Arinos. Es scheint, als ob kein Kriegsgeschrei je die Hügel Judäas berührt hätte, als wäre nie ein römischer Stiefel über die Blumenwiesen unseres Landes getrabt, als wäre nie ein Tropfen Blutes in die geheiligte Erde der Ahnen Abrahams geflossen.«
Marsena nickte in ehrlicher Demut. »Ja, es ist wundervoll, und Roms Truppen sind fern. Es ist Frieden im Garten Gottes.«
Merton sah Marsena durchdringend an. »Sie werden zurückkommen, Marsena. Du weißt es besser als wir. Sie werden mit mehr Macht und Gewalt vor unseren Toren auftauchen, als dieses Land je zu sehen in der Lage war.«
Marsena lachte leise auf. Aber es war keine Freude in seinen Worten. »Du weißt es. Ich weiß es. Doch niemand wagt daran zu glauben. In der Versammlung jedenfalls sind ganz andere Töne und Vorstellungen laut. Dort hält sich jeder für den Größten und alle zusammen für unbezwinglich. Ich weiß nicht, ob es eine Beleidigung ist, zu sagen, daß sie alle uneinsichtige Narren sind.«
»Sie sind es Marsena. Und deine Aufgabe wird es sein, sie für die Zukunft einsichtiger zu machen.«
Marsena schüttelte den Kopf. »Eine unerfüllbare Aufgabe, solange die Ruhe in Judäa diese trügerische Zuversicht aufrechterhält. Cestius Gallus hat ihnen mit seiner Pseudoniederlage einen schlechten Dienst erwiesen. Alle sind überzeugt, ihr Sieg wäre der eigenen Überlegenheit entsprungen. Wie tödlich dieses Denken sein mag, wird die Zukunft zeigen. Nein, jeder, der glaubt, Vespasian würde Judäa vergessen, der hat von Rom keine Ahnung.«
Merton nickte bedrückt. »Natürlich, ich hätte es eigentlich wissen sollen, da meine eigenen Söhne nicht auf die Bedenken ihres Vaters hören wollen.«

»Weder sie, noch Jonathan ben Assur, Eleasar ben Jair, und am wenigsten Gilead ben Ari.«
Mertons Blick war in die Ferne gerichtet. »Ich habe damals jedem, der es wissen wollte, gesagt, daß der Sieg über Gallus' Truppen ein Glücksfall war, mehr noch ein Zufall. Aber wer wollte dies schon hören. Sie hätten selbst begreifen müssen, daß ein Heer, das beide Ringmauern genommen hatte, nicht als Besiegter flüchtet. Der Gott Israels mag wissen, was in Cestius Gallus vorging, daß er, den Sieg greifbar mit Händen, sich wieder zurückzog. Man könnte glauben, es war höhere Macht. – Für die Jugend Israels war es der Sieg des auserwählten Volkes Gottes. Welch ein trügerisches Bild voll Unverstand. Wenn die Hand Jehovas im Spiel war, dann wird sie noch viel mehr zu vollbringen haben, wenn Roms Truppen in mehrfacher Stärke wieder zurückkehren. Sie werden dich dann brauchen, Marsena.«
»Sie haben dich.«
»Einen alten Mann?«
»Du bist immer noch jung genug, sie den Schwertkampf zu lehren.«
»Mag sein. Nur jemandem den Kampf zu lehren, heißt noch lange nicht, ihn beherrschen lernen. Ein Schwert zu führen macht aus einem Mann noch keinen Strategen und Taktiker. Ja, und das kann ich sie nicht lehren...«
»Ich bin kein Feldherr, Ben Merton.«
»Aber du hast genug Truppen geführt, um zu wissen, wie sie zu organisieren sind, wie ihre Einteilung zu erfolgen hat. – Es sind alles gute Kämpfer, doch keine Truppe.«
»Sie können sich Simon bar Giora anschließen oder Johannes von Gischala.«
Merton lachte trocken auf. »Du weißt es selbst, daß gerade das es ist, was wir nicht wollen.«
»Ich habe mit euren Problemen nichts zu tun.« Marsena sagte es ein wenig zögernd, als müßte er die gesagten Worte abwägen. Merton sah ihn aufmerksam an. »Ich hoffe um deines Gewissens willen, Marsena, daß du das wirklich glaubst. Denn was wirst du tun, wenn Vespasian Jerusalem angreifen wird?«
Marsena runzelte die Stirn. »Vielleicht tut er es doch nicht. Immerhin ist schon beinahe ein Jahr vergangen, und die römischen Truppen rühren sich nicht.« – Er versuchte überzeugt zu sprechen, aber an Mertons Gesicht konnte er erkennen, daß seine Worte keinen Eindruck auf ihn machten.

»Du weißt es noch besser als ich, daß dies Unsinn ist. Du hast ja selbst erwähnt, daß dieser Aufschub nur mit den bürgerkriegsähnlichen Zuständen in Rom in Zusammenhang stand. Jetzt, wo Vespasian von allen Legionen als Imperator anerkannt ist, wird er gegen Jerusalem ziehen, das ist sicher. Es entspräche nicht römischer Mentalität, würde es anders kommen.«
Marsena biß sich auf die Lippen. »Die anderen in der Versammlung sind nicht unbedingt deiner Meinung. Selbst deine Söhne nicht. Sie alle zehren von den Erfolgen gegen Cestius Gallus und hoffen, daß Roms Macht sich an den ausgebissenen Zähnen vor Jerusalems Mauern erschöpft hat. – Das heißt, bei einigen bin ich eher geneigt zu glauben, daß sie sogar hoffen, die Römer würden zurückkehren. – Wissen deine Söhne um deine Gedanken?«
Ben Merton schüttelte langsam den Kopf. »Sie werden es noch früh genug erfahren. Deshalb werden sie dich brauchen, Marsena.«
»Sie haben mich vor vier Jahren auch nicht gehabt, bei Cestius Gallus. Außerdem, was könnte ein einzelner bewirken? Ein Schwert mehr?«
»Nicht das Schwert, Marsena – der Kopf. Ich weiß selbst, wie zersplittert die Gruppen in dieser Stadt sind. Und es handelt sich nicht nur um Meinungsverschiedenheiten der religiösen Sekten untereinander. Wenn es gegen Rom geht, werden diese vergessen sein. Ich denke auch nicht unbedingt an Simon bar Giora und Johannes von Gischala, die ihren Streit dann auch begraben müssen. Ich meine vielmehr den bisher von allen Unruhen verschonten Teil unserer Stadt.«
»Ihr habt doch eure Versammlung. Es sind gute Leute darunter. Ich denke an Judas ben Ari, Eleasar ben Jair und auch an Jonathan ben Assur.« Den letzten Namen sprach Marsena ben Arinos ein wenig zögernd aus, aber Ben Merton schien es nicht zu bemerken.
»Sie sind alle viel zu hitzig. Auch Eleasar ben Jair, der so ruhig wirken kann, macht da keine Ausnahme. Sie werden an der Disziplin Roms scheitern, nicht aufgrund etwa fehlenden Mutes, nicht weil sie ein Schwert nicht zu führen verstünden. – Denn Mut haben sie und kämpfen können sie. Doch, ich bin nicht überheblich genug, um mir einzureden, daß mit jugendlichem Ehrgeiz und Energie allein die Legionen Roms zu bezwingen wären. Cestius Gallus hatte eine Legion vor Jerusalem stehen, und die hätte ausgereicht auch über die zweite Mauer zu kommen, nachdem die erste ohne viel Verzögerung genommen worden war. – Ja, wenn nicht plötzlich, wie von einer unsichtbaren Hand zurückgehalten, sein Ansturm stecken geblieben

wäre. Für uns war dies völlig unverständlich, wie er im Anblick des Sieges alles stehen und liegen ließ und einen gänzlich ungeplanten Rückzug antrat. Natürlich haben all die Großmäuler über ihren Sieg jubiliert. Aber es war nicht unser Sieg, wir waren weit entfernt davon. Erst auf dem hastigen Rückzug des Cestius Gallus konnten wir einige seiner Nachhuteinheiten schlagen. Ich sage dir, Marsena, wäre ich gläubig genug, ich würde meinen, der Gott Israels hat uns noch einmal vor der tödlichen Hand Roms bewahrt. Wie wird es aber in Zukunft sein? Nein, Marsena, ich glaube nicht nur an fanatischen Siegeswillen und Tapferkeit der einzelnen, denn das hatten auch die Männer von Jotapata, Gamala, Tarichea und all den anderen Städten, die aus Israel verschwunden sind. Und es war auch nur eine Legion, die Vespasian hier befehligte. Was machen wir aber, wenn er mehr als nur eine Legion schickt?«
Marsena ben Arinos zuckte die Schultern. »Jerusalem wird überschwemmt, wenn Gott nicht wieder eingreift. Und warum sollte er es tun bei all den Greueln, die unter seinen Augen geschehen?«
»Deine Gleichgültigkeit ist nicht so, wie sie aus deinen Worten klingt.« Merton sah in die Dämmerung hinaus. »Dieses Land ist auch deines, und im Inneren deines Herzens mußt du es wissen. Hilf diesem Land mit dem Wissen, das mehr ist als der Schlag einer einzelnen Schwertklinge. Es ist deine Stadt, Marsena, weil du ein Teil Israels bist.«
Vom Tempel her erklangen der langgezogene Ruf der silbernen Trompete und die Stimme des Priesters, die in der Dämmerung verhallte. – »Es ist Abend geworden. Ein neuer Tag entsteht. O Jehova, du selbst hast dich uns Generation um Generation als wirkliche Wohnung erwiesen. Ehe selbst die Berge geboren wurden und du daran gingst, wie mit Geburtswehen die Erde und das ertragfähige Land hervorzubringen. Ja von unabsehbarer Zeit bis auf unabsehbare Zeit bist du Gott.«
Marsena atmete tief auf. Wie wunderbar deine Worte klingen, Priester, und doch sind sie nichts weiter als Trug. Oder glaubst du noch an das, was du sagst, bei all dem, was um dich herum geschieht? – Marsena ben Arinos' Gedanken wanderten, und Merton schwieg. Du hattest nie Gelegenheit, von deinem Vater die Mischna zu erhalten. Vielleicht bist du der einzige Jude, der nie ein richtiger nach dem Zeremoniell geworden ist. Dein Vater starb bevor du die Weihe erhieltest, und mit deinem Fortziehen blieb alles Jüdische hinter dir.

Aus den Häusern und Gärten der Stadt drang das gedämpfte Geräusch eines ausklingenden Tages. Sanftgelbes Licht der Öllampen sickerte durch die bunten Wolldecken vor den Fensteröffnungen und hauchte matten Schein auf das Pflaster der engen Gassen. Der sanfte Wind, der von dem großen Meer herstrich, zog über die flachen Dächer der Stadt und kühlte den Abend von den Strahlen der Frühlingssonne. Vom Siloahteich tönte das Quaken der Frösche herüber, und der verspätete Ruf eines Vogels wehte über die Gärten jenseits der Mauern vor dem Kidrontal. Verträumt spielte der Wind in den Ästen der Tamarisken und Granatapfelbäume, und verträumt blinkten die ersten Sterne am violettfarbenen Himmel. Der kurze Frühling Judäas atmete den letzten Blütenduft der Narzissen und Anemonen in die anbrechende Nacht. Von irgendwoher erklang eine Frauenstimme, begleitet von den zarten Lauten einer Harfe.
»Es ist ein herrliches Land.«
Marsena nickte stumm.
»Es ist, als würden die Erinnerungen von viertausend Jahren den Wind begleiten, unsterblich wie er selbst, solange er über Judäa weht.«
Marsenas Stimme klang rauh, als er antwortete. »Werden ihn kommende Generationen fühlen, seinen Atem spüren, seine Derbheit kosten oder auch seine Schmeichelei?«
Merton nickte. »Das ist es, was ich dir vermitteln wollte. Du mußt selbst urteilen, ob es sich dafür zu kämpfen lohnt. Einen Teil der Zukunft halten wir selbst in der Hand, solange diese ein Schwert zu halten vermag.«
»Auch gegen Rom?«
Ben Merton lächelte müde. »Es wird immer ein Rom geben, gegen das es zu kämpfen gilt, ja auch gegen dieses Rom.«
Marsena dachte: Aber es ist kein Josua da, der sagen könnte ›Sonne stehe bewegungslos über Gibeon, und Mond, über der Talebene von Ajjalon‹ und kein Gott, der uns erhören wollte. Aber er schwieg. Er wußte, daß sie nach den Sternen griffen. Sie waren so nah, so voller Zauber, aber Rom befand sich dazwischen.

Das Passahfest kündigte sich im Gewirr an, das die Straßen und Plätze Jerusalems beherrschte.
Unzählige Menschenmassen strömten zur Stadt. Auf Pferden, Kamelen, Maultieren, Eseln und zu Fuß kamen sie aus allen Teilen des Landes und von den entlegenen Gebieten Ägyptens, Kleinasiens, Griechenlands und Arabiens, sofern ihnen die römischen Besatzungstruppen den Durchzug durch die okkupierten Gebiete gewährten. Die für das Passahopfer erwählten Schafe und Ziegen erfüllten mit ihren Lauten den Frühlingsmorgen des vierzehnten Nisan. Ein unabsehbares Menschenmeer wogte durch die Straßen und über die Marktplätze zum Tempel hin. In bunter Vielfalt der Gewänder, vom einfachen dunklen Wollumhang bis zu den kostbaren, buntbestickten Seidengewändern der vornehmen reichen Alexandriner, Korinther, Epheser, die sich im Handel ihr Vermögen erworben hatten, ergoß sich der Strom der Pilger durch die Tore der Stadt. Mit ihnen erwuchs Jerusalem für die Zeit des Festes zur reichsten Stadt des römischen Imperiums. Denn die Besucher hatten, um die Zeit auch für Tauschgeschäfte zu nutzen, aus ihren Heimatländern die kostbarsten Erzeugnisse mit auf den Weg genommen. Die Nabatäer und Idumäer, die die großen Handelsstraßen nach Indien, China und den geheimnisumwitterten Bezirken Afrikas kontrollierten, füllten die Märkte mit der teuren und hochgeschätzten Myrrhe, mit Weihrauch und den kostbaren Essenzen in Silber- und Goldfläschchen, die selbst in Rom zu den seltensten Kostbarkeiten zählten. Die Straßen dufteten nach Sandelholz und Kufra, der Blüte der Hennapflanze, dem begehrtesten Parfüm nach der indischen Narde. Seltene Edelsteine und Seide aus China und Indien zusammen mit dem Elfenbein und dem Gold Afrikas machten die Basare Jerusalems zum Schauplatz der reichsten Händler zwischen Babylon und Alexandria. Aus Damaskus und Palmyra kamen schwerbeladene Karawanen im Schutz thrazischer Bogenschützen, die dem bunten Völkergemisch eine geheimnisvolle Note gaben.
Es glich einem Wunder, daß trotz des von Rom besetzten Palästina solch ein ungeheurer Verkehr durch die Straßen und Gassen der Stadt flutete. Die Plätze und Märkte waren schon längst überfüllt, ebenso die Basare und Karawansereien. Und immer noch strömten die Menschenmassen in die eng gewordene Stadt. Trotz der gedrückten Stim-

mung, die wegen des verwüsteten Judäa die Reisenden überkommen mußte, mischte sich in die ernsten Gesichter auch die Freude über das bevorstehende Passahfest, die Befreiung aus der ägyptischen Knechtschaft vor über eintausendvierhundert Jahren.
Würde der Gott Israels nicht auch vielleicht jetzt eingreifen, wo es um die Befreiung aus der Herrschaft Roms ging? In vielen Gesichtern der Pilger und Besucher war diese Hoffnung zu lesen, wenn sie aus dem Dunkel der Torgewölbe auftauchten. Und in die Gebete der Gläubigen mischte sich der fröhliche Gesang, der den judäischen Frühling begrüßte.
»Denn siehe, der Winter ist vergangen, die Regenzeit vorbei, Blüten und Blumen sind hervorgekommen im Lande, die Zeit des Gesangs ist da, und die Stimme der Turteltaube läßt sich hören in unserem Lande. Am Feigenbaum röten sich die Knoten, und die Reben verbreiten Blütenduft. Komm, mache dich auf, meine Gefährtin, meine Schöne und komme mit.«
Es war, als hätte die ganze Welt nur ein Ziel: Jerusalem. Aus den fernsten Ländern des römischen Reiches kamen die Gläubigen zusammen. – Selbst aus den Ländern, die man nur aus den Erzählungen der Reisenden und der Händler kannte, waren die Juden dem Ruf gefolgt, sich am Passahfest vor dem Tempel Jehovas einzufinden. Dunkelhäutige Nubier, scharfgesichtige Araber in ihren Burnussen, von dem Stolz ihrer Nation geprägt und doch in der Gemeinsamkeit ihres Glaubens, zogen auf den Bergpfaden und Karawanenstraßen zur heiligen Stadt des Gottes Israels.
Die Züge der Pilger führten durch die Schluchten des judäischen Berglandes, auf den Wegen, die vom Jordantal, von Beerscheba, Hebron, aus Peräa, der Decapolis, aus den Bezirken Gaulanitis, Ituräa, Batanäa und der Trachonitis nach Jerusalem hinaufführten. Aus den phönizischen Städten Tyrus und Sidon, von den Küstenstädten Caesarea und Japho, von Berytur und Antiochia in Syrien her zogen die ungeheuren Pilgerscharen. Sie glichen einem gewaltigen Heereszug, der sich auf ein einziges Ziel zuwälzte: Jerusalem.
In den Straßen blökten die vieltausend Passahlämmer, die von den ländlichen Hirten zum Tempel getrieben wurden. Das Geschrei der Treiber, die die endlosen Rinder- und Schafherden durch die überfüllten Straßen Jerusalems zu dirigieren suchten, verband sich mit den Gebeten der Gläubigen und dem Gesang der Priester. Der Dunst einer ungeheuren Volksmenge und Tierherde legte sich über die Ge-

rüche von Gewürzen und Parfüms. Unübersehbar war das Gewoge der bunten Menge, in einer Stadt, die dem Bersten nahe war.

Zeltlager bedeckten die letzten freien Plätze in der großen Stadt. Sie zogen sich weiter über die Täler rings um Jerusalem. Sie reichten vom Kidrontal hinauf über die Hänge des Scopusberges und des Ölberges. Das bewegte Treiben eines Volksfestes hätte das Gewirr in den Straßen Jerusalems sein können, wäre nicht das Wissen um das heiligste Fest der Juden gewesen, das die Herzen der vielen Tausend bewegte.

Auch in den Sprachen zeigte sich das bunte Völkergemisch, das rund um den Tempel alle Geräusche der großen Stadt übertönte. Wohlklingender Psalmgesang, Feilschen der Händler, Geschrei der Käufer und Verkäufer, Gebete und Singen der Pilger, ein Sprachengewirr unermeßlichen Ausmaßes. Aramäisch, Latein und Griechisch vermengte sich mit den Lauten Arabiens, Persiens und Ägyptens. Alle Dialekte der Provinzen und Länder des römischen Imperiums klangen durcheinander. In die chaotische Vielfalt der Sprachen mischten sich das Brüllen der Rinder und das Blöken der Schafe. Die Laute der unübersehbaren Karawanen aus Eseln, Pferden und Kamelen wälzte sich wie das Rauschen eines aufgewühlten Meeres durch die Bezetha, die Oberstadt, durch das Tyropöontal zur Davidsstadt. Die Geräusche konkurrierten mit der Vielfalt der Farben, die in wirrer Bewegung die Gassen durchwogten. Die buntgestreiften Kopftücher der Bewohner des Berglandes bildeten den Kontrast zu den Gewändern der reichen Frauen aus Rom, Alexandrien, Athen und Antiochia. Die Silber- und Goldmünzen ihres Brust- und Kopfschmuckes glänzten in der Frühlingssonne. Die weißen Kopfbedeckungen der Nabatäer waren helle Flecke auf den braunen und dunkelfarbigen Wollmänteln der Landbewohner aus den Ebenen der Küstenstriche. Die Sänften der Reichen waren von bewaffneten Sklaven gegen die Berührung der einfachen Leute abgeschirmt. Die Reiter auf wertvollen Pferden und Reitkamelen suchten ihren Weg durch das erdrückende Gewühl. Hochbeladene Esel und schwerbepackte Träger verstopften die engen Gassen. Von den Fleischbänken ertönte das Gekreische der Anbietenden und das Gesumme von den fliegenumschwärmten Ständen. Die Tempelstraße, die verkehrsreichste und vornehmste Straße Jerusalems war seit den Morgenstunden unbegehbar geworden. Auf ihr wälzte sich der Hauptstrom der Besucher zum Tempel hin; mit ihm die ungeheure Zahl der Passahlämmer, die nach dem strengen Ritual des Gesetzes Mose im Tempel geschlachtet werden sollte. Die

gewaltige Herodes-Brücke, die in mächtigem Bogen das tiefeingeschnittene Tyropöontal zum Tempel hin überspannte, erzitterte unter den Tritten der unübersehbaren Volksmenge, die den vierzehnten Nisan feierlich zu begehen trachtete.
Über Jerusalem zog der Staub, den Mensch und Tier aufstieben ließen. Als nach einer Woche sich die Tore beim Klang der Tempeltrompete schlossen, waren in Jerusalem über eine Million Menschen.

*

Marsena hatte nach der Begegnung am Myrtenteich mehrfach versucht, Damaris allein zu treffen. Es bewegte ihn, daß sie auf seinen ersten zarten Kuß nicht mit Entrüstung reagiert hatte. War es nur Neugierde gewesen, oder hatte sie wirklich etwas für ihn übrig? Er konnte sie nicht fragen. Sie entwischte ihm jedesmal, wenn er sie ansprechen wollte. Traf er sie, war sie jedesmal in Begleitung eines der Diener oder ihrer Brüder. Und die Frage, die in seinem Herzen brannte, blieb unbeantwortet. Auch in ihrem Blick wagte er keine Antwort zu finden, denn ihr Blick war ohne Andeutung. Wenn sie etwas für ihn empfand, dann verbarg sie es mit der ihn verzehrenden gespielten Gleichgültigkeit, die er bei Frauen wohl nie verstehen lernte. Er wollte sie heute unbedingt sprechen und ihr sagen, daß er Jerusalem verlassen würde. Er mußte Jerusalem den Rücken kehren, um ihretwillen und seinetwillen.
Er traf sie im Atrium und versperrte ihr den Weg. Sie streifte ihn fast, als sie schnell an ihm vorübereilen wollte.
»Damaris, bitte!« Er faßte nach ihrer Hand, und sie verharrte für einen Augenblick.
»Bitte, Marsena. Ich muß mich beeilen.«
»Mit wem triffst du dich?« fragte er erschrocken.
Sie sah in sein bestürztes Gesicht und lachte. »Es geht dich zwar nichts an, aber ich habe mich mit Judith, Mertons Tochter, verabredet.«
»Ich begleite dich!«
»Man wird über uns reden.«
Marsena war enttäuscht. »Wäre es dir sehr unangenehm? O ja, es könnte einer deiner Anwärter auf den Myrtenzweig davon erfahren!«
Sie lachte leise auf. »Dein Gesicht sieht nicht sehr entspannt aus. Man könnte annehmen, du wärest eifersüchtig.«

»Ich bin es vielleicht.« Und in seinem Inneren fügte er hinzu: Ich bin es sogar sicher!
»Ich muß gehen, Marsena. Wir sprechen heute abend weiter. Wir sehen uns im phönizischen Saal!«
»Bitte, laß mich dich bis zum Hause Mertons begleiten!«
Sie sah ihn belustigt an. »Nun gut, aber bitte, wir reden nur über Dinge, die uns nicht in Verlegenheit bringen!«
»Haben wir je über andere Dinge gesprochen?« gab Marsena betont mürrisch zurück.
Sie sah ihm kurz forschend in die Augen. »Vielleicht ist es wirklich so«, sagte sie leichthin, und er verspürte einen Stich in seinem Herzen. Am liebsten hätte er sie gefragt: Empfindest du nur einen Hauch von dem, was in meinem Inneren brennt? Dann laß es mich wenigstens andeutungsweise wissen.
Aber sie eilte schon zum Tor hinaus. Er ging neben ihr her.
»Unsere Nachbarn werden sich den Mund über uns zerreißen«, sagte sie und versuchte einen Schritt vor ihm zu gehen.
»Haben sie irgendeinen Grund, außer, daß ich meine Schwester begleite?«
Sie schwieg.
Er empfand ihre Nähe bewußt. Sie drehte sich zu ihm um und bemerkte seine Blicke. Für einen Augenblick ruhten ihre Augen ineinander. Dann huschte ein Anflug von Rot über ihr Gesicht, und sie wandte sich ab.
»Wir sind gleich da, Marsena«. Ihre Stimme vibrierte ein wenig. Er genoß ihren Anblick. Ihr ebenholzfarbenes Haar gleißte im Sonnenlicht. Wie schön du bist! sagten seine Gedanken.
»Ich fragte dich nach deinen Sklavinnen, als wir das letzte Mal miteinander sprachen«, sagte sie nach einer Weile.
Er sah sie belustigt an. Verlegen wich sie seinem Blick aus.
»Und ich habe dir geantwortet«, gab er zurück. »Wir streiten uns jedesmal, wenn wir darüber oder sonst über Rom sprechen.«
»Es interessiert mich eigentlich auch nur am Rande, Sohn des Arinos«, sagte sie schnippisch. »Aber da du die Größe Roms immer in den Vordergrund zu stellen suchst, solltest du dich vielleicht auch manchmal an den Ort deiner Geburt erinnern.«
Er nickte ihr zu. »Nichts ist vergessen, Damaris. Meine Erinnerungen gleichen der Menge der Schriftrollen, die ich im Kartenraum des Meir ben Belgas sortieren mußte.«

Sie lachte leise auf. »Sind die unseren auch darunter?«
Er wurde ernst. »Glaubst du, daß irgend etwas aus der Vielfalt der Träume vergessen sein könnte? Die Bilder unserer Tage sind vor meinen Augen, als wäre die Vergangenheit nie an uns vorbeigeflossen.«
»Erzähle mir von den Frauen Roms.«
Er schmunzelte: »Hatten wir uns darüber nicht schon unterhalten?«
Sie verzog die Lippen. »Du hast nur ausweichend geantwortet. Ist ein Geheimnis um sie?«
Er lachte leise auf. »Immer wenn Frauen im Spiel sind, ist auch ein Geheimnis mit verborgen.«
»Ist es bei allen Frauen so?«
Sein Gesicht verdüsterte sich. »Ich fürchte, über israelitische Frauen kein Urteil abgeben zu können. Ich hatte bisher nur wenig Gelegenheit, mehr als ein paar Worte mit ihnen zu wechseln. Und die handelten meist nur von Rom, seinen Bauten und Frauen.«
Über ihr Antlitz glitt ein rosa Schimmer. »Ich habe dich mit meinen Fragen gelangweilt?«
»Keineswegs. Nur ich hätte gern mehr von den Frauen Israels gewußt. – Von einer Frau Israels. – Von dir, Damaris.«
Sie sagte nichts, aber ihr Schritt wurde langsamer. Er faßte sie an der Hand, und sie entzog sie ihm nicht. Sie sahen nicht die Blicke der Passanten. Sie sahen nur sich selbst und die Scheu in ihren Augen.
»Ich werde Jerusalem verlassen.«
Ihre Augen wurden dunkel. »Du meinst das nicht im Ernst.«
»Würde es für dich etwas bedeuten?«
»Muß ich antworten?«
»Nur wenn deine Antwort der Wahrheit entspricht – und deinen Empfindungen.«
»Mein Vater und meine Brüder werden nicht zulassen, daß du gehst.«
»Ich fragte dich nicht nach dem, was deine Familie mir antworten wird.«
Sie hatte sich wieder zum Gehen gewandt. »Wir sind da, Marsena.«
»Und du hast nicht geantwortet.«
»O doch«, flüsterte sie. »Ich habe schon längst geantwortet.«
»Dann sag es!« In seiner Stimme war ein unterdrücktes Flehen. Sie sah sich kurz um, stellte sich auf die Zehenspitzen und küßte ihn leicht auf die Wange. »Bitte geh nicht!« Dann war sie enteilt und die Pforte zu Mertons Haus hatte sich hinter ihr geschlossen, bevor er sich wieder gefaßt hatte.

»Noch dreißig Stadien, und wir stehen vor Jerusalem«, sann Marcus Julianus, als er seinen Helm abnahm, und durch den Eingang seines Zeltes schritt.

»Es klingt eher traurig, Prokurator von Judäa«, lächelte Titus, der der Einladung Julianus' gefolgt war, vor dem Aufbruch noch eine Karaffe judäischen Weins mit ihm zu leeren.

»Ich empfinde ansonsten immer eine freudige Erregung, wenn es zur Schlachtaufstellung geht. Doch diesmal ist es anders. Ich bin beunruhigt. Und ich weiß nicht, woran es liegt.«

»Denkst du an deine Verbindung mit dem Juden Marsena?«

Julianus schüttelte den Kopf. »Nur weil seine Abstammung jüdisch ist? Nein, wir haben in unseren Armeen viele Juden. Ich glaube kaum, daß unsere Strafexpedition deren Gemüter sonderlich erregen wird. Ich weiß nicht, wo Marsena augenblicklich stationiert ist. Aber er dürfte vernünftig genug sein, unsere Handlungsweise verstehen zu können. Nein, daran liegt es nicht. Dieses Land selbst beunruhigt mich. Es gleicht keinem, das ich kenne. Es ist, als lebten wir in zwei verschiedenen Welten, die im Kampf aufeinanderprallen, und die doch sonst keine Berührungspunkte kennen. Ich kann meinem Gefühl keinen Ausdruck verleihen. Es ist keine Furcht, wenn du das meinst. Eher ein Frösteln, obschon es in diesen Breiten geradezu paradox klingt.«

Titus nickte. »Ich glaube, dich verstehen zu können. Berenike vermittelte mir ähnliche Gedanken. Nur haben wir keine Wahl, unsere Präsenz zu verringern. Der Aufruhr in Palästina hat unserem Ansehen großen Schaden zugefügt. Gut, wir haben überall gesiegt, und jeder weiß, was es bedeutet, sich dem Machtanspruch eines Weltreiches, zumal dem mächtigsten, Rom, zu widersetzen. Nur Jerusalem hat es noch nicht erkennen wollen. Es wagt uns, die wir eine Welt befrieden, als rechtmäßigem Herrscher unter dem Schutz und dem Willen der Götter zu trotzen. Nein, lieber Marcus, jede Sanftmut diesen Rebellen gegenüber wird nur unsere Stärke untergraben und uns mehr Blut kosten, als wir es ohnehin schon vorauszusetzen haben.«

Von draußen klang der Lärm der aufbrechenden Truppen. Das Wiehern der Pferde mischte sich in das Klirren von Metall, das Schaben von Leder, das Fluchen der Soldaten und die rauhen Befehle der Unteroffiziere.

»Wir werden Jerusalem bei Tagesanbruch erreicht haben«, sagte Julianus und schüttete den Rest aus der Weinkaraffe in ihre Becher.
»Und wir werden das letzte Kapitel der jüdischen Geschichte aufschlagen«, nickte Titus, während er sich erhob.
Sie traten in die kühle Nacht hinaus. Überall brannten noch die letzten Scheite der Lagerfeuer. In einer Stunde würden sie erloschen sein, und das gewaltige Heer würde sich schwerfällig in Marsch setzen. Eine gewaltige Maschinerie aus Menschen, Tieren und Rädern.
Es ist immer wieder erregend, die Geräusche und den Geruch eines aufbrechenden Heeres zu verspüren, dachte Julianus, als er mit Titus zum Befehlshaberzelt schritt. Die Legaten und Offiziere der einzelnen Truppenteile würden schon auf sie warten. Es würde nicht mehr viel zu besprechen sein. Alles Wichtige war schon gesagt worden. Die Truppen wußten, wie sie vorzugehen hatten. Die Befehle waren eindeutig und in der Perfektion des römischen Heerwesens so klar umrissen, daß keine weiteren Worte mehr zu fallen brauchten. Es würde, wie immer, nur noch ein Zeremoniell der sich abmeldenden Offiziere sein, ein Heil auf die Legaten und eine Ovation auf ihn, den amtierenden Prokurator dieses Landes.
Bei Sonnenaufgang würden die Legionen Jerusalem umringt haben. Der Scopusberg, der Ölberg, diese strategisch wichtigen Erhebungen im Osten Jerusalems, von denen man die gesamte Stadt mit all ihren Verteidigungsanlagen bequem überblicken konnte, würden von den Legionen V Macedonia, XV Apollinaris und X Fretensis besetzt werden, während die zwölfte Legion, Fulminata, die nördliche Stadtmauer abzuschirmen hatte. Die Hilfstruppen würden die Randgebiete besetzen und mit ihren Scharfschützen die restlichen Tore bewachen, um eventuelle Ausfälle aus der Stadt in einem Pfeil- und Katapultgeschoßhagel schon im Keim zu ersticken. Besonders die zwölfte Legion würde bestimmt dafür sorgen, daß kein Jude aus der Stadt entweichen konnte, mußte sie doch die Schmach tilgen, die ihr der Rückzug vor vier Jahren unter Cestius Gallus eingebracht hatte.
Aber was dachte er noch darüber nach? Es war alles längst besprochen, mehrfach wiederholt und im Gedächtnis eines jeden Verantwortlichen unauslöschlich eingeprägt.
Das Heer setzte sich in Bewegung.
Julianus atmete tief ein und setzte seinen Helm auf. Sein Pferd zitterte leicht, als er es antrieb.
Marcus Julianus starrte in die Nacht hinaus. Sein Körper wiegte sich

unter den sanften Bewegungen seines Pferdes. Der Mond war über den Hügeln Judäas aufgegangen und überzog die Olivenhaine und Felder mit silbernem Licht.
Hier also hast du gelebt, Marsena, mein Bruder und Freund, dachte er. Ein seltsam beklemmendes Gefühl kam in ihm hoch. Ich weiß nicht, wo du bist, mein Freund. Ich weiß nur, daß ich morgen, wenn die Sonne den Schein des Mondes vertrieben hat, vor deiner Vaterstadt stehen werde, mit aller Gewalt, die einem römischen Prokurator zur Verfügung steht. Noch sind es nur zwei Legionen, die ihren Rhythmus von Kraft und Bewegung in die Nacht hinaus schallen lassen. Morgen, vor Tagesanbruch werden es vier sein, und nichts wird sie aufzuhalten vermögen. Was werden die Annalen berichten? Am dreizehnten des Monats Xanthikos vereinigten sich die vier ruhmreichen Legionen Roms mit den Sonderabteilungen der alexandrinischen und syrischen Legionen, Cyrenaica, Deiotariana, Scythia und Ferrata vor den Mauern des aufständischen Jerusalems. Zu diesen Elitetruppen trafen noch die Reiterabteilungen des Agrippa und die dreitausend Mann seiner arabischen Bogenschützen.
Die Soldaten vor ihm und hinter seiner Prätorianergarde marschierten schweigend. Nur ab und zu wurde die Stille von dem Schreien einiger Juden unterbrochen, die auf dem Vormarsch aufgegriffen wurden. Man konnte sich mit ihnen nicht aufhalten. Sie wurden an Ort und Stelle enthauptet. Noch war es nicht an der Zeit, Gefangene zu machen.
»Unser Vormarsch geht mehr als planmäßig vor sich«, sagte sich Julianus, als er die Parolerufe vernahm, die das Zusammentreffen mit der zehnten Legion signalisierten. Ein wenig Stolz kam in ihm auf, als er das nahtlose Zusammenmarschieren der verschiedensten Truppenteile registrierte.
Der Himmel hatte sein blauschwarzes Dunkel verloren. Die Kuppen des judäischen Berglandes begannen sich von dem ergrauenden Horizont abzuheben.
»Der Morgen des vierzehnten Xanthikos ist angebrochen«, murmelte Julianus, als er auf der Kuppe des Scopusberges sein weißes Pferd anhielt. Er blickte auf das schlafende Jerusalem hinab. Die Erinnerung an Marsena war plötzlich wieder wach.
»Hier also hast du deine Kinder- und Jugendzeit verbracht, mein Bruder. Ich erinnere mich an all das, was ich von Jerusalem in all den Jahren unseres Beisammenseins vernommen habe. Und die Begeg-

nung mit deiner Vaterstadt erschreckt mich, denn ich werde sie zerstören müssen, sollte sich der Haufen Rebellen in ihr nicht ergeben. Der vierzehnte Xanthikos, der vierzehnte Nisan des jüdischen Kalenders, der Tag der ungesäuerten Brote, des Passahfestes, zur Erinnerung an die Befreiung aus der Knechtschaft Ägyptens!« Julianus erschauerte, als er daran dachte, daß sie gekommen waren, um die Knechtschaft aufrechtzuerhalten. Welch ein sonderbarer Tag und welche Farce, die diesen Tag erwachen lassen wird!
Hinter dem Ölberg ging die Sonne auf.
Als die Armee Jerusalem erreichte, bestand sie aus vier Legionen und über 80 000 Mann.

*

Der Tag begann mit einer Flut von Farben am Himmel.
»Wir werden Sturm bekommen«, sagte Zilla, als Marsena sie im Eßsaal begrüßte. Ja, meinte Marsena vergnügt zu sich selbst. So wie der Sturm in meinem Herzen bereits tobt. »Ist Damaris schon wach?« sagte er laut.
»Wir sind in deinen Augen wohl nichts mehr, mein Bruder?« meinte Judas lachend und winkte ihn zu Tisch. »Wir haben heute viel vor. Die Ladung Waffen der Parther ist eingetroffen. Vaters Karawane hat diesmal statt Seide und Byssus Schwerter, Bogen und Speere geladen.«
»Sie ist von Roms Garnison unbehelligt geblieben?« Marsena war erstaunt, wußte er doch, daß alle Zufahrtsstraßen nach Jerusalem bewacht waren.
»Durch die judäische Wüste wagt sich nicht einmal Rom«, meinte Gilead geringschätzig.
»Der Löwe von Juda brüllt«, sagte Marsena lächelnd zu sich selbst. Er war glücklich und ließ sich auch nicht von Gileads antirömischen Bemerkungen irritieren, auch wenn er wußte, daß sie insgeheim ihm galten. Er war Damaris einen Schritt näher gekommen, und das wog alles auf. Er bedauerte, daß sie nicht zugegen war. Dafür lagen zu Tisch die Söhne des Ari, Jakobus ben Sosas und Eleasar ben Jair.
»Tagt der Rat der Akra?« sagte Marsena, als er sich zu ihnen legte.
»Man raunt sich zu, daß die römischen Garnisonen Verstärkung erhielten. Es braut sich etwas zusammen. Wir haben erfahren, daß einige der Kundschafter Simon bar Gioras nicht mehr zurückgekehrt

sind. Das bedeutet, daß die römischen Truppen ihrerseits Späher ausgesandt haben, um unsere abzufangen. Wir gehen davon aus, daß in Caesarea Truppen gelandet sind. Habt ihr von Galiläa etwas erfahren? Dort sind die meisten römischen Garnisonslager.«

Eleasar ben Jair schüttelte den Kopf. »Wir haben keine Verbindung mehr zum Norden. Als einzige Karawane ist die des Ari nach Jerusalem gelangt. Und auch nur, weil sie, wie Gilead andeutete, den Weg von Palmyra durch die Wüste genommen hat. Es kommen auch keine Pilger mehr in die Stadt. Um Jerusalem ist es unheimlich still geworden. Wenn nicht das Treiben in den Mauern selbst wäre, müßte man an ein sich zusammenbrauendes Unwetter denken. Wie siehst du die Situation?«

Marsena zuckte die Schulter. »Vespasian ist jetzt Kaiser. Es war vorauszusehen, daß er die ungeklärte Lage in Judäa nicht unbeachtet lassen würde. Zumal er Erfahrung im Kampf gegen Israel zur Genüge mitbringt. Nachdem es in Rom ruhig geworden ist, wird er sich Palästinas annehmen.«

»Palästina«, Gilead spuckte das Wort fast aus. »Das ist die römische Erfrechung, Israel mit einem Sklavennamen zu bedenken. Es nennt uns Palästina mit der Arroganz des Besitzenden. Wir sind ein freies Judäa!«

Marsena schwieg. Was hätte er antworten können außer: »Noch, Gilead.« Ja, es sah nach einem Unwetter aus, und das hieß Rom!

»Marsena«, sagte Simon in die Stille hinein. »Du mußt uns zum Fechtplatz begleiten. Ich will meine neuen Pfeile ausprobieren und Eleasar sein neues Langschwert.« Er zog einen seiner Pfeile aus dem Köcher. Am Ende des überlangen Schaftes saß eine schwarzglänzende Spitze. »Obsidian«, erklärte Simon. »Schärfer als Stahl. Wenn der Pfeil auf Metall trifft, das er ohnehin nicht durchdringen kann, zersplittert die Spitze, und der Pfeil wird für den Gegner unbrauchbar. Trifft er aber einen ungeschützten Teil, dringt er ebenso durch wie feinstgeschliffener Stahl. Es wird unser Gegenstück sein zu den römischen Pila, die, wie du ja weißt, sich beim Auftreffen verbiegen und deshalb nicht zurückgeworfen werden können. Außerdem«, er lachte, »ist Judäa voll von Steinen. Nur Metall zum Herstellen von Waffen fehlt uns, die, welche uns beim Rückzug Cestius Gallus' in die Hände gefallen sind, sind durch den andauernden Gebrauch schon sehr abgenützt. Wir mußten bei den Parthern eine Anleihe aufnehmen, wie du weißt. Aber Waffentransporte werden jetzt wohl nicht

mehr durchführbar sein. Überall sind römische Patrouillen. Wir werden in der Zukunft mit unseren Speeren und Pfeilen genauer zielen müssen. Und beim Üben Schwerter aus Holz verwenden.«
»Wie damals im Kidrontal bei den Gräbern der Propheten«, sann Marsena.
»Ja, mein Bruder. Dies gleicht wenigstens noch den wundervollen Tagen der vergangenen Kindheit.«
»Dieser Traum ist kaum noch mit Gedanken einzufangen«, sagte Marsena leise. »Damals fochten wir unsere Schlachten Juden gegen Römer aus, ohne zu wissen, daß dies jemals schreckliche Wirklichkeit werden sollte. Die ganze Welt hätte bei Stöcken und Ruten bleiben sollen. Wir wären vielleicht heute alle glücklich und könnten unsere Schwerter zu Pflugscharen schmieden und unsere Speere zu Winzermessern, wie in der Vision unseres Propheten Jesaja. Aber das ist nur ein Traum, wie die Vision selbst.«
»Sie wird eines Tages Wirklichkeit werden – auch für Israel«, sagte Simon ben Ari leise.
»Ich hoffe es – auch für mich«, gab Marsena zurück.

*

In den Gassen Jerusalems war noch morgendliche Stille. Bald würde das Geschrei der Händler zu hören sein, die die Passahlämmer für den heutigen 14. Nisan anpreisen würden. Dieser Augenblick, bevor die Sonne über den Ölberg glitt, war die Zeit, wo über Jerusalem eine seltsame Andacht lag. Es waren die Minuten, wo die Gassen noch verträumt und unberührt dalagen, die Ölbäume ihr silbernes Blattwerk aus dem Dunkel der Nacht in das Licht des erwachenden Tages zu recken begannen. Zudem das Krähen der Hähne und das gelegentliche Schreien der Eselfüllen das Leben in der Stadt einzuleiten pflegten. – Wo die Glut der Sonne noch mit dem Tau des Morgens spielte und die Schatten unter den Mauern verflogen.
Marsena atmete tief durch. Er würde heute nach sechzehn Jahren das erste Passah im Kreise seiner Brüder feiern, und es war, als läge über dem beginnenden Morgen ein Hauch von der Ahnung dieses besonderen Tages. Heute nach Sonnenuntergang würden sie im Kreise der Familie Aris zusammensitzen, das Mahl des Passahlammes genießen, bittere Kräuter zu sich nehmen und das ungesäuerte Brot brechen, ein Symbol für die Reinheit des auserwählten Volkes in den Augen

Jehovas. – Und er würde Damaris gegenübersitzen, ihr in die Augen sehen, Jehova danken für die Befreiung aus Ägypten und dafür, daß es sie gibt, die Tochter Aris.
Es war gut, daß er seine Gedanken auf dem Fechtplatz ablenken konnte, denn sie würden immer nur zu dem Mädchen zurückkehren, das er liebte, und von dem er immer noch nicht ganz sicher wußte, ob es seine Gefühle erwiderte. Er schalt sich einen feigen Narren, daß er sie nicht mehr angesprochen hatte, und war doch zufrieden, da seine Hoffnungen ihr gegenüber zumindest nicht aussichtslos schienen.
Sie kamen nicht mehr zum Fechtplatz. Auf halbem Wege hatte die Stille über Jerusalem einem erregten Raunen Platz gemacht. Es schien, als wäre die Stadt im Nu erwacht, als wäre dem Erwachen aus einem Traum ein Alptraum gefolgt. Plötzlich war ein Schrei in der Luft, der den stillen Morgen in einen vibrierenden Gong verwandelte. Es war ein einziger Schrei, der sich über Jerusalem wie eine Wolke unfaßbaren Entsetzens legte. –
»Die Römer sind zurückgekommen!« – Wie eine Woge von Dissonanzen wälzte sich die Schreckensnachricht durch die überfüllten Straßen und Plätze. Es war wie der Aufschrei einer hilflosen Kreatur. Marsena eilte durch die dichtgedrängten Menschenmassen, die plötzlich da waren und erregt und verständnislos dem Fanal der unheilverkündenden Worte lauschten. Er drängte sich in Richtung des Susantores, sah in verstörte, bleiche Gesichter, schob gestikulierende Hände beiseite und zwang sich durch die wogenden Leiber der sich wild gebärdenden Menge, für die die Stadt viel zu klein schien.
Die Mauern waren jetzt gesäumt von einer kreischenden, pulsierenden Masse Mensch, und er mußte sich einen Platz erkämpfen, um einen freien Blick zu erhalten.
Und dann sah er sie! In der Morgensonne erschien es ihm, als starre er in eine Wand von Flammen. Die Strahlen der aufgehenden Sonne reflektierten in einer unabsehbaren Front von Helmen, Speeren und Schilden, die, so weit das Auge reichte, sich ausdehnte und kein Ende zu haben schien. Es war eine Armee, wie er sie, selbst in der Zeit seines Aufenthaltes in Rom, nie gesehen hatte und dunkle Ahnungen verdüsterten sein Gesicht.
Nach der ersten Bestürzung ergoß sich eine Woge des Hasses über die Stadt. Schmähungen gegen das römische Imperium wurden laut. Herausforderungen wurden geschrien, die nur zu willig Aufnahme fanden. Von über einer Million Menschen zur Zeit des Passahfestes

bewohnt, glich die Stadt einem siedenden Kessel, dessen Wände zu bersten drohten. In das wolkenlose Blau des über Jerusalem strahlenden Himmels mischten sich das Dunkel menschlicher Ängste und der brodelnde Haß eines fanatischen Willens, der in den gellenden Lauten ringsum zu einer einzigen Lohe verschmolz: »Nichts ist der Tod, Freiheit ist alles.«

Marsena wurde von der in Ekstase geratenen Menge mitgerissen, die sich vom Susantor zum Tor nach Bethlehem ergoß. Im Grimm geballte Fäuste streckten sich ihm manches Mal entgegen. Zorn und Wut richteten sich gegen alles Römische. Und er war trotz des Anratens Aris immer noch in römischer Kleidung. Er schlüpfte in eine Seitengasse, die leer und verlassen schien. Nur ein Bettler kam ihm entgegen, zerlumpt, das Gesicht zerfurcht von der Bürde des Alters. Marsena wollte angewidert zur Seite ausweichen, doch der Alte machte eine abwehrende Geste. Er sah Marsena mit durchdringend glänzenden Augen an, die jugendlich wirkten und eigentlich nicht in das Antlitz des Alten zu passen schienen. Marsena vermeinte ein spöttisches Lächeln auf den Zügen des Bettlers zu erkennen, als dieser ihn anredete: »Nein, Herr, ich erbettle nichts von dir. Wir alle werden bald um Almosen flehen, doch sie werden uns verwehrt sein. Strecke deine Hand aus! Was fühlst du! Nichts! Nur Wind. So ist alles ein Haschen nach Wind. Doch höre die Worte Jehovas, des Gottes Abrahams, Isaaks und Jakobs, der über die glanzvolle Stadt Jerusalem sprach, der du jetzt ausgeliefert bist, wie all die schreienden und tobenden Narren auf den Straßen vor den Toren: ›Nahe sind gekommen die Heimsuchungen der Stadt, und ein jeder hat seine Mordwaffe in der Hand; und siehe, da kamen sechs Männer von der Straße des oberen Tores, das nach Norden schaut, und ein jeder hatte seine Zerstörungswaffe in der Hand; in ihrer Mitte aber ein Mann, der trug ein leinenes Kleid und ein Schreibzeug an der Seite. Diese gingen hinein und stellten sich neben den ehernen Altar. Da erhob sich die Herrlichkeit des Gottes Israels von dem Cherub, über welchem sie gewesen, zur Schwelle des Hauses, und er rief dem Manne, der das leinene Kleid trug und das Schreibzeug an der Seite hatte. Und der Herr Jehova sprach zu ihm: Geh mitten durch die Stadt, mitten durch Jerusalem und mache ein Zeichen auf die Stirne der Leute, die da seufzen und jammern über die Greuel, die darinnen verübt werden. Zu den anderen aber sprach er vor meinen Ohren: Gehet diesem nach durch die Stadt und erwürget; euer Auge soll nicht schonen, und ihr dürft kein

Mitleid haben: Greise, Jünglinge und Jungfrauen, Kinder und Weiber bringet gänzlich um. Von denen aber, die das Zeichen haben, rühret niemanden an. Fanget aber an bei meinem Heiligtum. – Da fingen sie bei den Alten an, die vor dem Tempel waren. Und er sprach zu ihnen: Verunreinigt das Haus und erfüllet die Vorhöfe mit Erschlagenen. Ziehet aus! Da zogen sie aus und mordeten in der Stadt. Als sie so mordeten und ich noch übrig war, fiel ich auf mein Angesicht, schrie und sprach: Ach Herr Jehova, willst du in deinem Zorn, welchen du über Jerusalem ausgießest, alles umbringen, was von Israel noch übrig ist?Da antwortete er mir: Die Sünde des Hauses Israels und Juda ist überaus groß: Das Land ist voll Blut, und die Stadt voll Unrecht; denn sie sagen: Jehova hat das Land verlassen, und Jehova sieht es nicht! So soll auch mein Auge ihrer nicht schonen, und ich will kein Mitleid haben, sondern ihren Wandel auf ihren Kopf vergelten. Und siehe, der Mann, der das leinene Kleid trug und das Schreibzeug an der Seite hatte, brachte eine Meldung und sprach: Ich habe getan, wie du mir befohlen hast!«

Der Alte fuhr sich über die Augen, und als er Marsena wieder ansah, da war ihr Glanz erloschen und unendlicher Müdigkeit gewichen. »Wie Fremder, glaubst du, erfüllt sich diese Weissagung?« Als er fortfuhr, sprach er mehr zu sich selbst. »Wir haben aus den Worten des Hesekiel nichts gelernt. Wir haben weder Jehovas Worte ernstgenommen, noch die Erinnerung an die furchtbare Zeit vor siebenhundert Jahren bewahrt, als Babylons König Nebukadnezar Jerusalem zum ersten Mal zerstörte. Wie wird Jehovas Vernichtungsurteil jetzt wohl aussehen? Nein, mein Sohn. Welches Almosen wolltest du mir noch zu geben haben, das in dieser Zeit irgendeinen Nutzen haben könnte? Geh Fremder, ich will nichts von dir!«

Marsena hatte stumm den Worten des Alten zugehört, der mit müden Schritten weiterging und alsbald in der wogenden Menge auf der breiten Straße verschwand. Nachdenklich ging Marsena zum Hause Aris weiter. In seiner Hand waren noch die Münzen, die er dem Bettler hatte zuwerfen wollen. Achtlos glitten sie aus seinen Fingern und rollten klingend über den steinigen Boden. Du hast recht, alter Mann, dachte er bedrückt, wir werden unser Geld bald alle auf die Straße werfen.

*

Schon von weitem konnte er die erregten Diskussionen aus dem Inneren von Aris Haus vernehmen.
»Marsena, du warst plötzlich weg«, rief Judas ben Ari und streckte ihm die Hände entgegen.
Marsena erkannte außer den drei Brüdern noch Eleasar ben Jair, Jonathan ben Assur, Simon ben Kathla, die beiden Söhne des Merton, Judas und Simon, sowie Jakobus ben Sosas, die bei seinem Eintreten verstummten.
Die Blicke der Anwesenden musterten ihn abweisend. Nur Judas und Simon ben Ari zeigten Freude bei seinem Eintreten.
»Ich sehe es euren Blicken an, daß ich jetzt in eurem Kreise kaum mehr willkommen sein dürfte«, hörte sich Marsena sagen, während sein Blick Damaris suchte.
Simon faßte ihn an den Schultern. »Marsena, was sprichst du für Worte? Du weißt, daß du bei uns als Bruder stets willkommen bist. Du mußt verstehen, das Dunkel der Ereignisse wirft Schatten auf unser Denken.«
»Ich verstehe dich, Simon«, Marsena lächelte matt. »Wenngleich mir scheint, daß Jonathan in mir den Römer sieht, der vor den Toren Jerusalems steht.«
»Du hast sie gesehen?«
Marsena nickte und legte sich zu den anderen, die ihm schweigend Platz machten.
Eleasar ben Jair starrte ihn eine Weile schweigend an. Dann hob er die Brauen und fragte: »Du kennst Rom besser als wir. Auf wieviel Mann schätzt du die Truppen, die sie auf uns ansetzen werden?«
Marsena zuckte die Schultern. »Meiner Meinung nach sind es mindestens drei Legionen. Aber der Aufmarsch scheint noch nicht ganz abgeschlossen zu sein. Sie werden einige Lager um die Stadt errichten; dazu brauchen sie mindestens 50 000 Mann.«
Eleasar ben Jairs Blick wurde noch düsterer. »So sind es mehr als vor vier Jahren unter Cestius Gallus' syrischer Legion.«
Marsena nickte langsam. »Rom wird sich keine weitere Schlappe wie unter Cestius Gallus mehr leisten wollen. Sie haben aus dem Osten Legionen abgezogen, wie ich euch bereits sagte. Zu diesen sind bestimmt die Einheiten aus Ägypten gestoßen, die sich schon in Bereitschaft befanden, als ich von Alexandria aufbrach. Was gedenken eure Führer zu tun?«
»Was würdest du an ihrer Stelle tun?« fragte Eleasar ben Jair zurück.

Alle Augen waren auf ihn gerichtet.
»Was könntet ihr überhaupt unternehmen? Allenfalls abwarten, welche Bedingungen euch die Römer stellen werden.«
»Bedingungen?« Jonathan ben Assur mischte sich zum ersten Mal in das Gespräch ein. »Ich hoffe doch, daß wir uns keine Bedingungen stellen lassen werden. Ich und meine Leute jedenfalls werden zu kämpfen wissen.«
»Das ist gut, Ben Assur«, sagte Marsena langsam. »Du wirst es ganz besonders können müssen, denn die Römer können es vollendet.«
»Du bist uns eine vortreffliche Hilfe, Marsena«, spottete Ben Assur. »Du kennst das römische Heer, du bist mit seinen Methoden bestens vertraut. Und doch hast du uns nichts Besseres zu bieten als Floskeln. Wenn auch die Söhne des Ari dir bedingungslos vertrauen, so wage ich Zweifel an deiner Loyalität vorzubringen. Deine Worte zeigen mir deutlich, daß dich unsere Zukunft wenig interessiert.«
»Ich bin nicht euer Führer, Ben Assur, und will es auch nicht sein«, entgegnete Marsena finster. Er fühlte, wie sich Zorn seiner Gedanken bemächtigte. Das Mißtrauen und die Mißgunst innerhalb dieses, seines Volkes waren wieder einmal deutlich sichtbar.
Ihre Blicke bohrten sich ineinander. Es war ein stummer Kampf. Dann grinste Ben Assur spöttisch. »Fehlte es dir an Mut, so könnte ich es verstehen. Aber nach dem, was man von dir hört, scheidet dies aus. Bist du sicher, daß du nicht in Wirklichkeit doch zu Rom gehörst?«
Marsena schwieg und erhob sich. Sein Gesicht war blaß und in seinem Inneren rangen Traurigkeit und Wut.
Judas und Simon waren aufgefahren. »Schweig«, sagte Judas, und sein Blick war voller Zorn auf Ben Assur gerichtet. »Wie kannst du es wagen, das Gastrecht so zu mißbrauchen?« Jonathan ben Assur zuckte die Schultern und erhob sich gleichfalls. »Ich verstehe deine Reaktion nicht, Sohn des Ari. Oder sollte sich der Sadduzäer Sinn dem hochnäsigen Gehabe eines römischen Mitläufers und Spions zugewandt haben?«
Marsena zuckte zusammen und kochender Zorn ließ sein Blut wallen. Wie glichen sich doch die einzelnen Charaktere, die ihm seine wiedergefundene Heimat zu vergällen suchten! »Du genießt das Gastrecht dieses Hauses, Ben Assur«, sagte er mit mühsam beherrschter Stimme. »Doch wäre es nicht gut, deine Gedanken weiterhin so unkontrolliert zu äußern.«

»Ich fürchte deine Worte nicht, Römer«, zischte Ben Assur, und seine Augen glühten voller Haß.
»Es ist genug!« donnerte Eleasar ben Jair und ergriff Ben Assur an den Schultern. »Geh hinaus und kühle dein Blut, bevor du wieder zurückkehrst.«
Mit finsterem Blick verließ Ben Assur den Raum.
Marsenas Atem ging schwer. Nur allmählich konnte er sich fassen. Judas und Simon waren bleich und erregt. Gilead musterte ihn mit neugierigem Interesse. Die anderen schienen eher gleichgültig, wenn auch in ihren Blicken eine lauernde Spannung lag.
»Verzeih, Marsena!« Judas war zu ihm getreten und ergriff seinen Arm. »Vergib uns und vergib Ben Assur! Seine Worte, die dich trafen, galten den Römern. Sie haben seinen Vater und zwei seiner Brüder im Kampf um Jotapata erschlagen. Vielleicht kannst du seine Erregung jetzt besser verstehen, wenngleich das sein Benehmen auch nicht entschuldigen soll.«
»Es ist gut, Judas«, sagte Marsena leise. »Wir werden uns bald alle weniger um Worte zu grämen haben als um wirklichen Kummer.«
Er mußte ins Freie. Ich muß allein meiner Gedanken Herr werden, ohne die stummen Vorwürfe in den Augen der Anwesenden, die mich fragen: ›Wo stehst du, Marsena, und was wirst du tun, wenn es zum Kampf kommt?‹ Und es wird zum Kampf kommen, wenn auch nur ein Bruchteil der Bewohner Jerusalems so dachte wie Ben Assur und vielleicht auch wie Gilead. Was würde er antworten? – ›Was ich tun werde? Nichts! Es ist nicht mein Krieg. Und ich bin auch kein Narr, mich hineinziehen zu lassen!‹ – Und du weißt genau, daß diese Antwort dich nicht befriedigen würde. Nichts würde je dem gleichen, das deinen Handlungen und Gedanken der Vergangenheit die scheinbar klaren Impulse zu geben vermochte. Wo stand er wirklich? Fühlte er sich noch solidarisch mit seinem Volk, das ihm plötzlich so unnahbar und fremd erschien? Hatte er wirklich zu viele Jahre in einer fremden Welt verbracht, so daß er sich mit der Mentalität des Volkes seiner Vorväter nicht mehr zurechtfand? Ben Assurs Worte hatten ihm den Beweis geliefert. Er war weder Jude noch Römer. Er war in ihren Augen nicht einmal ein Proselyt. Wie immer er sich selbst auch entschied: Er verriet Rom oder sie.
Plötzlich wünschte er, er wäre nie zurückgekehrt. Doch da war Damaris, und sie bedeutete mehr als verletzter Stolz.

*

Er stieg die Stufen zum Psephinus-Turm hinauf und mischte sich zwischen die Reihen der Bewaffneten, die sich hinter den Zinnen drängten. Von dem mächtigen Oktogonbau hatte man einen uneingeschränkten Blick über Stadt und Umgebung. Der Tag war klar und die Luft durchsichtig bis in die Ferne, wo das Blau des Großen Meeres verschwommen den Horizont begrenzte. Auf der anderen Seite waren die Bergketten Arabiens zu erkennen und der Dunst über dem Asphaltsee, in den der lebendige Lauf des Jordan mündete. Marsenas Blick schweifte über die große Stadt. Der Blick von hier oben war frei wie der Flug des Falken über dem irisierenden Flimmern eines neugeborenen Frühlingstages. Die Geräusche der erregten Menschenmassen weit unter ihm waren wie das ferne Rauschen von Stromschnellen inmitten eines Flusses. Wie klein der Mensch doch wirkte. Hier oben verstummte jeder Haß, jedes Schmähwort zu einem unverständlichen Laut, den der Wind davontrug. Das nur wenig bebaute Gebiet der Neustadt, das an der zweiten Mauer endete, wurde von der Mauer des Agrippa umfaßt, in der nur die gewaltigen Frauentürme und der Psephinus-Turm wirkliche Bollwerke gegen den bevorstehenden römischen Angriff bilden würden.
Sein Blick schweifte über das Monument des Jannäus zum Marktgebiet um den Schafteich, das jetzt von wogenden Menschenmassen umspült wurde. Die Demagogen haben augenblicklich ein Überangebot an Zuhörern, dachte Marsena, als er die Scharen überflog, die sich an jedem größeren Platz zusammendrängten. Das gleiche Bild bot sich am Hyrkanus-Monument wie am Kalvarienhügel, am Vorplatz der Antoniafestung wie in den Märkten oberhalb des Tyropöontales. Ja selbst in den geheiligten Hallen des Tempelplatzes hatte sich das Volk versammelt, und um den Palast des Hohenpriesters Ananias drängte sich eine unübersehbare Menschenmenge. Seltsam, dachte Marsena. Hier oben ist man jeder Furcht, jeder Regung fern, fern jeder Voreingenommenheit und jeden Mißtrauens. Hier oben zählt nur die Freiheit der Augen und der eigenen Gedanken. O herrliches Jerusalem, wie wenig gleicht dein Äußeres dem Empfinden deiner Bewohner! Großer König David, wärest du selbst nur hier und nicht allein dein Grabmal aus Stein und Erinnerung! Du würdest aus Israel das wieder machen, was es einst war, Jehovas auserwähltes Volk! – Und du, Marsena, Sohn des Arinos, Enkel des Hohenpriesters Kaiphas, wärest ein Teil davon! Marsenas Augen suchten die Davidsstadt. Er erblickte das große Anwesen Aris in der Nähe des

Palastes der Königin Helena aus der Königsfamilie der Adiabener, und er konnte sich nicht entscheiden, ob der Palast seines Gönners Ari im griechisch-römischen Stil anmutiger aussah als die in parthischer Bauweise errichteten Paläste der Adiabener. Das Kuppeldach der Synagoge der Alexandriner hob sich gerade noch über den Rand des Tyropöontales und auch das Hippodrom, die gewaltige Arena des Herodes, die er für die immer mehr in Mode gekommenen Wagenrennen erbaut hatte, war als langes Oval noch hinter den Zinnen der zweiten Mauer zu erkennen. Weiter hinten verlor sich der Blick in der Senke, die den Teich von Siloa verbarg, mit dem Dungtor zum Tal Hinnom hin, der Gehenna der Propheten. Vor sechzehn Jahren war hier im Bereich der Bezetha kaum ein Bauwerk vorhanden gewesen. Auch der mächtige Turm, der ihm den Blick über die große Stadt gewährte, war noch nicht erbaut. Wie lange wirst du noch diesem Blick gleichen, Stadt Davids? Wenn die Legionen Roms in dein Herz dringen, werden sich nur noch die Gedanken an die Vergangenheit deiner erinnern und die Sehnsüchte, die im Herzen eines Knaben vor langer Zeit entstanden.
Er wandte seinen Blick. Über dem Scopusberg und Ölberg flammten im Sonnenlicht die Standarten und Signien der römischen Heere. O Gott Israels! Wie dringend bräuchte dein Volk heute einen David, der den Philisterriesen Goliath zu erschlagen vermochte! Nur ist Rom gewaltiger als Goliath, und es gibt niemanden in Jerusalem, der deinem Knecht David auch nur im geringsten gleichen würde!
Über die Hügelkette von Scopus- und Ölberg waren nach seiner Auffassung mindestens zwei Legionen aufmarschiert. Sie waren zu weit entfernt, als daß er ihre Feldzeichen genau hätte ausmachen können. Aber direkt vor seinen Augen, kaum eine Pfeilschußentfernung weg, hier am Psephinus-Turm, waren die Legionen aus Alexandrien, in Stellung gegangen. Es waren die Eliteeinheiten Tiberius Alexanders. Marsena kannte sie aus den Manifesten der Offizierslehrgänge. Er wußte, daß diese aus dem festen Bestand von achtundzwanzig Legionen die kampfkräftigsten waren. Aber nicht diese Tatsache grub sich in sein Bewußtsein. – Er hatte ein Feldzeichen entdeckt, das niemals aus seinen Erinnerungen weichen würde – es waren die Insignien seines Freundes und Bruders Marcus Antonius Julianus. Er wußte nicht, ob es plötzliches Entsetzen war, das ihn erblassen ließ, oder unendliche Traurigkeit. Er starrte nur wie gelähmt auf das große Zelt,

das die Prätorianergarde bewachte, und wußte, daß ein Lebensabschnitt unwiederbringlich zu Ende ging.
»Du wirst ihn sprechen müssen«, sagte er sich verzweifelt, um seine Gedanken wieder zu ordnen. Wie willst du ihm entgegentreten – als Freund langer Jahre und Bruder zugleich? – Oder als Jude und Feind? War überhaupt eine Trennung der Empfindungen möglich? Konnte es Neutralität geben, wenn Nationen auf dem Spiel standen? Er wird mich anhören müssen, und er wird mich verstehen! O Gott Israels und ihr Götter Roms, ihr seid gegen uns, und es ist nichts in unserer Macht, was unser Denken, unser Empfinden jetzt noch berücksichtigen könnte. Aber, mein Freund und Gönner, ich werde dir sagen müssen, daß niemals, wie immer auch die Entscheidungen fallen werden, meine Hand dich im Kampfe berühren wird. Ich werde diesem Krieg fernbleiben und weder mein Schwert gegen Rom führen noch Judäas Hoffnungen vergessen. Marcus Antonius Julianus – wirst du verstehen, daß mein Herz außer zu dir und deiner Schwester auch zu wiedergefundenen Freunden und Brüdern zu schlagen vermag, wenngleich sie auch auf verschiedenen Seiten stehen? Wie sinnlos ist doch des Menschen Geschick, wenn es um Entscheidungen zu ringen hat, die nie getroffen werden können!
Bald wird das Sterben beginnen, für Juden und Römer! Und in deinem Herzen hat es schon begonnen.
Er wandte sich resigniert ab und stieg müde die Stufen hinab zur rasenden und tobenden Menge hinunter, die in den vor ihr liegenden Wochen und Monaten das Sterben erst noch erfahren mußte.
Er warf einen letzten Blick auf die ungeheure Masse der römischen Armee, die den Ölberg überschwemmte. Da blieben seine Augen auf der Gestalt haften, die sich im Schein der Morgensonne erhob. »Titus Vespasian, der Sohn des römischen Kaisers«, entfuhr es Marsenas Lippen. »Welch einen Nachdruck muß das römische Reich auf die Eroberung des kleinen Judäa legen, wenn es den zweitmächtigsten Mann der Welt hierhersendet!«
Ein Bild tauchte vor seinen Augen auf. Es war schon mehrere Jahre alt, aber deutlich und unvergessen. Titus würde sich sicherlich nicht mehr daran erinnern. Aber für den heranwachsenden Marsena blieb diese Erinnerung tief in seinem Bewußtsein verwurzelt.
Sie waren in der Schule des Seneca gewesen. Über den Sinn der Freiheit war gesprochen worden. Zuerst sachlich, mit zunehmender Dauer aber polemisch und emotional. Marsena war aufgestanden und

hinausgegangen. Wie sollte er vor Römern über einen Traum sprechen, von dem sie nichts verstanden?
Auf den Stufen zum Forum hatte ihn Titus eingeholt. »Wieso konntest du die Diskussionsrunde verlassen. Das war ungehörig!«
Marsena hatte ihn nur kurz angesehen und gewußt, daß all seine Erklärungen unverstanden bleiben würden. »Freiheit kennt nur jemand, der auch die Unterdrückung kennt. Und davon hast du keine Ahnung.«
»Wie konntest du bei der Eroberung Judäas durch Pompejus und der anschließenden Unterwerfung der letzten Aufständischen ›Unsinn‹ in die Ausführungen Senecas hineinrufen?«
»Weil es kein Recht zur Unterdrückung der Freiheit gibt. Bei keinem Volk. Am wenigsten bei dem Volk Israel, das älter ist als Rom. Juden gab es, als die sieben Hügel Roms noch von Wald bedeckt waren und die einzigen Lebewesen wilde Tiere.«
Titus lachte mißbilligend. »Warum verteidigst du die Juden?«
»Weil ihr unsachlich seid. Mit Emotionen lassen sich schwerlich Tatsachen und Gerüchte auseinanderhalten. Wie will man über ein Land herrschen, ohne es verstehen zu wollen? Freiheit ist das Lebenselixier des Volkes Israel. Das mußte schon das große Ägypten erleben.«
»Ägypten war ein Nichts gegen Rom«, entgegnete Titus überheblich. »Und Freiheit, das ist ein Wort, das nur die benützen sollten, die es verdienen. Was sagte unser großer Lehrer Seneca? ›Nur der Tod birgt die wahre Freiheit.‹ Siehst du jene schroffe Höhe? Von dort herab geht der Weg zur Freiheit. Siehst du jenes Meer, jenen Fluß, jenen Brunnen? Da unten wohnt die Freiheit in der Tiefe. Siehst du jenen niedrigen verdorrten Baum? Da hängt die Freiheit. Siehst du deine Kehle, deine Gurgel, dein Herz? Das sind die Garantien gegen Knechtschaft. Freiheit? – Dann wählst du den Tod.«
»Das ist die römische Art von Freiheit, nicht die, die wir uns wünschen!«
»Die wir uns wünschen?« Titus lachte kurz auf. »Du sprichst schon wie ein Jude!«
Marsena hatte sich umgewandt und war weitergegangen. Und Titus war ihm nicht gefolgt.
»Vielleicht werde ich mein Volk noch besser verstehen lernen«, murmelte er, als er seinen Blick von dem Reiter auf dem Ölberg abwandte. Damals war die Reaktion Trotz, heute ein Forschen nach sich selbst.

Über Jerusalem ging die Sonne unter. Der Abend des Passahfestes hatte sich genaht.
»Es wird ein trauriges Fest werden«, sagte sich Marsena, als er seine Schritte über den Vorplatz des Hasmonäerpalastes lenkte. Die Familie Aris würde ihn zurückerwarten, und er wußte nicht, ob er gerade heute wirklich unter ihnen weilen sollte. Da draußen waren Rom und der Tod. Und irgendwie zählte er zu Rom. ›Oh, Herr Jehova‹, pulsierten seine Gedanken. ›Heute ist ein Tag dir zu Ehren, da du Israel aus der Hand deiner Feinde befreitest. Und gerade heute bräuchte dein Volk wieder die Stärke deiner Allmacht, denn was da draußen lauert, ist stärker, als es Ägypten je war.‹
Noch hatte sich die erste Erregung in der Stadt nicht gelegt. Marsena war den ganzen Tag durch Jerusalem gewandert. In ihm waren Trauer und Sorge über die Zukunft eines Mädchens, das seine Gedanken niemals mehr loslassen würde. Er mußte ihr bald sagen, wie sehr er sie liebte, solange er es noch konnte. Rom war da, und es hatte noch nie die Hände von etwas gelassen, nach dem es sie einmal ausgestreckt hatte.

Jerusalem

Eine große Menge hatte sich auf dem Vorhof des Hasmonäerpalastes versammelt. Fackeln beleuchteten den Platz, auf dem sich erregte Diskussionen abspielten. »Was ist das?« rief ein dunkelhäutiger Mann, der in die Mitte des Versammlungsplatzes getreten war. »Mideas, der Pharisäer, soll uns führen?« Er spuckte auf den Boden. »Ich sage euch, niemals soll ein Pharisäer unser Führer sein!« Beifällige Rufe und drohendes Gemurmel wurden laut. Zwischenrufe kamen aus den Reihen. Zufriedenes Klatschen und drohende Verwünschungen waren zu hören. »Wen schlägst du vor, Nataniel?« Ein Mann, größer als der Redner, war zu ihm getreten. »Vielleicht dich selbst?« Ein höhnisches Lachen machte die Runde. »Du bist nichts weiter als ein Proselyt und willst dich in unseren Angelegenheiten großtun?« Die Erregung der Menge hatte sich gesteigert. In dem allgemeinen Durcheinander der Stimmen war kein klarer Gedanke mehr auszutauschen. Marsena verzog angewidert die Lippen. Wie er die Juden in diesem Augenblick haßte, obwohl ihm seine eigene Abstammung im gleichen Augenblick bewußt wurde, und er sich sagen mußte, daß er einer der Ihren war. Aber die Szene war zu typisch. Selbst in den grundlegendsten Fragen waren sie sich uneins, und ihre Ränke und Händel würden sie auch nie zu einer Einheit festigen. So war es auch nach der Zeit Salomos gewesen. In ihrer Selbstherrlichkeit und in ihrem Despotismus hatten sie sich in unzählige Gruppen zersplittert, die nach dem Tode des großen Königs niemand mehr endgültig zusammenzuschmieden vermochte. Nur ein gewaltiger Druck auf ihr Nationalbewußtsein, wie unter der Herrschaft Roms, konnte sie einigen.

Jemand legte ihm die Hand auf die Schulter. Marsena wandte sich um. Hinter ihm stand Eleasar, der den Wortgefechten der einzelnen Parteien interessiert lauschte. Marsena brach das Schweigen. »Verstehst du jetzt meine Bedenken, Eleasar ben Jair! Ihr seid ja unter euch uneins. Wie wollt ihr die Einigkeit der Römer brechen?«

Des Zeloten blaugrüne Augen verfinsterten sich. Dann blitzten sie kurz auf. »Du hast recht, Marsena.« Er drängte sich durch die wogende Menge und trat auf den freien Platz. Er hob die rechte Hand und donnerte mit durchdringender Stimme: »Genug des Wortschwalls, ihr Narren.« Die erregten Wortwechsel ebbten ab. Alle Augen richteten sich auf die hochgewachsene Gestalt mit dem düsteren, energischen Gesicht, die im Fackelschein zu mystischer Größe anzuwachsen schien. »Was seid ihr? Pharisäer, Sadduzäer, Essener, Nasiräer? Bei dem Namen des allmächtigen Gottes, den Römern ist es gleichgültig, wer und was ihr seid. Und sie töten euch, ob ihr an geschriebene oder überlieferte Gesetze glaubt. Es geht jetzt um mehr als um Rivalität der Sekten, die in euch nur Haß und Zwietracht säen. Wollen wir uns mit unseren eigenen Streitigkeiten zerfleischen? Rom sollte sich freuen. Nein, Freunde. Seien wir keine Pharisäer, Sadduzäer, Essener oder Nasiräer! Seien wir Juden!« Der letzte Satz zuckte wie ein Blitz in die Nacht hinaus, und ein vieltausendstimmiges Echo hallte aus den Reihen der ihm Lauschenden wider.

»Wie lange werden diese Worte ihre Wirkung zeigen«, murmelte Marsena spöttisch. »Morgen schon wird wieder Hader unter ihnen sein. Wie lange reicht der eigene Mut, um ihnen Mut zu machen? Wie lange werden wir selbst glauben, was wir sagen?«

Eleasar ben Jair hatte sich aus der Menge gelöst, und sie gingen schweigend weiter. Marsena wußte, daß Eleasar ben Jair empfinden mußte wie er.

»Du mußt die Reden des Jonathan ben Assur vergessen, Marsena«, sagte Ben Jair nach einer Weile. »Ich möchte dir jetzt und heute sagen, daß ich dich schätze, Sohn des Arinos. Und ich respektiere deine Argumente, wenngleich ich sie auch vor der Versammlung nicht gutheißen darf. Unsere Uneinigkeit, wie du richtig bemerkst, würde noch stärker werden. Natürlich muß jeder seinem Gewissen folgen, so wie du selbst, Marsena. Wir treffen uns vor dem Passahmahl noch einmal, um für die Tage nach dem Fest grundlegende Richtlinien zu erörtern. Solange die Römer nicht unsere Mauern erklettern, dürfen wir ja am Passahtage nichts tun, wie du weißt. Es muß also noch heute besprochen werden, was wir in der Zukunft zu tun gedenken. Ich bitte dich, dabei zu sein. Es sind alle versammelt. Die Söhne des Ari, die Söhne des Merton, Jakobus ben Sosas...«
»Jonathan ben Assur?«
Ben Jair lächelte kurz auf. »Bitte vergiß seine Worte. Er ist einer unserer besten Kämpfer. Und er ist auch als Führerpersönlichkeit für uns unentbehrlich.«
Marsena nickte nur. Es war gleichgültig. Er wußte, sie würden in ihm nur den Römer sehen. Wie konnte er ihnen von Rom erzählen, ohne ihrer Voreingenommenheit zu gedenken?
»Die Zeit wird nicht ausreichen, das Passahmahl im Kreise unserer Familien einzunehmen. Wir werden im Kreise des Rates der Akra das Fest begehen. Ich hoffe, du wirst dabei sein?«
Schade, Damaris. Ich hätte mein erstes Passahfest seit meiner Kindheit gern in deiner Gegenwart gefeiert. Der Krieg wird mir selbst diesen ersten zeremoniellen Tag nicht gönnen. Ob es ein nächstes Passah geben wird? Er schritt stumm neben Eleasar ben Jair her, und hinter den Kuppeln der Synagoge versank der letzte Schein des 14. Nisan...

Als sie den Versammlungssaal betraten, empfing sie ein Gewirr erhitzter Debatten. Wir hätten auf dem Platz bleiben können, dachte Marsena in einem Anflug von Zorn. Wenn mehr als zwei Juden zusammenkommen, herrscht Zank und Streit, selbst am Abend des Passah. Sprechen sechs Juden miteinander, so gibt es sechs Meinungen, und keine erscheint den anderen vernünftig genug, um sich auf weniger als fünf einigen zu können. Nur von Fanatismus getrieben, ohne sich unterordnen zu wollen, war es nur eine Frage der Zeit, bis eine etwa zustande gekommen Absprache am persönlichen Eigensinn wieder zerbrach. Wer sollte dieses Volk führen? Es gab keinen König

David mehr, und auch nicht die Weisheit eines Salomo, um den Verfall noch aufzuhalten. Selbst die Makkabäer waren an ihrer Uneinigkeit zerbrochen. Sie brauchen einen Rhetoriker, einen der sie mitreißt, der wenigstens mit Worten sie zu gleichen Taten einigen kann, wenn auch nur für kurze Zeit. Aber wüßten die Massen überhaupt, worüber man eigentlich rede würde? – Diese eine Million Menschen, die ungeachtet der Besatzungsmacht Judäas in die Stadt geströmt war, um das Fest der ungesäuerten Brote zu begehen? – Das einzige, was sie wirklich gemeinsam tun, sagte sich Marsena bitter. Hier steht euch auch etwas bevor, was einer Tat bedarf, gleich dem Auszug aus Ägypten. Nur ist kein Moses da, der euch im Namen Gottes den Weg durch das Schilfmeer zu öffnen vermochte, und niemand, der in einer Flut das römische Heer in die Vernichtung zu stürzen vermag. Ihr habt nur Simon bar Giora, Johannes von Gischala und uns, und es ist ein Nichts zu dem, was nötig wäre, eure Bedrängnis aufzuheben. Nein, auch du nicht, mein Freund Judas ben Ari, oder ihr, die Söhne Mertons, oder du, Eleasar ben Jair, werdet Kraft genug haben, das Ungeheuer aufzuhalten, das bis an die Grenzen Persiens zu kriechen vermochte und auch nicht von den Sümpfen Germaniens verschlungen werden konnte.
Er wurde aus seinen Gedanken gerissen. Judas stand vor ihm. »Ich freue mich, daß du doch gekommen bist. Ich bitte um Verzeihung für die dummen Worte, die gefallen sind. Jonathan ben Assur wird nicht mehr wagen, dich in unserer Gegenwart zu beleidigen.«
Marsena nickte nur stumm. Als wenn Beleidigungen jetzt noch von Bedeutung wären. Sie standen an der Schwelle zum Nichts. Ihr werdet über den Gestank faulenden Fleisches hadern können, über Wunden, die sich nicht schließen lassen, über den Atem, den ihr nicht atmen könnt, und keine Zeit mehr finden, euch mit Worten gegenseitig zu verletzen.
»Komm mit mir, Marsena. Wir wollen Schealtiel begrüßen. Man nennt ihn zwar einen Bettler, doch er ist ein großer Prophet. Wenigstens sagen es die Leute, die ihn näher kennen. Sie behaupten, er lese die Zukunft aus unseren Augen. Ich möchte die meine aber nicht kennen, so schließe ich jedesmal die Augen vor ihm.« Judas lachte leise und zog Marsena mit sich.
Sie traten vor eine zusammengesunkene Gestalt, und Marsena erkannte in ihr den Bettler, dessen Worte in ihm noch nachklangen. Marsena fröstelte es plötzlich.

Der Alte vor ihm starrte durch sie hindurch, und nichts war, was auf Leben zu deuten vermochte.
»Schealtiel«, sagte Judas sanft. »Das ist Marsena, des Arinos Sohn, von dem ich dir berichtete. Möchtest du in seine Augen sehen?«
Marsena schloß unwillkürlich die Augen. Er glaubte nicht an diesen Unsinn, und doch war es ihm, als berühre ihn eine kalte, fremde Hand.
Der Alte gab keine Antwort. Seine Augen waren blicklos. Es schien, als wäre er versunken in einer verborgenen Welt, zu der nur er den Zutritt hatte.
Judas wandte sich ab. »Er meditiert. In letzter Zeit ist er häufig in seinen Andachten versunken. Und es ist nichts Gutes, was er hinterher jedesmal zu verkünden hat. Er spricht von Jehovas Zorn, der unabwendbar zu sein scheint, und zitiert nur noch die Unheilsprophetien von Jeremia und Hesekiel. Und doch war er es, den man immer um Rat fragen konnte. Ich wünschte nur, er würde uns mehr Mut machen.«
»Ich glaube, ihn zu kennen«, sagte Marsena dumpf, und ein kalter Schauer zog über seinen Rücken.
Jeder könnte ein Prophet sein, sagte sich Marsena, als sie wieder zu den anderen gingen, die weiterhin heftig debattierten. Das Auftauchen der römischen Truppen ließ eine falsche Prophezeiung nicht mehr zu. Und er würde es ihnen sagen, sollten sie ihn fragen. Er würde ihnen ins Gesicht schleudern, wie lächerlich ihr Triumph nur sein konnte, den sie bei dem Abzug der Truppen des Cestius Gallus empfunden hatten. Ihr Söhne des Merton, soll ich euch die Bedenken eures Vaters kundtun, oder Jonathan ben Assur, glaubst du, es genügt die zornige, geschwungene Hand, um den Adler zu vertreiben, der auf den vergoldeten Standarten Roms thront? Ihr solltet auf den Alten hören, den ihr einen Propheten nennt. Er zeigt euch eure Zukunft. Aber ihr könntet sie selbst erkennen, denn sie stampft über eure Höhen, überflutet den Scopus- und den Ölberg, umringt die Mauern im Norden und verwüstet die Gärten im Westen. Glaubst du, Eleasar ben Jair, mit dem Volk, das du vor dem Palast der Hasmonäer kreischend vorfandest, dem Stahl einer römischen Legion standzuhalten? Oder Gilead, zehrst du weiter von den Jugendträumen deiner Erinnerung, als du Jerusalems vermeintlichen Sieg erleben durftest?
Aber ging ihn dies überhaupt etwas an? Durfte er ihnen den Mut nehmen, für den er nichts zu bieten hatte? Ja, er kannte Roms Stärke nur zu

genau. Aber wußte er genug über sein eigenes Volk? Konnte er von der Überlegenheit anderer sprechen, ohne die eigene Stärke beurteilen zu können? Durfte er überhaupt Prognosen stellen, ohne Alternativgedanken geäußert zu haben? Durfte er wirklich so neutral sein, wie er es sich zu suggerieren suchte? Daß es keine Feigheit war, das wußte er. Was war seine Einstellung aber sonst? Konnte ein entflammtes Bewußtsein wie das ihre eine versucht nüchterne Stellungnahme überhaupt registrieren? Dies zu erwarten, wäre Selbstüberschätzung gleichzusetzen. Sie alle erwarteten von ihm eine klare Stellungnahme, sie konnte aber nicht ihrer Auffassung entsprechen. Er empfand nicht die fanatischen Haßgefühle dieses Volkes, obwohl sie es anscheinend von ihm verlangten. Ihm fehlte die Motivation, die ihn zu einem Fanal gegen Rom werden ließ. Und dennoch, auch sie hatten recht. War er nicht in eine Seifenblase gefahren, die er nicht hätte berühren dürfen? Durfte er seinen Standpunkt so vertreten, ohne sich selbst dem Vorwurf auszusetzen, den er anderen gegenüber zum Ausdruck brachte, nämlich fanatisch zu sein, ohne eigentlich zu wissen warum? Marsena ben Arinos, was willst du wirklich? O Herz, du trügerisches Teil deines Ichs, wie kannst du schlagen, ohne zu wissen, für wen?
Marsenas Gedanken wurden unterbrochen.
»Ein Bote Simon bar Gioras«, meldete Judas ben Merton.
»Es ist Mannaeus, der Sohn des Lazarus, einer von Gioras Unterführern«, raunte Judas ben Ari Marsena zu.
Mannaeus schaute mit einem schnellen Blick in die Runde. Dann überzog sein Gesicht ein zufriedenes Lächeln. »Alle wichtigen Leute der Davidsstadt sind versammelt. Das ist gut. Dann kann ich euren Entscheid gleich mitnehmen. Simon bar Giora wünscht euch zu sprechen! – Das heißt, zwei, drei von euch werden genügen, um Simons Vorstellungen den anderen weiterzugeben.« Er blickte abschätzend in die Runde.
»Simon wünscht uns zu sprechen?« knurrte Jonathan ben Assur.
Mannaeus zögerte einen Augenblick. »Er bittet euch darum.«
Jonathan war aufgesprungen. »Kann er nicht selbst kommen, wenn er was von uns will? Er wünscht uns zu sprechen! Hört euch das an! Es klingt, als würde ein Herrscher seinen Untertanen einen Befehl an den Kopf werfen.«
»Er ist es doch auch«, wollte Mannaeus einwerfen.
»Nicht der unsere«, grollte Johannes. »Wir wünschen ihn nicht zu sprechen! Sag das Simon bar Giora!« Er blickte beifallheischend in

die Runde, und von einigen bekam er auch die erwünschte Zustimmung. Die meisten aber blickten auf Judas ben Ari und Eleasar ben Jair. Eleasar hatte die Szene nur interessiert beobachtet und ab und zu einen Blick auf Judas ben Ari und Marsena geworfen. Jetzt antwortete er dem Unterhändler ruhig: »Jonathan ben Assur hat sicherlich recht, wenn er meint, Simon bar Giora hätte selbst kommen können. Der Weg zu uns ist der gleiche wie der zu ihm. Oder meint er vielleicht, er wäre unser Führer, weil er die zweifelhafte Macht über den größten Teil der Stadt zu haben scheint? Er weiß, daß er nicht unser Befehlshaber ist. Also wünscht er nicht uns zu sprechen, sondern er bittet uns darum. Aber das ist die Frage – gehen wir zu ihm oder soll er zu uns kommen? Wir werden eine ernsthafte Beratung darüber abzuhalten haben!«
Marsena hatte schon längst bemerkt, daß sich Eleasar über die Szenerie lustig machen wollte. Aber die penetrante Überheblichkeit der Versammelten, die sich über nichtssagende Dinge maßlos ereifern konnten, würde augenblicklich kaum zu durchbrechen sein.
Marsena war aufgestanden, ohne Hast, aber in seiner Stimme vibrierte verhaltener Ärger. »Einer Bitte zu entsprechen ist etwas anderes als einem Befehl. Und etwas anderes kann Bar Giora nicht gemeint haben, ohne überheblich und dumm wirken zu wollen. Aber ich möchte eigentlich etwas anderes sagen. Merkt ihr denn nicht, daß selbst die kleinste Verfahrensfrage in euch Uneinigkeit erzeugt? Man streitet über die lächerliche Frage, ob es passend sei, einen Schritt vor oder zurück zu tun. Man ist sich uneins über etwas, was man noch gar nicht vernommen hat. Ist es so wichtig, wer den ersten Schritt tut? Ihr vergebt euch nichts, wenn ihr zu ihm geht.«
Er wurde von dem einsetzenden Wortwechsel unterbrochen.
»Wir müssen uns zusammenschließen...«
»Zusammenschließen? – Wie? – So, wie es Eleasar im Tempelbezirk ergangen ist?«
»Das war Johannes von Gischala und nicht Simon bar Giora!«
»Es wird immer ein anderer sein.«
Marsena sah nach Mannaeus ben Lazarus. Der Bote bar Gioras machte einen überraschten und verständnislosen Eindruck. Marsena lachte bitter in sich hinein. So ist es überall in Jerusalem. Du solltest es eigentlich aus deinen eigenen Reihen heraus wissen, Sohn des Lazarus. Einigkeit unter dem jüdischen Volk ist ein Wunschtraum, den sich nicht einmal unser großer König David erfüllen konnte.

Marsena versuchte das Durcheinander der Gespräche zu übertönen. Er wußte, daß ihm kaum einer zuhören würde. »Versucht es doch, Freunde! Zumindest sollte euch der Gedanke, die Einigkeit unter einem so gespaltenen Volk zu suchen, dieses kleinliche Denken einer Krämerseele vergessen lassen. Wie wollt ihr stark sein, wenn eure persönlichen Schwächen so unbekämpft bleiben? Es ist nicht möglich, Größe zu bewahren, ohne auch einmal den Kopf zu senken. Ich jedenfalls bin bereit, Simon bar Giora anzuhören. Auch wenn ich eigentlich mit eurer Sache nichts zu tun habe.«
Eleasar ben Jair hatte ihm schweigend zugehört. Dann wandte er sich an die Runde. »Marsena ben Arinos hat recht!« Er hob die Hand, um die Unruhe, die aufkam, zu unterbinden.
»Mir ist es auch nicht recht«, sagte er langsam, wobei ein schwaches Lächeln über seine Lippen kam, »daß uns Marsena ben Arinos immer wieder auf unsere Schwächen aufmerksam machen muß; auch wenn er recht zu haben scheint.« Er winkte Zwischenrufe ab. »Doch wie sagt König Salomo schon: ›Der Weg des Törichten ist recht in seinen Augen, aber wer auf Rat hört, ist weise.‹ Wollen wir weiser sein als Simon bar Giora.« Er wandte sich an Mannaeus ben Lazarus. »Wir werden zu Simon bar Giora nach dem Passahtag eine Delegation aus unserer Mitte senden. Doch jetzt, Brüder und Freunde, wollen wir den Tag begehen zur Ehre Jehovas, und gedenken wir der Befreiung aus Ägypten vielleicht mit der Bitte an unseren großen Gott, uns von Rom zu befreien.«

Am zweiten Tag der Belagerung hatten die römischen Pioniere den Aquädukt, der von den salomonischen Teichen das Wasser in die Stadt leitete, zerstört. Das panische Entsetzen, das die Stadt beim Anblick der römischen Truppen erfaßt hatte, war einem trotzigen Haß gewichen. Man feierte einen planlos vorgetragenen Ausbruchsversuch, der allerdings Titus Vespasian beinahe überrascht hatte.
Trotz der Warnung Marcus Julianus' hatte Titus mit 600 leichtbewaffneten Reitern einen Erkundungsritt in die Richtung auf den Psephinos-Turm vorgetragen. Aber anstatt sich von dem Gros der Truppe abschirmen zu lassen, hatte er die Reitereinheit sich aufsplittern lassen und war mit nur einigen seiner Elitegarde durch die den Mauern vorgelegenen Gärten geritten. Die aufgeschichteten Trennmauern aus groben Natursteinen und die Verzäunungen aus Akazienholz und Dornengestrüpp verhinderten außerdem eine geschlossene For-

mation, so daß Titus völlig überrascht war, als aus dem Tor gegenüber der Grabstätte der Königin Helena bei den Frauentürmen eine große Anzahl von Juden herausstürmte. Bevor sich die Reiter wieder zusammenschließen konnten, war ihre lockere Linie durchbrochen, und Titus sah sich plötzlich mit wenigen seiner Leute von der tobenden Menge umringt. Hier hätte sich die Schlacht um Jerusalem schon im Anfangsstadium entscheiden können, zugunsten der Verteidiger, wäre es der ohne Führung vordrängenden Schar der Juden gelungen, den Sohn des römischen Kaisers zu überwältigen.
Später erzählte man sich hinter vorgehaltener Hand, daß wohl eine höhere Macht zugunsten der Römer entschieden hatte, war es Titus doch gelungen, trotz eines dichten Geschoßhagels sich mit dem Gros seiner Truppe wieder zu vereinigen. Wie durch ein Wunder war er von keinem der Hunderte von Pfeilen auch nur berührt worden, obwohl er weder Panzer noch Helm getragen hatte. Er hatte sich mit seinem Schwert selbst durchschlagen können und mit seinem Pferd einen blutigen Weg durch zerstampfte Körper gebahnt.
Dennoch war ihr plötzlicher Angriff für die Juden nicht ohne Erfolg geblieben. Viele der Römer, die sich zu sicher gefühlt hatten, waren von ihren Pferden gerissen und von der aufgebrachten Menge erschlagen worden.
Wie in einem Triumphzuge wurden die eingefangenen Pferde durch die Gassen der Stadt geführt.

*

»Wir haben die Römer geschlagen, ein zweites Mal, wie damals bei Cestius Gallus. Hast du gesehen, wie sie gelaufen sind, die tapferen der zehnten Legion?« Gileads Gesicht war ein einziger Triumph. Seine Frage war Jubel und Spott zugleich. – Jubel über den Erfolg und Spott Marsena gegenüber, der den Sohn Aris ruhig betrachtete. Wie tief mußte der Haß sein, daß selbst so ein kleiner unbedeutender Erfolg sich zu solcher Euphorie zu steigern vermochte. Arme Jugend Israels. Wie groß waren deine Erfolge noch unter deinem großen König David!
»Du sagst nichts!«
Marsena blickte sich um. Sie waren im Palmenzimmer zusammengekommen. Judas, Simon und die Söhne des Merton, sie alle waren von dem Jubel um sie her angesteckt. Marsena hätte ihnen sagen können,

daß sie mit ihrem Sieg nur die Entschlußkraft der Römer gekräftigt hatten. Die Truppen des Titus würden sich ihnen nie wieder so unvorbereitet nähern.
»Warum antwortest du nicht, Marsena? Haben wir dich selbst mit unserem Sieg getroffen?« Gileads Worte waren in unverhohlenem Stolz und Zynismus an Marsena gerichtet.
Marsena sah, wie Judas seinen Bruder zurückhalten wollte. Doch er winkte ab. Du siehst in mir den Römer, mein Bruder Gilead, und ich kann dich fast verstehen. Und dennoch tust du mir Unrecht, denn ich bin nicht Rom, wenn auch meine Vergangenheit gegen mich spricht. Ich liebe in euch Israel, und ich liebe in den Julianern Rom. – Nicht Staaten spielen eine Rolle, nur Menschen. Er wußte, daß seine Gedanken Gilead nicht beeinflussen konnten, zu sehr war der junge Judäer Teil des Hasses gegen Rom. Er sah Gilead ruhig an. »Was erwartest du für eine Antwort? Soll ich euren Triumph schmälern, ihn wegwischen, wenn ich ehrlich antworte? Ich müßte sagen, daß ihr ein paar verblüffte Römer von ihren Schanzarbeiten abgehalten habt – für einen Augenblick. Ihr habt euch von einigen durcheinanderrennenden Römern, die sich zwischen Maulbeersträuchern und Zypressen verkrochen, übertölpeln lassen und vergessen, daß das nicht Rom ist. Ihr werdet Rom kennenlernen. Vielleicht nicht morgen, nicht übermorgen, und dennoch wird es mit aller Gewalt über diese Stadt kommen.« Er schwieg, und auch alle um ihn her verharrten in betroffenem Schweigen. Sie werden dich dafür hassen, sagte er sich. Aber es wird die Wahrheit sein, und sie wird bestehen, wie lange diese Stadt auch bestehen bleiben mag.
Er mußte Damaris sehen. Ob sie seine Äußerungen verstanden haben würde? Er spürte mit jedem Tag mehr die Aggressivität Gileads, der es fast darauf anlegte, ihm bei jeder Gelegenheit seine Abneigung gegen alles Römische zu bezeugen. Aber für ihn zählte nicht die Anerkennung oder Mißbilligung seiner Person von seiten der Akraführung. Für ihn war nur maßgeblich, wie Damaris dazu Stellung nehmen würde. Natürlich würde sie genauso für Israel sprechen. Aber würde sie in ihm den verhaßten Römer sehen, den er in den Augen Gileads und seiner Freunde anscheinend abgab?
Er verließ das Palmenzimmer und glaubte, die ratlosen Blicke der Zurückbleibenden in seinem Nacken zu spüren. Sie würden noch früh genug merken, daß seine Äußerungen die Wahrheit waren, die sie selbst nicht erkennen wollten. Er war nicht nach Jerusalem zurückge-

kehrt, um dem demagogischen Hoffnungsschreien einer zerstrittenen Nation Nahrung zu geben. Sie würden seine offene Meinung hören, wann immer sie danach fragten, und sie würde ihnen nicht gefallen.
Er lächelte bitter, als er die schwere Zederntür hinter sich schloß und auf den Hof hinausging.
Bei den Ställen, in denen die wundervollen Nabatäerpferde unruhig tänzelten, traf er Damaris.
Sie lächelte ihn kurz an. »Dein Gesicht zeigt, daß du mit Gilead und den Mertonsöhnen nicht einig wurdest...«
»Sie wollen die Art meiner Antworten nicht hören, obwohl sie sie immer wieder herausfordern. Ich kann ihnen nicht das sagen, was sie zu hören wünschen. Es wäre Betrug an ihnen und an mir selbst.«
Sie nickte. »Man will nichts vernehmen, was der Ehre des Volkes Israel widerspricht. – Auch wenn es die Wahrheit sein könnte.«
Er sah sie interessiert an. »Du glaubst mir?«
»Ich glaube dir als einem Kenner römischer Sitten und Überlegungen. Du bist beinahe ein Teil Roms. Wie dürfte ich dein Wissen ignorieren?«
»Ich hoffte, du würdest den Juden in mir in Betracht ziehen.«
»Bist du noch Jude, Marsena?« Sie sah dem nervösen Tänzeln eines nabatäischen Schimmels zu, einem herrlichen Pferd, wie Marsena anerkennend zugeben mußte.
»Vater hat ihn für Gilead erworben. Er gehörte einem Araberfürsten aus der Wildnis Zin.«
»Er ist so feurig wie dein Bruder selbst. Sie werden gut zueinanderpassen.«
Sie sah ihn kurz an. »Ich liebe meinen Bruder, Marsena. Auch wenn seine politischen Ansichten mich nur wenig interessieren, bin ich dennoch der Meinung, daß ein Jude sich zur Lage Israels bekennen sollte.«
Marsena nickte etwas traurig. »Auch wenn es der Realität nicht entsprechen kann?«
»Nicht alles ist nur mit Vernunft und Logik zu betrachten. Sollte unser Herz einmal nicht mehr mitsprechen, wird Israel aufgehört haben zu bestehen.«
»Mein Herz gehört Israel so wie deines auch. Eben deswegen spreche ich die Wahrheit aus. Es wäre Verrat gegen mein Gewissen, wenn ich die falschen Vorstellungen deiner Brüder unterstützen würde.«

»Ist es nicht nur eine subjektive Wahrheit, Marsena? Du bist mehr Römer als Jude. In dir steckt der Kampfschritt der römischen Legion. In deinem Denken muß der römische Geist seine Spuren hinterlassen haben.«
»Glaubst du das wirklich?« Er hatte sie sanft an den Schultern gefaßt und zu sich herumgedreht. Er sah in ihren Augen einen Hauch von Trotz. »Damaris, du weißt nicht, wie wichtig mir deine Meinung ist. Kann ich in Israel wieder Fuß fassen? Werdet ihr mich jemals wieder als das sehen, was ich in deinen Augen hoffentlich noch bin – ein Jude aus dem Stamme Levi?«
»Bist du es wirklich, Marsena? Dein Vater war es, dein Großvater – er war sogar Hoherpriester Israels. Und du, bist du nicht ein fester Teil einer bekannten römischen Familie, wo du gar nicht Jude sein konntest? Du sagtest selbst, daß euer Tagesablauf von Festen und Gesellschaften geprägt war. Du warst Teil dieses gesellschaftlichen Lebens, und die Familie, in der du lebtest, war nun einmal eine der reichsten und angesehensten in Rom. Wie konntest du davon unberührt bleiben?«
Er sah ihr in die Augen. »Bitte, Damaris, glaube mir. Meine Rückkehr nach Jerusalem ist Beweis genug.«
»Und die Feste am Hofe der römischen Kaiser, die ausschweifenden Gesellschaften, denen die Familien der Julianer zwangsläufig ihre Referenz erweisen mußte. – Die Frauen in diesem Bekanntenkreis. Hat dich dies alles nicht geprägt, Marsena ben Arinos?«
Er atmete tief ein. Sprach Eifersucht aus ihren Worten?
»Und bei euren Festen, Damaris? Das letzte war eine einzige Huldigung aller jungen Männer Israels an dich!«
Ihre Augen wurden dunkel. »Du hast mir noch nicht geantwortet, Marsena ben Arinos!«
»Ich war unwichtigster Teil der julianischen Familie, war nur ein wenig mehr als die Sklaven dieses Hauses.«
»Du bist Tribun Roms. Das wird man nicht als Sklave.«
»Es war eine Laune meines Adoptivvaters – und seines Sohnes.«
»Und seiner Tochter?«
Marsena erstarrte. Was wußte sie über Claudia? Er hatte nie über sie gesprochen.
»Deine Augen zeigen mir, daß es eine Frau war. Erzähle mir von ihr.«
Marsena schluckte. »Es ist vorbei.«
Sie lächelte ein wenig spöttisch. »Natürlich, es geht mich nichts an.

Doch wirst du zugeben, daß dein Freundes- und Bekanntenkreis dein Leben in Rom geprägt haben muß. Die Julianer gehören dem Adel Roms an. Auch ein Marsena ben Arinos wird davon profitiert haben.«
»Ist das wichtig, wenn man weiß, wo man zu stehen hat?« Er sah sie fest an. »Ja, der Bekannten- und Freundeskreis der Julianer gehörte durchwegs dem Ritter- und Adelsstand an. Ich wurde zwangsläufig ein Teil davon, ohne aufgehört zu haben, ein Jude zu sein.« Er lachte heiter.
Sie sah ihn aufmerksam an. »Konntest du das wirklich?«
Er schmunzelte. »Ich habe in Rom gelernt, wie man mit Schwert und Pilum umgeht, wie die Schildkrötenformation funktioniert, wie man einen Angriff mit der Reiterei beginnt. Ich habe auch die Philosophien und Erkenntnisse der alten Meister studiert – Cicero, Vitruvius, Plautus..., es waren alles große Denker.«
»Aber es waren Römer!«
»Nicht alles, was Rom betrifft, ist nur schlecht. Nur das religiöse Gebaren der Römer ist für uns unverständlich. Aber das betraf mich ohnehin niemals. Ich sagte dir bereits, ich habe wohl in meinem Herzen nie aufgehört, ein Jude zu sein.«
»Forderte Rom nicht mehr als nur nach außen hin ein Römer zu sein, zu glauben, ein Römer zu sein, nur weil einiges an Rhetorik und Wissen es glaubhaft zu machen suchte? Mußtest du nicht auch aufgeben, ein Jude zu sein, um dieses Ansehen zu erlangen, wie du es hattest?«
»Ändert sich das Blut mit der Kenntnis von einem anderen Volk? Wohl mußte ich auf der Akademie die constitutiones principum erlernen, die kaiserlichen Erlasse, die edicta der Prätoren, die senatus consulta, die Beschlüsse des Senates. Jeder des Ritter- und Adelsstandes war dazu verpflichtet, aber deshalb schlug doch mein Herz nicht plötzlich einen anderen Takt.«
Sie sah an ihm vorbei. »Wirklich nicht, Marsena?«
»Ich war meinem Pflegevater Valerius Julianus verpflichtet«, gab er fast trotzig zurück.
»Warum hast du dich dann so weit von deinem Adoptivvater Julianus zurückgezogen? Warum bist du so weit von Rom weggezogen, den Stätten deiner Triumphe? – Capua? Rom und Capua, das ist weiter entfernt als Damaskus von Jerusalem.«
Marsena schwieg. Er versank in seine Gedanken. Was sollte er darauf antworten? Daß er wegen Claudia aus Rom weggezogen war? – So

weit entfernt, daß selbst Kurierreiter ihm kaum Nachrichten zukommen lassen konnten? Er konnte ihr nicht sagen, daß er es wegen der Schwester seines Adoptivbruders Marcus Julianus getan hatte.
Ihre Stimme brachte ihn wieder aus seinen Gedanken zurück. »Du hast mir noch nicht geantwortet, Marsena ben Arinos! Warum Capua? Warum bist du nicht in Rom geblieben?«
Was hätte er ihr antworten können? Daß er dadurch Israel näher war, oder daß er es um seiner selbst willen getan hatte? Claudia war irgendwo fern in seinen Gedanken. In der Nähe seines Bewußtseins war nur das Mädchen vor ihm. Claudia hatte seine zarte Liebe nicht verstanden. Nicht seine Träume. Er lächelte versonnen. »Ich ließ meine Träume in Rom und zog nach Capua, um sie zu vergessen.« Er sagte es mehr zu sich selbst. Sie sah ihn erwartungsvoll an. Aber er schwieg.
»War es wegen dieser Frau?«
Er erschrak. Konnte sie aus seinen Augen lesen?
»Sie muß dich tief berührt haben. Bitte vergib mir, wenn ich dich verletzt habe.«
Marsena antwortete zögernd. »Es ist nichts, Damaris. Nur die Gegenwart zählt, nicht die Vergangenheit.«
»Auch die unsere nicht?«
»O ich vergaß. – Unsere Zeit als Kinder.«
»Ist davon nichts geblieben...?«
Marsena mußte innerlich lächeln über die Frage, die Damaris sichtlich schwer von den Lippen gekommen sein mußte. Gleichzeitig verspürte er tiefe Freude. Du bist ihr nicht gleichgültig!
Sie nestelte nervös an den Falten ihres Kleides.
Er berührte ihre Hand und fühlte das Zittern in ihr. »Weder Vergangenheit, Gegenwart noch Zukunft werden je dein Bild aus meinen Gedanken zu bannen vermögen«, flüsterte er. Er suchte den Blick ihrer Augen. Er sah Verwirrung darin und unaussprechliche Scheu.
»Deine Worte sind die eines Römers«, murmelte sie. Sie wollte sich rasch erheben. Seine Hand hielt sie zurück.
»Du weichst mir aus, Damaris. Immer wenn ich deinen Blick suche, sehen deine Augen über mich hinweg.«
Ein kurzes Lächeln huschte über ihr Gesicht. »Ich muß gehen. Mein Vater wird nach mir rufen.«
Er hielt sie am Arm fest. »Nicht dein Vater ist es, der dich von mir wegzieht. Du selbst bist es. – Du selbst willst es. Du fragtest zuvor

nach den Erinnerungen unserer Vergangenheit, als wir beide fast noch Kinder waren. Und ich antwortete dir, daß die Gegenwart die Vergangenheit eingeholt habe, daß meine Gegenwart ohne die deine nicht zu existieren vermag. Oder war deine Frage nur der Beginn eines Spiels, wie damals? Es wäre ein grausameres Spiel als das der Vergangenheit.«

Etwas wie verhaltener Zorn spiegelte sich in ihren Augen. »Und wenn schon, Marsena ben Arinos. Es ist wohl meine Angelegenheit, welche Spiele ich zu spielen gedenke!«

»Nein!« sagte er mit angespanntem Atem. »Nein, Tochter des Ari. Jetzt nicht mehr!«

Sie versuchte sich aus seinem Griff zu winden. »Ist das die Art eines Römers einer jüdischen Frau gegenüber?« Ihre Stimme war wütend, und ihre Augen blitzten in feuriger Aggressivität.

»Du weißt es«, sagte er schwer atmend. »Es ist die Art eines Mannes, der eine Frau liebt. Und es ist gleichgültig, ob er Römer oder Jude ist. Nur deine Gedanken zu erreichen, ist schwerer als gegen eine Übermacht zu kämpfen. Ich werde dich nicht weglassen, und ich bitte dich, mich anzuhören.«

»Ich werde nicht zuhören«, fauchte sie. »Laß mich los!«

»Wann, Tochter des Ari, wirst du wissen, was du wirklich willst? So wähle endlich zwischen Simon oder Judas ben Merton oder Jonathan ben Assur... oder Marsena ben Arinos!«

Sie sah ihn einen Augenblick wütend an. Dann funkelten ihre Augen in spöttischer Überlegenheit. »Wie kommst du darauf, daß ich überhaupt unter euch zu wählen habe? Wie kannst du wagen zu glauben, ich würde mich für einen von euch interessieren? Oder sollte die Tochter des Ari nicht unter ganz Israel wählen können?«

Blut schoß in sein Gesicht. Sie hatte recht. Wie konnte er nur in blinder Zuversicht seine Worte ausgesprochen haben? Natürlich würde ihr ganz Israel zu Füßen liegen, und nicht des Reichtums ihres Vaters wegen. Sie zu erlangen, würde alle Schätze des Landes aufwiegen. Er ließ ihre Hand los und wischte sich müde über die Augen. »Verzeih mir, Damaris. Ich war ein Narr und nicht Herr meiner Gedanken. Wie konnte ich wagen zu glauben, daß ich dir etwas bedeuten könnte?«

Er wagte nicht, sie anzusehen. Scham und Verlegenheit hatten ihn unter einer schäumenden Flut widersprüchlicher Gedanken begraben. »Ich habe eure Gastfreundschaft schon zu lange in Anspruch genommen«, murmelte er verstört. »Ich werde dich schon heute von meiner Gegenwart befreien, Damaris. Ich hätte es schon längst tun müssen.«

Er fühlte eine tiefe Leere in sich. Er wandte sich um und schlug den Vorhang zum Eingang des Palmensaales zurück. Da fühlte er ihre Hand auf der seinen, die ihn zurückhielt. »Bitte nicht, Marsena! Bleib!« Ihre Stimme hatte jede Spur von Überheblichkeit und Zynismus verloren. Es war die Stimme einer sanften jungen Frau, voller Anmut und Zärtlichkeit.

Er hätte sich seiner Tränen schämen müssen, die plötzlich in seine Augen traten. Aber es waren Tränen unsäglicher Erleichterung, und er war froh, daß sie flossen.

»Ich hoffe, du meinst es ernst, Damaris«, flüsterte er. Er hatte sich abgewandt, um seine aufwallenden Gefühle nicht erkennen zu lassen.

»Damaris«, sagte er und versuchte, seiner Stimme einen festen Klang zu geben. »Du sagtest, man müßte sich als Jude für Israel entscheiden. – Du bist Israel.«

Der Nabatäerhengst schnaubte. Über den Garten zog der Wind vom Ölberg her. Die silbernen Blätter der Ölbäume flimmerten im Abendlicht. Er hatte seine Hand noch in der ihren. Sie waren sich so nahe.

Er wußte, was er zu tun hatte. Er würde endlich den Bruch mit Rom herbeiführen, den jeder erwartete. – Für Damaris und für sich selbst.

Marcus Antonius Julianus, sagte er zu sich. Ich werde dir sagen müssen, daß Marsena ben Arinos, den sie in Jerusalem Simon nennen, und dessen Herz sich in einem einzigen Chaos befindet, sich entschieden hat. Du sollst es nicht aus deinen römischen Reihen erfahren müssen, sondern aus meinem Mund. Und wenn du es auch nicht verstehen wirst, so wirst du es doch akzeptieren. – Freund und Bruder, was wir in dieser Zeit nicht sein dürfen!

*

Marsena hatte die Familie Aris in das phönizische Zimmer gebeten. Sie sollten seine Entscheidung erfahren. Er würde ihnen sagen, daß sein Herz sich entschieden hatte, wenn auch seine Hand noch nicht nach dem Schwert zu greifen bereit war. Er konnte noch nicht gegen Rom kämpfen, in dessen Reihen er seinen Bruder Marcus Antonius wußte. Aber er würde es, wenn es um Damaris ging, für sie tun.

Ari ben Aschchur maß ihn mit forschendem Blick. Judas und Simon waren eher neugierig. Sie warteten auf seine Erklärung, warum er sie so feierlich in den Saal gebeten hatte. Nur Gilead war wie immer in sein mißtrauisches Wesen verstrickt, woraus er auch keinen Hehl machte.
In die Stille klang nur das Geräusch des plätschernden Wasserstrahls aus dem bronzenen Maul des judäischen Löwen.
Marsena hörte seine Stimme im Raum klingen aber seine Gedanken waren weit weg. »Ich muß Marcus Antonius noch einmal wiedersehen!« Aber er wußte, wie grotesk dieser Gedanke war. Simon bar Giora kontrollierte sämtliche Tore der Stadt. Niemand würde jetzt noch nach draußen gelangen ohne seine Zustimmung. »Er muß sie mir geben!« Marsenas Stimme klang scharf in das Schweigen um sie her, und seine Augen unterstrichen seinen Entschluß. Sie werden dich für verrückt halten, sagte er sich, als er in die fragenden Gesichter sah. »Wie können sie wissen, was in dir vorgeht?«
Judas ben Ari hatte Marsena lange angesehen. Als hätte er seine innersten Gedanken erraten, glitt ein leichtes Lächeln über seine Züge. »Ich versuche dich zu verstehen, Marsena. Und ich glaube, ich könnte es sogar. In dir kämpfen Judäa und Rom. Ich wünschte, ich könnte dir helfen.«
Marsena erfaßte die Hand Judas'. »Vielleicht kannst du es. Ich habe dir von Marcus Antonius Julianus berichtet, meinem Adoptivbruder. Wenn du aus dem Fenster schaust, kannst du sein Zelt und seine Standarte sehen. Ich muß ihn treffen!«
Judas schüttelte erstaunt den Kopf. »Das ist unmöglich. Simon bar Giora...«
Marsena unterbrach ihn. »Ich weiß, mein Bruder. Aber selbst er wird mich nicht hindern können.«
Die Stille, die seinen Worten folgte, war fast unwirklich. Und er wußte, daß diese Ruhe im Raum mehr war als nur ihrer beider Schweigen. Er sah nach dem Wasserbecken, dessen Spiegel unbewegt war. Das Maul des bronzenen Löwen spie kein Wasser mehr.
Es ist, als sterbe das Leben in dieser Stadt mit jedem Atemzug, dachte er und war sich bewußt, daß er eine Prophezeiung in seinen Gedanken geformt hatte.
»Das Wasser läuft nicht mehr, Herr.« Zilla war in den Raum getreten, unhörbar, aber ihr Antlitz war verstört. Ihr Atem ging gepreßt. Das alte Gesicht war fahler als sonst.

Arme alte Magd, dachte Marsena. Nach all den harten Jahren hättest du Besseres verdient, als den Niedergang Jerusalems erleben zu müssen.
Ari nickte fast bedächtig zu den Worten der Dienerin. »Sie haben den Zulauf des Aquäduktes zerstört. Aber es ist kein Grund zur Beunruhigung. Die Zisterne ist voll, der Inhalt reicht für gut drei Monate. Außerdem kommen sie nicht an die Gichonquelle heran, die den Siloahteich speist. Wir werden nicht an Wassermangel zugrunde gehen. Was mich mehr beunruhigt, sind die Getreidevorräte, die durch die Brände, die Johannes von Gischala und Simon bar Giora gelegt haben, zum größten Teil vernichtet sind.«
Er ballte die Fäuste und starrte zur gegenüberliegenden Wand. »Ich fürchte, daß dies uns mehr zu schaffen machen wird als der Druck von außen.«
»Sie haben sich gegenseitig die Vorratsbehälter angezündet«, sagte Judas erklärend, als Marsena fragend aufblickte.
»Der Bruderkrieg hat mehr als nur Opfer unter den Beteiligten gefordert. Es war nur ein Aufschub, die Abrechnung folgt erst jetzt.«
Sie hoben schweigend die Becher. Über Ben Aris Gesicht huschte ein flüchtiges Lächeln. »Trinkt ihn mit Bedacht, diesen letzten judäischen Wein, dieses Erzeugnis des Weinstockes, das nicht mehr fließen wird, bis die Entscheidung über dieses Land gefallen sein wird.«
Er ließ einige Tropfen des Weines auf die weiße Marmorplatte des Tisches fallen. »Er gleicht dem Blut eines sterbenden Opfertieres«, murmelte er und wischte die Tropfen mit einer entschlossenen Bewegung weg.
Judas und Marsena sahen sich an, aber sie schwiegen.
»Wirst du wieder nach Alexandria oder Rom zurückkehren?« Judas' Frage unterbrach das beklemmende Schweigen, das wie ein Symbol kommender Tage im Raum lastete.
Marsena zuckte die Schultern. »Kann ich das überhaupt noch? Kann ich zurückkehren und so tun, als wäre nichts geschehen? Marcus Julianus wird zu Recht fragen, was ich in Judäa zu suchen hatte. – Ein Jude in römischem Sold, zu dieser Zeit! Die Mauern und Tore sind von Simon bar Gioras Leuten besetzt. Sie lassen niemanden mehr durch. Du hattest recht, Judas, ich hätte wissen müssen, auf welcher Seite mein Herz seinen Platz einzunehmen hat. Ich fürchte, es ist zu spät. Zu spät, so grotesk es auch klingt, um überhaupt für eine Seite noch Stellung beziehen zu können.«

Judas' Mund überflog ein kurzes Lächeln, das keine Freude zeigte. »Ich bedauere dich, mein Freund und Bruder. Du wolltest nichts mit diesem Krieg zu tun haben, und ich fürchte, du bist mitten darin. Ich respektierte deine Gefühle, wenn du von Neutralität sprachst. Aber du hättest wissen müssen, daß das nur ein Wunschtraum sein kann. Diese Tage kennen kein Mitgefühl, respektieren keine Wünsche, achten persönliche Hoffnungen nicht.«

Marsena nickte. »Ich weiß, mein Bruder. Mein Wunsch, Marcus Julianus zu sprechen, ist genauso verrückt wie inmitten des Krieges in eine belagerte Stadt gelangen zu wollen. Ich weiß, und dennoch. Ich möchte, daß er es weiß. Ich möchte ihm sagen, daß, sollte meine Hand jemals in einen Kampf eingreifen, sie ihn nicht treffen wird. Ich will ihm sagen, daß Freundschaft über den Konflikt von Nationen hinaus zu bestehen vermag. Und sollte er es nicht verstehen, so wird mein Herz frei sein von der Schuld, die ich empfinde. Er war mir Freund und Bruder, Judas. So wie du es jetzt auch mir gegenüber bist. Verstehst du den grausamen Zwiespalt, der meine Gedanken trennt, der mich ziellos hin und her reißt? Als ich Julianus' Feldzeichen da draußen sah, wußte ich, daß es zu Ende war mit den Träumen der Vergangenheit und den Wünschen der Gegenwart. Ich werde mich finden müssen, Bruder – nur weiß ich noch nicht wann.« Er fuhr sich über die Augen. »Du hast recht Judas, daß diese Zeit einer Entscheidung bedarf. Und doch ist der Augenblick noch nicht gekommen, wo ich sagen kann: ›Jetzt‹. Vielleicht wird die Entscheidung da draußen fallen, wenn ich mit ihm gesprochen habe.«

»Du wirst nicht zurückkehren, Marsena«, sagte Judas traurig. »Solltest du wirklich die Stadt verlassen können und das römische Lager erreichen, wäre es unsinnig, wieder zurückzukommen. Es wäre mehr als verrückt. Ja, vielleicht wäre eine Rückkehr noch verständlich, mit dem beseelenden Wunsch, für Israel zu kämpfen. Aber dir bedeutet diese Vorstellung nichts. Du wirst nicht wiederkehren, mein Bruder.«

Marsena sah ihn lange an. Dann wanderte sein Blick zu Ben Ari, der ihr Gespräch schweigend verfolgt hatte.

Sein Herz ging schneller, als er antwortete: »Ich werde zurückkehren. Nicht weil ich plötzlich den Wunsch verspüre, für Israel zu kämpfen. Ich werde zurückkehren, weil es mehr gibt als nur für ein Land sich zu schlagen. Wenn mein Herz eine Entscheidung getroffen hat, dann diese: Ich liebe Damaris, mein Vater.« Sein Herz hämmerte

wild, und er vermeinte das Echo seiner Worte im Raum zu spüren.
Ari sah ihn schweigend an. Seine Augen hatten sich in die Marsenas gesenkt, als suchten sie dessen innerste Gedanken zu ergründen. Wenn er irgendeine Regung empfand, so hielt er sie verborgen. Er strich mit einer Hand über die Falten seines Obergewandes, als gelte es, sie zu glätten. Das Schweigen schien Marsena unendlich, und das Plätschern des Wassers, das sich aus der Wand in das Marmorbecken ergoß, tönte überlaut in seinen Ohren. Judas starrte ihn atemlos an. Marsena spürte die Finger seines Freundes, die sich in seine Schulter gruben, aber seine Augen blieben unverwandt auf dem Gesicht Ben Aris haften.
Dann endlich brach der Alte das Schweigen, und der starre Blick seiner Augen wich. »Du liebst meine Tochter? Ich sollte mich freuen, denn ich liebe dich wie einen Sohn. Doch ich kann keine Freude empfinden. Bist du sicher, eure Zukunft zu kennen? Die Zeit ist nicht günstig, von Liebe zu sprechen, wo nirgends mehr Liebe ist, nur Haß und Tod.«
»Sie ist nie günstig genug, mein Vater, für irgend etwas, was zu tun ist, und sie wird nie günstiger werden.«
Der Alte nickte. »Du wirst zurückkehren, mein Sohn, und unsere Freude wird groß sein, in einer Zeit, in der die Freude vergangen ist.«
Mit einer entschlossenen Bewegung, als suchte er seine innere Erregung zu überspielen, drehte er den bronzenen Hahn an der Wand zu, und das Plätschern des Wassers verstummte. »Wir werden mit dem Wasser haushalten müssen«, murmelte er und wischte sich über die Augen, um die Tränen zu verbergen.
Judas umarmte Marsena mit einer herzlichen Bewegung. »Ich freue mich, mein Bruder.«
»Ich hoffe, Damaris wird deiner Meinung sein.«
Judas hielt Marsena an den Schultern von sich gestreckt und meinte lächelnd: »Willst du damit sagen, daß sie davon immer noch nichts weiß?«
Marsena lächelte verlegen. »Ich sagte ihr, daß ich sie liebe. Ich kenne ihre genauen Gefühle mir gegenüber nicht. Meine Gedanken stützen sich auf die Hoffnung, wie die euren auch. Ihr hofft auf die Freiheit Judäas. Ich hoffe auf die Liebe Damaris'. – Und ich weiß nicht, welche Hoffnung von beiden realistischer ist.«
Judas lächelte. »Du wirst sie endlich fragen müssen!«
Marsena nickte. »Ich werde es tun, wenn ich zurückkomme. Julianus

wird wissen, warum mein Platz nicht weiter in den Reihen Roms sein kann. Er soll aber auch wissen, daß ich nicht sein Feind bin. Ich hoffe, du kannst mich verstehen!«

Judas' Augen lächelten. »Ob wir es verstehen, ist gleichgültig. Du mußt es selbst verstehen, und wir werden versuchen, es verstehen zu lernen.«

Marsena drückte die Hand seines Freundes, und in dem Druck, der erwidert wurde, lag alle Herzlichkeit des Verstehens.

»Du wirst die Erlaubnis von Simon bar Giora einholen müssen, um die Stadt verlassen zu können. Du könntest zwar aus dem Taltor hinaus, das in unserer Hand ist, und durch das Hinnomtal hindurch versuchen, das Lager am Schlangenteich zu erreichen. Aber sicherlich hättest du keine hundert Schritte zurückgelegt, ohne von den Bogenschützen bar Gioras auf der Westmauer erwischt worden zu sein. Außerdem wäre es noch fraglich, ob du durch das gesamte römische Lager gelangen könntest, da das Zelt Julianus' gegenüber dem Damaskustor aufgebaut ist. Und da du auch wieder zurück willst, ist das Risiko geringer, es mit dem Einverständnis bar Gioras zu versuchen.« Er legte die Hand auf Marsenas Schulter »Möge der Gott Israels mit dir sein, mein Bruder. Ich werde dich zu Simon bar Giora begleiten.«

Marsena ben Arinos hatte sich an Ari gewandt. »Bei der Liebe zu Damaris verpfände ich meine rechte Hand, daß ich zurückkehren werde. Doch werde ich, weil es nicht mehr in meiner Macht liegen sollte, nicht in die Stadt zurückkommen können, so bitte ich dich, ihr von all meinen Gedanken und Träumen nichts zu erzählen. In ihrem Herzen wird es mich dann nicht gegeben haben, und sie wird nicht die Trauer spüren, die in mir wühlt. Ich bitte Jehova, daß er mich zurückkehren läßt, um für sie zu leben oder zu sterben, wie immer die Zukunft auch sein mag.«

Simon bar Giora

Sie gingen an einem Brunnen vorbei. Die Fontänen, die sich sonst Tag und Nacht in das Sandsteinbecken ergossen hatten, waren versiegt. Kein Zierbrunnen der Stadt führte mehr Wasser. Das Plätschern und Rauschen war verstummt. Es war, als hätte eines der Herzen der

Stadt zu schlagen aufgehört, als wäre das Blut versiegt, der Atem erloschen.
Schweigend setzten sie ihren Weg fort. Jeder hing seinen Gedanken nach. Vor wenigen Wochen noch hatte alles anders ausgesehen, und Marsena hätte es sich nicht träumen lassen, seine Zukunft zwischen Rom und Israel wählen zu müssen. Was hatte Simon bar Giora ihm zu sagen, da er ihn ja nicht kennen konnte, und wie würde der Beherrscher des größten Teils Jerusalems reagieren, wenn ihm Marsena seinen Wunsch darlegen würde, die Stadt zu verlassen, um das Lager der verhaßten Römer aufzusuchen? Die Antwort lag nahe. – Vor ihnen tauchte der Palast des Herodes auf, das Hauptquartier des Idumäers Simon bar Giora.
Die Wachen vor den Bronzetoren hielten ihnen die Speere entgegen.
»Wo wollt ihr hin?«
»Wir möchten Simon bar Giora sprechen!«
»Habt ihr seine Erlaubnis?«
»Die haben wir. Und hätten wir sie nicht, dann wollten wir sie uns jetzt von ihm holen!«
Die Wachen sahen sich unschlüssig an.
Eine Gestalt löste sich aus dem Schatten des Tores. Der Mann war etwas kleiner als Marsena, und seine verschlagenen Augen sahen ihn von unten herauf mißtrauisch an.
»Ich bin Ananus ben Bagadates von Emmaus, einer von Simons Unterführern. Was wollt ihr von ihm?«
»Das geht nur ihn persönlich etwas an.« Marsena blickte über den Mann hinweg.
Das Gesicht vor ihm wurde eine Spur dunkler. Dann wandte er sich Judas zu. »Du bist doch der Sohn des Ari, der uns in der Oberstadt so viel Ärger bereitet. Dann ist das sicherlich Marsena, des Arinos Sohn.«
»Du kennst uns?«
Er lachte leise auf. »Wir wissen vieles über euch. Unsere Augen sind überall. Wir hatten euch gebeten, mit uns zu sprechen – zu verhandeln, da Simon bar Giora über euren Widerstand recht ungehalten ist. Die Stadt läßt sich nur in Einheit gezielt verteidigen. Aber nun seid ihr ja gekommen.« Er nickte zufrieden grinsend vor sich hin.
»Auch das dürfte ein Gespräch zwischen Simon bar Giora und uns betreffen, und nicht eines mit seinen Unterführern. Führe uns zu ihm!«

Ben Bagadates nickte, und sein Grinsen wurde einen Deut böser. »Der Adel Jerusalems wird hoffentlich einsichtiger werden und uns den Einmarsch in die Akra ersparen. Aber noch haben wir Frieden. – Ihr solltet eure Schwerter ablegen, wenn ihr vor Simon erscheint.«
Marsena fixierte Ben Bagadates scharf. »Haben wir wirklich Frieden? Wenn ihr eure Spione in unsere Reihen sendet – um eure Brüder zu überwachen – klingen da eure Worte nicht lächerlich? Wir werden unsere Schwerter behalten!«
Ben Bagadates verzog den Mund. »Dann achtet auf eure Hände, daß sie sich den Griffen nicht nähern. Wir vernichten jeden, der sich uns zu widersetzen wagt.«
»Das haben wir nur zu deutlich sehen müssen. Und es war nichts, was euch auszeichnen könnte.« Marsena lachte spöttisch.
In Ananus ben Bagadates' Augen glomm für einen Augenblick unverhohlener Haß auf. Dann hatte er sich wieder in der Gewalt. »Wartet hier! Ich werde Simon fragen, ob er mit euch sprechen will.« Er verschwand zwischen den Maulbeersträuchern des ausgedehnten Gartens.
»Du hast in ihm einen unversöhnlichen Feind gewonnen«, sagte Judas kopfschüttelnd. »Ich sah es in seinen Augen. Ben Bagadates ist bekannt für seine Hinterlist und Heimtücke. Er hat in Jerusalem schon mehr Menschen auf dem Gewissen, die er durch seine Schergen ermorden hat lassen, als derzeit Gefangene in den Kerkern sind. – Und die Gefängnisse sind voll. Er wird nicht vergessen, daß du ihn mit Worten gedemütigt hast. Überall in der Stadt sind seine Spitzel und Meuchelmörder.«
Marsena nickte gelassen. »Man spricht in den Straßen davon. Ich wundere mich nur, daß sich ihm niemand widersetzt.«
»Hinter ihm steht die gewaltige Truppe Bar Gioras. Die Zersplitterung der Parteien in der Stadt ist zu groß, als daß sich ein einzelner auf die Hilfe irgend jemandes verlassen könnte. Nur wir in der Davidsstadt bilden eine geschlossene Einheit, in die auch selbst bar Giora bisher nicht gewagt hat, seine »Friedenstruppe«, wie er sie nennt, zu senden. Und jetzt, angesichts der römischen Truppen vor den Mauern, wird er es auch kaum wagen, in die Akra einzumarschieren. Er hat Angst vor der Belagerung, sonst hätte er nicht nach einem Bündnis mit uns Ausschau gehalten. Außerdem liegt er immer noch im Streit mit Johannes von Gischala. Die Narren töten sich gegenseitig ihre besten Leute, anstatt sich angesichts der römischen Heere zu be-

sinnen. Aber es scheint ein schicksalhafter Wesenszug von uns Juden zu sein, daß wir uns nie einig sind.« Er lachte über seine Selbstironie. »Auf jeden Fall kann niemand sagen, daß wir feige wären!«
Marsena sah ihn fragend an.
Judas wies zu dem gewaltigen Komplex des Herodespalastes. »Wenn Simon uns vorläßt, werden wir in seiner ureigensten Höhle sein. Zusammen mit über hundert seiner hungrigsten Tiere, Ben Bagadates einbegriffen. Wir sind zu zweit. Es ist ein würdiges Verhältnis. Und ohne Zweifel ein mutiges Unterfangen. Wenige sind aus dieser Höhle ungeschoren hervorgekommen, die nicht zu diesem Rudel gehörten, die sich die Gemäßigten nennen. Außer dem hundertfachen Mörder Ananus ist da noch einer, der nicht viel weniger auf dem Gewissen hat, Thakeas.«
Marsena nickte. »Auch von ihm spricht ganz Jerusalem. Ja überhaupt scheint mir, werden wir es nur mit reißenden Bestien zu tun haben. Aber, wie du schon sagtest, wir sind zu zweit. Was kann uns da schon passieren?«
Sie lachten. Aber sie wußten beide, daß es nur Galgenhumor war, der sie nach außen hin heiter stimmte. Simon, der sich selbst der Gemäßigte nannte, hatte sich, nachdem ihm die Bevölkerung Jerusalems unter der Leitung des Oberpriesters Matthias die Stadttore geöffnet hatte, als alles andere erwiesen, nur nicht als gemäßigt. Sobald er sich mit seiner gesamten Streitmacht in der Stadt befand, ging es ihm nur noch darum, seine Macht zu stärken. So waren plötzlich selbst diejenigen, die ihn hereingebeten hatten, seine Gegner. Und Ananus ben Bagadates, zusammen mit Thakeas, nützte die Gelegenheit, mit Hilfe der Soldaten Simons, die Stadt zu plündern. Nur in die Akra hatten sie sich lediglich vereinzelt gewagt. Vielleicht hatte es sich herumgesprochen, wie in der Davidsstadt mit Plünderern verfahren wurde. Sie wußten, daß sie sich freiwillig in die Gewalt Simon bar Gioras begeben hatten. Sie waren seiner Willkür unterworfen, wenngleich ihnen auch von Mannaeus ben Lazarus freies Geleit zugesichert worden war. In diesen Tagen zählten Versprechen nur wenig. Marsena dachte an die Augen ben Bagadates' und wußte, daß für ihn kein Versprechen auch nur den Hauch einer Bedeutung haben würde. Unwillkürlich berührten seine Finger den Griff seines Schwertes. Es würde seiner Sicherheit nur symbolische Bedeutung verleihen. Für einen Augenblick bereute er, daß sich Judas mit ihm in Gefahr brachte. Dann sagte er sich, daß sein Anliegen an Bar Giora nur sekundär

sein würde. Sie waren als offizielle Vertreter der Partei der Akra zu Simon bar Giora unterwegs, und Judas wäre auch hier, wenn Marsena Simon bar Giora selbst nicht sprechen hätte wollen.
Simon bar Giora läßt auf sich warten, dachte Marsena. Vielleicht beraten sie, wie sie mit einem Schlag die Partei der Akra empfindlich schwächen könnten, gehörte Judas ben Ari doch zu den wichtigsten Persönlichkeiten der Davidsstadt.
Aber Marsena wußte auch, daß es für Simon bar Giora und seine Leute ein blutiges Unterfangen werden würde, sollten sie sie zu überfallen suchen.
Marsena fuhr aus seinen Gedanken auf. Ananus ben Bagadates war wie ein Schatten wieder vor ihnen aufgetaucht. Sein Gesicht zeigte Unruhe und Spannung: »Folgt mir! Simon bar Giora will euch sehen!«
Marsena und Judas wurden die breite Marmortreppe zum gewaltigen Eingangstor geführt, dem Osttor des Palastes. Vier Schwerbewaffnete gaben auf einen Wink ihres Begleiters den Weg frei. Sie traten durch den dunklen Torbogen in den Vorgarten. Das Lärmen in der Stadt drang nur undeutlich zu ihnen. Marsena blieb einen Augenblick stehen, und sein Blick wanderte durch die marmornen Säulengänge, die einen herrlichen Blick auf die große Stadt, den Tempel und den Ölberg freigaben. Vor ihm erhoben sich die Bauten des eigentlichen Palastes in strahlendweißem Marmorglanz. Das goldverkleidete Dach funkelte und reflektierte in den Fontänen der vielen, in buntem Marmor gefaßten Springbrunnen, zu einem Spiel goldgleißender Wassertropfen. Rings um sie her erstreckten sich Säulengänge aus vielfarbenem Gestein. Vor ihnen weitete sich der bunte Mosaikboden, aus dem in Porphyreinfassungen Palmen wuchsen. In den Wasserbecken aus Onyx und Achat spiegelten sich die Arabesken aus weißem Marmor, die in orientalischen Mustern die Wände durchbrachen und das Sonnenlicht in seltsamen Reflexen in die Räume hineintanzen ließen. Wie wunderbar mußte es gewesen sein, als hier noch das Leben eines geschäftigen Hauses pulsierte, in den Tagen des Herodes oder seiner Nachfolger Agrippa I. und Agrippa II., voll der Klänge der Hörner und der Saiteninstrumente, als die griechischen und römischen Marmorskulpturen noch auf ihren Sockeln standen und die Namen der beiden Marmorflügel dem Besucher stolz erklärt wurden, wie sie Herodes bezeichnenderweise genannt hat: Cäsarium und Agrippäum.

Aber dies alles schien schon Jahrhunderte zurückzuliegen. Der Vorhof war leer bis auf zwei gelangweilte Wachen vor dem großen rot- und goldgefaßten Zedernholztor, das in das Innere des Palastes führte. Die Sockel waren nackt, jüdische Tradition verbot jede Statue, jegliche Skulptur.
Marsenas Gesicht überflog ein spöttisches Lächeln. Wenn ihre Konsequenz auch in anderen Dingen so unumstößlich wäre!
Ananus winkte ihnen. Sie betraten die Arkaden und wurden durch Hallen und Säle zu den inneren Gemächern geleitet. Die orientalischen Teppiche, mit den vielfarbenen Blumenmustern über die Triclinen rings an den Wänden gelegt, über die marmornen Stufen gebreitet und als Verzierung an die Wände gespannt, ließen die einstige Pracht dieses Hauses erahnen. Die kostbaren Gold- und Silbergeräte aber, über die man sich draußen flüsternd unterhielt, waren verschwunden. Eine Beute für die Kriegskasse des Simon bar Giora, wie Marsena zynisch vermutete. Sie schritten auf die wundervoll verzierte Türe zu, die, wie Marsena vermutete, zum Thronsaal führen mußte. Ein passender Ort, den sich Simon bar Giora für seine Präsenz ausgesucht hat, sagte sich Marsena, und seine Lippen verzogen sich zu einem ironischen Lächeln. Die Auflehnung gegen die römische Oberhoheit war sicherlich nur ein Vorwand, sich in Jerusalem häuslich niederzulassen. Die Symbolik, auf dem Thron des Tetrarchen zu sitzen, ist unübersehbar. Und sollte das Abenteuer der Aufwiegelung gegen Rom unerwarteterweise zu seinen Gunsten ausschlagen, so bedurfte es bei der eigenen Machtübernahme nur noch des Zeremoniells. Simon bar Giora, Fürst über Judäa, Tetrarch von Palästina, welch Ironie! Das israelische Volk war sich anscheinend des Grotesken nicht bewußt, das sich aus dieser Situation ergeben mußte: Der Tausch des alten Sklavenbündnisses in ein neues, und wie mit Sicherheit anzunehmen war, in eines, das nur schlimmer sein konnte, als es für einen vermeintlich freien Juden das römische Joch zu sein schien. Und Marsena dachte an das, was er über das Eindringen Johannes von Gischalas in Jerusalem gehört hatte; er, der aus der eroberten Stadt geflohen war, aus der er stammte, um sich mit dem Abschaum Galiläas nach Jerusalem in Sicherheit zu bringen. Man sprach davon, allerdings nur im Verborgenen, daß man auf der Flucht Frauen und Kinder im Stich gelassen hatte, nur um schneller voranzukommen. Aber man hatte Angst vor ihm und seinen Spitzeln und wagte nur selten, diese unrühmliche Begebenheit offen auszusprechen. Und dennoch

war es diesem Johannes gelungen, mit Schmeicheleien, Drohungen und Prahlereien über eigene Tapferkeit eine Anzahl zwielichtiger Elemente um sich zu versammeln, die Jerusalem in ein Chaos zu stürzen vermochten. Gegnerische Parteien lieferten sich Straßenkämpfe, und die Unruhen breiteten sich fast zu einem Bürgerkrieg aus.
Marsena lachte innerlich spöttisch auf. Dieses Volk ließ sich mit fadenscheinigen Parolen zu etwas hinreißen, das nur Phantasten erfinden konnten – ein freies Israel mit der autarken Herrschaft eines eigenen Königs. Aber über diesen König und die Auswirkungen seiner Macht könnte es mit Sicherheit zu keiner Einigung kommen, war man sich in den einfachsten Dingen schon uneins. Nein, selbst die unbequeme Herrschaft Roms über dieses Volk war besser als es die der eigenen Leute je sein könnte.
Was hatte Ananus aus der Priesterschaft gesagt, als die Gewalttaten sogar in den heiligen Bereich des Tempels hineingetragen wurden: »Wahrhaftig, ich wäre besser umgekommen, ehe ich Gottes Tempel mit solchen Verbrechen angefüllt und auf dem heiligen und unbetretbaren Boden die Füße mordbefleckter Gesellen umherstampfen sehen muß. Wollen wir uns den Herren der Welt nicht fügen, sollen wir uns lieber von den Angehörigen unseres eigenen Volkes tyrannisieren lassen? Bei den Römern ist es nie vorgekommen, daß sie die Barriere, die die Uneingeweihten fernhalten soll, überschritten oder daß sie Hand an unser heiliges Brauchtum legten. Im Gegensatz zu ihnen haben es Männer, die in diesem Land geboren sind, die sogar den Namen der Juden tragen, fertiggebracht, sich mitten auf den geheiligten Stätten zu tummeln, die Hände noch warm vom blutigen Mord an den Angehörigen ihres Volkes.« Diese Worte, die er von Schealtiel gehört hatte, der damals zugegen war bei dem leidenschaftlichen Aufruf Ananus' an das judäische Volk, sich nicht in einen wahnwitzigen Krieg mit Rom einzulassen, klangen in seinen Ohren nach, als die Wachen die beiden Torflügel öffneten und vorangingen, um sie vor Simon bar Giora zu führen. Ja, Ananus hätte Jerusalem vor dem Zorn Roms retten können, wäre die tollwütige Masse zur Besinnung gekommen, hätte sie mehr auf Vernunft als auf demagogische Parolen reagiert.
Aber man fand es bequemer, Ananus zu ermorden und eine Zeit der Schreckensherrschaft über Jerusalem ergehen zu lassen, die mit dem Niedermetzeln von zwanzigtausend unbequemen Anhängern des Ananus und Jeschua ben Gamalas ihren Höhepunkt fand. Ja,

und dann ließ man Simon bar Giora holen, den man den Gemäßigten nannte, in der Hoffnung, Johannes von Gischalas Mordbrennereien in Schranken zu halten. Und wieder waren Tod und Tränen über die gepeinigte Stadt gekommen. Und auch die augenblickliche Situation, mit Simon, Sohn des Giora als vermeintlichem Schlichter im Tosen des Bürgerkrieges, hatte sich als Farce erwiesen. Solange nur das eigene Ich im Sinn der jüdischen Führer lag, konnte es für Israel keine innere Stärkung geben. Judäa zerfleischt sich mit eigenen Händen, dachte Marsena, als er Simon bar Giora sah.
Das Stimmengewirr verstummte sofort, und Marsena vermeinte die Blicke zu spüren, die ihn von allen Seiten trafen. Er schätzte die Anwesenden im großen Thronsaal auf zweihundert Personen. Anscheinend waren das die Unterführer der Truppen des Simon, wenngleich die Männer ohne Waffen zu sein schienen. Er zwang sich, gleichmütig zu schauen und die Umstehenden nicht besonders zu beachten. Du bist in der Höhle eines gefährlichen Löwen, sagte er sich, und die Pranken befinden sich nur einen Fingerbreit von deiner Kehle.
»Du wolltest uns sprechen, Simon, Sohn des Giora?« sagte er gelassen. Er sah in das dunkle Gesicht, und ihre Augen maßen sich in stummem Kampf. Dann wandte der Idumäer seinen Blick, und ein düsteres Lächeln machte sich auf seinem Gesicht breit.
»Marsena, Sohn des Arinos«, sagte er langsam. »Du bist jünger, als ich dachte, und der Ärger, den du mir bereitest, steht in keinem Verhältnis zu deinem Alter. Aber Mut scheinst du zu haben, daß du dich in unsere Mitte wagst. Somit scheinen diese Berichte, die ich über dich habe, der Tatsache zu entsprechen. Aber ich habe dir und deinem Begleiter vollste Garantie gegeben, und was ich sage, halte ich.«
Marsena lachte belustigt auf. »Man hört darüber etwas anderes.«
Das Schweigen im Saal verwandelte sich plötzlich in erstauntes Gemurmel.
Simon bar Giora runzelte die Brauen, sagte aber nichts.
»Deshalb, weil ich mich natürlich auf dein Wort verließ, habe ich es auch abgelehnt, der Aufforderung deines Schergen nachzukommen, mein Schwert abzugeben.« Marsenas Stimme klang zuvorkommend, aber man hörte doch den spöttischen Unterton.
Das Murmeln steigerte sich, und einige unwillige Zwischenrufe wurden laut.
»Ich gestehe, ich wunderte mich, deine Aufmerksamkeit erregt zu haben, und noch mehr erstaunt es mich, dir durch meine Existenz an-

scheinend Ärger zu bereiten. Womit ist dieses Vorrecht zu verstehen? Ich dachte, du hättest nur Probleme mit Johannes von Gischala und natürlich den Römern.«
Simons Augen hefteten sich wieder auf Marsena. »Du hast ein Schwert umgegürtet«, sagte Simon bar Giora mißbilligend, ohne auf die Frage Marsenas einzugehen. »Du kommst in ein Haus des Friedens und trägst ein Schwert?«
Marsena verzog höhnisch die Lippen. »Ich sagte dir bereits, ich hatte keinen Grund, dir zu trauen. Das Wort Frieden klingt aus deinem Munde wie Hohn. Die Erschlagenen in den Straßen widerlegen alles.«
Simons Augen glitzerten zornig auf. »Du wagst äußerst kühne Worte. Sieh dich vor! Mir scheint, du vergißt, mit wem du sprichst!«
»Keineswegs«, gab Marsena beherrscht zurück. »Ich wähle meine Worte so, wie ich dir gegenüber empfinde. Zudem strafen die Waffen unter den Kleidersäumen deiner Leute deine Worte Lügen.«
Die Umstehen verfielen in erstauntes Gemurmel. Simon bar Giora selbst schien überrascht. »Deine Augen haben dich nicht getäuscht, Marsena ben Arinos«, gab er anerkennend zu. »Doch erscheint es mir töricht, mit dem Wissen um eine unüberwindliche Schar Bewaffneter selbst provokativ bewaffnet zu erscheinen, zumal du, deinen Worten nach, meiner Zusage nach freiem Geleit keinen Glauben zu schenken scheinst.«
Marsena zuckte die Achseln. »Sagen wir es so, ich war neugierig und außerdem ist die Frage des Mutes nicht von der Anzahl deiner Helfer abhängig. Ich nehme nicht an, daß du gerne auf einige von ihnen verzichten möchtest. Das wäre der Fall, sollten sie sich mir bewaffnet nahen.« Marsenas Ton war liebenswürdig und ließ nur ein geübtes Ohr den gefährlichen Unterton erahnen, der in seinen Worten mitschwang.
Simon bar Giora lachte dröhnend auf. »Meine Leute haben nicht übertrieben, als sie von dir berichteten. Du bist gefährlich, Marsena ben Arinos, solange du nicht zu meinem Kreise zählst. Ich sage dir ehrlich, das ist auch der Grund, warum ich dich zu mir gebeten habe. Du hast recht, Johannes von Gischala macht mir zu schaffen, und ich finde, das genügt auch. Ich gestehe, daß ich hoffte, mit euch aus der Davidsstadt einig zu werden. Es genügt, einen einzigen Feind zu haben – Rom. Johannes wird sich, wenn es hart auf hart geht, mit mir einigen. Wie steht es mit euch?«

»Ich bin nicht dein Feind, Simon bar Giora, aber ehrlich gesprochen, kann ich auch sonst keinerlei Gefühle für dich hegen. Du bist mir gleichgültig und außerdem richtest du deine Worte nicht an den Richtigen. Eleasar ben Jair, die Söhne des Ari und die des Merton leiten die Bewegung in der Unterstadt.«
»Ich weiß.« Das Lachen verschwand aus Simon bar Gioras Gesicht, und er beugte sich etwas vor. »Ich hätte dich nicht rufen lassen, wüßte ich nicht, daß dein Einfluß auf die Versammlungen fast schon prorömischen Charakter angenommen hat. Der Kampf gegen unsere Bedrücker kann nur durch Einigkeit aller Parteien zum Erfolg führen.«
Marsena wandte sich an Judas, der dem Gespräch bisher schweigend zugehört hatte. »Frage den Sohn des Ari, was er von euren machtpolitischen Bestrebungen hält. Oder noch besser, frage das Volk draußen. Ich wunderte mich nicht, wenn sie der Eroberung der Stadt durch die Römer euren Befreiungsversuchen, die von Gewalt und Mord triefen, den Vorzug geben würden.«
Ein Aufschrei der Entrüstung wurde laut. Selbst Judas schaute verwirrt auf den Freund. Marsena legte die Hand auf den Schwertgriff, als erwartete er einen Ansturm der aufgebrachten Menge.
Simon bar Giora winkte ab. Er beherrscht sich gut, dachte Marsena anerkennend. Die Worte müssen ihn treffen. Er wußte, wie die Leute der beiden Tyrannen schon bei geringeren Anlässen verfuhren, wobei allerdings Johannes von Gischala weitaus unmenschlicher zu handeln pflegte.
»Du sprichst kühn, Sohn des Arinos, zu kühn. Deine Worte enthalten mehr Aufwiegelei als ich es bisher von irgend jemanden auch nur habe denken lassen.«
»Betrachtest du überhaupt eigene Meinungen als etwas anderes? Ließest du oder Johannes von Gischala dem Volk freie Wahl, das Ergebnis würde dich höchst verwundern.«
Simon bar Giora lachte trocken auf. »Genau das werde ich nicht zulassen. Das Volk ist wie eine Woge im Wind. Es benötigt den Ansporn von der richtigen Seite.«
»Von deiner Seite?«
Simon bar Giora nickte gelassen. »Wüßtest du einen anderen Weg, Menschen, die nicht wissen, was sie wollen, zu dem zu führen, was sie sich zumindest erträumen – Freiheit. Vergiß nicht, ich habe mich dieser Stadt nicht aufgedrängt. Man hat mich gerufen, ja mich inständig gebeten, in Jerusalem für Ordnung zu sorgen. Viele von meinen Leu-

ten haben sich für diese Aufgabe geopfert. Sollte uns dafür nicht Dank gebühren anstelle von Vorwürfen?«
»Was haben sie dafür eingetauscht, Sohn des Giora? Einen Pseudofrieden, der jeden Tag durch die Kämpfe der zerstrittenen Parteien gebrochen wird? Wie grotesk ist doch eure Situation! Ihr habt, anstelle Frieden zu schaffen, die Stadt in drei Teile gespalten. Johannes von Gischala über dir im Tempelbezirk, von dem aus er die gesamte Umgebung mit seinen Wurfmaschinen in Trümmer gelegt hat. Du, der du ihm allenfalls mit Drohungen begegnen kannst, da der Mauerkomplex von Antonia und Tempel von dir nicht zu nehmen ist. Und die Davidsstadt, in die du dich nicht wagen darfst, ohne mit den Männern der Söhne Mertons und Aris sowie Ben Jairs in Konflikt zu kommen. Wie lange soll diese Komödie, die mehr als traurig ist, noch weitergespielt werden? Es ist wie bei Kindern, die mit Steinen um sich werfen, nur eben nicht so harmlos. Die Klagen in der Stadt sind mehr, als es unter einem Brudervolk je sein dürfte.«
Simon bar Giora lachte ärgerlich auf. Seine Rechte wischte ungehalten in Marsenas Richtung. »Wie kannst du über diese Stadt mit all ihren Problemen mitreden? Wir fragen dich, Marsena ben Arinos, wo warst du, als Florus die Standbilder in Jerusalem aufstellen ließ, er das Heiligtum unseres Volkes schänden wollte? Wo warst du, als die Delegation aus unserem Volk ihn besänftigen wollte und er sie niedermetzeln ließ? Du warst in Roms Reihen, die dein Volk morden. Ja, du standest vielleicht sogar in der Mitte der römischen Truppen, die sich vor vier Jahren anschickten, unser Heiligtum zu schänden. Und du willst mir Despotismus vorwerfen? Wo standest du, Marsena ben Arinos, und wo stehst du heute?« Er blickte beifallheischend in die Runde.
Marsena sah die finsteren Gesichter, in denen die Untergebenheit zu Simon bar Giora zu lesen war, aber auch die Feindschaft und der Haß einem Menschen gegenüber, den sie für einen Römer hielten.
Er blickte in das lauernde Gesicht Bar Gioras. »Du weißt, daß das Unsinn ist. Niemals hätte ich mein Herz gegen Israel ausgespielt. – Um so weniger noch meine Hand gegen mein Vatervolk erhoben.«
»Dein Volk?« Simona bar Giora schnaubte höhnisch. »Dann kämpfe für dein Volk, das dich gezeugt, das dir deinen Namen gegeben hat.« Er hob pathetisch seine Hände empor. »Endlich wird das Volk Israel zu dem Ruhm kommen, den es seit den Tagen Salomos nicht mehr hatte.«

Marsena sah ihn mitleidig an. »Ihr habt keine Chance.«
Simon bar Giora starrte irritiert zurück. »Was meinst du damit?«
»Die besten Truppen Roms stehen euch gegenüber.«
»Wir haben sie schon einmal geschlagen!«
»Cestius Gallus? – Da habt ihr nicht den Richtigen besiegt, sondern nur einen Irrtum!«
Simon bar Giora runzelte die Stirn. »Wie soll ich das verstehen?«
Marsena durchbohrte ihn mit seinen Augen. »Wir werden wohl nie herausfinden, warum der Statthalter von Syrien Jerusalem nicht völlig einnahm, wo er doch so kurz davor stand. Keine Woche hättet ihr seinen Angriffen länger standhalten können, hätte er nicht plötzlich entgegen jeglicher Logik den Rückzug angetreten. Es war nichts weiter als ein Irrtum von ihm, und über diesen Irrtum habt ihr gesiegt, nicht über ihn selbst!«
»Tatsache ist, daß wir seine Armee fürchterlich verprügelt haben, und es war die zwölfte Legion, die hinter dem Statthalter von Syrien stand, eine der kampfstärksten Roms. Was immer auch der Grund der Aufgabe Cestius Gallus' war, es war Gottes Wille, uns über ihn siegen zu lassen.« Er strich sich wohlgefällig über den dichten Bart und sah Marsena ben Arinos herausfordernd an.
Marsena grinste spöttisch. »Wenn ihr glaubt, Jehova könnte an eurer Art Krieg noch Gefallen finden, dann betrügt ihr euch mehr als zu vermuten war.«
Simon bar Giora grollte in verhaltenem Zorn. »Wir sind stärker als je zuvor. Vor vier Jahren waren weder Johannes von Gischala noch ich mit meinen Truppen zur Stelle! Außerdem haben wir die von Cestius Gallus zurückgelassenen Waffen und Maschinen zur Verfügung. Allein Johannes im Tempelbezirk besitzt über zweihundert Scorpione und Wurfmaschinen!«
Marsena machte eine wegwerfende Handbewegung. »Betrüge dich doch nicht selbst! Ihr könnt die Maschinen nicht bedienen, geschweige denn, sie mit Präzision so handhaben, daß sie ihr Ziel auch treffen!«
»Verstehst du etwas davon?« Simon bar Gioras Stimme zeigte Unsicherheit.
»Wenig genug, um euch nicht helfen zu können.«
»Wir werden Zeit genug haben, mit ihnen umgehen zu lernen.«
Marsena schüttelte verneinend den Kopf. »Ich fürchte, eben das gerade nicht!«

»Wenn dir unsere Situation so beunruhigend erscheint, wäre es doch ein besonders bedeutsamer Grund, uns jetzt alle zusammenzutun, um gemeinsam Jerusalem zu schützen. In unserer Uneinigkeit sind wir nur ein Gespött für die Römer.«
Marsena nickte, und über seinen Mund zog ein flüchtiges, ironisches Lächeln. »Ach, bist du also endlich zur Einsicht gekommen, nachdem Zehntausende zuvor für die gleiche Auffassung von dir umgebracht werden mußten? Du wirst Simon der Gemäßigte genannt. Wie groß müssen die Schandtaten des Johannes erst sein, um dich so zu nennen?«
Simon bar Giora zog ärgerlich die Brauen zusammen. »Spotte ruhig«, grollte er mühsam beherrscht. »Schließlich haben wir Krieg, auf Einzelpersonen kann da keine Rücksicht genommen werden.«
»Krieg«, höhnte Marsena. »Krieg nennst du die Greueltaten, die eine ganze Stadt geradezu die Befreiung durch die römischen Truppen herbeisehnen lassen? Krieg nennst du das Plündern und Morden deiner undisziplinierten Scharen? Krieg wagst du das Schänden des Tempelbezirkes zu nennen! Josephus hatte recht, als er euch vorwarf, daß ihr euch mehr gegen eure eigene Stadt wendet, als es die Römer je getan haben.«
»Genug«, schrie Simon bar Giora. Sein Gesicht hatte sich voller Zorn gerötet. Der dichte Bart bebte unter den zuckenden Gesichtszügen. »Schließlich bin ich von den Bewohnern dieser Stadt hereingebeten worden, um dem herrschenden Chaos entgegenzutreten.«
»Gewiß«, nickte Marsena zynisch. »Aber nicht, um noch ein größeres hervorzurufen. Nein, Simon bar Giora, wir haben nichts gemeinsam, nicht einmal denselben Feind!«
Bar Giora lachte böse auf. »Wenn jemand Selbstbetrug betreibt, dann bist du es, Sohn des Arinos. Wie lange glaubst du, wirst du dich mit deiner unentschlossenen Einstellung gegen die Tatsache verschließen können, daß es hier in Jerusalem um eine endgültige Entscheidung geht? Meint ihr, ihr könnt euch abseits halten, wenn die Mauerbrecher erst einmal in Tätigkeit sind? Glaubst du, man wird deine Stimme noch vernehmen, wenn das erste Kampfgeschrei über die Mauern zieht? Was stellst du schon dar, in der Gesamtheit unserer Pläne? Was bedeutet ihr Zweitausend aus der Davidsstadt schon im Konzept unserer Dreißigtausend, die Männer des Johannes von Gischala nicht miteingerechnet?«
Marsena zuckte die Schultern. »Du sprichst mit dem Falschen. Ich

habe weder mit euch noch mit den Plänen der Ältesten aus der Akra etwas zu tun. Ich bin als Gast nach Jerusalem gekommen und wollte es als solcher auch bleiben. Du wirst dich mit deiner Demagogie an Eleasar ben Jair, an die Söhne des Merton und die Söhne des Ari zu wenden haben.«

Simon bar Giora schüttelte staunend den Kopf. »Weshalb bist du dann hier? Weshalb habe ich mir die Mühe gemacht, dich zu mir zu bitten?«

Marsena lächelte müde. »Du suchtest in mir einen möglichen Widersacher deiner Pläne und einen etwaigen Verbündeten, den es zu überzeugen galt. Ich bin weder das eine noch das andere. Aber da ich ohnehin zu dir gekommen wäre, spielt dies keine Rolle. Ich habe dich kennengelernt und du mich. Wir sind beide wahrscheinlich voneinander enttäuscht, wenn auch aus anderen Überlegungen heraus. Ich kam, um dich um etwas zu bitten.«

Bar Giora sah überrascht auf. »Du bittest mich um etwas, Sohn des Arinos?«

»Wenn du die Größe besitzt, die du von dir annimmst, wirst du meinen Wunsch respektieren.«

Marsena sah Simon bar Giora durchdringend an. Dann kamen seine Worte ruhig und gelassen. Er wußte, es war etwas Ungeheures, was er von Bar Giora verlangte. Es würde ein Kampf der Gedanken und Überlegungen werden. Und der Idumäer mußte viel Mut beweisen, seinen eigenen vorhergegangenen Handlungen gegenüber und vor seinen Unterführern, sollte er auf Marsenas Wunsch eingehen.

Marsena wußte, daß die ersten Worte entscheiden mußten, ob aus einem bösen Proteststurm der Anwesenden mehr wurde als nur das Unfaßliche seines Wunsches in ihren Augen.

»... Ich werde nur einige Stunden wegbleiben und verpfände meine rechte Hand, daß ich zurückkehren werde, bevor ein neuer Abend sich über die Mauern senken wird.«

Marsena hatte bei seinen Worten seinen Blick nicht von Simon bar Giora gewandt.

Des Idumäers Gesicht war tief in seinem dichten Bart versunken. Noch lange, als Marsena seine letzten Worte ausgesprochen hatte, hielt das Raunen und Murmeln im Saale an. Bar Giora hatte Marsena nicht unterbrochen und schwieg auch jetzt noch.

Aus welchen Tiefen wird deine Entscheidung kommen, Simon bar Giora? dachte Marsena.

Bislang hatte er jeden Versuch, mit den Römern Kontakt aufzunehmen, grausam unterdrückt. Wenn du Mut hast, Sohn des Giora, wirst du diese Herausforderung von mir annehmen.
Dann sahen sie sich in die Augen und wußten, daß dieser Kampf auch für alle weitere Zukunft von entscheidender Bedeutung sein mußte. Marsena wußte, daß, würde Bar Giora seinen Wunsch ablehnen, sich die Anwesenden auf sie beide stürzen würden. Und Marsena wußte noch etwas in aller Deutlichkeit! – Daß er zuvor den Idumäer noch töten würde. Sie würden beide verlieren, sollte sich Bar Gioras Entscheidung als negativ erweisen.
Vielleicht weiß er es, und seine Unterführer und sein Stolz müssen von seinen Überlegungen und Gedanken erst noch besiegt werden. Es wäre das erste Mal, daß der Beherrscher des größten Teiles der Stadt jemanden freiwillig aus Jerusalem herausgelassen hätte, der nicht vorhatte, sich auf jeden Römer zu stürzen.
»Gut, Marsena«, sagte Simon bar Giora nach einer Weile mit finsterem Gesicht. »Wir werden dich gehen lassen. Nur, können wir sicher sein, ob du auch zurückkehren wirst?«
»Ich habe euch mein Wort gegeben«, gab Marsena ruhig zurück.
Bar Giora nickte und verzog den Mund zu einem ironischen Grinsen. »Wir zweifeln an deinen Worten nicht. Nur, werden dich die Römer nicht zurückhalten? Du weißt sehr viel von den Verteidigungsanlagen der Stadt, von unseren Plänen, von unserer Stärke.«
»Marcus Julianus ist mein Freund. Er wird nicht zulassen, daß ich gegen meinen Willen zurückgehalten werde. Er wird seine rechte Hand verpfänden, um mein Zurückkehren zu garantieren.«
Bar Giora sah auf seine Fingerspitzen. »Eben, er ist dein Freund; er wird alles daransetzen, dich umzustimmen.«
»Dein Vertrauen in meine Worte ist wirklich über alle Zweifel erhaben, Simon«, antwortete Marsena spöttisch.
Der Idumäer zuckte die Schultern. »Wir haben Krieg, und der Krieg ändert auch vieles an Charakter und Einstellung eines Menschen.«
»Was ihr zu Genüge bewiesen habt«, antwortete Marsena trocken und blickte herausfordernd in die Runde der versammelten Unterführer Bar Gioras.
»Nicht wir haben unsere Loyalität zu beweisen, sondern du«, zischte einer der Männer in nächster Nähe mit böse blitzenden Augen.
Marsena maß ihn mit verächtlichem Blick. »Ich wundere mich, daß ein Mann wie Thakeas von Loyalität spricht. Warst du es nicht, der

bei den Idumäern einst das große Wort geführt hat, um dann in deiner Meinung umzuschwenken, als du merktest, daß deine Machtstellung dahinschwand? Warst du es nicht, der Ananus mordete, einen der wenigen der Stadt, der menschliche Größe bewies? Jetzt hast du dich Simon bar Giora angeschlossen, aber nicht aus Loyalität, sondern aus dem niederen menschlichen Trieb heraus, mit dem du um des Vorteiles willen selbst deinen Nächsten verraten würdest. Ich habe nur Verachtung für dich!«

Thakeas hatte bei Marsenas Worten einen hochroten Kopf bekommen. Er blickte wild in die Runde. »Läßt man diesen Römerhund so ungestraft sprechen?« schrie er in tiefstem Haß.

Alle Blicke richteten sich auf Simon bar Giora, der jedoch nur aufmerksam die Szene betrachtete. Thakeas' Wut steigerte sich, als er sah, daß niemand Partei für ihn zu ergreifen schien. Er wies mit zitternder Hand auf Marsena und zischte: »Ja, laßt ihn nur zu den Römern, daß er uns verraten kann. Julianus ist sein Freund, und wer weiß sonst noch von den römischen Bastarden. Ein römischer Hund, der Freund eines Juden. Aber richtig, Hunde gehören ja zusammen. Oder noch besser, streunende Hunde gehören erschlagen.« Er lachte wie irr, als er sein Schwert unter dem Überwurf seines Gewandes herausriß.

Marsena sah, wie Judas' Hand zum Schwert zuckte, und er legte ihm beruhigend die Hand auf den Arm. Dann sagte er mit gefaßter Stimme zu Simon bar Giora, der immer noch keine Anstalten machte einzugreifen: »Halte diesen Wahnsinnigen zurück, wenn du an seiner Gesellschaft weiter interessiert bist. Andernfalls wirst du mir nicht übelnehmen dürfen, seinen gifttriefenden Worten entgegenzuwirken.«

»Er ist einer meiner besten Kämpfer, Sohn des Arinos«, gab Bar Giora mit einem lauernden Unterton zurück. »Du solltest dich in unserer Gegenwart ein wenig in acht nehmen!«

»Du irrst dich, Simon bar Giora, wenn du glaubst, du könntest mich mit Drohungen beeinflussen.« Marsena blickte verächtlich in die Runde. »Und deine Vasallen können mir nur ein mitleidiges Lächeln entlocken, wenngleich sie weniger Mitleid verdienen als die Römer vor unseren Toren.«

»Genug«, schrie Thakeas in wilder Wut. »Du hast soeben dein Todesurteil gesprochen. Ich werde deinen zerfetzten Leichnam zur Abschreckung an das Damaskustor hängen, bis er zu getrocknetem Le-

der geworden ist. Und so wird es jedem gehen, der es wagt, unseren heiligen Kampf ins Lächerliche zu ziehen.«
Marsena war einen Schritt zurückgetreten, um dem kreisenden Schwert auszuweichen. Die Umstehenden sahen erstaunt, daß er selbst keine Anstalten machte, sein eigenes Schwert zu ziehen.
»Wenn er in einem wirklichen Kampf auch so unbeherrscht ist, wirst du wenig Freude an ihm haben, Bar Giora«, sagte Marsena kalt. »In einem Kampf um Leben und Tod genügt Haß nicht!«
»Du wirst es ja sehen«, tobte Thakeas, und Marsena hatte Mühe, dem ersten Streich des Idumäers auszuweichen.
Simon bar Gioras Augen hatten sich vor Verwunderung weit geöffnet. Noch niemand hatte es bisher im Kreise seiner Leute gewagt, so unerschrocken aufzutreten. Für einen Augenblick bedauerte er, Marsena ben Arinos nicht zu seinen Freunden zu zählen. Aber er ist auch eine unberechenbare Gefahr für meine Pläne, dachte er. Du hast dir einen schlechten Zeitpunkt gewählt, mich zu demütigen, Sohn des Arinos, sagte er zu sich. Ich habe dir zwar zugesagt, das römische Lager aufzusuchen, und ich halte meine Versprechen. Aber einem Toten gegenüber brauche ich dieses Versprechen ja nicht mehr einzuhalten.
Er sah den geifernden Thakeas und hörte die drängende warnende Stimme Marsena ben Arinos': »Entscheide dich, Simon bar Giora. Ich werde diesem Verrückten keinen weiteren Schlag gegen mich zugestehen.«
Simon strich sich über den Bart. Seine Augen waren immer noch neugierig auf ihn gerichtet. »Man sagt, du wärest im Schwertkampf unübertroffen. Thakeas spricht das gleiche sich selbst zu. Ich möchte sehen, wie gut du wirklich bist.«
Die Umstehenden wichen zurück und bildeten einen weiten Kreis um Thakeas und Marsena. Das erregte Murmeln legte sich und machte tiefem Schweigen Platz, in dem das wilde Schnauben Thakeas' überlaut zu vernehmen war. Marsena hatte sein Schwert gezogen. Ruhig und gelassen streifte er seinen Umhang ab und reichte ihn Judas. Der Stahl des kurzen römischen Schwertes blitzte, und der juwelenverzierte Griff funkelte im Licht der durch die Säulengänge hereinflutenden Sonnenstrahlen.
Thakeas' Augen waren unruhig. Er sah vor sich den völlig gelassen zu sein scheinenden Marsena, die interessierten und gespannten Gesichter der Anwesenden, in deren Mienen sich Gier und Mordlust abzu-

zeichnen begannen, und er fühlte, wie der Schweiß in seine Handflächen trat. Mit wütender Gebärde wischte er sich die Hände an seinem Obergewand ab. Er hat Angst, dachte Marsena. Plötzlich steht er allein da, und er ist sich seiner Überlegenheit nicht mehr sicher. Er ist ein Hase, und nur inmitten einer Gefolgschaft fühlt er sich als Wolf. Aus den Reihen der Unterführer Bar Gioras wurden Zurufe laut. Die plötzliche Unsicherheit Thakeas' machte sie unwillig. »Erschlag ihn, Thakeas. Was zögerst du?«

Marsena wandte sich an Simon bar Giora: »Sagtest du nicht, er wäre ein großer Held mit dem Schwert? Mir scheint, er ist es nur mit Worten.«

Thakeas brüllte auf und stürzte sich mit erhobenem Schwert auf Marsena. Der Bann war gebrochen, und ein Tosen erfüllte den Raum. Die erhitzten Gemüter hatten ihr Schauspiel, auf das sie gewartet hatten. Der Kreis drängte sich um die Kämpfenden. Fäuste wurden gehoben, und erregte Stimmen überfluteten den Saal.

Thakeas war kein schlechter Kämpfer, Marsena mußte es anerkennen. Aber in seinem Haß führte er seine Streiche zu ungestüm und mit zu wenig Überlegung. Zudem waren die Schläge des langen Schwertes schwer zu kontrollieren, und Marsena konnte sie mit der kürzeren Waffe fast spielerisch abblocken. In das Klirren der aufeinandertreffenden Klingen drang das Keuchen aus dem halbgeöffneten Mund Thakeas'. Er hat schlechte Zähne, dachte Marsena und wunderte sich, welch groteske Gedanken ihm jetzt durch den Kopf gehen konnten. Wenn er weiter so wild drauflos schlägt, wird sein Arm bald ermüden. Bis jetzt hatte sich Marsena nur aufs Kontern beschränkt, und die Anwesenden zollten den heftig geführten Streichen Thakeas' begeistert Anerkennung.

So kann er in einer Schlacht um sich schlagen, sagte sich Marsena, aber nicht in einem Zweikampf. Ich will ihm zeigen, was römische Fechtkunst ausmacht. Thakeas holte zu einem wuchtigen Streich aus. Marsena ließ seine Klinge leicht an der Schwertspitze Thakeas abprallen, und ehe dieser seine aus der Kontrolle geratene Waffe wieder erheben konnte, hieb Marsena sein Schwert mit einem kurzen trockenen Schlag gegen die breite Klinge kurz unterhalb des Heftes. Das Schwert Thakeas zersprang. Erschrockenes Gemurmel breitete sich unter den Anhängern Simons aus.

Verwundert betrachtete Thakeas seine Hand, die nur noch den Griff umschloß. Marsena wischte sich über die Stirn. »Der Kampf könnte

zu Ende sein, Thakeas«, sagte er ohne äußerlich erkennbare Regung.
»Er ist es nicht«, schrie der Idumäer, und wütend warf er den Griff des Schwertes zu Boden. »Das war nur der gemeine Trick eines römischen Hundes. Es ist nichts entschieden. Gebt mir ein neues Schwert!« Er riß dem Nächsten die Waffe aus dem Gürtel und drang wieder auf Marsena ein.
»Ich warne dich«, knurrte Marsena und parierte die Schläge. »Diesmal belasse ich es nicht bei dem Zerbrechen deines Schwertes.«
»Stirb, Hund!« brüllte der Idumäer, und seine Augen glühten in unversöhnlichem Haß. Marsena wußte, daß er den Kampf nicht mehr verlieren konnte.
Die Schläge des Thakeas kamen immer ungenauer, und jetzt war es Marsena, der vorwärts drängte.
Die Menge brüllte enttäuscht auf, als sie sah, daß Thakeas zurückwich. In den Augen des Idumäers machte sich Furcht breit. Schweiß perlte ihm unablässig über die Stirn, und sein Atem ging keuchend. Du bist am Ende, Thakeas, dachte Marsena und schlug zu. Die Klinge hinterließ eine rote Bahn auf dem weißen Gewand des Idumäers. Aus dem zerfetzten Ärmel des linken Armes quoll Blut. Entsetzt starrte Thakeas auf die klaffende Wunde. Sein Mund öffnete sich zu einem gurgelnden Stöhnen. Abwehrend hielt er sein Schwert vor. Marsena schlug es zur Seite und stieß zu. Das Schwert drang dem Idumäer in den Bauch und trat am Rücken wieder aus. In den entsetzten Aufschrei der Menge gellte das tierische Schreien Thakeas'. Seine Augen verdrehten sich, und um seinen Mund bildete sich blutiger Speichel. Mit einem kurzen Ruck zog Marsena das Schwert heraus, und der Körper Thakeas' sank zu Boden. Ein Blutfleck breitete sich aus und vermischte sich mit den Farben des Mosaiks.
Die aufgebrachte Menge tobte, und Judas stellte sich mit gezücktem Schwert neben Marsena.
Simon bar Giora hob die Hand, und mit donnernder Stimme gebot er Ruhe. Nur langsam legte sich die Erregung, und Marsena wußte, daß sich viele gerne auf sie gestürzt hätten, würde Simon bar Giora nur einen Wink gegeben haben.
»Ein guter Kampf, Marsena«, nickte Bar Giora beifällig, »wenngleich ich dadurch einen meiner besten Schwertkämpfer verloren habe. Ich wünschte, du würdest an seine Stelle treten.«
Marsena schüttelte immer noch schweratmend den Kopf. »Du weißt, wie unmöglich dieser Gedanke ist. Unsere Auffassungen gehen zu

weit auseinander, als daß wir auf dieser Ebene zusammentreffen könnten.«

»Du bist Jude, Marsena. Wir alle sind Juden. Du selbst sprachst von Einigkeit, von Solidarität, die du uns absprichst. Doch wie steht es mit dir? Wie willst du deine Worte erklären, da du dich aus der Gesamtheit des Volkes auszuschließen suchst?«

»Einigkeit der Gewalt?« gab Marsena ironisch zurück. »Ist das Volk der Gewalt nicht längst schon müde? Hat es nicht genug unter dem Joch fremder Mächte gelitten, um nun auch noch aus den eigenen Reihen geknechtet zu werden? Diese Einigkeit meinte ich nicht, Simon bar Giora.«

Simon runzelte die Stirn. »Ich verstehe dich nicht, Sohn des Arinos. War nicht ich es, der die Stadt von den Greueln der Zeloten befreite? Schützte ich sie nicht gegen die Übergriffe Johannes von Gischalas? Habe ich nicht die Zeloten zur Einsicht gebracht, als Mattathias, der Oberpriester, mich im Namen des Volkes bat, die Führung in der Stadt zu übernehmen?« Er hob die Arme in leidenschaftlicher Gebärde. »Nicht mich trifft die Schuld an dem Bruderkrieg, der Abrahams Volk entzweit. Läge es an mir, so wäre er längst zu Ende, und kein jüdisches Blut müßte durch jüdische Hand weiter fließen.«

»Und wie ist es mit denen, die die Stadt verlassen wollen?« unterbrach ihn Marsena zornig. »Frauen, Kinder, Greise, denen der Schrecken Hoffnung und Glauben geraubt hat? Bist nicht du es, der diese Bedauernswerten morden läßt? Ja, ich weiß«, winkte er ab, als Simon verärgert auffahren wollte. »Du deckst diese Mordtaten mit dem Mantel politischer Interessen. Wobei es mir fraglich erscheint, wie diese Greueltaten hinter denen des Johannes von Gischala zurückstehen sollten. Fließt hier nicht ebenso jüdisches Blut durch jüdische Hand? Und vor allem – kann es einem aufrichtig Gesinnten entgehen, daß es sich um das Blut völlig Unschuldiger und Wehrloser handelt? O nein, Simon bar Giora. Du mußt andere Worte finden, um mich überzeugen zu wollen!« Er wies auf die versammelten Unterführer, die ihn wütend maßen. »Diese da haben mehr Blut jüdischer Frauen und Kinder vergossen, als es die Römer je zu tun vermögen. Ja tobt nur. Ihr könntet mich töten, um mich zum Schweigen zu bringen. Aber wird die Geschichte es jemals vergessen können? Warum glaubt ihr, suchen so viele aus der Stadt zu flüchten? – Weil sie mit den Römern gemeinsame Sache machen wollen? Nein! Sie hassen die Abhängigkeit unter einer fremden Herrschaft ebenso wie ihr. Nur

scheint mir, hätten sie unter dem römischen Joch mehr Barmherzigkeit zu erwarten, als ihr selbst den eigenen Leuten gegenüber zu gewähren bereit seid.«
Erregtes Stimmengewirr erfüllte den Saal. Fäuste wurden gegen Marsena geschwungen, und er hörte Zwischenrufe, die seinen Tod forderten. Marsenas Lippen umspielte ein verächtliches Lächeln. Ja, brüllt nur, dachte er. Ihr seid wie Sandflöhe, die ein Schritt erschreckt hat, und die sich vor einem weiteren in Sicherheit zu bringen suchen. In der Hand Roms seid ihr wie die Sandkörner, die durch geöffnete Finger rieseln, und die auf dem Boden von den Stiefeln römischer Soldaten zertreten werden.
»Geh!« schrie Simon bar Giora. »Vertraue auf die Barmherzigkeit Roms, daß sie dich nicht zurückhält, denn sei gewiß, daß dein Freund den Sonnenaufgang des nächsten Tages nicht erlebt, solltest du bis zum Sonnenuntergang dieses Tages nicht zurückgekehrt sein.« Ein Ring Bewaffneter hatte sich um Judas geschlossen.
Marsena nickte verächtlich. »Ich hätte wissen müssen, daß euch ein Wort nichts gilt, da ihr selbst das eure nicht haltet. Judas ben Ari hat nichts mit meinem Vorhaben zu tun. Ihn als Geisel zu nehmen, zeigt eure Gesinnung auf, und darauf, bei den Propheten Israels, braucht ihr nicht stolz zu sein!«
Judas hatte Marsenas Schultern umfaßt. »Geh nur, Marsena. Ich brauche keine verpfändete rechte Hand von dir, um sicher zu sein, daß du dein Wort hältst. Ich weiß, mein Bruder, daß du zurückkehren wirst.«
»Bei meinem Leben, Judas«, flüsterte Marsena heiser und umarmte den Freund.
Es war plötzlich still geworden. Es war nicht Menschlichkeit, die den zweihundert Unterführern Simon bar Gioras Schweigen gebot, sondern ungläubiges Staunen über die Selbstverständlichkeit, mit der des Aris Sohn sein Leben zu wagen bereit war, für ein nutzloses Unterfangen, wie sie empfanden.
Simon bar Giora strich bedächtig über den Griff seines Schwertes. Er sah zu Marsena und Judas hinüber und fragte sich, wie viele seiner Leute ihm in einer ähnlichen Situation die Treue gehalten hätten. Er fühlte beinahe Bedauern in sich aufsteigen. Marsena würde nicht zurückkehren, und Judas würde sterben. Er sah zu Ananus ben Bagadates und wünschte, einen der beiden an seiner Stelle stehen zu sehen.
Vor Marsena öffnete sich der Kreis der Bewaffneten, und er schritt,

ohne sich noch einmal umzusehen, hindurch. Er ging den hellen Säulengang zurück, der ihm auf einmal so unendlich lang vorkam.

Die Begegnung

Er erkannte Julianus' Zelt sofort an der Standarte vor dem Eingang. – Zwei verschlungene Faune, die denen seines Schwertgriffes glichen, umgeben von Stier und Adler auf dunkelblauem Grund. Das Zelt stand in nächster Nähe zu Titus Vespasians Zeltkomplex, der gleichzeitig den Versammlungsraum für die Legaten der einzelnen Legionen in sich einschloß. In unmittelbarer Nähe erkannte Marsena auch das Zelt Tiberius Alexanders, mit dem Zeichen des Generalstabs, also führte Julianus' Patenonkel den Oberbefehl über die Gesamttruppe. Die Begleitmannschaft, die ihn unmittelbar vor den Belagerungsmaschinen in Empfang genommen hatte, stapfte im Gleichschritt schweigend neben ihm her. Zwei Pila waren auf ihn gerichtet. Das Schwert hatte man ihm gelassen, da ein Griff danach ohnehin seinen sofortigen Tod bedeutet hätte.
Der Zenturio, der ihn unmittelbar vor den ersten römischen Reihen zum Halten aufgefordert hatte, sah einige Male neugierig zu ihm hin. Marsena trug immer noch die kurze römische Tunika, die hellen hohen Lederstiefel, und an seiner Seite hing in Legionärsart eingeklinkt das kurze Ibererschwert. Er hätte ein Römer sein müssen, wäre er nicht aus dem Tor beim Herodespalast vom belagerten Jerusalem gekommen. Der Zenturio hatte erstaunt gegrunzt, als er auf die Frage, wohin er wolle, die Antwort erhielt: »Zu Marcus Julianus, General der Legionen, Quästor mit Anwartschaft auf das erste Konsulat.«
Sie schritten die Principia entlang. In der Ferne sah Marsena das Tribunal, wo auf Geheiß der Legionskommandeure die Auspizien befragt wurden. In der Mitte des Lagers war das Prätorium aufgebaut mit den Standarten der einzelnen Legionen. Er konnte die Feldzeichen von vier Legionen erkennen und erschrak bei dem Gedanken, daß in Jerusalem trotz der überfüllten Stadt allenfalls dreißigtausend Vollbewaffnete aufgestellt werden konnten. Rechts und links der Principia, der Hauptstraße des Heerlagers, erstreckten sich unzählbar die Zehnerzelte der Soldaten. Von überall wurde er neugierig und erstaunt gemustert, und es würde ihn nicht gewundert haben, wenn

er hier und da bekannte Gesichter gesehen hätte. Plötzlich war er sich des Grotesken seiner Situation bewußt. Was erwartete er von Julianus? Zustimmung? – Wie konnte er das erwarten? Wollte er sich eine Hintertüre aufhalten, wenn es zu einer persönlichen Konfrontation mit Roms Soldaten kommen sollte? Das bestimmt nicht, er kannte den Tribut, den er seiner Entscheidung zu zollen hatte. Man würde ihn auf der Stelle hinrichten lassen, sollte im Lager jemand auf seine Identität aufmerksam werden. Konnte er von Julianus erwarten, das Lager wieder frei verlassen zu können? Er erschauerte bei dem Gedanken an Judas, der von seiner Rückkehr so grenzenlos überzeugt war, daß er ohne Zögern sein Leben in Marsenas Versprechen gelegt hatte. Julianus würde seine Gründe respektieren, wenn auch nicht verstehen. Marsena atmete etwas ruhiger, wenngleich das erwartete Zusammentreffen mit Julianus ihn innerlich aufwühlte.
»Warte!« sagte der Zenturio und wandte sich an die Prätorianergarde vor dem Zelt. Es war Julianus' Zelt. Marsena schmunzelte. Trotz seiner patrizischen Herkunft, die ihm einen bewußt vornehmen Lebensstil auferlegte, was auch privat stets zur Geltung kam, ließ es sich Julianus nicht nehmen, bei Feldzügen stets das gleiche Zelt zu benützen. Es hatte ihm schon in den nubischen Kriegen gedient, war bei den Partherfeldzügen dabeigewesen, und Marsena glaubte zu wissen, es auch in Gallien gesehen zu haben, wo er selbst in der Nähe von Julianus stationiert gewesen war.
Marsenas Blick schweifte über das Lager, über die unzähligen Zelte und Erdwälle, über die Speere, deren Spitzen in der Sonne funkelten, und die Schilde, die aneinandergelehnt den Anblick von Unüberwindlichkeit und Stärke zu demonstrieren wußten. Marsena empfand ein seltsames Gefühl. Er kannte das Lagerleben der römischen Legionen, war selbst unter ihnen herangereift, und dennoch erschien ihm alles so unwirklich, seinem Bewußtsein so unendlich entfernt. Disziplin und Ordnung, eine exakt geschulte Armee standen hier vor einem fanatischen Haufen Juden, die dieser Macht nicht mehr entgegenzusetzen hatten als den Drang nach Freiheit und den irrealen Glauben an ein selbständiges Judäa. Nein, Simon bar Giora, Johannes von Gischala, ja und auch ihr, meine Brüder aus dem Hause Ari, ihr habt die potentielle Macht Roms noch nicht zu spüren bekommen. All die Kämpfe vorher waren nur Vorgeplänkel.
Eine Abteilung Reiter trabte vorbei, und das Donnern der Hufe ließ die Erde erbeben. Marsena wischte sich den Staub aus dem Gesicht,

den die Pferde aufgeworfen hatten und wandte seinen Blick durch die Zeltreihen auf das imposante Bild Jerusalems, das sich über die Hügel in schier unabsehbaren Dimensionen erhob. Das Gold der Dächer des Tempels und des herodianischen Palastes funkelte in der Sonne und schien die Truppen der römischen Streitmacht zu verhöhnen. Eine gewaltige Festung, sagte sich Marsena. Aber gewaltigere Festungen haben sich den Legionen Roms schon beugen müssen. Doch muß es auf die Römer einen deprimierenden Eindruck machen, wenn sie die gewaltigen Festungsanlagen jeden Morgen zu Gesicht bekommen. Der Psephinus-Turm mit seinen siebzig Ellen Höhe, direkt vor der Nase der Römer, mußte eine geradezu faszinierende Wirkung auf den Feind ausüben, da Titus in seiner Nähe sein Lager hatte aufschlagen lassen. Marsena blickte über die mächtigen Mauern, die durchschnittlich dreißig Ellen hoch waren, und an deren Fundament der Boden steil abfiel und somit zusätzlichen Schutz gegen jeden Angreifer bot. An dieser Stelle wird Titus sich die Zähne ausbeißen, dachte Marsena. Denn diese Mauer, die von den unüberwindlichen Türmen Mariamne, Phasael und Hippikus aus um die Oberstadt und die Akra bis zu den Tempelmauern führt, läßt den Einsatz von Mauerbrechern nicht zu, falls sie nicht das ganze Hinnomtal zuschütten wollen. Wenn Jerusalem zu bezwingen ist, dann nur von der Nordmauer her, die die Bezetha umgibt. Hier hatte König Agrippa die Mauer nur zwanzig Ellen hoch anlegen lassen, aus Furcht, Kaiser Claudius könnte darin eine Provokation gegen die römische Oberhoheit sehen. Schade, dachte Marsena. Hätte der König sein Vorhaben durchweg verwirklicht, die geplanten Befestigungen zu verstärken und zu erweitern, so wäre die Stadt nahezu uneinnehmbar geworden. Seltsam, sagte sich Marsena, meine Gedanken bewegen sich wie die eines römischen Befehlshabers, der einen Schlachtplan entwirft. Und er murmelte: »Ich war wohl zu lange in Roms Händen, als daß ich noch anders denken könnte als ein Römer.«
In Marsenas Überlegungen mischte sich ein wenig Wehmut. Ich stehe hier und betrachte die Stadt, als hätte ich sie zum ersten Mal gesehen. Er verzog die Lippen zu einem bitteren Lächeln. Wie oft hast du deinen Blick über die Türme, den Tempel, die prachtvollen Bauten schweifen lassen, ohne sie richtig gesehen zu haben? Die Stadt schien für die Ewigkeit gebaut zu sein, und wer hätte denken können, daß es vielleicht einmal diesen Anblick nicht mehr geben könnte? Und jetzt betrachte ich sie mit den Augen eines Römers und suche den Punkt,

an dem sie empfindlich zu treffen ist. Du Glanz Judäas, du strahlst im Sonnenlicht, als gäbe es nicht die endlose Nacht, in die selbst das Gold von deinen Dächern kein Licht mehr zu bringen vermag. Marsenas Blick sog sich an den sanften Hügeln fest, auf denen die Stadt thronte, als vermöchte sie keine Macht dieser Erde von dort zu stürzen. Neben dem Tempel, der wie ein Juwel erstrahlte, erhob sich die mächtige Front der Antonia, das gewaltige Bollwerk inmitten der Stadt. Die Frauentürme im Norden ragten wie Zyklopen über die flachen Dächer der Bauten der Nordstadt. Ihr Anblick täuschte Marsena aber nicht darüber hinweg, daß hier der schwächste Punkt der Befestigungen zu sehen war. Ost-, Süd- und Westflanke waren durch das Kidron- und Hinnomtal auf natürliche Weise so geschützt, daß eine einzige Umfassungsmauer zur Abwehr genügte. Die Mauer der Könige David und Salomo führte hier um die Stadt, unüberwindbar seit Jahrhunderten. Auch König Nebukadnezar aus Babylon hatte bei seiner Eroberung Jerusalems es nicht gewagt, an diesem Punkt anzugreifen. Fast ehrfurchtsvoll schweiften Marsenas Blicke über die gewaltigen Quadern, die selbst für die Rammaschinen Roms unzerstörbar erschienen. Jerusalem ist von außen nahezu uneinnehmbar. Es wird sich von innen zerstören. Marsena dachte an den Bruderkrieg, der innerhalb der Mauern wütete, und er zweifelte an den Phrasen Johannes von Gischalas und Simon bar Gioras, Jerusalem und ganz Judäa die Freiheit zu verschaffen. Welch ein Paradoxon, Freiheit mit Terror und Bruderkrieg erringen zu wollen, wo zudem bereits ganz Galiläa in den Händen der Römer war! Wenn Jerusalem fiel, war auch der Traum zu Ende. Marsenas Gedanken weilten bei der Stadt, in der er geboren war, die die Träume seiner Kindheit bewachte und die Blicke des Erwachsenen im Banne hielt, als gälte es den Eindruck für immer zu bewahren.
»Ich habe dich das erste Mal gesehen, Jerusalem«, flüsterte Marsena. »Und vielleicht ist es auch das letzte Mal, daß ich dich so sehen werde.«
Die beiden Soldaten, die immer noch die Pila auf ihn gerichtet hielten, sahen ihn interessiert an, denn er hatte aramäisch gesprochen. Dann blickten sie wieder starr geradeaus und reckten sich zu einer angedeuteten militärischen Ehrenbezeugung. Der Vorhang zum Eingang des Zeltes wurde aufgeschlagen und der Zenturio, der Marsena begleitet hatte, trat heraus. Hinter ihm erschien ein hochgewachsener Mann in ziselierter Rüstung. Er war etwas kleiner als Marsena, aber von kräf-

tigerem Körperbau. Von der Stirn über den linken Mundwinkel bis zum Kinn zog sich eine gut verheilte Narbe hin, die von einem Schwertstreich herrührte, und die im gebräunten Gesicht des Römers eine rötliche Spur hinterließ. Seine blauen Augen musterten Marsena, aber nur ein leichtes Flackern in ihnen ließ erkennen, daß er irgendeine Regung zeigte. Er winkte der Wache. »Gib mir ein Schwert, Domitius«, sagte er plötzlich in zornigem Tonfall. »Damit ich diesen Schurken erschlagen kann.« Er riß dem Wachsoldaten das Schwert aus der Scheide und schritt auf Marsena zu. Marsena blieb ruhig stehen und musterte Marcus Julianus neugierig. Dann sah er die schelmischen Augen des Römers, und seine Lippen kräuselten sich zu einem erfreuten Lächeln. Marcus Julianus blieb wenige Schritte vor Marsena stehen und wies mit dem Schwert auf ihn. »Soldaten, wißt ihr, wer das ist?« Er machte eine Kunstpause und blickte in die Runde. »Es ist Marsena ben Arinos, Held von Gallien und mein schlechtester Freund.« Er ließ das Schwert fallen und umarmte Marsena. »Mein Freund und Bruder, wie freut es mich, dich zu sehen. Ich konnte ja nicht ahnen, daß du dich hier in Judäa aufhältst. Bei welcher Einheit bist du? Ich wußte nicht, wie nahe du mir warst. Ich erhielt einen Brief von Claudia, der mir von Alexandria nachgeschickt wurde, daß du mit unbekanntem Ziel abgereist warst. Komm ins Zelt, wir haben viel zu besprechen.« Er faßte Marsena an den Schultern und zog ihn mit sich.
»Leg dein Schwert ab, Jude«, sagte der Wachsoldat und trat Marsena in den Weg. »Kein Fremder darf das Zelt eines Feldherrn in Waffen betreten.«
Marcus Julianus lachte. »Laß gut sein, Domitius Sabinus, als Freund deines Legaten ist er dieses Privilegs würdig. Er ist zwar Jude, doch ein Freund Roms.«
Der Soldat trat zur Seite und knurrte: »Kein Jude ist ein Freund Roms.«
»Verzeih ihm, Marsena«, Julianus lachte freundlich. »Er ist ein guter Soldat. Ich könnte mir keinen besseren wünschen, außer dir natürlich.« Er schlug dem Juden auf die Schulter. »Aber er ist schon zu lange in Judäa, und er kämpft zu lange schon in diesem Land, als daß er freundliche Gefühle für seine Bewohner hegen könnte.«
Marsena nickte. »Ich kann ihn verstehen, zumal ich von meinen eigenen Landsleuten nicht anders empfangen wurde.«
»Mach es dir bequem, Marsena«, forderte ihn der Römer auf. »Mein

Zelt entspricht zwar nicht den Vorstellungen von Bequemlichkeit und standesgemäßem Leben, aber man kann es aushalten. Außerdem bist du diese Art von Leben ja selbst gewohnt. Dieses Zelt ist beinahe so alt wie ich selbst.« Er lachte und warf Marsena ein Kissen zu. »Du wirst mir viel zu erzählen haben, und ich habe unendlich viele Fragen an dich.«
Er klatschte in die Hände, und ein Sklave trat herein. »Auch im Felde möchte ich die Annehmlichkeiten nicht missen«, sagte er schmunzelnd. »Hole noch einen Becher und einen Krug mit frischem Wein. Und sage den Mädchen...« Er stockte. »Nein, sage ihnen nichts. Hole den Wein!« Er wischte sich verlegen über das Kinn.
»Es sind jüdische Mädchen?« fragte Marsena.
Marcus Julianus sah zu Boden und nickte. »Es war dumm von mir und unüberlegt. Du mußt mir verzeihen, Marsena. Ich vergaß ganz...«
»Du brauchst dich nicht zu entschuldigen, Marcus. Weiß Gott, es ist das Geringste, was zu entschuldigen wäre, und von deiner Sicht aus außerdem völlig legal. Ich bin nicht hier, Marcus, um moralische Bedenken zu proklamieren, auch nicht, um Phrasen über Ethik von mir zu geben, zumal diese im Krieg ohnehin unangebracht wären. Meine Sorgen und Gedanken sind ganz anderer Art.«
Marcus Julianus unterbrach ihn. »Ich muß gestehen, es wundert mich sehr, dich überhaupt hier zu sehen, wenngleich meine Neugier und Verwunderung von der Freude darüber völlig überflügelt werden. Zuletzt wußte ich dich in Capua. Du warst auch gar nicht für den Einsatz in Palästina vorgesehen; aus verständlichen Gründen natürlich. Ich las von einer überstürzten Abreise in Claudias Brief und konnte mir denken, daß es etwas mit den Unruhen hier zu tun haben könnte. Ich erkundigte mich nach meiner Ankunft in Caesarea nach dir, doch niemand wußte von deinem Verbleib. Ich kann nicht verhehlen, mein Freund, daß ich, gelinde gesagt, erstaunt war, von dem Zenturio, der dich zu mir geführt hatte, deinen Namen im Zusammenhang mit Jerusalem zu vernehmen. Ich glaubte, mich verhört zu haben, als er sagte, du wärest aus einem der Stadttore herausgekommen. Ich weiß auch jetzt noch nicht, wie ich es aufzufassen habe, wenngleich mich ein ungutes Gefühl überkommt, je länger ich darüber nachdenke.« Marcus Julianus sah ihn durchdringend an, und seine Augen waren voller Zweifel und ahnendem Verstehen.
Marsena lächelte leicht. Sein Blick durchmaß das Zelt und blieb an

dem kunstvoll geschnitzten Tisch hängen, auf dem Helm und Schwert Marcus Julianus' lagen.
»Er reist immer mit mir«, grinste der Römer. »Du weißt, ich habe ihn aus Nubien.«
Marsena nickte.
»Er ist so schwarz wie die Menschen dort, und ich habe ihn gekauft und nicht etwa aus Plündergut behalten.«
»Ich weiß, Marcus. Du gabst mir dahingehend immer ein gutes Beispiel. Vielleicht war es das, was mir die Scheu und Furcht vor euch Römern genommen hat, so daß ich selbst beinahe...« Er winkte ab und lachte hilflos auf.
»Du wolltest sagen, daß du fast selbst zu einem Römer geworden wärst? – Du bist einer, Marsena. Wenn auch von Geburt Jude, so bist du doch einer von uns. Du besitzt das römische Bürgerrecht. Du bist ein hoher römischer Offizier und ein Freund vieler Familien Roms. Die Zeit ist abzuwarten, bis du zum Vir Clarissimus erhoben wirst.«
»Möchte ich es überhaupt? Und ein Freund der römischen Familien, wie du sagtest? Bin ich das wirklich?« Marsenas Gesicht wurde ernst. »Ich glaube eher, man hielt mich wie ein exotisches Schaustück, und es machte den vornehmen Familien Spaß, mich herumzureichen.«
Julianus runzelte die Stirn. »Du irrst dich, Marsena. Sie machten sich keinen Spaß mit dir. Sie bewunderten dich. Du warst für sie eher ein Beweis ihrer eigenen Unzulänglichkeiten. Du sprachst besser griechisch als sie. Du kanntest die fernen Länder Syrien, Palästina, Ägypten, wo sie nie hinkommen würden. Du lerntest besser die römischen Waffen zu gebrauchen als sie selbst. Du warst ein Vorbild, Marsena, und kein Gegenstand mit dem man hätte Spaß treiben dürfen. Du bist mein Freund, Marsena. Nein, eher ein Bruder als ein Freund. Glaube mir, ich mache dir nichts vor. Du bist Römer, so wie ich es bin. Aber nur dein Herz kann entscheiden, wo du wirklich stehst. Du hast alles erreicht, wovon mancher Römer nur träumen konnte. Titus kennt deinen Namen, und du weißt, Vespasian hatte selbst entschieden, daß man dir die moralische Belastung eines Einsatzes in Judäa nicht zumuten könnte.«
Marsena nickte und seine Lippen waren zu einem ironischen Lächeln gekräuselt. »Der römische Edelmut kennt keine Grenzen; vor allem nicht die Grenzen fremder Nationen.«
Marcus Julianus' Gesicht verdunkelte sich. Er runzelte die Brauen.

»Bist du gekommen um mit mir über Sinn oder Sinnlosigkeit römischen Expansionsstrebens zu diskutieren?«
Marsena winkte ab. »Keineswegs Marcus. Ich wäre auch nicht der rechte Partner hierfür, bin ich doch selbst tatkräftig für Roms Pläne eingetreten. Außerdem, was hätte es für einen Sinn? Hier stehen eure Legionen, – dort ist Jerusalem. Was nützte ein Wortgefecht über fest bestehende Fakten? Weder du noch ich hätten Einfluß auf das Geschehen, das mir unabänderlich erscheint. Ich weiß selbst nicht recht, warum ich gekommen bin. Vielleicht ist es ein Abschied von der Vergangenheit, um einen Sprung in die Zukunft zu wagen, die es vielleicht nicht geben wird? Ich sah dich von den Mauern aus und wollte dich sehen, solange es noch möglich ist. Du sprachst vorhin von einem unguten Gefühl, das du hättest, wenn du über mein Erscheinen in Judäa nachdächtest. Dein Gefühl hat dir recht gegeben, Marcus. Ich bin in Jerusalem und nicht nur vor seinen Mauern. Frage mich nicht nach dem Warum. Es gibt so viele Antworten und doch keine.«
Marcus Julianus starrte Marsena an, als könnte er dessen Worte nicht fassen. Mit einer Handbewegung wies er seinen Sklaven, der den Wein auf den Tisch stellte, aus dem Zelt. Er sagte nichts, nur seine Lippen zuckten einige Male.
Marsena lächelte, als er fortfuhr: »Es ist gut, daß du nichts sagst, Marcus. Doch solltest du, wenn du sprichst, dich selbst fragen, wo du an meiner Stelle wärest.«
Marcus Julianus nahm die Becher in die Hand und reichte einen Marsena. »Auf unser Wiedersehen, mein Freund. Wenn ich auch nicht weiß, ob ich mich unter diesen Umständen noch freuen darf.« Er sagte nichts weiter und goß schweigend den Wein ein.
»Judäischer Wein, Marcus.« Marsena brach das Schweigen. »Wie das Blut aus diesem Lande.«
»Blut hat überall die gleiche Farbe«, sagte der Römer tonlos.
»Aber nur in Judäa fließt es so leicht und so reich«, gab der Jude leise zurück.
Julianus atmete tief ein. »Ich frage die Götter, Marsena, wie ich das verstehen kann? Bei allen Hausgöttern Roms, was hat dich ausgerechnet jetzt nach hier verschlagen?«
»Du fragst deine Götter, Marcus? Frage dein Herz an meiner Stelle. Was müßte es dir antworten?«
Der Römer schüttelte den Kopf. »Wärest du in Rom geblieben,

nichts hätte dein Herz berühren können, und dein Verstand wäre unbeeinflußt.«
»Bist du dir dessen sicher? Kann alle Erziehung, alles römische Denken das Blut beeinflussen, das niemals römisch war?«
Julianus setzte den Becher an und nahm einen langen Schluck.
Marsenas Augen sahen durch den Römer hindurch. Ein Bild war vor seinen Augen aufgetaucht, etwas verschwommen freilich, denn es lag schon zu lange zurück, aber deutlich genug, um die Blumenpracht Capuas zu vergessen und sich der kleinen Arena zu erinnern, der Geschehnisse damals, die vielleicht sogar seinen Entschluß, nach Judäa zurückzukehren, mit beeinflußt hatten.
Der Rat der Stadt Capua hatte, ihm zu Ehren, Gladiatorenspiele angesetzt; er war gerade von einem Feldzug gegen aufständische Treverer zurückgekehrt, und Marcus Julianus hatte ihn mit seiner Schwester nach den Siegesfeierlichkeiten in Rom nach Capua begleitet. Entweder wußte der Rat der Stadt nicht, daß er als Jude geboren war, oder er maß dieser Tatsache keine wesentliche Bedeutung bei, jedenfalls waren die Hauptkämpfer des Tages ein Afrikaner und ein Jude. Der Kampf sollte bis zum Tode gehen, und Marsena wurde sich zum erstenmal bewußt, daß sich in seinem Inneren etwas gegen die Tatsache auflehnte, einen jüdischen Sklaven vor sich sehen zu müssen. Die Juden, von denen er in Rom wußte, lebten in eigenen Vierteln, aber frei, und hatten teilweise sogar das römische Bürgerrecht. Dieser Jude, der in der Arena Capuas zum Kampf auf Leben und Tod antrat, war ein Gefangener, ein Sklave Roms! Und plötzlich fragte er sich, was ihn von dem zum Tode Verurteilten trennte. Vielleicht stammte er aus derselben Stadt wie er? Vielleicht mochten sie sogar als Kinder zusammen gespielt haben und trafen heute unter Umständen wieder zusammen, die sie selbst nie hätten beeinflussen können? Er hatte hinuntergestarrt in die Arena, in der sich die Kämpfer zum letzten Auftritt fertigmachten, in den flimmernden Sand, in den das Blut seine rote Farbe mischen würde. Die Rufe der Menge waren wie ein fernes Rauschen an sein Ohr gedrungen, und auch die Worte Claudias hatten ihn nicht erreicht.
Die Kämpfer hatten ihre Waffen zum Gruß erhoben, aber ihre Gesichter waren ausdruckslos, und die Augen starrten durch die Menge hindurch ohne Anteilnahme. Er sah diese Augen noch vor sich, dunkel die des Afrikaners und blaßgrau die des Juden. Die Sonne über dem Rund der Arena glühte, und die Körper der beiden Todgeweih-

ten glänzten von Öl und Schweiß. Er erinnerte sich nicht der Worte, die der Stadtpräfekt zu ihm sagte, nur das Bild der Arena war unauslöschlich sowie die Gedanken, die quälend daran hingen. Der Schwarze war mit Dreizack und Netz bewaffnet, der Jude hielt in einer Hand die Spatha, das lange Legionsschwert, und in der anderen einen kleinen, runden Schild. Der Kampf war lange unentschieden gewesen. Immer wieder konnte der Jude den Dreizack mit Schild und Schwert abwehren, und der Schwarze wagte sich nicht in den Bereich dieser furchtbaren Waffe, deren Wirkung allen Völkern, die Rom zu seinen Sklaven gemacht hatte, nur zu gut bekannt war.

Dann hatte der Nubier das Netz geschleudert. Für einen Augenblick nur hatte der Gegner gezögert. Er wollte mit dem Schwert das Netz abfangen, statt mit dem Schild.

»Das hätte er nicht tun dürfen«, murmelte Julianus enttäuscht. Das Netz verfing sich in der im letzten Moment zurückzuckenden Hand. Der Nubier zog, und der Jude stürzte aufs Gesicht. Mit einem Knurren stach der Schwarze die Lanze in den Rücken des sich hastig Erhebenden. Fast lautlos starb der Jude. Als der Nubier den Dreizack mit einem heftigen Ruck aus dem leblosen Körper riß, hingen große Fleischfetzen an den fürchterlichen Widerhaken. Die Menge stöhnte auf. Marsena wollte sich hastig erheben, aber Julianus hielt ihn zurück.

»Der Kampf fand für dich statt. Du solltest der Ältestenschaft ein Wort der Anerkennung sagen.«

»Ich mag diese Art von Spielen nicht«, hatte Marsena finster geantwortet.

»Was soll das? Es war ein guter Kampf.« Julianus schüttelte verständnislos den Kopf.

»Ich habe einen Juden sterben sehen.«

»Du hast schon viele Juden sterben sehen«, entgegnete der Römer verwundert.

»Ja, in der Armee, im Dienste Roms und nicht zu deren Belustigung. Das hier war etwas anderes. Der Tod war so sinnlos.«

»Er hätte besser aufpassen müssen«, knurrte Julianus ungerührt.

»Du verstehst nichts«, hatte Marsena bitter entgegnet und sich abgewandt.

»Ach Unsinn«, fauchte Julianus ärgerlich. »Du wärst nicht das, was du heute bist, wenn du dich von Sentimentalität hättest beeinflussen lassen.« Und an seine Schwester gewandt, waren die spöttischen

Worte gekommen: »Hörst du, Claudia? Dein Held Marsena ist ein Träumer. Ein gefeierter Tribun Roms vergießt innerlich Tränen um einen toten Sklaven.«
»Es kann nicht jeder so abgestumpft sein, wie du, mein Bruder«, gab sie ungerührt zurück. »Außerdem glaube ich, ihn verstehen zu können. Wenn es auch nur ein Gladiator war, der starb, so war es doch ein Landsmann deines Freundes.«
»Na und?« hatte Marcus Julianus gesagt. »Ist es nicht völlig gleichgültig, welcher Nationalität die Gladiatoren sind? Sie wissen, was ihnen bevorsteht, und sie haben diese Art zu leben dem Sklavendasein vorgezogen. Es ist deren freie Entscheidung, und bei Mars, der Tod in der Arena ist nicht der unehrenhafteste.«
Marsena hatte ihn lange schweigend angesehen. Dann hatte er geantwortet: »Hast du einen Römer jemals so sterben sehen?«
»Was hast du, Marsena?« – Vor seinem Blick verschwanden die Bilder und Julianus' Gesicht tauchte auf. Er lächelte verwirrt und wischte sich über die Augen. »Es ist nichts. Ich glaubte, etwas zu sehen, was ich eigentlich schon längst hätte vergessen müssen.«
Der Römer sah ihn forschend an, sagte aber nichts. Dann stellte er den Weinbecher, den er noch wie gedankenverloren in der Hand hielt, so ungestüm auf den Tisch, daß der Inhalt überschwappte. Sie starrten beide auf die roten Tropfen, die von der Tischkante flossen und auf den Boden perlten.
»Jüdischer Wein oder jüdisches Blut, beide haben die gleiche Farbe und die gleiche Bestimmung. Sie fließen auf den Boden.« Marsenas Worte kamen leise und tonlos von seinen Lippen.
»Du redest Unsinn, mein Freund.« Marcus Julianus verzog ärgerlich den Mund. »Wir sehen uns nach einem ganzen Jahr erst wieder und du sprichst Worte, die ich noch nie aus deinem Munde gehört habe. Gibt es nicht vieles, was zwischen uns zu klären wäre?«
Marsena blickte auf und lächelte. »Ist nicht alles geklärt? Du bist Römer, ich Jude. Welcher Klärung bedürfte es da noch?«
»Höre, Marsena!« Marcus Julianus stand auf und trat dicht an Marsena heran. »Ich weiß ja, daß ihr Juden ein störrisches Volk seid. Es ist mir auch klar, daß dich die Situation in Palästina persönlich betrifft. Vor allem solltest du aber daran denken, daß wir Freunde sind. – Freunde, die einander länger kennen, als es die Jahre der Erinnerung an deine Geburtsstätte ausmachen. Oder hast du vergessen, wie wir zusammen aufgewachsen sind? Gewiß, ich war ein wenig älter als du.

Aber habe ich mit dir nicht alles geteilt, was Brüder miteinander zu teilen vermögen? Und habe ich dir nicht alles beigebracht, was für dich wichtig sein konnte?«
Marsena nickte. »Ich habe es nicht vergessen, Marcus. Du hast mich wirklich alles gelehrt, was für Rom wichtig war.«
»Was heißt für Rom? Ich tat es deinetwegen – unseretwegen.« Er goß seinen Becher wieder voll und hob ihn hoch. »Weißt du noch, wie wir in Gallien als junge Tribune unsere ersten Sporen verdienten?«
»Du warst Tribun, Marcus, ich hatte nur den Rang eines Offiziersanwärters.«
Julianus lachte. »Du hast es nicht vergessen. Und ich habe deine Worte nicht vergessen, mit denen du mir klarzumachen suchtest, erst als Tribun nach Rom zurückzukehren, Claudias wegen.«
Marsena lächelte kurz. »Nein, Marcus, nichts ist vergessen. Weder die Hilfe deines Vaters, der mich aus dem Hafenviertel Catanas auflas, noch deine brüderliche Freundschaft, die mich den Weg unter Römern gehen lehrte.«
Julianus sah ihn mit starrem Gesicht an. Er ließ sich in den Sessel zurückgleiten, ohne die Augen von ihm abzuwenden. Marsena hatte die Frage geahnt, und sie kam in gnadenloser Offenheit: »Warum bist du dann hier, Marsena? Wenn alles das, was uns verbindet, für dich unvergessen ist, wie soll ich deine Gegenwart im aufständischen Palästina, außerhalb unserer Reihen, dann verstehen können? Du bist römischer Staatsbürger und, vor allem, noch immer ein Tribun Roms. Ich spreche als Freund. Als Feldherr müßte ich dich fragen: Was hat ein römischer Offizier bei den Aufständischen zu suchen? Aber das frage ich dich nicht, um unserer Freundschaft willen.«
Marsena hatte dem Blick des Römers standgehalten. »Ich kann nicht länger ein unedler Römer sein, Marcus. Ich hoffe, du wirst mich verstehen. Ich sage es nicht aus sentimentalem Erkennen meines Ichs. Man kann keinen zum Römer erziehen, man muß einer sein. Und ich bin es nie gewesen.«
»Und doch spricht Sentimentalität aus deinen Worten, Marsena.« Marcus Julianus setzte sich wieder auf das Leopardenfell, das über seinen Sessel gespannt war. Bei Marsenas Worten war er unwillig aufgefahren, beherrschte sich aber und strich nachdenklich über die glänzenden Haare des Felles. Dann lachte er trocken auf. »Ich schleppe meine ganzen Erinnerungsstücke aus dem nubischen Krieg mit mir herum.« Dann wurde er wieder ernst. »Was haben wir bei der

Ausbildung gelernt? Nichts ist wichtig, nur Rom! Nichts ist wichtig, nur der Befehl! Nichts ist wichtig, nur die Ehre der Legion! Wo glaubst du, ständen die Armeen Roms, wenn jeder seinen persönlichen Gefühlen nachhinge? Wir wären nicht einmal mehr fähig, die Felder zu bestellen. Mit der Disziplin steht und fällt Rom. Du bist desertiert, Marsena. Ist dir das klar? Wenn Titus dies erführe, ließe er dich hinrichten!«

»Du bist nicht Titus, Marcus. Viel wichtiger ist, was du tun wirst.«

»Ich sollte die Götter befragen, was ich tun soll.«

Marsena lachte kurz auf. »Bemühe die Götter nicht, Marcus. Sie könnten die Beweggründe eines Juden ohnehin nicht beurteilen und fällten nur ein römisches Urteil.«

Der Römer knurrte: »Ich könnte jetzt sagen, daß deine Beweggründe, deine Auffassung, deine Meinung Rom nicht interessieren, aber das wären Aphorismen, die ohnehin nicht in den Schädel eines Juden einzudringen vermögen. Ich frage mich besser, was aus dir werden wird? Die Zukunft dieser Stadt ist scharf umrissen wie die seiner Bewohner. Ein Augenblick nur im Ablauf der Zeit wird genügen, um einen Schleier der Vergessenheit über dieses Land zu breiten. Und wo wirst du dann sein?« Der Römer war aufgesprungen und hob beschwörend die geballten Fäuste empor.

Der Jude lächelte leicht. »Du fragtest mich, ob ich jemals die Zeit in Rom vergessen könnte, und ich antworte dir, daß es niemals der Fall sein wird. Das ist die Wahrheit. Aber noch etwas habe ich nicht vergessen, Marcus – daß ich ein Jude bin und nie etwas anderes sein werde. Mag es auch pathetisch klingen, die Sprache im Inneren läßt sich nicht übertönen, auch nicht mit den Lehren eines Cicero, nicht mit der Stimme Senecas, nicht mit den Ausbildungsvorschriften der Legion, nicht mit dem ganzen Atem Roms. In dieser Stadt, die von euch belagert wird, habe ich genau so einen väterlichen Freund, wie dein Vater es für mich war. Ich habe drei brüderliche Freunde, wie du einer für mich bist. Und, vor allem...« Marsena schwieg und wischte sich eine Haarsträhne aus der Stirn.

»Es handelt sich um eine Frau«, beendete Marcus Julianus den Satz und lächelte.

Marsena atmete tief ein und starrte zur Zeltdecke. »Ich wünschte, sie wäre meine Frau, und wir wären nicht in Jerusalem.«

Julianus spielte mit dem Pokal und schob ihn auf der Tischplatte hin und her. »Diese Worte hätte Claudia gerne von dir gehört.«

»Ich liebe deine Schwester, als wenn sie meine eigene wäre«, sagte Marsena und suchte Marcus Julianus' Blick.
»Ich spreche nicht für meine Schwester«, sagte der Römer und sah Marsena ruhig in die Augen. »Das geht nur euch etwas an. Wenn ich auch gehofft habe, daß die Bindung zu uns vielleicht einmal fester sein würde. Ich wünschte, ich könnte mich für dich freuen, doch ich fürchte, du hast dir den schlechtesten Ort und die unpassendste Zeit gewählt.«
Der Jude verzog den Mund zu einem unmerklichen Lächeln. »Unserer Generation wird immer der ideale Ort und der passendste Moment versagt bleiben, solange ein verständnisloser Geist mit Willkür herrscht. Die römische Macht ist Herr über alles, aber sie kann keine Träume sterben lassen und keine Herzen zum Schweigen bringen. Ja, Marcus, irgendwo hat alle Macht und Gewalt ein Ende.«
Der Römer schwieg lange, bis seine Antwort kam: »Du bist doch mehr Jude, als ich es je zu glauben gewagt habe, und dennoch hatte ich nie den Zweifel, daß du uns nicht verstanden haben könntest, unsere Ideale, die keinesfalls so verabscheuungswürdig sind, wie das jüdische Volk die Welt glauben machen will. Aber ich sehe, ich war im Irrtum. Vielleicht ist es wirklich unmöglich, daß ein Jude einen Römer zu verstehen vermag.«
Marsena lachte leise auf. »Müssen andere Völker die Ideale ihrer jeweiligen Herren verstehen können? Was zählt mehr? Die aufgezwungene Gesinnung oder die Freiheit, die jeder Mensch als sein ureigenstes Ideal anstrebt?«
Der Römer knurrte. »Ich verstehe nicht, warum ihr Juden immer nach Freiheit schreit. Du warst frei. Du bist frei. Palästina hatte seinen eigenen König. Wir respektierten eure Gesetze, wie ihr es selbst nicht einmal tatet. Wir nahmen Rücksicht auf eure Riten und religiösen Handlungen, mehr als ein Jude. Wir herrschten nicht als Eroberer, sondern wir begnügten uns mit der Herrschaft auf Papier. Und dennoch wird nach Freiheit gebrüllt. Welch ein pompöses Wort – Freiheit. Und was verbirgt sich in Wirklichkeit dahinter? Niemand ist wirklich der Freiheit so nahe gekommen, daß er sie zu definieren vermag. Oder sollen wir uns der Meinung Senecas anschließen, daß die einzige Freiheit in der Nichtexistenz zu suchen ist? ›Siehst du jene schroffe Höhe? Von dort herab geht der Weg zur Freiheit. Siehst du jenes Meer, jenen Fluß, jenen Brunnen? Da unten wohnt die Freiheit in der Tiefe. Siehst du jenen niedrigen verdorrten Baum? Da hängt die

Freiheit. Siehst du deine Kehle, deine Gurgel, dein Herz? Das sind die Rettungsorte gegen die Knechtschaft.‹«
Marsena winkte ab. »Ich kenne die Worte Senecas. Ihr Römer liebt Phrasen und eure Überheblichkeit ist ohne Beispiel, das zeigt allein schon der goldene Meilenstein, den Augustus auf dem Forum in Rom errichtet hat, mit der Inschrift, daß hier der Mittelpunkt der Welt sei.«
Julianus kicherte leise. »Jetzt wirst du unsachlich, was du sonst immer mir vorgeworfen hast. Es ist unbestritten, außer von euch Juden, daß nur die römische Kultur für Zivilisation und Ordnung sorgen kann. Und gerade das habt ihr bitter nötig. Ihr schlagt euch gegenseitig tot. Ihr habt euren König vertrieben. Ein Haufen Gesetzloser terrorisiert Jerusalem, und doch scheint euch dieses Joch gefälliger als die freundschaftliche Hand Roms. Wir kamen zuerst aufgrund eines Hilferufs aus euren eigenen Reihen, weil ihr ja immer uneins seid. Aber kaum greifen wir ein, tobt ein ganzes Volk wie gegen einen schlimmen Unterdrücker. Ihr seid ein Volk von Querulanten, Marsena. Ich verstehe nicht, warum ich einen Juden zu meinen Freunden zähle. Die Dämonen der Unterwelt haben dich hierhergeführt, um meine Gedanken und Gefühle zu beeinflussen.« Er leerte seinen Pokal und stellte ihn hart auf den Tisch.
Marsena schmunzelte. »Denke an die Ausbildungsvorschrift, die Gefühle untersagt.«
»Ich sehe wahrhaft keinen Grund, dich über mich lustig zu machen«, fauchte Julianus. »Du bist wahrlich ein Narr, Marsena, dich wegen wirrer unrealistischer Träume zwischen die Fronten zu begeben, auch wenn einer davon dir eine Frau vorgaukelt.« Er räusperte sich. »Sie muß wirklich außergewöhnlich sein, daß du das tust, und deine Träume sind wirrer, als ich sie mir vorstellen kann.« Er schüttelte den Kopf. »Man dürfte keine Ausländer mehr in Roms Legionen aufnehmen. Und sie schon gar nicht zu Offizieren machen. Sie bekommen eines Tages Heimweh oder verlieben sich in irgendeine Frau und beschließen, alles hinter sich zu lassen, vielleicht sogar noch mitten in einer Schlacht. Du stehst noch unter dem Sold Roms, mein Freund.«
Marsena lachte leise auf. »Du sagtest es mir bereits. Du weißt so gut wie ich, daß das jetzt keine Rolle mehr spielt.«
»Ich müßte dich als Fahnenflüchtling behandeln!« Julianus war aufgesprungen und ging hastig im Zelt auf und ab.
Marsena sah ihn neugierig an. »Änderte das etwas an der Situation?«

»Für dich gewiß!«
»Und für dich?«
Marcus Julianus schwieg.
Der Jude beobachtete ihn gespannt. »Du zeigst Gefühle, mein Bruder. Sie sind deiner Stellung abträglich.«
»Rede keinen Unsinn!« Julianus' Gesicht war plötzlich voller Müdigkeit, und Marsena fühlte die alte freundschaftliche Liebe zu diesem Mann aufglimmen, die er beinahe vergessen geglaubt hatte. »Ich wünschte, ich könnte die Zeit und die Geschichte zurückdrehen, Marcus«, seufzte er, »und all die Tage vergessen, die so nahe an einem gähnenden Abgrund vorbeiziehen.«
Julianus war stehengeblieben. »Weder meine Götter noch dein Gott können die Vergangenheit ändern, Marsena. Aber du könntest deine Zukunft beeinflussen. Bleib hier. Oder, hole deine Freunde aus der Stadt. Du weißt, Titus hat der Stadt dieses Angebot gemacht. Ich werde dafür sorgen, daß niemand von deiner Anwesenheit in Jerusalem erfährt. Du verläßt mit deinen Freunden Judäa, und nichts hat sich dann gegenüber früher verändert. Es wird so sein, als hättest du dieses Land seit deiner Kindheit nicht wiedergesehen.« Marsena faßte Marcus Julianus an den Schultern. »O Gott, Marcus, wenn Taten so leicht wären wie gutgemeinte Worte. Wir könnten unsere Schwerter zerschlagen. Trotzdem, ich danke dir für deine Freundschaft, die über die Schranken der menschlichen Vernunft zu reichen weiß. Ich wünschte, ich könnte dein Angebot annehmen. Aber die Stadt ist verschlossen. Wenn auch die römischen Soldaten Flüchtlinge durchlassen, so doch nicht die Machthaber in der Stadt. Ich selbst konnte nur durch die Bürgschaft eines Freundes Jerusalem verlassen. Es gibt kein Entrinnen.«
»Kein Entrinnen?« Julianus murmelte die Worte vor sich hin, als verstände er sie nicht. Dann lachte er schallend auf. Aber es war nicht das Lachen eines Mannes, der sich über etwas lustig macht. Es war eine Reaktion voller Bitterkeit.
»Weißt du, wie grotesk mir eure Situation erscheint? Es gibt für Friedensuchende kein Entrinnen. Aber nicht, weil wir als Belagerer euch keine Gnade gewährten. Nein, diejenigen, die einem Volk Befreiung vorgaukeln möchten, sind es, die wirklich für Bedrückung sorgen. Ihr rebelliert gegen Rom, das euch mehr unterstützte als irgendeiner eurer eigenen Stämme. Ihr erhebt die Waffen aus Leidenschaft und untergrabt die Vernunft. Ihr laßt euch töten nur um des Starrsinns

willen. Freiheit und Unabhängigkeit? Mir scheinen es eher Phrasen zu sein, um euren unzivilisierten Hang nach Herrschsucht zu umschreiben. Wir kamen zu euch fast als Bittsteller und nicht als Eroberer. Ihr weist uns mit dem Schwert zurück. Bei Jupiter, welche Macht der Erde hätte solche Geduld mit euch gehabt? Wir haben Galiläa erobert, dann Samaria und Judäa unterworfen. Doch statt daß ihr einseht, daß jedes weitere Blutvergießen auf beiden Seiten nur den Haß noch vertieft, so daß am Ende jeglicher Versöhnungsversuch zum Scheitern verurteilt wäre, verschanzt sich der Irrsinn des Fanatismus hinter den Mauern dieser Stadt, die Titus im Grunde seines Herzen unangetastet lassen möchte. Du bist Jude, Marsena, wenngleich ich dich als Römer sehen möchte. Du mußt wissen, was in diesen Menschen vorgeht. Ich habe ohne Erfolg versucht, aus ihnen klug zu werden. Ist es wirklich nur der Traum von Unabhängigkeit? Einer Unabhängigkeit, die ihnen nur zum Schaden wäre! Ihr betrügt euch selbst und euren Gott! Ihr glaubt, ihr handelt edelmütig, weil ihr davon sprecht, ihr müßtet im Namen eures Gottes gegen uns kämpfen. Kann dieser Gott überhaupt mit euch sein? Ihr laßt zu, daß sein Heiligtum zerstört wird. Ihr mordet eure eigenen Leute. Ihr kennt das Wort Barmherzigkeit nur dann, wenn sie euch nicht gewährt wird. Ihr solltet euch fragen, welche Gottheit sich mit euch Frevlern noch vereinigen wollte?« Julianus' Augen blitzten erregt, und sein Atem ging schwer. »Sieh dir die Stadt an, Marsena. Selbst wir Römer sind stolz, sie in unserem Imperium zu wissen. Ihr zwingt uns, sie zu zerstören – und warum? Nur wegen einer Handvoll Rebellen, die wirren Träumen nachhängen, um ihrer eigenen Leidenschaft zu frönen. Das hat, bei allen Göttern, weder mit Edelmut noch mit Tapferkeit zu tun. Es sind Handlungen, die der Dummheit entspringen. Was glaubt ihr, wie groß eure Chancen sind, aus diesem Krieg siegreich hervorzugehen? Soll ich dir unsere Truppen aufzählen? Aber nein, du hast sicher die Legionszeichen und Truppenstandarten bemerkt. Es sind die Elitetruppen des Reiches hier zusammengezogen. Sextus Cerealis mit der Fünften Legion, Larcius Lepidus mit der Zehnten, Titus Phrygius' Fünfzehnte Legion, Liternius Fronto mit zwei Legionen aus Alexandria. Außerdem König Epiphanes mit seiner Besatzungsmacht. Ich glaube, ich verrate dir keine militärischen Geheimnisse, wenn ich dir sage, daß mit den Auxiliartruppen über achtzigtausend Mann ausgewählter Eliteeinheiten gegen Jerusalem aufmarschiert sind. Aber Titus will die Stadt nicht zerstören. Doch was soll ich dir erzählen? Du weißt selbst, wie zuwider es Vespasian war, in Palästina einzumarschieren. Und Titus denkt ähnlich. Oder meinst du, das Angebot, die Stadt und Einwohner zu schonen, war nur in den Wind geredet? Was verlangt Rom denn von euch? Daß ihr eure Steuern zahlt, daß ihr die römischen Gesetze achtet, wie wir die euren. Ist das für die stärkste Macht der Erde zu viel verlangt? Die einstmals mächtigen Staaten Griechenlands zahlen Tribut. – Ägypten, das ruhmreiche Karthago, Syrien, Mesopotamien... Von Britannien bis zur Provinz Africa herrscht Frieden, und alle Völker erfreuen sich des Schutzes Roms. Nur das kleine Judäa glaubt über allem zu stehen und wagt die Hand gegen den verdienten Herrscher erheben zu können, nur weil ein paar Aufwiegler anderer Meinung sind. Ich verwette mein Einkommen als General, daß das jüdische Volk in seiner Meinung von ein paar falschen Propheten vergewaltigt worden ist. Wenn es aber an Taten so gewaltig wäre wie mit Worten, dann sollte es sich gegen die wirklichen Tyrannen wenden, die in seinen eigenen Reihen zu finden sind. Sage mir, daß ich recht habe! Sprich ein Wort, Marsena! Ich will von einem Juden hören, was seiner Auffassung nach die Wahrheit ist.«

Julianus war zu Marsena getreten und hatte seine Rechte auf dessen Schulter gelegt. Marsena spürte, wie sich die Finger des Römers erregt in seine Schulter gruben, und er faßte die Hand seines Freundes und drückte sie.

»Du hättest Senator werden sollen, Marcus. Deine Reden klingen überzeugend und eindrucksvoll. Glaube mir, wenn es nach mir ginge, brauchte keiner auf dem Schlachtfeld mehr zu fallen. Doch Wahnsinnige sind mit Reden nicht zu bekehren. Und vielleicht tue ich ihnen auch unrecht. Zu lange war das jüdische Volk unter der Herrschaft fremder Nationen. Ich selbst weiß es weniger zu beurteilen, da ich auf eurer Seite nur aus dieser Perspektive zu erwägen vermochte. Wer kann ermessen, wie ein Herz zu reagieren vermag, wenn es nach Freiheit schlägt? Ich wage nicht zu verdammen, und du solltest es auch nicht, mein Freund. Vielleicht besinnen sich die Tyrannen, wenn ihre Gemüter nach der ersten Erregung sich abzukühlen beginnen.«

Marcus Julianus schüttelte den Kopf. »Du bist keinen Vernunftsgründen zugänglich, wie viel weniger erst der Pöbel der Stadt.« Er lachte kurz auf. »Du kennst das Sprichwort, das in Rom geläufig ist: Es ist leichter einem Gott zu begegnen als einem Menschen. Hier in Judäa müßte es heißen – es gibt weder Gott noch Menschen.«

Marsena sah dem Römer fest ins Antlitz. »Du irrst dich, Marcus. Es gibt eine große Anzahl unter den Bewohnern der Stadt, die sich der Sinnlosigkeit dieses Krieges vollauf bewußt sind. Nur haben sie nicht die Macht, es unter Beweis zu stellen.«
»So?« Der Römer knurrte verärgert. »Wie viele mögen es sein? Zwanzig, dreißig? Mehr sicherlich nicht, sonst wäre die Reaktion auf Titus' Friedensangebot positiver ausgefallen. Ihr seid es nicht wert, daß man euch die schützende Hand reicht«, fauchte er plötzlich. »Ich habe in meinem Leben noch nie ein so engstirniges Volk gesehen, wie ihr es seid. – Nur Rebellen.« Er schnallte sich den Brustpanzer ab und lachte trocken. »Du hättest jetzt die beste Gelegenheit, den stellvertretenden Stabschef Titus Vespasians zu beseitigen. Du hast das Schwert noch, das meinem aufs Haar gleicht?« Er trat an Marsena heran und zog es aus der Scheide. Dann trat er an den Tisch, wo seine Waffen lagen und nahm sein Schwert in die Hand. Er hielt beide Waffen gegen das Licht der Öllampe und schüttelte den Kopf. »Es ist kein Unterschied zu sehen. Es wäre ein Hohn, wenn sich diese Klingen im Kampf treffen würden, wo sie Jahre hindurch Seite an Seite fochten.«
Marsena nahm seinen Becher in die Hand und trank. Er blickte auf den im Schein der Lampe funkelnden Spiegel und sagte müde: »Ich werde niemals meine Waffen gegen dich richten, mein Freund. Ich gebe dir das Schwert zurück, Marcus.«
Der Römer schob den blinkenden Stahl wieder in die elfenbeinerne Scheide an Marsenas Hüfte. »Nein, Marsena, es ist das einzige, was dir jetzt von meiner Freundschaft noch bleibt. Ich wünschte, es wäre anders, und die Götter würden deine Gedanken zu ändern wissen. Doch wie sollen sie eingreifen, wenn der Menschen Wahn sie selbst zu überlisten vermag? O Mars, sage diesem Juden, der Cicero und Quintilian studiert hat, er möge zur Besinnung kommen. Sage ihm, daß Jerusalem schon verloren war, bevor wir hier überhaupt eintrafen. Sage ihm... – nein, sage ihm nichts. Er will es ohnehin nicht begreifen. Armer Marsena, was muß es sein, was du zu gewinnen trachtest, wo du so vieles zu verlieren hast?« Er goß aus dem Krug wieder den Becher voll und stürzte den Inhalt hinunter.
»Was wird Titus sagen, wenn einer seiner Feldherren sich sinnlos betrinkt?« Marsena lächelte wieder, und seine Augen hatten einen freundlichen Glanz.
»Sinnlos betrinken?« Julianus lachte zynisch auf. »Wenn Trunkenheit je einen Sinn hatte, dann jetzt.«

Marsena erhob sich. Sein Blick schweifte über das Lager des Römers mit dem dichtgewebten Vorhang davor, den Ebenholztisch mit den Waffen, die Standarte mit den Feldzeichen Julianus'. Er verweilte bei dem bronzenen Ständer, der die Öllampe trug, deren flackernder Schein seltsame Kontraste in dem geräumigen Zelt schuf. Er sah die Kartenrollen und Pläne des Feldherrn in dem ledernen Behälter und die Messingrüstung mit den Reliefs von Löwen und Pferden, die Julianus achtlos zu Boden geworfen hatte. Das Leopardenfell über Julianus' schwerem Eichenstuhl war auf den purpurfarbenen Teppich geglitten, der fast den ganzen Boden des Zeltes bedeckte. Marsena hob es auf und legte es wieder auf seinen Platz. Er strich mit der Hand behutsam über den Busch an Julianus' Helm, und über seine Lippen glitt ein flüchtiges Lächeln. Es war, als wollte er die Umgebung mit einem letzten Blick umfangen.
Marcus Julianus hatte ihn schweigend beobachtet. Seine Stimme klang rauh und wenig zuversichtlich, als er das Schweigen brach: »Ich müßte dich aus Freundschaft zurückhalten, Marsena.«
Das Lächeln des Juden wurde düster. »Du würdest einen Freund und Bruder töten, Marcus, und mein Ich. Grüße Claudia, wenn du nach Rom zurückkehrst und sage ihr, mein Herz schlägt für sie, wie für eine geliebte Schwester.«
Julianus schüttelte den Kopf. »Das werde ich ihr nicht sagen, Marsena, denn ihre Liebe ist die Liebe zu einem Mann und nicht zu einem Bruder.«
»Nein, sage ihr nichts«, nickte Marsena, und er fügte flüsternd hinzu: »Wenn du Rom wiedersiehst, ist die Erinnerung an mich verschwunden, und es hat mich nie gegeben.«
Sie traten vor das Zelt. Die Wachen salutierten. Die Sonne sandte ihre letzten Strahlen über die Hügel Judäas. Wo einst Obstbäume, Olivenhaine, Oleander und Zypressen die Hänge in frischem Grün erstrahlen ließen, reihten sich jetzt die Zelte der römischen Legionen. Der Himmel färbte sich rot, und ein leichter Wind blies Staub in den vergehenden Tag.
»Das Land ist tot«, murmelte der Jude. Sein Antlitz war finster, und auch Julianus' Augen hatten einen düsteren Ausdruck angenommen. Er streckte dem Römer die Rechte hin, und Julianus ergriff die Hand. Der Druck der Finger hatte etwas Endgültiges.
»Leb wohl, Marcus.« Marsenas Stimme war tonlos, und auch sein Inneres kannte kein Klagen, keine Rührung. Marcus Julianus – Marsena

ben Arinos, Freunde, deren Fühlen und Denken dem gnadenlosen Geschehen unterlegen waren, und deren Blut die Grenzen zu ziehen begann, die zuvor weder Religion noch Nationalität zu errichten vermochten.

»Die Götter mögen dich begleiten.« Julianus' Hand löste sich von der Marsenas. Der Jude ließ den Blick in die Runde schweifen. Dann bewegte er verneinend den Kopf. »Selbst Götter können jetzt nichts mehr tun.« Er wandte sich um und schritt, ohne sich noch einmal umzublicken, von den Wachen begleitet, aus dem Lager.

*

Marsena erwachte aus einem unruhigen Schlaf. Nacken und Brust waren schweißgebadet. Noch im Traum waren die Bilder seiner Begegnung mit Marcus Julianus nicht gewichen. Er wußte, er hatte einen Freund verloren und im Zelt des römischen Generals ein Stück Vergangenheit zurückgelassen, gleichzeitig auch einen Teil von sich selbst. Die Erinnerungen waren wie bunter Nebel an seinen Augen vorübergezogen, teils quälend nah, teils weit entrückt und ohne Beziehung zur Gegenwart.

Marcus und Claudia. Vielleicht werden eure Gesichter nur noch in den Bildern meiner Gedanken vorhanden sein, ohne euch in Wirklichkeit mehr sehen zu können. Der Gedanke schmerzte mehr, als er erwartet hatte. Warum mußte eines das andere trennen? Warum mußten Menschen leblosen Institutionen bis in die letzte Faser des eigenen Ichs unterworfen sein? Liebe und Freundschaft den nutzlosen Phrasen um Macht und Ruhm?

Er wischte sich über das schweißnasse Gesicht. Er wünschte, es rührte von den warmen Strahlen der Nachmittagssonne her, an einem der schäumenden Flüsse Germaniens und nicht von den quälenden Träumen, die seine Gedanken verwirrten. Er meinte unter den herbduftenden Weiden zu liegen, die das Kiesbett umsäumten, um ihn ein Duft von Blättern, Erde und Algen, der Atem eines Voralpentales, der unvergessen blieb. Über ihm der wolkenlose Himmel eines Spätsommers in blendendem Blau und das Rascheln der Pappeln und Weiden im Wind. Wenn Einsamkeit schön war, dann umkränzt von den Farben der leuchtendroten Vogelbeeren und zartblauen Glokkenblumen, dem Duft von Thymian und Lavendel, dem ganzen Sehnen eines sterbenden Sommers.

Was war geblieben von all diesem Sehnen? Die endlosen Schritte aus dem römischen Lager hinaus auf die Mauern Jerusalems zu. Die endlosen Schritte, die mit jedem weiteren die herrliche Vergangenheit unwiederbringlich zurückließen. Der Tausch war vollzogen, Rom gegen Jerusalem, etwas Reales gegen einen Wunschtraum, der ein Mädchenantlitz mit einschloß. Wie tief Sehnsucht doch sein kann, und wie wenig sie doch Schranken ideologischer und nationaler Unvernunft zurückzuhalten vermochte! Wo immer er auch gewesen war, die Schönheit der Welt war es wert gewesen, Teil für Teil seines Herzens erobern zu lassen, und weder Rom noch Israel sollten die gegensätzlichen Träume je zerstören dürfen. Wie wunderbar anders war doch jeweils das Staunen über ein Stück neues Kennenlernen gewesen, und es hatte sich nichts daran geändert, seit den sechzehn Jahren, die ihn über die Schwelle seiner Kindheit getragen hatten. Er hatte damals an den Abenden den Geschichtenerzählern zugehört, den flackernden Flammen der Feuer zugesehen, den Geräuschen der Nacht gelauscht, und seine Sehnsucht war unendlich geworden. In den bärtigen Gesichtern, in die die tanzenden Schatten das Geheimnis einer ganzen Welt zu legen schienen, war nur eines zu lesen: Ziehe mit in die fernen Länder, von denen wir erzählen. Höre den Wind, der über die Wüste von Palmyra streift, vernehme die Stimmen in Damascus, spüre die Sonne auf den schneebedeckten Bergketten Pisidiens, lausche dem Wispern der Buchen- und Eichenwälder des fernen Germanien, sieh das bunte Völkergemisch des unsterblichen Rom, die Palmengärten Alexandriens, die Wunder Griechenlands, die Geheimnisse Lybiens und Karthagos. Ihre Geschichten waren voller Rätsel, für ein Kinderherz voller Wirrnis und doch voller Melancholie, ein Traum, der nur in den Gedanken unter dem Sternenhimmel zur Wirklichkeit werden durfte, die Sonne des nächsten Tages mußte ihn wieder verwehen, wie die Nebelschwaden im Tale Josaphat.

Er dachte daran, wie er zu Simon bar Giora zurückgekehrt war, wie er Judas ben Ari in seine Arme genommen hatte, wie sie aufatmend den Saal des Idumäerfürsten verlassen hatten. Er sah noch Simon bar Gioras erstauntes Gesicht, als er zurückgekehrt war und sagte: »Ich löse mein Pfand ein. Das Leben meines Bruders Judas gegen meine Rückkehr.« Vielleicht hatte der Idumäer wirklich nicht damit gerechnet, daß er in die ungewisse Situation der belagerten Stadt zurückkehren würde. Aber eher wäre er gestorben, als das Leben seines Freundes zu gefährden.

»Ich bitte dich, mir morgen Bericht zu erstatten«, sagte Simon bar Giora, bevor sie den Saal verließen. »Ich fordere nicht, Marsena ben Arinos, ich bitte dich.«
»Ich werde da sein, Simon bar Giora«, war seine Antwort gewesen. Er würde ihnen die Tatsachen aufzählen, die sie nicht hören wollten. Er würde ihnen ihren Hochmut vor Augen führen, auch wenn es umsonst sein würde.
Sie würden den Preis für ihre imaginäre Freiheit zu zahlen haben, und kein Argument von seiner Seite würde daran etwas ändern. Ja, er würde Simon bar Giora den Bericht geben, der ihr Schicksal besiegeln würde, und aus dem die Starrheit ihrer Gedanken keinen Ausweg finden konnte. Die kurze Freiheit Israels würde zu einer endlosen Stille werden.

*

Sie waren im Versammlungssaal des Herodespalastes zusammengekommen. Die Nachricht von Marsena ben Arinos' Treffen mit dem neuen Prokurator von Judäa war wie ein Lauffeuer durch die Akra geeilt. Mißtrauen begegnete ihm und unverhohlener Haß. Wir Juden haben einen unnachahmlichen Spürsinn für eine verkannte Situation, wenn es nicht um Geschäfte geht, sann er, als er die Gesichter um sich herum betrachtete.
Simon bar Giora hielt sich bewußt zurück. Sein Stellvertreter Ananus ben Bagadates jedoch zeigte seine Gefühle Marsena gegenüber eindeutig. Sein Blick war voll Haß und Hinterlist.
»Ich werde vor dir auf der Hut sein müssen, Ananus«, murmelte Marsena unhörbar. »Du gleichst der Schlange, die den Untergang der Menschheit heraufbeschwor, bevor sie überhaupt beginnen konnte, Menschheit zu werden. Du wirst in jedem Paradies die Falle sein, die einen geraden Weg verhindert. Deine Augen gleichen den Opfern Kains, dein Mund der Falschheit von Korahs Rotte. Wir kennen uns beide, bevor wir uns überhaupt kennengelernt haben. – Sei gewarnt, Ananus ben Bagadates von Emmaus, so wie dein Wesen mich vor dir gewarnt hat!«
Als hätte Ananus ben Bagadates Marsenas Gedanken erraten, zischte er ihn an. »Wie sollen wir wissen, daß du kein Spitzel bist?«
Marsena warf nur einen mitleidigen Blick auf ihn. »Ihr bespitzelt

euch untereinander so sehr, daß euch für andere Gedanken kein Raum bleibt.«
Simon bar Giora machte eine ärgerliche Handbewegung zu Ananus hin. »Bitte, Sohn des Arinos, berichte uns von deinem Eindruck im Lager des römischen Prokurators.« Und er berichtete ihm das gleiche, was er kurz zuvor im Beratungsraum von Aris Haus der Führerschaft der Akra erläutert hatte. Er wußte, die Reaktion würde die gleiche sein, wie sie Eleasar ben Jair, Jakobus ben Sosas und all die anderen gezeigt hatten. Er sprach zu Simon bar Giora, aber es war ihm, als würden es die Worte sein, die noch in seinen Ohren klangen.
Er sah sich im Hause Aris. Um ihn waren Judas, Simon, Gilead, Jakobus ben Sosas, Jonathan ben Assur, Eleasar ben Jair, die Söhne des Merton. Ja überhaupt schien es, als würde die Führerschaft der Akra auf ihn in tiefer Hoffnung gewartet haben. Aber was konnte er ihnen sagen als nur die Wahrheit?
Für einen Augenblick erwachte er aus seinen Gedanken. Er stand vor Simon bar Giora, und um ihn waren die Unterführer des Idumäers. Aber es war gleichgültig, zu wem er sprechen würde. Es würden die gleichen zerschmetternden Worte sein. War es Simon bar Giora, der ihn fragte oder einer der Versammelten im Hause Aris? Ihre Worte hallten im weiten Saal wider.
»Wir haben die Feldzeichen von drei Legionen erkennen können«, sagte Jakobus ben Sosas.
»Es sind vier«, entgegnete Marsena gelassen.
Erregtes Gemurmel erfüllte den Saal.
»Vier Legionen und eine Unzahl von Hilfstruppen. Das ergibt eine Gesamtstärke von wenigstens 80 000 Mann.«
Das Stimmengewirr schwoll an, und Marsena konnte in einigen Gesichtern deutlich Furcht erkennen.
Eleasar ben Jair sah Marsena nachdenklich an. Seine Augen suchten in Marsenas Gesicht, als wollten sie seine Gedanken erraten. Dann hob der Galiläer die Arme, und allmählich erstarb das Durcheinander der Stimmen.
»Wir werden uns Gedanken machen müssen«, sagte er ruhig. »Unsere Situation ist grotesk genug. Simon bar Giora hält Jerusalem bis zum Tyropöontal hin besetzt. Johannes ben Levi von Gischala treibt sein Unwesen im Tempelbezirk. Wir müssen uns gegen unsere Landsleute in der Davidsstadt verteidigen. Und um uns herum sind nur noch Römer. Wir zerfleischen uns gegenseitig, als gäbe es keine

wirklichen Feinde. Wir werden uns einigen müssen, solange uns Rom noch die Gelegenheit läßt. Denn diesmal ist der übermächtige Feind der Feind unser aller. Mögen die zerstrittenen Parteien es nur bald begreifen und den Hader ruhen lassen für die tödliche Zeit, die jetzt folgen wird.«

Wie recht du doch hast, Sohn des Jair, dachte Marsena. Ob diese Einigkeit jedoch Wirklichkeit wird? Wenn mehr als zwei Juden zusammentreffen, gibt es mehr als zwei Meinungen. Wer soll die Parteien führen? Und wer von den Führern wird sich dem anderen unterordnen? Uns fehlt die Disziplin Roms. Daran werden wir auch scheitern.

Eleasar ben Jair winkte Marsena mitzukommen. Er führte ihn an das Ende des Saales und zog einen Vorhang zur Seite. Vor ihnen stand ein Modell der Stadt. Marsena betrachtete das verkleinerte Jerusalem mit Überraschung. Es ist eine wundervolle Arbeit, dachte er. Jedes Gebäude, jede Mauer, jedes Verteidigungswerk ist vorhanden. Das ist die Arbeit von ausgezeichneten Strategen. Es ist verblüffend und bemerkenswert, daß sich strategische Überlegungen unter so unterschiedlichen Charakteren finden lassen, die sich anscheinend nur in Streitgesprächen zu ergehen wissen.

Als hätte Eleasar ben Jair seine Gedanken erraten, sagte er erklärend: »Wir haben nach Cestius Gallus' Abzug nicht nur allein unseren Sieg gefeiert. Wir dachten auch ab und zu an die Zeit, die folgen würde. Wenn auch wahrscheinlich zu wenig, um die Verteidigungspläne vollkommen zu machen. Aber wie du siehst, sind sogar die Stellungen der Wurfgeschütze des Cestius Gallus aufgeführt. Die meisten hat allerdings Johannes im Tempelbezirk aufgestellt, um gegen Bar Giora losschlagen zu können. Das wird jetzt hoffentlich ein Ende finden. Die Mauer der Davidsstadt ist durch die Tiefe des Kidrontales kaum gefährdet. Aber Simon bar Giora wird mit der Nordmauer Schwierigkeiten bekommen!« – Marsenas Gedanken waren für einige Augenblicke in die Zukunft geeilt. Er sah die Mauer des Königs Agrippa vor sich, die um die Neustadt verlief und die durchschnittlich nur zwanzig Ellen hoch war. Die Kampftürme der Römer würden sie um mehr als fünf Ellen überragen.

»Ich werde euch eure Chancen aufzeigen«, sagte Marsena ungerührt. »Die Rechnung ist ziemlich einfach. Da draußen steht Titus mit mindestens achtzigtausend Mann. Wir haben, wenn wir alle Querulanten unter einem Dach zu einigen vermögen, vielleicht fünfundzwanzigtausend bis dreißigtausend kampffähige Männer. Nichts einfacher als

danach eine treffende Prognose zu stellen. Wir sind mit über einer Million Menschen bis zum Erdrücken gefüllt, können aber mit nur höchstens drei Prozent als waffenfähig rechnen. Wiederum sind wir nur in der Lage, von diesen drei Prozent die Hälfte mit guten Waffen auszurüsten. Die meisten davon sind römische Waffen, deren Gebrauch auch gewisse Fertigkeit verlangt. Ich finde, die Aussicht, die wir gegen die Eliteeinheiten Roms haben, ist nicht einmal so schlecht.« Er kicherte leise vor sich hin, aber ihm war gar nicht danach zumute. Das Schweigen zeigte ihm, daß sie den Galgenhumor in seiner Stimme erkannt hatten.
Als erster brach Eleasar das Schweigen. Er lachte kurz auf. »Bisher waren wir bei allen Kämpfen den Römern an Zahl überlegen und verloren die entscheidenden Schlachten doch. Daß uns das römische Heer diesmal mit drei zu eins überlegen ist, kann ich nur als gutes Omen werten.« Das Lachen, das kurz erklang, war unsicher und mehr pflichtschuldig hervorgebracht als überzeugt.
»Wo, glaubst du, Marsena, werden sie angreifen?« Judas hatte die Frage gestellt und die unsichere Stimmung im Saal schwand.
Marsena sah die römischen Truppen vor sich, die endlosen Reihen gestählter Kraft, und Bedauern kam in ihm auf.
Und es wurde Abend und Morgen, sechster Tag. Irgendwo zwischen Euphrat und Tigris hatten diese Worte den Beginn der Menschheit fixiert, und irgendwo hier begann die Reise der Vorväter Israels durch die Jahrtausende, bis zu ihrem Endpunkt, Jerusalem. Hier würde das auserwählte Volk Jehovas den Kreis schließen, der mit Abraham begann, und der mit dem Messias, dem Erretter Israels, enden sollte. Doch wo war der Retter des Volkes Jehovas? Marsena wünschte in diesem Augenblick sich an die Worte König Davids klammern zu können: »Verbirg dein Angesicht nicht vor mir. Weise deinen Knecht nicht ab im Zorn. Mein Beistand sollst du werden. Gib mich nicht auf, und verlaß mich nicht, o mein Gott der Rettung.« Aber diese Worte waren über tausend Jahre alt, und die Gunst Gottes nicht mehr mit dem Volke Israel.
Er hörte die Frage Judas' in seinem Unterbewußtsein, und seine Gedanken lösten sich von den Bildern, die ihn beschäftigt hatten.
Marsena hätte in diesem Augenblick am liebsten gesagt: »Sie werden überhaupt nicht angreifen, wenn die Stadt die Tore öffnet und den schon im voraus verlorenen Kampf erst gar nicht aufnimmt.« Aber er wußte, daß diese Möglichkeit von den hier Versammelten auch nicht

in den ärgsten Träumen in Erwägung gezogen werden würde. Er dachte an Damaris, an Julianus und wußte, daß er freies Geleit aus der Stadt erhalten würde, sollte sie sich kampflos ergeben. Julianus würde dafür sorgen, daß er und Damaris unbehelligt bleiben würden. Aber diese Träume waren sinnlos, und seine Worte zeigten die Realität, die in den nächsten Wochen auf sie zukommen würde.
»Sie werden an der gleichen Stelle ansetzen wie zuvor Cestius Gallus. Es ist und bleibt die Achillesferse der Stadt. Die Mauern sind nicht hoch genug, zudem auch der Erdwall davor den römischen Pionieren keine Sorge bereiten wird.«
Er war an das Modell der Stadt getreten. Die große Stadt zu seinen Füßen. So muß es aussehen, wenn ein Falke hoch über den Dächern zur Sonne emporsteigt. Man müßte fliegen können, um die Wirklichkeit zu kosten, um mehr zu sehen als nur ein Modell.
Er wies auf die Stelle nördlich des Psephinus-Turmes. »Genau hier werden sie die Widder ansetzen.«
»Die Mauern sind verstärkt worden«, wandte Judas ben Merton ein. »Eine Bresche, wie sie die Römer vor vier Jahren schlugen, wird ihnen diesmal kaum gelingen. Wir werden außerdem nicht tatenlos zusehen, wie sie sich an den Mauern vor unserer Nase zu schaffen machen. Wir werden sie erst gar nicht so weit heranlassen.«
Marsena lachte spöttisch auf. »Ihr habt doch auch bei Cestius Gallus nicht tatenlos zugesehen, und dennoch war die Vorstadt nach zwei Wochen erobert. Und ihr hattet es nur mit einer Legion zu tun.«
»Die wir aber geschlagen haben«, hob Jakobus ben Sosas mit offenem Trotz hervor. »Und von der wir die gesamte Ausrüstung einschließlich der Kampfmaschinen erbeutet haben, die wir jetzt gegen deren eigene Leute richten können«, fügte Gilead stolz hinzu.
»Dazu müßtet ihr euch erst einmal mit Johannes von Gischala einigen, der alle Schleudergeschütze im Tempelbezirk zusammengezogen hat. Aber«, Marsena winkte ab, »das sind die wenigsten Sorgen, die ihr haben dürftet. Habt ihr die vielen Metallplatten gesehen, die gestern im Lager der zwölften Legion abgeladen wurden? Damit werden die Belagerungstürme gepanzert, die wir sehr bald vor unseren Mauern sehen werden. Bei Cestius Gallus konntet ihr sie noch verbrennen, da seine Vorbereitungen eher ungenügend waren. Das dürfte jetzt vorbei sein.« Marsena wischte sich über die Augen und fragte sich, ob die Versammelten überhaupt eine Ahnung hatten, wie weitgreifend die Macht Roms expandieren konnte. Cestius Gallus

hatte ohne viel Vorbereitungen Jerusalem angegriffen, in der Meinung, einen Routineauftrag spielend erledigen zu können. Er hatte auf die schweren Waffen der Legion verzichtet, in der irrigen Auffassung, in einem einzigen Sturmlauf die Stadt zu überrennen. Unfaßbar war dann der plötzliche Rückzug, der keinerlei militärische Notwendigkeit sah, da der größte Teil Jerusalems ohnehin bereits in römischer Hand war und nur noch wenige Tage notwendig waren, die demoralisierten Einwohner zur Übergabe zu zwingen. Nicht um Jerusalem hatten die Juden die zwölfte Legion geschlagen, sondern auf dem Rückzug nach Caesarea. Marsena fragte sich, ob nicht doch Gott da die Hand im Spiel gehabt haben mochte, um seinem Volk nach dem Rausch über einen glücklichen und unverständlichen Sieg den weit verheerenderen Schock zu versetzen, den die Rückkehr der römischen Heere bewirken mußte. Und es war keine einzelne Legion, die gegen Jerusalem antrat, sondern vier Eliteheere, mit weit fähigeren Legaten, als es Cestius Gallus war. Er lachte leise vor sich hin, und es war ein bitterer Beigeschmack in der erzwungenen Heiterkeit. Er lehnte sich wieder bequemer auf seiner Liege zurück und sah seinen Zuhörern in die Augen. Die Tatsache war unübersehbar. Sie hatten wirklich keine Ahnung von dem, was sie zu erwarten hatten. Sie lebten und träumten von dem Sieg, den ihnen eine nie wiederkehrende Sternstunde möglich gemacht hatte und konnten oder wollten nicht begreifen, daß sie sich mit der Vergangenheit nichts erkaufen konnten. »Was wißt ihr von den Praktiken der römischen Generäle, von der vernichtenden Wucht römischer Wurfmaschinen, von den Testudos der Soldaten, in die kein Speer und Pfeil zu dringen vermag?«
»Wir haben gegen die Römer gekämpft«, gab Simon ben Merton ungehalten zurück. »Du erzählst uns nichts Neues. Außerdem war Eleasar ben Jair schon bei mehreren Angriffen auf römische Nachschubeinheiten dabei. Wir wissen über römische Taktik mehr, als du uns zuzutrauen scheinst.« Marsena nickte langsam, und über seinen Mund glitt ein flüchtiges Lächeln. »Ihr habt gegen Auxiliartruppen gefochten, gegen Begleittruppen auf den Nachschubwegen, die nicht einmal die Waffen gemein haben mit der Kerneinheit der Legion. Ihr habt die Rückzugswege der zwölften Legion überwacht, mit plötzlichen Überfällen euch Geltung verschafft, aber ihr habt den römischen Legionär noch nicht in disziplinierter Schlachtordnung kämpfen sehen, noch nicht das Rauschen hundertpfündiger Geschosse aus den gewaltigen Schleudermaschinen der römischen Artillerie ver-

nommen, da Gallus nur die leichten Scorpione gegen Jerusalem geführt hatte. Nein, ich glaube nicht, daß euch die wirkliche Macht Roms schon begegnet ist.« Er machte eine weitausholende Handbewegung. »Das, was da draußen vor den Mauern zu sehen ist, das ist Rom.«

Mars im Zwielicht

Er hatte es gewußt. Es war gleichgültig, ob er zu der Führerschaft der Akra geredet hatte oder zu Simon bar Giora. Sie waren unter sich zerstritten und dennoch von einer geradezu selbstvernichtenden Sicherheit, dem großen Rom gegenüber bestehen zu können.
Er konnte und würde ihren Wahn nicht mit ihnen teilen. Er würde für Damaris kämpfen und für ihre Liebe – auch wenn sie hoffnungslos sein sollte.
Als er von Simon bar Gioras Palast zurückkehrte, fühlte er sich müde, ausgelaugt und von einer tiefen Mutlosigkeit. Weder seine Freunde noch der große Simon bar Giora hatten begriffen, was er ihnen sagen wollte. Seine Worte waren mit dem Wind irgendwo in die Gassen Jerusalems hinausgeweht, wo sie nur noch das Geräusch der Blätter annahmen, die den Frühling besangen.
Was hatte er in Aris Haus der Versammlung in das zweifelnde Antlitz geschleudert? Und waren es nicht dieselben Worte, die er bei Simon bar Giora gebraucht hatte?
»Kennt ihr Rom wirklich? Kennt ihr die übermenschliche Härte seiner Soldaten? Ihr Marschtempo beträgt vierundzwanzig Meilen in fünf Stunden. Dabei tragen sie noch ihre Waffen, Proviant für fünf Tage, die Pfosten für ihre Zelte und ihre Geräte für die Schanzarbeiten – zusammen über sechzig römische Pfund. Und wenn sie einen ganzen Tag ohne Rasten marschiert sind, werden sie noch auf Befehl kämpfen, wenn der Gegner vor Müdigkeit schon umfällt. Sie tragen am Körper eine 30 Pfund schwere Rüstung, die sie nie zu behindern scheint, und ihr Gladius schlägt zweimal zu, bevor der jeweilige Gegner sein Schwert auch nur erheben kann. Ihr Pilum durchschlägt einen sechszölligen Balken und die Spatha der Reitertruppen spaltet bei einem Hieb einen Kopf bis auf die Schultern. Seid ihr sicher, Rom wirklich zu kennen? Was habt ihr Rom entgegenzusetzen?

Ich habe euch die Situation Jerusalems schon einmal dargelegt: Insgesamt besteht die Verteidigung der Stadt aus ungefähr 22.000 Mann. Simon bar Giora verfügt über nicht mehr als 10.000 Mann eigener Truppen. Dazu kommen noch die Idumäer mit 5.000 Mann, die sich ihm unterstellt haben. Johannes von Gischala hat 6.000 Schwerbewaffnete. Wir hier in der Davidsstadt verfügen über 2.400 Mann. Aber nicht, daß sie alle eine Einheit wären! – Nein! Untereinander bis aufs Blut zerstritten, denkt jeder nur an seinen eigenen Vorteil, der keiner mehr sein kann, da vor den Mauern Rom steht. – Titus hat mehr als 80.000 Mann! Und die sind sich alle einig.«
Marsena blickte spöttisch in die Runde – Aber in Wirklichkeit war Trauer in ihm.
Alle schwiegen.
Es gibt auch nichts mehr zu sagen, dachte Marsena, als er den Saal verließ.

*

Marsena stand am Fenster seines Zimmers. Durch die Arabeske des Rahmens strich kühlend der Wind. Von hier aus konnte er die Kuppe des Ölberges über den Zinnen der dritten Mauer erblicken. Sie war schwarz von Römern. 80.000 Mann! Sie hatten keine Chance. Nicht jetzt und in keiner Zukunft. Aber hätten sie nicht noch die Möglichkeit eines ehrenvollen Friedens? Marsena lächelte bitter. Ein anderes Volk vielleicht, nicht die Juden. Sie würden kämpfen und sterben. Hatte Jerusalem aus seiner vernichtenden Niederlage in den Tagen des Königs Zedekia gegen die babylonische Weltmacht unter Nebukadnezar nichts gelernt? Oder war den Heißspornen unter der Jugend Judäas die Unterwerfung durch Pompejus nicht mehr im Gedächtnis? Sollte all das geflossene Blut der Vergangenheit umsonst die Erde des verheißenen Landes getränkt haben? Er wußte es. Es würde sich nichts ändern. Gottes auserwähltes Volk würde jeden Vernunftschlüssen gegenüber unaufgeschlossen bleiben. Die Fanatiker hatten die Gunst des Augenblickes zu ihrer aller Untergang erfaßt, und ihr Schrei nach der Flamme des Krieges würde den matten Ruf nach Frieden ohne Widerhall ersticken.
Mit einem tiefen Seufzer wandte er seinen Blick von dem Waffenfunkeln ab, das den Ölberg gleich Fackelschein erhellte.
Als er sich umdrehte, sah er Gilead im Türrahmen stehen.

»Du wirst mit uns nicht gegen Rom ziehen?« Gileads Stimme war voller Zweifel mit einer Spur von Zorn.
Marsena sah ihn einen Augenblick überrascht an. Er hatte Gileads Kommen nicht bemerkt. Dann zuckte er hilflos die Schultern. »Wenn du älter wärest, würdest du die Sinnlosigkeit vielleicht begreifen, die in diesem Krieg steckt.«
Gileads Gesicht verdunkelte sich. »Du hast Angst!«
Marsena faßte seine Hand. »O Gilead, nicht die Angst vor dem Feind siehst du in meinen Augen, nicht das Verzagen im Angesicht des Todes. Aber wie könntest du mich verstehen, wo die Jugend in dir die Trauer nicht zu sehen vermag, die Qual, die schlimmer ist als das schnelle Schreiten des Todes. Wie wollen wir diesen Kampf siegreich beenden, wenn selbst Brüder gegeneinander kämpfen, und das Schlachten in den eigenen Reihen mehr Blut fließen läßt als das Schwert der Römer? Titus hat uns ein mehr als annehmbares Angebot gemacht. Ich frage mich, ob wir es nicht doch annehmen sollten.«
»Du weißt, daß Johannes und Simon dies nie zulassen würden«, gab Gilead heftig zurück. – »Und wir auch nicht!«
Marsena lachte bitter auf. »Ein Volk stirbt durch die Willkür der Tyrannen. Und wir stehen da und lassen es geschehen.«
»Der Feind steht draußen, Marsena. Was kümmern uns die Querelen der einzelnen Parteien.«
Marsena faßte Gilead an den Schultern. Seine Stimme klang rauh und zornig. »Bist du sicher, daß die größeren Feinde nicht mitten unter uns sind? Siehst du denn nicht, daß Johannes von Gischala und Simon bar Giora mit ihren Zwistigkeiten das Kräftepotential Jerusalems in geradezu selbstmörderischer Weise geschmälert haben, von der wahnsinnigen Tat, sich die Lebensmittelvorräte gegenseitig zu vernichten, ganz zu schweigen?«
»Wir haben die Angriffe der Römer zurückgeworfen«, wandte Gilead trotzig ein.
»Wenn du die Vorgeplänkel meinst, dann sage ich dir, daß du noch nicht einmal ahnst, was noch auf uns zukommen wird. Da draußen stehen 80.000 Mann. Wenn Titus Vespasian gewollt hätte, wäre die Stadt längst überrannt. Er hat bisher nur Kohorten vorfühlen lassen, die Legionen selbst haben noch keinen Finger gerührt. Es ist offensichtlich, daß er die Stadt schonen will. Auch Rom kann nichts an einem total verbrannten Land liegen.«
»Du meinst, das Angebot, die Stadt und die Einwohner zu schonen,

wie Joseph ben Mattathias uns einreden wollte, wäre ernst gemeint?«
Gilead lachte höhnisch. »Du wirst doch einem Verräter keinen Glauben schenken!«
Marsena ben Arinos schüttelte traurig den Kopf. »Du sprichst Worte, mein Bruder, die unüberlegt sind. Du vergißt die Tapferkeit des Joseph in der Schlacht um Jotapata.«
»Und doch spricht er jetzt im Namen der Römer! Es ist nichts als das Reden eines Speichelleckers.« Gileads junges Antlitz hatte sich im Zorn gerötet. Er war von Marsena zurückgetreten, und seine Augen strahlten Verachtung und Widerwillen aus. Marsena schwieg und betrachtete ihn ruhig.
»Ich hasse Roms Freunde«, zischte Gilead. »Man kann nicht ein Freund Roms und ein Freund Israels sein. Du selbst warst doch bei deinem Freund Marcus Julianus. Hat er dir seinen Schutz angedeihen lassen?« Er spuckte die Frage fast von sich.
»Wäre ich jetzt hier, hätte er es nicht getan?« gab Marsena ruhig zurück.
»Gilt das auch für den Rest des Krieges? – So wie bei Joseph ben Mattathias, der sich jetzt Flavius Josephus nennen darf, der römische Verräter?«
Marsena lächelte traurig. »Ich wünschte, ich könnte mit dir über etwas anderes sprechen. Über das, was das Leben wirklich ausmacht. Krieg, Kampf, das sind doch nur Episoden, die hoffentlich schnell vergessen werden. Freunde, Familie, Freude, Hoffnung und irgendwann das Glück. Darüber zu sprechen würde sich lohnen.«
Gileads Gesicht verzog sich ungläubig. »Auch in dieser Zeit? Ist es wirklich dein Ernst, die Tatsachen vor den Mauern der Stadt zu ignorieren? Du, der du den Krieg lerntest, sprichst von ihm als einer beiläufigen Episode?«
»Ich spreche von der Sinnlosigkeit dieses Krieges, Gilead. Frage die Bewohner der Stadt, ob sie nicht lieber Frieden hätten – auch unter der Verwaltung Roms. Es sind nur einige wenige Kriegstreiber, die mit dem Blut ihrer Nächsten eine ganze Nation ertränken. Und Haß auf alles Römische? Wie lange glaubst du, wird dieser Haß Bestand haben können? Ihr könnt einer Weltmacht nicht für alle Zeit Widerstand entgegenbringen. Außerdem ist Haß meist ein schlechter Beweggrund für vernünftiges Handeln. Und was wäre unvernünftiger als gegen eine Macht zu kämpfen, in deren Reich die Sonne kaum unterzugehen vermag!«

»Du verstehst nichts, Sohn des Arinos. Wie könntest du auch? Dein Leben war Rom, deine Freunde waren Römer. Was sollte dir Israel bedeuten?«
»Ich bin nach Israel zurückgekehrt«, flüsterte Marsena leise.
»Weswegen? Um es sterben zu sehen? Wir werden kämpfen, damit es lebt.«
»Auch sterben, damit es lebt?«
»Könnten wir überhaupt leben, wenn dieses Land nicht mehr wäre?«
»Du bist ein seltsamer Mensch, Gilead. Selten, daß ich dich lächeln sehe. Wie kann ein so junger Mann wie du so verschlossen sein, und statt der Freude der Jugend die Düsterheit des Todes wählen?«
Gileads Gesicht wurde hart. »Ein jeder wird dir sagen können, daß die Kindheit eines Gilead ben Ari in grauer Vergangenheit zu Ende gegangen ist. Und sie war nur Vorbereitung auf die Zeit, die auf die Bewährung eines Volkes wartet. Du wirst in Israel keinen Jüngling finden, der nicht bereit ist, seine Jugend für dieses Land zu geben.«
»Wäre es nicht viel mehr wert, für dieses Land zu leben? Für das Land selbst, nicht um es in einem Krieg unbewohnbar zu machen. Wir könnten in Frieden leben. Roms Präsenz wären einige Soldaten in Caesarea und einige vielleicht in der Antonia, für uns kaum spürbar, und Rom wäre weit.«
»Wie könnten wir leben, ohne wirklich frei zu sein?« Gilead wandte sich ab.
»Gilead, es gibt so vieles, für das es sich zu leben lohnt. Das Leben ist ein Taumel an Schönheit, was könnten ihm Politik und Machtstreben schon anhaben? Denke nur an deine Kindheit. War nicht jeder Tag ein atemberaubendes Abenteuer? Die Kindheit war der Beginn dieses wundervollen Lebens, der Schritt in die Zukunft, die der Herrlichkeit des Daseins die Krone reichen wird. Dafür möge uns jeder Atemzug leben lassen!«
Gilead hatte sich ihm wieder zugewandt. Er starrte Marsena ins Gesicht. Sein Blick war ohne Regung. »Ich erinnere mich nicht.«
»Du willst nicht. Du willst das Schönste der Vergangenheit auslöschen. – Die Kindheit, die Zeit der Jugend. Für mich sind diese Bilder Teil meines Seins. Willst du auch diese Erinnerungen nicht, mein Bruder? Wie könnte man atmen, ohne sich der Träume der Vergangenheit zu erinnern?«
»Erinnerungen woran, Sohn des Arinos?« Gileads Worte waren hart und abweisend.

Marsena blieb stumm. Eine tiefe Traurigkeit hatte ihn ergriffen. Er würde Gileads Herz nicht erreichen. Den Freund und Bruder von einst trennten Rom und Israel. Und er stand mitten in dieser Kluft.

*

Marsena schlief sehr unruhig in dieser Nacht. Er träumte von Sterben und Leid, und in den Augenblicken, wo er aus seinen Alpträumen erwachte, wußte er, daß all die Träume in der Wirklichkeit enden würden. Aber er träumte auch von Damaris, und diese Augenblicke ließen all das Grauen in verklärtem Licht enden. Und er wußte, daß er all den Schrecknissen der nahen Zukunft um ihretwillen entgegentreten würde. Es war gleichgültig, wie Simon bar Giora, Ben Merton oder Gilead ben Ari es auffassen würden. Er würde nicht für sie kämpfen, nicht für Judäa, nicht für Israel – nur für die junge Frau, die seine Gedanken füllte in Traum und Wirklichkeit.
Irgendwann in der Nacht erwachte er endgültig aus seinem unruhigen Schlaf. Er wußte nicht, wo er das Geräusch in seinen Erinnerungen einordnen sollte. Es war ein Schleichen und Kratzen in den Gängen. – Wie das Scharren von Ratten, durchfuhr es ihn. Von großen Ratten, so groß wie Menschen. Er fuhr hoch und griff nach dem Schwert neben sich. Durch das Fenster strömte in vollem Schein das Licht des Mondes. Im ersten Augenblick sah er nur Schatten an der offenen Tür, die zur Dachterrasse führte. Dann bewegten sich die Schatten, und leises Flüstern drang an sein Ohr. Er sprang von seinem Lager und war plötzlich hellwach. Es sind Diebe oder Verschwörer im Hause des Ari, durchfuhr es ihn. In einem Augenblick war er auf der mondlichtüberfluteten Dachterrasse. Er sah vier Gestalten, die erschrocken herumfuhren.
»Was habt ihr hier zu suchen?« rief er laut.
Ohne eine Antwort hatte einer der Eindringlinge sein Schwert gezogen. Marsena parierte den Hieb und spaltete dem Aufschreienden das Gesicht. Stimmen wurden im Hause laut. Auf den Treppen zur Terrasse flammte das Licht von Öllampen auf.
»Ihr rührt euch nicht!« knurrte er wild. Im Schein des Mondes gleißte die Klinge seines Schwertes, die sich rot verfärbt hatte. Dann war plötzlich die Terrasse in den Schein von Fackeln und Öllampen getaucht. Die Söhne Aris umringten ihn, und einige Diener standen an den Aufgängen zur Dachterrasse mit gezogenem Schwert.

»Was bedeutet das, Marsena?« fragte Judas ben Ari.
»Frage ihn«, entgegnete Marsena und wies auf einen der Eindringlinge, der finsteren Blicks mit dem Knauf seines Schwertes spielte.
»Was suchst du im Hause des Ari, ohne dich angemeldet zu haben?« herrschte er ihn an.
Der Mann höhnte ihm ins Gesicht. »Wir sind von Johannes von Gischala delegiert worden, die Kampftruppen mit den Gütern der beschützten Bevölkerung zu versorgen. Du wirst nicht wagen, uns etwas anzutun. Während ihr in sorgloser Ruhe liegt, kämpfen wir für euch gegen Rom.«
Marsena lächelte sarkastisch und nickte böse. Er griff plötzlich nach dem Mann. Er hatte ihn am Obergewand gefaßt und zerrte ihn zu sich, daß der Satz mit einem Gurgeln endete.
»Wir können in Ruhe schlafen, während ihr uns beraubt. Das Schwert wird zu gut für euch sein. Holt einen Strick!«
»Das wirst du nicht wagen«, keuchte der Mann in plötzlicher Angst. Er sah in die entschlossenen Augen Marsenas, und wußte, daß dieser es ernst meinte.
Marsena hatte die Augen zu Schlitzen zusammengekniffen. »Ihr saugt das letzte Blut aus der Bevölkerung. Es wird an der Zeit sein, daß euch Bestien ein Ende bereitet wird. Johannes von Gischala wird sich neue Blutsauger erwählen müssen. Nicht einmal Rom selbst kennt so wenig Erbarmungslosigkeit wie ihr.«
Sein Schwert zog eine kreisende Bahn. Die drei Diebe sahen schrekkensbleich auf die gleißende Klinge. Sie erkannten den Haß in Marsenas Gesicht und wußten, daß sie kein Erbarmen zu erwarten hatten. Marsena hob das Schwert zum Schlag. Da legte sich eine Hand auf seinen Arm. Er sah die bittenden Augen von Damaris vor sich.
»Das Blut eines Toten ist genug«, bat sie, und er verspürte das Grauen in ihrer Stimme.
»Es ist euer Haus«, sagte er und in ihren Augen erblickte er den Schimmer von Dankbarkeit und Freude.
Er wußte, was Damaris auch immer fordern würde, er würde ihr Sklave sein. Er steckte sein Schwert weg und wollte sich abwenden. Da verspürte er die Finger ihrer Hand in der seinen. Er nahm ihre Hand und führte sie von der Dachterrasse.
»Ich konnte dir diesen Anblick leider nicht ersparen«, murmelte er. »Aber ich werde dafür sorgen, daß du so etwas nicht wieder erleben mußt. Dein Vater wird Wachen aufstellen müssen.« Er lachte böse

auf. »Wachen, nicht wegen der Römer, sondern um sich gegen das eigene Volk zu schützen.« Er sah im Schein der Öllampe Damaris' besorgtes Gesicht, und er sagte leise: »Was immer auch sein wird, nichts soll dich treffen, Damaris, solange ich lebe.«
Sie nahm die Öllampe aus seiner Hand, und um ihre Lippen spielte ein befreites Lächeln. »Es ist gut, daß du da bist, Marsena.«
Bevor er antworten konnte, war sie ins Haus geeilt, und er stand allein im Dunkel der Nacht.
Judas und Simon kamen die Treppe herunter. Hinter ihnen im Schein der Fackeln wurden die gebundenen Eindringlinge abgeführt.
»Wir werden sie morgen vor den Rat führen und aburteilen. Johannes von Gischala soll es nie wieder wagen, in unseren Bereich einzudringen.«
Marsena nickte stumm in das Dunkel. Sie würden einen Bruchteil der Gewalttaten in dieser Stadt anprangern, aber nichts würde sich wirklich ändern. Der innere Zerstörungsprozeß würde auch nicht von der Gefahr von draußen aufgehalten werden, solange Johannes von Gischala und Simon bar Giora sich anfeindeten.

*

Es war noch sehr früh, als Judas ben Ari ihn aus dem Schlaf riß. »Die Römer haben die Verteidiger der Stadt aufgefordert, in einer Stunde ihre Vorschläge zur Beendigung des Krieges entgegenzunehmen. Simon bar Giora hat uns gebeten, dabei zu sein. Zieh dich an, wir wollen, daß du dabei bist.«
Marsena wischte sich über die Augen. »Ist das auch die Meinung Gileads?«
Judas lächelte. »Es ist die Zeit der Jugend, Marsena. Bitte versteh ihn. Wir können abgeklärter in die Zukunft sehen. Das fehlt Gilead noch.«
»Es ist leider nicht mehr die Zeit der Jugend am Kidronbach, wo mit Steinen und Stöcken die Zukunft eines Kinderreiches entschieden wurde.«
»Ja, sicher. Aber Erfahrungen lassen sich nicht mit Worten erringen. Sie müssen selbst erkämpft werden.«
Marsena schwieg. Es war alles gesagt worden. Und die Geschichte würde sich immer wiederholen. Man konnte sie nicht beeinflussen – nicht mit Worten.

Als sie den Wehrgang der Nordmauer erreichten, waren die Laufgänge schon dicht besetzt. Marsena sah die Unterführer bar Gioras, und unter ihnen auch den, von dem er wußte, daß er für die Zukunft Jerusalems nichts Gutes bedeuten würde.
Noch außerhalb der Katapultschußweite hatte eine berittene Abteilung der Römer Aufstellung genommen. Dann lösten sich drei Reiter und trabten in Richtung Mauer.
»Sie wollen uns zur Kapitulation auffordern«, Ananus ben Bagadates lachte höhnisch, als die Eskorte außerhalb der Bogenschußweite anhielt. »Sie werden ihre Freude an uns haben.« Er hatte sein Schwert gezogen und schwenkte es wild durch die Luft.
»Kommt näher, wenn ihr uns etwas zu sagen habt. Heute könnt ihr das letzte Mal die Gelegenheit nutzen, unbeschadet bis zum Fuße unserer Mauer zu gelangen. Laßt euch dies nicht entgehen.« Gelächter breitete sich auf den Mauern aus.
»Mit Verhöhnen wird keine Schlacht gewonnen.« Marsena runzelte die Stirn. Aber er wußte, daß nichts die Gemüter zu besänftigen vermochte. Er sah zu Judas, Simon und Gilead, deren Augen leuchteten, und er wußte, wie die Antwort von den Mauern lauten würde.
Aus der Gruppe hatte sich ein einzelner Reiter gelöst. Als er sich der Mauer näherte, hörte Marsena die überraschte Stimme Judas ben Aris: »Das ist Joseph ben Mattathias, der Verräter. Wollen uns die Römer verhöhnen?«
Auf den Mauern war es still geworden. Der Reiter war auf Speerwurfweite herangekommen. Er zügelte sein Pferd und hob beschwörend die Hände. »Freunde, Brüder...«
Ein Entrüstungssturm ging über die Wehrgänge und Türme.
»...Titus hat mich gesandt, weil ich euch in unserer Sprache seine freundschaftlichen Bedingungen unterbreiten soll...«
»Freundschaft eines Römers?« Ananus tobte. Und seine Stimme verursachte eine tosende Wand voller Lästerungen und Hohn.
»Wir hätten Titus Vespasians Bedingungen wenigstens anhören können«, meinte Marsena. Aus den Augenwinkeln sah er nur Unverständnis in den Augen der Söhne Aris.
»Ich werde Feindschaft setzen...« hatte Jehova am Anbeginn der Menschheit gesagt. Feindschaft zwischen ihm, dem allmächtigen Souverän und seinem Widersacher, der Satan der Teufel genannt wurde. Und so ist Feindschaft geblieben zwischen seinem Volk und der Welt da draußen auf unabsehbare Zeit.

Wir haben gegen Assyrien, Ägypten, Babylon, Medo-Persien und Griechenland gekämpft. Gegen alle Weltmächte dieser Erde. Wir haben gesiegt, wenn Jehova mit uns war. Und wir wurden furchtbar bestraft, wenn wir seinem Maßstab nicht entsprachen. Eine neue Weltmacht hat die Erde überschwemmt. Und sie ist gewaltiger als alle bisherigen zusammen. Wie wird Gott jetzt mit seinem Volke handeln? Das Untier da draußen ist aus Stahl, und es hat Zähne aus Eisen. Hatte nicht Daniel, der Prophet schon diese Vision vor undenklichen Zeiten?

Marsenas Sinnen wurde von der Stimme Gilead ben Aris unterbrochen: »Hier ist unsere Antwort, Joseph Sohn des Mattathias!« Er hatte Simons Bogen in die Hand genommen und legte einen Pfeil auf. »Du sollst die Antwort haben, die einem Verräter entspricht. Preise Gott, daß wir dir unseren Schutz zugesagt haben.« Der Pfeil schoß los und bohrte sich dicht vor das wild aufbäumende Pferd in den Boden.

»Es ist ein schlechtes Pferd«, murmelte er. »Es wird seinen Reiter im Schlachtgewühl im Stich lassen.«

Marsena nickte unmerklich. »Ja, das ist unsere Antwort«, flüsterte er leise. »Sie ist dem Untergang des Volkes Jehovas würdig.«

Er sehnte sich nach dem Anblick Damaris'. Die Tage und Wochen waren in unwirklicher Hast an ihm vorübergeeilt. Die kurzen Begegnungen mit der Tochter des Ari konnten seine Sehnsucht nicht stillen. Und jetzt war der Krieg über Jerusalem mit der gigantischen Faust eines unbezwinglichen Weltreiches hereingebrochen. Er wagte nicht, an die Zukunft zu denken. Es gab keine. Nicht, wenn man nüchtern überlegte. Aber wollte er das überhaupt? Hinter ihm blieb das Tosen von den Mauern herab. Mochten die Söhne Aris seine Passivität bewerten wie sie wollten. Es gab Kriegshetzer genug, und er wollte wenigstens für einige Augenblicke den Wahnsinn vergessen, der sich in den nächsten Tagen zu einem Inferno steigern würde. Und er würde heute abend genug davon hören, wenn sie im Obersaal des Mertonpalastes zusammenkamen. Der große Kriegsrat der Akra. Er lächelte bitter in sich hinein. Wie wenig würde er sich von den Beratungen des Simon bar Giora und Johannes von Gischala unterscheiden. Im Grunde genommen war schon alles entschieden. Man hatte Roms Angebot einer friedlichen Regelung verworfen. Und sie war bereits zurückgewiesen, ehe sie überhaupt ausgesprochen werden konnte. Und heute abend würde nur der Schlußpunkt gesetzt wer-

den. – »Der Tod ist nichts«, würde es zu wiederholtem Male heißen, – »Freiheit alles.« Wie wahr würde dies doch werden! – Aber Freiheit?
Die Gassen, durch die er ging, waren leer. Alles befand sich auf oder direkt hinter den Mauern, um jedes der tödlichen Worte zu erfassen, die von römischer und jüdischer Seite die Ausweglosigkeit einer Einigung dokumentieren würden. Es würde keinen Frieden geben, nicht von außen und auch nicht innerhalb der Mauern. Er dachte an die letzte Nacht. Johannes von Gischalas Mördertruppe hatte ihm aufgezeigt, daß es jeder der gespaltenen Parteien in der Stadt nur um sich selbst ging. Ja, sogar im Angesicht des gemeinsamen Feindes glomm der Hader weiter. Nein, es konnte keine Zukunft geben!
Damaris! Er öffnete das Tor zum Anwesen des Ari. Die Diener waren alle zu den Mauern geeilt. Es war eine seltsame Ruhe um das Haus. Es war wie die zeitlose Stille um die versunkenen Häuser am Fuße des Vesuvs. Er erschrak. Es war die Stille des Todes an den Hängen des Vulkans, unter dem Bauwerke und Menschen ruhten! Doch nicht hier im Hause Aris! Damaris! Dann sah er sie. Sie stand zwischen den beiden alten Ölbäumen, die den Säulengang des Hauses abschlossen. Eine Hand voll Edelsteine sandte die Sonne als Licht durch das Blattwerk – Smaragde und Diamanten. Sie sah wundervoll aus. Ihr Anblick nahm ihm fast den Atem. Sie trug ein fast durchsichtiges Byssusgewand, gewebt in Ägypten, das mit der Farbe der Purpurschnecke eingefärbt war. Die Borten an Ärmeln und Saum waren aus Goldfäden gewirkt. In ihrem nachtschwarzen Haar funkelten helle Saphire. Ihre zarte Gestalt wirkte noch schlanker als sonst. – Sie trug die in Alexandria und Rom beliebten geflochtenen, hochhackigen Sandalen, die ihre feinen Fesseln betonten und die das Gold der Ringe an Zehen und Knöcheln hindurchschimmern ließen. Brauen und Augenwinkel waren in ägyptischem Stile mit Bleiglanz eingefärbt, mit dem Pulver aus Lapislazuli und Malachit Augenrand und Lider. So mußte die Königin von Scheba vor Salomo erschienen sein!
»Du bist wunderschön, Damaris«, flüsterte er.
Es war, als sähe sie durch ihn hindurch. »Ich gedenke unseres Abschiedes von der Vergangenheit. Nichts wird mehr so sein wie früher. Oder werden wir je wieder über den Ölberg wandern, Marsena?«
Marsena schnürte es die Kehle zu. Sie ahnte die Zukunft wie er selbst! Er schüttelte beschwichtigend den Kopf. »Irgendwann wird Rom wieder abziehen.«

Sie sah ihm in die Augen. »Du weißt, wann das sein wird. Wenn es Jerusalem nicht mehr gibt.«
»Oder wenn wir gesiegt haben.«
Sie lächelte flüchtig. »Das sagst du, Marsena?«
»Ich billige den Krieg nicht, Damaris. Aber Israel ist noch nicht besiegt.«
»Wir können aber auch nicht gewinnen?«
Er zögerte. Ihr Blick war unverwandt auf ihn gerichtet.
Israel ist voller Wunder, sagte er zu sich. Und du bist das herrlichste von allen. Aber, du hast recht, Tochter des Ari. Ein noch größeres wäre es, wenn Judäa Rom besiegen könnte.
»Israel hat in der Vergangenheit mit Jehovas Hilfe Großmächte besiegt.«
»Und jetzt, Marsena ben Arinos?«
Er lachte leise auf. »Das ist eine Frage an die Priester.«
Sie schüttelte den Kopf. »Es ist eine Frage an uns selbst.«
»Ich werde Rom für dich besiegen, Damaris.«
Sie lächelte für einen Augenblick. »Du sagtest, es ist nicht dein Krieg.«
»Jetzt schon.«
»Wieso jetzt?«
»Um deinetwillen.«
»Mich interessiert dieser Krieg ebensowenig wie dich. Es ist Gileads Krieg, auch Simons und Judas'. Nicht der der Frauen Israels. – Wir haben ihn uns nicht gewünscht.«
»Bald wird er uns alle erfaßt haben.«
»Was wirst du dann tun, Marsena ben Arinos?«
»Ich werde jede Träne von dir fernhalten, Damaris.«
»Indem du andere Menschen tötest?«
»In einem Krieg darf man danach nicht fragen!«
»Ist es nicht in Wirklichkeit die eitle Selbstbestätigung eures Ichs? Eure Reden gleichen sich, als wären sie in einer eurer Versammlungen erfunden worden. Du, Marsena ben Arinos kleidest es in das Heldenhafte – es für mich zu tun. Wie sich deine Worte denen der Söhne Mertons und Jonathan ben Assurs gleichen! Ist es in Wirklichkeit nicht der tiefe Wunsch nach Kampf, der euch Männer uns Frauen manchmal so unverständlich macht?«
Marsena starrte sie an. »Jonathan ben Assur, sagtest du? Er ist sehr oft in eurem Hause.« Konnte sie seine Unruhe und Eifersucht spüren?

Sie sah ihn verwundert an. »Ja, du weißt es. Warum fragst du?«
Seine Stimme war heiser. »Hat er dir einen Antrag gemacht?«
Sie lachte verschmitzt auf. »Wieso fragst du danach?«
»Du weißt es, Damaris!«
»Warum sollte ich mir Gedanken machen, was du denkst, Marsena ben Arinos?«
»Ich will es von dir hören, Damaris.«
»Findest du nicht, daß es Zeit ist, daß die Tochter des Ari wählen sollte? Die meisten meiner Freundinnen sind verheiratet.«
Seine Stimme klang belegt. »Hat die Tochter des Ari gewählt?«
»Kümmert es dich, Sohn des Arinos?«
»Du weißt, wie ich empfinde.«
»Was gehen mich deine Gefühle an?«
Er starrte sie an. Sollte all das, was zwischen ihnen in den vergangenen Tagen und Wochen begonnen hatte, nur Trug sein? Hatte sie mit ihm gespielt? Hatten sich ihre Launen willkürlich seine Person erwählt, und ihn in dem trügerischen Glauben gelassen, sie würde mehr als nur schwesterliches Interesse an ihm haben? Hatte er sich selbst in den fürchterlichen Irrtum begeben, nur weil sein Denken und Hoffen Selbstbetrug gewesen waren?
Er war heiser, als er sprach. »Wolltest du mir mit deinen Worten endlich die Antwort auf meine Fragen, die dich betreffen, geben? Dann allerdings ist es eine Antwort, die endgültig ist. Dann hättest du mir nicht sagen dürfen, daß ich in Jerusalem bleiben soll.«
Sie sah an ihm vorbei. »Ich verstehe dich nicht.«
»Du verstehst mich wohl. Mein ganzes Denken in all den vergangenen Wochen galt nur dir.«
»Ich habe dich nicht danach gefragt.«
»Nein, natürlich nicht. Die Tochter des Ari ist über alle Gefühle erhaben. Ihr liegt Jerusalem zu Füßen. Es muß eine Genugtuung sein, darauf treten zu können.«
Sie lachte auf. »Und du, Marsena ben Arinos? Ist es nicht so, daß die Mädchen der Akra seit deiner Rückkehr keinen anderen Gesprächsstoff mehr haben als dich?«
»Davon weiß ich nichts. Außerdem ist dies für uns von keiner Bedeutung.«
»Und die Frauen Roms? – Die Schwester deines Adoptivbruders?«
»Ich sagte dir bereits, es ist Vergangenheit. Unsere Gegenwart zählt, und die kennt nur deinen Namen.«

»Vergißt du immer so schnell?«
»Es wird nie etwas vergessen sein, nur die Bedeutung ändert sich.«
»Welche Bedeutung werde ich in deiner Vergangenheit haben, Marsena?«
»Die der Gegenwart, Damaris. Und sie ist unabhängig von deiner Entscheidung. Denn Liebe kann man nicht mit Worten auslöschen.«
»Liebe?« Sie sah ihn mit großen Augen an.
»Ja, du müßtest es wissen, wie es in meinem Herzen aussieht.«
»Sind es nicht in Wirklichkeit die Tochter des Julianus und die römische Erinnerung, die dich zu diesen Worten inspirieren? Bist du sicher, daß deine Gedanken ein jüdisches Mädchen meinen und nicht eine Patrizierin aus den höchsten Adelsschichten Roms? Um dir aber eine Antwort auf deine Frage zu geben: Ja, ich habe gewählt, Marsena ben Arinos.« Sie wandte sich um und eilte zwischen den Kolonnaden davon.
Er starrte ihr nach und vermochte keinen Laut hervorzubringen. Sie hatte unter ihren Bewerbern gewählt! Es war, als glitte eine kalte Hand über sein Herz. Sie hatte geantwortet, und doch waren alle seine Fragen offen geblieben.
Er starrte noch die Kolonnaden entlang, als sie schon längst entschwunden war.
Er war wie betäubt, und Bilder traten in sein Bewußtsein, die in ihrer Schmerzlichkeit an die Niederlage dieses heutigen Tages erinnerten. Marsenas Gedanken glitten durch die Vergangenheit.
Die Familie seines Adoptivvaters hatte eine Einladung in den kaiserlichen Palast erhalten. Es war eines der beliebten Maskenfeste gewesen, bei dem sich die römischen Patrizier wenigstens für Stunden ihrer eigenen Persönlichkeit entledigten, um endlich die Person ihrer Wünsche zu sein.
Das Kleid, das Claudia trug, ließ den Oberkörper fast völlig unbedeckt und unterstrich die Formen ihrer Brüste, die sie nach ägyptischem Vorbild bemalt hatte. So waren die Äderchen mit Blau nachgezogen, und die Brustwarzen, die sich unter dem durchsichtigen Stoff abzeichneten, mit Henna rot gefärbt. Sie sah wundervoll aus, und Marsena war sich zum erstenmal bewußt, daß seine Gefühle mehr waren als die für eine Schwester.
»Ist ihre Aufmachung nicht sehr gewagt?« hatte er, zu Marcus Antonius gewandt, gefragt.
Dieser hatte lachend geantwortet: »Wäre es nicht schade, diese Blü-

ten im Verborgenen blühen zu lassen? Zudem steht das Fest des Kaisers im Zeichen Ägyptens. Du kannst sicher sein, daß Claudias Kleid geradezu keusch wirken wird.«

Marcus Julianus selbst hatte ein Leopardenfell getragen und auf dem Kopf einen Reif mit einer Uräusschlange.

Er hatte Marsena freundschaftlich an den Schultern genommen. »Mein Freund und Bruder, Marsena. Ich verpflichte dich hiermit als Begleiter meiner Schwester, sie mit Leib und Leben zu verteidigen und empfehle dir, dich deshalb als ägyptischer Krieger zu kleiden.«

An das Fest selbst erinnerte sich Marsena mit sehr unterschiedlichen Gefühlen. Am Eingang zu den Kolonnaden hatte sie eine als Wesen aus der ägyptischen Unterwelt verkleidete Rotte junger Männer empfangen, deren Sprache und Bewegungen ihre Trunkenheit unterstrichen. Marsenas Unwillen hatte sich kaum in Grenzen halten können, als die Anzüglichkeiten, die sich auf Claudia bezogen, trotz seiner eindeutigen Mißbilligung nicht nachließen. Er hatte einem der hartnäckigsten Randalierer die Anubismaske vom Gesicht gerissen, einige kräftige Ohrfeigen gegeben und ihn anschließend wieder zurück in die grölende Menge gestoßen, eine Handlung, die zwar für momentane Ruhe sorgte, aber keinesfalls bei Claudia solch positiven Anklang fand, wie er es sich in seiner Einfalt vorgestellt hatte. Hatte sie trotz der offensichtlichen Frechheiten noch überlegen gelächelt, so wurde Marsenas ritterlicher Einsatz nur mit einem schnippischem Kopfschütteln bedacht. Marcus Antonius hatte ihm grinsend auf die Schulter geklopft und ihm klargemacht, daß solche Entgleisungen eigentlich einem ägyptischen Fest nicht fremd wären. Er selbst müsse mehr Toleranz aufbringen, um römischen Feiern gerecht zu werden. Aber er wäre ja jung genug, um das im Laufe der Zeit noch zu begreifen. Marsena hatte die arrogante Art des römischen Patriziers verspürt, aber seinen aufwallenden Zorn hinuntergeschluckt. Er durfte eine fremde Welt nicht nach seinen Maßstäben beurteilen. Er wußte nicht, ob er seine emotionale Handlungsweise seiner aufkeimenden Eifersucht Claudia gegenüber zu verdanken hatte oder der unvergessenen Erziehung seines Vaters, der seine Mutter immer nur mit Respekt behandelt hatte.

Marsena schloß für einen Augenblick die Augen. Die Vergangenheit war so nahe wie die Lider vor seinen Augen. Er sah Claudia, wie sie mit dem Gang einer Herrscherin durch die trunkene Menge schritt. Er vernahm das Schrillen der aufpeitschenden Musik, das Lachen und

Grölen der ausgelassenen Gäste, er roch den aufdringlichen Duft der verschiedensten Parfüms und wußte, daß ihn diese Art von Feiern nicht gewinnen konnte. Dann standen sie vor dem Herrscher des römischen Imperiums. Dort auf der goldüberzogenen Trikline lag die allgewaltige Macht über Leben und Tod von nahezu acht Millionen Untertanen des Reiches ohne sichtbaren Anfang und ohne Ende, Nero Claudius Augustus Germanicus, dem das Volk den Beinamen gegeben hatte, Ahenobarbus, der Rotbart.
Die Stimme des Kaisers war vom vielen Wein ein wenig schwer. »Ich wußte gar nicht, daß du zwei Söhne hast, Licinius Julianus.«
»Es ist mein Pflegesohn, mein Cäsar. Sein Name ist Marsena ben Arinos.«
»Marsena ben Arinos?« wiederholte Nero nachdenklich. »So, so, Pisidier?«
»Judäer, mein Cäsar.«
»Jude«, wiederholte der Kaiser, als dächte er nach. Aber seine Augen waren nur auf Claudia gerichtet, die sich dessen bewußt war und sich so räkelte, daß eine Brust sich aus dem Gewand schob.
Nero griff nach der Lyra. »Meine Freunde können ohne meine Stimme nicht leben«, lächelte er.
Claudias Blicke waren der Inbegriff allen Triumphes.
Viel später hatte er Claudia nach Hause gebracht, und er erinnerte sich noch an die begehrenden Blicke des Kaisers, die dem Mädchen folgten, bis hinter ihnen das trunkene Grölen verflogen war.
Auf dem Heimweg hatte er sie zum ersten Mal geküßt.
Die Tage der ersten Jugendliebe waren vorbei.
Dann war er nach Gallia Cisalpina versetzt worden, und Gerüchte hatten von einer Affäre zwischen Claudia und Nero wissen wollen. Um das Mädchen mit den blonden Haaren und den trügerischen Augen zu vergessen, hatte er in die militärische Laufbahn all seine Energie gesetzt und war zum Tribun befördert worden...
Er wischte die Gedanken beiseite. Er hatte in Vergangenheit und Gegenwart verloren. – Damals Claudia, heute Damaris.
Marsena stieß im Atrium beinahe mit Judas zusammen. »Du bist in Gedanken, mein Bruder«, sagte dieser. »Und ich sehe, daß es traurige Gedanken sind. Ist es der Krieg vor den Mauern, der dich bedrückt?«
Er faßte Marsena an der Schulter und sah ihm ins Gesicht.
Marsena lächelte gequält. »Ich vergesse langsam die Trauer um den verlorenen Frieden.«

Judas blickte ihn fragend an.
»Es ist nichts, wobei du mir helfen kannst.«
Judas' Lippen kräuselten sich zu einem verstehenden Lächeln. »Nein, ich glaube, das mußt du alleine auskämpfen. Ich bin auf dem Wege zu Schealtiel. Wir wollen zusammen Gileads Ausfallplan durchgehen.«
»Gilead?«
»Ich vergaß dir zu sagen, daß er einen Haufen Abenteurer aufgetrieben hat, die begierig sind, sich auf alles Römische zu stürzen. Hörst du das Gegröle aus dem großen Saal? Gilead und seine Freunde feiern. Sie wollen heute nacht einen Ausfall wagen, die fünfzehnte Legion überfallen und die Scorpione anzünden.«
Marsena schüttelte den Kopf. »So etwas gehört geplant. Ein unüberlegtes Anrennen ist Wahnsinn. Oder glauben sie, daß die Römer die Kampfmaschinen unbewacht lassen? Sie sollten erst die Standorte ausfindig machen und dann einzelne Gruppen darauf ansetzen. Die Widder, Bolzenschußgeräte und Ballisten werden immer von Elitetruppen bewacht. Man müßte ihnen ihr Vorhaben ausreden.«
Judas ben Ari faßte Marsena beschwichtigend am Arm. »Mein Bruder, du hast bereits alles gesagt. Gilead hat von dir alle Vernunftsgründe des Erfahrenen gehört. Wenn er sie nicht anwendet, so hast du doch alles versucht. Niemand kann ihm irgend etwas ausreden. Allenfalls noch Schealtiel, der Prophet, deshalb bin ich ja auf dem Wege zu ihm. Ich fürchte nur, die jungen Löwen Judas haben Blut geleckt. Und sie sind nicht nur trunken vom Wein. Nein, ich glaube, nicht einmal die Worte des Sehers werden ihn beeinflussen können. Ich gehe mit dir einig, Marsena, daß Gileads Vorhaben Wahnsinn ist. Wir alle glauben, daß für Israel zu kämpfen unabdingbar ist, nur bin ich auch überzeugt, daß so der Krieg nicht gewonnen wird. Gilead hat weder auf seine Brüder noch auf seinen Vater gehört. Es scheint, als wolle er uns allen beweisen, daß wir selbst Zauderer sind und dem Greisenalter nahe. Aber es ist das Privileg der Jugend, überschäumend zu sein – und ein wenig unvernünftig.«
»Unvernunft und Untergang sind eng verknüpft«, murmelte Marsena müde.
»Ja«, Judas nickte. »Ich hoffe, daß das Haus des Ari nicht zu einem Trauerhause wird.«
»Ich werde mit ihm sprechen.«
»Es ist zwecklos, mein Bruder. Er wird dich nicht einmal anhören.«
»Ich muß es ein letztes Mal, meines Gewissens wegen, tun.«

»Dann geh!« Judas drückte Marsenas Arm und eilte hinaus.
Marsena trat in den Saal. Die Luft war durchtränkt von Schweiß und verschüttetem Wein. Die Stimmen klangen trunken.
Sie waren alle da, auf denen die Hoffnung ihrer Väter ruhte. Die jungen Burschen, die kaum dem Kindesalter entwachsen waren, und die jetzt Pläne machten, eine Weltmacht zu stürzen.
Gilead kam auf ihn zu. Marsena sah in seinen Augen den wirren Glanz seiner weinseligen Emotionen.
»Marsena, mein Bruder.« Er sprach mit schwerer Zunge.
»Bist du gekommen, um endlich etwas für Judäa zu tun?« Er faßte Marsena an den Schultern, um seine schwankende Haltung abzufangen. »Oder bist du gekommen, um uns für heute Nacht Glück zu wünschen? Wir werden die fünfzehnte Legion in den jüdischen Boden stampfen, auf dem sie jetzt noch zu stehen wagt.«
Marsena sah ungläubig in die Runde. »Wollt ihr so Rom begegnen? Ihr könnt kaum mit euch selbst fertig werden, geschweige mit ausgeruhten Elitetruppen.«
Gilead lachte ungehalten auf. »Eine deiner berühmten Moralpredigten, mein Bruder?« Er zeigte schwankend in die Runde. »Ist einer unter uns, der sie sich anhören möchte?«
Hämisches Gelächter klang auf. Gilead sah ihn mit einem höhnischen Lächeln an. »Du siehst selbst, mein Bruder. Wir brauchen dich nicht. Nicht dein Schwert, nicht deine römische Klugheit, nicht dein römisches Denken.« Er machte eine großartige Geste. »Was Israel braucht, ist der jüdische Geist unserer großen Vorfahren, und wir werden ihn heute unter Beweis stellen. Gebt meinem Bruder einen Becher Wein, daß er seinen Mut wieder gewinnt.« Er verschüttete einen Teil des Inhaltes, als er den Becher Marsena reichte.
Marsena schüttelte den Kopf. »Ihr werdet euren Mut selbst brauchen.« Er faßte Gilead an den Schultern. »Wißt ihr wirklich, was ihr tut? Glaubt ihr, mit Wein die Angst hinunterspülen zu können, die euch auf dem Schlachtfeld begegnen wird?«
Gilead sah in zornig an. »Angst? Du weißt nicht, was du sagst. Furcht ist etwas für Weiber. Du wärest besser in ihrer Mitte aufgehoben. Wo ist Damaris? Sie sollte sich deiner annehmen. Du bist ohnehin sehr oft mit ihr zusammen. Es scheint deiner eigenen Moral nicht sehr gut bekommen zu sein. Oder vielleicht doch? Sollte es sein, daß der große Tribun Roms ein Feigling ist, der die sanfte Hand einer Frau benötigt, sich über seine Unzulänglichkeit hinwegzutrösten?«

»Mein Bruder ist betrunken.« Marsena wandte sich um. Judas ben Ari hatte den Raum betreten. Neben ihm hinkte der alte Schealtiel, der die Szene mit spöttischem Gesicht maß.
Gilead lachte auf. »Nicht betrunken genug, großer Bruder, um deinem Freund die Wahrheit zu sagen.«
»Die Wahrheit?« Marsena sah Gilead mit einem Gefühl tiefer Traurigkeit an. Er würde nie an Gileads Herz rühren können. Sie waren durch Welten getrennt. »Die Wahrheit sieht anders aus, Sohn des Ari. Nicht trunkener Übermut wird dich vor Roms Legionären bestehen lassen. Die wirkliche Wahrheit ist – mit diesen Leuten übersteht ihr nicht einen einzigen Sturmangriff in offener Feldschlacht. Es fehlt an allem – an Stil, Ausbildung und Disziplin. Und an Waffen seid ihr ohnehin unterlegen. Es hat keinen Sinn, sich etwas vorzumachen«, sagte er, indem seine Stimme eine Nuance lauter wurde, um die einsetzende Unruhe zu übertönen. »Ich will damit nicht sagen, daß es an Mut fehlt. Aber Tapferkeit und Schlagkraft sind zweierlei. Um Roms Truppen schlagen zu können, muß man deren Kriegskunst, deren eiserne Disziplin, die ausgeklügelte Taktik der Offizierscorps kennen. Also, man muß sie mit ihren eigenen Waffen zu schlagen suchen. Aber man müßte dann eben besser sein als sie selbst.« Er blickte in die Runde, und seine Stimme klang mehr feststellend als fragend. »Und könnt ihr von euch sagen, daß ihr mehr der Kampfkraft des römischen Heeres entgegenzusetzen habt als Mut? Die Legionen Roms stehen und fallen mit Taktik. In der Ausbildung, im Exerzierreglement ist das erste Plus zu sehen, die Kriegspraxis ist der zweite Abschnitt ihrer Stählung. Was hättet ihr ihnen wirklich entgegenzusetzen? – Schmähreden, blinden Haß? Das zerbricht keine Phalanx, das verbrennt keine Belagerungstürme, das zersprengt keine Schilderwand! Wie wollt ihr eure Truppen dirigieren? Ihr kennt weder Kuriere noch Trompetensignale, die ein ganzes Heer den gleichen Schritt machen ließen. Vorgehen, Rückzug, Angriff, Verteidigung, Flügelschwenken – jeder einfache römische Soldat beherrscht die Exerziervorschriften im Schlaf, und er würde sie sogar im Schlaf befolgen, bekäme er den Befehl dazu. Nein, Freunde, ein Kampf vor den Mauern käme der Absicht gleich, das Verderben zu suchen. Solange die Mauern stehen, wird jeder Angriff für Rom empfindliche Verluste bedeuten, nicht, wenn wir aus eigenem Willen uns unseres eigenen Schutzes berauben. Tapferkeit im falschen Augenblick ist die Tochter der Dummheit.« Seine Stimme klang ungerührt, und dennoch war es

ihm, als spräche er ein Orakel aus, das dem Schicksal seines Volkes, das ihm manchmal so fremd schien, eine Prophezeiung zumaß, die ohne Hoffnung blieb.
Das Schweigen um ihn her war nur von kurzer Dauer. Dann sprang Gilead auf. »Wer folgt mir?« rief er mit blitzenden Augen. »Wir werden den römischen Pionieren die Testudos über ihren Köpfen anzünden und sie ins Lager zurückscheuchen. Wir werden ihr Lager, ihre Maschinen und Angriffstürme in einen Feuersee verwandeln. Sie werden die Gehenna sich als Zufluchtsort wünschen, um der Glut unserer Schwerter zu entkommen.« Seine Stimme peitschte wie ein Fanal durch den Saal und riß einem Echo gleich die Stimmen der Versammelten mit sich. Der Jubel glich einem Sieg, von dem, wie sich Marsena sagte, sie so weit entfernt waren, wie die Erde dem Sternbild des Orion.
»Ich bitte dich zu bleiben, Gilead.« Marsenas Augen waren ernst. Er fühlte die Angst, die ihn unbegreiflicherweise überkam, in tiefen Wogen auf sich einstürmen. Und er wußte, daß diese Angst Gilead galt, dessen hochaufgerichtete Gestalt einer martialischen Statue glich, um die das Licht aus den Säulenreihen einen kupfernen Schein legte. »Mars im Zwielicht«, flüsterte Marsena leise, aber niemand hörte ihn. Für einen Augenblick sahen sich Gilead und Marsena in die Augen, dann wurde der Blick Gileads abweisend.
»Ich habe dem Sohn des Arinos heute schon einmal meine Meinung gesagt. Ich verzichte darauf, sie zu wiederholen. Wir werden nicht tatenlos zusehen, wie sie unsere Mauern untergraben und ihre Belagerungstürme in Reichweite unserer Hände errichten.«
»Dann kämpft wenigstens so, wie es der Taktik unseres Volkes am ehesten entgegenkommt. Greift nachts die Maschinen und Angriffstürme an, schlagt zu und verschwindet wieder. Macht es so, wie ihr es bei Cestius Gallus tatet. Laßt es nicht zu einem Kampf mit den Legionssoldaten kommen. Fallt über sie her wie Heuschrecken und verschwindet wieder in der Nacht, bevor sie sich formieren können. Dadurch könnt ihr sie treffen, nicht durch falschen Heldenmut in einer offenen Schlacht. Ihr würdet sie allein schon kräftemäßig verlieren, von der Überlegenheit des römischen Systems ganz zu schweigen. Oder soll ich euch noch einmal die genau abgestufte Offiziershierarchie vom Legat, Tribunen, Zenturio, Decurio bis zum letzten Unteroffizier und den damit verbundenen, reibungslosen Befehlsablauf aufzählen, der in der ganzen Legion bis hinunter zur einzelnen Zen-

turie herrscht? Ein ausgeklügeltes System von Pioniertruppen, taktischen Kampfeinheiten, Schleuderern, Bogenschützen, Artillerie, Reiterei.« Marsena schüttelte den Kopf. »Ich frage euch noch einmal – was hätten wir dagegen einzusetzen? Nichts geschieht in der römischen Armee ohne Befehl. Ja, sogar das Rauben und Plündern ist in den Dienstvorschriften niedergelegt. Was hat das von allen doch so geliebte Jerusalem dagegen augenblicklich zu bieten? Schändung, Diebstahl, ja sogar Mord. Wo sollte da die Moral zu finden sein, Roms Truppen zu widerstehen? Ihr braucht euch nicht aufzuregen«, winkte er ungehalten ab. »Denkt darüber nach. Die Wahrheit ist meistens nicht angenehm. Oder sind euch die Tatsachen noch nicht zu Ohren gekommen, daß sich die Plünderer des Johannes von Gischala selbst bis in die Straßen der Unterstadt gewagt haben? Sind nicht gestern erst die Getreidevorräte nahe der Herodesbrücke in Flammen aufgegangen? Die Dummheit in den eigenen Reihen ist geradezu grenzenlos. Man möchte meinen, daß die Juden unter sich wetteifern, den Römern jegliche Arbeit mit der Einnahme der Stadt abzunehmen. Wir haben schätzungsweise eine Million Menschen in der Stadt, davon die größte Zahl ältere, Frauen und Kinder. Wie sollen sie ernährt werden, wenn die Belagerung länger als einen Monat andauert? Wo bleibt eure Antwort? Darüber lohnt es sich nachzudenken, anstatt sich in täglichen Plänkeleien, durch Raub, Plünderung und Brandstiftung die eigene Ernährungsgrundlage zu entziehen.« Er lachte zynisch auf. »Aber vielleicht gelingt euch gerade dadurch der Sieg, wenn sich die Römer über die Dummheit des jüdischen Volkes totlachen.«

Marsena wußte im vorhinein, daß seine Worte in einem Labyrinth widersprüchlichster Reaktionen untergehen würden. Er erhob sich und trat ans Fenster. Draußen wiegten sich die Wedel der Dattelpalmen im Wind, und er sagte sich, daß all die Juden dieser Welt so sind wie die Blätter, die ein Windstoß vor sich hertreibt.

Marsena erinnerte sich der flüchtigen Begegnung in Julianus' Haus, die ihn mit Titus zusammengeführt hatte und der Worte, die er nicht vergessen würde. Marcus Julianus hatte den hochgewachsenen blonden Mann an der Schulter gefaßt und gesagt: »Ich möchte dir Titus Flavius Vespasianus vorstellen, den Sohn des großen Generals. Titus, dies ist Marsena ben Arinos.« Und Titus hatte geseufzt. »Ein Jude? Wir haben Judäa als Staat mitten unter uns. Gibt es überhaupt noch Römer in Rom? Juden aus Antiochia, aus Alexandria, aus Korinth.

Sie wirbeln wie die Blätter durch die Straßen Roms. Ist es nicht an der Zeit sie zusammenzufegen, damit ein Römer freien Fußes in seiner gereinigten Stadt zu wandeln vermag?«
Sein eigener Zorn auf Titus war Vergangenheit. Aber da draußen war er als Gegenwart, und er würde Judäa zusammenfegen wie einen Haufen Blätter im Herbst. Das Volk der Juden zerfleischte sich in inneren Zwistigkeiten selbst. Da war Simon bar Giora, der den von Johannes von Gischala besetzten Tempelberg umklammert hielt, Johannes von Gischala, der sich im Tempelgebiet eingenistet hatte und von seiner erhöhten Stellung bereits die nähere Umgebung in Schutt und Asche gelegt hatte. Der heilige Tempel Jehovas war entweiht worden; in den nur den Priestern vorbehaltenen Räumen lümmelten sich die Bewaffneten. Wie konnte dieses Volk sich noch die Gunst seines Gottes erhoffen? Die Unterstadt war in der Hand des Rates der Akra, dem Eleasar ben Jair und die Söhne des Ari und Merton vorstanden. Doch keine der drei Parteien war in der Lage, der Stadt wenigstens inneren Frieden zu verschaffen.
»Ihr Toren! Haben euch Haß und Blutgier so verblendet, daß ihr euch angesichts des Feindes draußen vor den Mauern in so lächerlichen Streitigkeiten ergeht? Es ist nichts als ein Aderlaß von Gefühlen, emotionalen Narreteien, die einem Volk die Luft zum Atmen nehmen.« – Er hätte diese Worte gerne in den Saal geschrien, aber er hätte sie auch in der Wildnis der Araba hinausschreien können, mit dem Ergebnis, daß sie ohne Widerhall blieben.
Als er sich umdrehte, sah er in Gileads Augen. Sie waren beinahe mit Haß erfüllt. »Wenn Marsena ben Arinos einen Privatfrieden mit den Römern geschlossen hat, so möge er sich in den Garten zu den Lilienteichen zurückziehen und nicht den Mut der Willigen zu untergraben suchen.« Er hatte voller Spott die Lippen verzogen, und das hübsche Jungengesicht war zu einer Grimasse entstellenden Zorns erstarrt. »Du hättest in Rom einen besseren Platz gefunden oder da draußen bei deinem römischen Freund Julianus.«
Marsena war zusammengezuckt. Er war von Gileads Worten tief getroffen. Sollte ihn sein Freund aus Kindertagen und sein Bruder von heute so mißverstehen? Konnte er nicht erkennen, daß seine Sorge um ihn echt war und keineswegs persönliche Angst vor Roms Truppen, wenngleich dies wohl seine Berechtigung gehabt hätte?
Er sah in die Gesichter der Umstehenden und wußte, daß all sein Reden umsonst sein würde. Leben und Sterben lagen so eng beieinan-

der. Sie hatten die Bereitschaft zum Sterben in ihren Vorsatz mit einbezogen, und kein Argument war jetzt so stark, diesen Wall zu durchdringen. Marsena wußte, daß er viele der jungen Gesichter in diesem Augenblick zum letzten Mal gesehen hatte, und sein Unmut wandelte sich in Niedergeschlagenheit.
Judas ben Ari hatte sich an Schealtiel gewandt, der ohne Regung, nur mit spöttischen Augen, den Reden gefolgt war. »Was hören wir von dir, Prophet?«
Der Alte lächelte ironisch: »Es ist alles gesagt worden. Euer Reden ist der Spiegel eurer Unvernunft!« Er blickte Marsena einen Augenblick nachdenklich an. Es war, als nickte er ihm zu, und für einen Moment war auch der Spott aus seinen Augen gewichen. Dann fuhr er nachdenklich fort. »Es wird euch nicht gefallen, was ich zu sagen habe. Dieser Kampf ist nur mit der Hilfe des Gottes Israels zu gewinnen. Aber ist Gott mit euch? Ihr solltet die Schriften besser kennen, dann würdet ihr euch nicht auf die Unfähigkeit eurer selbsterdachten Führer verlassen wollen«, krächzte der Alte. »Ihr hättet besser auf die Worte unseres weisen Königs David gehört. Aber dann müßtet ihr auch seine Psalmen kennen, und wo sollten die noch Platz haben, bei so viel Unverstand? ›Preiset Jehova! Setzt euer Vertrauen nicht auf Edle noch auf den Sohn des Erdenmenschen, bei dem es keine Rettung gibt. Sein Geist geht aus, er kehrt zurück zu seinem Erdboden; an jenem Tag vergehen seine Gedanken. Glücklich ist der, der den Gott Jakobs zu seiner Hilfe hat, dessen Hoffnung auf Jehova, seinen Gott, gerichtet ist.‹«
Judas lachte leise auf. »Sprich zu ihm, Prophet. Wir wollen gern auf seine Hilfe zurückgreifen.«
Der Alte sah ihn scharf an. »Geht zu euren Priestern. Sie mögen Schlachtopfer darbringen. Vielleicht hilft es gegen euer Unvermögen, das Volk Israel aus seiner Bedrängnis zu führen.«
Judas legte seine Hand auf die Schulter Schealtiels. »Wir danken dir, Prophet, für deine ermunternden Worte, die uns jedesmal erquicken. Wir werden von soviel Gift mit Sicherheit bald gegen alle Fährnisse immun sein.«
Marsenas und Schealtiels Blicke kreuzten sich. Sie wußten beide, daß es nichts mehr zu sagen gab.
Marsena trat in den Frühlingsabend hinaus, der noch von Vogelgesang erfüllt war, und der doch so bald nur mehr das Klingen der Schwerter wiedergeben würde.

»Josephus«, sagte Titus müde, »sie haben deine Worte verhöhnt. Deine eigenen Leute haben dich beschimpft, und sie hätten dich getötet, wären sie deiner habhaft geworden. Kannst du das verstehen? Ich würde mich nicht gewundert haben, hätte ich oder irgendeiner meiner Feldherren zu ihnen gesprochen. Aber du warst einmal ihr Oberbefehlshaber. Nicht einmal auf dich hören sie.« Er schnallte den Brustpanzer ab und ließ sich auf sein Lager nieder.
Der Jude lächelte resigniert. »Ich muß gestehen, daß ich in meinem Inneren nicht geglaubt habe, sie mit meinen Worten überzeugen zu können. Ich hoffte es vielleicht, aber ich glaubte es nicht. Du hast uns bei Jotapata gesehen, großer Feldherr. Sie sterben lieber, als daß sie sich ergeben.«
»Du tatest es nicht, Josephus«, lächelte Titus.
»Manchmal wünsche ich, ich wäre gefallen«, gab der Jude ernst zurück. »Ich vergesse das Leid dieses Volkes nicht, wenngleich ich auch der Vernunft den Vorrang gebe.«
Titus nickte beifällig. »Die Welt weiß, daß das römische Recht das beste ist, was je geschaffen wurde. Ich kann diese Menschen nicht begreifen. Hat mein Vater ihnen nicht jede Zusicherung gegeben? Wollte er den Kampf nicht beenden, bevor er überhaupt begann? Du mußt es mir doch sagen können, Josephus. Du hast doch gegen uns gekämpft und weißt, was dieses Volk bewegen muß, anstatt Frieden den Tod zu wählen. Wenn du jedoch von Freiheit sprichst, so sage ich dir gleich, daß wir ihnen diese Art von Freiheit nicht geben können. Würden wir es, so wäre das ein Zeichen für alle Völker, die uns tributpflichtig sind, gegen uns zu rebellieren. Doch sage mir, Josephus, was treibt dieses Volk zu solch sinnlosem Widerstand?«
Der Jude trat an den Eingang des Zeltes. Er blickte nachdenklich zum nächtlichen Sternenhimmel und sagte sich, daß es nur Gott allein am besten wissen könne. Dann wandte er sich wieder Titus Vespasian zu, und seine Stimme klang traurig. »Es ist schwierig, einem Nichtjuden diese Frage beantworten zu wollen. Hast du Träume, Feldherr?«
Titus warf einen verwunderten Blick auf ihn. »Jeder Mensch hat Träume. Warum fragst du?«
Josephus' Mund überflog ein kurzes Lächeln. »Dieses Volk ist voller Träume. Es sind nicht die Träume, die des Nachts einem ohnmächtigen Geist wirre Bilder aufzudrängen suchen. Es sind Gedanken, die

der Sehnsucht entspringen, die den Quellen des Jordan entsteigen, über Myrtensträucher streichen und Blutlilien liebkosen. Verstehst du, was ich meine?«

»Wenn du das Land meinst, dem sie sich verbunden fühlen, so sage ich dir – auch ich liebe mein Land. Was ist daran so besonders?«

Der Jude sah in wehmütig an. »Mußt du dein Land verteidigen, Titus Vespasian? Aber«, winkte er ab – »es ist nicht die Liebe zu einem Stück Territorium, die ich zu erklären suche. Wie du schon sagtest, auch andere Völker lieben ihr Land, und es sind keine Juden. Es ist die Geschichte dieses Landes, in dem für jede Scholle ein Herz schlägt.«

»Ich kenne die Geschichte dieses Landes«, sagte der Römer verwundert.

»Du kennst die Geschichtsberichte, nicht die Geschichte. Und du weißt nichts von den Träumen, die dieses Land geträumt hat. Gott selbst hat diesem Stück Erde, das in den Karten des römischen Imperiums fast zu übersehen ist, die Prägung gegeben. Muß daher nicht auch das Volk, das es bewohnt, anders sein als die übrige Welt?«

Titus winkte fast spöttisch ab. »Phrasen, Josephus, jüdische Wortspielerei. Aber sprich weiter. Bis jetzt hast du mich noch nicht überzeugen können.«

»Kann man überhaupt jemanden überzeugen, dem die grundlegende Kenntnis der Mentalität eines Volkes fehlt?« entgegnete der Jude sanft. »Kennst du das Hohelied des Salomo? Lies seine Worte, und du wirst vielleicht wissen, was dieses Volk empfindet und was es zu träumen vermag.«

Titus schwieg einen Augenblick, und Joseph ben Mattathias erblickte in den Augen des Römers Nachdenklichkeit. Dann blickte Titus auf, und es war, als forsche er in seinem Inneren. »Ich glaube, ich erinnere mich«, sagte er nachdenklich. »Vor ein paar Jahren sprach ich mit Seneca darüber. Seltsam, daß du es gerade jetzt erwähnst. Ich kann mich noch genau an die Worte erinnern, die wir damals wechselten. Ich fragte ihn auf dem Forum, warum er, da er in seinen Erzählungen so wunderbare Worte fände, nicht auch einmal ein lyrisches Lied schreibe, das Generationen zu überdauern vermöge. Ich fand Senecas Darlegungen damals höchst beachtenswert, und es ist ein Jammer, daß Nero ihm so zusetzte, daß er Selbstmord beging. Und er antwortete mir damals: ›Die Welt hat dieses Lied bereits. – Das Lied des Salomo, König von Israel.‹ ›Die Worte eines Juden?‹ fragte ich ihn. ›Ja‹, gab er mir zur Antwort, ›die Worte eines Juden.‹ Ich muß gestehen, ich

wunderte mich, daß er den Gedanken eines Juden solchen Wert beimaß. ›Ich wünschte‹, sagte er, ›meine Gedanken hätten die Beständigkeit und Wirkung, die Jahrtausende zu überdauern wissen. Worte aus der Kraft der Liebe geboren, die das Herz einer Frau erfreuen und eines Mannes Sinn zur Nachdenklichkeit anleiten. Könnte ich, wenn ich schriebe, für meine Worte Achtung finden? Sie blieben nur flach und voller Ungereimtheit. Denn wer wollte sich mit den Gedanken und Träumen Salomos messen – messen mit dem schönsten Liebeslied, welches des Menschen Herz je ersonnen und des Menschen Lippen je erwähnt?‹ Das sagte ausgerechnet Seneca, der sonst wenig Sentimentalität nach außen zeigte. Trotzdem, Josephus, du wirst mir verzeihen, aber ich kann damit nichts anfangen.«
»Vielleicht hat Seneca erkannt, was du mich heute fragst«, murmelte der Jude. »Das Fanal, das dieses Volk trägt, ist älter als ein römischer Gedanke zurückzureichen vermag. Die Ehrfurcht vor dem Geist Jehovas, der dieses Land uns zu eigen machte, hat Mächte überlebt, von denen nur noch die Geschichte zu berichten weiß. Unser Geschick und unsere Geschichte ist mehr als nur eine Chronologie von Ereignissen und Abläufen. Sie enthält Gottes ureigenstes Wesen. Und sie ist mit ihm so untrennbar verbunden wie die Liebe zu diesem Land, die gleichsam die Liebe zu Gott selbst ist. Als Moses unser Volk aus der Knechtschaft Ägyptens herausführte, da war es unser Gott selbst, der unsere Schritte lenkte. Als Jehova mit Abraham den Bund schloß, war das eine Verheißung für die Ewigkeit. Kann man eine göttliche Verheißung mit dem Schwert besiegen?«
Titus spielte mit dem Busch seines Helmes. »Ihr habt oft genug diesen Bund gebrochen.«
»Gewiß«, seufzte der Jude. »Wir haben auch oft genug dafür bezahlt. Dennoch ist diese Verheißung ein Teil von uns.«
Titus lachte trocken auf. »Es ist ein seltsamer Gott, dem ihr euch untertan gemacht habt. Ihr könnt ihn nicht sehen, ihr könnt ihn nicht beschreiben. Ihr siegt mit ihm, wenn ihr in seiner Gunst zu sein glaubt. Ihr verliert, wenn er euch zu zürnen scheint. Alles was ihr tut, schiebt ihr dem Willen eures Gottes zu. Ja, ihr geht sogar so weit, daß ihr euch nicht einmal eine Vorstellung eures Gottes erlaubt. Eure Gesetze verbieten euch ein Abbild von ihm zu machen. Ja, ihr scheut euch sogar, seinen Namen auszusprechen, in der Annahme, ihn erzürnen zu können. Im gleichen Atemzuge jedoch handelt ihr ohne Skrupel gegen die, angeblich in seinem Namen verfertigten Gesetze,

die euch so heilig sind. Wir sehen wenigstens unsere Götter und können uns über ihre Willkür an ihren Standbildern ergötzen oder ihnen fluchen. Ihr seid ein armes Volk, wenn ihr so wenig Fantasie aufbringen könnt, euren Gott mit den Augen eines Menschen zu sehen.«
Die Augen des Juden waren ernst, als er antwortete: »Der Unterschied zwischen deinen Göttern und unserem Gott ist, daß Jehova der einzig wahre ist.«
Titus lachte schallend auf. »Das behauptet jeder von seinen Göttern.«
Joseph ben Mattathias nickte ein wenig wehmütig. »Aber nur der, der seine Taten kennt, kann ermessen, wer von allen Göttern der allein wahre ist. Seine Taten sind mit unserem Volk ewig verbunden.«
Titus Vespasians Lachen war voller Ironie, als er Josephus entgegnete: »Dann scheint mir, hat euch euer Gott verlassen, denn er hat euch vor uns nicht beschützt, und wenn Jerusalem fällt, ist die letzte Bastion seines Einflusses in unserer Hand.«
Der Jude entgegnete langsam, die Augen fest auf das triumphierende Antlitz des Römers gerichtet: »Du magst recht haben, wenn du sagst, Gott hätte uns verlassen. Aber kannst du Gott etwas nehmen, was er nicht freiwillig menschlichen Händen überläßt? Wenn du siegst, Titus Vespasian, dann war es Gottes Wille.«
Titus war aufgesprungen, und seine Stimme klang ein wenig hysterisch. »Wo ist da die Logik, Jude? Wenn ihr euch schon darüber im klaren seid, daß euer Gott nicht auf eurer Seite kämpft, wozu dann dieser ganze Widerstand? Glaubt ihr, auch ohne Gott einer Macht widerstehen zu können, die der ganzen Welt gebietet? Ich sage dir, Josephus, die nächste Generation wird Jerusalem nur noch dem Namen nach kennen, wenn dieses halsstarrige Volk hinter den Mauern nicht zur Einsicht kommt.«
»Du wolltest die Stadt verschonen, schon um des wundervollen Tempels willen«, kam es bestürzt von Josephus' Lippen.
»Kann ich das überhaupt noch?« Die Lippen des Römers hatten sich zu einem schmalen Strich zusammengepreßt. »Bin ich nicht eher ein Bittsteller als ein Feldherr?« Er schüttelte in plötzlichem Grimm den Kopf. »Muß ich denn euch irres Volk weiterhin bitten, eure eigenen Stätten zu verschonen? Die Götter sind Zeugen, daß ich mehr Einsicht jüdischem Gut gegenüber gezeigt habe als ihr Juden selbst.«
Er sah sein Gegenüber durchdringend an. »Sprich, Josephus, habe ich nicht mehr Wertschätzung gegenüber der schönsten Stadt nach Rom und Alexandria bekundet als ihr selbst? Was ist das für ein Volk, das

sein größtes Heiligtum ohne Bedenken dem Untergang preis gibt?« Josephus lächelte matt. »Vielleicht ist das Vertrauen dieses Volkes in seinen Gott größer als die Furcht vor deinen Legionen? Vielleicht wird Jehova doch noch eingreifen, wenn du seinen Augapfel berührst? Willst du von mir hören, wie Gideon mit nur dreihundert Mann einen mehrhundertfachen Feind besiegen konnte, ja, wie Jehova die Sonne stillstehen ließ für den Sieg Israels? Oder wie Josua die für unbezwingbar gehaltenen Mauern Jerichos mit Gottes Hilfe zum Einsturz brachte? Du sagst, du kennst unsere Geschichte, Titus Vespasian. Dann weißt du auch, wie ein Engel unseres Gottes Jehova in einer Nacht 185 000 Assyrer erschlug. Gegen ein Wunder des Gottes Israels wärest auch du machtlos, großer Feldherr. Wenn ich auch glaube, daß Gott seine schützende Hand von uns gezogen hat, um uns für unsere Verfehlungen zu bestrafen, so wirst du doch in jedem Auge auf den Mauern Jerusalems die Überzeugung sehen und die Hoffnung, die sich gemeinsam auf die Größe und Macht unseres Gottes Jehova stützen. Vergiß nicht! Jehova selbst gehört dieses Land, und wir gehören ihm. Verstehst du nun, warum wir untrennbar mit ihm verbunden sind, so daß uns der Tod durch eure Schwerter nicht zu schrecken vermag?«
Für eine Ewigkeit schien nur noch Schweigen das Zelt zu erfüllen. Die Öllampen flammten, aber sie waren lautlos. Die Gestalten atmeten, aber nicht einmal eine Bewegung gab dem Schweigen Leben. Nur von draußen erklang das Schnarren von Leder und Klirren von Metall, als ein Trupp Bewaffneter die Principia hinaufstapfte. Dann schüttelte Titus den Kopf. »Unsinn. Ihr betrügt euch selbst. In euren Gedanken spielen sich nur die Begebenheiten der Vergangenheit ab. Da ist ein Gott, den keiner zu sehen vermag. Vielleicht existiert er gar nicht. Da sind die Taten eines Mose, eines Josua, Gideon, Simson, die Götter der Unterwelt mögen wissen, wer sonst noch. Und da seid ihr – ein armseliges Volk, von inneren Unruhen erschüttert, unfähig, auf eigenen Beinen zu stehen. Ihr träumt und lebt von Erinnerungen, die ihr in euren Buchrollen ängstlich hütet. Es dreht sich alles im Kreis – und es ist ein wirrer Kreis, ohne Logik. Nein, ich verstehe eure Träume nicht.«
»Das ist schade, großer Feldherr«, sagte Josephus leise. »Wie willst du dann dieses Volk verstehen lernen?«
Der Römer verzog die Lippen. »Ich sollte mir wirklich die Mühe sparen. Die Geduld, die Rom Palästina entgegengebracht hat, ist mehr,

als je einem Land der Welt zuvor zuteil wurde. Aber diese Geduld hat ein Ende gefunden. Ich sage dir, Jerusalem ist bereits Vergangenheit – ein Gespenst. Denn was würdet ihr zurücklassen, wenn diese Stadt zerstört sein wird, außer Begebenheiten, die nur ihr selbst zu verstehen vermögt? Doch wer, glaubst du, wird sie weitererzählen, wenn keiner mehr existiert? Du sagtest, ihr hättet Mächte überlebt, die nur die Geschichte noch zu erwähnen weiß. Doch was für Mächte! Ihre Hinterlassenschaft ist unsterblich. Wird man das auch von euch berichten können? Was habt ihr hinterlassen, was die Erinnerung an euch lohnt? Wo sind die Skulpturen, die Werke menschlicher Unsterblichkeit, die Bauten, die Bilder, die ihre Schöpfer unvergessen machen?«

Joseph ben Mattathias trat in die Nacht hinaus. Unter dem flimmernden Sternenmeer lag die große Stadt. »Was wir hinterlassen werden, Titus Vespasian?« sagte er bei sich. »Auch wenn du diese Stadt zerstörst und sie dem Boden gleichmachtest, auf dem sie steht, so werden wir doch die Erinnerung zurücklassen, die gleichfalls unsterblich ist.«

*

Ihr Angriff war zum Scheitern verurteilt, bevor er richtig zur Geltung kommen konnte.

Am Hippikosturm waren Gilead ben Ari und 150 junge Leute aus der Davidsstadt durch ein getarntes Tor bis zu den Verschanzungen der fünfzehnten Legion gelangt. Als sie in ihrer Tollkühnheit sich mit lautem Kampfgeschrei durch das Lager kämpften, um zu den Widdern zu gelangen, die abgeschirmt unter ihren Schutzgeflechten hinter einem mannshohen Wall standen, gerieten sie an eine geschlossene Kampfformation der alexandrinischen Elitetruppen. Diese Einheit, die aus mehreren Kohorten der dritten Legion Cyrenaica und der zweiundzwanzigsten Deiotariana bestand, konnte die wild anstürmenden Juden fast mühelos abfangen. Zu unüberlegt war der Angriff der Juden vorgetragen worden. So hatten sie sich schon bei ihrem Ausfall durch das geheime Tor am Hippikosturm durch ihr Geschrei bemerkbar gemacht.

Ihre zuvor schon entzündeten Fackeln, mit denen sie die Belagerungsmaschinen verbrennen wollten, hatten sie außerdem geblendet und den Römern schon von weitem ihre Position verraten. Wohl wäre die

Tollkühnheit der jüdischen Angreifer der römischen Disziplin überlegen gewesen, hätten sich die in jugendlichem Übereifer vordrängenden Juden als Einheit in den Kampf geworfen.
So drängte sich jeder undiszipliniert vor, um selbst eine der Kampfmaschinen der Römer zu vernichten. Ihr Mut wurde von der geschlossenen Phalanx der römischen Eliteeinheit blutig zunichte gemacht.
Gilead ben Ari sah plötzlich in die Spitzen mehrerer Pila. Es ist vorbei, fuhr der Schreckensgedanke durch seinen Kopf. »Dann wird Gilead ben Ari im Kampf zu sterben wissen«, schrie er und schwang seine Waffe.
Ein heftiger Schlag, und sein Schwert flog in hohem Bogen in das Dunkel der Nacht.
Das böse grinsende Gesicht eines römischen Zenturios war plötzlich vor ihm. Speerspitzen berührten seine Brust.
»Du bist einer der Anführer dieser Narren«, knurrte der Römer. »Wenn ihr alle so kämpft, können wir zwei Legionen nach Hause schicken.«
Gilead wollte wütend auffahren, da hieb eine Schwertklinge über seine Wange, und das Blut spritzte ihm über das Gesicht.
»Nicht doch, Knabe«, drohte die Stimme des Zenturio. »Oder du hast die Klinge gleich in deinem Bauch. Ich habe mehr Arbeit mit dir, wenn ich dich nur gefangennehme. Also rühre dich nicht! Mein Feldherr Marcus Julianus wird entscheiden, was mit dir geschehen soll. – Bindet ihn!«
Gilead ben Ari sah wie in einem unwirklichen Traum die letzten seiner Gefährten in den Würfen der römischen Pila niedersinken und verspürte kaum das Einschneiden der Lederriemen in seinen Armen.
Die Fackeln seiner Truppe verglimmten am Boden. Es ist wie das Verlöschen des Lebens, sagte er sich in unendlicher Traurigkeit. In dem letzten flackernden Schein sah er die unversehrten Maschinen der Römer, die in völliger Ordnung dastehende römische Truppe und die toten Gefährten und Freunde am Boden.
»Ich sterbe und kann dich nicht mehr um Vergebung bitten, Marsena ben Arinos«, flüsterte er, und der Glanz der Tränen war in seinen Augen.
Die Sonne wird bald aufgehen, dachte er. – Ein letztes Mal für Gilead ben Ari und seine Träume.
Der römische Zenturio stieß ihn grob nach vorne.

Domitius Sabinus trat in Julianus' Zelt und salutierte. »Wir haben einen Gefangenen gemacht, mein Feldherr.«
»Nur einen?«
»Es sind mehrere. Doch dieser, von dem ich sprach, scheint ihr Anführer zu sein.«
»Schaff ihn herein, Domitius«, sagte Marcus Julianus gutgelaunt. »Wir haben bis jetzt noch keinen der Anführer erwischt. Ich will sehen, wie sich ein Anführer dieser Rebellen als Gefangener fühlt.«
»Es ist ein dreckiger Jude, wie jeder andere auch«, knurrte der Zenturio mürrisch. Julianus lachte. »Ich weiß, mein lieber Domitius. Für dich sind alle Juden Menschen niedriger Herkunft. Das gleiche behaupten sie auch von uns. Wie sich die Gedanken niedriger Herkunft doch zu gleichen scheinen. Schaff ihn herein!«
Marcus Julianus musterte den mit dicken Lederriemen gefesselten Juden. Er war jung. Er schätzte ihn auf höchstens zwanzig Jahre. Sein Oberkleid war zerrissen, und von der rechten Wange floß aus einer Hiebwunde Blut.
Er wird eine kleinere Narbe zurückbehalten, als ich sie habe, dachte Julianus und fuhr mit dem Handrücken über seine linke Gesichtshälfte. »Du kannst gehen, Domitius Sabinus. Ich will ihn allein sprechen.« Der Zenturio zuckte die Schultern und schloß den Zelteingang.
»Wie heißt du?« fragte Julianus und räkelte sich in dem schweren Ebenholzstuhl.
Die Augen des Juden blitzten auf. »Gilead, Sohn des Ari«, sagte er stolz.
»Du bist noch sehr jung.«
»In ganz Israel ist niemand zu jung, um euch nicht hassen zu können«, rief Gilead zornig aus.
Julianus nickte. »Fühlst du dich auch alt genug, um sterben zu können?«
Der Jude lachte höhnisch auf. »Du wirst niemanden finden, den deine Worte zu schrecken vermögen. Wir erwarten nichts anderes von euch.«
Julianus lächelte noch immer. »Titus hatte euch Gnade versprochen. Siehst du darin eine Bestätigung deiner Worte? Mir scheint, ihr wollt euch nur selbst glauben machen, daß von uns nichts anderes als der Tod zu erwarten ist. Und dennoch leben ganze Völkerscharen unter unserem Schutz und unserer Gnade.«

Gilead ben Ari verzog die Lippen zu einem zynischen Grinsen. »Gnade von einem Römer? Wir wollen von euch keine Gnade. Wir wollen unsere Freiheit.«

Julianus schüttelte den Kopf in gespielter Verzweiflung. »Es ist immer dasselbe, was ich von euch zu hören bekomme. – Freiheit. Wißt ihr überhaupt, was für ein großes Wort ihr da aussprecht? Freiheit! – Niemand ist frei! Selbst ich habe einen Teil der Freiheit Rom zu opfern. Ja, auch Titus, der Sohn Vespasians, des Cäsars des römischen Imperiums, gibt seine Freiheit hin, zum Nutzen höherer Interessen. Und sie beziehen euch mit ein. Auch ihr seid ein Tribut unser aller Freiheit zum Nutzen der Völker, die unter römischer Obhut jeden Tag, jedes Jahr ruhig leben und schlafen können.« Welch pathetische Worte, dachte er bei sich. Ob der Jude sie überhaupt begreift? Doch wie sollte er? Kamen ihm doch zuweilen selbst Zweifel an den politischen Ideologien, mit denen er sich im Interesse Roms auseinanderzusetzen hatte.

Gilead ben Aris Gesicht hatte den Ausdruck von Hohn und Verachtung verloren. »Was kannst du uns schon antun, Römer? Das Leben nehmen? Nur einzelnen von uns, niemals einem Volk, das für etwas kämpft, was du nie verstehen wirst. Die Erinnerungen werden uns unsterblich werden lassen.« Gilead ben Aris Stimme hatte sich bei seinen letzten Worten gehoben. Seine Augen glänzten, und sie war wie der Nachhall einer Fanfare im Zelt.

»Ihr seid bereits so gut wie tot«, murmelte Julianus und schüttelte den Kopf. Ob sie es begreifen würden, wenn man ihnen ihre Situation geduldig erklären würde? Vier Legionen Elitesoldaten, zusammengefaßt nahezu drei Legionen Hilfstruppen, also eine Heeresmacht von insgesamt über 80.000 Mann, die Truppen aus der Diasporis noch nicht einmal hinzugerechnet? Natürlich würden sie es nicht begreifen wollen. Für einen Juden zählt Logik nichts, dachte Julianus verärgert. Deshalb war ja Rom so groß, und das angeblich von einem unsichtbaren Gott ausgewählte Volk der Juden so unbedeutend. Nichts ist schlimmer als religiöser Fanatismus! Er erinnerte sich der Lagergeschichten, die in der zwölften Legion kursierten. Als man Jotapata einnahm, hatten sich die Frauen in die Schwerter ihrer gefallenen Männer gestürzt, und sie hatten den Namen ihres sonderbaren Gottes angerufen, bevor sie starben. Nein, wie konnten Menschen zur Vernunft kommen, die gar nicht nach menschlichem Ermessen dachten und handelten?

»Wie kann man euch in Freiheit entlassen?« hielt ihm Julianus vor. »Ihr wißt mit solch einem kostbaren Gut ja überhaupt nichts anzufangen. Kaum hatten unsere Prokuratoren euch den Rücken gewandt, so habt ihr angefangen, euch selbst zu zerfleischen. Ihr behauptet, ihr wäret Juden – also eine Einheit! Soll ich euch aufzählen, was ihr wirklich seid? – Ein Haufen zersplitterter Rebellen, die ihr euch Pharisäer, Sadduzäer, Nasiräer, Anhänger des Gamaliel, des Schamai, des Hillel, des Jesus und wer weiß noch was nennt! Wie kannst du das Wort Freiheit in den Mund nehmen, wo ihr euch selbst alle Freiheit nehmt? Von einigen eurer eigenen Überläufer weiß ich, daß in Jerusalem das Chaos herrscht, weil ihr euch uneins seid. Sprich, Jude, und sage mir, wo du deine Hoffnung auf Freiheit siehst.«

In Gilead ben Aris Gesicht zuckte es für einen Augenblick. Dann waren in seinem Antlitz nur noch Traurigkeit und Leere. Seine Augen schienen weit weg zu sein, und die Worte, die er sprach, waren eher an sich selbst als an den Römer gerichtet. »Hast du jemals für die Freiheit gekämpft, Römer? Nein, du tatest es nur, um sie zu unterdrükken. Wie kann ein Mann von etwas sprechen wollen, für das ihm der Blick fehlt? Nein, Römer, du verstehst nichts!«

Marcus Julianus' Gesicht verdüsterte sich. Es ist müßig, mit diesem Juden zu diskutieren, dachte er. Er ist verrannt in sein jugendliches Denken. Julianus' Blick heftete sich auf den Dolch an der Hüfte des Juden. Er runzelte die Stirn und zog die Waffe aus der Scheide. Nachdenklich drehte er die Klinge zwischen seinen Fingern.

»Ich kenne diesen Dolch«, sagte er nach einer Weile. Seine Stimme vibrierte leicht, aber der Jude schien es nicht zu bemerken. »Woher hast du diese Waffe?«

Für einen Augenblick blitzten die Augen des Juden auf. Dann war da wieder der alte ausdruckslose Blick, der an Julianus vorbeiführte.

Seine Stimme überzog ein Hauch von Zorn. »Ich könnte deiner Antwort nachhelfen, Jude. In einem magst du recht haben. Wir Römer kennen keine Gnade, wenn unsere Freundlichkeit verletzt wird. Wenn du schweigen willst, dann schweig. Es wird nur ein Übergang sein zu einem Schweigen, das endlos ist.«

Er legte den Dolch auf den Ebenholztisch, auf dem auch seine Waffen lagen. Sein Blick war weiterhin auf die Klinge gerichtet, und es schien, als habe er den Juden vergessen. Er schenkte sich einen Becher voll Wein ein. Aber es war mehr eine unbewußte Handlung. Er trank nicht, sondern stellte den vollen Becher neben den Dolch. Ein paar Tropfen perlten über den Rand und rannen über die Klinge. Wie Blut, dachte Marcus Julianus erschrocken. Er zwang seinen Blick zu dem Gefangenen hin. »Dieser Dolch gehörte einem Juden, den ich kenne, Marsena ben Arinos. Kennst du ihn auch, Jude?«

Der Gefangene zuckte kurz zusammen. »Ich erinnere mich nicht, Römer.«

Es schien Julianus, als spreche aus den Worten des Juden eine tiefe Traurigkeit. Julianus nickte nur. »Ihr seid ein halsstarriges, unbelehrbares und undankbares Volk. Ihr wißt weder die dargebotene Hand zu ergreifen, noch schätzt ihr freundschaftliches Entgegenkommen. Ein glühendes Eisen ist alles, was euch reagieren läßt.«

Der Jude lächelte fast unmerklich. Es war, als bewegten sich seine Lippen in einem unhörbaren Gebet. Dann war plötzlich die alte Glut wieder in seinen Augen, und er schrie: »Warum redest du überhaupt mit mir, wenn du selbst nichts von alledem verstehst? Nichts, wovon du gesprochen hast, war je in deinem Herzen!« Er spie vor Julianus' Füße, und seine Stimme war voller Haß: »Ich verachte dich, Römer!«

Julianus war aufgesprungen. Sein Gesicht hatte sich vor Zorn gerötet. Er schlug in das höhnische Gesicht vor ihm und schrie mit bebender Stimme: »So stirb, Jude! Titus Vespasian wird es eine Freude sein, dich als Abschreckung ans Kreuz schlagen zu lassen

*

Marsena erwachte aus seinem Halbschlaf.

Ein Diener ben Aris stand an der Tür zu seinem Raum. »Verzeih Herr. Einer von Simon bar Gioras Leuten will dich sprechen.«

»Ich habe nichts mit ihnen zu schaffen«, murmelte er.

»Er läßt sich nicht abweisen.« Er hatte kaum ausgesprochen, da wurde er zur Seite gedrängt, und Marsena erkannte Ananus ben Bagadates auf der Schwelle.

Er wischte sich schlaftrunken über die Augen. »Ist hier ein Durchgangslager für Nachtwandler?« versuchte er seine Müdigkeit in Worte zu fassen.

In Ananus' Gesicht blitzten die Zähne. Sein Lächeln barg aber keine Freundlichkeit in sich.

»Ich grüße dich, Sohn des Arinos«, sagte er in übertriebener Höflichkeit. »Möge dieser Tag in deinen Erinnerungen ein besonderer sein.«

»Was soll das, Ben Bagadates? Du bist doch nicht gekommen, um mich zu nachtschlafender Zeit mit deiner unangenehmen Gegenwart zu verärgern. Obwohl dir das zuzutrauen wäre!«
Ananus ben Bagadates nickte mit verschlagenem Grinsen. »Du verkennst uns immer wieder, hochangesehener Adoptivsohn eines Römers. Wir kennen nur Freundschaft für dich, die du uns nur mit bösen Worten vergiltst. Vielleicht werden deine Gedanken einen Umschwung erfahren, wenn du erkennst, daß die Versprechen eines Römers nicht mehr wert sind als die Luft in den Gedärmen eines trunkenen Esels.«
»Weiche von mir, Satan«, murmelte Marsena verärgert. Er war aufgestanden und hatte sich die Tunika übergezogen. Er sah aus dem Fenster. Die Sterne waren am Verblassen, und der Horizont überzog sich mit den ersten Farben des Morgens.
Es würde ein wunderbarer Tag werden. Vielleicht einer der letzten verträumten Frühlingstage Judäas. Noch waren die Hänge des Ölberges rot von den Blüten der Purpuranemonen. Bald würden sie verschwunden sein, verwelkt unter der unbarmherzigen judäischen Sonne oder zertrampelt unter den Stiefeln der zehnten römischen Legion.
Er hatte sich wieder zurück an Ananus ben Bagadates gewandt. »Was hast du mir zu sagen. Sag es schnell und verschwinde wieder!«
Ananus' Lachen war böse. »Dein Freund Julianus ist der Sohn eines trunkenen Ebers, und seine Freundschaft zu dir nicht mehr wert als der Kot eines Maultieres.«
»Schweig!« fuhr ihn Marsena zornig an.
Sein Gegenüber hob die Augenbrauen, und seine Lippen verzerrten sich zu einem unverhohlenen, schadenfrohen Grinsen. Gleichzeitig glommen die dunklen Augen feindselig auf. »Überzeuge dich selbst«, zischten die zusammengepreßten Lippen. »Simon bar Giora hat dir etwas zu bieten, was du nie wieder in deinem ganzen Leben vergessen wirst. Es wird mir eine besondere persönliche Freude bereiten, dich zu führen.«
»Ich habe mit euch nichts zu schaffen.« Marsena ben Arinos wollte sich abwenden.
Ananus ben Bagadates kicherte boshaft. »Du wirst etwas Wichtiges versäumen, Sohn des Arinos. Wo ist übrigens dein Freund Gilead? Ich fürchte, du wirst ihn so schnell nicht wieder zu Gesicht bekommen.«

Marsena fuhr ihn an: »Was willst du damit sagen? Wo ist Gilead ben Ari?«
Sein Gegenüber zuckte die Schultern. »Die Frage wird sein, was er dir bedeutet. Wird die Freundschaft zu einem Römer die Freundschaft zu einem Juden übertreffen?« Er grinste Marsena frech an und spielte mit dem Griff seines Schwertes.
Marsena schüttelte sich. »Ich mag dich nicht, Ananus.«
Ananus grinste böse. »Das macht nichts, Sohn des Arinos. Ich bin sicher, daß du mir in Kürze mehr Gunst und Entgegenkommen erweisen wirst als deinem römischen Freund Marcus Julianus.« Er spuckte aus und hob beschwörend die Arme, bevor Marsena etwas erwidern konnte. »Sag nichts, Tribun. Laß dich überzeugen. Dein unwürdiger Sklave wird dir ein Schauspiel zeigen, das dein Empfinden korrigieren wird.« Er lachte höhnisch auf. »Glaube mir, Sohn des Arinos, meine Freude, die ich dir zu übermitteln suche, wird nicht spurlos an dir vorübergehen. Sie ist auch am Sohn des Ari nicht spurlos vorbeigegangen.« Seine Augen glänzten, als freue er sich aufrichtig.
»Wo ist Gilead, der Sohn Aris?« sagte Marsena kalt. »Habt ihr ihm irgend etwas angetan? Im Bruderzwist seid ihr ohne Zweifel an führender Position.«
Ananus schüttelte kichernd den Kopf. »Wo denkst du hin, Freund! Die Söhne des berühmten und hoch angesehenen Ari sind uns stets freundschaftlich willkommen. Nein, nein, wir würden uns nie gegen euch stellen. Im Gegenteil, wir würden uns geehrt schätzen, all unsere Kampfgenossen in unseren Reihen begrüßen zu können.« Er holte zu einer pathetischen Geste aus. »Nur gemeinsam, als geeintes Volk des wahren Gottes, können wir unsere Aufgabe zur Befreiung Judäas verwirklichen. Wie könnten wir unserem jüdischen Blut Gewalt antun?« Seine Augen richteten sich zynisch auf Marsena.
Marsena ben Arinos schwieg angewidert. Dieser Mensch vor ihm war die Urgestalt aller Heimtücke, Gemeinheit und Hinterlist. Seine Worte waren gefährlicher als Säure, seine Gedanken finsterer als die Grabgewölbe im Hinnomtal.
Ananus schwieg einige Augenblicke, aber seine Augen huschten immer wieder zu Marsena. Dann lachte er unhörbar auf. »Wir hätten den Sohn des Ari auch gerne in unseren Reihen gewußt. Er war ein tapferer, wenn auch ungestümer Junge. Er war jemand, aus dem Judäa hätte weiterleben können. Wir bräuchten Tausende wie ihn. Aber natürlich nur solange selbst Leben in ihm steckte!«

Marsena erschrak. Er griff in plötzlicher verzweifelter Wut nach der feixenden Gestalt ihm gegenüber. Er faßte den Mann am Obergewand und zog ihn nahe an sich heran. »Sprich«, keuchte er mit letzter Beherrschung.
Für einen Augenblick flackerten die Augen Ananus' ängstlich auf, dann gewannen sie wieder ihren zynischen Ausdruck. »Laß mich los, Sohn des Arinos«, zischte er in verhaltenem Zorn. »Nichts soll dir verheimlicht sein. O nein, im Gegenteil. Ich würde einiges meiner guten Laune an diesem Tag verlieren, wollte ich dich über den Verbleib deines Freundes Gilead nicht informieren.« Er lachte böse auf. »Aber komm mit, Marsena, Sohn des Arinos. Sieh dir an, wer deine Freunde sind.« Er schrie es beinahe heraus. »Glaube an die Freundschaft eines Römers! Sieh dir seinen Freundschaftsbeweis an! Glaube weiter, auf keiner Seite stehen zu müssen und stirb innerlich.«
Er winkte unwirsch ab, als Marsena etwas erwidern wollte. »Nein, nicht mehr Worte sollen dich zu überzeugen suchen, nur noch deine Augen, dein Empfinden, dein Wissen!«
Marsena starrte sein Gegenüber fragend an, aber nur ein höhnisches Grinsen beantwortete seinen Blick.
Die Stadt war noch nicht erwacht. Ihre Schritte hallten in den Gassen. Ein Esel schrie in der Ferne, und ein heiserer Hund bellte die Antwort. Ananus schwieg den ganzen Weg, und Marsena war nicht gewillt, dieses Schweigen zu brechen. Er wußte nicht, was das alles zu bedeuten hatte, aber es konnte nichts Gutes sein. Warum war Ananus nicht zu Ari oder zu Judas und Simon gegangen, wollte er über Gilead berichten? Warum zu ihm? Er würde bald Antwort bekommen. Fast instinktiv glitt seine Hand zur rechten Hüfte, wo das kurze römische Schwert baumelte. Was immer auch die Zeloten vorhaben mochten, wollten sie ihn in eine Falle locken oder sonst gegen ihn vorgehen, es würde nicht kampflos geschehen. Aber es war weniger die Sorge um ihn selbst, die kalt seine Schultern hinaufkroch, es war die unbestimmte Angst um Gilead.
Gilead war von seinem geplanten nächtlichen Ausfall nicht zurückgekehrt. Überhaupt war über Erfolg oder Mißerfolg nichts bekannt geworden. Ari hatte sich bei Merton erkundigt, aber auch er wußte nichts Bestimmtes. Die Kampfhandlungen waren zumindest größeren Umfanges gewesen, nach den römischen Truppenbewegungen zu schließen. Marsena grübelte weiter, und es kamen ihm keine Gedanken, die ihn ermuntert hätten.

Auf dem Laufgang der Mauer neben dem Grab der Prophetin Hulda war eine dichte Schar Bewaffneter, aus der Simon bar Giora herausragte. Er winkte Ananus und Marsena schon von weitem, aber seine Geste hatte nichts Freundschaftliches.
Ananus winkte Marsena auf die Mauer. Marsena zögerte einen Augenblick und lockerte sein Schwert in der Scheide. Ananus schien es nicht zu bemerken, sondern drehte ihm den Rücken zu und stieg den Aufgang zur Mauer hinauf.
Der Morgenwind begann über das Kidrontal zu streichen. Marsena fühlte den noch kühlen Atem, und sein Blick glitt über die Anwesenden zu den dunklen Schatten, die noch über dem Tal lagen. Weit unten meinte er das Murmeln des Baches zu vernehmen, ein einsamer Laut in der Stille.
Dann gewahrte er das Starren in den Gesichtern von Simon bar Giora und seinen Begleitern. Ananus hatte sich zu ihm gewandt mit einem kalten und zugleich lauernden Lächeln.
Was sollte das alles? Wollten sie ihm die Lager der Römer auf dem Scopusberg und Ölberg zeigen? Dazu war es noch zu dunkel. Nur die Lagerfeuer glimmten einsam zu ihnen herüber. Das Schweigen aller Anwesenden war wie die starren Gebilde der Gräber da draußen im Tal. Noch war das Läuten der Glocken der Aussätzigen nicht zu vernehmen, die zwischen den Gräbern und in den Höhlen im Kidron- und Hinnomtal die Nacht verbrachten. Erst später würden ihre Stimmen ertönen »Unrein, unrein.«
Marsena richtete seinen Blick fragend auf Simon bar Giora. Der deutete hinaus in das Dunkel des Tales.
Marsena folgte seinem Arm. Über dem Ölberg begann sich der Morgen abzuzeichnen. Der violette Himmel begann in Farben zu zerfließen. Noch immer starrte Marsena in das stille Tal des Kidron ohne zu wissen, was er beobachten sollte. Sollte Simon bar Giora zu Scherzen aufgelegt sein, so war der Zeitpunkt schlecht gewählt. In Marsena begann der Ärger, den er unterdrückt hatte, wieder aufzuleben. Er blickte kalt ins Gesicht Ananus' von Emmaus, der unsicher zurückwich. Dann brach er das Schweigen. »Warum hast du mich holen lassen, Simon bar Giora? Wir haben nichts miteinander zu schaffen, und dazu werden die jetzigen Umstände kaum positiv beitragen. Aber solltest du mich zu verärgern gewünscht haben, dann ist dir das gelungen.«
Simon bar Gioras bärtiges Gesicht verzog sich zu einem überlegenen

Lächeln. »Sieh genauer hin, Sohn des Arinos. Laß deine Augen einen Augenblick auf den Hängen beim Garten Gethsemane verweilen und sag mir, ob dein Blick nichts Außergewöhnliches entdeckt.« Seine Stimme klang ohne Zynismus. »Ich habe dich nicht holen lassen, um Scherze mit dir zu treiben.«

Marsenas Blick tastete sich über die Hänge der gegenüberliegenden Berge. Für einen Augenblick verspürte er die Sehnsucht der vergangenen Tage, die ihn zu den Stätten seiner Kindheit trug. Dort lag noch im Dunkel der Scopusberg mit seinen vielen Höhlen, in denen er mit Judas, Simon und den Söhnen des Merton gespielt hatte. Hier hatten sie Feuer entzündet und die Höhlen zu Festungen ausgebaut. Hier hatten sie manch verirrtes Schaf aus dem tiefen Labyrinth der weitverzweigten Grotten wieder ans Licht gebracht. Der Ölberg wanderte in seinen Blick. Er dachte an Damaris, ihre Streifzüge, die sie über die Märchenwiesen von einst und jetzt geführt hatten. Kindheit und Erwachsensein waren in seinem Empfinden zur Tochter des Ari untrennbar verbunden mit den Träumen, die sie auf den Hängen und Gärten des Ölberges zurückgelassen hatten.

Es würde niemals mehr so sein wie früher. Die Römer hatten begonnen, die Ölbaumhaine abzuholzen. Bald würde die sanfte Rundung des Ölberges kahl sein, und die Myrtensträucher und Lorbeerbäume würden ebenso verschwinden wie das Rot und Blau der Anemonen in ihrem Schatten. Vielleicht würde man nach diesem unsinnigen Krieg die Hänge wieder bepflanzen. Aber ihr unvergessener Anblick mußte auf Jahre hinaus nur Erinnerung sein. Dort war der Garten Gethsemane. Die alten Olivenbäume standen noch, nur die Mauer hatten die römischen Pioniere niedergelegt, da sie die Kampfhandlungen störte.

Dann sah er es!

Im fahlen Licht des heranbrechenden Tages hob sich das Kreuz mit der daranhängenden Gestalt nur undeutlich gegen die dunkle Kulisse des Ölberges ab.

Marsena fragte sich einen Augenblick, warum Simon bar Giora ihm diesen gespenstischen Anblick zugedacht hatte, und plötzlich wußte er, wer die leblose Gestalt war, über die die ersten Strahlen der aufsteigenden Sonne zögernd hinwegtasteten.

»Gilead!« brüllte Marsena. Der Schrei verklang in der Stille des Morgens. »Gilead«, kam es ein zweites Mal von seinen Lippen, fast unhörbar.

Die Stille war greifbar, und der Tod so nah, trotz der trennenden

Mauern, trotz der Kidronschlucht, trotz der Unendlichkeit, die ihn von seinem Freund am roh gezimmerten Kreuz für alle Ewigkeit trennen würde.
Seine Augen blickten auf den leise vor sich hinkichernden Ananus, sie streiften die gespannten, ja gierigen Blicke der Umstehenden, und Marsena schlug zu. Von den Lippen Ananus' spritzte Blut.
»Schlag zu, Marsena!« höhnte Simon bar Giora. »Befreie dich von diesem Anblick. Versuche dadurch zu vergessen, wie freundschaftlich die Gefühle eines Römers sind. Das ist ein Geschenk Marcus Julianus', deines Freundes. Ja, schlage nur die, die dir Freunde sein wollen, belohne die, die dich verraten und vergiß dieses Bild niemals.«
Marsena stieß Ananus von sich und stürzte die Stufen hinab.
Ananus ben Bagadates wollte sein Messer aus dem Gürtel reißen, aber Simon bar Giora hielt ihn zurück. »Laß ihn, Ananus. Laß ihn sich beruhigen. Er hat in dir den Feind geschlagen. Und der Feind für ihn ist jetzt da draußen.« Er wies mit einer großartigen Gebärde auf die Feldzeichen der römischen Truppen, die im ersten Sonnenlicht zu funkeln begannen. »Bei den Propheten Israels, Römer, du hättest uns keinen besseren Gefallen erweisen können.« Und er lächelte zufrieden.

*

Ein Chaos von Schmerz und Ohnmacht wühlte in Marsenas Bewußtsein. Er sah weder den Tag über Jerusalem heraufziehen noch die Menschen, die diesen Tag belebten. Denn Leben war etwas, was nicht mehr mit ihm im Zusammenhang zu stehen schien. Leben war etwas, was sich als so unberechenbar und grausam erwies, daß alles wie ein seltsam grotesker Traum an ihm vorüberzog.
Es war ein zielloses Stolpern durch die Straßen Jerusalems. Verwunderte oder gleichgültige Blicke folgten ihm, der wie trunken durch den Tag torkelte. O Gott Israels, warum gerade Gilead? Das Leben, das erst am Beginn stand und zu wenig gesehen hatte, um einen solch wahnwitzigen Abschluß gerecht erscheinen zu lassen. Gilead, du sprachst vor kurzem noch stolz über den Tod, und wie wenig Richtigkeit zeigt dieser Tag! Welch wahnsinnige Ironie führte hier Regie? Nein, Gilead, toter Freund, nicht Größe steht im Antlitz des Todes, Glorie nicht und zu wenig Ruhm, um den Wunsch nach Unsterblichkeit im Gedächtnis der Vergangenheit rechtfertigen zu können.

O nein, Gilead. Im Angesicht des Todes ist nur maßlose Enttäuschung über den Betrug am Leben.
An einem Brunnen tauchte er sein brennendes Gesicht in das kühlende Wasser. Er starrte auf sein Spiegelbild, und es war nicht der Jüngling Marsena ben Arinos, der zu ihm aufblickte. Das Wesen war ihm unbekannt.
Du wirst Simon genannt, der Sohn des Arinos, weil Marsena ein chaldäischer Name ist, und weil zur Zeit alles Fremde Feindschaft heißt. Aber ist es nicht belanglos, wie dein Name wirklich ist? Du bist weder Simon, der Jude noch Marsena, du selbst! Du bist fern von allem Denken, fern von jeglichem Sein!
Wo ist dein Licht, Sonne? Sind die Schatten des Todes so gewaltig, daß sie deine Strahlen nicht zu durchdringen vermögen? O Gott Israels! Gib mir das Licht zum Leben, denn wie sollte ich bestehen, wenn die Dunkelheit von Trauer und Schmerz mir den Blick verwehrt? Es ist Tag und dennoch ist um mich nur Finsternis. Du schenkst der Erde diesen Tag, aber für die Geschöpfe, die du erschaffen hast, bleibt nur die lange Nacht ohne Hoffnung! O Israel, wann können wir wieder sagen: Shalom? Leben, du bist wie der Wind. Geschwind eilst du über Frühlingswiesen, jagst mit den Wolken am Himmel und vergehst mit den Stürmen des Winters. Du wirst dann nicht mehr sein, und wir auch nicht.
Er hatte die Unterstadt erreicht. Vor ihm war das Haus des Ari. Das große Tor zum Innenhof stand offen, und die Palmen am Eingang bewegten ihre mächtigen Wedel im Morgenwind. Von irgendwoher ertönte der Ruf eines Hahnes. Welch Farce des Friedens!
Marsenas Atem ging keuchend. Was hatte er hier noch zu suchen? Er, der lebte, den dieser Krieg nichts anzugehen hatte. Er, der aller Welt zu verstehen gegeben hatte, daß Rom nicht sein persönlicher Feind sein konnte. Rom, das seinen Freund und Bruder gemordet hatte! Sie alle hatten recht! Ben Merton, Jonathan, der Sohn Assurs, Eleasar ben Jair, ja, und Gilead, sein toter Freund. »Wo wirst du sein, wenn Rom nach unserem Augapfel greift? Kann jüdisches Blut neutral sein und bleiben? Kann ein jüdisches Herz vor jüdischer Trauer schweigen?« – Das alles hatten sie ihn gefragt. Und er hatte geglaubt, antworten zu können. Wie unwirklich waren seine Antworten doch gewesen!
Er trat in den Innenhof. Kein Mensch war zu sehen. Nur von den Ställen erklang das Schnauben der Araberhengste.
Der Wind strich weiter über das Karmelgebirge; über den Bach Ki-

shon, und es war als hätte die Zeit nie die Vergangenheit gesehen. Elias Worte fegten die Baalspriester hinweg: »Ergreift die Propheten Baals! Laßt keinen einzigen von ihnen entrinnen!« Und Jehovas Feuer verzehrte das Brandopfer des falschen Gottes, die Steine, den Staub, das Wasser – und Stille war über dem Land des Abraham, Isaak und Jakob. Wird Jehova diese Wunder wiederholen? Werden wir wie Elia den Feinden des Volkes Israel mit Jehovas Macht begegnen können? Es war, als schüttelte ein stummes Antlitz das Haupt.
Er würde eine neue Antwort zu geben haben, auf all die vorwurfsvollen Fragen, die in seinem Inneren brannten. Ja, Marsena, Sohn des Arinos, den sie Simon nennen! Wo stehst du jetzt?
Er hatte plötzlich sein Schwert in der Hand. Es wog schwer. Das Metall funkelte feurig in bösem Glanz. Es glich der Macht und Willkür Roms! Es durfte niemals mehr Teil von Rom und von ihm sein! Judäa, Land meiner Väter, Land meines Herzens! Nie mehr soll dieses Schwert mich an deinen größten Feind erinnern, nie wird diese Waffe mehr für Rom erklingen! Du sollst nie wieder für Rom deine Klinge blitzen lassen! Nie wieder soll das Blut fremder Völker für Roms Laune deine Schneide kühlen!
Er starrte auf das Schwert in seiner Hand. Die Klinge funkelte makellos im Sonnenlicht. Die Juwelen am Griff glänzten und es schien, als grinsten die Faune, die, in sich verschlungen, das Griffstück bildeten, noch höhnischer als sonst.
›Ich werde dich vernichten, und mit dir die Erinnerung an einen Freund, der es nie mehr sein darf!‹ In verzweifelter Wut schlug Marsena die Klinge gegen die Marmorsäule. Das Gellen des Metalls hallte über den Hof.
Die Klinge blieb heil.
Wieder und wieder hieb er die Waffe gegen den Stein. Aber nur der Marmor zersprang. Verzweifelt warf er das Schwert auf den Boden und lehnte sich schwer atmend an die Wand. Die Waffen Roms waren gut geschmiedet, zu gut für eine jüdische Faust.
In seiner Kehle brannte es, und er wünschte, daß Tränen in seine Augen kämen. Aber es schien, als wäre sein ganzes Ich leergebrannt.
Eine Hand legte sich auf seine Schulter.
Er wandte sich um und blickte in Judas' Antlitz. Die stumme Trauer in den Augen seines Freundes war mehr, als viele Worte es je hätten auszusprechen vermocht.
Welch sonderbare Ruhe lag über dem Innenhof.

Das Zirpen der Grillen in den Mauernischen klang als zarte Hintergrundmusik eines verträumten Nachmittags, und die Gedanken fanden keinen Anfang und kein Ende. Es war wie das ungläubige Staunen über etwas Unfaßbares, das nur in fernster Fantasie zu existieren vermochte.

Vielleicht erwachte man und freute sich, daß alles so war wie zuvor.

Er hob das Schwert auf. Die Klinge war unversehrt, das blitzende Metall ohne Spur der ohnmächtigen Schläge geblieben, in denen alle Verzweiflung über das Unabwendbare sich Raum zu machen gesucht hatte.

In Marsenas Innerem wühlte ein sonderbarer Schmerz, und doch kam eine seltsame Ruhe über ihn.

Nein, dieses Schwert durfte nicht zerstört werden, jetzt noch nicht! Es war von Rom geschmiedet worden, um für Rom zu fechten, und doch sollte es niemals mehr Roms Feinde treffen. – Sein Feind würde Rom selbst sein!

Marsenas Augen hefteten sich auf den blinkenden Stahl. Sein Gesicht war zur Maske geworden. Sein Mund zuckte, als die Worte kamen: »Du wirst mir helfen, Rom zu treffen, römischen Stahl zu zerschlagen und Roms Soldaten.«

Judas sah ihn mit überraschten Augen an.

Marsena sah durch ihn hindurch. »Ich werde Gilead für euch sein«, sagte er heiser, und seine Stimme klang hart und fremd, doch ohne Kompromiß. Der Schatten des Schwertes in seiner Hand zeichnete sich auf der Marmorsäule ab, und es war wie ein eingraviertes Mahnmal und Symbol für Haß und Tod auf unabsehbare Zeit.

Er wankte ziellos in den Tag hinaus. Mochte Gilead ihn auch verkannt haben, so war der Sohn Aris ihm dennoch Freund und Bruder gewesen, so wie es Judas und Simon immer sein würden. Und noch ein Gedanke flammte auf: Konnte er Damaris jetzt noch erreichen? – Jetzt nach Gileads Tod? Konnte er ein Glück zurückersehnen, das vom Hause Aris gewichen war? Tod und Leben waren so eng verbunden! Wie könnte er es wagen, ihr seine Liebe zu offenbaren, ihre Gedanken mit seinen Hoffnungen zu füllen, wo sie die tiefe Trauer über ihren toten Bruder kaum zu überwinden vermochte?

Die Menschen um ihn waren nur wesenlose Schatten; er sah weder ihre Gesichter noch hörte er ihr Reden.

Der Tod war wie ein Sturmwind über das Haus Aris gefegt, und er stand mitten darin. Warum hatte er Gilead nicht mehr sagen können,

daß sein Herz sich für Israel entschieden hatte, daß es eigentlich niemals für ein anderes Land hatte in Wirklichkeit schlagen können? »Dein Opfer, mein Bruder, hat mein Bewußtsein geöffnet«, flüsterte er. »Und diese Entscheidung ist unwandelbar.«
Er war noch in der Flut seiner Gedanken versunken, als eine dunkle Gestalt neben ihm auftauchte.
Er spürte, wie sich eine Hand auf seine Schulter legte. Als er sich umdrehte, sah er gerade noch die große Faust auf sich zukommen. Der Schmerz war kurz und trocken. Er fühlte, wie das Blut aus seiner Nase lief, als er sich aus dem Rinnstein erhob.
Vor ihm stand Jonathan ben Assur und massierte sich die Knöchel. »Ich hörte von Judas, daß du dich Damaris nähern willst«, knurrte der Idumäer herausfordernd.
»Was geht dich das an?« brachte Marsena mühsam heraus.
Ein rauhes Lachen kam von Ben Assurs Lippen. »Im Grunde genommen sehr viel. Ich glaube nicht, daß ich es zulassen werde, daß du deine Hände nach ihr ausstreckst.«
»Das wirst du sicherlich ihr selbst überlassen müssen«, keuchte Marsena.
Ben Assur nickte. »Gewiß, doch ihre Entscheidung soll nicht ohne meinen Einfluß gefällt werden.«
Marsena wischte sich über das Gesicht. Seine Hand war blutig. »Wenn das dein Einfluß ist, dann zeugt er nicht von Geist. Du hast mir nicht einmal eine Chance gelassen.«
»Du mir auch nicht, als du in Jerusalem auftauchtest.«
Marsena schüttelte den Kopf. »Und was weiter? Glaubst du, mein Entschluß richtete sich nach deinem Faustschlag?«
Jonathan ben Assur lachte kurz auf. »Nein, das glaube ich nicht. Deshalb wird die Entscheidung anders fallen müssen. Es ist nur Platz für einen von uns beiden.«
Diese Worte sind schon zu Floskeln und Phrasen im Ablauf der Menschheitsgeschichte geworden, dachte Marsena verärgert. Und sie werden immer wieder benutzt. Ob es sich um zwei einzelne Menschen handelt oder um eine ganze Nation. Es ist irgendwo immer einer zuviel.
»Die Entscheidung dürfte nicht von dir abhängen«, sagte er betont gelangweilt und versuchte den Schmutz von seiner Kleidung zu wischen.
»Wenn es eine zwischen uns beiden gibt, dann doch«, antwortete Ben Assur finster. »Dein Schwert gegen meines.«

Marsena sah erstaunt auf. »Du willst dich im Zweikampf schlagen? Welch ein Unsinn. Ich sehe keinen Grund, uns zu duellieren.«
»Wenn sie dir kein Grund ist, mir ist sie es wert«, knurrte Ben Assur finster.
Marsena runzelte die Stirn. »Ich meinte damit, daß Damaris keinen Toten für ihre Entscheidung benötigt. Wir sollten uns aussprechen.«
»Worte, von dir hörte ich bisher nur Worte. Kämpfe endlich für etwas, was dir wichtig erscheint.«
Marsena wischte sich mit dem Ärmel das Blut aus dem Gesicht. »Ich habe mich in dieser Stadt schon einmal schlagen müssen. Ich will es kein zweites Mal.«
Ben Assur spuckte aus. »Ja, Thakeas, des Simon große Null. Aber, Marsena ben Arinos, mir ist es gleichgültig, solltest du wieder gewinnen. Ich werde nur nicht tatenlos zusehen, daß du gewinnst! – Nicht bei Damaris.« Die letzten Worte kamen fast sanft von seinen Lippen.
»Liebe wird nicht mit dem Schwert entschieden«, gab Marsena ruhig zurück. »Zudem, wer weiß, wie Damaris sich entscheiden wird? Vielleicht spielen wir beide dabei gar keine Rolle?« Ein plötzlicher Schreck durchfuhr ihn. Konnte es nicht wirklich so sein? Was wußte er von dem Mädchen, außer, daß *er* es liebte? »Ja, vielleicht meint sie uns gar nicht«, wiederholte er gedankenverloren. »Was hätte da der Tod eines von uns beiden für einen Sinn?« Oder vielleicht gerade dann erst recht? sagte er sich.
Er wußte plötzlich, daß ohne sie, ohne die Tochter des Ari, alles so sinnlos erscheinen mußte, und er verstand Jonathan ben Assur plötzlich. Er liebt sie, vielleicht in dem Maße wie ich! Wie leer muß ihm die Zukunft erscheinen, daß er lieber den Tod in die Entscheidung mit einbezieht als die Worte aus dem Mund eines Mädchens. Wie würden ihn selbst die Worte treffen, wenn sie gegen ihn ausgesprochen sein würden? Plötzlich liefen Schweißperlen von seiner Stirne. In seinem Inneren machte sich eisige Kälte breit. Er lachte trocken auf. Du gerätst das erste Mal in deinem Leben in Panik!
Ben Assur musterte ihn verwundert.
»Dein Schwert gegen meines«, nickte Marsena schweratmend. Seine Handflächen waren feucht geworden, und er wischte sie sich an der beschmutzten Kleidung ab. »Du siehst, ich habe mein Schwert nicht bei mir. Wo wollen wir uns treffen?«
Jonathan ben Assur hatte die Wandlung Marsenas mißtrauisch beobachtet. »Ist etwas mit dir?« sagte er zögernd.

Marsena holte tief Luft und schüttelte den Kopf.
»Eine Stunde vor Sonnenuntergang an der Brücke, die zu den Königsgärten führt.«
Die Menschenmenge, die sich um die beiden geschart hatte, in der Hoffnung, mehr zu sehen als nur den einen Schlag, hatte sich wieder zerstreut. Marsena nickte. »Ich werde da sein.«

*

Sie starrten sich an.
Ihre Gesichter waren angespannt, und die Muskeln vibrierten in Erwartung ihres entscheidenden Einsatzes.
Um sie herum war es still, und sie waren ein Teil des Schweigens, in das nur ihre pochenden Herzen tönten, und der Wind, der in die Blätter der Platanen fuhr.
In der Ferne gewahrte Marsena eine Herde Schafe, die sich zwischen die Büsche am Siloahteich drängte. Ein Bild des Friedens, dachte er, ein Trugbild, das vergessen machen will den Tod von draußen und den, den wir hier uns zugedacht haben.
Der Wind strich klagend über die Brücke. Wie seltsam man in einem solchen Augenblick empfindet, dachte Marsena. Wie viele Kämpfe auf Leben und Tod wird dieses alte Gemäuer seit den Tagen Nehemias gesehen haben? Hier hatte sich der Name geprägt – Blutsteg. Hier waren seit Menschengedenken Fehde, Rache und Vergeltung in Erinnerung geblieben, und weder Regierung noch Priesterschaft hatten diesen Ort der Blutrache aus dem Sinn der Bewohner Jerusalems zu tilgen vermocht.
Und jetzt stand er selbst hier, Marsena ben Arinos, Sohn des Pharisäers und Schriftgelehrten ben Kaiphas, Enkel des einstigen Hohenpriesters Jerusalems. Und vor ihm Jonathan ben Assur, Sohn des reichsten Mannes Jerichos. Er hat weit mehr zu verlieren als ich, dachte Marsena ohne Zusammenhang. Ich besitze nichts in Jerusalem außer dem wenigen Gepäck im Hause Aris. Er jedoch besitzt die größte Balsamplantage in ganz Israel, wenn nicht die größte überhaupt. Sein Tod wird mehr Aufsehen erregen als meiner. Er lachte kurz in sich hinein. Für wen würde ihr beider Tod überhaupt etwas bedeuten? Um sie herum war nichts als Tod. Würde Damaris um sie trauern? Konnte ihr Herz nach dem Tode ihres Bruders sie überhaupt noch aufnehmen? Ihr Tod würde sinnlos sein, wie der Gileads.

»Noch könnten wir von unserem Vorhaben absehen«, hörte er sich sagen.
Jonathan ben Assurs Augen hatten sich zu einem Strich geschlossen. Er blieb stumm, aber er schüttelte seinen Kopf in wilder Verneinung.
»Ein Kampf auf Leben und Tod?«
Ein Keuchen kam aus Ben Assurs Mund. »Ja, solange bis einer von uns stirbt.«
Sein langes phönizisches Schwert glänzte rot in den Strahlen der sinkenden Sonne.
Welch großartiges Bild, mußte Marsena denken. Das flammende Gold des Himmels verwoben mit dem silbernen Laubwerk von Ölbäumen und Platanen. Das Glühen auf Ben Assurs Schwert und auf den Schuppen seines parthischen Brustpanzers. Die Römer müßten dich so sehen, Jonathan ben Assur, wenn du von den Mauern her ihnen den Tod ins Antlitz schleuderst. Unser Kampf ist sinnlos, und er kann niemals über die Gunst der Tochter Aris entscheiden. Er schloß kurz die Augen. Er sah Damaris vor sich, und ein sehnsuchtsvolles Verlangen durchströmte ihn. Für sie leben hätte Sinn, nicht für sie sterben.
Dann war die Wirklichkeit wieder da und vor ihm Ben Assurs entschlossenes Gesicht. »Bist du bereit?«
»Es ist wie bei Kindern, die sich mit Stöcken prügeln«, entgegnete Marsena schweratmend. »Nichts wird entschieden sein, wie immer unser Duell auch enden mag.«
»Nur sind es diesmal keine Stöcke«, keuchte Assur, und Marsena hatte Mühe, den Schlag zu parieren.
Sie kämpften verbissen. Der Klang der Schwerter verband sich mit dem Klagen des Windes, und es war ein einziger Aufschrei von Trauer und Sehnsucht. Marsena wußte auf einmal, daß ihr Kampf nicht an diesem Tag enden durfte. Wer immer auch das Herz der Tochter Aris erreichen mochte, Ben Assur, er, oder wer auch immer, sie selbst würde zu entscheiden haben. Die beiden Kämpfenden waren wie in flüssiges Kupfer getaucht, als die Sonne hinter den Kolonnaden des Siloahteiches versank.
Marsena löste sich plötzlich aus dem Schlagwirbel Ben Assurs und sprang schnell drei Schritte zurück. Dann rammte er sein Schwert mit einer einzigen heftigen Bewegung in die Erde, wo es zitternd ausschwang.
Ben Assur bremste seinen Schlag ab und starrte verwirrt auf Marsena.

»Was soll das?« knurrte er und wischte sich mit der freien Hand über das schweißnasse Gesicht.
»Ich werde nicht weiter mit dir kämpfen, Jonathan ben Assur«, sagte Marsena leise. »Nicht jetzt, nicht morgen. Wenn du um Damaris kämpfen willst, dann auf den Mauern von Jerusalem. Und wenn ich es sein soll, den du ihretwegen vernichten willst, dann warte bis zum Ende dieses Krieges. Wenn wir beide dann noch leben, werde ich dasein, und wir werden an dieser Stelle unseren Kampf fortsetzen. Wenn du dennoch eine Entscheidung in dieser Stunde herbeiführen willst, dann mußt du mich jetzt töten. Ich werde mein Schwert nicht wieder anfassen.«
Ben Assur hatte sein Schwert gesenkt. Er schüttelte langsam seinen Kopf, als könnte er die Worte Marsenas nicht begreifen. »Ich könnte dich erschlagen, und du würdest dich nicht wehren?«
Marsena schwieg und senkte nur bejahend seinen Kopf. Er sah in die ratlosen Augen seines Gegners und wußte, daß Jonathan ben Assur im Inneren seines Herzens den gleichen Gedanken hatte.
Ob wir diesen Kampf je wieder fortsetzen können? Wie wird die Zukunft wirklich aussehen, und wo werden wir dann sein, du, Ben Assur und ich? Das Gesicht Jonathan ben Assurs überflog für einen Augenblick ein milder Schein. Seine Augen sahen durch Marsena hindurch, als erblickten sie ein Antlitz, das seinem Herzen nahe war. Dann sprach er fast flüsternd: »Ich werde mit dem Schwert auf dich warten, Marsena ben Arinos, wenn die Zukunft es mir erlaubt.«
Marsena nickte. »Diese Zukunft wird Damaris heißen«, sagte er zu sich selbst, »wie immer das Ende dieser Zukunft auch aussehen mag.«
Erste Schatten legten sich über die Stadt. Die Königsgärten verschmolzen ihr dunkles Grün mit dem Violett des Abends. Am Himmel verklang der Schrei eines Falken. Unter ihnen plätscherte es aus dem Abfluß des Siloahteiches. Die Herde Schafe graste immer noch unbekümmert zwischen den Sträuchern der Königsgärten. Und sie standen sich im letzten Licht des Tages gegenüber, der Nabatäer, Jonathan ben Assur, und der Jude, Marsena ben Arinos, mit der einen Frage im Herzen, die Damaris betraf.
Ein klagender Ruf zog durch den Raum. In Marsenas Herz verkrampfte sich etwas. Die silberne Trompete des Tempels zeigt den Abend an und den Beginn des neuen Tages. Es ist ein Ruf, der aus dem Frieden kommt und im Tod endet, dachte er. Er wischte sich über das Gesicht, als wollte er etwas aus der Erinnerung verbannen.

»Wir werden unsere Liebe mit Tod und Tränen zu teilen haben«, flüsterte er unhörbar. Dann war sein Blick wieder klar und ruhig auf sein Gegenüber gerichtet.
»Bleiben wir am Leben, Jonathan ben Assur?«, sagte er, und er wunderte sich über die Ruhe in seiner Stimme, die all den Aufruhr seiner Gedanken zu verdrängen begann. Ein tiefempfundenes Seufzen war in seiner Stimme, als er zu Ben Assur sagte: »Kämpfe für Damaris, Jonathan, so wie ich für sie kämpfen werde, und ihre Entscheidung möge die unsere sein. Und die letzte zwischen uns beiden, wenn kein Römer auf den Hügeln Judäas mehr zu erblicken ist. Willst du das für mich, für dich, für Damaris tun?«
Über die Königsgärten senkte sich die Nacht. Der duftende Hauch eines endlosen Frühlingstages zog durch die Straßen Jerusalems und ließ vergessen, daß der Tod bereits über die Mauern der Stadt seine klammen Hände reckte.
Das Klagen des Windes hatte aufgehört. Nur ein leises Wispern aus den Ästen war zu vernehmen.
Jonathan ben Assur hielt immer noch unentschlossen das Schwert in seiner Hand. Die dunklen Locken hatten sich wirr um seine Stirn gelegt. Seine Augen glühten und seine Brust hob und senkte sich in schweren Zügen. Fast verlegen kamen seine Worte: »Wir mögen uns nicht, Marsena. Dennoch haben wir das gleiche Ziel. Ich versuche, am Leben zu bleiben – für Damaris.«
»Ich wünsche es dir, Jonathan.« Marsena wußte, daß er es wirklich so meinte. Er streckte Jonathan ben Assur die Hand hin.
Ben Assur sah ihn lange an. Dann steckte er sein Schwert in die Scheide. »Ich werde gegen Rom und für Damaris kämpfen, wie du, Sohn des Arinos. Und wir wollen mit unserem Kampf warten, bis der Krieg zu Ende ist.« Die Worte kamen rauh, aber bestimmt. Er wollte sich abwenden, dann blickte er auf die Hand Marsenas und ergriff sie zögernd.

*

Marsena traf Judas am Fuße der Treppe, die zur Dachterrasse führte. Er sah den erstaunten Blick des Freundes.
»Du trägst jüdische Gewänder«, sagte Judas überrascht.
Marsena nickte nur. »Ja, ich gehöre jetzt ganz zu euch.«
Judas musterte ihn mit einem langen Blick. »Wenn es für Gilead ist,

dann war dieses Zeichen nicht nötig, denn ich weiß, daß du ihn liebtest, wenngleich er deine Gedanken auch nicht verstand. Wenn es für dich selbst ist, so freue ich mich für dich, weil du dann endgültig nach Hause gefunden hast.«
»Es ist für uns beide«, antwortete Marsena leise, und Judas schloß ihn bewegt in seine Arme.

Tausend Sommer und ein Tag

Marsena hätte nicht sagen können, wie die Tage an ihm vorüberflogen. Er mied es, sich in die Trauer des Hauses Ari zu mischen. Er strich tagsüber durch die Wehrgänge und registrierte Stärken und Schwächen der Verteidigungsbollwerke. Noch hatten sich die Römer nicht formiert. Noch waren die Lagerbefestigungen nicht endgültig fertiggestellt. Noch waren die römischen Soldaten mit Schanzarbeiten beschäftigt und ließen sich nur ab und zu in Scharmützel ein, wenn einige planlos vorgetragene Ausfallversuche sie von ihren Belagerungsbautätigkeiten aufschreckten.
Aber der Angriff würde mit aller Macht erfolgen. Und um ihn aufzuhalten, war mehr nötig, als nur Hohn und Spott von den Mauern zu schreien. Marsena hätte gerne manchem Schreier auf den Mund geschlagen. Aber niemand hätte ihn begriffen. Er wußte, wie Roms Soldaten reagierten. Er wußte, wie sie in tiefem Groll ihre Schanzarbeiten ausführten, weil das zur römischen Lagertaktik gehörte. Aber sie warteten nur auf die Stunde, wo sie es den Höhnenden auf den Mauern heimzahlen konnten. Nein, Judäas Kämpfer erwiesen sich mit ihren Hohnreden keinen guten Dienst. Sie fachten nur den Kampfwillen der römischen Legionäre an. Aber er wußte auch, es würde so bleiben bis zur Entscheidung – wie immer sie auch ausfallen sollte. – Und er war ein Teil von ihnen. – Endgültig.
Es war, als hätte sich ein Teil des Lebens aus dem Hause Aris verflüchtigt. Und es war mehr als die Person Gileads. Es schien, als sollte sich die Vergangenheit nur als Hauch über die Erinnerungen und Empfindungen legen.
Nichts würde mehr so sein, wie es sich Hoffnung, Wunsch und Denken zurechtgelegt hatten.

Es war vorbei. – Kidronbach, Jugenderinnerung, Schaukämpfe, die atemlose Spannung der ersten Empfindung zu einem Mädchen.
Gileads Tod war grausame Realität. Er hatte all das ausgelöscht, an das man sich trotz allem geklammert hatte. Sie war wie das Symbol einer neuen Ära, die für Israel keine Hoffnung ließ. Aber sie beinhaltete auch das trotzige Aufbegehren gegen das eigene Wissen. Aber etwas würde Bestand haben, wie immer die Gunst über Israel entschied – Marsenas Empfinden für die Tochter des Ari.
Er hatte sie nicht mehr gesehen, seit dem Vortage von Gileads Tod. Hatte sich ihr Herz so entschieden, daß Marsena darin keinen Platz finden konnte?
»Ich habe mich entschieden«, hatte sie gesagt. Und es war für ihn wie ein vernichtender Schwertstreich gewesen. Wer hatte ihre Gunst erlangt – Judas ben Merton, Jonathan ben Assur, Jakobus ben Sosas?
Für ihn waren die letzten Tage zum Gespräch mit sich selbst geworden. Er hatte die erste Trauer um den Tod Gileads verstreichen lassen, eine Trauer, die er selbst so empfand, als wäre Gilead sein Bruder gewesen und nicht der heißblütige Gegner, wie er sich ihm gegenüber zuletzt offenbart hatte. Und er wußte, daß er heute unbedingt Damaris' Antwort erhalten mußte. Wie immer sie auch lauten würde.
Er sah sie, wie sie einen der weißen Nabatäerhengste an einer langen Leine am Myrtenteich umhertraben ließ. »Sie brauchen etwas Bewegung«, sagte sie ohne aufzublicken. »Ein karger Ausgleich zu den Jagden im Kidrontal. Aber Vaters Pferde werden warten müssen, bis die Römer wieder abgezogen sind.«
Sie sprach so beiläufig, daß Marsena einen tiefen Stich in sich verspürte. War ihr letztes Zusammensein für sie so unwichtig gewesen? Sie schwang die Peitsche, und der Schimmel verfiel in eine schnellere Gangart. »Es ist eigentlich Sache unserer Knechte. Aber da sie für die Verteidigung abgezogen sind ... Willst du sie übernehmen, Marsena?«
Er schüttelte den Kopf, und seine Stimme kam wie von weither. »Ich bin deinetwegen gekommen, Damaris. Ich dachte, wir wären uns noch einige Sätze schuldig, wegen unseres Auseinandergehens vor endlosen Tagen.«
Sie lachte silberhell auf, aber es klang gequält. »Es war meine Schuld, Marsena. Ich mischte mich in deine Vergangenheit, zu der ich kein Recht hatte. Ich müßte mich bei dir entschuldigen.«
In seiner Kehle würgte es. War alles wirklich nur ein schelmisches

Spiel für sie? Konnte er in seiner Einfalt nicht mehr Realität und Traum auseinanderhalten?
Schatten begannen sich über den Garten zu legen. Das Weiß des Nabatäerhengstes ging in ein fahles Grau über. Über den Häuserkuppeln der Stadt verschwand das Licht.
Sie zog an der Leine. »Ich werde ihn in den Stall zurückbringen«, sagte sie beiläufig.
Er zögerte. »Ich bitte dich zu bleiben.«
Sie sah kurz zu ihm auf. Ihre Augen verschmolzen mit dem Dunkel der anbrechenden Nacht. »Ist nicht alles gesagt?«
Er schwieg. Nur seine Gedanken antworteten ihr: Heute, jetzt wird alles gesagt sein müssen. Nicht die Zukunft soll entscheiden, nur die Gegenwart. Und ich werde dich fragen, Damaris, wie meine Zukunft aussehen wird, da deine Antwort sie zu entscheiden vermag! Was hatte sie ihn gefragt? – Ist nicht schon alles gesagt? Ja, wenn du das verstehen könntest, was meine Augen, meine Gedanken dir zu sagen haben, dann wäre alles gesagt, und nur noch deine Antwort stünde aus. Die Antwort, die für mich höher wäre als das Universum oder tiefer als der Scheol.
Über ihnen hatte sich der Himmel entzündet. Ein gleißendes Sternenmeer hatte die letzten Farben des Tages ausgelöscht. Der Nabatäerhengst war nur noch ein leise schnaubender Fleck irgendwo zwischen dem Silber der Olivenbäume.
»Es ist vieles in den letzten Tagen geschehen«, sagte sie in das Dunkel hinein. »Es ist Trauer in unser Haus eingekehrt. Aber die Schwester eines Judäers weint nicht um ihren Bruder, sonst werden keine Tränen mehr vorhanden sein, bis der Krieg von Israel gewichen ist.«
»Ich wünschte, ich wäre für Gilead gefallen«, flüsterte er. Er spürte, wie ihre Augen groß auf ihn gerichtet waren. Er wußte, er hätte viel gegeben, diese Trauer aus ihren wundervollen Augen zu vertreiben, und er wußte auch, daß er für Gilead gestorben wäre, für jeden im Hause des Ari, dem er so viel zu verdanken hatte, auch seine Sehnsucht und Liebe.
Der Mond kam hinter den Ölbäumen hervor. Er sah in ihr blasses Gesicht. Sie schüttelte langsam den Kopf, und Tränen perlten aus ihren Augen. »Was hätten wir da eingetauscht?« flüsterte sie zurück. »Deinen Tod gegen den meines Bruders? Sollte ich da zu wählen haben?« –
Er zögerte einen Augenblick. Konnte er ihren Schmerz mit seinem

Glücksgefühl verflechten? Gewiß war es nicht die passende Zeit, mit ihr über seine Liebe zu sprechen.

Aber es würde weder jetzt noch sonstwann die passende Zeit dazu sein. Weder Rom noch Israel würden ihnen für Antworten die Zeit lassen, die sie brauchten.

»Ich habe gewählt«, hatte sie ihm vor Tagen spöttisch ins Gesicht gesagt. Wen immer sie auch erwählt hatte, er würde es heute wissen müssen.

Er nahm sie bei der Hand. Zögernd schlossen sich ihre Finger um die seinen. Das Dunkel verbarg ihr Antlitz, und er konnte ihre Reaktion nicht erkennen. Aber ihre Hand blieb in seiner. Eine Welle der Freude durchströmte ihn. Sie zog ihre Hand nicht zurück! Er war froh, daß die Dunkelheit die Röte in seinem Gesicht verbarg, daß das verräterische Leuchten seiner Augen ihr verborgen blieb, woran sie seine Gefühle hätte erkennen müssen.

Er zeigte nach oben. »Es ist der Aldebaran«, sagte er in die Stille. Ihr Gesicht war dem Himmel zugewandt. Im Sternenlicht war ihr Profil mit einem Hauch von Glanz umwoben, und das Band der Milchstraße glich einem Diadem in ihrem Haar.

Der Wind strich zärtlich durch das Blattwerk des Feigenbaumes. Der Klang der rauschenden Blätter war wie der einer sanft angeschlagenen Harfe, zart, schmeichelnd und voller Sehnsucht. Für ihn war das Singen der Äste und Blätter Teil des eigenen Lebens: Aber du hast ja Angst, daß dieser Klang nur ein Traum ist, der zu Ende geht, wenn der Morgen über die Dämmerung siegt! Deine Gedanken sind gleich den Wolken, die dieses zauberhafte Bild zu verbergen vermögen; dunkle Wolken am Himmel, die die Großartigkeit des Weltalls, aber auch deine Sehnsucht verdecken. Aber du wirst sie fragen müssen, ob sie etwas für dich empfindet, bevor diese dunklen Wolken dein Herz verdüstern!

Er zögerte. In ihr Schweigen wagte die Nacht kaum zu atmen, und das Wispern im Gezweig der Ölbäume klang wie der zarte melodische Hauch einer Hirtenflöte, weit von den Hügeln Judäas her.

In das Rascheln der Blätter, in den Ruf der Nachtigall aus den Königsgärten flüsterte er: »Ich liebe dich, Damaris!«

Der Wind hielt den Atem an.

»Ich kann nicht glauben, was du sagst«, sagte sie, und ihre Stimme klang verwirrt. Sein Herz schlug wild. Er wollte sprechen...

Sie legte ihm sanft die Hand auf den Mund. »Bitte sage nichts!« Ihr

wallendes Haar umfloß sein Gesicht. Er atmete den zarten Duft von Myrrhe und Balsam und fühlte ihre Lippen auf den seinen.
Die Wärme ihres Körpers durchströmte ihn. Seine Hände umschlangen ihren Nacken. Ihre Hand tastete nach seiner, und er spürte, wie sich ihre Finger um die seinen schlossen. Er küßte sie zärtlich aber voller Verlangen, und ihre Lippen antworteten ihm.

*

Marcus Julianus hatte sich an den Zeltpfosten gelehnt. Vor ihm standen unbeweglich die beiden Soldaten seiner Garde. Er lächelte. Wie Statuen, konstatierte er zufrieden. Kein Soldat dieser Welt hat solch eine Disziplin wie der römische. Die Perfektion einer Maschine mußte hinter ihnen zurückbleiben. Keine Fanatiker – für den Ansporn sorgten die Zenturionen und Decurionen unter der Delegierung der Tribunen. Eine kalte, gedrillte Maschinerie aus Mensch, Leder und Stahl. Eigentlich nur am Singsang auf den Marschstrecken war zu erkennen, daß Menschen sich vorwärts wälzten und keine Kampfgeräte. »Vor uns der Feind, schlagt ihn vereint«, sangen sie im Rhythmus ihrer schweren Lederstiefel. »Ob Hades, Tod, ob Stahl, ob Stein, Soldaten hauen alles kurz und klein«, klang es dann im Refrain.
Marcus Julianus reckte sich. Morgen würde es sich zeigen, was Perfektion auf dem Schlachtfeld wert war. Morgen wollten sie den Juden beweisen, daß auch eine so große Stadt wie Jerusalem ohne lange Vorbereitung im Sturm zu nehmen war. Es war eigentlich eine Prestigeangelegenheit. Solch ein langwieriges Hin und Her wie in Jotapata sollte es nicht mehr geben. Selbst ein Feldherr wie Vespasian hatte damals zu lange gebraucht, um den Widerstand der Juden zu brechen. Aber Joseph ben Mattathias, der jetzt unter dem Namen Flavius Josephus das Zelt neben Titus Vespasian bewohnte, war ein so hervorragender Stratege gewesen, daß selbst die syrischen Legionen des Generals Vespasian nur unter großen Verlusten und langwieriger Belagerung der verhältnismäßig kleinen Stadt Herr geworden waren. Als Oberbefehlshaber der Schlüsselprovinz Galiläa hatte er seine Soldaten nach römischem Muster ausgebildet, was den Angreifern blutig in Erinnerung geblieben war. Als die Stadt dann dennoch unter Hinzunahme des Ersatzheeres von Titus, Vespasians Sohn, erstürmt werden konnte, war Joseph ben Mattathias einer der wenigen Glücklichen gewesen, die dem nachfolgenden Gemetzel entrinnen konnten.

Seine seherischen Fähigkeiten – er weissagte Vespasian die Kaiserkrone – und seine Persönlichkeit brachten ihm die Wertschätzung des künftigen Kaisers ein, und bald verband ihn auch ein fast freundschaftliches Verhältnis mit seinem ehemaligen Bezwinger, Titus Flavius Vespasianus. Ihm zu Ehren änderte er auch seinen Namen in Flavius Josephus. Julianus war sich nicht klar darüber, was er von Flavius Josephus halten sollte. Gewiß, er hatte die übermächtigen Heere des späteren römischen Imperators fast verzweifeln lassen, war aber dann in eine schimpfliche Gefangenschaft geraten, die ihm seine Landsleute wohl nie verzeihen würden. Das traute Verhältnis zum Kaisersohn machte die Situation nur noch suspekter, und Julianus fragte sich, ob Tapferkeit und Feigheit sich in einer Brust zu vereinigen vermochten. Sollten in einem Juden zwei grundverschiedene Persönlichkeiten vorhanden sein? Julianus dachte wehmütig daran, daß ja auch Marsena ben Arinos die Lager gewechselt hatte. Marcus Julianus lächelte in die Nacht hinaus. Nein, es bestand ein gravierender Unterschied. Josephus war zu den Römern übergelaufen und hatte sich in Sicherheit gebracht. Marsena hatte das Gegenteil getan. Er hatte die Sicherheit des Imperium Romanum mit einer klaren, wenn auch schrecklichen Zukunft vertauscht, dem Tod, der vielleicht schon morgen auf ihn warten würde.
Julianus blickte zur großen Stadt hinüber. Die Mauern glänzten im Sternenlicht, und der Schimmer der Öllampen hing über dem Häusermeer. Es würde auf ihrer Seite zirka dreitausend Tote geben, das hatten die Statistiker errechnet. Wenn man die syrischen und arabischen Hilfstruppen zuerst vorschickte, waren die Verluste sicherlich höher. Sie hatten sich aber auf die bewährten Veteranen der zwölften Legion geeinigt, die schon unter Cestius Gallus Erfahrung mit der Mauererstürmung dieser Stadt gesammelt hatten. Dreitausend von achtzigtausend, sechs Kohorten. Ein gutes Verhältnis, wenn dadurch der Sieg gesichert war. Sie würden ohne lange Werfervorbereitung die Mauern zu erstürmen suchen, und es mußte schon beim ersten Anlauf glücken. Denn sonst müßte man einen weiteren Faktor in die Rechnung miteinbeziehen, die Moral der Truppe. Auf der einen Seite, der ihrigen, würde sie sinken, auf der jüdischen sich dann zu einem nicht mehr kalkulierbaren Potential steigern. Und er wußte, was gerade Fanatismus in den Reihen der Juden zuwege brachte. Es war eigentlich ein einfacher Plan. Die fünfzehnte Legion sollte vom Ölberg einen Scheinangriff führen, der das Potential der Verteidiger

aufsplittern mußte. Der eigentliche Angriff erfolgte an der Nordmauer. Ein einfacher Plan, aber auch einfach in der Durchführung. Die Mauer, die vom Psephinus-Turm aus nach Norden verlief und die die Bezetha umschloß, war durchschnittlich nur zwanzig Ellen hoch und nicht von unüberwindlichen Schluchten umgeben wie die anderen Mauern über dem Kidrontal und dem Tal Hinnom. Ein Angriff bei der Tempelmauer, wie sie nur zum Schein von der fünfzehnten Legion geplant war, verbot sich wegen ihrer Stärke ohnehin, zumal Titus jeglichen Angriff auf den Tempelbezirk ausdrücklich untersagt hatte. War einmal die Neustadt in ihrer Hand, so würden wohl die Juden vernünftig werden, und Titus lag ohnehin wenig daran, die Stadt unnötig zu zerstören. Sorgen bereitete ihm lediglich der Bezirk am Gennathtor, von wo sie in die Oberstadt gelangen wollten, falls sich das dann überhaupt noch als notwendig erweisen sollte. Hier boten die Türme Hippikos, Phasael und Mariamne eine ausgezeichnete Verteidigungsstellung. Doch soweit war es ja noch nicht.
Ein Komet strich über den Himmel. Marcus Julianus blickte hinauf. Die Soldaten vor ihm sahen ohne Regung geradeaus.
»Ein Komet«, murmelte der Römer. »Die Götter senden uns ein Zeichen. Ein gutes Zeichen, werden die Priester sagen und den Auspizien vorgreifen. Möge Mars meinen Gedanken die Zustimmung geben.«
»Marsena ben Arinos«, flüsterte Julianus in die Nacht hinaus. »Was mag dich bewogen haben, diesen Weg zu wählen? Eine Frau? Es gab viele Frauen in Rom, die nur auf einen Blick von dir warteten. Freunde? An welche Freunde konntest du dich nach sechzehn Jahren noch erinnern? Und ich fühlte in meinem Innern dir gegenüber mehr als nur Freundschaft. Im Hause meines Vaters warst du Freund und Bruder zugleich. Und Claudia, konntest du Claudia einfach vergessen, die dich liebte, die dich begehrte, die sogar einen Imperator vergaß um deinetwillen?« Er schritt an den Wachen vorbei, die respektvoll salutierten. »Ich glaube, ich habe dich nie verstanden. Wie sollen unsere Völker sich je verstehen lernen, wenn es Freunde schon nicht vermögen?« Sein Blick richtete sich auf das Sternenmeer über ihm. »Jupiter, Mars, Saturn – Sterne und doch Götter zugleich«, murmelte er. »Ihr werdet verstehen, was die Herzen der Menschen verwandelt, so daß sie Dinge tun, die dem römischen Sinn unverständlich bleiben. Ihr aber wißt auch, daß wir nicht wären, was wir sind, hätten wir jemals zugelassen, daß unser Blick sich trübte.« Er stand da, und das

Sternenlicht ließ seinen Brustpanzer glänzen. »Das ist Rom«, sagte er. »Und Rom ist ewig.«

*

Der erste Angriff der Römer begann im Morgengrauen. Marsena stand neben Simon ben Ari und Judas ben Merton und beobachtete den römischen Aufmarsch. Der peitschende Knall der entspannten Sehne klang in seinen Ohren noch nach. Er sah, wie einer der Römer taumelte, sich an den Hals faßte und in die Trümmer des Belagerungsturmes fiel.

Simon ben Ari legte einen neuen Pfeil auf die Sehne des gewaltigen Doppelbogens. Sein Gesicht war unbewegt, aber Marsena sah in seinen Augen den unausgesprochenen Triumph.

»Dein Bogen reicht beinahe so weit wie eines der Wurfgeschütze des Johannes von Gischala«, sagte Marsena bewundernd.

Simons Gesicht überzog für einen Augenblick ein zufriedenes Lächeln, dann konzentrierte sich sein Blick wieder auf die anrückende Truppe. Ein zweiter Pfeil flog von der Sehne. Sein Flug war nicht zu verfolgen. Nur am Zusammenbrechen eines der Soldaten konnte man erkennen, daß er sein Ziel gefunden hatte.

»Er reicht fast doppelt so weit wie herkömmliche Bogen«, gab Simon stolz zurück. »Vater hat ihn mir auf einer seiner Reisen in das Reich der Parther mitgebracht. Er gehörte einst einem parthischen Fürsten. Er hat kein Gegenstück in ganz Judäa. Wir könnten die Römer sonst schon auf Katapultdistanz eindecken. So müssen wir warten, bis die Distanzkämpfe der beiderseitigen Artillerie beendet sind. Die Erfolge meines Bogens können nicht einmal ein Mückenstich sein.«

Marsena wußte, daß die Pfeile von Simons Bogen für die römischen Soldaten nur ein lästiges Begleitmoment auf ihrem Vormarsch sein konnten. Waren sie auf normale Pfeilschußentfernung heran, würden sie ihre Testudos aufbauen, an denen die Geschosse wirkungslos abprallen mußten. Nur solange sich die Römer im Bewußtsein, außer Reichweite der üblichen Bogen zu sein, formierten, boten sie ein Ziel für Simons Bogen. »Wir bräuchten Tausende dieser Waffen und Tausende, die sie so bedienen könnten wie Simon ben Ari, wollten wir mehr erreichen, als nur lästig zu wirken«, sagte er sich und verfolgte eines der Wurfgeschosse, das von den Ballisten der Antoniafestung her auf die Reihen der Römer zuflog.

»Die Erfolge von Johannes von Gischalas Schleudermaschinen werden immer nur von zufälliger Natur sein«, murmelte er. Der Bedienung fehlt jegliche Ausbildung. Die Abschüsse der Katapulte sind nichts weiter als moralische Unterstützung der Kämpfer auf den Mauern oder derjenigen, die unter dem vermeintlichen Schutz dieser schlecht gezielten Geschosse einen Ausfall wagen.
Marsena sah zu der heranstapfenden Armee. Wie wohlgeordnet, wie emotionslos, wie maschinenhaft! Ja, so war Rom, ein eisernes Ungeheuer mit gnadenlosen metallenen Zähnen in einem gierig aufgerissenen Maul. Und er sah in die Reihen der Verteidiger auf den Mauern. Noch war ihre Koordination ohne sichtbaren Erfolg. Und Marsena wußte, daß Simon bar Giora auch nicht der Mann sein konnte, der die Unmöglichkeit zustande bringen konnte, diese Reihen zu vereinen. Aber es mußte geschehen, wenn Jerusalem die nächsten Wochen weiterleben wollte. Sie mußten endlich eine Einheit bilden – Simon bar Giora, Johannes von Gischala und Eleasar ben Jair. Denn Roms Angriffe waren augenblicklich nur Geplänkel. Auch die Truppe, die sich in geordneter Formation auf die Nordmauer zuschob, war nur ein Kontingent aus der zwölften und fünfzehnten Legion. Jerusalem hatte die Wucht eines Gesamtangriffes von vier gewaltigen Legionen noch nicht erlebt. Die Verteidiger konnten nicht einmal erahnen, was es bedeutete, wenn sich diese gewaltige Heeresmacht über die Mauern ergießen würde. Nur Marsena war sich bewußt, daß sie die Verteidigungspläne ändern mußten, wollten sie mehr als nur einige wenige Tage überleben.

*

Sie hatten diesen Angriff abwehren können und waren von Simon bar Giora in sein Hauptquartier gebeten worden. Im Saal waren noch die erregten Diskussionen im Gange, wie man sich der künftigen Angriffe besser erwehren könnte. Man hatte trotz des Sieges, der zwanzig Römern das Leben gekostet hatte, selbst über fünfzig Tote zu beklagen.
Simon bar Giora winkte Marsena zu sich. »Hör' dir die großartigen Ideen an, die sich meine und deine Leute ausdenken. Sie sind alle austauschbar. Ich fürchte, wir beide haben keine geeigneten Leute mit Führereigenschaften, wie wir sie für die nächsten Wochen dringend bräuchten.«

Marsena nickte nur. Er wußte, es gab keine Strategen in ihren Reihen. Die ganze Abwehr war nur auf Haß aufgebaut. Und noch siegte der Haß über Logik und Vernunft. Aber die Tage waren zu übersehen, wo Emotionen römischer Kriegstechnik unterliegen mußten.
Noch siegten Phrasen über tatsächliche Entscheidungen. Noch konnte Demagogie über Fakten triumphieren. Aber die Zeit war der unüberwindliche Faktor, der für Rom seine Stärke ausspielte. Sie mußten jetzt siegen, endgültig, jetzt oder nie!
Simon bar Giora hatte recht. In der euphorischen Stimmung, einen nichtssagenden Angriff der Römer abgeschlagen zu haben, waren die absonderlichsten Ideen gut genug, die aufgepeitschte Stimmung zu untermalen.
Da saß Simon bar Giora auf dem Tetrarchenthron, um ihn waren seine engsten Vertrauten, die für Marsena nur den Inbegriff der Verschlagenheit und Unzuverlässigkeit darstellten. Dort drüben, im Lager der alteingesessenen Judäer, sah Marsena Eleasar ben Jair, die beiden Söhne Mertons und Judas und Simon ben Ari. Entweder wird Simon bar Giora endlich etwas einfallen, dachte Marsena, oder die zerstrittenen Gruppen Jerusalems werden in den nächsten Tagen wie Spreu im Wind von Julianus' Truppen weggefegt werden. Noch spielen die Römer. Noch hat Jerusalem nicht die stählerne Gewalt eines konzentrierten Einsatzes römischer Truppen kennengelernt! Und deshalb ist alle Euphorie über ein Standhalten auf den Mauern Jerusalems ein tödliches Einschlafen, wenn nichts geschieht.
Auf wen konnte sich Simon bar Giora wirklich verlassen? Da war Ananus ben Bagadates, die rechte Hand des Idumäers. Marsena hätte sich um nichts in der Welt auf diesen Mann verlassen. Aber das war Bar Gioras Problem. Er würde alles im Stich lassen, wenn es um ihn selbst ginge. Wie hatte Simon bar Giora diesen Intriganten und Opportunisten an seine Seite stellen können?
Johannes von Gischala und seine Leute hatten sich im Tempelbezirk verschanzt. Noch war nicht abzusehen, wann sie sich endlich zu einer gemeinsamen Abwehr entschließen wollten. Und da waren sie, die jungen Leute der Davidsstadt – Eleasar ben Jair, Judas und Simon ben Merton, Judas und Simon ben Ari, Jonathan ben Assur, Jakobus ben Sosas, Marsena ben Arinos. Und sie alle gaben kein Vorbild an Stärke und Souveränität.
Augenblicklich waren die Söhne des Merton bestrebt, ihre eigenen Ideen der Verteidigung Jerusalems im Kreise der Versammelten dar-

zulegen. Und es war wenig Sinn in den Vorschlägen, die die Runde machten. Marsena war sich in diesem Augenblick bewußt, daß sie als Juden unter diesen Voraussetzungen nicht überleben konnten. Er vernahm Simon ben Mertons alkoholisierten Triumph.
»Wir werden griechisches Heu auf ihre Rampen werfen. Es wird Spaß machen, sie herunterpurzeln zu sehen.«
»Wir haben kein griechisches Heu.«
»Dann Öl.«
»Es reicht kaum für die Herde und die Öllampen.«
Simon ben Merton zuckte die Achseln und verstummte.
Bravo! dachte Marsena. Welch Fülle von Ideen. Eine unbrauchbarer als die andere.
»Wir könnten Titus' Angebot annehmen...« Jesus, der Sohn des Thebuthi, blickte in die Runde. Aber keiner beachtete ihn.
»Wir schicken unsere Frauen zu ihnen. Während sie sich mit ihnen vergnügen, schlagen wir ihnen die Köpfe ab.« Die Blicke, die Malachias' Vorschlag ihm einbrachten, waren mehr mitleidig als anteilnehmend.
Nur eine Stimme kam aus dem Hintergrund. »Lieber verrecken, als daß ein Römer freiwillig eine jüdische Frau benützen dürfte.«
»Der ganze Troß ist voll von ihren Schlampen, und es sind Frauen aus Galiläa und Judäa.«
»Hört auf!« Marsena war aufgesprungen. Er hatte die Arme erhoben und gebot Ruhe. Er lächelte ein wenig resigniert. »Bevor wir in Details gehen, die überhaupt nichts mit unseren Problemen zu tun haben, laßt uns unsere ursprüngliche Überlegung nicht vergessen: Wie wollen wir die Römer abschlagen? Sprechen wir also von unseren Verteidigungsmöglichkeiten. Sonst dauert es nicht lange, und wir ergehen uns wieder in Spitzfindigkeiten über Hillels und Schamais Glaubensrichtungen. Nicht Zitate und Thesen werden entscheiden, sondern das Schwert.«
Eleasar ben Jair musterte ihn aus dunklen Augen. »Deine Worte klingen anders als noch vor wenigen Tagen, mein Freund.«
Aus Marsenas Augen sprühte Feuer. Seine Brust hob und senkte sich in atemlosen Haß. »Ja«, sagte er heiser. »Und ich will, daß meine Worte nie mehr anders klingen sollen – ich hasse dich, Rom!« Sein Blick drang in den seines Gegenübers. Dann kamen von seinem Mund fast unhörbar die Worte: »Wenn ich auch weiß, daß wir nicht gegen dich zu siegen vermögen.«

Marsena war sich nicht sicher, ob Eleasar seine letzten Worte vernommen hatte, aber der Blick des Galiläers ruhte noch lange nachdenklich auf ihm.
»Ja, ich kämpfe mit euch, für Judäa und Jerusalem. Für Gilead und .... für meine Träume.«
Simon bar Gioras Gesicht überflog ein zufriedenes Lächeln, und er nickte: »Ich habe darauf gewartet.« Er lächelte Ananus ben Bagadates triumphierend zu, und dieser grinste zufrieden zurück.
Bar Giora hatte feierlich die Hand gehoben. Er wartete, bis nahezu völlige Stille im Saal herrschte, dann deutete er auf Marsena. »Ich unterstelle dir meine gesamte Truppe, Sohn des Arinos. Du wirst sie in der römischen Kampfesweise unterrichten, und wir werden Rom mit seinen eigenen Mitteln und Waffen schlagen.« Er blickte beifallheischend in die Runde.
In die zustimmenden Rufe schüttelte Marsena den Kopf. »Ich kann nicht in Wochen schaffen, wozu man Jahre braucht. Als erstes muß Ordnung herrschen. Die Truppen müssen unterteilt werden und entsprechende Führer haben. Neue Waffen müssen geschmiedet werden....«
Eine Hand hatte seine Schulter erfaßt. Er blickte in die beschwörenden Augen Eleasar ben Jairs. »Sage ja! Endlich haben wir die Gelegenheit, Simon bar Giora und seine Leute in den Griff zu bekommen. Stimme zu, und alles andere wird sich finden.«
Marsena aber wußte: Nichts wird sich ändern. In diesem Kampf können wir mit keinem der großen Wortführer rechnen. Weder mit Simon bar Giora noch mit Johannes von Gischala. Sie sind so verbissen in ihre Pläne, durch Plänkeleien die Römer hinzuhalten, daß sie einem fundierten Aufbauplan niemals ihre volle Unterstützung geben würden. Wie lange wird unser Traum anhalten? Einen Monat? – Zwei? Einen Sommer lang? Am Ende wird Rom gesiegt haben. Aber was machte das schon aus? Er würde kämpfen. Für Damaris und für sich selbst. Vielleicht auch für Judäa. Das Blut Israels in ihm hatte die Antwort auf all die Fragen der Vergangenheit gegeben. Er war ein Teil von ihnen, und er würde das Opfer für Gilead, seinen Bruder, bringen, wie immer es auch aussehen mochte.
Er sah hinaus in das Dunkel der Nacht. Ein Feuerbündel zuckte über den flammenden Himmel und zerstob in einem Schwarm verlöschender Lichtpunkte. »Ein Meteor«, murmelte er unhörbar. »Ein gutes Zeichen für den morgigen Tag, werden die Priester sicherlich sagen.«

Er wandte sich Simon bar Giora zu. Sie würden seine Gedanken nicht ahnen. Sie würden seine Zweifel nicht erfahren, sondern nur seine Worte: »Ich nehme das Angebot an, Simon bar Giora. Versammle alle Männer, die morgen etwas Entscheidendes zu tun gedenken. Sie werden morgen die Hand an das Ungeheuer Rom legen, und es wird viele von ihnen fressen. Und so wird es sein, alle Tage, bis Rom oder Judäa verschwunden sein wird.« Er hätte sagen können: Rom ist unsterblich. Aber er schwieg. Statt dessen kamen seine Worte, und sie waren wie ein Sturmwind in stickiger Luft: »Seid ihr bereit, alles zu wagen? Immer wieder? Mehr als ihr je zuvor bereit wart?« Und der Sturmwind antwortete mit einem tosenden Echo.
Was konnte geschehen in wenigen Tagen und Stunden? Der nächste Angriff Roms würde mit dem Einsatz aller vier Legionen erfolgen. Rom brauchte einen schnellen Erfolg. Und es würde diesen Einsatz wagen. Wenn auch für einen Sturmangriff aller Kontingente der Platz vor und auf den Mauern nicht ausreichen konnte, war der furchteinflößende Anblick einer vierlegionenstarken Armee ein wichtiges, psychologisches Potential. Marcus Julianus mußte wissen, daß ganz Jerusalem das Schauspiel von den Mauern und höhergelegenen Gebäuden herab verfolgen würde. Und der Schrecken und die Furcht würden irgendwann für Rom zu einer fünften Legion erwachsen. Ja, er würde versuchen, Jerusalem mit seiner romeigenen Kenntnis zu verteidigen. Es war eine gigantische Aufgabe. Und er hatte wenig Zeit. Er dachte einen Augenblick an Damaris. Kaum Zeit für Jerusalems Verteidigungspläne, und noch weniger Zeit für sich selbst. »Wir werden tausend Sommer benötigen, um das nachzuholen, was der Krieg uns jetzt verwehrt,« flüsterte er in die Nacht hinaus. Das Haus Aris stand am anderen Ende der Stadt. Hier im Palast des Herodes war nur der Gedanke des Krieges. Hier gab es weder Sehnen noch Hoffnung auf Liebe. Er hätte sie gerne an der Hand gefaßt und sie in die warme Frühlingsnacht hinausgeführt. Sie würden am Myrtenteich sitzen, ihre Hände in das laue Wasser tauchen, sich in die Augen sehen. Und der Krieg würde unendlich weit entfernt sein. Aber es war nur ein Wunschbild ohne Erfüllung. Er wußte, sie mußten den ersten Großangriff Roms überleben, um weiter für die Zukunft planen zu können. Sollten sie diese Bewährungsprobe überstehen, dann würde Jerusalem vielleicht doch noch das kaum zu Glaubende erreichen können. – Einen annehmbaren Vergleich mit Rom zu schließen. Aber Marsena wußte, auch das war nur ein Wunschgedanke. Jeder

Sieg der jüdischen Kämpfer würde ihnen das Trugbild vorspiegeln, gegen Rom auch weiter bestehen zu können. Jerusalem würde kein Friedensangebot annehmen, wie immer die Bedingungen auch lauten mochten. Sie würden verlieren und jetzt sterben, oder sie würden siegen und später sterben. Nur, sie würden nicht sterben, ohne etwas getan zu haben.
Marsena wischte seine Gedanken beiseite und wandte sich Simon bar Giora und Eleasar ben Jair zu.
»Hole alle deine Unterführer zusammen, Bar Giora, und versammle unsere Leute, Eleasar. Wir müssen den ersten Großangriff Roms überleben. Und wir werden alle wissen müssen, wie wir das erreichen. Wir haben nur wenig Zeit...«

*

Das wummernde Geräusch der gigantischen Schleudern, das vom Auftreffen der Wurfarme gegen die lederbespannten Querverstrebungen herrührte, war verstummt. Die letzten Steine der Wurfgeschütze zerbarsten hinter den Mauern.
Die Stille, die darauf folgte, war kurz und seltsam. Es war, als hielte die Erde den Atem an, und mit ihr die Menschen auf den Mauern. Dann war es, als vibrierte die Luft. Das Zittern glich dem Ausatmen eines gigantischen Ungeheuers. Es griff auf die Mauern über und auf die Menschen auf den Laufgängen hinter den Zinnen. Ein fernes Grollen, wie das Herannahen eines noch weit entfernten Gewitters, war zu vernehmen. Den Wächtern auf den Mauern erschien es wie das ferne Stampfen eines riesigen Untiers, das Schnauben aus dem geifernden Rachen einer ungeheuren Echse.
Und das Untier, das heranstapfte, atmete. Es atmete die Kraft von vier Legionen, es atmete den Atem von unüberwindbarer Gewalt, die Stärke von Metall und Muskelkraft, den Stolz von zwölftausend Legionären; es atmete den Klang der Pila, Schilder, Schwerter, der Brustpanzer und Helme, der Köcher und Bogen, der Pfeile, der sirrenden Sehnen und der stampfenden Stiefel. Es atmete alle Gewalt der Welt aus und sog in sich hinein das Zweifeln auf den Mauern, die Erwartung, die Bereitschaft und die Furcht, den Haß und die Angst, den Hohn und den Trotz, den Atem einer Nation.
Der Boden vibrierte unter den vierundzwanzigtausend Tritten im Gleichmarsch einer jahrelangen Übung. Die Erde schien stumm, die

Menschen schienen stumm, selbst die Trompeten und Hörner, die Pauken, Fanfaren und Tuben schwiegen unter dem nervenpeitschenden Stampfen des menschlichen Ungeheuers, das sich Schritt für Schritt näherschob. Es war eine gewaltige Streitmacht, die sich auf die Mauern nördlich des Psephinus-Turmes zuwälzte. Voran die Pioniere mit den Sturmleitern. Hinter ihnen die Schwerbewaffneten der fünfzehnten Legion, tiefgestaffelt und flankiert von den arabischen Bogenschützen, rechts und links die Reiterei, die die Flanken zu schützen hatte. Die Feldzeichen in den Händen der Signifer blitzten in der Morgensonne, und das Gold der Feldadler, die von den Aquilifern getragen wurden, gleißte.
»Sie wollen die Mauer im Sturm nehmen«, wunderte sich Marsena. Neben ihm standen Jonathan ben Assur, Judas und Simon mit der Abteilung des Ananus von Emmaus, die Simon bar Giora zu ihrer Unterstützung abgestellt hatte. Eleasar ben Jair hatte zusammen mit den Söhnen des Merton die Verteidigung des Psephinus-Turmes übernommen.
Marsena fixierte die Aufstellung der Truppenteile. »Es ist dein Werk, Marcus Julianus.« Im Stillen mußte er lächeln, obwohl ihm nicht danach zumute war. Obgleich die Formation der römischen Angriffsreihen im Prinzip immer gleich war, römische Perfektion mit größtmöglicher Effizienz, hatte doch jeder Legat seinen persönlichen Stil. Und mit den Jahren konnte man an der Marschordnung die persönliche Note jedes Feldherrn erkennen. Er kannte den Lieblingsstil Julianus'. Zuerst kamen unter dem Schutz der Testudos, der schildkrötenförmig formierten Kampfeinheit, die balearischen Schleuderer, die die Verteidiger mit einem Steinhagel eindecken sollten, um das Anlegen der Sturmleitern zu ermöglichen. Dann folgten sieben Reihen tief gestaffelt die Legionssoldaten. Vorneweg die Hastati, dann die Eliteeinheit, die Principes und zuletzt als Reserve die Triarier. Jeder Manipel dieser Einheiten konnte in seiner Gefechtsaufstellung die Lücken zwischen den einzelnen Soldaten decken, so daß für einen Angreifer kein Raum blieb durchzubrechen. Ja, Marcus Julianus hatte Stil, und Titus Vespasian hatte gut getan, ihn, neben Tiberius Alexander, zum Hauptbefehlshaber der vier Legionen zu machen, die Jerusalem mit eiserner Zange umschlossen hielten.
Er kannte sie alle, die Legaten der vier Legionen, die ihm Marcus Julianus aufgezählt hatte. Aus der Hand des Titus Phrygius hatte er den Tribunenring erhalten. Mit Cerealis hatte er schon in Gallien gestan-

den. Larcius Lepidus war einmal zu Gast in der julianischen Villa in Pompeji gewesen, als Marsena auch da war, und Liternius Fronto war Lagerkommandant, als Marsena noch in der Ausbildung unter ihm stand. Ja, und da war noch Titus Vespasian selbst, der Oberbefehlshaber und Sohn des römischen Kaisers. Ihn hatte Marsena nicht in guter Erinnerung. Vor seinen Augen erschien das Bild, das ihn zusammen mit Marcus Julianus und Titus Vespasian in den neueröffneten Thermen der römischen Hauptstadt sah. Er erinnerte sich, wie sie nach dem Bad im Caldarium sich im Frigidarium erfrischt hatten, wohlig auf den Massagebänken lagen und sich von den Badesklavinnen die Muskeln einölen ließen. Die Mädchen mußten aus Germanien oder Gallien stammen, waren hochgewachsen, blond, vollbusig, waren aber für seinen Geschmack nicht hübsch genug. Titus hatte nach einem der Mädchen gegriffen, das gerade mit einer neuen Alabasterflasche voll Öl zurückkam. Sie hatte sich gehorsam, wie es sich für eine Sklavin gehörte, auf die Knie niedergelassen. Ihre Brüste waren bei dieser Bewegung aus dem lose geknüpften Überwurf geglitten, und Titus hatte sie sogleich so gierig gepackt, daß sie aufgestöhnt hatte. Sie hatte sich nicht gewehrt, denn sie wußte, daß der Aufseher sie sogleich ausgepeitscht hätte. Seit diesem Zeitpunkt mochte er Titus Vespasian nicht. Er hatte ihm persönlich nichts getan, er hatte keinen Grund, ihn zu hassen, zumal er ein Freund Marcus Julianus' war. Aber er hatte es noch nie verstehen können, daß Männer Frauen anders als mit Zuvorkommenheit behandelten. Dabei machte sein eigenes Volk auch keine Ausnahme. Frauen waren nun einmal dem Mann untertan. Aber eine Frau gegen ihren Willen brutal in Besitz zu nehmen, war für ihn undenkbar. Und es sprach wenig für Titus Vespasian, eine Sklavin, die nicht wagen durfte, die gierigen Hände an ihrem Körper abzuwehren, zu betatschen und zu demütigen.
Marcus Julianus mußte damals den Abscheu in seinen Augen gesehen haben, denn er legte ihm beruhigend die Hand auf die Schulter und meinte nur nebenbei: »Mach dir keine Gedanken über eine Sklavin. Außerdem bin ich sicher, daß es ihr gefällt.« Marsena hatte die Augen des Mädchens gesehen und war anderer Ansicht gewesen. Er fand, daß es dem Sohn eines so bekannten und hochangesehenen Legaten Roms schlecht anstand, einer Badesklavin an die Brüste zu fassen. Wie wenig Würde zeigte in diesem Augenblick Rom in seinen Augen. Er mußte unwillkürlich lächeln. Wie seltsam, daß man immer eine Nation mit der Handlungsweise eines einzelnen zu konfrontieren

versucht war. Aber er wußte, daß es kein Einzelfall war. Der Stolz Roms war in vielen Dingen nur eine schlecht getünchte Fassade, hinter der ein wollüstiges, vielfach stumpfsinniges und machtgieriges Tier auf seine Gelegenheit wartete. Die letzten Schriftstücke Senecas, die er gelesen hatte, vermochten den wahren Charakter Roms auch nur noch schwach zu verfälschen. In all den Worten von Enthaltsamkeit, Ehre und humanitärem Denken steckte der Wunsch, das eigene Ich zu überlisten. In Roms Denken stand die Befriedigung persönlicher Wünsche an erster Stelle. Die Lust an sexuellen Ausschweifungen hatte schon längst jede Hürde von Moral und Ethik übersprungen.
Für ihn war eine Frau mehr als nur die Befriedigung lüsterner Gefühle. Ich bin dem römischen Gedankengut noch nicht völlig unterworfen, dachte er, und es erfüllte ihn mit Genugtuung, daß er sich an Dingen erfreuen konnte, die für römische Augen nur Zeitverschwendung darstellten. Es schien wirklich so, wie es ein junger Dichter ihm in selbstverleugnender Offenheit einmal bekannte: Wir Römer haben alle Stufen des Lebens erklommen und sind so hoch oben, daß uns alles langweilt, was unter uns ist. Dabei müssen wir während unseres Aufstiegs eine Stufe übersehen haben, die etwas mit Liebe zu tun hat.
Das Knirschen schabenden Leders und das Klirren von Metall brachten ihn aus seinen Erinnerungen zurück. Das urweltartige Ungeheuer stapfte weiter ohne Unterlaß heran. Wäre nicht der durchdringende Schall der Tuben und Trompeten gewesen, so hätte es auch ein Wesen aus dem All sein können, das sich in vernichtender Gewalt an die Mauern heranwälzte. Sie werden bald in den Bereich der Doppelbögen kommen, sagte sich Marsena. »Schießt mit Brandpfeilen«, rief er zu der Gruppe der Bogenschützen, die sich um sie herum verteilt hatte. »Die Schilde sind aus Holz und Leder. Wenn sie Feuer fangen, und die Legionäre sie zu löschen suchen, könnt ihr nach ihren ungeschützten Hälsen zielen.«
Marsena entdeckte plötzlich zwischen den Bogenschützen Simon und dessen Vater.
»Ben Ari«, entfuhr es seinen Lippen. Bist du gekommen, um deiner Tochter erzählen zu können, wie wir gestorben sind? Der Alte war zu ihm herangetreten und sagte mit Bestimmtheit in seiner Stimme: »Ich werde mit euch kämpfen im Sinn von Gileads Worten: ›Niemand ist zu jung oder zu alt, um für das Leben einzutreten. Und Leben ist nur in Freiheit möglich.‹«

Marsena sagte nichts. Er sah das Schwert in Aris Hand und wußte, daß sich auf den Mauern mehr abspielen würde als nur die Verteidigung eines Haufens aufgeschichteter Steine. Sein Blick wandte sich den heranrückenden römischen Truppen zu, die sich jetzt auf Bogenschußweite genähert hatten. Ein Pfeilregen ergoß sich von den Mauern.
»Zielt auf die Beine«, schrie Marsena, »damit sie ihre Schilde senken!«
Er sah aus den Augenwinkeln, wie Simon ben Ari seinen Doppelbogen spannte. Ein Brandpfeil lag auf der Sehne. Der peitschende Knall der Sehne und der Aufprall des Pfeiles waren fast eins. Der Römer sprang vor den Schild und versuchte den brennenden Pfeil mit seinem Schwert abzuschlagen. Simon ergriff hastig seinen Bogen und zog die Sehne so weit zurück, daß die Pfeilspitze auf die bogenhaltende Faust zu liegen kam. »Stirb, Römer!« zischte er und ließ die Sehne wieder schnellen. Der Römer taumelte, und aus seinem ungeschützten Hals ragte der lange Pfeil. »Ich habe ihn getroffen, Vater«, freute sich Simon und zog einen neuen Pfeil aus dem Köcher.
»Du müßtest Tausende von ihnen treffen«, murmelte Ben Ari, und seine Augen blickten müde auf die gewaltige Front der heranrückenden Truppen.
»Die Türme sind voller Bogenschützen«, rief Jonathan ben Assur erregt und wies auf die unbeholfen herankriechenden Belagerungstürme, die aber noch außerhalb der Reichweite der eigenen Katapulte waren.
»Sie sind nicht gepanzert«, erkannte Judas. »Hoffentlich erkennt Johannes von Gischala die Möglichkeit für seine Wurfmaschinen. Wenn er einige Geschoße mit brennendem Asphalt tränkt, könnte er die Türme in Brand schießen.«
Die ersten rauchenden Schatten zogen vom Tempelbezirk über sie hinweg in die Reihen der Römer hinein. Wo sie aufschlugen, spritzte es flammend auf, und dunkler Rauch ballte sich an der Einschlagstelle. »Johannes von Gischala lernt langsam seine Maschinen zu bedienen«, bemerkte Jonathan ben Assur zufrieden. »Bald hat er sich auf die Türme eingeschossen.«
Das römische Ungeheuer ergoß sich auf die Mauern. Es griff hinein in eine Wand von Haß, und der Haß war stärker als das Ungeheuer, das mit zitternden Fingern die Mauer zu erklimmen suchte.
Marsena sah nichts um sich als die römischen Legionäre, die, einer

nach dem anderen, die Sturmleitern erklommen. Als wenn sein Schwert einen einzigen sich wiederholenden tödlichen Kreis bildete, fetzte es durch Helm und Panzer der über die Zinnen quellenden Römer. Marsena wußte, daß all die neben ihm Kämpfenden mit gleicher entfesselter Gewalt die römischen Soldaten von den Laufgängen fegten.

Ein seltsamer Gedanke durchzog sein Gehirn, und es war ihm, als wiederholte eine Stimme immer wieder Worte, die vor Jahrhunderten schon die Hilfe ihres Gottes Jehova erfleht hatten. Marsena erkannte die Worte Simsons wieder, des großen Richters Israels, der vor seinem Tod zu Jehova gerufen hatte: »Herr Jehova, gedenke doch meiner, und stärke mich, bitte nur dieses eine Mal, o du, der wahre Gott, und laß mich an den Philistern Rache nehmen, Rache für eines meiner beiden Augen.« Marsena hörte sich in diesem Augenblick selbst sagen. »Laß mich Rache nehmen, mein Gott, für Gilead und Israel.« Deine Seele starb mit den Philistern, Simson, meine Seele möge mit den Römern sterben, mit allen, die mein Schwert zu treffen vermag.

Dann erblickte Marsena einen römischen Soldaten, den er aus ferner Vergangenheit zu kennen glaubte. Die Woge der Erinnerung war kurz und schmerzhaft. Er würde ihm keine Chance lassen, und der Römer durfte es ebensowenig.

Der Zenturio blickte in maßlosem Erstaunen auf ihn. »Marsena, du hier?«

»Ja, ich bin es, und ich stehe nicht auf deiner Seite.«

»Ich sah in dir einen Freund.«

»Es waren viele meine Freunde. Vergangenheit ist nicht Gegenwart.«

»Dann bist du ein Verräter.«

»Nein, kein Verräter, Zenturio, ein Jude!«

Der Römer hob das Schwert. Marsenas Klinge schlug es weg und fuhr in den Hals des Zenturio. Der Aufschrei blieb auf den geöffneten Lippen stecken. Lautlos sank der Römer zusammen und riß im Fallen die Nachfolgenden von der Sturmleiter.

Die Erinnerung war erloschen, sie würde erst später wieder aufleben. Die Zeit duldete kein Mitleid, und niemand erwartete es. Später erst würden sich die Gedanken formen, und erschrocken nach dem Warum fragen.

Neben ihm kämpfte Johannes, der Sohn des Chobar, einer der Idumäerführer, wie ein Besessener. Jedem Streich seiner Waffe folgte ein wilder Schrei, voller Haß und fanatischer Lust. Er wollte morden,

und er mordete! Unter den Schlägen seiner Waffe fiel wohl ein ganzes Dutzend Soldaten, bevor ihn ein Pfeil taumeln ließ. Bevor er fluchend das Geschoß aus seinem Arm reißen konnte, drang in diesem Augenblick des Abgelenktseins ein römisches Schwert in seinen Bauch. Noch im Fallen riß er ein Messer aus seinem Gürtel und rammte es dem Soldaten in den Unterleib. Ein tierisches Stöhnen kam aus seinem Mund. »Mit mir sterben noch viele von euch«, brüllte er. Und bevor einer der auf ihn eindringenden Soldaten ihm den Kopf vom Rumpf trennen konnte, hatte er auf den nächsten sein neben ihm liegendes Schwert geschleudert, das dem römischen Soldaten in den Mund fuhr und am Nacken wieder austrat.
Nach dem Fallen des Johannes herrschte auf seinem Abschnitt ein heilloses Durcheinander. Immer mehr Römer erkletterten die Mauer, und die Leute Johannes ben Chobars sahen sich gezwungen zurückzuweichen.
Marsena erkannte die Gefahr, die ihn jetzt auch selbst bedrohte, und er schrie in das Kampfgetümmel: »Speerwerfer!« – Und nach einem weiteren Augenblick: »Fallen!« Die Schwertkämpfer ließen sich auf seine Worte hin sofort fallen, und eine Wolke von Speeren jagte über sie hinweg in die Reihen der anrennenden Römer. Im gleichen Augenblick sprangen die Schwertträger wieder auf und erschlugen die verblüfften Überlebenden. »Laßt ihnen keinen Raum, die Schildkröte aufzubauen!« schrie Marsena ben Arinos – und sie ließen den Römern keinen Raum und keine Zeit.
Der Zenturio Domitius Sabinus erzählte seinem Feldherren Marcus Antonius Julianus später, als der Angriff der Römer zurückgeworfen worden war: »Mein Feldherr, wie hätten wir bestehen sollen? Sie kämpften nicht wie Menschen, nicht wie Soldaten. Sie kämpften wie Tiere. Noch im Sterben wehrten sie sich und töteten. Herr, wir haben die besten Soldaten der Welt und die strengste Disziplin, die in einer Armee nur herrschen kann. – Und doch haben wir gegen sie verloren, die ohne scheinbare Disziplin kämpften, ohne sichtbare Strategie und ohne die Leitung einer wohlorganisierten Hierarchie. Wie konnte dies nur möglich sein, mein Feldherr?«
Marcus Julianus wußte es, aber er schwieg. Und Johannes ben Chobar, und all die Hunderte, die gefallen waren, hätten es ihm auch sagen können. Nur in ihren erstarrten Gesichtern wäre vielleicht noch zu lesen gewesen, was sie empfunden hatten, welcher Geist im Tode noch den Sieg errungen hatte.

Gewiß, die Armeen Roms waren die besten der Welt, und eine scharfe Zucht und der Kampf in Jahrzehnten fortwährenden Einsatzes hatten sie zu einer schier unüberwindlichen Macht gefestigt. Doch sie kannten keine Träume. Sie waren frei und wußten dennoch nicht, was Freiheit bedeutete. Sie kämpften, weil sie bezahlt wurden, und sie kämpften gut. Aber sie kämpften nicht für Träume und nicht für Freiheit. Wieviel war ihnen der Preis der Freiheit wert? Sie hätten es nicht sagen können, denn sie mußten diesen Preis nie aufbringen. War der Tod dafür zu hoch bemessen? Auch diese Antwort mußten sie unbeantwortet lassen, denn sie kämpften für Geld und nicht für die Freiheit. Marcus Julianus hätte es seinem Zenturio sagen können, doch er schwieg.
Was hatte Marsena einst in Rom zu ihm gesagt? »Mein Freund, du sprichst von der Stärke und Unüberwindlichkeit Roms. Wie unüberwindlich aber ist die Lohe aus Haß und Liebe, die der Traum eines Menschen zu Härterem schmiedet, als Feuer und Eisen es je vermöchten?« Er hatte gelacht, und Marsena hatte recht behalten.

Marsena stand inmitten einer Wolke aus Blut und Schweiß, und sein Schwert, das Schwert eines römischen Tribunen, zerschlug Schilde, zerfetzte Helme und durchbohrte Körper. Längst war sein Gewand durchtränkt vom Blut der um ihn Gefallenen, und auch von seinem eigenen, das aus einer Wunde, quer über die rechte Brusthälfte, floß. Die Wunde war nicht weiter gefährlich und steigerte seinen Willen noch, sich gegen die Soldaten Roms, die er selbst einmal geführt hatte, zu behaupten.
Und die Römer wurden mutlos. Nicht aus Feigheit und auch nicht, weil sie die Überzeugung ihrer eigenen Stärke verloren hatten. Nur, sie erkannten, daß sie nicht allein gegen Menschen kämpften, sondern auch gegen deren unbeugsamen Willen. Und eine Überzeugung kann man nicht mit dem Schwert töten. Sie waren gut ausgebildete Legionäre, erhielten ihren Sold, und für diesen Sold standen sie im Kampf, der für sie Beruf war. Und sie waren die besten Soldaten, die ein Weltreich je hervorgebracht hatte. Von den Männern, gegen die sie kämpften, und die sie töteten, waren nur wenige Soldaten, und sie hatten nicht die Ausbildung genossen, der eine ganze Welt sich hatte beugen müssen. Doch sie wichen nicht der schon legendären Macht Roms. Und wenn sie fielen, dann standen neben den gefallenen Körpern andere, mit den gleichen blitzenden Augen, mit dem gleichen

haßerfüllten Blick, und mit den gleichen Worten auf den Lippen: »Der Tod ist nichts.« Die kampferprobten Soldaten Roms hörten die Worte Freiheit von diesen Lippen, und sie verstanden sie nicht. Sie sahen nur, daß diese Männer von ihren Schwertern nicht zerbrachen, und von ihren Speeren nicht starben, wenngleich der Tod sie reihenweise niederrang. Die Legionäre empfanden kaum Haß. Gewiß, sie kannten Furcht, und die Furcht wurde überwunden von der Tatsache, überleben zu wollen. Und sie kämpften, weil die Tribunen und Zenturios neben ihnen es befahlen, und weil es ihr Beruf war. Die Männer vor ihnen aber haßten, und der Haß war wie eine unüberwindliche Mauer. Und je mehr sie töteten, um so stärker wurde die Mauer. Und wo blieb die Furcht, die diese Männer vor ihnen haben sollten, mit der eine ganze Welt zitterte und daran zerbrach? Wenn sie Furcht hatten, so war der Haß größer. Ein jeder kämpfte für sich und seinen Haß. Und diese Glut, die ihnen entgegenschlug, die zu einem riesigen Fanal wurde, war nicht zu bezwingen, nicht mit Taktik und auch nicht mit Mut.
Die römischen Soldaten wußten nicht, was diese Männer, die so beispiellos kämpften, alles empfanden. Aber was immer es auch sein mochte, es war ungeheuer. Wie soll man mit dem Schwert eine Flamme löschen, wie mit dem Speer ein tosendes Meer beruhigen? Nein, die römischen Legionäre verstanden diese Männer nicht. Sie sahen nur, daß sie gegen mehr zu fechten hatten als gegen blutende, schweißbedeckte Körper. Und als sie dies erkannten, wurden sie mutlos, und mit ihnen ihre Tribunen, Zenturios, Dekurios, – mit ihnen die ganze unbezwingbare Macht Roms. Und der Ruf nach Freiheit war stärker als der Ruf nach Macht und Ruhm.
Dann war die Schlacht vorbei, und ein Tosen erfüllte die Mauern. So wohlgeordnet, wie die römische Legion ausgerückt war, so wohlgeordnet zog sie sich zurück. Und so ungeordnet wie die Reihen der Juden auch gekämpft haben mochten, so einstimmig war der Sieg, erfochten gegen die gewaltigste Weltmacht der Geschichte.
Jedoch die Euphorie hatte einen bitteren Nachgeschmack. Die Römer hatten eine halbe Legion verloren. Aber wie viele Tote waren auf seiten der Juden? Marsena wischte sich mit der blutigen Rechten über das schweißnasse Gesicht. Waren es dreitausend, fünftausend? Wer vermochte sie zu zählen? In der Luft hing der Geruch von Blut. Und in den Jubel der Massen mischte sich das Stöhnen der Verwundeten und das Schweigen der Toten.

Eleasar ben Jair trat mit bluttriefendem Schwert zu Marsena. »Haben wir gewonnen, Marsena?« Über Marsena ben Arinos' Gesicht flog ein müdes Lächeln. »Die Schlacht hat noch gar nicht begonnen, Eleasar.«
Die Sonne sandte ihre glühenden Strahlen vom Himmel, und in die Stimmen der Menschen auf der Mauer mischte sich das Summen von Millionen von Fliegen.
»Johannes, der Sohn des Chobar, Simeon, Judas, Elkana und noch viele unserer Freunde und Brüder sind gefallen«, hörte Marsena Judas ben Aris Stimme hinter sich. »Doch freuen wir uns über diesen Sieg, die Tränen können wir uns sparen, für die anderen, die ihnen noch folgen werden.«
Marsena wischte sein rotgefärbtes Schwert an einem römischen Umhang ab und blickte auf die unendlichen Schlachtreihen hinter den Palisadenzäunen der römischen Lager, denen sie eines Tages von Angesicht zu Angesicht begegnen würden.
Ja, sie hatten für einen kurzen Augenblick gesiegt, aber Marsena wußte, daß all die Gefallenen auf ihrer Seite nicht mehr zu ersetzen waren. Sie waren den Römern an Zahl eins zu drei unterlegen, und Nachschub würde es niemals geben. Jeder Tote auf ihrer Seite zählte mehr als zehn gefallene Römer. Irgendwann würde es sie nicht mehr geben. Aber jetzt war nicht die Zeit zum Trauern. Marsena wischte seine Gedanken weg und genoß mit all den Tausenden auf den Mauern den Sieg, den kurzen Augenblick eines Trugschlusses.

*

Er atmete tief, und seine Gedanken waren weit weg. – Irgendwo in den tiefen Eichenwäldern Germaniens, wo er als Offiziersanwärter die ersten blonden Hünen des Grenzlandes im Kampf erlebt hatte, Barbaren und dennoch frei vom römischen Joch. Aber das verstand er damals nicht, zu sehr war die römische Erziehung Bestandteil seines Ichs gewesen. Aber das Land war wunderschön. Nicht verbrannt und mit nur niedrigem Bewuchs wie die südlichen Regionen der italischen Halbinsel. Tagelang nur Wälder, in denen die sanfte Sonne der nördlichen Breiten eine Stimmung verbreiten konnte wie nirgendwo sonst auf der Welt. Selbst eingefleischte Legionsveteranen stapften weniger laut mit ihren eisenbeschlagenen Stiefeln und fluchten weniger gotteslästerlich vor sich hin, als gälte es, die Stille dieser Märchenlandschaft zu achten, zu der sie, die Eindringlinge aus einem unendlich fern scheinenden Reich, das sich Rom nannte, kein Anrecht besaßen. Durch mannshohen Farn waren sie gegangen; die letzten römischen Straßen waren längst hinter ihnen zurückgeblieben und auch von den spärlichen Knüppeldämmen gab es keine Spur mehr. Die letzten Wälle und Befestigungen waren eigentlich nur noch unwirkliche Erinnerung in einem unendlichen Meer grüner Blätter gewesen. Sie hatten an einem leise murmelnden Bach, der sich zwischen Farnen und Seegras hindurchwand, Rast gemacht. Marsena war ein Stück dem Lauf des Baches gefolgt, und seine Gedanken waren dem schimmernden Tag entgegengeeilt, der sich in diamantenem Licht über den Kronen der Bäume erhoben hatte. Er erinnerte sich, wie er sich den Brustpanzer abgeschnallt und den Helm ins Gras geworfen hatte. Lang ausgestreckt war er dagelegen. Mit tiefen Zügen hatte er den Duft von feuchtem Gras und Moos geatmet. Seine Finger tauchten tief in den Boden und ließen die feuchte, warme Erde hindurchrieseln. Über ihm tanzte das Licht im Laub der Buchen und Eichen, und dahinter lag der Himmel in seiner unendlichen Weite. Und unendlich fern waren auch Krieg und Haß. Der Atem des Waldes strich sanft und lautlos durch das dämmrige Grün, und hätte nicht der Schrei eines Bussards Leben verkündet, die Stille wäre vollkommen gewesen.

Dann plötzlich, wie aus dem Nichts, war ein Schatten auf ihn gefallen, und seine Augen hatten eine riesige Gestalt erfaßt, die ihn mit Schrecken daran erinnerte, daß sie in feindlichem Gebiet waren. Sekundenlang hatten ihn helle, kalte Augen gemustert, und er war nicht fähig gewesen, sich zu rühren oder auch nur einen Laut auszustoßen. Dann hatte die Gestalt ein erschreckend langes Schwert gehoben, und eigentlich mußte er jetzt tot sein, in einem Grabmal unendlicher Größe gebettet, unter einem Leichentuch von Grün. Dann hatte die Gestalt das Schwert fallen lassen, seine Augen hatten den Schaft des Pilum registriert, der aus dem Rücken des Riesen ragte, und die Bewegung seines Dekurios, der ein Bein gegen den gefallenen Leib des Germanen stemmte, und mit beiden Händen das blutige Pilum aus dem Rücken des Toten riß. Er hatte das vorwurfsvolle Gesicht des Mannes aus Kalabrien gesehen und die Kopfbewegung, die den Unmut über soviel Leichtsinn seines Vorgesetzten auszudrücken suchte; und der Wald, diese prächtige Kuppel aus Grün der Blätter und diamantenem Feuer der Sonnenstrahlen war plötzlich verblaßt.

Marsena lächelte, und sein Lächeln erstarb in der Erinnerung, daß sein Schwert diesen Mann, der ihm damals das Leben rettete, heute auf der Mauer getötet hatte.
Ich weiß nicht einmal mehr seinen Namen, dachte Marsena. Er ist immerhin Zenturio geworden, eine Leistung für einen kalabrischen Bauern ohne höhere Bildung. Ich habe nie seine Familie kennengelernt, von der er mir erzählte. Seine vier Kinder, die er auf die besseren Schulen Rhegiums schicken wollte, ein Vorhaben, das an seiner Herkunft scheitern mußte. Er hatte es nicht über sich gebracht, es ihm zu sagen, und er hatte nie erfahren, was aus den Kindern geworden war.
Das Sternbild des Orion war hinter den westlichen Bergen Judäas verschwunden. In den Teichen spiegelten sich Aldebaran und Plejaden. Aber er sah sie nicht. Er war eingeschlafen.

Sommer 70 n. Chr.

Sein Wandel hatte sich endgültig vollzogen. Waren vor wenigen Tagen seine Gedanken noch eher prorömisch gewesen, erdachten sie jetzt in kalter Abschätzung den Tod vor den Mauern.
Marsena ben Arinos war in kürzester Zeit ein von den Verteidigern nicht mehr wegzudenkender Faktor geworden. Ben Merton hatte recht behalten – Marsena war für Simon bar Giora der Schlüssel zum Überleben. Er konnte natürlich nicht in wenigen Wochen eine strategisch ausgereifte Armee schaffen, aber er lehrte den fanatischen Gemütern, wie man mit kalter Präzision heranrollende Belagerungstürme in Brand steckte, wie eine mit herkömmlichen Waffen kaum zu bezwingende römische Schildkrötenformation gesprengt werden konnte. Und er schuf einen Wachdienst nach römischem Muster, der eine Überraschung an der gefährdeten Nordmauer ausschloß. Er ließ die römischen Waffen, die sie erbeuteten, instand setzen, – die zersplitterten Pfeile neu beschaften, die verbogenen Pila wieder gerade biegen, die zersprungenen Schwerter wieder zusammenschmieden. Und er lehrte diese für die jüdische Hand ungewohnten Waffen zu gebrauchen. Wir werden sie nur schlagen können, wenn wir ihre Waffen besser gebrauchen können als sie selbst. Er wußte, daß dies nie der Fall sein würde. Ein Legionär der römischen Armee hatte eine

Ausbildung, die erst nach zwanzig Jahren ihr Ende fand, wenn der Soldat in den Ruhestand trat und dann sein Schwert zur Seite legte. Aber sie lernten im Gebrauch der römischen Waffen auch die Kampfesweise und taktischen Bewegungen des römischen Heeres und konnten sich allein dadurch besser schützen. Und er zeichnete auf Lederrollen die Abwehrpläne auf, die, sollte er fallen, den Kampf weiter bestimmen würden.

*

Marsena war über die Pläne gebeugt, als er eine sanfte Hand auf der seinen verspürte. Er blickte überrascht auf. Damaris stand hinter ihm.

»Ich muß noch die letzten Stellen unserer Katapulte markieren«, sagte er müde.

»Laß uns zum Siloahteich gehen«, sagte sie leise. »Wir sehen uns kaum noch.«

»Wir werden tausend Sommer für uns haben, wenn der Krieg vorbei ist.« Er sagte es nicht sehr überzeugt.

Sie lachte bitter auf. »Laß die Gegenwart sprechen, nicht die ferne Zukunft. Heute ist Sommer über Jerusalem – ob er nächstes Jahr diese Stadt wieder sehen wird?«

Er schob die Pläne zur Seite. »Dir stehen diese düsteren Gedanken nicht, Damaris. Aber du hast recht. Lassen wir für Stunden Pläne, Krieg und Trauer verstummen.«

Sie traten in die mondschimmernde Nacht hinaus. Seine Sehnen und Gelenke schmerzten ihn noch von dem endlosen Tag, an dem sein Schwert kaum eine Pause gefunden hatte. Aber endlich breitete sich wohliges Vergessen aus.

Er hatte ihre Hand ergriffen und küßte sie zart. Sie schmiegte sich an ihn, und das Grauen des Tages war plötzlich fern. Er fühlte die Wärme ihres Körpers neben sich und unendliche Dankbarkeit durchströmte ihn. Er hatte sie gefunden, er, der unbedeutende Sohn eines unbekannten Schriftgelehrten. Er hielt ihre Hand, die ganz Jerusalem begehrt hatte. Damaris, Tochter des Fürsten Ari, seine Liebe aus Kindertagen und seine Liebe jetzt, die selbst der Tod nicht besiegen konnte.

Über der Stadt hing noch der verwehende Atem des Frühlings. Doch die Wärme des Sommers hatte in Jerusalem schon Einzug gehalten.

Der Duft von Oleander und Jasmin umgab sie. Sie saßen am Rand des Teiches. In dem leichtbewegten Wasser kräuselte sich der Mond. Er vergrub sein Gesicht in ihrem Haar. Er atmete den Duft von Balsamöl und Narde.
»Weißt du, daß du mich noch nicht gefragt hast, ob ich deine Frau werden will?«
»O doch, am Kidronbach vor sechzehn Jahren.«
Sie lachte leise auf. »Aber ich habe dir noch nicht geantwortet.«
»Ich habe so lange auf deine Antwort gewartet, daß ich gar nicht mehr gewagt habe, meine Frage überhaupt wieder zu stellen.«
»Frage mich!«
»Du weißt, daß ich diese Frage in all den Wochen, in denen du mich nicht zu beachten schienst, tausend Male gestellt habe. Mit meinen Blicken, mit meinen Gedanken. – In den Augenblicken, wenn die jungen Männer Jerusalems dich umschwärmten. In den Tagen, wo du mir aus dem Weg gingst. In den Abenden allein am Myrtenteich. Du mußt meine Frage in meinen Augen gesehen haben, du mußt sie gespürt haben, wenn ich dich ansah...«
Sie küßte ihn zart. »Aber nie gehört, Marsena ben Arinos.«
»Tochter des Ari, willst du meine Frau sein, bis der Mond nicht mehr ist?«
»Tausend Sommer genügen, Marsena«, flüsterte sie.
Er hielt sie umfaßt: »Ich werde es deinem Vater sagen, Damaris, und deinen Brüdern. Und ich hoffe, sie werden mich als Sohn und Bruder aufnehmen.«
»Das haben sie, von Anfang an. – Außerdem«, sie lächelte ihn schelmisch an, »habe ich dich erwählt, seit du mit mir am Kidronbach spieltest. Du mußtest nur nach Jerusalem zurückkehren.«
»Und ich fürchtete, du würdest nur deine Launen an einem sehnsüchtig Hoffenden kühlen. Ich durfte nicht hoffen, dich zu finden.«
Sie lachte leise auf. »Deine Ungewißheit schmeichelte mir.«
»Du warst grausam.«
»Ich wollte nur sicher sein.«
»Du konntest es. – Mit jedem neuen Tag mußtest du auch mein Sehnen erblickt haben.«
»Ich habe sechzehn Jahre auf dich gewartet. Solltest du mein Warten nicht auch ein wenig verspüren?«
»Es war wie das Warten auf ein vernichtendes Urteil.«
»Es war nur ein unbedeutender Teil meiner Empfindungen.«

»Und ich glaubte dich bereits an Judas ben Merton oder Jonathan ben Assur verloren. – Ich wäre gestorben.«
»Ich sterbe jeden Tag, wenn du auf den Mauern kämpfst.«
»Ich werde immer leben – für dich!«
»Versprich es!«
»Bei meinem unvergessenen Stammvater Abraham, bei David, meinem größten König, bei Jehova, unserem...«
Sie hielt ihm die Lippen zu. »Versprich es bei dir selbst, Marsena.«
»Ich werde dich lieben, solange ich lebe. Ich werde jede Gefahr von dir abwenden, solange mein Arm ein Schwert zu führen vermag.«
»Nicht kämpfen, Marsena, leben!«
»Ich kämpfe nur, um mit dir leben zu dürfen. Ich werde am Ende dieses Krieges mein Schwert in den Grabmälern des Kidrontales für alle Zeiten versenken. Nichts wird dann mehr an Rom erinnern und nichts an diese Zeit, nur unsere ewige Liebe wird dann zählen.«
Sie schmiegte sich eng an ihn. Seine Hände strichen über ihre zarten Schultern, ihren Nacken, glitten durch das nachtschwarze Haar. Ein unendliches Glücksgefühl durchströmte ihn. Wenn er morgen wieder auf den Mauern stand, würde ihr Bild ihn begleiten. Und es würde ihn unverwundbar machen. Ja, er würde leben – für sie.
Ihre Lippen verschmolzen mit den seinen. Er spürte die Weichheit ihrer Gestalt an seinem Körper, er fühlte die Rundung ihrer Brüste, die zarten Linien der jungen Frau in all ihrer Herrlichkeit. Ihre Arme umfingen seinen Nacken. Sie drückte sich eng an ihn. Der Krieg war endlos fern von ihnen. Das leise Rauschen der Siloahquelle und das sanfte Wispern des Windes in den Blättern der Platanen waren wie die zarte Hintergrundmusik für die kurzen Augenblicke ihres Glücks.

*

Judas ben Ari weckte ihn kurz nach Sonnenaufgang. Marsena wußte, daß die kurzen Augenblicke mit Damaris in den brutalen Stunden des Kampfes aufgezehrt werden würden. Aber in seinen Gedanken würde sie ihn begleiten und den Tod auf den Mauern verklären helfen.
»Marsena! Simon bar Giora läßt den Rat einberufen. Das erste Mal, daß wir alle zusammen sein sollen. Simon, Johannes von Gischala und wir. Außerdem sollen auch die Priester an der Versammlung teilhaben. – Sie sollen die Gunst Jehovas erflehen und außerdem die

Richtlinien aus dem Gesetz Mose uns wieder deutlicher vor Augen führen.«
»Als wenn sich bisher jemand darum Gedanken gemacht hätte«, spottete Marsena. Er hatte sich zum Fenster gewandt.
Vor seinen Augen breitete sich das riesige Lager der römischen Armee aus. Marsena sah die Rauchfahnen hinter den Zelten der Legionsbefehlshaber und verzog die Lippen. Auch hier haben die Priester ihre Hand im Spiel, dachte er. Ob Rom oder Israel, die Zeremonien gleichen sich. Nur die Götter sind verschieden. Die römischen Legaten befragen die Auspizien, dachte er beim Anblick der vielen Feuer, die anzeigten, daß die Priester die Brandopfer bereits darbrachten.
»Und sicherlich sind die Zeichen günstig für einen Angriff auf unsere Mauern«, murmelte er. »Sie sind eigentlich immer günstig.«
Er selbst hatte diese Zeremonie für seine Zenturios auch durchführen lassen, obwohl er nichts von dem großartigen Gebaren der Priester hielt. Es war Götzendienst, den das Gesetz Mosis in aller Strenge verbot, und er erinnerte sich, wie er Jehova um Vergebung bat, wenn dieses römische Zeremoniell für seine Soldaten wieder einmal fällig war, die sich aus dem Ergebnis der Beschau des Opfertieres Positives für ihr eigenes Schicksal erhofften.
Und deshalb waren die Zeichen auch meistens günstig gewesen.
Einmal hatte ihn ein Priester ertappt, wie er seinen Soldaten eine zuversichtliche Rede hielt, obwohl die Zeichen nicht sonderlich günstig standen.
»Du ziehst dir den Zorn der Götter zu«, hatte der Priester gezischt.
Und er hatte geantwortet: »Es gibt nur einen Gott. Und der hat damit nichts zu tun.«
Als der Priester lauthals vor die Truppe treten wollte, hatte ihn Marsena in Ruhe gefragt: »Muß ich dich erst töten, damit Ruhe einkehrt?«
Er hatte es so gelassen wie möglich gesagt, obwohl er wußte, daß mit dem Verhalten des römischen Priesters auch seine Zukunft auf dem Spiel stand. Er hatte gewonnen, und sie hatten trotz der negativen Prognosen in der Schlacht gesiegt.
Der Versammlungssaal im Herodespalast war überfüllt. Marsena sah neben Bar Gioras Unterführern die Gruppe der Priester, die sich um Meir ben Belgas geschart hatten. Und da war Johannes von Gischala – endlich. Marsena hatte bisher nur von ihm gehört. Seine Grausam-

keit, seine Verwegenheit und sein Egoismus waren Teil des Lebens in Jerusalem geworden. Er dachte an die Eindringlinge in Aris Haus. Ja, sie spiegelten den Anblick wider, der sich ihm in Gestalt des Johannes von Gischala bot.

Johannes von Gischala sah ihn mißtrauisch an. »Du bist es also, der meine besten Leute hat hinrichten lassen, nur weil sie für unsere Kampftruppe die notwendigsten Lebensmittel besorgen wollten.«

»Wenn du damit deine Mördertruppe meinst, ja«, entgegnete Marsena ben Arinos kalt.

Johannes von Gischala fixierte ihn mit zusammengekniffenen Augen. »Ich bin hier, um mit euch gemeinsam gegen Rom zu kämpfen. Aber nicht, wenn ich meine besten Leute von jüdischer Hand verliere. Aber man sagt ja, daß du in Wirklichkeit ein Römer bist.«

Marsena lachte böse auf. »Wann wird die Unvernunft aus der jüdischen Geschichte endlich weichen? Die Römer werden uns besiegen, nicht weil sie stärker sind, nein, weil wir uns selbst schwächen, durch Mißtrauen und Mißgunst. Wir sollten endgültig die tiefwurzelnden Rivalitäten aus unseren Reihen verbannen, denn diese sind es, die uns verzehren. Wir haben in Wirklichkeit zwei Feinde – die Römer und uns selbst.«

Sie starrten sich schweigend an. – Johannes von Gischala, Simon bar Giora, Ananus ben Bagadates, Eleasar ben Jair. Alle die versammelt waren, die Söhne Aris, die Söhne Mertons, die Idumäerführer, sie alle spürten die abwägenden Gedanken, die fixierenden Blicke, das Erwägen der eigenen Vorteile und die Überlegungen, welche Nachteile durch eine Übereinkunft für sie selbst entstehen könnten.

Dann, nach einer unendlichen Zeitspanne des Schweigens, glättete sich das Gesicht Johannes von Gischalas. Er nickte Simon bar Giora zu. »Ich beuge mich der Vernunft. Marsena ben Arinos hat recht, auch wenn ich ihn hassen müßte nach dem, was er mir persönlich angetan hat. Aber«, er lachte mit einem Unterton von Zynismus auf, »er hat wenigstens auch bei dir, Simon, die Spuren seines Schwertes hinterlassen. Thakeas bei dir, Ainechas ben Saul bei mir. Wir haben beide wertvolle Leute durch seine Hand verloren. Hoffentlich kannst du sie durch deine eigene Person ersetzen, so, wie ich auch hoffe, daß Eleasar ben Jair mir seine Niederlage im Tempelbezirk nicht nachtragen wird.« Er machte eine großartige umfassende Handbewegung. »Wir alle sind Nachkommen Abrahams, dem das Land verheißen wurde, das wir mit unserem Blut heute zu verteidigen haben. Nichts

darf uns jetzt noch trennen. Deshalb vergebe ich dir, Marsena ben Arinos, dir, Eleasar ben Jair und dir, Simon bar Giora. Wir werden nie mehr unsere Waffen gegeneinander richten. – Nur noch gegen Rom.«
Marsena sah ihn an. Wenn Phrasen zu Siegen führen würden, müßten sie unbesiegbar sein. Aber wenigstens würden sie sich nicht mehr gegenseitig zerfleischen. Und vielleicht konnten sie aus der zerstrittenen Truppe so etwas wie eine Einheit machen. – Sie mußten es, wollten sie nicht wieder so eine Niederlage erleben wie vor wenigen Stunden.
Simon bar Giora stützte seinen Kopf auf die geballten Fäuste. Seine Augen hefteten sich auf eine Fliege, die sich auf dem Tisch niedergelassen hatte.
»Wir haben gestern große Verluste gehabt, Marsena«, sagte er nach einer Weile dumpf. »Ich hoffte, dein Einfluß würde unsere Männer disziplinierter kämpfen lassen. Die Römer haben sie durcheinandergejagt wie eine Herde Schafe. Haben denn die Männer Israels weniger Mut als die Legionäre Roms?«
Marsena lachte böse auf. »Sie besitzen mehr Mut als uns von Nutzen sein kann.« Seine Stimme klang gereizt und war voller Müdigkeit. »Wie willst du eine wildgewordene Herde von Bergziegen befehligen? Jeder glaubt, eine Armee ersetzen zu müssen und verhindert in seiner überschäumenden Kampfeswut einen geregelten Einsatz. Gib mir zweihundert von Titus' Männern, und ich treibe dir eine ganze Legion von den Mauern.«
Simon scheuchte die Fliege weg und hob seine Augen. »Es ist, wie du sagst. Jeder will selbst ein Dutzend Römer erschlagen. Dabei behindern sie sich gegenseitig. Jeder für sich ist ein fanatischer Einzelkämpfer, aber zusammen sind sie keine Truppe.«
Johannes von Gischala hob den Arm. »Ab heute wird sich alles ändern. Wir werden eine untrennbare Einheit bilden. Du, Sohn des Arinos, wirst Rom mit Roms Mitteln bekämpfen. – Und wir werden auf dich hören. Simon bar Giora hat dir seine Truppe unterstellt. Wir selbst werden deine Ideen aufgreifen, wenn sie Rom treffen. Wir warten auf deine Vorschläge!«
Marsena hatte einen Plan. Es war nur einer von vielen, die Roms Selbstbewußtsein treffen würden. Marsena war sich darüber im klaren, daß ihre Möglichkeiten nicht ausreichten, Roms Truppen in offener Schlacht zu schlagen. Sie konnten nur Stiche austeilen und hof-

fen, daß sie Roms Legionäre irgendwann zermürben würden. Aber auch diese Hoffnung war mehr als nur ein Wunschtraum.
»...Beim ersten Schußwechsel laßt euch sofort zu Boden fallen und rührt euch nicht. Die zweite Welle macht es genauso. Natürlich müssen einige dem Schein nach weiterrennen und beim Anblick von so vielen »Gefallenen« fliehen. Die dritte Welle »flieht« ohne viele »Verluste«. Einige Kohorten werden euch verfolgen. Ihr werdet sie so ablenken, daß sie gar nicht auf die Idee kommen, nach den »Gefallenen« zu sehen. Wenn sie an euch vorüber sind, fallt ihr ihnen in den Rücken. Die Bogenschützen werden nicht wagen, auf ihre eigenen Leute zu schießen. Innerhalb eines Augenblickes könnt ihr so eine halbe Legion einkesseln.«
»Kennen sie diese Taktik nicht?«
»Ich glaube, nein. Ich habe sie einige Male bei den Donaulegionen angewendet. Es sind keine Truppen aus dem Nordreich vor Jerusalem.«
Johannes von Gischala nickte Simon bar Giora zufrieden zu. »Ich werde sie dann von den Tempelmauern mit unseren Schleudern und Scorpionen eindecken. Der Gott Israels wird wieder mit uns sein.«
Ja, dachte Marsena, möge es so sein. Denn ohne ihn wird alles nur eine trügerische Hoffnung sein, die nicht in Erfüllung geht. Möge der Gott Israels sich unser erinnern! Er blickte zu den Priestern, die eine eigene Gruppe bildeten. Ihr habt gehört, was wir vorhaben. Betet zu Jehova, daß er sein Angesicht seinem Volk wieder einmal zuwendet. Wenn nicht, wird es eines unserer letzten Gebete sein!

*

Der Zenturio Valerius Grachus von der dritten Kohorte der fünfzehnten Legion vernahm das Wummern der Wurfmaschinen mit Freude. Das würde diesem Volk auf den Mauern Achtung beibringen. Nach dem verlustreichen Sturmangriff auf die Mauern, der auch seiner Kohorte wenig Ruhm gebracht hatte, war es höchste Zeit, daß etwas geschah. Er war für die Sicherung des Tores am Psephinus-Turm verantwortlich, und er lag mit seinen Leuten hinter dem ausgebauten Erdwall mit den hohen Spitzpfählen sicher vor einem etwaigen Beschuß von den Türmen her. Er sah, wie die schweren Steine einen hohen Bogen beschrieben und hinter den Mauern verschwanden. Wo sie die Befestigungen direkt trafen, war alles voller Staub, und das Geräusch zerplitternden Gesteins drang zu ihm herüber. Va-

lerius Grachus war es klar, daß der direkte Beschuß der Mauer diese nicht zum Bersten bringen würde, wenngleich die Geschosse auch bis zu fünfzig Pfund wogen. Aber der Anblick der wuchtigen Aufschläge war doch wesentlich erfreulicher als die nur zu vermutende weit verheerendere Wirkung innerhalb der Mauern. Er stellte sich vor, wie die Steine zerplatzten, wenn sie den Boden trafen, und wie die unzähligen Splitter die hinter den Mauern zusammengedrängten Juden zerfetzten und verstümmelten. Und wenn eines der Geschosse in eine Gruppe fuhr, dann war sowieso vielen der Tod sicher.
Valerius Grachus sah, wie sich die Reihen der Verteidiger auf den Mauern lichteten, wenn eines der schweren Wurfgeschosse knapp über die Zinnen strich und alle von den Laufgängen fegte, die in seinen Bereich kamen. Für ihn bedeutete es, solange die Artillerie im Einsatz war, eine willkommene Ruhepause. Er konnte unbesorgt Panzer und Helm ablegen, denn der Beschuß würde noch Stunden andauern. In dieser Zeit war von den Juden erfahrungsgemäß nichts Bedrohliches zu erwarten. Er wußte, daß er eigentlich gegen die Vorschrift handelte, wenn er sich ohne Panzer und Helm in der Sonne räkelte. Dennoch, sagte er sich, würde ein etwaiger Sturm auf die Mauern nicht in den nächsten Stunden zu erwarten sein. Zudem war das Metall in der judäischen Sonne so heiß geworden, daß es eine Zumutung war, es auch in der Zeit zu tragen, wo keine Kampfhandlungen zu erwarten waren. Die Soldaten seiner dritten Kohorte hatten es sich ebenfalls bequem gemacht, und nur die großen Schilde, mit den dagegengelehnten Pila, wiesen auf die römische Präsenz hin.
Man könnte im Circus Maximus sein, wenn es ihn noch gäbe, dachte Grachus. Der Anblick ist jedenfalls faszinierend. Es könnte eine neue Art von Gladiatorenspielen sein – Eroberung einer Festung. Man müßte diesen Gedanken einmal vorbringen. Sind doch schon Seeschlachten inszeniert worden. Das wäre doch etwas gänzlich Neues!
Der Wind hatte sich gedreht. Der Staub von den Mauern, der Rauch der Brände innerhalb der Stadt zog träge zu den Lagern der Römer herüber, und Grachus konnte den Brandgeruch riechen. Plötzlich war er hellwach. Aus dem herantreibenden Dunst schälten sich Gestalten. Zehn, zwanzig, nein, vielleicht hundert. Das Tor am Psephinus-Turm hatte sich plötzlich geöffnet, und eine Unmenge Bewaffneter stürzte hervor. Dann war auch das Kampfgeschrei der Heranstürmenden zu vernehmen. »An die Waffen«, schrie er schrill. »Die Juden machen einen Ausfall!«

Dann hörte er seinen Tribunen brüllen: »Bogenschützen in Stellung gehen, dritte und fünfte Kohorte im Laufschritt vorgehen. Wo bleiben denn die Zenturios der einzelnen Kohorten?«
Grachus hatte in rasender Hast seinen Helm ergriffen. Zum Umlegen des Panzers blieb ihm keine Zeit. »Ausgerechnet jetzt«, fluchte er vor sich hin. »Das gibt einen gewaltigen Anpfiff, wenn der Tribun mich jetzt so sieht.«
Die Juden waren doch unberechenbarer, als man annehmen konnte. – Aber noch dumm dazu, außerdem. Sie würden den Wall nie erreichen. Valerius Grachus sah aus den Augenwinkeln, die Reihen der arabischen Bogenschützen in Stellung gehen, bevor er mit seinem Manipel vorstürmte. Die Entfernung ist noch etwas zu weit, dachte er, als er das Singen der Bogensehnen und das Rauschen der Pfeile vernahm, die sich wie eine Wolke über die vorwärtstrabenden Legionäre erhob. Als sie sich über die brüllende Masse der Juden ergoß, war selbst er, Valerius Grachus, der nicht zum erstenmal die Wirkung der arabischen Bogen erlebte, über das vernichtende Resultat erschrocken. Die Juden vor ihm fielen in Reihen. Es sah aus, als ob sie gegen eine unsichtbare Wand gelaufen wären. Nur einige rannten noch weiter, um in der zweiten Welle des Pfeilschauers ihr Ende zu finden.
»Laßt uns noch etwas übrig!« knurrte der Zenturio und schrie seinen Männern zu, sie wären nicht auf Heimaturlaub und möchten sich beeilen.
»Der Rest flieht, seht ihr«, brüllte er. »Wehe, wenn ihr einen von ihnen wieder durch das Tor entkommen laßt.« Wir werden sie gleich eingeholt haben, dachte er zufrieden. Es war doch gut, den Brustpanzer liegengelassen zu haben, um leichter rennen zu können.
Sie hatten die ersten Gefallenen erreicht und stapften über sie hinweg. Es war keine Zeit, ihnen einen Blick zu schenken. Es galt, den Bogenschützen den totalen Triumph streitig zu machen und den Rest der fliehenden Juden zu stellen. Unser Sieg wird die Legionskommandeure friedlicher stimmen, dachte er, und sie die Übertretung der Heeresvorschriften weniger streng bestrafen lassen.
»Vorwärts«, schrie er demonstrativ und winkte auffordernd mit seinem Schwert. Die Sonne Judäas brannte, und Schweiß lief über das Gesicht Valerius Grachus'. Aber nichts anderes hatte er im Sinn als die Juden vor ihm und die Blicke der Legionskommandeure in seinem Rücken. Außerdem war damit zu rechnen, daß der Sohn des Kaisers

den Angriff verfolgte und die Stabsoffiziere sich Notizen machten, wer durch besonderen Eifer und Elan mit Auszeichnung und Belobigung bedacht werden konnte. Vielleicht erhielt er als hastatus posterior, als rangniedrigster Zenturio der fünften Legion die Möglichkeit, heute entscheidend zu seiner Beförderung zum princeps posterior beizutragen. Hoffentlich wird es mehr als nur eines der üblichen Scharmützel, dachte er besorgt. Es würde sonst kaum besondere Notiz von ihm genommen werden. Sein Traum war die corona aurea, eine Auszeichnung, die eigentlich nur Offizieren im Tribunenrang zustand. Und doch war sie schon einige Male an Zenturios der Legionen Germanica, Alaudae und Primigenia verliehen worden.
Die Träume des Zenturio Valerius Grachus verflogen. Warum hielten die Juden an, flüchteten plötzlich nicht weiter, sondern wandten sich ihnen wieder zu? Etwas glomm in des Römers Hirn auf. Er war verwirrt. Wieso liefen sie nicht mehr auf das weitgeöffnete Tor zu, um sich in Sicherheit zu bringen?
Die Römer hielten wie auf einen plötzlichen Befehl inne. Die Toten um sie herum waren auf einmal lebendig geworden. Der Anblick war für Valerius Grachus unfaßbar. Es gab keine Toten mehr! Diese Augen lebten, ebenso die Dolche und Schwerter in den geschwungenen Fäusten!
Der Zenturio erstarrte. Seine Augen weiteten sich zu entsetztem Staunen. Der römische Drill wurde von der Furcht überlagert, die sich in seinem Herzen breitmachte. Doch nur für wenige Sekunden, bis das Schwert des Juden vor ihm seinem Leben ein Ende setzte.
Um die siegessicheren römischen Soldaten hatte sich ein Kreis fanatisch brüllender Juden geschart. Die Toten waren lebendig geworden und streuten nun ihrerseits den Tod unter die Reihen der sich anfangs kaum wehrenden Legionäre. Dann versuchten die Römer, ihre Pila zu schleudern. Aber die sprichwörtliche Wurfsicherheit der trainierten Armee fand kaum ein Ziel. Die meisten Speere wurden zu früh geschleudert oder konnten in dem hereinbrechenden Unheil nicht mehr rechtzeitig in Anschlag gebracht werden. Nach dem ersten Schock, der sie den Kohortenführer gekostet hatte, kämpften die Legionäre in einer versuchten Ordnung weiter. Vor den Augen ihres Feldherrn gegen diese wilde Horde ohne scheinbare Ordnung zurückzuweichen, hätte ihrem Stolz einen ebenso tödlichen Schlag versetzt wie die Schwerter ihrer Feinde. So starben sie lieber unter den Streichen der jüdischen Gegner, die in jeden Schlag einen Teil ihres Hasses zu legen

schienen. Und der Haß mußte demnach grenzenlos sein. Ein Römer nach dem anderen fiel, und der Kreis der Juden schloß sich mit jedem Tod eines römischen Soldaten zu einer immer auswegloseren Umklammerung. Sie starben, bis eine Kavallerieeinheit den Ring der Juden zu zersprengen vermochte. Die Toten zählen wollte schon längst keiner mehr. Doch schienen es diesmal mehr Römer zu sein, die die ausgebrannte Erde Judäas mit ihrem Blut tränkten als Juden.

*

Titus war wütend. Am liebsten hätte er zehn aus jedem Manipel wegen Disziplinlosigkeit hinrichten lassen. Er warf seinen Helm zornig in eine Ecke und starrte sein Gegenüber an.

»Ja, ich weiß, Marcus. Es sind nur Geplänkel. Wenn sie aber jedesmal sechzig meiner Soldaten das Leben kosten, kann ich mir jedenfalls ausrechnen, wann ich mit dem allerletzten Lebenden rechnen kann.«

Er ließ sich schweratmend auf die Trikline nieder und forderte Marcus Julianus auf, sich zu setzen.

»Man sagt, ein ehemaliger Tribun aus unseren Reihen leite zusammen mit Simon bar Giora den Widerstand. Die Juden schreien es von der Mauer, und ich selbst sah, mit welch taktischem Können die Abwehr von den Mauern vorgetragen wird.«

»Ich hätte ihn nicht gehen lassen dürfen«, murmelte Marcus Julianus.

»Was sagtest du?« fragte Titus.

Julianus lächelte resigniert. »Es ist nicht weiter wichtig. Ich dachte für einen Augenblick an eine Begegnung, die mich persönlich betrifft.« Und doch trifft sie Rom mit der Schärfe des Schwertes aus römischem Stahl, dachte er bitter.

»Du kennst den Mann, Titus«, fuhr er nach einem Augenblick des Schweigens in Gedanken fort.

Titus Vespasian sah ihn fragend an.

Julianus starrte zurück und schwieg. Du wirst ihn noch kennenlernen, Titus, sagte er zu sich selbst. Und ich werde mich immer wieder fragen, ob ich Rom nicht verraten habe. Ich habe es in der Hand gehabt, ihn zurückzuhalten. Meine Gefühlsduselei hat vielen tapferen römischen Soldaten das Leben gekostet. Marsena ben Arinos, du Feind Roms und Freund eines Römers! Welch Paradoxon und welch Wirrnis in unseren Schicksalen. Du kannst nie wieder ein Freund Roms genannt werden, und wir selbst dürfen uns nicht auf dem

Schlachtfeld treffen, ohne uns erinnern zu müssen, wo wir stehen, und für welche Seiten wir zu kämpfen haben. »Und wenn halb Rom auf Israels Seite stünde, wird bis zum Ende dieses Sommers Jerusalem gefallen sein«, sagte er laut und riß sich aus seinen Gedanken.
»Nicht, wenn unsere Truppen den Heimtücken der jüdischen Verteidiger so ausgesetzt sind wie heute«, gab Titus Vespasian mürrisch zurück.
»Rom hat sich immer auf seine Feinde einstellen können – und auch immer gesiegt – am Schluß jedenfalls.« Er war froh, seine Gedanken von Marsena ben Arinos lösen zu können. Titus würde es eines Tages wissen, daß der römische Tribun und Staatsbürger Marsena ben Arinos in Jerusalem gegen Rom kämpfte, und daß er, Marcus Antonius Julianus, dies zu verantworten hatte. Ob Titus ihm dies verzeihen konnte?
Er nahm seinen Helm, machte eine Ehrenbezeigung und trat aus Titus Vespasians Zelt. Die Mauern Jerusalems waren schwarz von Menschen. Sie feiern ihren Sieg über uns, dachte er emotionslos. Sie werden bald nichts mehr zu feiern haben. Dafür werde ich sorgen.
Man trug die letzten toten römischen Soldaten an ihm vorbei. Der begleitende Dekurio machte eine müde Ehrenbezeichnung. »Jerusalem wird vernichtet werden«, murmelte er. »Ich verspreche es euch allen. Euer Tod wird das Fanal sein, mit dem wir unseren Willen anfachen, die Juden endgültig zu schlagen. Und es wird meine Schuld ein wenig verringern.«
Er warf Schwert und Helm seinem Adjutanten Domitius Sabinus zu. Seine innere Anspannung löste sich langsam. Ja, Marsena ben Arinos! Wir werden irgendwann aufeinandertreffen, und wir werden wissen, daß unsere Zukunft in unserer jeweiligen Welt zu finden sein wird. Nur wird deine Welt am Ende dieses Sommers nicht mehr bestehen! – Dafür werde ich sorgen!

*

Marsena erwachte. Sein Körper war schweißgebadet. Er spürte, wie aus den Haarwurzeln der Schweiß quoll, über die Kopfhaut und in den Nacken lief. Sein Atem ging schwer. Durch das offene Fenster strich in fahlem Schein der ferne Morgen, der Morgen eines Tages, der wieder in Blut enden würde. Die Luft war heiß. Durch die Gitterläden drang kaum Kühle, und auch die Nacht konnte dem judäischen

Sommer nicht die Hitze nehmen, die sich aus allen Winkeln der Stadt ergoß, über die Straßen und Gassen flutete und als flimmernder Glast über den Dächern zu tanzen begann.
Er nahm ein Leinentuch und wischte sich Gesicht und Oberkörper ab. Wenigstens werden es die römischen Soldaten auch nicht besser haben, dachte er, und er sah die stickigen Zehnmannzelte vor sich, in denen sich die Legionäre drängten; mit all der Ausrüstung, die die feldmarschmäßige Ausstattung verlangte, Waffen und Rüstung, Decken, Eßgeschirr und Proviant. Nur die Pila und die großen Schilde blieben draußen. Aber auch ohne diese Hauptwaffen der Legion ging es drinnen eng zu, und Marsena erinnerte sich nur zu gut des Gestankes, den zehn verschwitzte Männer ausströmten. Manchmal urinierte der eine oder andere nachts auch in irgendeine Zeltecke, möglichst weit von seiner Lagerstatt entfernt. Blieb die Truppe einige Zeit stationiert, war der bestialische Gestank, der sich entwickelte, kaum auszuhalten. Gewiß, das blieben Ausnahmen, aber auch die Lagerdisziplin konnte nicht immer verhindern, daß die im Grunde stumpfsinnige Seele der Legionstruppen sich über Hygiene und Anstand hinwegsetzte.
Während er ins Dunkle starrte, brachte ihm die Erinnerung wieder den Geruch von eingefettetem Leder und Metall ins Bewußtsein, den beißenden Gestank von schweiß- und uringetränktem Unterzeug, und den Mundgeruch aus ungeputzten Zähnen, obwohl die Lagerordnung ein tägliches Reinigen mit Natron und gebrannten Muschelschalen vorsah, und die Legionsärzte eigentlich selbstgefällig darüber zu wachen glaubten. Doch die Einheit der Truppe wurde nicht durch das Wesen der einzelnen Soldaten, nicht durch eine etwa vorhandene Intelligenz bewirkt, denn im allgemeinen waren die Legionäre dumme rekrutierte Bewohner der Provinzen, und je mehr sich das römische Reich ausbreitete, desto weniger konnte auf die Herkunft der Eingezogenen geachtet werden, von den Söldnern ganz zu schweigen, die sich um des geringen Soldes wegen totschlagen ließen und selbst totschlugen. Die Einheit bewirkten vielmehr die ausgeklügelten Truppengesetze, die Präsenz der Tribune, Zenturios, Dekurios, bis hinunter zu den Unterführern der Hilfstruppen, die im Gegensatz zur stehenden Legion nicht das römische Bürgerrecht besitzen mußten. Der römische Soldat als einzelner war eigentlich hilflos. Einmal aus der Befehlsgewalt seines Vorgesetzten herausgerissen, war er nicht einmal so gut wie ein ägyptischer Feldarbeiter, wenngleich die

militärische Ausbildung, die Kunst des Waffengebrauchs ihn unüberwindlich zu machen schien. Aber das Warum des Kämpfens war nicht Bestandteil seines Denkens und somit auch kein Faktor, der die Triebkraft zur Tapferkeit erzeugte. Kaum ein Römer würde in die Dienste einer fremden Nation treten. Ein Römer kämpfte nur für Rom und oft genug ohne zu wissen, warum. Im Manipel, in der Kohorte, im Bereich der Legion, da war Rom stark, zu stark für die übrige Welt und unbezwinglich auch für den Mut, den der Traum von Freiheit zu erzeugen vermochte. Aber ein Traum war zu wenig, um Nationen aneinanderzuschmieden, zu gering, um ein traumloses Ungeheuer wie Rom bezwingen zu wollen. Die Zeit nur, die Beherrscherin von Realität und Traum, vermag es zu ändern. Jetzt noch ist Rom stark! dachte Marsena. Aber niemand kann eine Ewigkeit gegen alle Welt kämpfen. Wenn die starke Hand, die jetzt noch die Legionen begeistert, einmal schlaff werden sollte, dann wird auch das Weltreich Rom nur noch die Seiten von Geschichtsbüchern füllen. Das schien aber noch in fernster Zukunft zu liegen, und der Geist, der die Legionen Roms zum Status der Unbesiegbarkeit erhoben hatte, klang auch aus den Worten Vergils wider, die seit annähernd einhundert Jahren dem Charakterzug Roms nichts hinzuzufügen hatten: »Andere mögen Gebilde aus Erz aus weicherem Gusse formen und lebendige Züge dem Marmor verleihen, besser mit Reden verfechten das Recht und die Bahnen des Himmels zeichnen mit messendem Stab und der Sterne Erscheinen verkünden. Du aber, Römer, gedenke der Macht der Völker zu walten, dies sei deine Berufung – des Friedens Gesetze zu ordnen, schone den, der sich gefügt, doch brich den Trotz der Rebellen!«
Marsena öffnete die Läden zur Dachterrasse und atmete tief ein. Aber die Luft brachte keine Erfrischung.

Der endlose Traum

In Marsenas Gedanken war nur noch Kampf und Sieg. Die letzten Tage waren im Zeichen Israels vergangen. Sie hatten gesiegt. Sie hatten Roms Truppen seit langem wieder spüren lassen, daß es mehr gab als nur Disziplin und kalte Taktik. Marsenas Pläne waren natürlich aufgrund seiner römischen Ausbildung zustande gekommen. Dieser

Vorteil und der unbändige Drang nach einem freien Judäa waren Faktoren gewesen, denen Rom nichts entgegenzusetzen hatte. Aber Marsena wußte auch, daß ihre Siege nicht ewig dauern konnten. Roms Legionen, die sie als Gesamtheit ohnehin nicht schlagen konnten, würden sich bald von ihrer Überraschung erholt haben und zurückschlagen. Es galt diese Zeit zu nutzen, um so viel von Roms Kriegspotential zu zerstören, wie es ihren beschränkten Kräften augenblicklich möglich war. Jede Maschine, die verbrannte, ließ sie selbst einige Tage länger leben. Sie kämpften gegen Rom, aber auch gegen die Zeit, die immer gegen sie entscheiden würde.

Sie saßen geduckt neben dem Tor, das nach Damaskus führte. Die Truppe der Akra war zu einer Einheit geworden, die Johannes von Gischala sich nur mit pathetischen Worten für die Gesamtheit der Judäer erhofft hatte. Eleasar ben Jair, Alexas und Gyphthalus, Malachias, Judas ben Merton, Jakobus ben Sosas, Judas und Simon ben Ari, Jonathan ben Assur. Die Gesichter waren vom Fackelschein verzerrt. Heute würde Rom einen unersetzbaren Teil seiner Kriegsmaschinen verlieren. Und so würde Tag für Tag vergehen und Nacht für Nacht – bis Rom oder Israel zerbrochen sein würden.

»Daß ja kein Metall aufeinanderschlägt!« warnte Marsena. »Die Römer dürfen uns erst sehen, wenn wir bereits mitten unter ihnen sind!« Er kontrollierte die Lederschläuche mit dem leicht entzündlichen Öl und nickte zufrieden. »Es muß so schnell gehen, daß es den Wachen an den Katapulten unmöglich sein kann, euch am Entzünden des Öls zu hindern. Judas, hast du Feuerstein und Zunder ausgegeben?« Er sah, wie sein Freund nickte. »Die äußeren Wachen dürfen keinen Alarm geben.«

»Sie werden keinen geben«, sagte Eleasar selbstsicher und zog einen langen gekrümmten Dolch aus dem Gürtel.

Im Fackelschein spiegelten die Gesichter der Männer, die Marsena umringten, Erregung und Spannung wider. Die Flammen warfen unruhige Schatten auf die bärtigen Männer, die sich bereitwillig in die Höhle des römischen Löwen wagen wollten, aus der es für viele kein Entrinnen geben würde. Aber die Glut ihrer Augen war trotzig gegen den Tod gerichtet, den zu erwarten sie in Kauf nahmen, und die Mienen zeugten von dem unbändigen Willen, selbst diesen Tod zu schlagen.

Marsenas Augen maßen die dicht um ihn gedrängten Gestalten mit den dunklen Gewändern und den rußgeschwärzten Gesichtern. Es

waren zum größten Teil Sikarier, vor kurzem noch als Geißel Gottes verschrien, die in den galiläischen Bergen wegen ihres draufgängerischen Wesens selbst von den Juden gefürchtet wurden. Ihr Leben hieß Kampf und Überfall. Und gab es hier auch nichts, was ihrem räuberischen Verlangen erstrebenswert scheinen konnte, so trieb sie doch der tiefverwurzelte Haß gegen die Hand Roms, durch die sie ihre Freiheit zu verlieren hatten. – Und die Freiheit war alles, der Tod nur der Tribut für die Freiheit. Diesem Wahlspruch gemäß handelten und starben sie. Sie waren mit scharfen langen Messern bewaffnet, mit denen sie ungemein geschickt umzugehen verstanden, und die in ihrer Hand selbst die straffe, geordnete Phalanx römischer Soldaten in Schrecken zu setzen vermochten.
Marsena war sich bewußt, daß er fünfzigtausend von diesen Männern benötigte, um die römische Belagerung ins Wanken bringen zu können. Doch waren in ganz Jerusalem vielleicht nur zweitausend von ihnen, und die waren größtenteils bei Johannes von Gischala im Tempelbezirk. Die fünfzig, die sich um Marsena scharten, waren die besten Kämpfer Simon bar Gioras. Männer, die ihrem fanatischen Gebaren Rechnung zu tragen wußten, wenngleich sie eher mit Mut zu kämpfen verstanden als mit wohlbedachter Ordnung.
Es mochte nur ein Mückenstich sein, den sie den Römern zufügen konnten, falls ihr Unternehmen gelingen sollte. Aber viele Mückenstiche konnten auch eine bös eiternde Wunde verursachen. In der offenen Feldschlacht waren sie den Römern ohnehin meist hoffnungslos unterlegen. Das hatten die wild und überlegungslos geführten Ausfälle bewiesen. Zudem waren die kampffähigen Männer Jerusalems den römischen Truppen auch zahlenmäßig nicht gewachsen. Ihnen blieb die zermürbende Wirkung wohlbedachter Überfälle, und da hatten die Sikarier alle Vorteile ihrer Gesinnung auf ihrer Seite.
Es wurden nur noch wenige Worte gewechselt. Die Situation war klar und, wie er hoffte, deutlich genug verstanden worden. Marsena hatte ihnen eingeschärft, keine selbständigen unüberlegten Handlungen zu vollführen. Er kannte ihren zügellosen Eifer, wenn die Kampfeswut mit ihnen durchging. Viele gute Einzelkämpfer gaben aber noch lange keine gute Armee ab.
Wenngleich sein Plan auch Tollkühnheit verlangte, war er doch nur durch diszipliniertes Verhalten durchführbar. Eigenartig, dachte Marsena. Vor kurzem noch habe ich ihre bösartige Gesinnung verurteilt, jetzt stehe ich mitten unter ihnen. Er kannte viele mit Namen.

Da war Jonathan, der Sohn Assurs, von dem er wußte, daß er sich mit bloßen Händen auf jeden Römer stürzen würde; Ahab, der Sohn Aminadabs, der in seinem Jähzorn selbst vor den Seinen nicht haltmachen würde, Asser, der schon bei Gamala gekämpft hatte, Kenas, der mit seinen Leuten nach Jerusalem gekommen war um zu plündern, und der trotz seiner unlauteren Beweggründe jetzt sogar bereit war, sein Leben für Jerusalem und für Israels Freiheit zu geben. Dann waren da noch die anderen, zwar keine Sikarier, die aber diesen an Mut und Kampfeswillen in nichts nachstanden: Eleasar ben Jair, der Zelot aus Bethsaida, der so geschickt mit Worten umgehen konnte wie mit dem Schwert, Simon, dessen Treffsicherheit mit dem Bogen schon sprichwörtlich zu werden begann, Judas, den Marsena die letzten Kunstfertigkeiten mit dem Schwert gelehrt hatte, und schließlich er selbst, Marsena, der Sohn Arinos', des Sohnes Kaiphas', des ehemaligen Hohenpriesters von Jerusalem; er, ein römischer Tribun mit einem jüdischen Herzen.

Marsena starrte in die Nacht hinaus. Das Wummern der Rammen, dieses monotone schreckliche Geräusch war ohne Ende. Es verfolgte die Bewohner Jerusalems Tag und Nacht und ließ mit jedem Schlag die Nähe der furchtbaren Wirklichkeit erahnen, der die Stadt fast hilflos entgegensehen mußte.

»Wir werden die Widder in Brand setzen, ihre Sturmböcke und Türme zerstören, ehe der neue Morgen die Zinnen der Mauern berühren wird«, sagte Marsena leise, und an den glühenden Gesichtern sah er, daß seine Lippen die Gedanken der anderen ausgesprochen hatten. Darf man Gott im Kampf um Beistand bitten? dachte er. Josua, Gideon und David taten es. Aber wir? Ich wünschte, ich hätte mehr Glauben. Er blickte in die wilden Gesichter um sich her und sagte sich, daß wohl keiner jetzt Gott um Rat zu fragen gedachte. »Jehova, Gott Israels«, flüsterten fast unmerklich seine Lippen, »ich flehe um den Glauben deines Knechtes Davids, dem du die Philister schlagen halfst.« Seine Augen schweiften in die Runde. Dann wies er in die Nacht hinaus und sagte leise, aber für alle hörbar: »Löscht die Fackeln und entzündet sie erst wieder am Holz der römischen Maschinen. Möge der römische Lorbeer verzehrt werden von der Glut jüdischer Myrte! Möge der Geist Jehovas mit seinem Volke sein!«

Sie glitten in die Nacht hinaus, und das Dunkel verschlang sie, als hätte es sie nie gegeben.

Sie schleuderten die Fackeln. Wie Meteore am Himmel zogen die Flammen ihre Bahn durch das Dunkel. Wo sie aufschlugen, zerstoben sie in prasselndem Funkenregen. Das Dunkel lichtete sich. Die vielen Brandsätze fanden in den trockenen Hölzern der Geräte und Maschinen willkommene Nahrung, und die ersten zögernden Flammen vereinigten sich sogleich zu wütenden Lohen. Der zunehmende Feuerschein tauchte die Szenerie in ein unwirkliches rötliches Licht, in dem die Schatten zu gigantischen Wesen wuchsen. Die unheimliche Stille, in der selbst die Nacht verwundert und überrascht den Atem anzuhalten schien und in die nur das Zischen der geschleuderten Fackeln gedrungen war, hatte sich nach Sekunden ungläubigen Staunens in tobendes Inferno verwandelt. Das Schreien der überrumpelten römischen Wachen wurde von dem Brüllen der angreifenden Juden verschluckt, die, unheimlichen Wesen aus der Unterwelt gleich, wie Spuk aus dem Dunkel auftauchten. Knacken und Prasseln des Feuers vermischten sich im unterdrückten Knurren der Kämpfenden mit den erstickten Lauten der Sterbenden und dem jubelnden Schrei der Siegreichen zu einer Orgie des Grauens.
Aus geborstenen Schläuchen floß Öl. Schreiend wälzten sich Verwundete im sich vehement ausbreitenden Feuer. Die flackernde, kochende Wand verwandelte Gesichter zu Fratzen, Augen zu teuflischer Glut, Körper zu bizarren Gebilden, die ganze grauenhafte Szene zu einem Kampf der Titanen. Der Rauch schwärzte schweißglänzende Gesichter, Blut verdampfte in den Flammen, und Haß erstickte in sterbenden Leibern. Der Tod schritt wie ein Gigant zwischen Römern und Juden, und niemand nahm des anderen Tod zur Kenntnis. Jeder hatte seinen Gegner, seinen eigenen Tod vor sich, und Stahl und Feuer machten keinen Unterschied. Nur der Wille, der Beweggrund war es, was die verbissen Kämpfenden unterschied. – Und der Wille, die Maschinen der römischen Truppen zu vernichten, war stärker als die Versuche der Verteidiger, sie vor dem tödlichen Haß der fanatischen Kämpfer aus dem Dunkel zu bewahren. In den Augen der entgeisterten Legionäre war alles wie ein teuflischer Spuk; und gegen Geistermächte zu kämpfen, war selbst den hartgesottensten römischen Soldaten nicht möglich, wenngleich sie auch nach der Lähmung der ersten Augenblicke zu ihrer Kampfordnung zu gelangen suchten. Doch die wenigen Befehle, die die demoralisierten Zenturios in das Chaos brüllten, erreichten kein Ohr; sie wurden verschluckt vom Atem des Todes, der mit der tobenden Horde der Juden

gleichsam aus demselben unergründlichen Schlund der Unterwelt hervorzuströmen schien.
Wohl waren sich die wenigen Offiziere, die den ersten Ansturm der Juden überlebt hatten, des unersetzbaren Verlustes bewußt, den die zerstörten Rammböcke, Scorpione, Schleudern und Belagerungstürme hinterlassen würden, sollten die Juden ihr Zerstörungswerk fortsetzen können. Doch es schien, als kämpften die restlichen römischen Soldaten zwischen ihren Geräten nicht gegen Menschen. Noch im Sterben klammerten sich die jüdischen Kämpfer an die Kampfmaschinen, die die Römer aus dem Feuer zu ziehen suchten. Verbrannte Hände schlossen sich unlösbar um rotglühendes Metall. Selbst der Tod vermochte die verkrampften Finger nicht zu lösen. Die Römer, die die Belagerungsmaschinen aus dem wütenden Feuer retten wollten, mußten die Arme der fanatischen Angreifer erst abschlagen, um die Reste ihres Kriegsmaterials retten zu können. Doch es war vergeblich. Über zuckende verstümmelte Körper hetzten neue, in fanatischem Kampfeswillen. Und so viele Gliedmaßen abzuschlagen, war auch den berechnendsten römischen Soldaten nicht möglich, zumal auch ihre Reihen dahinschmolzen, und ihre eigenen toten Körper den Nachdrängenden die Bergung der Maschinen unmöglich machten. Es war, als brüllte eine einzige Flammensäule gegen den raucherfüllten Himmel. Funkenkaskaden stoben in grausamer Schönheit durch die Nacht, und flackerndes Licht und flackernde Schatten schienen das Grauen verklären zu wollen, das in verzerrten Gesichtern, in zerfetzten Körpern, in verkohlten Gliedern unauslöschliche Erinnerung zu setzen begann.
In gellendem Hohngelächter überwachte der Tod den Kampfplatz, und sein Siegesgeheul verband sich mit dem Schreien der Sterbenden, dem Keuchen der in tödlicher Umklammerung sich windenden Kämpfer und dem Toben der Flammen zu einem einzigen infernalischen Todesschrei.
Dann war alles vorbei. Aus dem Dunkel erklang das Geräusch in Kampfordnung marschierender römischer Truppen. Kommandos wurden laut. Im lodernden Feuerschein blinkten die messingenen Brustpanzer römischer Offiziere und die bläulich schimmernden Harnische der Soldaten auf, eine unübersehbare Reihe funkelnder Speerspitzen teilte Dunkel und Rauch, und Schild an Schild übergossen die römischen Entsatztruppen den Kampfplatz. Von den Mauern tönten klagend die Widderhörner. Die gleichsam um den Feuer-

schein tanzenden Gestalten der Kämpfer lösten sich, und plötzlich verschwand der Spuk, lautlos, wie er gekommen war. Zurück blieben die schwelenden Feuer, der Rest der verstörten römischen Truppe und die anrückende Kohorte, die nichts mehr zum Kämpfen vorfand. Marsena erblickte Judas, und unendliche Freude durchströmte ihn. Er hatte noch das blutverschmierte Schwert in der Hand, das er nun achtlos fallen ließ. Erst jetzt bemerkte er die Wunde an der linken Schulter. Aber sie war unbedeutend und schmerzte kaum. Sie lebten, und nur dieses zählte. Er faßte den Freund am Arm und drückte ihn an sich. Es waren keine Worte nötig, um das Aufatmen zu zeigen, und selbst das Dunkel um sie her konnte die Erleichterung ihrer Gesichter nicht verbergen. Die letzten Minuten schienen unendlich entfernt zu sein, und all das Grauen bereits mildernde Vergangenheit. Zwischen dem Rauch, der noch aus den verkohlten Maschinen emporstieg, blinkten vereinzelt Sterne, und Marsena sagte sich, wie eng Grauen und Schönheit, Tod und Leben doch beieinander lagen.
»Marsena, wir haben es geschafft«, hörte er Judas' Stimme, und er fragte sich, ob der Freund den Erfolg meinte oder die Möglichkeit, weiterleben zu dürfen.
Marsena fuhr sich durch das Haar und spürte den Geruch von versengtem Haar und Rauch, der die Erinnerung quälend ins Gedächtnis rief. Er hob sein Schwert auf und wischte es ab. Der Stahl blinkte im Sternenlicht. Er starrte auf das funkelnde Metall, das in seiner Hand heute so viel Leben vernichtet hatte, und er fragte sich, ob mit jedem Tod nicht auch ein Stück von ihm selbst für alle Ewigkeit verschwand. Seine Gedanken suchten Damaris, seine Augen wollten ihr Antlitz ins Gedächtnis rufen, aber da war nur Blut, ein unübersehbares Meer von Blut, bei dem kein Ufer zu sehen war.

*

Marcus Julianus saß in seinem Ebenholzstuhl und starrte in den Schein der flackernden Öllampe. Sechs Widder, vier Scorpione hatten sie heute Nacht verloren, von den dreiundvierzig Toten ganz zu schweigen. Was hatte er vor wenigen Tagen geschworen? Israel auszulöschen! Sie erlitten augenblicklich empfindliche Niederlagen. Gewiß, sie wurden nicht in offener Feldschlacht gefordert; noch hatten die Juden den Vorteil ihrer überfallartigen Angriffe, den Schutz ihrer Mauern, aber es mußte sich zwangsläufig negativ auf die Moral der

Truppe auswirken. Die Nordmauer mußte fallen – bald. Sie würden Jerusalem keine Chance lassen. Sie würden Bastion um Bastion erobern, langsam, aber mit der tödlichen Gewißheit, daß nichts Rom zu widerstehen vermochte. Die Juden sollten die wenigen Augenblicke ihres Triumphes noch auskosten. Bald würde nichts mehr da sein, über das sie ihren Hochmut erheben konnten.
Marcus Julianus ahnte, wem sie die augenblicklichen Schwierigkeiten zu verdanken hatten. Er lachte leise vor sich hin. Marsena ben Arinos hatte eine ausgezeichnete Ausbildung genossen. – Dafür hatte die Familie der Julianer gesorgt. Marsena hätte es irgendwann in Roms Legionen zum Legaten gebracht. Und ein Legat ist er im Widerstand gegen Rom geworden. Eigentlich müßte ich stolz auf ihn sein. Wenn er auch Rom verrät, hat er doch die Erziehung Roms genossen, die ihn zu diesen Taten erst befähigt.
Sechs Widder, vier Scorpione! Ein Glück, daß sie nicht an die großen Maschinen herangekommen waren! Wir müssen uns in acht nehmen und selbst die Initiative ergreifen. Morgen oder übermorgen werden wir wieder mit einem Großkontingent aller Legionen gegen die Nordmauer anstürmen. Sie können auf Dauer sich dieser Angriffswelle nicht erwehren. Auch nicht mit der Strategie eines Ben Arinos. Gut, daß Vater dies nicht mehr erleben muß. Sein Schützling, der vielumjubelte Held Roms, ein tödlicher Feind und ein langer und spitzer Stachel im Fleische Roms. Aber in einem hättest du recht behalten! – Die Erziehung zum Tribunen und Helden ist unserer Familie wohlgelungen.
Die Öllampe vor ihm flackerte unruhig. Hat der Tölpel von einem Bediensteten vergessen, Öl nachzufüllen! Ob es eine Auszeichnung gewesen ist von dir, Titus Vespasian, mich zum Statthalter von Judäa zu machen? Je länger ich in diesem Land bin, um so mehr Zweifel kommen mir. Man muß Jude sein, um dieses Land zu verstehen, und noch mehr, um es zu lieben. War ihm allein schon deswegen das Wesen des kleinen Juden Marsena ben Arinos fremd geblieben? Hatte Vater wirklich recht behalten mit seiner Vorstellung, daß römische Erziehung jedes Wesen dieser Erde zu einem Römer wandeln konnte? In Rom ja, da war Marsena beinahe ein Römer gewesen. Valerius Licinius Julianus hatte ernsthaft Überlegungen angestellt, Marsena offiziell in die Familie der Julianer aufzunehmen. Dazu hätte es der Genehmigung des Kaisers bedurft. Aber die Familie der Julianer hatte am Kaiserhof großes Ansehen. Und Marsena hätte wohl den gro-

ßen Namen der Julianer erlangt, wäre Vater nicht gestorben. Aber es war gut, daß kein Julianer gegen Rom kämpfte, nur ein Jude mit einem jüdischen Namen, der in Rom und in Judäa bald vergessen sein würde.
Die Öllampe erlosch, und er saß im Dunkeln. Er war froh, daß seine Gedanken im schützenden Schwarz der Nacht gleichsam unbeobachtet ihren Weg wandern konnten. Er saß noch in seinem Ebenholzsessel, als das erste Licht des Morgens in sein Zelt drang.

*

Marsena stand unter den Zweigen des alten Olivenbaumes und betrachtete das bizarr verwundene Gewirr seiner Äste. Die Sonne ging gerade auf. Ihre Strahlen zuckten zögernd über die kahle Kuppe des Ölberges und verwandelten die Tautropfen im Gras zu einem Teppich voller Diamanten.
Ich muß allein sein, dachte er. Einmal allein sein mit meinen Gedanken, die übervoll sind von Blut und Tod. – Die so sehr bedrängt werden von Haß und Trauer, daß sie keinen Platz mehr finden für das Wispern des Windes und den Zug der Wolken. In diesem Garten ist alles so weit entfernt, was mich bedrückt. Hier blitzt kein Schwert, nur der Tau funkelt auf den Halmen. Hier schreit kein zu Tode Getroffener, nur die Blätter rascheln im Morgenwind. Nicht der entsetzliche Gestank von Kot und faulendem Fleisch ist hier zu verspüren, nur der Duft von Oleanderblüten und der Atem frischen Laubes.
Er fuhr mit den Fingern an den scharfen Grashalmen entlang, und der kurze stechende Schmerz ließ ihn zurückzucken. Er betrachtete die blutenden Schnitte, die das scharfe Gras hinterlassen hatte, und er mußte lächeln. Blut ist Leben, dachte er, aber hier um Jerusalem bedeutet es nichts als Tod. Wie seltsam, daß ich immer wieder daran erinnert werde. Er ließ sich ins Gras zurücksinken. Vor den geschlossenen Augen tanzten die Lichtbündel der höher steigenden Sonne. Eine Lerche begann zu trillern. Auch ohne die Augen zu öffnen, wußte er, daß sie immer höher stieg. Der Gesang entfernte sich, ohne nachzulassen. Das Gras raschelte um ihn herum, es war ein zartes Rauschen des schläfrig wehenden Windes, und er empfand nichts als Zufriedenheit, die der Augenblick ihm schenkte. Ein fernes Universum schien ihn zu umhüllen, ohne menschliche Wesen, die den Frie-

den stören wollten, ohne menschliches Machtstreben und ohne Gewalt.
Die Sonne brannte auf den geschlossenen Lidern. Die Wärme war wohltuend und hüllte in schläfrigem Gleichmut seine Gedanken ein. Der Geruch von Gras und Blüten, fast unmerklich in den Äther gehaucht, zog schmeichelnd in sein Bewußtsein. Könnten Simon bar Giora, Judas ben Ari, Eleasar ben Jair begreifen, daß er hier im Gras lag und seine Gedanken träumen ließ, einfach ohne Ziel? – Die nichts verlangten, keine Wünsche äußerten, einfach nur dahinschwebten, wie die Lerche über ihm, in den zarten Sommertag hinaus? Wie unendlich weit lag die Vergangenheit hinter ihm! Rom, Alexandria, sein Besitztum in Capua, die Villen der Julianer in Rom und Pompeji, seine Jugendzeit im Hause des Licinius Valerius Julianus, sein Heranwachsen neben Marcus, dem herrischen jungen Römer, dem nachzueifern sein anfängliches Streben gegolten hatte. Er lachte leise auf, als vor seinen Augen ein Bild Gestalt annahm, das ihn und Marcus Antonius zeigte, wenige Wochen nach seiner abenteuerlichen Ankunft in Catana. Marcus hatte ihm voll selbstbewußtem Stolz seines Vaters Stallungen gezeigt, und der kleine schüchterne Junge aus Judäa hatte atemlos den Erklärungen des Älteren gelauscht. »Kannst du das?« hatte Marcus Julianus wie beiläufig gefragt und mit einer schnellen Bewegung nach dem Dolch an seiner Seite gegriffen. Herausziehen und werfen waren eins gewesen und für die Augen fast nicht zu verfolgen. Zitternd blieb die Klinge in der Wand stecken und der Gecko, den sie durchbohrt hatte, zuckte nur noch einmal kurz auf. Der kleine Jude hatte mit großen Augen das Schauspiel verfolgt, und Julianus hatte mit aufkeimendem Stolz und Befriedigung bemerkt, daß sich im Gesicht des Jungen Bewunderung über den gelungenen Wurf abzuzeichnen begann.
»Ich werde es dir beibringen«, hatte er wohlwollend mit einer großartigen Handbewegung gesagt, und über den Mund des Juden war ein dankbares befreites Lächeln geglitten.
Sechzehn Jahre waren seither verflossen, nein beinahe siebzehn, und wenn er zurückdachte, dann schien alles wie ein seltsamer grotesker Traum.
Sein Freund und Bruder von einst würde sein Feind sein, sollten sie sich auf dem Schlachtfeld treffen. Die Vergangenheit wäre dann nur noch eine wesenlose Erinnerung, und die Gegenwart der mitleidlose Faktor, der seit jeher Menschen, die sich nahe standen, zu trennen

vermochte. Was hatte er den Julianern zu verdanken gehabt in den sechzehn Jahren, in denen eine glückliche Nacht über sein Schicksal entschieden hatte! Er, Marsena, ein Nichts im Strom der Zeit, konnte auf eine Karriere zurückblicken, die er in den Gassen Jerusalems nicht einmal als Wunschtraum geträumt haben würde, wenngleich seine Ankunft in Rom alles andere als eine glänzende Zukunft verheißen hatte. Mit dem Schiff waren sie in Ostia gelandet. Von dort hatte sie eine Abordnung des Senates bis zur prächtigen Julianischen Villa geleitet, die in der Nähe des palatinischen Hügels in wundervoller Lage erbaut war. Natürlich hatte nicht ihm die Ehrung des Senats gegolten, sondern seinem Gönner, dem Prokonsul von Ägypten, Licinius Valerius Julianus. Marsena hatte alles wie ein kleines verschrecktes Tier erlebt.
Die ferne Welt war anders gewesen als die sehnsuchtsvollen Gedanken, die von den Mauern Jerusalems über das Kidrontal hinauf zum Ölberg, und von dort über die Berge Judäas in unendliche Ferne geschwebt waren. Als ihn der große hagere Römer die breiten Marmorstufen mit den seltsamen Abbildungen von Menschen und Tieren, die sie umsäumten, hinaufgewunken hatte, war aus dem Palasteingang ein junger Mann erschienen, der ihn überheblich gemustert hatte.
»Wen hast du da mitgebracht, Vater? Für einen Sklaven sieht er recht schwächlich aus.« Die Worte waren wie Gongschläge in Marsenas Ohren gedrungen und instinktiv hatte er seine Fäuste geballt. Der Ältere hatte die Szene mit Schmunzeln beobachtet und lachend gesagt: »Dies ist Marcus Antonius, mein Sohn, und dies ist Marsena, den eine Laune der Schicksalsgöttinnen in meine Arme geworfen hat. Ich gebe ihn in deine Obhut, Marcus, aber nicht als Sklave. Es wird eine interessante Studie zu sehen, wie ein verwahrlostes Kind aus der tiefsten Provinz unter entsprechender Aufsicht und Schulung heranwachsen wird. Du weißt, Petronius hat sich eines treverischen Findlings angenommen, aber die Lehrmethoden, die bei ihm angewandt werden, lassen zu wünschen übrig. Wir werden es besser machen. Die Badesklaven mögen sich seiner annehmen und ihn zu einem annehmbaren Anblick machen.«
Mit diesen Worten hatte sein Einzug in den Lebensbereich des Patriziergeschlechts der Julianer seinen Anfang genommen. –
Das Trillern der Lerche verstummte jäh. Stiebende Federn zeigten den Schlag des Falken an, der dem Gesang der Lerche ein Ende bereitet hatte. Marsena richtete sich empor und fuhr sich über die Augen.

Seine Stimme war müde. »Die Stunden des Träumens sind vorüber«, flüsterte er. »Und Liebe nur Vergangenheit.«

Er traf Ben Ari im phönizischen Saal. Er war allein, und Marsena war froh darüber. »Ich bitte dich, sprechen zu dürfen, mein Vater«, sagte er höflich und wartete auf eine Antwort des Patriarchen.
Über das verhärmte Antlitz des Alten huschte der Anflug eines Lächelns. »Setze dich zu mir, mein Sohn.«
»Darf ich mit dir über Damaris sprechen?«
Ben Ari lächelte. »Du und Damaris seid eins.«
»Du weißt es, mein Vater?«
»Ich müßte blind sein, in euren Augen das Strahlen übersehen zu können, wenn ihr euch begegnet. Ich müßte taub sein, hörte ich nicht die Enttäuschung Damaris' Bewerber, und ich müßte stumm sein, wollte ich meinen Segen nicht aussprechen. Aber du sollst auch wissen, daß meine Tochter für mich die letzte Erinnerung an ein Glück ist, das niemals mehr wiederkehrt.«
»Ich weiß, mein Vater. Und sie ist für mich das Universum.«
»Paß auf sie auf, Marsena!«
»Ich will für sie leben, mein Vater. Wir werden eins sein von Ewigkeit zu Ewigkeit. Kein Hades, kein Scheol wird unsere Liebe zerstören.«
Der Alte lächelte leicht. »Nein, ihr seid unsterblich. Die eingeschnitzten Zeichen im alten Drachenbaum werden es die Jahrhunderte hinweg zu bezeugen wissen. – M und D – möge euer Leben das seinige überdauern.«
Ben Ari faßte Marsena an den Schultern und drückte ihn an sich. »Geh, mein Sohn und sage es meiner Tochter. Sage ihr, daß mein Segen meinen Sohn und meine Tochter für alle Ewigkeit begleiten wird und daß der Segen Jehovas mit euch sein möge, auf unabsehbare Zeit. Wir werden euer Fest ansetzen, wenn das Grauen von unserer Stadt gewichen ist, wenn kein Schwerterklirren und Schreien die Freude der Hochzeitsgäste verstummen lassen. Der Lorbeer möge verwelken und der Kranz aus Myrte eure Zukunft bestimmen. Ich lobpreise den Gott Israels, einen Sohn wiedererhalten zu haben.«

Der Tag versank, und Schweigen breitete sich aus über dem Kidrontal und der Vergangenheit.
Sie hatten sich an der Hand gefaßt. Ihre Augen sahen ineinander, und es waren keine Worte nötig, um ihre Empfindungen auszusprechen.

Das Wasser aus dem Schacht der Gichonquelle plätscherte leise. Die Kolonnaden waren menschenleer. Fast schien es, als befänden sie sich allein in einem Reich von zauberhafter Stille.
Sie wußten, vor den Mauern und auch in der Stadt war der Tod. Aber diesen Augenblick berührte nichts, weder Kampf noch Hunger, weder die Tränen der Mütter um ihre Kinder, noch die Qual der Sterbenden auf den Mauergängen. Dieser Tag hätte das Ende eines wundervollen Sommers sein können, wäre er nicht über Jerusalem verstrichen. Vielleicht ist es nur ein kurzer Traum, den wir leben dürfen, dachte er. Aber wir werden eins sein, für die lange Ewigkeit, die vor uns liegt. Unsere Gedanken werden unsere Liebe erfüllen. All das, was wir einander nicht zu geben vermochten, wird nur ein Abglanz sein zu unserem Sehnen, das mit dem Wind getragen, unsterblich ist.
»Weißt du, wie sehr ich dich liebe?«
Sie sah ihn ein wenig schelmisch an und nickte. »Du hast es mir einige Male gesagt. Vielleicht werde ich es glauben können.«
»Der Sommer ist bald vorbei«, sann er. »Vielleicht auch bald der Kampf um diese Stadt. Wohin werden wir dann gehen?«
Ihr Antlitz verdüsterte sich für einen Augenblick. »Werden wir überhaupt noch irgendwohin gehen können? – Dann?«
»Wir werden zum Fuß des Hermon wandern und den ersten Schnee sehen.« Er wußte, er müßte lügen, würde er ihr antworten. Wer wußte die Zukunft, als nur der Gott Israels allein? Aber er würde ihnen nicht antworten. Nicht ihnen und auch nicht den Priestern, die ihn jeden Tag anriefen, um seinen Beistand zu erflehen.
»Wir haben all unsere Gunst schon längst verspielt«, flüsterte er kaum hörbar. Sie konnte in seinem Gesicht die Antwort sehen, aber sie schwieg. Sie hatten die Zukunft schon zu sehr berührt. Sie wollten die Illusion festhalten, solange die Gegenwart es zuließ.
Sie gingen eng aneinandergeschmiegt, und ließen die neugierigen Blicke aus den Eingängen der Häuser unbeachtet. Was kümmerte sie in diesem Augenblick jüdische Tradition? Sie waren für die kurzen Augenblicke ihres Zusammenseins losgelöst von der Gegenwart, die weder Glück noch Liebe bereithielt. Sie mußten ihrer Liebe den Weg bahnen, solange Jerusalem noch atmete, solange sie selbst noch atmen durften.
Ihre Finger waren ineinander verschlungen. Sie fühlten die Nähe ihrer Körper. Ihre Augen trafen sich, und in ihnen war nur Liebe.
Wie schön du bist, Damaris, sagte er zu sich. Dein ebenholzfarbenes

Haar mit der Krone der versinkenden Sonne darin, ist einer Königin Israels würdig. Und daß ich dein Herz besitzen darf, ist mehr, als die Krone Israels besitzen zu dürfen.
»Marsena ben Arinos, ich liebe dich«, flüsterte sie dicht an seinem Ohr.
»Nicht halb so viel, wie ich dich liebe«, flüsterte er zurück.
»Was Worte nur ahnen lassen, ist in meinem Herzen verborgen.« Sie blickte ihn an. Ihre Augen waren voller Liebe und Hingabe. »Unsere Liebe ist nur ein Traum, aber einer, den niemand zerstören kann.«
»Ja«, gab er zurück. »Weder Höhe noch Tiefe, weder Licht noch Finsternis, weder Nationen noch Mächte.« Er flüsterte in die Dämmerung. »Ohne dich bin ich nichts.«
Sie strahlte ihn an. »So liebst du mich wirklich?«
»Kann das Rund der Erde ohne den Sonnenstrahl leben? Kann der Jordan ohne den Schnee des Hermons fließen? Könnte ich irgend etwas sein ohne dich?«
Von irgendwoher erklang das Schlagen einer Nachtigall in die Stille des Abends. »Es ist der Klang von Zimbel und Lyra, die die Freude einer Hochzeit besingen, nur viel schöner«, sagte sie leise.
»Unserer Hochzeit«, er lächelte. »Ich wünschte, ich dürfte dir heute schon den Myrtenkranz in dein Haar flechten.«
»So wie damals im Kidrontal?«
»Es war wie ein Symbol. Und es ist Wirklichkeit geworden.«
»Was werden die Töchter des Merton sagen oder die des Sosas?«
Er küßte sie. »Was die Söhne des Merton oder die des Sosas?«
Sie lachten sich an. In ihren Augen funkelten die Sonnenreflexe über Jerusalem und die Tiefe ihrer Empfindungen. Sie hielten sich immer noch an den Händen. Es war, als könnte sie nie mehr etwas trennen, weder der Tod vor den Mauern noch der Tod innerhalb der Stadt.
»Wieso hat dein Vater dich eigentlich Marsena genannt? Es ist doch ein persischer Name.«
Marsena nickte. »Ja, Vater erwies den chaldäischen Fürsten, die unserem Volke in der Verbannung wohlgesonnen waren, dadurch seine Referenz. Marsena war einer der persischen Hofbeamten zur Zeit unserer Vorfahrin Esther am Hof des Ahasverus, der Mordochai vor dem Attentat des Haman warnte und somit auch unser Volk vor dem Untergang bewahrte. Vater meinte, dies sollte unvergessen bleiben. Ich hätte ursprünglich eigentlich Simon heißen sollen. Und alle, die den Persern nicht sonderlich zugetan waren, nannten mich auch so.«

»Simon ben Arinos«, sagte sie, und in ihrer Stimme schwang ein nachdenklicher Ton mit. »Simon von Juda. Du weißt, daß so einer unserer makkabäischen Fürsten hieß, der als Held Israels in die Geschichte eingegangen ist?«
Er lächelte. »Es ist nur der Name, der uns verbindet. Ich bin kein Held für Israel. Mein Kampf gilt nur einem Wesen auf der Welt.«
»Wer mag dies wohl sein?« lächelte sie zurück. »Muß ich eifersüchtig sein?«
Er strich durch ihr Haar. »Auf die Sonne, auf den Mond, auf das Universum? – Auf dich selbst?«
Der Atem der Nacht hielt sie umfangen. Morgen würde alles anders sein.
Wieder ertönte der Ruf der Nachtigall. Er war so sehnsuchtsvoll wie die Gedanken der beiden Liebenden.

Judas ben Ari

Er sah Judas fallen. Sein Tod war so sinnlos, wenn der Tod überhaupt je einen Sinn gehabt haben sollte. Die Schlacht war eigentlich schon vorüber. Sie hatten die Mauer halten können.
Vor seinen Augen erschienen auf einmal wieder die Bilder der Stunden zuvor mit den Lauten von Kampf und Sterben, von Triumph und der Enttäuschung des Todes.
Die Widderhörner ertönten, und ihr Ton scholl mit dem Klang von Unheil über die Mauern. Der römische Angriff begann zu rollen. Sie schnallten sich wieder die Schwerter um. »Ein langer Tag«, murmelte Judas. »Wie wird er geendet haben, wenn die Sonne hinter den judäischen Bergen versunken ist?«
Marsena schwieg. Er sah in Judas' Augen und bemerkte Müdigkeit und doch gleichzeitig auch eine wild auflodernde Begeisterung. Er hielt sein Schwert wie zum Schwur hoch erhoben und seine Stimme fegte wie ein Windstoß über die Mauerbrüstung: »Kämpft, Freunde. Denn wenn wir auch zu Staub werden, so wird dieser Staub doch zu reden wissen von der Größe israelischen Geistes. Und die Asche und

der Schutt der Jahrtausende werden diese Gedanken nicht verwischen können, die, mit Blut geschrieben, diesen Boden zu einem Dokument unsterblicher Freiheit werden lassen.«
Die Worte verklangen, und das Geräusch der tausenden römischen Stiefel, die das Gras zertrampelten, drang über die Mauern. Dann erscholl ein vielstimmiger Schrei, der sich wie ein Fanal zum Himmel erhob: »Der Tod ist nichts, Freiheit ist alles.«
Marsena lächelte leicht. Es ist wie das Greifen nach dem Wind, der durch die Finger streicht, dachte er. Aber seine Stimme brachte den gleichen Jubelschrei hervor, der Angst und Müdigkeit überdeckte: »Freiheit ist alles.«

*

Marcus Julianus war mitten im Kampfgetümmel. Trotz der Warnungen seiner Tribunen wollte er in diesem Augenblick nicht in der sicheren Umgebung seines Stabes verweilen, hatte ihm sein Adjutant Domitius Sabinus mit entsetztem Blick berichtet, daß sich Titus Vespasian mit einigen seiner Prätorianer mitten unter die Juden geworfen hatte. Das sah dem Kaisersohn wieder einmal ähnlich. Die Regel, forderte es, sich als Oberbefehlshaber des Heeres mit seinen Stabsoffizieren aus den Kampfhandlungen herauszuhalten. Nicht auszudenken, wenn Titus fallen würde. Die Moral der Truppe würde unabsehbaren Schaden erleiden, von den Konsequenzen abgesehen, die von seiten des Kaisers zu erwarten wären. Er fühlte sich persönlich für Titus verantwortlich, fast wie für einen jüngeren Bruder. In diesem Augenblick fiel ihm Marsena ein. War da nicht eine Parallele, die geradezu grotesk war, empfand er doch für diesen Juden, der sein Feind sein mußte, ähnlich. O ihr Götter, laßt mich ihn nie auf dem Schlachtfeld treffen. Seine Gedanken jagten sich. Er mußte sich konzentrieren. Vor lauter Nachlässigkeit riskierte er, selbst verwundet zu werden. Er schlug einige gegen ihn geschwungene Schwerter weg und bahnte sich einen blutigen Weg durch die Juden, die plötzlich überall zu sein schienen. Hinter ihm folgten seine Prätorianer und deckten ihn von den Seiten.
Gleichzeitig mit Titus Vespasian sah Julianus Marsena für einen Augenblick. Zwischen ihm und dem Kaisersohn war eine wild vorwärtsdrängende Judenschar, die er aber kaum beachtete. Von allen ist nur er ein ernst zu nehmender Gegner, dachte Julianus und versuchte sich

noch eiliger durch das wogende Kampfgetümmel vorwärts zu drängen.

*

Für einen Moment glaubte Marsena Marcus Julianus gesehen zu haben. Aber es war sicherlich nur eine Täuschung gewesen. Seine Gedanken waren nur auf Titus Vespasian gerichtet. Wenn er fiele, würde mit ihm die Moral der ganzen Legion fallen. Er mußte den Sohn des römischen Kaisers zum Kampf stellen können. Er sah, wie die Angreifer unter den Streichen des Longinus und Sabinus, der beiden Gardetribunen, die dem Kaisersohn die Flanke freihielten, fielen und war wütend auf seine eigenen Leute, die ihm im Ungestüm des Kampfwillens den Weg zu Vespasians Sohn versperrten. So werden sie den Oberbefehlshaber des römischen Heeres nicht gefährden können, dachte er zornig und schlug mit der Faust auf einige der sich wild gebärdenden Juden, die mehr Geschrei machten als effektiven Kampfwert beitrugen. Er sah, wie seine Leute unter den Streichen Titus' und seiner Garde niedersanken, und in ihm kochte ohnmächtiger Zorn, weil er nicht bis in ihre Nähe gelangen konnte. Sein Schreien, seine wütenden Worte blieben im Kampfeslärm ungehört. Er wußte, daß er den Kaisersohn nicht würde stellen können und daß die Gelegenheit, das römische Heer durch den Tod eines einzigen Mannes empfindlich zu schwächen, nicht wiederkommen würde. Titus und seine Garde zogen sich zurück, und die nachdrängenden Juden versperrten ihm den weiteren Blick. Resigniert ließ er das Schwert sinken und wischte sich den Schweiß aus den brennenden Augen.

*

Er ist höchstens sechzehn Jahre alt, dachte Julianus und schlug dem Juden die schwerthaltende Hand ab. Ein weiterer Streich spaltete den Schädel. »Die ganze Jugend Judäas scheint auf Titus angesetzt worden zu sein«, knurrte er, als er den Kaisersohn nach unendlich lange scheinenden Minuten endlich erreicht hatte. Neben ihm ließ einer seiner Soldaten das Schwert fallen und starb. Julianus faßte Titus an der Schulter und deutete nach hinten. Der Kaisersohn nickte und war in einem Augenblick von einem Wald von schützenden Schilden der Prätorianer umgeben, an denen die mutlos werdenden Judenmassen

abprallten. Julianus winkte seine Tribunen nach vorn. Sie schnitten den planlos anstürmenden Haufen von Titus Vespasian ab und rückten jetzt selbst vor. Wie wenn Nebel unter den Sonnenstrahlen verhauchte, war plötzlich das Feld frei.
Dann stand Marsena unvermutet vor ihm. Julianus wußte nichts zu sagen. Der Moment der Begegnung, die er geahnt hatte, die er um Titus' willen gewünscht und doch im Inneren seines Herzens weit von sich gewiesen hatte, war da. Nach dem ersten Augenblick des Nichtverstehens überkam ihn tiefes Entsetzen. Es war keine Furcht vor dem Juden, es war der tiefgreifende Schock, vor einem Feind stehen zu müssen, der sein Freund war. Er sah in die Augen des Juden und sah sein eigenes Entsetzen sich widerspiegeln. Es schien, als wären die Kämpfe um sie herum Kulissenspiele, die sie selbst nichts angingen. Nur sie beide existierten. Es gab kein Rom, kein Judäa, keinen Titus Vespasian und keinen Juden, der in diesem Augenblick zwischen sie zu treten vermochte. Worte wären so sinnlos gewesen wie der Griff nach einem Vogel im Flug.
Julianus fühlte, daß diese Begegnung endgültig sein mußte, sie würde sich niemals wiederholen. Und er wußte, daß es kein Zurück gab – Rom und Israel – Welten so entfernt wie Aldebaran und Antares, Jupiter und Jehova. Die Sekunden waren zur Ewigkeit geworden, und die beiden Männer schweigende Schatten. Julianus sah nicht, wie sich einer seiner Stabsoffiziere nach erster Verwunderung straffte und das Schwert hob. Er starrte nur unentwegt auf sein Gegenüber, bis die heftige Bewegung neben ihm ihn wieder in die tobende Gegenwart zurückbrachte.

*

Marsena sah sich plötzlich eingeschlossen, um ihn herum waren nur noch Römer. Im Unterbewußtsein sah er Judas in einiger Entfernung mit einer Gruppe fechten, und er wußte, daß die scheinbare anfängliche Überlegenheit der Juden sich ins Gegenteil zu wenden begann. Ihn wunderte, daß sich in das Kampfgewühl eine ganze Anzahl hoher römischer Offiziere geworfen hatte und führte diese Tatsache auf die Anwesenheit des römischen Kaisersohns zurück. Der Generalstab war sich also der Gefahr bewußt, in die das römische Heer durch die Unbesonnenheit Titus Vespasians geraten war. Marsena wußte, daß sich Roms Truppen heute nicht gegen die Jerusalems würden durchsetzen können, wenngleich auch die ersten Legionäre von den Angriffstürmen auf die Mauern übergesetzt hatten, denn der Ring um ihn selbst und die wenigen seiner Leute bestand aus Gardesoldaten, die ansonsten sich nur in Notfällen am Kampfgeschehen beteiligten. Aber der ungestüme Vorwärtsdrang der Juden ihrerseits war auch steckengeblieben. Sie würden einen Sieg an diesem Tage zu verzeichnen haben, einen unbedeutenden zwar, aber einen Sieg über Rom. Er dachte einen Augenblick an Julianus, den er zu sehen geglaubt hatte und wünschte sich weit weg. Wie unwiederbringlich war die Zeit der Liebe und Freundschaft, und wie unendlich lang schienen die Augenblicke, die den Tod begleiteten. Sein Schwert hatte sich längst wieder zu einem funkensprühenden Kreis verwandelt, und das Blut, das die schimmernde Klinge überzog, vermochte nicht mehr zu trocknen. Er empfand nichts mehr, wenn seine Waffe Gesichtsknochen zerschlug und Gewebe zertrennte. Seine Augen sahen und sein Bewußtsein registrierte, und es war nichts, was ihn berührte. Sein Leben war eins mit dem Stahl, der sich gellend mit römischem traf und ihn zerschlug. Der Tod ist nichts, Freiheit alles, pochte es in ihm, und es waren Judas' Worte, die in ihm aufklangen. Es war die Sprache seines Bruders, und sie übertönte die eines römischen Generals, der Marcus Julianus hieß.

Dann war der Spuk vorüber und er sah in Julianus' Antlitz. Es war, als wäre der Augenblick des Staunens die Ewigkeit selbst. Es würden keine Worte kommen, und sie waren auch nicht notwendig, um die Gedanken auszusprechen, die sich überstürzten. Er sah in den Augen seines Freundes, daß er ebenso empfand. Nur war Freundschaft und Bindung so entfernt in diesem Augenblick wie der Grund des Meeres von seinem schimmernden Spiegel. So wie der Tod dem Leben niemals die Hand zu reichen vermochte, so würden sie es auch selbst nach dieser Begegnung niemals mehr.

Die Träume eines Jungen waren in diesem Augenblick verflogen, Alexandria und Rom Erinnerungen, die es nie gegeben hatte, und Marcus Julianus der letzte Schatten dieser Vergangenheit. Die Tränen waren nur im Herzen, und niemand würde sie sehen.

Dann war die Gegenwart in höhnischer Selbstverständlichkeit wieder da und Marsena schlug das Schwert weg, das einer der Begleitoffiziere Julianus' gegen ihn schwang. Marcus' Antlitz verschwand in den römischen Gesichtern um ihn her, und er sah nur noch die Augen seines Gegners vor sich.

Domitius Sabinus, Julianus' Adjutant und Prätorianer im Zenturionenrang, dachte Marsena und schlug zu. Der Römer hob schützend den Schild. Marsena spürte den Schlag bis in die Handwurzel. Aus dem Schild sprühten Funken. Das Schwert hinterließ eine tiefe Kerbe quer über die in Messing getriebenen Löwen und sich bäumenden Pferde. Für den Bruchteil einer Sekunde zog ein grotesker Gedanke durch Marsenas Bewußtsein: Schade um die schöne Arbeit des Waffenschmiedes! Marsena konnte hinterher nicht mehr sagen, wie lange der Kampf gedauert hatte. Er hatte den Römer nicht bezwingen können, da er sich laufend Angriffen der Begleittruppen zu erwehren hatte. Marcus Antonius, Titus Vespasian, sie waren aus seinem Gesichtskreis verschwunden wie der Spuk in einem unwirklichen Traum. Und dennoch war sie Realität gewesen, die Begegnung auf dem Schlachtfeld, die im Nichts geendet hatte. Der Kampf war so plötzlich zu Ende gewesen, daß er für einige Augenblicke erstaunt um sich geblickt hatte, ob alles nicht nur einem seltsamen Traum entsprungen war. Die Römer hatten sich hinter ihre schnell formierten Testudos zurückgezogen, und nur die vielen Toten und Verwundeten waren zurückgeblieben. Die römischen Bogenschützen deckten den Rückzug der Legion, und Marsena duckte sich unwillkürlich unter dem Pfeilschauer, der in die jüdischen Reihen hineinfuhr. Da hinten stand Judas, blutbespritzt, mit schweißgetränktem Gewand, aber lächelnd mit strahlendem Antlitz. Marsena lächelte zurück. Es war ihr Tag und ihr Sieg. Wer mochte jetzt an all die Gestalten denken, die mit grotesk verrenkten Gliedern umherlagen, und die in ihrem Tode keinen Unterschied zwischen Rom und Judäa erkennen ließen? Waren es Stunden oder Minuten, die sie von ihren Gedanken trennten? Gedanken, die beim Anblick der ungeheuren Gewalt Roms in ihnen aufgekommen waren, und die jetzt bei ihrem Siege Traumbilder zu werden begannen.

Er sah Judas vor sich. Sein Antlitz war auf die römische Phalanx gerichtet, und seine Augen waren leer. »Wird die Geschichte einmal über uns schreiben? Und was wird sie schreiben? Wird die Wahrheit über den Schmerz der Herzen berichtet werden oder nur der Klang der Waffen, die Tränen in den Augen oder nur die Taten der Kämpfer zählen? Wird das Weinen der Kinder erwähnt werden oder nur der Jubelschrei der Sieger, die Namen der Siegenden oder auch die der Gefallenen? Wird der Klang der Fanfaren verewigt werden oder das Geräusch zerbrechender Knochen? Werden auch für uns Tränen ver-

gossen werden, und wer sollte das dann noch tun? Wer wird über uns schreiben, Marsena?«
Marsena blieb stumm, und Judas erwartete keine Antwort.
Aber sie hatten gesiegt, und diese Vision war weit. Da war Judas, und er lebte. Nichts war seinem Antlitz zu entnehmen als nur Freude. Nein, diese Gedanken waren keine Minuten, auch keine Stunden alt. Sie waren so weit entfernt wie der Sieg von der Niederlage. Er ließ das blutige Schwert in die Scheide gleiten und stieg über die Toten, um Judas in impulsiver Freude in die Arme zu schließen.

Als der arabische Bogenschütze sich nach einem Ziel umsah, erblickten seine Augen eine hochgewachsene Gestalt in dem ockerfarbenen Kampfgewand der Judenführer. Der schwarze Bart, die helle Haut des Gesichtes gaben einen deutlichen Kontrast und ein gutes Ziel. Er atmete tief ein und hielt den Atem an, bis das gefiederte Ende des Pfeiles seine Wange berührte. Dic Sehne des Bogens gab einen peitschenden Klang von sich, als der Pfeil losschoß.
Judas stand inmitten der vielen Toten wie ein hochaufgerichteter Baum. Der Schweiß lief in Strömen über sein Gesicht. Der Atem ging schwer, aber er lebte und durfte atmen. Inmitten all der Toten war das Leben, und das Glücksgefühl, das ihn durchströmte, ließ all das Grauen vergessen, das der Tod in blutigen Lettern in den Tag geschrieben hatte. Jerusalem wird leben, und wir werden leben, jubelten seine Gedanken. Welch ein Tag und welch ein Sieg! Er ließ das bluttriefende Schwert zu Boden fallen und lachte.
Die judäische Sonne blendete ihn. Er schloß die Augen. Ein feuriger Kranz wogte vor seinen geschlossenen Lidern. Er hob die Hand schützend davor...
Im selben Augenblick heftete ein Pfeil sie an sein rechtes Auge.
Er fiel mit dem zufriedenen Lächeln über die Herrlichkeit des sonnentrunkenen Tages, und das Lächeln erstarrte auf seinen Zügen zu einer Farce des Glücks.

*

Man hatte den Pfeil entfernt, das Blut abgewaschen und eine Leinenbinde über die gräßliche Wunde gelegt, um den grauenvollen Anblick des zerfetzten Auges zu ersparen.
Marsena hörte kaum hin, weshalb nach den Erklärungen der Ärzte

eine Hilfe für Judas nicht möglich gewesen wäre, auch wenn sie früher zur Stelle hätten sein können. Der Pfeil habe die rechte Hand durchbohrt, konsultierten sie gewichtig, das rechte Auge durchstoßen und die Macht noch besessen, den Schädelknochen dahinter zu durchschlagen, wodurch die metallene Spitze noch in das Gehirn einzudringen vermochte, was den sofortigen Tod nach sich gezogen hatte.

Marsena lehnte gegen die weißgetünchte Wand des armseligen Hauses, wo man die Verwundeten notdürftig unterzubringen versuchte. Es hatte ihn Mühe gekostet, Judas von der Mauer schaffen zu lassen, um ihn nach hier zu bringen, da nach Ansicht der Ärzte dies nur Zeitverschwendung bedeutete.

»Es ist sinnlos, sich mit einem einzelnen Toten zu belasten«, hatten sie gemeint, wo doch so viele auf den Mauern lägen.

»Er war mehr wert als ihr alle zusammen«, hatte er geschrien und sein »jetzt nehmt ihr ihn und tragt ihn sanft hinunter«, war so tödlich scharf gekommen, daß die Umstehenden zusammengezuckt waren und es niemand mehr gewagt hatte, ihm zu widersprechen.

Nein, Judas sollte nicht in einem Massengrab versinken, anonym und vergessen, wie all die Hunderte, die in den umliegenden Schluchten dem Verfaulen preisgegeben wurden, weil weder Platz noch Zeit für ein würdiges Begräbnis zur Verfügung standen.

Auf einen Wink von ihm verließen die Ärzte mürrisch den Raum. Der Schatten der Mauer senkte sich mit der Abendsonne in das Zimmer, in dem die Stille unendlich zu sein schien.

Er starrte auf seinen toten Freund und fühlte sich selbst tot. Er schläft, dachte er ohne Zusammenhang. Nur die blutdurchtränkte Binde über seinem rechten Auge zeigt, daß es nicht so ist.

Das Schweigen in Judas' Antlitz war wie die nachtdunkle Wand eines Fichtenwaldes, und es würde für immer sein.

Plötzlich sah sich Marsena wieder mit ihm auf den Wehrgängen der Mauern, die vom Blut der Gefallenen glitschig waren, ein Anblick, der ihr Bewußtsein kaum noch zu erschüttern vermochte, und er hörte Judas' Stimme voller Jubel: »Ist es nicht wunderbar, daß wir gegen das große Rom zu siegen vermögen? Das kleine Judäa gegen das große Rom. Warum können wir plötzlich siegen, während Nationen, die einst sich selbst Weltmacht nannten, sich klaglos Roms Schwertern beugten?«

Marsena hörte noch einmal seine eigene Antwort aus dem Dunkel tö-

nen: »Vielleicht, weil wir nicht verlieren dürfen. Wir erhalten keine zweite Chance mehr und keine, die der des Cestius Gallus ähneln wird. Irgendwann wird unser Siegen aufhören, wenn es uns nicht bald endgültig gelingt. Denn Rom hat Zeit, viel Zeit. Wir jedoch nicht.« Er hatte mehr zu sich selbst gesprochen, und Judas hatte keine Antwort erwartet.
»Wie soll ich es deinem Vater sagen?« flüsterte er, als er den Raum durchschritt, der bereits im Nachtdunkel lag, und ein letztes Mal die kalte, leblose Stirn des Freundes berührte. Dann gab er sich einen Ruck und schloß leise die Tür hinter sich.

*

Marcus Julianus war wütend. Er warf seinen Helm in eine Ecke und ging mit raschen Schritten im Zelt auf und ab. »Du kannst natürlich machen, was du willst«, sagte er in verhaltenem Zorn. »Aber wenn du nun gefallen wärst...?«
Titus lachte. Sein jungenhaftes Gesicht strahlte. »Du hättest es sehen sollen! Erstmals habe ich wieder mein Schwert in direktem Kampf mit einem Gegner gekreuzt. Er hatte keine Chance.«
»Ich habe es gesehen, Sohn des Imperators! Und es war, bei Jupiter, mehr Leichtsinn darin, als wir es einem Auszubildenden im ersten Monat zugestanden haben würden. Du hast es leicht, wenn du tot bist. Aber ich...! Wenn dir etwas passiert, hängt mich dein Vater bei den Hoden auf. Zumindest schickt er mich nach Britannien. Was, bei allen Larven und Lemuren, nicht weniger erschreckend ist.«
Titus lachte herzhaft auf. »Deine Freundschaft zu mir ist wirklich rührend. Du hast mehr Angst um dich selbst!«
»Britannien kommt gleich nach dem Tod«, gab Julianus trocken zurück.
»Es gab nur wenige, die ich zu fürchten gehabt hätte«, meinte Titus nebenbei, »und keiner war in meiner unmittelbaren Nähe.«
»Bis auf Marsena ben Arinos!« Julianus blickte Titus gespannt an.
»Marsena ben Arinos«, murmelte Titus und runzelte die Stirn. »Der Name sagt mir doch etwas. Hilf mir nach!«
»Du weißt genau, wen ich meine!«
Titus starrte Julianus an, und in seinen Augen glomm plötzliche Erkenntnis auf. »Marsena ben Arinos. Hatte er nicht bei Cremona ge-

kämpft? Hat mein Vater ihn nicht auszeichnen lassen? Bei allen Göttern Roms und Ägyptens, Marcus.... Dein Adoptivbruder?«
»Ja, Titus, wir haben oft genug über ihn gesprochen.«
»Aber nicht, daß er bei den Aufständischen mitkämpft!«
»Er ist Jude.«
Titus lachte böse auf. »Wenn sich alle Juden, die in Roms Armeen kämpfen oder sich zufrieden unter Roms Sonne räkeln, heute gegen uns gewandt hätten, wären wir alle tot!«
Marcus Julianus schwieg. Die Schicksalsgöttinnen haben ihre Hände nach mir ausgestreckt, dachte er. Ich habe Marsena verloren. Vielleicht verliere ich Rom dazu.
»Ich glaube, ich habe ihn gesehen«, sagte Titus nachdenklich. »Er focht wie ein Römer, und sein Schwert war ein römisches. Und ein ausgezeichnetes dazu. Man hörte es am Klang.« Er sah Julianus nachdenklich und erwartungsvoll an. »Ist er noch dein Freund und Bruder, Marcus Julianus?«
»Er ist es noch, mein Feldherr«, antwortete Julianus ruhig.
Titus tippte eine Kartenrolle einige Male gegen den schweren Eichentisch, als wollte er in pedantischer Genauigkeit ein imaginär überstehendes Teil der Papyrusrolle zurechtklopfen.
»Ist es nicht seltsam für einen Römer, einen Juden zum Freund zu haben?«
»Nicht seltsamer als einen Römer seinen Freund nennen zu dürfen. Ich meine, nicht der einzige zu sein.«
»Auch inmitten dieses Krieges?«
»Er ist Römer.«
Titus blickte überrascht auf. »Hat er die römische Staatsbürgerschaft?«
»Du mußt es wissen. Er hat sie sich im Kampf für Rom erworben.«
Titus ließ die Kartenrolle achtlos fallen und ballte die Fäuste. »Dann ist er ein Verräter.«
»In deinen Augen vielleicht, mein Feldherr. Doch frage dich selbst: Tauscht man mit dem Bürgerrecht auch sein Herz ein? Seines ist jüdisch.«
»Ich sollte dich nicht mehr gegen Jerusalem einsetzen.« Titus warf sich in den Ledersessel und blickte finster zu Boden. »Du könntest dich womöglich durch diese Freundschaft beeinflußt fühlen.«
Julianus lachte trocken auf. »Zweifelst du an mir, Titus Vespasian?«
»Ach Unsinn, natürlich nicht.« Titus krallte seine Finger um die

Armlehnen. »Ich wollte dir nur ein Zusammentreffen im Kampf mit ihm ersparen.«
Julianus lächelte ein wenig wehmütig. »Die Schicksalsgöttinnen haben uns schon längst den Weg gewiesen. Unser letzter Blick von Angesicht zu Angesicht ist Vergangenheit. Er wird wissen, wo ich stehe. Und ich bin mir dessen auch bewußt, sollten wir uns im Kampf begegnen.«
Titus nickte zerstreut. »Erzähl mir von ihm.«
Julianus lächelte traurig. »Was weiß ich von ihm wirklich, mein Feldherr? Was ich bisher von ihm zu wissen glaubte, war eigentlich nur ein winziges Teil meines eigenen Ichs. Das, was ich von ihm erhoffte, von ihm erwartete. Das, was wir alle von ihm dachten. Du weißt, mein Vater wollte ihm seinen Namen geben. Er sollte ein Teil der Julier werden, eines Geschlechtes, beinahe so alt wie Rom selbst. – Es ist nicht gelungen.« Er lachte kurz auf. »Das heißt, ich weiß es erst jetzt, daß es so ist.«
»Deine Schwester hat ihn geliebt!«
Julianus blickte nachdenklich in die Öllampe, deren Licht einen seltsam traurigen Schein auf seine Züge legte. »Ja, auf ihre Weise hat sie ihn geliebt, und Vater auch. Kurz vor seinem Tod hat er mich gefragt, was ich dazu sagen würde, wenn mein jüdischer Bruder den julianischen Namen tragen würde. Es ist nicht dazu gekommen. Ich bedauere es und wünschte, er würde dadurch jetzt nicht in Jerusalem sein. Nein, Titus. Was weiß ich wirklich von ihm? Was wissen wir von der Wildnis Judäas, auch wenn wir sie besetzt haben?« Er fuhr sich nachdenklich über die Augen. »Ja, Titus! Was wissen wir von dem Land hinter den Bergen, die sich bis an die Grenzen des Schilfmeeres erstrecken? So wie dieses Land sind seine Bewohner. Man spürt förmlich den Atem des Todes über diesem Land, den ewigen Zorn dieses unsichtbaren Gottes, dem dieses Volk sich untertan wähnt. Dieses Gottes, der mit einer Handbewegung ganze Stücke von der Oberfläche der Erde fegte. Sodom und Gomorra hieß der Teil in der Niederung der Araba, den die Glut dieses Gottes, den sie Jehova nennen, vom Erdboden verschwinden ließ. So zumindest wird berichtet. Doch ist dieses Land so voll von Sagen und Legenden, daß man diesen Worten nicht zu große Bedeutung zumessen sollte. Aber die Wesensart der Bewohner läßt von all den Legenden ein wenig Wirklichkeit zurück.« Julianus fuhr mit dem Finger über die Maserung des schweren Eichentisches. »Sodom und Gomorra«, flüster-

te er. »Marsena erwähnte diese Sage mir gegenüber einmal. Und in jeder Sage steckt ein wenig Wahrheit. Noch heute heißt ein Landstrich am Salzmeer, den die Juden den Asphaltsee nennen, nach der versunkenen Stadt Sodom. Ein merkwürdiges Land ist es ganz gewiß. Es ist, als türmten sich die Mauern der Unterwelt an seinen Grenzen. Im Sommer wird der Atem zu Blei und die Frühlingshügel zu gebranntem Ocker. In dieser Zeit flieht selbst der Tod von den Ufern des Salzmeeres, an denen er sein Quartier zu haben scheint, und weicht der Hitze wegen in die Schatten der Berge zurück. Hinter ihm bleibt verbranntes Land, Ufer, an denen nichts wächst und Berge kristallweißen Salzes. Es ist wirklich so, als hielte der Fluch dieses Gottes Jehova nach all den Jahrhunderten weiter an. Man sagt, daß an den Ufern des unteren Jordanlaufes, kurz vor der Mündung in den großen See, Pflanzen wachsen, die bei der geringsten Berührung in Asche zerfallen. Weht der Wind einmal vom See her, so bringt sein Atem den Tod mit. Keine Pflanze, kein Tier, die sich näher als drei Stadien an seine Ufer wagen.«
»Schauergeschichten«, murmelte Titus. »In allen Armeen der Welt kursieren solche Märchen und lähmen die Schlagkraft der Truppe. Mir ist nie klar geworden, ob derlei Gerüchte nicht mit Absicht eingeschleust werden, um den jeweiligen Gegner zu irritieren. In Hispania habe ich selbst erlebt, wie ganze Truppenteile sich aus Aberglauben geweigert haben, den Befehlen der Offiziere zu gehorchen. Jedes Land hat seine Greuelmärchen. Mir scheint nur, daß Judäa allein aus solchen besteht. Kein Land, um leben zu können, wie ich sehe. Noch weniger eines, um darin zu sterben. Mögen die Larven uns ihren Schutz nicht entziehen!«
Marcus Julianus hatte sich in seinen Sessel zurückgelehnt. Sein Blick ging über die Prunkrüstung Titus Vespasians, die, zusammen mit den Waffen des Kaisersohnes, ordentlich ausgerichtet über einem Gestell neben den Truppenplänen hing. Ja, hier verwischte sich Legende und Wirklichkeit zur jahrtausendalten Mystik, die kaum an den Herzen von Erzählern und Lauschenden vorübergehen konnte. »Er ist wie dieses Land, Titus«, sagte er nach einer Weile des Schweigens. »Ein bißchen sentimental vielleicht, aber ein ausgezeichneter Kämpfer. Mit ihm wären Welten zu erobern gewesen.«
»Mehr, als wir ohnehin schon haben?« Titus lächelte. »Er wollte sie aber nicht erobern, ist es nicht so?«
Julianus nickte. »Einen Träumer, der für Ideale zu kämpfen glaubt,

kann man nicht mit Macht inspirieren. Schade um ihn. Er wird nie in den Annalen zu finden sein.«
Titus dachte einen Augenblick nach. »Ist er so wichtig, daß er in den Annalen aufgeführt sein müßte?«
Julianus lächelte müde. »Rom ist für mich wichtig, nicht die Annalen.«
»Und Marsena ben Arinos?«
Marcus Julianus fuhr mit dem Finger durch den Staub zwischen den Kartenrollen. »Wenn die Annalen ihn nicht für bedeutend empfinden...« Er schwieg, und das Lächeln auf seinen Lippen erstarb.
Titus war vor das Zelt getreten. Ein heftiger Windstoß peitschte Staub auf. »Es ist ein seltsames Leben, das wir führen, Marcus«, sagte er nach einer Weile. »Wir lieben Menschen, die wir nicht lieben dürfen. Wir kämpfen, wo wir nicht gewinnen, auch wenn wir siegen. Welchen Sinn hat das alles?«
Marcus Julianus' Lippen waren zu einem Strich zusammengezogen, als er antwortete: »Wenn du es nicht weißt, Sohn des Imperators?«
Titus sah ihn nachdenklich an. Dann kam ein bitteres Lächeln auf seine Lippen. »Es klingt nach Vorwurf, Marcus. Und dieser Vorwurf ist nicht unberechtigt. Vielleicht bin ich sogar der Verräter und nicht dieser Marsena ben Arinos. Ich liebe eine Jüdin und vernichte ihr Volk. Es ist ein seltsames Mächtespiel, das sich die Götter unserer beider Völker da ausgedacht haben.«
»Wir haben den Göttern die Arbeit bereits abgenommen«, murmelte Julianus leise und verließ das Zelt.

*

Die Nacht war die Ewigkeit selbst. Sie dehnte sich über ein Reich, in dem der Morgen dem Abend beinahe die Hand zu reichen vermochte. Die Kühle der Nacht nahm den warmen Hauch des Tages in sich auf, und die Geräusche des Lichts verstummten in den Lauten des Dunkels, das die letzten Lichter in den Wolken am Horizont verschlang.
Über dem Silberlaub der Ölbäume schwebte schon der Schein des Mondes. Julianus stand vor seinem Zelt und starrte in den Himmel über ihm. »Wohin das Glitzern der Sterne auch fällt, da ist Rom«, sagte er sich. »Und du, Marcus Antonius Julianus, bist zu einem wichtigen Teil seiner Präsenz geworden.« Vir perfectissimus, höchst

ruhmreicher Mann, würden sie ihn auf den Straßen Roms nennen – wenn er je nach Rom zurückkehren konnte. Er lachte leise auf. Die Zukunft ist klar – ich muß die Vergangenheit vergessen lernen. Marsena ben Arinos, die Zeit in Rom, die Zeit des Miteinanderaufwachsens...

Er wischte sich über die Augen, als wollte er die Gedanken bannen. Aber sie waren nicht zu bezwingen. Er wußte, er würde immer wieder an diese Augen erinnert werden, die ihm auf dem Schlachtfeld als letzter Abschiedsgruß erschienen waren. Ihn fröstelte. Die Nacht war mild, und dennoch zog ein Hauch von Kälte seinen Rücken hinauf. Du wirst dieses Land nicht verlassen können, wenn du sentimental wirst, sagte er sich, als er sich die nackten Arme rieb und wieder ins Zelt zurückkehrte. Jede Unsicherheit wird von den Juden brutal genutzt. Die Disziplin unserer Truppen wird von der Heimtücke der Juden und deren Hang zum Improvisieren mehr als untergraben, und nur eine klare emotionslose Gedankenführung wird uns weiter siegen lassen. Du kannst es dir nicht weiter leisten, den Freund und Bruder von einst in deinen Gedanken zu behalten!

Julianus warf sein Schwert auf die Liege. Nachdenklich ruhte sein Blick auf der Waffe. Er schüttelte wie verwirrt den Kopf. Die Gedanken würden immer wiederkehren, solange er diese Waffe bei sich trüge. Er zog das Schwert aus der Scheide. Die blaue Stahlklinge funkelte im Licht der Öllampe. Seine Finger schmiegten sich um die Faune des Griffes und er vermeinte, die Halbgötter grinsen zu sehen.

Julianus' Augen waren in die Vergangenheit versunken. Sie waren eigentlich immer Rivalen gewesen, seit sein Vater diesen jüdischen Jungen mit nach Hause geschleppt hatte. Nur hatte er, Marcus Antonius, dies aus seiner übergeordneten Stellung nie so richtig verspürt. Mit der Zeit war ihm Marsena auch mehr als kleinerer Bruder erschienen als ein Untergebener oder gar Sklave. Und dennoch hatte es eine Wende zwischen ihnen gegeben, als sie beide Lydia, die Tochter des M. Aponius Saturnius, des Statthalters von Moesien, kennengelernt hatten. Was hatte er alles unternommen, um ihre Gunst zu erlangen! Und dennoch war es Marsena, dem Lydia ihre Aufmerksamkeit geschenkt hatte, und Claudia, seine Schwester.

Er hatte den Flußgöttern des Tiber ganze Rosenbündel geopfert, um sie zu veranlassen, Lydia zu einem Spaziergang mit ihm an den Ufern des Flusses zu bewegen. Sie war der Auffassung gewesen, nichts Romantisches darin zu sehen, da der Fluß üble Gerüche verbreitete und zudem am Abend vom Pöbel der Stadt belagert wäre. – Ob sie diese Meinung auch bei seinem Stiefbruder Marsena geltend gemacht hätte? Jedenfalls wußte sie von Mondscheinspaziergängen mit ihm zu schwärmen, was die glühende Eifersucht Claudias zur Folge hatte und seine eigene.

Es ist alles vorbei, dachte er. Niemand von allen Beteiligten der damaligen Zeit hat seine Träume erfüllen können. Claudia hatte Marsena nicht bekommen, er nicht Lydia. Sie hatten sich alle aus den Augen verloren, und die Erinnerung war nur wehmutsvolle Vergangenheit.

»Wir hätten alle glücklich sein können, Marsena«, flüsterten seine Lippen. »Claudia wäre dir eine Frau von bester Herkunft gewesen; eine Frau, die selbst Kaiser begehrten.«

Er fühlte seinen alten Stolz wieder. Die Julier waren ein beinahe so altes Geschlecht wie Rom selbst. Wir hätten mehr aus dem machen können, was uns die Schicksalsgöttinnen beschert hatten. Du bist jetzt bei den Aufständischen, die diesen Sommer nicht überleben werden und ich, Marcus Antonius Julianus, neuernannter Prokurator von einem ausgebrannten Land, der du den Auftrag hast, den letzten Lebenskeim, der Jerusalem heißt, zu zertreten.

Wie sehnsüchtig man sich an die Vergangenheit klammert! Du mußt dir eingestehen, eigentlich nie Freunde besessen zu haben. Ja, an Saufkumpanen hatte es nie gemangelt. Wenn du jemanden als Begleiter für eines der Bordelle am Platz des Crassus suchtest, dann war der Sohn des Vespasian mit Bestimmtheit nie abgeneigt gewesen. Aber einen Freund, mit dem ihn innige Zuneigung verband, hatte es nur in Marsena, dem Sohn eines jüdischen Niemand gegeben.

Ich werde einen Krieg gewinnen und alles verlieren! Er ließ den Elfenbeinstab achtlos aus seiner Hand gleiten.

Aller Ehrgeiz und alle Macht haben ein Ende, sagte er sich, und die Traurigkeit, die in ihm plötzlich aufkam, war ungewohnt und erschreckte ihn. Claudia wird meinen Brief schon erhalten haben, dachte er, und er wußte, daß damit die letzten Ketten zersprengt waren, die die Vergangenheit, wenn auch in einem sehnsuchtsvollen, wehmütigen Bild, zusammengehalten hatten.

Er sah hinauf. Die Höhe des Zeltes verlor sich im Nichts. Das Dunkel ist die Zukunft unser Selbst, sagte er zu sich und schloß die Augen.

*

Marsena starrte in die Nacht hinaus. Das Dunkel war ohne Anfang und ohne Ende. Aber er brauchte kein Licht, um die Vergangenheit, Bildern gleich, in die Erinnerung zurückzurufen.
Der Tod war um dich seit du die Träume deiner Kindheit hinter dir lassen mußtest. Deine Eltern starben vor zwanzig Jahren, damals, als die große Epidemie über die Stadt kam, die kaum eine Familie verschonte. Auch die Frau Ari ben Aschchurs, die dir wie eine zweite Mutter gewesen war, war nicht verschont geblieben. Deine Tränen von damals gleichen denen, die jetzt unsichtbar in deinem Herzen sind. Und sie sind Teil deines Volkes und deiner selbst. Nichts wird vergessen sein, wie immer die Tage auch enden werden und wie immer die Zukunft auch sein mag.
Im Grunde deines Herzens warst du immer einsam. All die Geschäftigkeit des Lebens um dich her hat dich erfaßt, aber nie wirklich berührt. Doch bist du ungerecht, wenn du nur deine Trauer bemitleidest. Aller Stolz der Erde findet sein Ende in den Händen dessen, der allem Leben die Grenzen setzt.
Er dachte an Claudia, deren Liebe er den verschiedenen Welten opfern mußte, aus denen sie beide stammten. Tiefes Empfinden hatten sie beide wohl an dem Tage füreinander gezeigt, als Licinius Julianus starb.
Er sah sich vor Claudia stehen. Er ergriff ihre Hand, und tiefe Zuneigung glomm in ihm auf. Armes Mädchen! Aufgewachsen in der sorglosen Geborgenheit des scheinbar unsterblichen julianischen Geschlechtes, mußte ihr Fall tief und schmerzhaft sein.
Er hatte sie in die Arme genommen. Ihre Tränen waren an seinen Wangen entlanggeflossen, und ihr Schluchzen hatte in seinem Herzen ein Echo von Schmerz und Trauer entfacht.
Wo war die Erinnerung an Freude und Frohsinn? Marsena schüttelte den Kopf. Jedes Denken, jedes Nachforschen an die Vergangenheit ließ Bilder in den Sinn kommen, die nur Schrecken in sich bargen.
Marcus und Claudia – ihr seid in Roms Armen geblieben und mit euch ein Teil meiner Sehnsucht und meiner Träume.
Er sah Claudia vor sich, wie sie ihm auf dem Fest des Nero entglitt. Glut stieg in ihm auf. Da tanzte sie so nahe vor ihm, daß er glaubte, den durchsichtigen Saum ihres hauchfeinen Byssusgewandes fassen zu können, unter dem ihr Körper wirbelte und alle Schönheit dieser Welt verborgen zu halten suchte. Und doch würde sie ihm nie nahe genug sein. Sie war Patrizierin aus dem königlichen Geschlecht der

Julianer. Er nur ein Nichts aus dem unbekannten Judäa – ein Barbar vielleicht, zumindest niemand, den zu beachten wert gewesen wäre. Du hättest damals wissen müssen, wohin du gehörst, Marsena ben Arinos, Sohn eines Pharisäers, Erbe eines Pharisäers, wie lange deine Linie auch in den Schoß deines Vorvaters Abraham zurückreichen mochte!

Wie naiv waren doch seine Worte gewesen, die er in der Unvernunft seiner Jugend an die reiche Erbin des Hauses der Julianer gerichtet hatte: »Claudia, ich möchte dir die Berge zeigen, wo der Wind geboren wird, die Klüfte, wo Steinbock und Gazelle die einsamen Quellen aufsuchen, die nur die Liebenden kennen. Ich will dir ein Land zeigen, in dem heute noch der Atem unseres Gottes die Ebenen erblühen läßt und die Glut aus den Schluchten verbannt. Ich will dir die Felder und die Hügel zeigen, in denen die Liebe unsterblich geworden ist, weil sie von den Erinnerungen lebt, die in dem großen Lied des Salomo für alle Ewigkeit verborgen sind. In keinem Land der Welt ist alle Schönheit dieser Erde so vereint wie in Israel. Schnee und Tau, Wasser und Wüste, Dunkel der Berge und Licht der Täler, Braun des Sandes und Rot der Feueranemonen, das träge Blei auf den Wellen des großen Salzmeeres und die sprühenden Wirbel des Jordan. – Jugend und Alter, ein untrennbares Sein auf unabsehbare Zeit.«

Er hätte ihre Antwort wissen müssen: »Für einen Kleinviehhirten mag dies wohl recht annehmbar sein.« Klang in seinen Ohren nicht das Gelächter ihrer Gespielinnen nach?

Rom und Israel – wie konnte je eine Einigung erfolgen!

In seinen Gedanken glomm die Erinnerung aus den Schriften des Moses auf: »Und Gott sprach – ich werde Feindschaft setzen zwischen deinem Samen und meinem Samen...«

Traf dies nicht auf sie selbst zu? – Solange Israel nicht frei ist, und solange Rom nicht die Empfindungen der Völker rings um sich achtet, wird Feindschaft sein zwischen all den Göttern, ob falsche oder wahre, im ganzen Universum.

Claudia! In all dieser Unvernunft liegt unsere Liebe und Freundschaft begraben! Vielleicht mochtest du mich auf deine Weise. Meine Liebe zu dir war mehr als nur die zu einer Schwester. Wie hätte ich es deinem Bruder erklären können, ohne daß er mich zurückgehalten hätte? Von deiner Liebe hätte ich nur den Befehl Roms verspürt, wie immer du auch für mich empfunden haben mochtest. Für dich wäre ich nur das Mitleid deines Vaters gewesen, die Gunsterweisung deines Bruders und die wohlwollende Geste deiner selbst. Wahre Liebe geht über die eigene Person hinaus. Sie sieht weder auf Herkunft noch Zukunft – sie sieht nur sie und ihn!

*

Ari ben Aschchur wußte schon vom Tod seines zweiten Sohnes. Von weitem hörte Marsena das Schrillen der Klageweiber. Er fand den Vater Judas' im Hof unter der mächtigen Platane stehen. Neben ihm starrte Simon, auf den großen Bogen gestützt, unbeweglich in die Schatten der hereinbrechenden Nacht. Damaris saß neben ihrem Vater auf der Marmorbank und hatte ihr Antlitz mit einem Schleier verhüllt. Als Marsena den Hof betrat, verstummten für einen Augenblick die Klagen der Weiber, die sich vor dem großen Feuer inmitten des Platzes hinwarfen und ihrem Schmerz mit Jammern und Schreien Ausdruck verliehen.

»Ich wünschte, ich wäre für ihn gestorben, mein Vater«, sagte Marsena in die Stille, und er wußte, daß er mit seinen Worten die Wahrheit meinte.

Ari stand noch eine Weile mit dem Rücken zu ihm, die geballten Fäuste auf die marmorne Balustrade gestützt. Als er sich umwandte, sah Marsena, daß in den Augen des alten Mannes Tränen blinkten.

Wie ist dieses ausdrucksvolle Gesicht verändert, dachte er erschrokken. Er bereute, hergekommen zu sein. Vor seinen Augen muß ich wie ein Fremder sein, der lebt, während sein Sohn tot ist, sein Erstgeborener. In seinen Augen wirst du wie Hohn wirken, die ewige Erinnerung, daß in diesem, für Judäa so nutzlosen Kampf, bereits zwei seiner Söhne gefallen waren.

Marsena blickte zu Boden und wollte den Hof verlassen. Da hörte er die Stimme Aris wie von weither aus dem Dunkel der Nacht. Er stand hoch aufgerichtet da und wies auf den sternenübersäten Himmel.

»Siehst du den Prokyon? Er wird ewig seine Bahn ziehen. Die Unendlichkeit blickt auf uns herab. Was bedeuten da schon die kurzen Augenblicke von Trauer und Schmerz in seinem Dasein? In jedem Augenblick vergehen Tausende von Sternen, und neue werden erschaffen, doch für uns bleibt der Anblick der Sternenflut immer der gleiche. In jedem Werden und Vergehen steckt die Weisheit unseres Gottes Jehova. Warum sollte uns die Unendlichkeit seines Wesens erschrecken, nur weil wir hier in unserem Sein lediglich den Bruchteil

seiner Zeit erleben? Mein Sohn ist tot. Er ist einen Bruchteil dieser Unendlichkeit zu früh gestorben. Aber schon jeher war der Tod ein Teil des Lebens, und die Geburt der Beginn des Todes. Warum sollen wir trauern, nur weil wir in unserer Eitelkeit glauben, daß dem Geschick der Menschen mit einem Opfer Genüge geleistet wäre? Ja, trauert, meine Brüder und Schwestern. Trauert aber nicht um ihn, denn was wolltet ihr hinzufügen, was in meinem Herzen nicht schon ausgesprochen wäre? Trauert um euch selbst, die ihr allen Schmerz und alles Leid der Zukunft überlassen müßt. Wer weiß, ob uns dann noch genügend Tränen bleiben werden? Wie wichtig werten wir unser eigenes Ich, unser Sein, das dem Tropfen an den Halmen der Gräser gleicht, und das im Angesicht der Sonne verhaucht? Welche Taten wollt ihr aufzählen, die es wert wären, einem Menschen Unsterblichkeit zu verleihen? Möge mir der Gott Israels verzeihen, daß ich nicht die Stärke besitze und den Glauben, wie einst sein Knecht Hiob. Denn um wieviel reicher bin ich doch geblieben als er, der alles verlor? Ich habe eine Tochter, die mir geblieben ist, und einen Sohn.«
Er blickte Marsena lange an, während ihm die Tränen über die Wangen liefen. Dann schloß er ihn in die Arme. »Und ich habe einen Sohn hinzugewonnen«, flüsterte er mit erstickter Stimme und drückte ihn an seine Brust. »Wie kleinmütig sind wir doch, o Herr des Universums! Wie unwichtig sind wir selbst, wie bedeutungslos unsere Trauer, wie eitel unser Herz in Anbetracht der Unendlichkeit, die über uns steht!«
Das Schrillen der Klageweiber war verstummt, die Feuer im Hof verglommen, die Fackeln erloschen. Nur die Sterne beleuchteten die Säulenkolonnaden, die Weinreben an den Wänden, den Garten, in dem das Laub der Ölbäume schimmerte, und die Gestalten auf der Terrasse – einen alten Mann, zwei Jünglinge und ein Mädchen, die zu den Sternen emporblickten.

*

Der Schlaf war weit, und die Gedanken pulsierten wie Trommelschläge durch sein Bewußtsein.
Bei Gilead hatte er noch geweint, bei Judas fand er keine Tränen mehr. Morgen, wenn der Ölberg seine Sonnenkrone aufsetzte, würde alles nur ein trüber Schatten sein, ohne Berechtigung auf Existenz. Der Himmel war fern, und sein Leuchten fand seinen Spiegel in den Feuern der Römer.

Nein, nicht die Vergangenheit würde morgen ein vergessener Schatten sein, sondern Judas. Nicht der Wunsch nach Rache würde siegen, sondern die Erinnerung an den Pfeil eines unbekannten arabischen oder syrischen Bogenschützen. Wir sterben alle, sagten seine Gedanken; ein festes klares Sterben. Nur die Zeit und der Ort bleiben variabel. Aber die Szene wird Jerusalem bleiben. Du bist nicht schlechter dran als wir, Judas. Was zählen schon Tage im Angesicht der Ewigkeit?

Er schauderte. Wenige Tage zuvor, im Gespräch über die Kampfweise der römischen Hilfstruppen, hatte er noch gesagt: »Habt ihr schon einmal syrische Bogenschützen im Kampf erlebt? – Ihre Augen, die wie Feuer brennen, wenn die Sehne ihres Bogens bis an ihre Lippen gespannt ist? – Und es für sie kein schöneres Erlebnis gibt, als wenn einer ihrer Pfeile mit solcher Wucht abgeschossen wurde, daß er gleich einem Speer durch den Körper des Gegners dringt, um mit der Spitze wieder herauszuragen? Fast sportlicher Ehrgeiz liegt darin, nicht nur den Gegner zu töten, sondern ihn mit ihrem, ihnen eigenen Stil zu durchbohren.«

Welch grausame Ironie, mein Bruder Judas! Meine Worte waren gleich der Prophetie deines Todes.

Seine Hand strich über die Zweige eines Granatapfelbaumes. Tiefe Wehmut überkam ihn. Vor kurzem hatte er noch geblüht, jetzt waren seine Früchte schon reif geworden.

Nichts wird bleiben, wie es war, und nichts werden wir je wieder so empfinden können, wie unsere Träume es uns vor kurzem noch vorzugaukeln vermochten. Wie reichen sich Tod und Leben in unfaßlicher Gleichgültigkeit in dieser Zeit die Hand!

Stämme und Laub der Platanen schimmerten silbern im Mondlicht. Ein Windstoß fegte durch das Astwerk, und das Rauschen der Blätter und Blütenrispen begleiteten seinen Weg über die Mauern zum Ölberg. Irgendwo bellte ein Hund und die darauffolgende Stille schien unendlich.

In Marsena war nur Leere und Trauer. Das Zauberwerk der Mondnacht fand keinen Widerschein in den Augen des Juden, und der verlorene Glanz des Jupiters fern und weit oben im Sternenmeer war so unnahbar wie die Gedanken, die sich einsam in der Sommernacht verloren.

Ich habe meine Freunde für immer verloren, dachte er und atmete die süßherbe Luft, die seinen Gefühlen in seltsamer Weise zu gleichen

schien. – Judas ist auf dem Schlachtfeld gefallen, und Marcus Julianus gehört zu Rom.
Seltsam, beide Seiten waren von ihm weggerückt, und er fühlte, daß nur noch ein Mädchen ihn an Judäa band, Damaris. Doch in seinen Schmerz konnte sich auch ihr Bild nicht einfügen. Liebe und Trauer wogten gegeneinander wie ein unstetes Meer, in dem seine Gefühle kein Ufer fanden. Oh, mein Gott, Damaris, dachte er. Wenn die Zukunft auch wie eine offene Buchrolle vor mir aufliegen sollte – ich mag ihren Inhalt nicht kennen. Die Sterne haben eine Zukunft, das Universum birgt sie in seiner Unendlichkeit und nur Gott vermag sie zu offenbaren.
Oh, Ari, mein Vater, wie wird der Tod deines zweiten Sohnes in dir brennen, wo du doch den von Gilead kaum verwunden hast? Marsena kniete auf der noch warmen Erde nieder, und es war, als striche seine Hand ein letztes Mal über das Haar seines toten Freundes. Das Leben bewegt sich wie die Sternbilder am Himmel, fast unmerklich und doch stetig, ohne Unterlaß.
Vor noch nicht langer Zeit hatte er ebenso auf der Erde gekniet, nur der Himmel über ihm war römisch gewesen, und Jupiter hatte seine Macht nicht nur am Himmel ausgestrahlt. Er hatte damals einsam zu seinem Gott gebetet, und es war nach langer Zeit wieder der Name Jehova über seine Lippen gekommen. Die Kuriermeldungen hatten damals von einem Aufruhr in Palästina berichtet, und in ihm war unerklärlicherweise tiefe Furcht aufgekommen. Nichts hatte ihn eigentlich mehr mit Israel verbunden, und dennoch hatte sich sein Herz verkrampft, und er hatte seinen Gott das erste Mal nach vielen Jahren angesprochen. War es sein Werk, daß er nun hier in Jerusalem war? Er hätte diese Frage nie beantworten können, so seltsam kam ihm nachträglich seine Rückkehr zu dem Volk seiner Väter vor.
Wo war er gewesen, als die Nachricht vom Aufstand der Juden die Gemüter der römischen Gesellschaft aufgewühlt hatte? Er war nach Rhegium abkommandiert worden und hatte nicht erfahren, daß Marcus Julianus im Gebiet der Aufständischen ein Truppenkontingent übernehmen sollte. Wenn er sich zurückerinnerte, dann fand er es gut, daß er von Julianus' Abreise nichts erfahren hatte. Denn hätte er ihm Glück wünschen können zum Kampf gegen Judäa, er – ein Jude? Man hatte von einem Ausflug nach Palästina gesprochen, von einem kurzen Aufenthalt, der nur wenige Wochen beanspruchen sollte, um die frechen Aufwiegler zurechtzuweisen, und es war ein Krieg ge-

worden, der die besten Truppen Roms beschäftigte. – Ein Krieg, den er, Marsena ben Arinos, so sehr aus seinem Bewußtsein zu drängen versucht hatte, und der ihn nun mit unlösbaren Krallen umklammert hielt.
Nero hatte getobt, daß ein so kampferprobtes Corps, wie die Zwölfte Legion unter Cestius Gallus nicht in der Lage gewesen war, ein paar Rebellen niederzuwerfen. Aber einen Verrückten, der in der Lage war, Rom anzuzünden, konnte auch die Erklärung, daß es sich um mehr handelte als nur um einen gewöhnlichen Aufstand, nicht dazu bringen, die Truppen in Palästina zu verstärken. Cestius Gallus' Niederlage vor Jerusalem war da nur noch die Quintessenz einer taktisch völlig verkehrt gesehenen Situation. Erst nach dieser schmerzlichen Niederlage, die zudem das Ansehen Roms in vielen Provinzen geschwächt hatte, war sich Nero darüber klargeworden, daß Palästina mit aller Konsequenz niedergeworfen werden mußte, sollte sich der keimende Widerstand, der bei vielen, Rom untertanen Völkern offensichtlich zu werden begann, wieder legen. Nero hatte daraufhin Vespasian aus Britannien zurückbeordert und ihm zusammen mit seinem Sohn Titus die Niederwerfung des Aufstandes übertragen. Und Palästina war gefallen, Stadt um Stadt, und nur Jerusalem trotzte noch, eine letzte Bastion in einem verbrannten Land.
Wie seltsam. Wenn er zu den Sternen emporblickte, dann war nur Ruhe um ihn. Der Kampf, der am Tag die Mauern umbrandete, hüllte sich in Schweigen. Die Mauerbrecher, die auch nachts die Nordmauer bei den Frauentürmen behämmerten, waren hier nicht zu hören. Es hätte eine Nacht wie vor Wochen im Frühling sein können, wenn die Erinnerungen jeden Traum nicht schon im Entstehen zunichte gemacht hätten.
Er sah sich im römischen Grase knien und zu Jehova, dem Gott Israels, beten. Er hätte die Worte von damals wiederholen können, so nahe war die Erinnerung. »Mögest du mich nie gegen Israel kämpfen lassen, o Gott Abrahams, Isaaks und Jakobs.« Aber in seinen Gedanken war auch die Hoffnung gewesen, nie das Schwert gegen Rom erheben zu müssen. Nichts von all den jungen Träumen, die ein Tribun Roms zu denken gewagt hatte, war in Erfüllung gegangen. Er hatte in all seinem Sehnen nach den Sternen gegriffen und nicht bedacht, daß die meisten Wunschträume so unerreichbar waren wie die flammenden Punkte am Himmel selbst.
Die Ereignisse in der römischen Welt hatten sich überstürzt. Nero

war tot. Das Jahr der vier Kaiser war wie ein Orkan über Rom gejagt. Galba, Otho, Vitellius und Vespasian hatten sich in blutigen, bürgerkriegsähnlichen Kämpfen abgelöst. Marcus Julianus war aus Palästina mit der Abordnung des Mucianus, den Vespasian gegen Vitellius sandte, zurückgekehrt. Er selbst stand zu diesem Zeitpunkt mit der dritten Legion in Moesien, die unter der Führung des Primus gegen Vitellius' Truppen nach Cremona marschierte. Von den turbulenten Ereignissen in Rom und im Süden des Reiches wußte er nur vom Hörensagen, und ihm war das Grauen erspart geblieben, das sich über die Bevölkerung des geteilten Reiches wälzte. Von der Plünderung deines Hauses in Capua abgesehen, dachte er, und seine Hand strich über den Tau, der das Gras im Garten Aris im Mondschein zu einem diamantenen Teppich verwandelte. Er schüttelte den Kopf. Welch ein Wahnsinn in dieser Welt! Er hatte sich nie um Politik gekümmert, und doch konnte in dieser Zeit wohl kein Mensch mehr neutral bleiben. Hätte er damals in den Legionen des Vitellius gestanden, so lebte er heute vielleicht nicht mehr. So hatte ihn die Güte der Genien an der Seite seines Gönners Marcus Julianus kämpfen lassen, der vor Cremona mit den mucianischen Legionen zu denen des Primus gestoßen war. Genien? Marsena lächelte über sich selbst. Ich denke immer noch römisch, sogar jetzt noch, wo Rom als Feind vor den Mauern steht und mein jüdisches Blut sich gegen diese Macht wendet.
Es war die letzte Schlacht gewesen, in der er sein Schwert gebraucht hatte und die schlimmste, wie ihm seine Gedanken sagten. – Cremona – Römer gegen Römer. Das heißt, er lachte bitter auf, die wenigsten waren Römer gewesen. Gallier gegen Treverer, Spanier gegen Juden; ganze Völkerschaften, die nichts miteinander zu tun hatten, außer sich gegenseitig zu zerfleischen, weil Rom es so wollte. Nein, nicht einmal Rom! Weil ein Vitellius und ein Vespasian, die selbst nicht einmal in den Kampf eingreifen konnten, die Kaiserwürde so unter sich auszumachen gedachten. Lorbeer und Blut, ein würdiger Kontrast. Er sah vor sich die nächtliche Szenerie im Schein der Fakkeln. Er als frischgebackener Tribun, sollte die Reiterei an der linken Flanke führen. Marcus Julianus als sein Vorgesetzter und Legatus des Mucianus gehörte zum Stab der beiden Feldherren Antonius Primus und Mucianus und war mit einer schnellen Vorausabteilung noch in der Nacht zu ihnen gestoßen. Vor ihnen in Schlachtaufstellung die germanischen Legionen des Valens. Hinter den Mauern Cremonas der Rest des vitellianischen Heeres.

Seine erste schwere Verwundung. Das Pilum, das den bronzenen Schild, den messingenen Harnisch durchschlug und eine lange offene Wunde an seiner linken Hüfte hinterließ. Der Schwerthieb, der ihn verfehlte, seinem Pferd aber die Halsschlagader durchtrennte, das Stürzen, der Schmerz, das Toben um ihn her. Seine eigene heisere Stimme, die Befehle zu schreien vermochte, das Blut an der Seite, die Mauern, die plötzlich offen waren, das Schreien, das Kämpfen, die Flammen – der Sieg.

Die Auszeichnungen aus der Hand des Antonius Primus, der zufriedene Blick Marcus Julianus' und die endgültige Trennung von seinem Freund, eine Trennung, die wie er heute sah, damals schon Symbolik in sich barg, und die seinen Entschluß, Rom zu verlassen, sicherlich mit beeinflußt hatte. Marcus Julianus war wieder nach Palästina zurückgekehrt und in den Wochen, in denen Marsenas Verletzung ausheilte, hatten die Erzählungen des Römers über sein eigenes ausblutendes Land eine unstillbare schmerzliche Sehnsucht in ihm erzeugt.

Wie seltsam sich doch das Geschick des Menschen erfüllt, dachte er wehmütig. Für einen Augenblick hatten sie beide miteinander gekämpft, beide in Roms Truppen und beide eigentlich auch gegen Rom. Sie hätten wissen müssen, daß sie sich nie mehr auf dem Boden des römischen Mutterlandes wiedersehen würden. Vielleicht hatte es Julianus auch erraten, und den Abschied absichtlich kurz und ohne Regung ausfallen lassen, um seine Gefühle nicht zu offenbaren.

Drei Wochen, nachdem Julianus abgereist war, hatte sich Marsenas Entschluß zur unumstößlichen Entscheidung gefügt, und kaum hatte ihm der griechische Arzt im Julianischen Hause den letzten Verband abgenommen, als er sich auch schon in Ostia auf einer Triere nach Alexandria einschiffte.

Was hielt ihn noch in Rom? Marcus stand in Palästina, um gegen das Volk seines Blutes zu kämpfen, Valerius Licinius Julianus war tot, und Claudia? Er hätte Julianus Schwester lieben können, hätte das Wesen der römischen Frau nicht selbst Schranken aufgebaut. Die Träume eines jungen verliebten Offiziersanwärters waren in den Wäldern Germaniens verflogen, und die Erinnerungen an eine ehrgeizige junge Frau hatten sie endgültig zum Schweigen gebracht.

Seine Lippen überzog ein flüchtiges Lächeln, als er sich erinnerte, daß seine letzte Legion, die VII. unter Antonius Primus, Claudia genannt wurde.

In seinen Augen spiegelten sich Orion, Gemini und Canis major. Ein Meer von Silber schwebte über dem Laub der Olivenbäume.
Wie anders der Himmel hier doch ist! dachte er. Der Bogen der Milchstraße erstreckt sich über alle Punkte der Erde, und doch erscheint er in faszinierender Weise dem Auge neu und unberührt, wo immer wir uns auch befinden.
Der Himmel ist heller als in Rom und gleißender als in Gallien. Es scheint, als gäbe es mehr Sterne hier, die über den Hügeln Judäas den violettschwarzen Himmel erklimmen. In diesem Land, das Gott einst erwählte, hätte die Freude geboren sein können, der pulsierende Atem zu jubelndem Leben. Und doch ist nichts geblieben von alledem, nur der Wunsch und die Hoffnung, daß den Generationen der Zukunft die Träume erhalten bleiben, die jedem Fußbreit dieses Landes entströmen. Wie anders war hingegen das Land im Norden des römischen Reiches. Jenseits der Alpen erstreckte sich das Reich der Schatten, mit der hohen nachtdunklen Wand der Fichtenwälder, dem Schweigen über den Moorseen, dem sachten geheimnisvollen Wispern in den Blättern der Eichen- und Buchenwälder. Aber wer vermochte davon zu träumen? – Rom? Keinesfalls. Für Rom waren die dunklen Seen Hindernisse, die die Legionen zu überwinden hatten, die rauschenden klaren Flüsse Fakten, die überbrückt werden mußten. Phantasie und Träume waren Dinge, die sich die zu erobernden Völker leisten durften und nicht Rom, das sich diesen Luxus der Gefühle nicht leisten konnte. Eine reiche Nation, dieses Rom, und dennoch arm, weil ihm so vieles von dem fehlte, was andere Völker in liebenswerter Erinnerung bleiben ließ.
Das Sternbild des Orion war hinter den westlichen Bergen Judäas versunken. Marsenas Augen starrten müde zu den Sternen. In ihnen spiegelten sich Aldebaran und Hyaden. Aber er sah sie nicht mehr, denn er war eingeschlafen.

*

Ben Ari hatte seine Familie in den phönizischen Saal gebeten, außerdem noch Zilla, die Vertraute des Hauses, und seine engsten Bediensteten. Sie saßen auf den Marmorbänken, und es hätte ein Tag sein können wie einer vor Wochen und Monaten, wäre nicht die Trauer in den Gesichtern der Anwesenden zu lesen gewesen, die Lautlosigkeit des Raumes, in dem das Plätschern aus den bronzenen Zuläufen in den Teich verstummt war.

Damaris hielt ihren Blick gesenkt, und Marsena vermochte nicht in ihren Augen zu lesen. Der Tod Judas ben Aris hatte tiefere Klüfte in das Leben des Hauses gebrochen, als es Worte auszudrücken vermochten. Ari ben Aschchur hatte sich erhoben. Er wirkte gefaßt und beherrscht. Er war in ein graues Gewand aus Sackleinen gekleidet. In seinen Haaren mischte sich das Grau des Alters mit dem der Asche der Trauer. Er hob seine Arme und machte eine weit ausholende Geste. »Freunde des Hauses, meine Söhne und meine Tochter. Wir haben in wenigen Wochen mehr aus unseren Herzen reißen müssen, als es Worte auszudrücken vermögen. Aber als Vater meines Sohnes Judas, eures Freundes, will ich das Vermächtnis unseres Hauses aussprechen, und es möge sich jeder dieser Gedanken annehmen, der unter diesem Dache schläft. Judas ist gefallen. Er starb für Israel, wie Tausende unserer Brüder und Freunde zuvor. Er ist ein Teil dieses Volkes, das von Abraham an, unserem Vorvater, stets im Kampf gegen seine Feinde leben mußte. Er lebte für diesen Gedanken, und er starb dafür. Die Trauer gebührt keinem einzelnen. Wir trauern bei jedem Sterbenden in unserem Volk, und so möge es sein, solange wir atmen. Ob wir eines Tages wieder die Freiheit atmen dürfen, weiß nur der Gott Israels selbst. Aber wir haben ein Erbe weiterzuführen, das über die Belange eines einzelnen hinausgeht. Auch über das Wissen um den Tod eines geliebten Sohnes.« Ben Ari versuchte sich zu beherrschen. Aber in seinen Augen waren die Tränen nicht zu übersehen.

Seine Stimme war rauh, aber er versuchte ihr einen festen Klang zu geben. »Auch ich glaube nicht, daß wir Jerusalem noch zu retten vermögen. Aber war es nicht seit jeher, daß sich Israel gegen alle Völker der Welt zur Wehr setzen mußte? Und es waren Zeiten des Triumphes! Haben wir nicht das Erbe Davids, Josuas und der Richter zu verteidigen, die machtvollen Siege über übermächtige Feinde?«

»Ihnen half Gott«, murmelte Marsena bitter. »An ihm zerbrachen die Heere. Er ließ die Mauern Jerichos bersten. Er gebot der Sonne Stillstand. Er vernichtete durch seine Macht die 185 000 Assyrer, und er führte Davids Hand gegen die Philister zum Sieg. Seine Wundertaten machten das Volk Israel stark und hoben es über alle Nationen. Wir brauchen jetzt seine Wunder, und nicht unseren Mut! Aber warum sollte er uns helfen?« Marsena lachte auf. »Wo wir als sein Volk seine Gesetze mißachtet, ja geradezu mit Füßen getreten haben? Ich frage mich manchmal, wieso er ausgerechnet uns als sein auserwähltes

Volk angenommen hat? Wir haben ihm diese Gunst in all den Jahrhunderten wahrlich schlecht gelohnt.«
Ben Ari betrachtete ihn aufmerksam, und in seinen Augen mischte sich Verwunderung und Mitleid. »Du bist zu jung, um dich mit Selbstzerwürfnis quälen zu müssen. Willst du dich in Sackleinen und Asche kleiden – du, der du den Tod gar nicht zu kennen scheinst? Ich hätte Grund zur Trauer, nicht du! Überlaß es den Frauen zu klagen und fülle dein Herz wieder mit dem Mut der Jugend!«
Marsena seufzte tief. »O Gott, mein Vater. Ich fühle mich zu alt, um jemals wieder wissen zu können, was Jungsein bedeutet. Wie jung muß man sein, um Blut und Tränen, Trauer und Tod vergessen zu können? Und wie alt muß man erst werden, um begreifen zu lernen, daß Selbstbetrug der erste Schritt zum Ende bedeutet?«
Ari ben Aschchur hatte ihn aufmerksam beobachtet. Jetzt wischte er sich über die Augen. Die Tränen waren fort, und sein Blick war hart und glanzlos. »Was willst du? Warum bist du verzagt? Nicht du müßtest trauern, sondern ich!«
»Es waren meine Brüder. Mit ihnen ist ein Teil meines Herzens gestorben.«
Ari ben Aschchurs Lippen waren zu einem Strich zusammengepreßt. Und so klangen auch seine Worte: »Ich habe zwei Söhne verloren. Stirbt auch der dritte, dann werde ich zu klagen beginnen. Dann wird mein Herz all die unabsehbare Zeit vor uns in Trauer verbringen. Nicht du hast das Recht, deine Zuversicht wegzuwerfen, sondern der, dem der Tod alles genommen hat, und der auch dadurch noch nicht verzagt!«
Marsena wußte, er mußte Ben Aschchurs Haus verlassen. – Um seiner und seines väterlichen Freundes willen.
»Du hast zwei Söhne verloren, mein Vater«, sagte er sanft. »Und es ist, als wäre ich selbst gestorben. Aber du hast noch zwei Söhne. Simon und.... mich.«
Seine Stimme verklang im lautlosen Schweigen auf Ari ben Aschchurs Gesicht. Er würde wiederkehren, wenn der Schmerz nur noch Erinnerung war. Er verließ leise den Raum.

Am 15. Tag der Belagerung, dem siebten Tag des Monats Artemisios, hatten die Römer die Mauer des Agrippa durchbrochen. Seit Judas' Tod waren nahezu zwei Wochen vergangen, und Marsena kamen die Ereignisse wie seltsame Schattenbilder vor.

Die Nordmauer war viel zu schnell gefallen. Selbst die Optimisten unter Bar Gioras Leuten machten nachdenkliche Gesichter.

Fünfzehn Tage nur hatte die Belagerung bei den Frauentürmen gedauert. Den Berechnungen nach war ein Durchbruch nach frühestens drei Monaten zu erwarten gewesen. Aber man hatte sich in den Prognosen auf das Kriegsmaterial des Cestius Gallus gestützt, und die neuen Mauerbrecher vor der Stadt waren gewaltiger als alle anderen, die selbst Marsena je gesehen hatte.

»Nikon, der Titan« hatten sie die gewaltige Maschine getauft, die von der fünfzehnten Legion zum Einsatz gebracht worden war, und die bereits nach fünf Tagen die ersten Quader aus den gewaltigen Frauentürmen, der stärksten Nordbefestigung, gerissen hatte. Wenn auch die Mauer selbst dabei noch nicht in Mitleidenschaft gezogen worden war, zeigte doch dieser Anfangserfolg, daß all ihre optimistischen Vorstellungen von der Stärke der Befestigungsanlagen nur Wunschträume gewesen waren.

Er erinnerte sich der aufflackernden Panik, als mit einem Schlag aus verschiedenen Richtungen das ungeheure Getöse der Rammen einsetzte und einem Inferno gleich die Gassen und Häuser der Stadt erfüllte. Scheinbar jetzt erst war Simon bar Giora und Johannes von Gischala der Ernst der Gefahr bewußt geworden und Bar Giora hatte für Johannes' Leute Amnestie versprochen, sollten sie sich zur Verteidigung der Nordmauer bereit erklären.

Da war auch noch die Erinnerung an das gewaltige Schauspiel römischer Macht, als die zehnte Legion ihre Schnellschußkatapulte einsetzte, die die Mauern mit einem nahezu ununterbrochenen Hagel aus Pfeilen und Speeren bestrichen, so daß kaum einer der Verteidiger wagen konnte, über die Zinnen der Mauern zu blicken. Beim Grabmal des Hohenpriesters Johannes hatte der Beschuß durch die gewaltigen Steinwurfmaschinen begonnen, und am Anfang hatten sich die Verluste auf den Mauern noch in Grenzen halten können, da man Beobachtungsposten auf den Türmen aufgestellt hatte, die jeden Abschuß einer Schleuder meldeten. Die Flugbahn der hell schimmern-

den Steine konnte dadurch verfolgt werden, und meistens hatten sich alle schon zu Boden geworfen, bevor das Geschoß auftreffen konnte. – Bis die Römer die Steine schwarz anmalten und sie nun weit schlechter zu erkennen waren. Der Ruf »Achtung, der Sohn kommt!«, der jedes Nahen eines Geschosses ankündigte, wurde immer seltener, und die furchtbare Wirkung eines hundertpfündigen Steines, der alles von den Laufgängen fegte, immer häufiger. Marsena hatte recht behalten, als er auf die Schwächen der Nordmauer hingewiesen hatte. Er hatte noch die Szene vor Augen, bei einer der letzten Versammlungen vor dem Angriff der Römer.

»Wir müssen von Anfang an die Verteidigung auf die zweite Mauer konzentrieren«, hatte er damals gesagt. »Und alles Brauchbare aus der Bezetha muß schon von Anfang an sichergestellt werden. Denn mit all den neuen Maschinen, die in Rom in letzter Zeit entwickelt wurden, werdet ihr die schwache Mauer, die die Vorstadt umgibt, nicht länger als ein paar Wochen halten können. Und der Angriff wird hier erfolgen.« Er deutete auf eine Stelle des Modells von Jerusalem zwischen dem Psephinus-Turm und den Frauentürmen, an der der Stadtgraben fast völlig mit den Vorgärten eine Ebene bildete. »Hier werden die römischen Pioniere wenig Mühe haben, die Gebäudeunebenheiten auszugleichen, um ihre schweren Rammen an die Mauern heranzubringen.«

Und so war es auch geschehen.

In nur wenigen Tagen war das ganze Gebiet vor der Nordmauer zu einer einzigen Wüste geworden. Der gesamte Baumbestand war abgeholzt und zu Wällen verarbeitet, das Gelände eingeebnet, um so einen festen Untergrund für die Mauerbrecher zu schaffen. Zwischen den Wällen war das Heer postiert, um etwaige Ausfälle der Belagerten abzufangen. Links und rechts neben den Rammen waren die Wurfschützen und Bogenschützen verteilt und vor diesen noch die syrischen Scharfschützen, die jeden Angriff auf die Belagerungsmaschinen unmöglich machen sollten. Jede Verzäunung, jede Steinmauer um die kleinen Gärten vor der Stadt war niedergelegt worden. Der einst liebliche Anblick der Olivenhaine und Obstkulturen war verschwunden. Jede Vertiefung im Gelände war aufgefüllt worden, und selbst hervorstehende Felsen zertrümmert und abgetragen, so daß das ganze Gebiet vom Scopusberg bis zu den Grabmälern des Herodes hin, nahe dem Schlangenteich, eine einzige Aufmarschbahn bildete.

Und jetzt standen die Römer vor der zweiten Mauer, die die Vorstadt schützte. Marsena war sich klar, daß auch diese kaum in der Lage war, dem »Nikon« länger als einige Tage zu widerstehen. Und sie hatten nichts, was ihn zerstören konnte. Sie hatten versucht, ihn von den Mauern herab zu verbrennen, indem sie loderndes Öl und geschmolzenes Blei hinunterschütteten. Aber die Testudos hatten alles abgefangen, und die Elitetruppen aus Alexandria waren eigens zum Schutz der Maschine abgestellt worden. Und an ihnen zerbrach die Tollkühnheit der Juden, die immer wieder versuchten, in kleinen Gruppen an den Widder heranzukommen.
Auch hier machte sich die römische Taktik des Schnellfeuers bemerkbar. Für die jüdischen Bogen unerreichbar, eine Stadie hinter den Rammen postiert, schleuderten die Ballisten und Skorpione Steine und Bolzen mit vernichtender Wirkung gegen die Mauern. Was machte es schon aus, wenn einige Treffer zu kurz lagen und vor den Mauern in die eigenen Reihen fuhren? Die Ausfälle waren gering, und die Juden wagten im Geschoßhagel kaum die Köpfe zu heben, geschweige denn, gezielte Abwehrmaßnahmen auf den Mauern einzuleiten. Die Pioniere konnten fast im Manöverstil Sturmleitern und Sturmrampen an die Mauern schaffen. Um die Distanz für den Einsatz des Mauerbrechers festzustellen, warfen die technischen Truppen an Schnüren befestigte Bleikugeln zur Mauer und berechneten aus der Entfernung die Schwerpunktverstellung des gewaltigen sechsrädrigen Sturmbockes. Und das Ungeheuer, das an die zweite Mauer zu donnern begann, würde sie, die Juden langsam fressen. Die Römer hatten Zeit. Sie nicht. Jetzt schon mußten sie sich Sorgen machen um die Verpflegung der Kampftruppen. Der Bevölkerung selbst würde es noch schlechter ergehen. Und wir werden langsam müde, dachte Marsena, als die ersten Donnerstöße des Widders die Laufgänge erzittern ließen. Wir werden müde an Körper und Geist. Die Nächte sind voll von Alpträumen und die Tage voller Kampf. Und sie lassen uns nicht schlafen. Keinen Tag, keine Stunde. Wir werden solange kampfbereit sein, bis wir mitten in der Schlacht einschlafen. Er sah hinüber zum Psephinus-Turm, auf dem die Feldzeichen der zehnten Legion blinkten. »Die Grenzen, die sich Cestius Gallus damals setzte, sind bereits überschritten«, murmelte er müde.
Titus hatte das Lager der fünften, zwölften und fünfzehnten Legion in den Stadtteil verlegen lassen, der das Assyrerlager genannt wurde. Quer durch die Bezetha, die Neustadt, zog sich der Belagerungsring

bis zum Kidron und vereinigte sich am Ölberg mit dem Lager der zehnten Legion.
Für die Belagerer war die römische Truppe unerreichbar, da sie zur zweiten Mauer soviel Abstand hielt, daß selbst die Katapulte Johannes von Gischalas kaum Schaden anrichteten.
Marsena ben Arinos hatte Simon bar Gioras Männer auf die Antonia und auf die Hallen im Norden des Tempels verteilt. Er ließ einige der Katapulte des Cestius Gallus zum Grabmal König Alexanders und an die Einbruchstelle am Grab des Hohenpriesters Johannes bringen, von wo aus sie die zu erwartenden Angriffsformationen der Römer frei bestreichen konnten. Außerdem wurden vor der zweiten Mauer Verschanzungen errichtet, um die Wasserleitung zum Hippikosturm zu schützen. Marsena wußte, daß diese vorgezogenen Linien vor der zweiten Mauer kaum längere Zeit zu halten waren, da sie einen Kampf Mann gegen Mann erforderten, dem die Juden weder in Ausbildung noch an Zahl gewachsen sein konnten. Marsenas Plan war, die eisengepanzerten Belagerungstürme so lange wie möglich von der zweiten Mauer fernzuhalten, bis sie selbst alles kriegsnotwendige Material zur dritten Mauer in Sicherheit bringen konnten. Außerdem sollten die Häuser und Gassen zwischen den beiden Mauerformationen mit Scharfschützen durchsetzt werden, die den Römern nach dem vorauszusehenden Fall der zweiten Mauer die Möglichkeit erschweren sollte, ihr Kriegsmaterial ungehindert an die letzte Mauer heranzuschaffen.
Schon längst hatten die Kämpfe alle Formen der Ritterlichkeit verloren. Mit gegenseitiger Grausamkeit versuchten die Gegner, einander zu demoralisieren. Die täglichen Kreuzigungen vor den Mauern hatten die Verteidiger schon längst abstumpfen lassen. Jedes aufgerichtete Kreuz bedeutete weniger Baumaterial für die Schanzarbeiten. Aber die Stimmung hatte sich in Simon bar Gioras Lager gewandelt. Wenn Marsena geglaubt hatte, die Unterführer bar Gioras durch römische Disziplin und römischen Drill einigen zu können, sah er sich bei täglicher Bewährung tief enttäuscht. Sie würden auch in Monaten nicht an die Effizienz der römischen Truppen herankommen können. Es fehlte weniger am Können, sondern am Willen, sich den verhaßten römischen Eigenheiten unterzuordnen, wie sie spöttisch und auch unwillig bemerkten. Außerdem zermürbte der tägliche Kleinkrieg die Moral der freiheitsgewohnten Männer Bar Gioras, die bisher ihre Kampftaktiken nur in den galiläischen und judäischen Bergen ausge-

übt hatten, und sich dabei kaum von strategischen Überlegungen beeinflussen lassen mußten. Besonders Ananus ben Bagadates versuchte immer wieder Stimmung gegen Marsena zu machen, hatte er die Ernennung Marsenas zum Oberbefehlshaber der Truppen bar Gioras nie überwinden können.
Als Marsena mit Simon ben Ari und Eleasar ben Jair die Reihen der Bogenschützen am Monument des Alexander Hyrkanus abschritt, sah er Ananus ben Bagadates zusammen mit Archelaos ben Magadatus auf sich zukommen. Hinter ihm schritt eine Abteilung parthischer Schützen, die einen Mann hinter sich herzerrten, den Marsena nicht kannte. Ananus baute sich herausfordernd vor Marsena auf. Seine Augen glitzerten triumphierend, als er sagte: »Großer Befehlshaber! Es wird dich interessieren, mit welchen Methoden deine römischen Brüder das jüdische Volk zu vernichten suchen. Nicht nur, daß sie jeden, dessen sie habhaft werden, an die Nordmauern nageln, nein, sie machen sich einen Spaß daraus, jedem Juden bei lebendigem Leib das Fleisch von den Knochen zu ziehen. Die arabischen Hilfstruppen sind die schlimmsten. Sie schneiden allen den Bauch auf, in der Annahme, sie könnten in den Eingeweiden verschlucktes Gold finden, das Überläufer auf diese Weise aus der Stadt zu bringen suchen.«
Marsena schüttelte den Kopf. »Kein römischer Offizier würde das zulassen!«
Ananus zuckte die Schultern und winkte seinen Leuten hinter sich zu. Sie stießen den Mann zu Marsena vor, der vor ihm auf die Knie fiel. »Gnade, Herr!« rief der Mann schluchzend.
Marsena wandte sich verständnislos an Ben Bagadates. »Was soll das?« Ananus kicherte böse. »Er ist ein Überläufer.« Er stieß den Mann brutal in den Rücken. »Sprich Kerl, was du im Lager der syrischen Hilfstruppen erlebt hast!«
Der Mann sah hilfesuchend zu Marsena auf. »Er hat recht, Herr. Sie schneiden wirklich jedem den Bauch auf, sogar Frauen und Kindern. Es geht das Gerücht durch die römischen Lager, daß jeder, der aus Jerusalem kommt, Gold in seinem Magen hat. Ich konnte gerade noch entkommen. Aber ich habe das Schlachten mit eigenen Augen gesehen. Sie warten nicht einmal, bis die Opfer tot sind. Sie schneiden einem bei lebendigen Leib die Gedärme auf.«
Marsena sah ihn fassungslos an. »Du lügst, Kerl!«
»Nein Herr, sieh selbst!« Er zerrte seinen Umhang von seinem Ober-

körper. Eine frische Wunde, die allerdings nicht sehr tief war, zog sich quer über seinen Bauch.
»Ich konnte mich losreißen, bevor das Schwert tiefer eindringen konnte.«
In Marsenas Kehle würgte es.
Ananus von Emmaus sah Marsenas Reaktion mit Befriedigung. »Siehst du nun, großer Feldherr, daß in diesem Krieg jegliche Gnade nur Selbstverstümmelung ist? Wir werden keinen Römer mehr verschonen, aber auch keinen Überläufer.« Er gab den beiden Soldaten neben sich einen Wink. Einer packte den Knienden am Haar, und der zweite trennte dem laut Aufschreienden den Kopf ab. Über Ben Bagadates' weißes Gewand ergoß sich ein Schwall von Blut. »Eine letzte Warnung an alle, die vorhaben, aus Jerusalem zu fliehen. Überläufer, die unser Gold stehlen und die Verteidigungspläne unserer Stadt verraten, können wir uns nicht mehr leisten. Ich hoffe, es ist in deinem Sinne, großer Befehlshaber.« Er lachte hämisch. »Werft den Kopf unseren Freunden an den Mauern vor!«
Marsena beherrschte sich mühsam. »Ich sollte dir ins Gesicht schlagen, Ben Bagadates!« kam es von seinen zusammengepreßten Lippen. »Nicht die Römer sind es, die den Verteidigern die Moral nehmen, sondern du mit deinem Gift, mit deiner Gehässigkeit und mit der unnachahmlichen Gier, Zwietracht zu säen. Du bist der wahre Stachel in unserem Fleisch.«
Ananus lächelte böse. »Du wirst nicht wagen, deine Hand gegen mich zu erheben. Man könnte meinen, du würdest für Rom sein. Wovon ich überzeugt bin. Dein Kopf vor den Mauern Jerusalems wäre noch bedeutend attraktiver.«
Marsena beherrschte sich. Die parthischen Schützen würden ihm kaum Gelegenheit zu einer Erklärung geben. Sie waren Ben Bagadates sicherlich völlig ergeben, wußte der Schurke aus Emmaus sich mit Bestechung bei allen zwielichtigen Gestalten beliebt zu machen.
»Du bist nicht wert, daß meine Hand dich berührt«, sagte Marsena in erzwungener Ruhe. »Doch hoffe ich, daß du enden wirst, wie du es verdienst.«
Er stieg über den Rumpf des Hingerichteten hinweg und sah nicht mehr zurück.

*

In den Tagen, in denen er fern vom Hause Aris war, in denen er seine Liebe zu Damaris nur in Gedanken zu formen vermochte, spürte er, daß er ohne die Tochter des Ari nichts war, daß er weder kämpfen konnte noch in der Lage war, strategische Überlegungen zu formen. Er war eingebettet zwischen dem Haß, der von den Mauern herab gegen Rom geschleudert wurde, und dem Haß, der von den Neidern in den eigenen Reihen ihm entgegenbrandete. Allen voran der des Ananus ben Bagadates.

Er sehnte sich nach dem Hause Aris zurück, nach dem Anblick Damaris'. Aber er würde warten, bis man ihn zurückrief. Es sollten die ersten Tage der Trauer verstreichen, bis die Gedanken jedes einzelnen wieder Fuß fassen konnten. Der tägliche Kampf um Jerusalem würde die Tränen um einen einzelnen fortwischen. Es war nur der Ablauf der Zeit, der darüber Buch führen würde.

Marsena wußte, daß sie die zweite Mauer in den nächsten Tagen verlieren würden. Sie konnten den Kampf um Jerusalem nur in die Länge ziehen. Sie konnten im Endeffekt nur auf die Aktivitäten der Römer reagieren. Sie handelten, wenn die Truppen Roms gehandelt hatten. Nur im Kampf um die Mauer zur Vorstadt mußten sie den Römern in ihren Überlegungen zuvorkommen. Sie durften nicht warten, bis die zweite Mauer niedergelegt war und erst dann ihre Pläne entwerfen. Aber die Hindernisse, die sich in ihren eigenen Reihen auftaten, waren nahezu unüberwindlich.

Als Tribun hätte er Roms Soldaten einen Befehl erteilt, und er wäre ausgeführt worden, ob sinnvoll oder sinnlos, auch wenn er für die Soldaten den sicheren Tod bedeutet hätte. Wohl war er von Simon bar Giora als Oberbefehlshaber seiner Truppeneinheit anerkannt worden, wohl richtete sich sogar Johannes von Gischala danach. Aber jeder Befehl war unter den undisziplinierten Verteidigern ein Thema voller Diskussion. Sein Oberbefehl war in Wirklichkeit ein andauernder Versuch, eine wilde Herde von Bergziegen zu einen. Wie lange vermochte er diese Moral und Stärke für sich selbst zu erbringen?

Von hier, in der Nähe des Hauptquartiers Simon bar Gioras, konnte er die Dächer des arischen Palastes sehen, und das Sehnen war übermächtig. Ich gehöre zu Ari, wie seine Söhne selbst, wußte er. Aber er wußte auch, daß er diese Probe für sich und das Haus Aris zu bestehen hatte.

In den Nächten, in der Nähe der Nordmauer, träumte er von Dama-

ris. Weder das Hämmern der Widder noch das Klagen der Hörner konnte ihn aus seinen sehnsuchtsvollen Gedanken reißen, die Damaris hießen.
Vier Stadien trennten sie, und es war, als läge ein Kontinent zwischen ihnen. Ich muß sie wieder in meine Arme schließen dürfen, dachte er, als er seinen Blick vom Hause Aris wieder abwandte. Ich werde bald keine Kraft mehr haben für etwas Imaginäres zu kämpfen, sehe ich ihr Antlitz nicht.
Hatte er geglaubt, Abstand zu der Trauer im Hause Aris zu gewinnen, mußte er sich eingestehen, in unsinnigem Stolz gehandelt zu haben. Er hatte das Haus Aris verlassen und doch innerlich gehofft, man würde ihn zurückhalten. Nun schien die Entfernung nahezu unüberbrückbar, und so sehr er sich zurücksehnte, so wußte er doch, daß er warten mußte, bis seine Abwesenheit aus dem Dunkel der Trauer heraus wieder spürbar wurde.
Ob Damaris nach ihm geforscht hatte? Ein bitterer Nachgeschmack blieb als Antwort zurück. Hätte sie ihn finden können? Ihr Bruder Simon wußte sicherlich, wo er war. Aber auch Simon hatte er seit dem Tage, als er das Haus Aris verließ, nicht mehr gesehen. Gewiß, er verteidigte mit Eleasar ben Jair die Mauer gegen das Kidrontal hin, und die zehnte Legion am Ölberg würde sie immer wieder in Atem halten. Aber er hoffte mit jedem Tag mehr, daß das Haus Aris sich seiner wieder erinnerte.
Er war tief aufgewühlt, wenn er an Damaris dachte. Das sehnsuchtsvolle Verlangen war nahezu unerträglich. Er konnte nicht denken und nicht handeln. Er hörte den Plänen Simon bar Gioras zu, ohne sie zu vernehmen. Er kämpfte, und dennoch war nirgends ein Ziel, für das es sich zu kämpfen lohnte. Er würde auf der Mauer sterben, aus Unachtsamkeit oder aus Sehnsucht.
Durch die Arabesken seines Zimmerfensters krochen die Schatten. Wieder war ein Tag vergangen, und wieder hatten sie überlebt. Ob sie den Sommer überleben würden?
Das Pochen des Türklopfers riß ihn aus seinen Gedanken. Er sah auf. Simon ben Ari stand in der Tür.
Marsena hob erstaunt die Augen. »Ja, mein Bruder?«
Simon trat ins Zimmer. In seinen Augen waren Trauer und Freude zugleich.
»Mein Vater bittet dich, zu uns zurückzukehren.«

*

Im Haus des Ari war es still geworden. Die Stimmen Gileads und Judas' waren für immer verstummt. Die Zierbrunnen plätscherten nicht mehr im Sonnenglanz, und es schien, als wäre selbst das Gurren der Tauben in den Säulenkapitellen leiser geworden.
Eine zweite Rückkehr, dachte Marsena bewegt, als ihn Ari wortlos in die Arme schloß. Ob es das letzte Mal ist? Dann sah er Damaris im Schatten des Ganges, und unendliche Freude durchströmte ihn. Er wußte, daß nichts in seinem Blick mehr verborgen lag, sondern daß all seine Gefühle für alle Augen offen erkennbar sein mußten.
Für einen Augenblick wich die Trauer aus dem Blick ben Aris. Ein verstehendes Lächeln glitt über das verhärmte Antlitz. »Wie konntest du von uns gehen, mein Sohn?« sagte er mit dem Versuch eines Vorwurfes. »Du bist ein Teil von uns. Und nur das ewige Aus mag uns trennen.«
»Es war jeden Tag um mich«, flüsterte Marsena. »Und es hätte die Hand nach mir ausgestreckt, hättest du mich nicht zurückgeholt.«
Dann waren er und Damaris plötzlich allein im Raum. Ari ben Aschchur und Simon hatten sich still zurückgezogen. Sie hatten in Marsenas und Damaris' Augen die Sehnsucht und das Glück gesehen und verstanden. Ihre Arme umfingen seinen Nacken, und die dunkle Wolke ihres Haares umrahmte sein Gesicht. »Wie konntest du mir dies antun?« schluchzte sie, und er fand keine Antwort, nur das tiefe, brennende Glück, das jedes Wort unnötig machte.
Marsena wußte, daß der Frieden, den er empfand, nur in seinen Wünschen vorhanden war, in seinen Erinnerungen, und seit er die Tochter des Ari wiedergefunden hatte, in seinen Träumen. Aber es waren Träume, die es zu verwirklichen galt, solange die Welt um Jerusalem noch bestand. Ein Singen war in der Luft, als er sie an der Hand nahm. »Deine Nähe atmen, ist wie der Odem des Lebens«, flüsterte er. »Ich weiß nicht, wie ich all die Tage ohne dich leben konnte.« Das Silberornament der Ölbaumzweige schloß sich um die beiden, als sie zum Myrtenteich hinuntergingen.
»O Liebster«, flüsterte sie zurück, »wir können nicht einmal wenige Tage ohne einander sein. Wenn du nun...«
Er verschloß ihren Mund mit seinen Lippen. »Erinnere dich an die Worte Salomos. ›Lege mich wie ein Siegel auf dein Herz, wie ein Siegel auf deinen Arm; denn die Liebe ist so stark wie der Tod..!‹«
In ihren Augen waren Tränen. »Du weißt, dein Tod wäre auch meiner.«

Er küßte ihre Tränen fort. »Es würde ein Siegel bleiben, das an uns erinnern würde – Damaris und Marsena.«
Sie lächelte: »Der Drachenbaum.«
Er nickte und vergrub sein Gesicht in ihrem mitternachtschwarzen Haar. Sie lag in seinen Armen, und es gab kein Sterben, keine Tränen und keine Trauer mehr.

Die zweite Mauer

Marsena hatte recht behalten. Es war nur eine Frage der Zeit gewesen, bis der »Titan« die Mauer zur Vorstadt so erschüttert hatte, daß ein breiter Riß entstand, der selbst quer durch die großen Quadern aus festem Kalkstein ging. Die Römer hatten den großen Rammbock an der Stelle angesetzt, wo sich direkt bis an die Mauer die Buden und Läden der Wollhändler, der Schmiede und Kleiderhändler der Neustadt erstreckten und wo die zweite Mauer zum Golgathahügel hin abbog. Wenn auch die Römer die schwächste Stelle des Mauerkomplexes erkannt und nach relativ kurzer Zeit den Mauerdurchbruch geschafft hatten, waren sie dennoch in einer strategisch ungünstigen Lage. Wegen all der engen Gassen konnten sie ihre schwergepanzerten Belagerungstürme nicht nahe genug an die Mauer heranziehen, um die Verteidiger mit einem tödlichen Pfeilhagel eindecken zu können. So hielt sich die zweite Mauer länger, als es nach den erfolgreichen Rammversuchen hätte sein dürfen. Die römische Gardeeinheit aus tausend Schwerbewaffneten konnte sich nur auf den engen Spalt konzentrieren, den der »Titan« geschaffen hatte.
Und dennoch war der Weg zur letzten Mauer frei, sollte es nicht gelingen, die Römer wenigstens für Stunden aufzuhalten.
In Marsenas Ohren gellte noch der Schrei: »Die Mauer der Vorstadt bricht!« Und seine eigenen wilden Befehle: »Wenn wir diese Mauer jetzt verlieren, ohne die dritte gesichert zu haben, ist alles aus. Wir müssen sie zurückwerfen, solange sie die Bresche noch nicht vergrößert haben.«
Marsena wußte, daß die Römer einen Fehler gemacht hatten. Anstatt den Mauereinbruch zu sichern und den Rest der Mauer niederzulegen, um in breiter Front vorzugehen, drängten sie sich durch die enge Lücke und begannen, sich in die engen Gassen aufzuteilen, die von

den Buden der Wollhändler, Schmiede und Kleiderhändler gesäumt waren. Marsena war sich im klaren, daß sie die Truppen, die die Standarten der Gardetruppe Titus' trugen, nicht zurückwerfen konnten, wenn mehr als zwei Kohorten Fuß gefaßt hatten. Es sind Eliteeinheiten von Titus' Prätorianern, dachte Marsena mit ungutem Gefühl. Jetzt werden wir das erste Mal die wahre Klinge eines römischen Schwertes zu verspüren haben. Sie mußten die als Sicherungsgruppen vorgehenden Römer von den im Dunkel liegenden Buden längs der Mauer angreifen. Dieser Überraschungseffekt lag auf ihrer Seite, zumal sich die Truppeneinheit, die Marsena auf zirka tausend Mann schätzte, zu zersplittern begann. Die Juden waren zum ersten Mal im Vorteil. Sie kamen durch die engen Gassen der Vorstadt und überraschten die Römer, bevor diese die Bogenschützen postieren konnten. Von den Dächern überschüttete ein Regen von Pfeilen die verwirrten Legionäre. Aus Fenstern und Türen flogen Speere, und selbst Johannes von Gischala hatte von der entfernten Tempelmauer mit wechselhaftem Erfolg riskiert, seine Belagerungsmaschinen gegen die zurückflutenden römischen Soldaten zu richten. Flüchteten sich vereinzelte Soldaten in die engen Häusereingänge, wurden sie von drinnen niedergemacht. Daß Titus ein solcher Fehler unterlaufen war, wunderte Marsena. Auf der Militärakademie war als erstes Gebot gelehrt worden, nach der Erstürmung einer Mauer das dahintergelegene Gebiet niederzureißen oder niederzubrennen, um einen hinterrücks vorgetragenen Angriff des Feindes schon im Keim zu ersticken. Für die römischen Soldaten waren die engen Gassen tödlich, da sie hinter jeder Ecke einen Feind zu vermuten hatten, der aufgrund seiner Ortskenntnis zuschlagen und untertauchen konnte, ohne verfolgt werden zu können. Innerhalb kürzester Zeit befand sich die gesamte Truppe der Vorausabteilung in chaotischer Auflösung. Der Kampflärm steigerte sich noch, als Marsenas Truppe von den Idumäern bar Gioras zusätzlich Unterstützung bekam. Als Marsena sich für einen kurzen Augenblick umwandte, sah er Jonathan ben Assur dicht hinter sich. Er hatte ihm die ganze Zeit den Rücken freigehalten, ohne daß Marsena es bemerkt hatte. Jetzt glitt ein flüchtiges Lächeln über ben Assurs finstere Züge. »Damit wir den Krieg gewinnen, Damaris' wegen.« Marsena nickte ihm kurz zu. Er wußte, solange Ben Assur bei ihm war, brauchte er sich um das, was sich hinter ihm abspielte, keine Gedanken zu machen. Wie seltsam, ging es ihm durch den Kopf. Nach dem Krieg werden wir Todfeinde sein, und uns mit den

Schwertern, die uns jetzt gegenseitig schützen, umzubringen suchen. Wie sinnlos sich doch manche Fügungen zeigen! Ohne Damaris hätten wir Freunde sein können, und doch konnte keiner auf sie verzichten. Mit jedem Schwertstreich wußte es Marsena immer mehr: Er kämpfte nur für Damaris. Selbst das Bild Gileads war fast verblaßt, das ihn einst zu dem blinden Haß gegen Rom angetrieben hatte. Er lächelte bitter auf. Er glich Ben Assur immer mehr. Er verlor jeden Tag von seiner Menschlichkeit, die für ihn die Grundlage jeglicher Existenz bedeutet hatte. Er fragte sich, ob dieser neue Weg die Grundlage bilden konnte für das Empfinden, das ganz anderer Natur war, und das in seinem Bewußtsein nur einen Namen kannte – Damaris.
Doch jetzt war nicht die Zeit, um über Empfindungen nachzudenken, und er fragte sich, ob überhaupt jemals Zeit bleiben würde, um etwas anderes zu verspüren, um über etwas anderes nachdenken zu können als nur über Haß, Krieg und Tod.
Sie hatten die Römer schon wieder bis zur Einbruchstelle zurückgetrieben. Hier allerdings, auf engstem Raum zusammengepfercht, massierte sich die Abwehrkette, und Marsena sah mit Erstaunen unter ihnen die Feldzeichen von Marcus Julianus. Dann erblickte er Domitius Sabinus, der anscheinend die Abwehrschlacht organisierte. Die Bresche war zu eng, als daß die Römer geschlossen hätten zurückweichen können. Sie waren gezwungen, sich zu formieren, und Marsena konnte nicht umhin, dem Prätorianer Geschick und Umsicht zuzubilligen. Er hat viel von Marcus Julianus gelernt, dachte er und registrierte mit Unbehagen, wie sich die syrischen Bogenschützen an den Gassenenden zu postieren begannen. Sie schirmen mit ihrem Pfeilhagel jede Umklammerung ab, sagte sich Marsena resignierend. Wir selbst hätten diese Stelle sichern müssen, um ihnen erst gar keine Entfaltungsmöglichkeit für die Bogen zu geben. Jetzt war es zu spät. Marsena erkannte, daß sich, anstatt den Rückzug anzutreten, um die Mauerbresche ein Ring Schwerbewaffneter gebildet hatte, und durch den Durchbruch immer mehr Bogenschützen eindrangen. Das einzig Mögliche, dachte Marsena verärgert, aber gleichzeitig mit Bewunderung. Hätten sich die beiden Kohorten weiterhin in Panik durch die Mauerbresche zurückgedrängt, ohne sich abzusichern, wäre keiner von ihnen am Leben geblieben. So haben sie Zeit, ihre Testudos zu formieren und sich gegenseitig zu decken. Wir haben sie zwar zum Rückzug gezwungen, aber ihnen nicht die Verluste beibringen können, die sie entscheidend geschwächt haben würden.

Selbst vier Legionen hätten den Verlust von nahezu tausend Mann nicht verkraftet. Wir haben es in der Hand gehabt, dachte Marsena verbittert, und er stachelte seine Truppe noch einmal zu äußerster Willensanstrengung auf.
»Schlagen wir von den Elitetruppen des Titus und Julianus so viele wie möglich!« Er schrie es seinen Leuten wie im Wahn zu. Er wußte, daß die Römer den Fehler dieses Tages kein zweites Mal mehr machen würden. Und er wußte um die Kampfstärke der Prätorianereliteeinheit. Jetzt waren sie noch verwirrt, jetzt war noch die Möglichkeit, sie für die Zukunft zu dezimieren. Jeder, der von ihnen heute fiel, war für sie ein Schrecken weniger, wenn die zweite Mauer in den nächsten Tagen fallen sollte. Jetzt, wo die Fundamente durch die Hammerschläge der Rammen entscheidend geschwächt waren, würde sie fallen, Marsena machte sich da nichts vor. Heute hatten sie noch die Chance, die Moral der römischen Eliteeinheit so zu schwächen, daß sie vielleicht sogar auf die übrigen Legionen übergreifen würde.
Sie steigerten sich noch einmal zu einem fanatischen Angriff. Die Soldaten vor ihm fielen in Scharen, aber die gestaffelte Kette hielt. Jetzt wurde von den Mauerkronen herab mit Bolzen und Pfeilen auf sie geschossen. Titus hatte die Angriffstürme bis an den Mauerrand heranfahren lassen. Die Schützen überschwemmten den Platz vor dem Mauereinbruch mit einem Hagel von Pfeilen, Steinen und Katapultgeschossen. Marsenas Leute fielen neben ihm, als wären sie gegen eine unsichtbare Wand gerannt. Wir haben verloren, dachte Marsena erschüttert. Wir waren wieder einmal einen kurzen Augenblick zu spät. Und es hatte sich wieder einmal erwiesen: Seine Leute kämpften wohl mit Todesverachtung, aber auch mit wenig Disziplin. Sie hatten zu wenig gute Führer, um die fanatischen Gemüter zu einer Einheit zu schmieden. Die Söhne des Ari, Judas und Simon, die Söhne des Merton, Eleasar ben Jair, Ananus von Emmaus, Archelaos, der Sohn des Magadatus, Jakobus ben Sosas, Simon ben Kathla, Johannes ben Simon, sie alle hatten es nicht vermocht, Juden, Nabatäer, Idumäer zu einer einzigen schlagkräftigen Allianz zu bringen. Und jetzt, wo die meisten der Unterführer gefallen waren, würde der Zerfall nur noch weiter gehen. Von allen aber vermisse ich dich am meisten, mein Freund Judas. Ich wünschte, ich könnte dich jetzt um Rat fragen, da du die jüdische Natur am besten zu beurteilen vermochtest. Ich vermag sie nicht zu begreifen, und ich kann all die konkurrierenden

Splitterparteien zu keiner Einheit schmieden. Der heutige Tag hatte den Beweis, wie so oft, geliefert. Sie scheiterten in entscheidenden Momenten an der Disziplinlosigkeit der einzelnen.
Und doch wirst du kämpfen, solange deine Finger den Griff deines Schwertes umschließen können. Die Satyrn auf dem Griff werden weiterhin grinsen, und du wirst dich fragen, ob sie der Ironie gedenken, die dich kämpfen läßt.
Sein Schwert fuhr dem Gegner über den für Augenblicke ungeschützten Arm. Der Römer schrie auf. Er stieß ihm das Schwert in den Mund. Es durchtrennte die Halswirbel und trat im Genick wieder aus. Ein Schwall von Blut ergoß sich über seine Hand. Das Grauen würde nie enden, peitschte es in Marsena. Ob sie siegten oder verloren, seine Hände würden rot bleiben von all dem Blut, das jeden Tag floß, und kein Gewässer der Welt wäre imstande, es je wieder abzuwaschen. Aber die Geschichte wird nicht davon berichten, und so werden wir für sie nicht existiert haben, und nichts wird auf Papyrus oder Pergament schreien von all dem Grauen, von all der Verzweiflung, die uns das Menschsein verwehrt.
Die letzten römischen Soldaten waren hinter der Mauerbresche verschwunden und nach all dem infernalischen Lärm herrschte Schweigen um sie.
Marsena ließ sein Schwert fallen und sank zu Boden.
»Bist du verwundet?« erklang die erschrockene Stimme Simons.
»Nein, es ist römisches Blut, das du siehst. Ich bin nur unendlich müde. Wenn jetzt die Römer wiederkämen, ich würde nicht weiterkämpfen.« Er streckte sich auf den Rücken zwischen all den dampfenden Leibern, die obwohl schon tot, Schweiß- und Blutgeruch ausatmeten, zu einem widerlichen Gestank, der aber kaum noch ins Bewußtsein zu dringen vermochte. Über Marsena wölbte sich ein blauer Himmel. Welch ein Kontrast zu dem Rot, das den Boden tränkt, dachte er. Seine Augen schlossen sich einen Augenblick, und da war nur Rot. Seine Hand fuhr über den Sand, der naß war; er brauchte die Augen nicht zu öffnen um zu wissen, welche Farbe er hatte. Der Sand hatte Platz für alles Blut der Erde und für allen Haß der Welt.

*

Sie hatten Rom noch einmal aufhalten können. – Für wie lange noch? Er war den ganzen Tag in einem Blutbad gestanden, hatte Helme zerschlagen, Glieder zerfetzt, hatte geschrien und seine eigene Angst in seine Befehle gelegt, und sie hatten gesiegt – irgendwie. Er spürte Schmerzen in seinem Handgelenk, das das Schwert ohne Unterbrechen geschwungen hatte. Er sehnte sich nach einem heißen Bad, in dem die Gedanken frei wurden und der Körper sich zu einem schwebeleichten Nichts streckte. Aber es würde kein Bad mehr geben, bis der Krieg zu Ende war. Wasser war knapp wie schartenlose Schwerter, unzerbrochene Pfeile und Männer mit ungebrochenem Mut. Er wechselte sein Obergewand, das von Blut durchtränkt war.

Er spürte Damaris' Hand auf seiner nackten Schulter und riß sie in seine Arme. Nur sie machte ihm noch Mut und nahm die quälenden Zweifel von ihm fort, die sich jeden Tag häuften. Wo waren die Empfindungen geblieben, die ihn an den süßen Duft der Myrte erinnerten und an den herben des Lorbeer? War er noch Mensch? War nicht schon alles gestorben, obwohl er noch leben durfte? Konnte er noch Liebe empfinden nach all dem Haß, der von den Mauern troff?

»Seltsam«, sagte Marsena. »Ich habe damals zu Gilead gesagt, Haß sei ein schlechter Leiter für Entscheidungen. Jetzt hasse ich selbst und fühle kein Bedauern. Haß führt mein Schwert, und Haß sprechen meine Gedanken. Ich hasse plötzlich alles Römische und fühle mich mit einem Volk verbunden, das ich nicht einmal richtig kenne.«

Damaris sah ihn traurig an. »Und doch waren die Worte von damals die richtigen. Haß zerstört die reinen Gedanken und schließlich auch das Ich. Völker atmen den Haß und speien ihn gegen andere wieder aus. Wie kann die Liebe jemals den Sieg erringen, wenn Haß sie im Keim zerstört? Du sprachst von Liebe zu mir. Doch wie kannst du lieben und gleichzeitig so mit Haß erfüllt sein? Du zerstörst, was du empfindest, und schließlich werden dein Sinn und dein Herz keinen Raum mehr finden für all die Träume, die du zu träumen bereit warst. Du verhärtest dein Herz. Wie wollen da noch Träume Einlaß finden?«

Marsena lachte trocken auf. »Du kennst die Schriften. Steht nicht geschrieben, und da sind sich ausnahmsweise Pharisäer und Sadduzäer einmal einig, Auge um Auge, Zahn um Zahn, Blut um Blut? Handle ich falsch, wenn ich mich danach richte?«

»Du tust es nicht um der Schriften willen, Marsena. Du bist verändert. Dein Grimm hat dich hart gemacht. Aber es ist nicht die Härte, die Stärke, die eine Frau an einem Mann bewundern kann. Du bist ungerecht geworden, ungerecht dem Leben gegenüber. Die Gesetze, die der Gott Israels Moses gab, waren vollkommen und für die Lebensweise unseres Volkes wohl zutreffend. Aber sie betrafen nicht die Selbstgerechtigkeit, mit der du deinen Haß zu rechtfertigen suchst. Du weißt genau, daß dein Zitat niemals im Zusammenhang zu den von dir gebrauchten Worten stehen kann. Gerechtigkeit war der Sinn der Gedanken Mosis. Doch du bist ungerecht. Nicht Haß ist es, was einmal in unserem Universum regieren wird, sondern die Liebe; die Liebe, die Gott den Menschen anvertraute, und die sie so schmählich verwalteten. Auch nicht die Liebe, die du vielleicht meinst, Marsena, sondern die über alles hinausgehende, die sogar vor dem Messias nicht haltmachte, um ihn für eine unwürdige Menschheit zu opfern.«

Marsena schüttelte den Kopf. »Ich muß gestehen, ich verstehe kein Wort von dem, was du sagst.«

»Sie spricht von der Sekte des Nazareners, der vor vier Jahrzehnten auf Golgatha hingerichtet wurde.« Simon war in den Raum getreten und hatte die letzten Sätze ihres Gespräches mitgehört. »In Jerusalem gab es vor diesem Krieg eine Menge Anhänger dieses Jesus; sie nennen sich auch Christen.« Er warf Bogen und Köcher resignierend in eine Ecke. »Ja, sie sprechen viel von Liebe und haben es meiner Schwester sehr angetan. Ich für meinen Teil halte nichts davon, und schon gar nicht jetzt, wo dieses Wort zur Farce geworden ist.« Er ließ sich in die Sitzkissen fallen und schüttelte den Kopf. »Sie behaupten, daß der Mann, von dem sie ihren Glauben ableiten, der Messias, Gottes Sohn, gewesen sein soll. Welch ein Unsinn. Hätte er als Gottes Sohn dann nicht die Macht besessen, seine Peiniger zu vernichten? Man sagt, daß die meisten seiner Anhänger nach Cestius Gallus' Abzug aus Jerusalem geflohen sind. Mir scheint, sie sind nicht richtig im Kopf. Nach einem Sieg die Stadt zu verlassen!«

Damaris sah nur Marsena an und schwieg zu den Äußerungen ihres Bruders.

»Zumindest sind sie jetzt in Sicherheit«, meinte Marsena trocken, »und lachen sich eins ins Fäustchen.«

»Sollten wir diesen Krieg gewinnen, werden die Christen hinterher wohl kaum noch einen Platz in Jerusalem finden. Sie sollen in Pella bleiben, wo Feiglinge hingehören. Wer uns im Kampf gegen Rom nicht unterstützt, soll auch keinen Anteil am Sieg haben.«

Wenn wir nicht siegen, werden sie die einzigen sein, die überleben, und welch einen größeren Sieg könnte man dann noch erringen?

Marsena sprach seine Gedanken nicht aus, sondern blickte nur unverwandt auf Damaris, die die Augen gesenkt hatte und stumm blieb.
»Achte auf dich, Marsena, sonst wird dich meine kleine Schwester noch zu Nikodemus ben Gorion schleppen, der wahre Wundergeschichten von diesen Leuten zu erzählen weiß. Nach seinen Worten müßte man glauben, daß Gottes Geist sie alle umfangen hielte.«
»Ich habe sie gesehen, die du Christen nennst, in Rom im Circus Maximus, an Pfähle geschlagen oder unter den Pranken von Löwen. Sie hatten wirklich nichts Göttliches an sich.« – Marsenas Stimme klang gelangweilt mit einem geringschätzigen Unterton. Vielleicht wollte er auch Damaris verletzen, die ihn aus großen Augen unverwandt ansah. Sie blicken so beschuldigend, dachte er gereizt, als hätte ich etwas mit der Diskriminierung dieser Menschen zu tun. Außerdem, was ging ihn das an? Sollte jeder glauben, was ihm beliebte. Diese Epoche brachte ohnehin Sekten hervor, die man gar nicht mehr überschauen konnte. Die meisten waren schon nach wenigen Monaten so stillschweigend verschwunden, wie sie aufgetaucht waren. Seit die Gesetze Mosis mit Füßen getreten wurden, blieb der Abspaltung vom wahren Glauben sowieso Tür und Tor offen. Es sollte mir eigentlich gleichgültig sein, sagte sich Marsena bestimmt, schließlich war ich noch nie für ein zu intensives Studium der Schriften gewesen. Es ist aber seltsam, daß meine Gedanken dennoch keine Ruhe finden. Sind es die Worte Damaris', die mich so nachdenklich stimmen, oder ist es die ewige Unruhe in dir, weil du weißt, daß selbst der einfachste und ärmste Einsiedler in den kahlen Bergen Judäas ein Fürst war gegenüber den eingeschlossenen Bewohnern Jerusalems? Die Christen mochten in den Augen der Jerusalemer töricht gewesen sein, als sie die Stadt verließen und all ihre Habe, ihre Häuser, ihren Besitz zurückließen. Und dennoch waren sie jetzt reicher als der Reichste dieser Stadt. Hatten sie gewußt, was mit Jerusalem geschehen würde? Konnte es sein, daß mehr dahintersteckte als die wirre Hoffnung einiger Außenseiter? Damaris muß mich verhext haben, dachte er belustigt. Aber Simon hat mich ja gewarnt. Und so wird es sein, solange ich atme. Dein Zauber, Damaris, wird immer um mich sein. Er war vorhanden, als ich diese Stadt betrat, und er wird nicht enden. Nein, dieser Zauber schwebte um dich seit den Tagen, als wir als Kinder noch miteinander spielten. Du hättest es wissen müssen, daß deine Sehnsucht nur hier ihre Erfüllung finden konnte! Es ist eine seltsame Erfüllung deines Sehnens. Um dich ist nur Tod, und dennoch bist du

bereit, ihm gegenüberzutreten für einige Sekunden Lebens neben ihr. Du hast recht, Damaris, und auch ihr, die ihr euch Christen nennt. Was ist höher als die Liebe, die sogar den Tod vergißt, die Tränen und Kummer besiegt und die von der Zukunft zu träumen wagt, wo keine mehr ist? Wie sinnlos ist alles Denken an Tod und Tränen, dachte er, und er wußte, daß er lächelte. In Damaris' Augen kam der Glanz zurück, und ihr Lächeln war die Erwiderung allen Glücks.

*

Er wälzte sich unruhig und konnte keinen Schlaf finden. Wirre Bilder tanzten vor seinen Augen. Seine Gedanken erzeugten bizarre Wesen, wirr strukturierte Gestalten und Formen. Aus allen Poren seines Körpers brach der Schweiß in ekligem Naß. Er kroch von seinem Lager und taumelte an das Fenster. Der Himmel war klar. Seine Augen gewöhnten sich an das Dunkel, und sie blickten nach dem diamantenen Flimmern im endlosen Raum. Sein Atem wurde ruhiger. Die Luft war warm, und vom Garten strömte der Duft von Oleander und Zitronenblüten zu ihm herauf. Welch seltsamer Kontrast zu dem Geschehen am Tage. Nur die Nacht barg noch die Träume des Menschen. Der Tag ließ sie vergessen in der brutalen Faust der Schlacht. Er legte sich wieder hin und starrte zur Decke, die der schwache Schein des Sternenhimmels erhellte. Er schloß die Augen, und die Träume besiegten Ängste und Hoffnungslosigkeit.
Er sah sich über die Zinnen des Phasaelturmes gebeugt. Die Mauern rund um die drei Hauptverteidigungstürme Hippikus, Mariamne und Phasael waren schwarz von Menschen. Unter ihnen marschierten die Truppen Roms in endlosen Reihen. Schon vier Tage lang dauerte die Parade, die Titus zusammen mit der Löhnung der Legionen angesetzt hatte. Vor den Augen der langsam den Hunger verspürenden Bevölkerung Jerusalems ging das Zeremoniell der Auszahlung jedes einzelnen Soldaten in Münze und Nahrungsmitteln in unendlicher Langatmigkeit vor sich. Marsena wußte, daß dieses Schauspiel seine Wirkung auf die neugierigen Blicke von Mauern, Häuserdächern und Türmen herab nicht verfehlen würde. Noch steckte die Angst nach dem Fall der zweiten Mauer tief im Bewußtsein der Belagerten; schon machten sich manche unter ihnen Gedanken, wie lange die kärglichen Vorräte, die nachts auf geheimen Pfaden in die Stadt gelangten, noch ausreichen konnten. Die Römer schienen Vorräte für

Jahre zu besitzen, ihre Truppen wirkten ausgeruht und von den Strapazen der Kämpfe ungezeichnet. Das Vorbeistampfen der feldmarschmäßig ausgerüsteten Heeresgruppen schien endlos. Aus dem Staub der stampfenden Stiefel erwuchsen die Konturen neuer Kontingente. Reiter in prachtvoll aufgeputzten Pferden, Legionäre in bronzenen und bläulichstählernen Rüstungen, Gold und Silber von den Paraderüstungen der Legaten, blitzendes Messing von den Harnischen der Offiziere, buntwehendes Tuch und blitzende Insignien von den Standarten, und inmitten des Glanzes von Waffen und Rüstungen die goldglänzenden Adler der vier Legionen. Es war die Zurschaustellung einer ungeheuren Macht, die grenzenlos schien.

Marsena wußte, daß es mehr war, als nur ein protziges Schauspiel. Es würde auf die römischen Truppen ebenso anspornend und ermutigend wirken wie für die Belagerten deprimierend. Erstmals konnten die Juden das gesamte Heer einschließich der Hilfstruppen in Augenschein nehmen. Sie sahen die ausgefeilte Disziplin der Kerntruppen und die ungebändigte Wildheit der syrischen und arabischen Auxiliarverbände, die gewaltige Phalanx der Wurfmaschinen und Pfeilschußgeräte, die mächtigen Rammböcke und Mauerbrecher, die ungeheuren Reserven an Waffen und Kriegsmaterial, die geballte Kraft eines riesigen schrecklichen Tieres, das seine ehernen Zähne fletschte.

Marsena sah die tiefe Betroffenheit in den Gesichtern um ihn und auch die Gestalt unweit von ihm, die er schon mutvoller gesehen hatte. Das Gesicht Johannes von Gischalas war fahl geworden. Er hat Angst, dachte Marsena. Endlich zeigte der Zelot Angst. Fast Schadenfreude kam in ihm auf. Johannes von Gischala hatte Marsena erblickt und bahnte sich einen Weg zu ihm. »Sie haben mehr Truppen, als ich glaubte«, murmelte er heiser.

»Du wolltest es mir nicht glauben«, gab Marsena spöttisch zurück.

»Kindern kann man nur beweisen, daß eine Feuerstelle heiß ist, wenn man ihre Hand darauf hält.«

Johannes' Augen gewannen einen Augenblick die alte gewohnte Feurigkeit zurück. »Ich werde dich erschlagen, wenn der Krieg vorbei ist!«

»Dazu wirst du keine Gelegenheit finden«, antwortete Marsena höhnisch. »Die Gelegenheit, uns alle hier herauszuhauen, hast du schon längst verpaßt. – Damals schon, als ihr Josephus und Titus verspottetet.«

»Wir können das nächste Angebot der Römer vielleicht annehmen.« Johannes von Gischala versuchte seiner Stimme einen gleichgültigen Klang zu geben.

Marsena lachte trocken auf. »Es wird kein nächstes Mal mehr geben. Auch die Geduld Roms hat ihre Grenzen. Ihr habt euch schon zuviel geleistet, um noch Barmherzigkeit zu finden. Und sollte sie von seiten der Römer noch zu erwarten sein, so bestimmt nicht von der Bevölkerung der Stadt, die euch die grausame Lage, in der sie sich befindet, ja zu verdanken hat. Außerdem«, er wies auf die in unerschütterlichem Gleichmut vorbeimarschierenden römischen Legionäre, »glaubst du wirklich, daß diese Macht noch um etwas bitten muß? Es wird kein Angebot mehr kommen, um deiner Niederlage den Anschein von Größe zu geben.«

Johannes zeigte durch den dichten Bart hindurch die Zähne. Es war wie das wilde Grinsen eines tollwütigen Tiers. »Du sprichst, als hättest du nichts zu befürchten«, zischte er. »Meinst du, du wirst meinen Untergang überleben? Wenn wir nicht siegen sollten, so wird es auch dich nicht gegeben haben, weder in den verzerrten Bildern der Geschichtsschreiber noch in irgendeiner Erinnerung eines jüdischen Herzens. Ich hätte dich an Simon bar Gioras Stelle aus meinem Kreise getilgt, der du jüdischen Geist so wenig achtest und...«

»Wenn du die Dummheit meinst, mit der dieser Krieg entfacht wurde, dann muß ich dir zustimmen. Und wenn du mit jüdischem Geist die geradezu arrogante Ignoranz der den Augen sichtbaren Tatsachen meinst, dann hast du zweifelsohne recht. Es wäre gut, dich an etwas zu erinnern. Es gibt ein Sprichwort: Man liebt den Verrat, aber nicht den Verräter.«

Johannes von Gischala sah ihn lauernd an. »Was willst du damit sagen?«

Marsena sah ihn mitleidig an. »Ich erinnere nur an das, was ihr schon einmal geschrien habt: Wir haben keinen König außer dem Cäsar. War das auch jüdischer Geist?«

Entsetztes Schweigen herrschte um sie herum. Die stampfenden Stiefel vor den Mauern waren plötzlich vergessen; der Klang der Fanfaren und Hörner erreichte kaum ihr Ohr.

»Er ist ein Aufwiegler«, schrie eine Stimme plötzlich aus der Menge. »Ergreift ihn!«

»Speichellecker«, knurrte Marsena und mußte gleich darauf unwillkürlich lachen, als er den Mann erblickte, er in wilder Gebärde auf ihn wies. Sein Ausdruck hatte wirklich den Kern des Wortes getroffen. Auf den Lippen des wild gestikulierenden Mannes stand Schaum, der ihm in den Bart troff. Marsena fand nur Verachtung für diese Kreatur, die sich nur im Anblick der dicht gedrängten Menge zu kühnen Worten ermutigt fühlte. Er sah Johannes von Gischala mit durchdringendem Blick an. »Siehst du, warum deine Worte mich nicht treffen können, warum meine Einstellung nicht der euren gleichen kann? Ihr habt viel zu viele Blätter in euren Reihen, die schon ein Windhauch in alle Enden dieser Welt zu zerstreuen vermag. Worte machen noch lange nicht den jüdischen Geist aus, an dem es mir deiner Ansicht nach mangeln soll. Für eine solche Art, die nur der Demagogie entspringt, habe ich nicht mehr als nur Verachtung. Ich lebe und sterbe nicht für eine Erinnerung auf Papyrus oder Pergament. Ich glaube zu wissen, warum ich hier in Jerusalem geblieben bin und warum ich jetzt kämpfe. Ich bin nicht sicher, ob du es von dir auch weißt!«
Er hatte sich wieder umgewandt und beachtete die hinter ihm Stehenden nicht weiter. Es wird in Israel niemals eine Einheit geben, sagte er sich, während seine Augen sich dem römischen Schauspiel unter ihnen wieder zuwandten. Ob Sieg oder Niederlage, es wird sein und bleiben, wie es Jehova seinem Propheten Moses vor fünfzehnhundert Jahren bereits gesagt hatte: ›Ich habe dieses Volk angesehen, und siehe, es ist ein halsstarriges Volk. So laß mich nun, damit mein Zorn wider sie entbrenne und ich sie ausrotte.‹ Wie nahe sind wir deinen Worten, Gott und Souverän des Universums!
Er erwachte. Sein Körper war in Schweiß gebadet. Er wischte sich die Nässe von der Stirn und stöhnte.

Die Prophezeiung

Jetzt bin ich wirklich auf dem Wege zu Nikodemus ben Gorion, dem Oheim von Damaris, dachte Marsena belustigt. Aber Simon hatte mich ja gewarnt. Es ist seltsam, daß oft in Zeiten der Gefahr ein Prophet oder ein Messias auftaucht und verschwindet. Aber ich will wissen, was dieser alte Mann uns zu sagen hat. Was hatte Damaris über ihn berichtet? – »Er ist kein Schealtiel, den die Versammlung den Propheten nennt. Seine Gedanken stammen von dem Mann, der Jesus

aus Nazareth genannt wurde, oder auch – der Christus. »Die Welt ist voller falscher Propheten«, meinte Marsena spöttisch. »Und sie widersprechen sich gegenseitig. Ich erinnere dich nur an den Mann, von dem berichtet wird, daß er unter der Regierungszeit des Albinus seine Greuelprophezeiungen gegen Jerusalem geschleudert hatte. Jehoschua, der Sohn des Ananus. Wie waren seine Worte? ›Wehe vom Aufgang, wehe vom Untergang, wehe über alle, die Bräutigam und Braut sind. Wehe über das ganze Volk!‹ Er soll es Tag und Nacht geschrien haben, besonders an Festtagen und bei geselligen Anlässen. Sieben Jahre und fünf Monate lang hörte man in Jerusalem seine Unglücksbotschaft.«
»Ja, ich weiß«, nickte Damaris. »Er wurde bei der Belagerung durch Cestius Gallus von einem Stein aus einer Wurfmaschine getroffen. Er starb mit den Worten: ›Wehe der Stadt und auch mir.‹«
»Keiner dieser Propheten und Volksbefreier hatte mehr als nur einige Jahre zu leben. Und denen man folgte, die führten das Volk in einen Krieg, den es nicht gewinnen kann. Ich glaube niemandem, der sich als der Gesalbte Gottes bezeichnet.« Und Damaris hatte gebeten: »Bitte komm, Marsena! Höre ihn nur einmal an. Du wirst niemanden in Jerusalem finden, der über die Zeit der Verwaltung des Pilatus so viel weiß wie er. Er hat sie selbst erlebt, und er hat auch Jesus den Nazarener gekannt, den die Christen den Sohn Gottes nennen.«
Und jetzt ging er neben dem Mädchen her, vergessener Sagen und Legenden wegen. Aber er wußte, er folgte ihr ihretwegen. Er würde ihr folgen bis zu den Grenzen des Scheols.
Damaris, flüsterten seine Gedanken. Was immer du sprichst, wo immer du auch gehen magst, es wird immer ein Teil von mir selbst bedeuten.
Sie waren stehengeblieben. Vor ihnen wuchs ein stattliches Gebäude aus dem Schatten einer alten Mauer. »Glaubst du, was er sagt, Damaris?« fragte er unvermittelt.
Sie strich über die Blüte einer Iris, die aus einer Spalte der alten Mauer wuchs. »Es ist viel Wahres in seinen Worten«, sagte sie nachdenklich. »Ich wünschte, ich könnte meinem Oheim alles glauben, denn dann könnten wir das Reich des Christus erwarten.«
»Und du könntest eine Christin werden«, meinte Marsena spöttisch.
»Bitte keine Spott«, bat sie. »Dieser Mann verdient Achtung. Gewähre sie ihm bitte. Er war in dem Rat unter deinem Großvater Kaiphas, damals zur Zeit des Pilatus...«

»... und des Christus«, ergänzte er. Ihre Augen sind dunkel wie die Schluchten Thraziens, sagte er sich und wunderte sich über die Gedankensprünge. Ich liebe dich, Damaris. Und kein Christus, Nikodemus, kein Messias und kein Demagoge wird je Einfluß haben auf den Schlag meines Herzens, der den Rhythmus deines Namens schlägt.
»Hier also wohnt dein Freund und Oheim Nikodemus«, hörte er sich sagen. Etwas ihn ihm zögerte, die Schwelle zu überschreiten.
Nikodemus, sein Großvater Kaiphas, Ari ben Aschchur und sein Vater, sie alle haben von der Zeit des Jesus von Nazareth gewußt. Und doch war nie darüber gesprochen worden. Welches Geheimnis barg dieser Name: Jehoshua ben Joseph aus Nazareth?
Der Torgang der alten Mauer nahm sie auf. Hier war die Zeit stehengeblieben. Oleander, Zypressen, Walnußbäume, Lorbeer und Olivenbäume wuchsen in wilder Einheit in dem Garten, der das Haus umgab. Hier hatte seit Jahren keine menschliche Hand mehr eingegriffen. Sie verharrten einen Augenblick. Vielleicht empfand Damaris auch die wilde Schönheit dieser versunkenen Welt.
»Vielleicht gehört dieser Nikodemus ben Gorion nicht mehr in den Bereich, der unserem Leben entspricht«, murmelte er. »Vielleicht müssen Propheten Träumer sein, mehr als Liebende.«
Sie faßte ihn an der Hand, und sie betraten das Haus.
Sie kamen in eine Halle, die von unzähligen Öllampen erhellt war. Der Geruch von verbranntem Räucherwerk hing in der Luft. Und es war still. Nur ihre Schritte klangen von den Wänden wider.
Marsena sah den Greis am Ende des Raumes auf einer Trikline, und er ahnte, daß an diesem Mann ein Teil der Geschichte Israels vorübergegangen war. Er hatte bestimmt die Tage Herodes' des Großen gesehen, vielleicht sogar die letzten der Makkabäer. Tiefe Ehrfurcht kam in ihm auf. Vergessen waren seine ironischen Gedanken. Sein Gesicht ist ein Buch der Weisheit, sagte er sich, als sie sich schweigend vor dem Alten verbeugten. Der Greis sah sie lange an, und sein Blick kehrte von weither zurück. Marsena erschauerte, und er sagte sich, daß diese Augen die Grenzen des Universums gesehen hatten.
Nikodemus ben Gorion winkte das Mädchen zu sich. Er strich mit welker Hand über Damaris' Haar. Sie beugte sich zu ihm und küßte in Ehrfurcht seine Hände. Des Alten Stimme war leise, aber in der Stille gut vernehmbar. »Sei mir gegrüßt, Tochter meines Neffen. Und auch du, junger Fremder. Was führt dich zu mir?«

»Ich möchte von deiner Weisheit erben, mein Vater«, erwiderte Marsena höflich.
Der Alte lächelte unmerklich. »Ich bin zu alt, um deine Neugier zu stillen.«
»Die Weisheit kennt kein Alter, mein Vater.«
»Meine Tochter, warum hast du ihn zu mir geführt?«
»Ich habe mit ihm über Jesus von Nazareth gesprochen.«
»Ach ja?« Nikodemus' Antlitz leuchtete in stummer Zufriedenheit auf. »Ja, vielleicht kenne ich ihn besser als sonst irgendeiner in Jerusalem, außer seinen Jüngern. Aber die sind alle fort.«
»Erzähl mir von dir und ihm«, bat Marsena und er wußte, daß sein Wunsch mehr war als nur Höflichkeit. Er spürte, daß der Alte in seinen Gedanken suchte. »Er hat zu mir gesprochen. Es sind mehr als vierzig Jahre vergangen. Ich wünschte, er könnte jetzt Jerusalem sehen und seine Worte von damals wiederholen. Aber es ist nicht nötig. Sie erfüllen sich alle. Und er sieht alle seine Prophezeiungen Wahrheit werden, in seinem Reich, zu dem Fleisch und Blut nicht gelangen können.«
Der Greis sah ihn lange an. Dann fuhr er sich müde über das Gesicht und strich sich über den langen Bart, der sein Antlitz umwallte. Langsam kamen seine Worte. »Ja, Jesus von Nazareth. Was weißt du über ihn?«
Marsena zuckte die Schultern. »Nicht viel. Ich interessierte mich nicht sonderlich für die Gerüchte und Vermutungen, die sich auf ihn bezogen. Die Christen sollen in ihm ja etwas Besonderes sehen wollen. Die wenigen Römer, die etwas darüber zu wissen glauben, sprechen von ihm als von einem Demagogen, einem Aufwiegler, den vor vierzig Jahren der damalige Prokurator Judäas, Pontius Pilatus, hat hinrichten lassen. Eigentlich hätte man hier in Jerusalem mehr von ihm in Erfahrung bringen müssen. Ich erinnere mich nicht, jemals von meinem Vater über ihn gehört zu haben.«
»Alle, die von ihm wußten und an ihn glaubten, haben die Stadt verlassen.«
»Warum das?«
»Er hatte seine Jünger und Nachfolger bereits damals, vor vierzig Jahren, vor dieser Katastrophe gewarnt, vor der wir uns jetzt sehen.« Er blickte an Marsena vorbei, und seine Augen waren verklärt.
»Ich durfte einige Male mit ihm allein sprechen. Er war kein Mensch, den man vergißt. Seine Art zu reden, Gleichnisse zu bringen, Gedan-

ken seiner Mitmenschen zu erkennen, war ohnegleichen. Ich erinnere mich, wie wir vom Ölberg aus auf Jerusalem geblickt haben. Eine große Volksmenge war um uns her. Jesus von Nazareth sah auf die Stadt herab und begann zu weinen. Damals wußten wir nicht warum. Heute ist alles nur zu verständlich. Er wies auf das Häusermeer unter uns und rief bewegt aus: ›Wenn du, ja du, an diesem Tage die Dinge erkannt hättest, die mit Frieden zu tun haben – doch nun sind sie vor deinen Augen verborgen. Denn es werden Tage kommen, da werden deine Feinde eine Befestigung aus Spitzpfählen um dich bauen und werden dich ringsum einschließen und dich von allen Seiten bedrängen, und sie werden in dir keinen Stein auf dem anderen lassen, weil du die Zeit deiner Besichtigung nicht erkannt hast!‹ Ich frage dich, Sohn des Arinos, was fehlt noch, um diese Prophezeiung erfüllt zu sehen?«

Marsena fröstelte, obwohl die Hitze des Tages im Raum stand. Was sollte er dem Alten antworten? Wußte er in seinem Inneren nicht auch, daß sie vor einer Wende standen, wie sie das Volk Israel nicht einmal in den Tagen der Eroberung durch den babylonischen König Nebukadnezar erlebt hatte. Ja, was trennte sie noch von den Prophezeiungen des Jesus von Nazareth?

Er faßte nach Damaris' Hand. Ihre Finger waren warm, und die Wärme übertrug sich auf sein Gemüt. Das Frösteln in ihm ließ nach.

»Wenn das alles stimmt, mein Vater, dann war dieser Jesus von Nazareth ein großer Prophet.«

Der Alte sah ihm in die Augen, und ein Hauch von Verwunderung war in seinem Blick. »Er war mehr als das, mein Freund. Er war Gottes Sohn!«

Marsena lächelte nachsichtig, als er sich verbeugte und den Raum verließ.

*

Die Sonne stand schon tief im Westen, und hinter der Mauer wuchsen die Schatten zu ungeheurer Größe, als spiegelten sie die Bedrückung wider, die die Stadt erfaßt hatte. Marsena sah schweigend auf die Lagerwälle, auf die Wachttürme und die Posten der Römer. Er sah die endlos erscheinenden hellen Farbflecken der Zelte, die Feldzeichen der Legionen und den Rauch aus Hunderten von Lagerfeuern, die den Schein der untergehenden Sonne trübten. Wie unsinnig erschien ihm der Gedanke, diese Macht da draußen überwinden zu wollen, die besten Truppen Roms, wo sich die Juden untereinander mißtrauten und zerfleischten. Johannes in der Tempelfestung, Simon im Norden der Bezetha und in der Vorstadt, und die Söhne Mertons und Aris an der Südostflanke der Davidsstadt und Akra. Eine Einheit aller Splittergruppen in der Stadt könnte vielleicht eine Wende herbeiführen. Aber er wußte, daß ein straff organisierter Abwehrblock mit den rivalisierenden Tyrannen nicht möglich sein konnte. Das bezeugten auch alle die verwesenden Leichen in den Straßen, für die kein Begräbnisplatz mehr zu finden war, seitdem das Kidrontal fest in römische Hand geraten war, und auch das immerwährende Aufflammen der Streitigkeiten untereinander, die die Kräfte der Belagerten zersplitterten. Dazu kam die lächerliche Gier, in dieser Lage noch die Alleinherrschaft über die gezeichnete Stadt erringen zu wollen.

O alleiniger Gott Israels, dachte Marsena bitter. Wie tief kann diese Stadt noch sinken, nachdem Tempel und Volk so geschändet wurden? Wie wollen sie noch großsprecherisch die Gunst Gottes erheischen, da sie ihn aus seinem Heiligtum frevlerisch vertrieben haben? Die Gedanken, die er dachte, schmerzten; sie drangen wie Pfeile in die Brust und es war ihm, als wollten sie den Atem vollends rauben, der in dem stickigen Brodem von Leichengeruch und Kot einen ohnehin fast zum Wahnsinn trieb.

»Nikodemus, deine Worte sind Wahrheit, und die Wirklichkeit der grausame Beweis. Und auch der Alte hatte recht, den ich für einen Bettler hielt.« Er flüsterte die Worte in den versinkenden Tag hinaus, der den Geruch von Tod und Gewalt in sich trug. »O Jerusalem, bin ich gekommen, um dich sterben zu sehen? Wo ist deine Freude geblieben, der Glanz deiner Größe, das Lachen deiner Bewohner?« Er ballte seine Fäuste und schlug sie gegen die Mauerzinnen. »Statt Zimbelklang und Schalmeien das angsterfüllte Schreien deiner Bewohner und das gräßliche Schweigen des Todes.«

Er dachte an die Wochen der Belagerung, die sich endlos hinzogen. In seinen Erinnerungen war noch das berstende Geräusch zersplitternden Gesteins, als die römischen Pioniere die erste Mauer bis auf die Grundfesten schleiften. Er verspürte noch das Entsetzen, das sie alle ergriffen hatte, als dieser erste von vier Verteidigungsblöcken in römische Hand fiel. Die Bilder der Einnahme der stärksten Verteidigungsanlage der nördlichen Stadt, der Frauentürme, kamen immer wieder. Der Fall der Neustadt war der Anfang eines langsamen Endes, und er war symptomatisch für die Zukunft, die ihnen noch bevorstand.

Eine Hand legte sich auf seine Schulter. Simon ben Ari stand neben ihm. »Du bist bedrückt, Marsena. Deine Augen sind voll von Tränen. Wo ist der Mut geblieben, auf den wir uns stützen? Wenn alle Welt zu verzagen beginnt, dann nicht du, mein Bruder.«

Marsena faßte seine Hand. »Kennst du die Gedanken und Visionen des Nikodemus?«

»Meines Oheims?«

»Ja, Nikodemus ben Gorion, bei dem ich mit deiner Schwester war. Ich hätte niemals hingehen dürfen, ohne mich nicht dabei selbst zu verwunden.«

»Er sprach mit dir über die Visionen des Jesus von Nazareth?«

»Ja, und ich beginne, ihm zu glauben.«

Simon ben Ari schwieg.

In Marsena keimte das Wissen um die Zukunft auf. Es war dem Ablauf der Vergangenheit gleich, einer Vergangenheit, die sie mit Tod und Verzweiflung bis heute begleitet hatte und in das Morgen hinein begleiten würde.

Vor seinen Augen tauchten die Bilder der Triumphe auf, die keine waren. Er erinnerte sich, wie er den Verteidigern Jerusalems zu erklären versucht hatte, in welcher Weise sie die besten Erfolge gegen die übermächtigen Armeen Roms haben könnten.

Eine wildentschlossene Truppe stand vor dem Tor des Phasaelturmes. »Auf Bogenschußweite dem römischen Wall nähern und nach der ersten Pfeilwelle fallenlassen. Sie werden euch für tot halten und weiterstürmen...« – So war es auch geworden. Und der Erfolg machte Mut. Dennoch hatte er die begeisterten Ovationen abgewunken, weil er wußte, daß all ihre Schläge nur unbedeutend sein konnten. Er erinnerte sich der Worte des Alten bei den Tempeltreppen, die zu den Huldapforten führten: »Stirbt ein Löwe an einem Wanzenstich...?« Bald darauf war Judas ben Ari gefallen, dem er sich am innigsten von allen Söhnen Aris verbunden gefühlt hatte. Nein, nicht der Löwe vor den Mauern Jerusalems starb, sondern der Löwe aus dem Stamme Juda, den sie verkörperten. »Aber unser Messias ist fern«, murmelte er zusammenhanglos. Seine Augen schweiften über Simon bar Gioras Quartier im Palast des Herodes. Er starrte auf die wundervollen Verzierungen aus Gold und Silber über dem Gebälk der Fenster und Tore. »Es wäre ein würdiges Quartier für unseren Messias, unseren Be-

freier.« Er lachte gequält auf. »Aber die fürstliche Festung beherbergt lediglich eine Wanze. Und wie sollten sie dem römischen Adler auch nur Belästigung sein?«
Simon ben Ari hatte sich stumm abgewandt. Leise stieg er die Stufen von der Mauer herab. Über die Zinnen flackerte der erste Schein der unzähligen Lagerfeuer des römischen Heeres. »Trauere nicht zu lange, mein Bruder!« murmelte er, als er in den Schatten der Mauer tauchte.

*

In der Nacht starb der Hohepriester, der für Josephus und Jehoschua gewählt worden war, die vor Wochen schon zu den Römern übergelaufen waren. Das war noch vor Judas' Tod gewesen, und Marsena hatte damals spöttisch gemeint, es müsse schlecht um Judäa stehen, wenn die Hohenpriester Israels sich eher der Gnade der Römer anvertrauten als der Macht Jehovas, dessen Dienst sie sich geweiht hatten.
Die silberne Fanfare leitete den Trauertag ein. Aber es war nur eine Symbolik für die Trauer eines ganzen Volkes. Man hatte kaum Zeit, über seinen eigenen Schmerz nachzudenken, und der Hohepriester war ohnehin unbeliebt gewesen.
Der Klang der Fanfare vermengte sich mit dem dumpfen Trommelschlag der römischen Widder an der Mauer zum Xystos hin. Es war wie der schaurige Gesang einer unheilvollen Macht, der über das erwachende Jerusalem hinwegzog, gleich der Zukunftsvision selbst, die über der Stadt schwebte.
Marsena war bereits wach, als ihn einer der Diener ben Aschchurs zu wecken suchte. »Ich höre es, der Hohepriester ist gestorben.«
»Ja, Herr, du wirst in den Versammlungssaal gebeten, um an der Wahl des neuen Hohenpriesters teilzunehmen.«
»Dann kann ich mir Zeit lassen«, murmelte Marsena müde.
Die Fanfare war verstummt. Nur das monotone Dröhnen der römischen Rammen ertönte ohne Unterlaß. »Das ist der wahre Grabgesang für den Hohenpriester und uns«, flüsterte er leise.

*

Sie beten in ihren Synagogen und Proseuchen und wissen doch rein nichts, dachte Marsena, als er den Versammlungssaal betrat.

Simon ben Ari begrüßte ihn am Eingang. »Der Rat hat Meir ben Belgas zum neuen Hohenpriester gewählt.«
Welch großartige Idee, mußte Marsena denken. Meir ben Belgas, sein einstiger Lehrer, der die Schriften kannte, doch nicht deren Sinn. Als Hoherpriester wird er seinen Einfluß gegen dich ausrichten, und du hast andere Sorgen im Kopf, als die Intrigen eines Priesters zu verfolgen. Als wenn mir nicht ein Feind genug wäre – Ananus von Emmaus! Aber er nickte nur. »Ein würdiger Sprecher für Gebete, die niemand erhört.«
Im Schatten der Säulen gewahrte Marsena die Einsetzungszeremonie. Der Raum war von Weihrauch und dem Duft verbrannter Harze erfüllt. Meir ben Belgas trug schon das Ephot mit den zwölf verschiedenen Edelsteinen als Symbole für die zwölf Stämme Israels.
In seinem prächtigen blauen Festgewand, behängt mit den blauen, scharlachfarbenen und purpurroten Granatäpfeln, sieht er wirklich imposant aus, sagte sich Marsena, als er still die Zeremonie der Einsetzung verfolgte. Normalerweise hatte sie ja im Tempel zu geschehen, aber was galt in diesen Tagen noch als normal?
Ben Belgas hatte die Arme zum Lobgesang erhoben. Die goldenen Schellen an seinem Fransengewand klingelten leise. Der neue Hohepriester setzt sich in Szene, dachte Marsena. Wenigstens kann er singen. Wie viele Jahre ist es her, daß ich dich singen hörte, Meir ben Belgas? Als Junge von vierzehn Jahren, an den sich die Worte deines Gesanges nicht heften konnten, und die auch heute an einem Panzer von Trauer und Hoffnungslosigkeit abglitten.
Ben Merton faßte ihn an der Schulter. »Es ist mehr als nur der Grabgesang unseres Volkes«, sagte er mit einem starren Lächeln, als hätte er Marsenas Gedanken erraten. »Wir nehmen heute Abschied von allem, was uns teuer war. – Der Tradition, der Vergangenheit, der Zukunft.«
Marsena sah ihn fragend an.
»Wie du siehst, haben sich alle versammelt, die der Akra noch verblieben sind. Es sind zu wenige, um eine Freudenversammlung einzuberufen. Wer hat den Sommer überlebt, Marsena? Simon ben Ari, Judas ben Judas, Eleasar ben Jair, Johannes ben Assur, mein Sohn Judas«, er wischte sich über die Augen, als suchte er die Trauer wegzuscheuchen, die der Tod seiner anderen Söhne in ihm hinterlassen hatte. Er winkte seinen Dienern zu. Sie gingen durch die Reihen und schenkten Wein ein.

»Es ist der letzte Wein, Freunde«, sagte er bedauernd.
Marsena fragte sich, ob diese Worte nicht zweideutig aufzufassen waren. Würden sie überhaupt jemals wieder Wein zu trinken bekommen? In römischer Knechtschaft sicherlich nicht. Und ein Sieg über Rom? Welch ein grotesker Gedanke!
Der alte Merton hob seinen Becher. »Ich habe euch kommen lassen, nicht nur um unser Bedauern über einen versiegenden Tropfen Wein zum Ausdruck zu bringen. – Nicht nur, um die Unwichtigkeit der Wahl eines neuen Hohenpriesters mitzubestimmen. Eher, um es als Symbol für uns selbst zu sehen. Ihr kennt mich alle, und ihr wißt, daß für mich ein freies Judäa, ein Leben gleich dem unseres Vorvaters Abraham, die Lebenskraft selbst für mein Sein bedeutet.« Er wischte das zustimmende Gemurmel mit einer Handbewegung fort. Ein fast unmerkliches Lächeln huschte über sein Gesicht. »Ich habe mich aber in der Zwischenzeit oft genug fragen müssen, ob mein Empfinden sich mit dem unserer Brüder in Jerusalem deckt? Denn wie sollte sonst das Abschlagen des Angebotes Titus' und des Joseph ben Mattathias zu verstehen sein?«
Die plötzliche Stille im Raum war wie eine unausgesprochene erschrockene Frage.
Eleasar ben Jair sprach sie aus: »Du denkst an Aufgabe?«
Mertons Gesicht blieb ohne Regung. »Ich denke ans Leben!«
»Bei den Römern?« Judas ben Judas' Frage hatte die Schärfe eines zweischneidigen Schwertes.
Merton lächelte müde. »Welche Zukunft siehst du in Jerusalem?«
Judas schwieg.
Merton sah in die schweigende Runde und nickte. »Ihr wißt es selbst ohnehin jeder für sich. Wir hätten einen ehrenvollen Frieden erwirken können, wenn wir nicht wie ein Haufen Toren unsere Überheblichkeit von den Mauern geschrien hätten.«
»Jetzt ist es zu spät, darüber nachzudenken.« Eleasar ben Jair versuchte, seiner Stimme einen entschlossenen Klang zu geben.
»Nicht, wenn wir es ernsthaft wollten. Selbst für Rom ist der weitere Verlauf dieses Krieges ein Opfergang, der wenig Ruhm einbringt. Wir könnten das, was von Jerusalem übriggeblieben ist, retten, wenn wir nur wollten.«
»Gegen Simon bar Giora und Johannes bar Levi?« Judas ben Judas schüttelte den Kopf.
Da war es wieder. Die Parteien in der Stadt würden nie zu einem Ver-

nunftsentschluß kommen. – Weder gegen Rom noch für sich. Marsena lehnte an einer der Basaltsäulen des Saales und wußte, daß Mertons Worte ihre Zukunft eingeleitet hatten. Er trank von dem Wein, der der letzte für die lange, tödliche Zukunft sein würde und blickte in Mertons Augen. Er sah darin seine eigenen Gedanken sich widerspiegeln und nickte dem Alten zu. Mertons Gesicht blieb ausdruckslos. Aber Marsena wußte, daß der Patriarch ihn verstanden hatte. Er hatte den Versuch gewagt, die Möglichkeit einer Einigung mit Rom anzusprechen. Etwas, was jeder von ihnen insgeheim in Erwägung gezogen hatte, von dem aber keiner gewagt hatte, es auszusprechen. Ja, sie hätten leben können, hätten aber ihr Ich von der Stufe überheblicher Selbsteinschätzung auf die Basis von Demut und Vernunft erniedrigen müssen. Marsena wußte, daß selbst der Tod dies nicht bewirken konnte. Sie würden weiterleben, kämpfen und sterben.
Merton hatte sich wieder gefaßt. Er lächelte in die Runde, nickte dem neuen Hohenpriester zu und hob seinen Becher. »Ich sagte bereits, es ist der letzte Wein in diesem Hause, meine Freunde. Trinken wir ihn und hoffen, daß er eines fernen Tages wieder in Judäa zu wachsen beginnt.«
Sie hoben ihre Becher und tranken ihm schweigend zu.

*

Ohne Damaris hätte er in Jerusalem nicht mehr zu atmen vermocht. Das Leben hinter den Mauern war ein einziger Hohn und ein Trugbild im Glanz des judäischen Sommers.
Die Vorräte an Lebensmitteln in der Stadt waren bis auf einen unbedeutenden Rest verbraucht worden. Die Kornspeicher, die man rund um das Tempelgelände erbaut hatte, und die im Falle einer Belagerung monatelang die Bevölkerung ernähren hätten können, waren ohnehin schon zu Beginn des Bruderzwistes innerhalb der Stadt von den Parteien Simon bar Gioras und Johannes von Gischalas zerstört worden. Und das, obwohl man wußte, daß Roms Truppen Jerusalem belagern würden. Dachte man zurück, dann konnte man beinahe an ein Eingreifen Gottes denken, der dem untreuen Volke Israel zürnte. Merton hatte natürlich recht gehabt, einen Vergleich mit Rom anzustreben. Aber wenn selbst sein eigener Sohn nicht für ihn Partei ergriff und Simon ben Ari, Eleasar ben Jair, Judas ben Judas, die Besonnensten der Akra der Vernunft nicht zugänglich schienen, wie konnte

man es erst dann von Simon bar Giora und Johannes von Gischala erwarten, die Rom Tod und Feuer wünschten?
Der Sommer über Jerusalem ging seinem Ende zu. Im Garten Aris waren die Granatäpfel, Orangen und Zitronen reif geworden. – Lorbeer und Myrte waren am Verblühen.
Marsena hatte Damaris an der Hand gefaßt. Sie gingen durch den Garten, in dem ihr gemeinsamer Traum seinen Anfang genommen hatte. Er spürte die Wärme ihrer Hand in der seinen, die Leichtigkeit, mit der er sie mit sich führen konnte, das Glück, das für Augenblicke den Tod in der Stadt verklärte.
»Wann darf ich den Myrtenkranz auf dein Haar legen?«
Ihre dunklen Augen durchdrangen seinen Blick. »Ist das ein Heiratsantrag?« Ihr Lächeln sagte mehr, als es eine Antwort vermochte.
»Es ist mehr als das. Es ist das Sehnen nach tausend Sommern. Es ist der Traum, den selbst ein Salomo nicht auszusprechen vermochte.«
Sie legte sanft ihre Hand auf seinen Mund. »Wollen wir warten, bis dieser eine Sommer zu Ende geht?«
Er zog sie nah zu sich her. Sein Blick war tief in ihre Augen gesenkt. »Die Zukunft ist fern und doch vor unseren Augen sichtbar. Wollen wir warten, bis sie keine Träume mehr enthält? Ich bin in dieser Stadt, weil du in ihr bist. Ich kämpfe für diese Stadt, weil du Jerusalem bist. Ich lebe für diesen einen Sommer, weil er uns tausend zu ersetzen hat. Willst du an meiner Seite sein, wie lange die Zukunft auch dauern wird?«
Ihre Arme umfingen seinen Nacken. »Deine Fragen haben schon längst ihre Antwort gefunden. Ich gehöre dir. Und es scheint mir, als hätte es nie eine andere Antwort gegeben.«
»Ich möchte, daß es die ganze Welt weiß, Juden und Römer, daß ich zu einem Fürsten Israels geworden bin, weil es nichts Höheres zu besitzen gibt.«
Sie drückte ihre Lippen auf die seinen und in seinem Bewußtsein verstummte das Hämmern der Widder, das Zerplatzen der Wurfgeschoße, das Schreien der sterbenden Soldaten. Es war nur Frieden um sie her und stilles Glück.

*

Das ununterbrochene Donnern gegen die Mauer der Bezetha war zermürbend. Auch der Anblick des Maschinenungeheuers, das dicht an die Mauer herangebracht worden war, ließ jeden Tag mehr seine demoralisierende Wirkung verspüren. Schon zeigten sich an den kleineren Mauerblöcken feine Risse.

»Der Titan ist augenblicklich unsere größte Sorge«, sagte Simon bar Giora, als sie sich zur Besprechung zusammengefunden hatten. Mit den Sorgen häuften sich auch die Beratungen unter den Führern, die sich immer noch nicht zu einer vollständigen Einigkeit zusammenfinden konnten. Johannes von Gischala blieb den Beratungen meistens fern. »... wenn er noch drei, vier Tage ohne Unterlaß auf die Mauer einhämmert, muß sie brechen.«

»Wir müssen ihn verbrennen!« sagte Marsena. Aber ihm war klar, daß das nur ein Wunschtraum war.

»Er ist gepanzert«, sagte irgend jemand.

Natürlich, dachte Marsena. Es wird immer wieder so sein. Die Angst vor Rom würde ohne Ende sein. Immer wieder würde es eine Ausrede geben, etwas zu unterlassen, was im vorhinein die eigene Hoffnung lähmte. Und der »Nikon der Titan« war das manifestierte Bild der Urgewalt Roms und der Angst davor. Nur war so dieser Krieg nie zu gewinnen. Sie müßten den Weg eines Josua gehen, der mit der Hilfe Jehovas die Sonne zum Stillstand brachte. Und dazu gehörte einfach der Mut, etwas Aussichtsloses anzugehen.

»Wir müssen in das Innere des Titan. – Ihn von innen her in Brand setzen. Innen ist alles mit eingefettetem Leder ausgekleidet. Es wird brennen wie die Gehenna selbst.«

»Wir werden nicht einmal in seine Nähe kommen«, hörte er die weinerliche Stimme aus der Gruppe bar Gioras.

»Nicht, wenn wir hier herumsitzen und uns gegenseitig den letzten Mut rauben. Wir werden morgen bei Tagesanbruch durch die Bresche am Amygdalosteich in das römische Lager dringen und den »Titan« von hinten her nehmen. Sie werden damit nicht rechnen, zumal es von der Bresche bis zum neuen Standort der Ramme doch zweihundert Schritte sind. Wir werden rennen müssen und uns keine Zeit nehmen dürfen, Verwundete zu beachten. Die Überlebenden müssen die Brände plazieren, und wenn es sie selbst das Leben kostet. Wir werden endlich ein Opfer bringen, das sich lohnt.«

»Wir werden es nicht schaffen«, hörte er Ananus ben Bagadates vor sich hinknurren.

»Warum wollt ihr dann überhaupt, daß ich euch berate? Ihr fallt von einem Extrem ins andere. Einmal seid ihr geradezu irrsinnig in euren

Vorhaben, dann wieder rat- und mutlos. In eurer Inkonsequenz gebt ihr Rom alle Trümpfe in die Hand.«
»Und das sagst du, der du zuerst für Israel nicht eine Hand heben wolltest!«
»Ja, Ananus ben Bagadates. Denn diese Hand zu heben war die Gewißheit, sie sich abschlagen lassen zu wollen. Aber jetzt kämpfe ich, und ihr solltet es auch. Aber so, daß es für Jerusalem und Israel auch Sinn hat. Es hat weder Sinn, nichts zu tun, noch sich selbstmörderisch zu opfern.«
»Der Angriff auf den ›Titan‹ ist Selbstmord!«
»Ja, aber es nicht zu versuchen, die Maschine außer Gefecht zu setzen, auch. In drei Tagen haben wir nur noch die letzte Mauer. Wer schließt sich mir freiwillig an?«

*

Sie hätten es schaffen können, wenn Ananus ben Bagadates nicht versagt hätte. Ausgerechnet ihm, dem mörderischsten und tollkühnsten Mann Simon bar Gioras war ein entscheidender Fehler unterlaufen. In seiner Überheblichkeit hatte er die Wachen von der Mauerbresche zurückgezogen um die Römer zu ermutigen, durch sie wieder in die Vorstadt einzudringen. Er wollte sie dann im Alleingang vernichten und im Vorwärtsgehen den »Titan« stürmen. Er hatte gehofft, seinen Namen dadurch für alle Zeiten unvergessen zu machen. Sein Name wurde unsterblich, aber nicht so, wie er es sich gewünscht hatte.
Die Römer drangen durch die Bresche, aber sie gingen nicht nach den Wünschen Ananus' weiter gegen die fliehenden Juden vor. Ananus ben Bagadates hatte geglaubt, die Römer ein zweites Mal irritieren zu können, indem er sich mit seinen Leuten zurückzog, um von den Häuserruinen aus die eindringenden Römer mit Pfeilen zu überschütten. Doch die römischen Truppen verteilten sich sofort nach dem Eindringen und bildeten ihre Schildkrötenformation unmittelbar vor der zweiten Mauer. Sie machten dieses Mal den Fehler nicht mehr, nur durch die eroberte Mauerbresche zu drängen und den Rückweg zu blockieren. Im Schutz der Testudos wurde die Bresche zum geräumigen Tor erweitert. Ananus mußte schreckensbleich feststellen, daß die Römer gar nicht daran dachten, ihn im Häusergewirr zu verfolgen. In aller Ruhe wurde Kriegsmaterial in die Vorstadt gebracht. Innerhalb einer Stunde hatte eine ganze Legion die Mauer ab-

geschirmt, und alle verzweifelten Angriffe, die nach dem ersten verblüfften Zögern von Ananus vorgetragen wurden, blieben im Abwehrblock der Römer stecken.
Nur vier Tage nach dem Einbruch hatten die Römer die zweite Mauer in ihrer Hand. Vor ihr türmte sich ein Wall erschlagener Juden. Ihr verzweifeltes Anrennen war ein Akt der Selbstzerstörung. Ananus ben Bagadates sah, daß er verloren hatte – endgültig.
Marcus Julianus ließ die gesamte Mauer zur Vorstadt schleifen. – Der Sturm auf die dritte Mauer, die letzte, begann.

*

Simon bar Giora tobte. Von Ananus' Hochmut und Kaltschnäuzigkeit war wenig übriggeblieben. Er brütete finster vor sich hin, und selbst die Beschuldigungen, die auf ihn niederprasselten, konnten den sonst so hitzigen Sikarier nicht mehr aus seiner Lethargie reißen.
Was nützen jetzt noch Vorwürfe, dachte Marsena müde. Als wenn dies Geschehnis noch jemals rückgängig gemacht werden könnte! Aber der für Jerusalem tödliche Alleingang Ben Bagadates' hatte wieder einmal bewiesen, daß eine Einheit der Juden nur ein unwirklicher Traum sein konnte. Allein schon in den Gesetzen Jehovas waren sie sich uneins, wie konnte es dann jemals zu einer Einigung ihrer eigenen Gedanken kommen? Wie typisch und vernichtend war allein schon der Streit zwischen Pharisäern und Sadduzäern, was den Glauben an die Auferstehung betraf!
Wir sind alle am Ende, dachte Marsena und erschrak gleichzeitig bei diesen Gedanken. Daran zu denken, war gleichbedeutend mit Selbstaufgabe. Die Wochen und Monate hatten mehr Substanz verzehrt, als sie es sich bislang eingestanden hatten. Wir können keinen Entsatz mehr an die Mauern und Breschen darin werfen. Wir alle sind alt geworden. Innerhalb von Monaten um Jahre gealtert. Die Begeisterung, die jetzt noch von den Mauern auf den Feind hinabgeschrien wird, ist nur noch Selbstbetrug. Die Römer müßten es eigentlich bemerken. Aber sie haben Zeit. – Wir nicht. Jeder Tag ist für uns ein Schritt, der uns der Niederlage näher bringt. Dabei hätten wir Gelegenheit gehabt, all diesem Wahnsinn ein frühes Ende zu bereiten. Marsena dachte an die vielen Male, wo Titus versucht hatte, Simon bar Giora zur Übergabe zu bewegen.
Geistesabwesend griff er zu seinem Weinbecher. »Es dürfte nicht viel

mehr übriggeblieben sein vom judäischen Wein.« Er sah die rote Flüssigkeit im Kelch funkeln und dachte unwillkürlich an Blut. Wie eigenartig! Alle Gedanken verbinden sich mit Blut, Tod, Vernichtung und Kampf. – Ein endloser wirrer Kreis. Ob wir, wenn alles vorüber ist, einmal an etwas anderes zu denken vermögen? Der Wein rann sanft durch die Kehle. Wir hätten Gelegenheit gehabt, den Kampf einigermaßen ehrenvoll zu beenden, dachte er ein wenig traurig. Damals, als Joseph ben Mattathias sie beschworen hatte, das Blutvergießen zu aller Gunsten einzustellen. Und die Erinnerung zeigte noch etwas anderes auf, die Antwort Ananus', des Sohnes Bagadates': »Laßt euch nichts über die Barmherzigkeit der Römer einreden! Habt ihr vergessen, was sie mit den Überlebenden Jotapatas, Gischalas und Taricheas gemacht haben? Frauen und Kinder wurden ebenso hingeschlachtet wie Greise und wehrlose Verwundete. Einem römischen Versprechen zu trauen wäre das gleiche wie sich selbst den Tod zu geben. Und sollten sie uns auch nicht alle töten, so würden sie uns in ihren Bergwerken umkommen lassen. Glaubt mir, Freunde, so sähe die Barmherzigkeit Roms aus! Ich sage euch – lieber sterben im Kampf als leben in unwürdiger Knechtschaft.« Ananus sah mit Befriedigung, welche Wirkung seine Worte auf die sich in den Laufgängen drängenden Menschen hatten. Plötzlich ertönte aus der geballten Menge der Schlachtruf der Sikarier: »Der Tod ist nichts, Freiheit ist alles!« Ein Jubelschrei ging durch die tobende Menge. Schwerter und Lanzen wurden von schüttelnden Fäusten gegen den Himmel gereckt, und die Wehrgänge hallten wider vom Tosen des Volkes. Ananus wandte seinen triumphierenden Blick von der Menge zu den wartenden Römern. »Da hast du unsere Antwort, Joseph ben Mattathias, Verräter an deinem Volk«, schrie er. Doch das tausendfache Geschrei der fanatischen Gemüter verschlang seine Worte.
»Was ist, Marsena?« hörte er die Stimme Simon bar Gioras. Marsena blickte auf, stellte seinen Becher sanft auf den Tisch und erhob sich. »Nichts«, sagte er ausdruckslos. »Es gibt nichts, worüber wir noch reden könnten.«

*

Am sechsten Tag hatte der Titan einen Eckquader aus dem vorderen Turm der Antonia gerissen. Sofort wurden an den massiven Blöcken Haken befestigt, um die riesigen Steine aus dem Fundament zu lösen.

Der Turm erzitterte merklich.
Ben Mertons Hand lag müde auf Marsenas Schulter. »Du erinnerst dich meiner Worte, mein Sohn? Jetzt wäre es an der Zeit, um Frieden zu bitten, solange die Römer es selbst noch wollen.« Marsena nickte nur. Es war ein Wunschtraum, dem keine Erfüllung zuteil werden würde.
»Ihr wißt, daß auf solche Äußerungen die Todesstrafe steht!«
Marsena wandte sich erst gar nicht um. Die Worte kamen von Ananus ben Bagadates. Er würde dieses schleimig kriechende Unheil bleiben, solange man ihn am Leben ließe.
Ben Bagadates wandte seine trunkenen Augen auf Merton. Seine Stimme klang gehässig und mit unverkennbarer Drohung. »Du lebst, weil deine Söhne dich durch ihren Einsatz am Leben erhalten. Du bist aber ein gefährliches Geschwür an unserer Hand, das wir eines Tages ausbrennen müssen, sollte es nicht auch auf uns übergreifen.« Er lachte hämisch. »Du bist so gut wie tot, Merton!«
Der Alte hatte seine Hand von Marsenas Schulter genommen. Seine Finger krallten sich in den Halsausschnitt an Ben Bagadates' Gewand. »Ihr folgt uns bald nach. Besonders du, du Feind Israels!«
Ananus keuchte unter dem Griff Mertons. »Ich werde dich vernichten lassen. Noch bin ich Simon bar Gioras rechte Hand.«
Merton schlug zu. Ananus rollte in den Staub.
»Da gehört er hin, denn er ist verwandt mit allem Schmutz dieser Erde.« Merton sagte es, ohne die Stimme zu heben.
Marsena bewunderte den Alten. Stolz und Beherrschtheit. Er war wirklich ein Fürst Israels, nicht nur der Abstammung nach.
Merton wandte Ananus ben Bagadates den Rücken zu. »Wenn du dein Schwert ziehen wolltest«, sagte er ruhig, »dann solltest du bedenken, daß ich immer noch Fechtmeister der Davidsstadt bin. Aber vielleicht erweist du Simon bar Giora einen Gefallen mit deinem Tun. Er wird besser leben, wenn ihm seine brandige rechte Hand entfernt wird.«
Unter ihnen erzitterte der Turm.
»Sie sind näher an unserem Herzen, als wir es je wagten, uns einzugestehen«, murmelte der Alte. »Ich hatte es mit den Gedanken an Frieden ernst gemeint.«
»Ich weiß«, gab Marsena ruhig zurück. »Solange uneinsichtige Fanatiker aber nach Blut gieren, und wenn es ihr eigenes ist, sind diese Gedanken nur Illusion. Und du weißt es so gut wie ich.«

Merton nickte. Sein Gesicht war noch immer hinaus zu den Lagern der Römer gewandt. »Ist das Ungeheuer weg?«
Marsena lächelte. »Ben Bagadates hat sich verkrochen, wie das Gewürm unter der judäischen Sonne. Aber du wirst auf ihn achten müssen!«
Mertons Gesicht blieb unbewegt. »Er ist nur ein unbedeutender Teil des Verhängnisses über unserem Volk. Er ist ein Mitläufer, der verschwunden sein wird, wenn dieser Krieg zu Ende ist. – Wie immer er auch ausgehen wird. Selbst Simon bar Giora mag ihn in Wirklichkeit nicht. Du hättest jederzeit an seine Stelle treten können.«
Marsena lächelte leicht. »Und ich mag Simon bar Giora nicht sonderlich.« Er wußte, eine alles entscheidende Phase im Kampf um Jerusalem hatte begonnen. Es wäre gut, du würdest dein Quartier in die Nähe der Mauern verlegen, sagte er zu sich selbst. Du würdest auch ein wenig Abstand zu der Liebe Damaris' gewinnen, zu der Angst, die du jeden Tag um sie hast, und die dich in all deinem Denken und Handeln beeinflußt. Er wußte, daß seine Gedanken Unsinn waren. Nur für sie kämpfte er überhaupt. Nicht Israel, Judäa, Jerusalem waren seine Motive. – Nein, nur Damaris, die Tochter des Ari, des Fürsten aus dem Geschlecht Davids. Dieser Kampf wird nie ein Ende haben, solange sie nicht den Myrtenkranz aus deiner Hand trägt. Nur für sie lebst du, und wirst auch für sie sterben, sollte der Scheol nach dir greifen.
Er blickte hinunter zu der ungeheuren Kriegsmaschinerie der Römer. »Wir werden nie Frieden haben«, murmelte er düster.

Das Brandopfer

Jonathan ben Assur verstellte Damaris den Weg. Er räusperte sich unsicher. Seine Stimme war rauh. »Damaris! Ich muß heute etwas wissen, was nicht nur für mich entscheidend sein wird.« Er lächelte verlegen.
Sie sah ihn erwartungsvoll an, und in ihren Augen war Erstaunen und doch auch gleichzeitiges Verstehen zu sehen.
Er lächelte bitter. »Dein Blick verrät viel, Tochter des Ari. Und es ist wenig darin, worauf ich hoffen darf.«
Sie schwieg noch immer.

»Die Palmengärten Jerichos sind mein Reich. Daß ich in Jerusalem bin...« Er winkte ab. »Es ist alles anders gekommen.«
»Für uns alle, Jonathan.« Ihre Stimme war weich, und ihr Lächeln voller Anteilnahme.
»Die Blumen Jerichos wären in deinem Glanz verblaßt, Damaris. Und ein wenig von diesem Glanz hätte auch auf mich fallen können.«
Sein Lächeln war mit einem Hauch von Traurigkeit umgeben.
Sie sah ihn fest an, aber ihre Stimme war voller Verständnis und Wärme: »Es tut mir leid, Jonathan, aber ich liebe dich nicht.«
Ben Assurs Gesicht verfinsterte sich für einen Augenblick. Er zögerte und brachte dann mühsam hervor: »Hat dein Herz sich schon entschieden?«
Sie sah ihm offen in die Augen. »Ja, Jonathan ben Assur. Von Tag zu Tag bin ich mir sicherer. Jeder Herzschlag läßt mich fühlen, daß er nur einem gilt.«
Jonathan ben Assur nickte bitter. »Ich hoffte, diesen Krieg überleben zu dürfen... für dich.«
Damaris lächelte ihn an. »Ich wünsche es mir auch, Jonathan. Aus ganzem Herzen. Mein Herz hätte einen Freund zu verlieren. Aber ich hoffe... für dich.«
Ben Assurs Augen verdunkelten sich. »Ich träumte, dir einmal den Myrtenkranz aufs Haar zu legen. Dein Vater machte mir Hoffnungen, und ich glaubte auch an ein wenig Hoffnung von deiner Seite. Ich war im Irrtum.«
Sie legte ihre Hand auf seine.
Er zuckte und zog seine Hand zögernd zurück. »Unser beider Herz ist weit voneinander entfernt. Möge nur eines voller Traurigkeit sein.« Seine Augen sahen blicklos in die Ferne. »Die Palmengärten Jerichos werden die Lilie des Feldes vermissen... mehr jedoch ich selbst.« Er wandte sich abrupt um und ging langsam die Stufen des Tyropöontales hinauf.

*

Und der Tag brach in den Morgen mit der brutalen Selbstverständlichkeit des vorangegangenen. Die Sonne über Israel war zur glutenden Erinnye geworden, gleichgültig über Tod und Leben die brennenden Strahlen schleudernd. Sie glichen den Pfeilen, die in den Stunden des Kampfes, die der Tag heute wieder sehen würde, in das

Fleisch von Siegern und Besiegten dringen würden. Der judäische Sommer machte keinen Unterschied zwischen Juden und Römern. Sie würden alle unter der Glut des Himmels brennen. Stahl und Haut würden dampfen in Schweiß und Tränen.
Schon klagten die Widderhörner von den Mauern, und die Tuben und Fanfaren aus den Lagern der Römer antworteten.
Wieder würde es ein Tag der Entscheidungen werden. Wenn sie siegten, könnte Jerusalem ein wenig Atem schöpfen, wenn dieses Atmen auch immer quälender sein würde.
Marsena kauerte sich hinter die zerschossenen Mauerzinnen. Er vernahm das häßliche Geräusch der zerberstenden fünfzigpfündigen Steine und das Schreien der Männer, wenn die Splitter der schweren Geschosse ihre Körper zerfetzten.
Marcus Antonius Julianus hatte nicht, wie sonst üblich, für jede Kohorte einen Kurierreiter bereitgestellt, der die jeweiligen Anordnungen des Stabes weiterleitete, sondern drei, falls irgendeiner der Reiter durch einen unglücklichen Umstand ausfallen sollte. Von den Mauern drohte kaum Gefahr, da selbst die Bogenschützen sich unter dem pausenlosen Hagel der Wurfgeschütze nicht zu erheben wagten.
Die Maschinerie des römischen Heeres ist perfekter als je zuvor, dachte Marsena, und es war in all dem Entsetzen ein wenig Bewunderung dabei.
Es war heiß. Der Schweiß rann über sein Gesicht und verklebte seinen Körper. Er wußte, daß das Ende des Tages auch sein eigenes sein mußte, würde die Mauer von der alexandrinischen Elitetruppe Julianus' gestürmt werden können.
Neben ihm hob einer seiner Leute das Schwert. Mitten in dem herausfordernden Schmähruf gegen die anrückenden Truppen erstarb die Bewegung. Marsena sah, wie aus dem zerschmetterten Schädel das Gehirn quoll. Die Scharfschützen mit ihren Katapulten sind überall, sagte er sich. Wir werden dem Geschoßhagel erst entronnen sein, wenn die Sturmtruppen die Leitern angelegt haben, um auf die Mauer zu gelangen.
Plötzlich sah er wie aus dem Nichts die mächtige Gestalt eines römischen Soldaten vor sich. Sein Arm war wie erstarrt, und das Schwert in seiner Hand war zu einem nutzlosen Requisit des Todes geworden, eines Todes, der ihn jetzt treffen mußte. Er wußte, daß er keine Abwehrmöglichkeit mehr besaß. Der Schwung seines eigenen Schlages hatte ihn aus dem Gleichgewicht gebracht. Das römische Schwert

würde ihn treffen, bevor sein eigenes sich zur Abwehr heben konnte. Der rasende Wirbel war zu einem unfaßbaren Nichts in seinen Gedanken geworden. Es war das Registrieren des Todes vor ihm und die kurze Erinnerung an seine einstige Begegnung mit ihm unter der grünen Kuppel des germanischen Waldes. Wie damals würde es kein Entrinnen geben...

Das Gesicht vor ihm hatte sich zu einer höhnischen Fratze verzerrt. Die Augen waren in eisiger Kälte mit der tödlichen Bewegung des Armes gleich, der das Schwert zum entscheidenden Schlag erhoben hatte.

Die tausend Sommer, Damaris.... Der Gedanke an die Tochter des Ari durchzuckte ihn mit einem plötzlichen, unfaßbaren Schmerz. Die tausend Sommer würden heute vorüber sein, in einem einzigen schrecklichen Augenblick.

Dann sah er, wie der Mund des Römers sich zu einem entsetzlichen Schrei öffnete, und ein Schwall von Blut spritzte in Marsenas Gesicht. Der Römer ließ das Schwert fallen und sackte in Marsenas Arme. Er blickte in Jonathan ben Assurs Antlitz, und die Erkenntnis kam in unfaßbarem Erstaunen. Er registrierte, wie Jonathan ben Assur das Schwert aus dem Nacken des Römers riß. Er sah noch einmal kurz die erstarrten Augen, die im Tode noch den Schrecken des Sterbens in sich bargen, dann ließ er den leblosen Körper des Römers über den Wehrgang in die Tiefe fallen.

Sein eigenes Schwert war ihm aus der Hand geglitten. Fast mechanisch hob er es auf und blickte auf die blutige Klinge. Er ist ein zweites Mal von dir gewichen, dieser Tod, dem du selbst nichts mehr entgegenzusetzen hattest. Und du verdankst dein Leben dem, der es nach diesem Krieg von dir fordern würde. Die tausend Sommer, Damaris, sie sind noch nicht ganz zu Ende...

Langsam wich die Leere aus seinem Bewußtsein. Er spürte, wie der Schweiß auf seinem Gesicht sich mit dem Blut des Römers vermischte und schmierige Bahnen zu furchen begann. Scheol, wo ist dein Sieg? Tod, wo ist dein Stachel...?

Er wischte sich das Blut aus dem Gesicht. Er sah in das starre, beinahe melancholische Antlitz Jonathan ben Assurs. In seinen Gedanken war das Unfaßbare noch unvergangen. Die Unwirklichkeit der Erinnerung von damals in den gallischen Wäldern war heute auf der jüdischen Mauer noch einmal Wirklichkeit geworden. In deinen Augen müßten Tränen sein, sagte er sich, aber sie waren leer.

»Du hättest mich sterben lassen können, Jonathan«, brachte er mühsam von seinen Lippen. »Statt dessen rettest du mir das Leben?«
Ben Assur schwieg.
»Du hättest jetzt schon unseren Zweikampf nach diesem Krieg entscheiden können...«
Jonathan ben Assur lächelte müde. »Du darfst nicht sterben, Marsena ben Arinos. Jetzt noch nicht. Du wirst mir helfen müssen, die Römer zu besiegen. Wie könnte ich sonst um Damaris kämpfen?«
Marsena sah die Traurigkeit in Jonathan ben Assurs Augen. Er glaubt selbst nicht mehr an diesen Sieg, dachte er erschüttert. Er weiß, daß wir nicht mehr siegen können. Er weiß, daß unser eigener Kampf in der Vergangenheit versunken ist, wie ein Kieselstein im großen Meer.
Er reichte ben Assur wortlos die Hand.
Für einen Augenblick zögerte der Nabatäer. Dann schloß sich ein fester Griff um seine Hand. Marsena vermeinte, daß das düstere Gesicht Jonathan ben Assurs sich kurz aufhellte und das Lächeln einen Hauch von Freundlichkeit bekam. Dann drehte sich der Nabatäer abrupt um und ging.
Marsena starrte ihm nach. Jonathan ben Assur! Wie wenig man von dem wahren Inneren eines Menschen doch zu Gesicht bekommt! Du hast es mich für einen Augenblick sehen lassen. Ich bin dir dankbar dafür. Möge mein Schwert nie auf das deine treffen. Mein Leben ist ein Teil deiner Gunst geworden.
Er sah über den Wall der Toten und er flüsterte: »Wer von uns beiden wird der nächste sein, Jonathan ben Assur?«

*

Die Hallen des Salomo im Nordwesten des Tempels brannten. Sie bildeten den Übergang zur Antonia und die einzige Möglichkeit, über sie auf das Tempelgelände zu gelangen.
Die Schlacht war nun unmittelbar bis vor den Tempel gedrungen.
Zum ersten Mal herrschte in der Versammlung Einheit.
»Wenn sie erst einmal die Antonia in ihrem Besitz haben, werden sie über die Dächer der Säulenhallen auf den Tempelplatz gelangen«, meinte Simon ben Kathla. Marsena nickte. »Wir werden uns selbst beschneiden müssen, bevor die Krankheit unser Herz erreicht. Was nützt jetzt noch alle Schönheit der salomonischen Hallen, wenn sie unseren Untergang bedeuten? Wie bei einem Körper, der in Fäulnis

übergeht, die befallenen Teile abgehauen werden, muß es auch hier geschehen. Wir werden die Säulenhallen im Nordwesten des Tempels zerstören, auch wenn es unser Herz trifft!«
Zum ersten Mal kam kein Widerspruch.
Marsena blickte in die Runde und sah nur Bitterkeit und Trauer.
Ja, Judas, Sohn des Merton, wir tasten unser Herz an. Simon ben Josias, es wird sich zeigen, ob dein Haß im Kampf um den Tempelplatz die römische Flut aufzuhalten vermag. Jakobus, Sohn des Sosas, deine Treue zu Simon bar Giora wird jeden Tag geprüft werden, wo wir Schritt für Schritt zurückweichen. Simon, Sohn des Kathla und du Meir, Sohn des Belgas, gewählter Hohenpriester Israels, spart euch eure Trauer für den Tag, an dem Jerusalem gestorben ist. Eleasar ben Jair, der du die Willkür deines Onkels in Schranken zu halten verstehst, und der du uns mit deinen Worten Mut und Zuversicht geben konntest – wirst du es auch in der Zukunft noch vermögen? Und du, mein Freund und Bruder Simon, Sohn meines Vaters Ari, wird unsere Freundschaft einmal von etwas anderem sprechen können als nur von Kampf, Blut und Sterben?
Simon bar Gioras Stimme drang durch das nachdenkliche Schweigen: »Vielleicht beginnt die Zukunft Jerusalems erst jetzt. Du hast recht, Marsena. Wir werden den Rest unseres Körpers gesund erhalten, auch wenn unsere Schönheit dadurch verlorengeht. Zündet die Hallen an und reißt sie nieder!«

*

Der dunkle Rauch verhüllte den Sommerhimmel. Beim Grabmal des Hohenpriesters Johannes tobte das Feuer, und Marsena sah, daß die Römer Sturmleitern angelegt hatten, um noch auf das Tempelgelände zu gelangen, bevor die Hallen einstürzten. Und er sah Jonathan ben Assur, der mit seiner Stimme das Brüllen der Flammen übertönte.
»Tod, wo ist dein Sieg? Scheol, wo sind deine Grenzen? Römer, wo ist eure Tapferkeit? Tretet an gegen Jonathan, den Sohn Assurs. Wer von euch wagt es, die feige Krötenphalanx eurer Legion zu verlassen, um sich im Zweikampf mit mir zu messen?«
Simon ben Ari war zu Marsena getreten. »Verstehst du ihn? Es ist, als suche er den Tod.«
Marsena hätte ihm antworten können. Aber er schwieg. Ja, Jonathan ben Assur. Wie tief muß deine Trauer sein und wie unendlich deine

Liebe zu Damaris, daß du den Tod als Freund zu sehen vermagst? Aber ich verstehe dich, Jonathan. Wo würde der Glanz des Lebens sein, wenn Damaris ihn nicht zum Strahlen brächte?
Jonathan ben Assurs Stimme war fast bittend: »Ist denn niemand unter Roms Soldaten bereit, die Angst gegen seinen Mut zu tauschen? Muß ich euch bitten, eure Feigheit aufzugeben und dem Sohne Assurs zu gewähren, ein letztes Mal die Klinge seines Schwertes mit dem Blute von euch Römern zu tränken?« Die Rauchschwaden aus den brennenden Kolonnaden zeichneten dunkle Schatten auf sein Gesicht.
»Dein Antlitz sieht die Pforten des Scheols«, flüsterte Marsena leise. »Lebe wohl, Jonathan!«
Aus den brennenden Gebäuden am Rande des Tempelplatzes hatte sich eine Gestalt gelöst.
»Pedanius«, murmelte Marsena. »Zenturio aus der Prätorianergarde Marcus Julianus'.«
Der Römer hatte sein Schwert gezogen. Der Platz war leer. Nur Jonathan und Pedanius standen sich gegenüber. Sie verschwanden für Augenblicke immer wieder in den Schwaden des dunklen Rauches. Es war still. Nur das Feuer gab Antwort zu der Szene, die Marsena fern jeglicher menschlichen Empfindung zu sein schien. Wir alle befinden uns am Rande des Scheols, sagte er sich müde. Jonathan ist uns nur einen Schritt voraus. Die Kämpfer hoben sich vor der Kulisse des Tempels wie Schattenrisse ab. Es war, als stünden sie eine Ewigkeit unbeweglich im Knistern der Flammen und im Wallen des Rauches. Dann schlugen ihre Schwerter aufeinander. Der Augenblick der mystischen Andacht war vorüber. An der Bresche zwischen der Antonia und den Säulenhallen zeigten sich die ersten römischen Truppen. Marsena erlebte die beginnende Schlacht wie aus einer anderen Welt. Er sah, wie Eleasar ben Jair und Simon ben Ari die Truppen Johannes von Gischalas nach vorn winkten. Noch waren sie in den engen Gassen vor der Mauer im Vorteil. War es den Römern aber erst einmal gelungen, in Kohortenstärke den Vorplatz zur Synagoge in die Hand zu bekommen, war die Mauer zum Tempelplatz in Gefahr. »Der Greuel der Verwüstung an heiliger Stätte«, murmelte Marsena.
Seine Augen suchten Jonathan ben Assur. Er stand neben der brennenden Synagoge am Beginn der Säulenhallen. Für einen Augenblick schälten sich die Körper der Kämpfenden aus dem dichten Rauch. Jonathan blutete aus einer Wunde unterhalb des Halses. Aber Marsena

wußte, daß der Römer nicht siegen würde. Jonathan kämpfte in einer Wildheit, die nur das Suchen nach dem Tod vollbrachte, und der Römer hatte keine wirkliche Chance. Die ersten brennenden Balken des Gebäudes schlugen neben den verbissen Kämpfenden auf. In den Flammenzungen glühte das Schwert ben Assurs auf, als es den Helm des Römers durchschlug. Dann färbte es sich rot, und der Römer fiel in die Flammen. Der Jude schwenkte in einer triumphierenden Geste das Schwert in den rauchgeschwärzten Himmel, dann taumelte er plötzlich, und Marsena sah, wie über seinem Herzen der langschäftige Pfeil eines syrischen Bogenschützen ragte. Fast bedächtig ließ Ben Assur das noch blutige Schwert fallen. Glühendes Mauerwerk fiel um ihn her. Er war von einem Kranz von Feuer und Rauch umgeben. Marsena war, als stünden sie beide am Eingang der alles verschlingenden Gehenna. Der Feuersee, der uns vergessen macht, wird uns alle bald verschlungen haben. Und es ist nur noch ein kleiner Schritt dahin. Ihre Augen sahen für einen Augenblick ineinander. Jonathans Lippen bewegten sich. War es das Wort Damaris, was sie zu formen suchten? Dann taumelte Jonathan ben Assur über die Leiche des Römers in das stürzende Gebäude.

Ein einziger gellender Aufschrei war alles, was die tosenden Flammen und das Donnern der brechenden Balken zu übertönen vermochte. Ein Meteorschauer von Funken stob durch das Schwarz des Rauches, faszinierend in seiner grausamen Schönheit und doch für ein Leben endgültig.

Marsena empfand den Tod Jonathan ben Assurs wie einen lähmenden Schlag. Für Minuten paralysiert, starrte er auf die glühenden Trümmer des zusammengestürzten Gebäudes, ohne sich des Kampfgetümmels mehr richtig bewußt zu werden.

Er hörte nicht die warnenden Rufe Simons, der, an die Mauerreste einer Synagoge gelehnt, Pfeil auf Pfeil in die anstürmende Römerhorde sandte. Der Block der jüdischen Verteidiger zersprang unter der Flut der römischen Soldaten. Noch war die Bresche in der Mauer zu klein, um eine geschlossene Angriffsformation zuzulassen, aber die augenblickliche Überraschung der Juden lähmte deren Verteidigungswillen. Die Römer begannen, in die umliegenden Gassen vorzudringen, und mußten ihre Kräfte zwangsläufig aufsplittern. Jetzt erst stießen sie auf ernsthaften Widerstand.

Die Flammen vor ihm spiegelten sich in seinem Gesicht. Er spürte die Wärme, und er wußte nicht, ob das Brennen in den Augen nur von

dem dichten Rauch herstammte, der aus den geborstenen Trümmern zog.
Die ersten römischen Soldaten hatten ihn im Laufschritt schon fast erreicht, als er wieder zu sich kam. Er reagierte einen Augenblick zu spät.
Marsena sah das Pilum, das der Soldat schleuderte, auf sich zukommen. Für den Bruchteil einer Sekunde vermochte er nicht zu reagieren. Seine Sinne schienen wie gelähmt. Dann drehte er sich blitzschnell zur Seite und versuchte in einer letzten Abwehrreaktion mit dem Schild seinen Körper zu decken. Das Pilum durchschlug den Schildrand und drang in seinen rechten Oberschenkel. Er spürte den dumpfen Schmerz, mit dem der Speer in sein Fleisch drang. Die Wucht des Wurfes schleuderte ihn zurück, und er stürzte mitten unter die vielen Toten, die sich am Eingang der Gasse türmten. Er sah nicht den Tod des Soldaten, der das Pilum nach ihm geworfen hatte. Er sah nicht, wie die eindringenden Römer in einem Hagel von Pfeilen stecken blieben.
Er lag nur da, den Blick nach oben gerichtet, zwischen den engen Häuserreihen hindurch zum strahlendblauen Himmel, und seine Gedanken fragten sich, ob so das Sterben begann. Das Liegenbleiben war so einfach, der Lärm so unwirklich, die Nähe der Wolken so greifbar. Die Vögel da oben, die im Sonnenlicht kreisten, waren Geier, er wußte es. Aber hätten es nicht auch Adler sein können, freie Adler über einem unendlichen Land aus Ocker und Grün, die Weite atmend, den Blick von Horizont zu Horizont, und nichts, das ihn einzuschränken vermochte? Im Norden der Hermon mit seiner ewigweißen Krone, der Jordan in jugendlichem Überschwang das Land durcheilend, in das Jehova selbst seinen Atem hauchte. Der See Genezareth, an den ihn sein Vater einmal mitgenommen hatte, mit dem kristallenen Wasser, dem hohen Schilfrohr, den träumenden Palmen. Die Schreie der Vögel über blitzendem Wasser, das Schlagen der frisch gefangenen Fische im Netz – die erwartungsvollen Augen der Frauen, die den Männern entgegensahen, wenn sie vom Fang zurückkehrten. Das sanfte Klatschen der Wellen am Ufer, die jubelnde Stimme des Knaben, wenn die flachen Steine, von kräftigem Arm geworfen, über die stille Wasseroberfläche sprangen – die tiefe lachende Stimme des Vaters, der ihn an der Hand nahm, ihn zu den falbenfarbigen Reitkamelen führte – das Zögern, sie zu streicheln – das glucksende Lachen des Treibers – das Schmunzeln der Frauen mit den

Wasserkrügen auf dem Kopf – der feste Druck des Armes, der sich beruhigend um seine Schultern legte, als sein Vater ihn liebevoll an sich zog – in der unendlichen Ferne die Berggipfel, wo der Wind geboren wurde und die Sehnsucht eines Knaben.
Plötzlich war der Schmerz wieder da – der wühlende Schmerz, der von seinem Bein her in das Gehirn drang.
»Marsena«, hörte er Simon rufen, und vor seinen Augen erschien das erschrockene Gesicht des Freundes. Es verschwamm der Himmel, die Wolken, die Ferne. In seine Ohren drang der Laut der vielen Stimmen, die plötzlich um ihn waren.
»Entweder wir schneiden den Schaft heraus, oder wir ziehen ihn durch.«
»Durchziehen«, sagte eine dunkle Stimme, in der er Eleasar zu erkennen glaubte.
»Die Spitze ragt aus dem Bein heraus. Ist hier irgendwo etwas Ysop aufzutreiben? – Dann muß es auch so gehen.«
Er spürte, wie sein Bein festgehalten wurde – den Ruck, mit dem der Speer durchgestoßen wurde – der Schmerz, der vor seinen Augen tobte. Dann verlor er das Bewußtsein.

*

Das Dunkel wallte, die Schatten hatten Formen – der Nebel war in Bewegung. Er sah Gilead und wunderte sich. Gilead war doch tot! Das konnte aber nicht sein, denn Gilead überwand den Nebel und trat vor ihn. »Ich habe den Tod überwunden«, sagte die Stimme, »und Judäa unsterblich gemacht.« Eine Flut von Heldentum übergoß ihn, und er fühlte, wie ihm speiübel wurde. Er hörte seine gepreßte Antwort aus dem Nebel widerhallen. »Bald werden nur noch Münzprägungen an Judäa erinnern.«
Das Gelächter aus dem Nebel war schallend. Marsena wollte sich aufrichten. Der Schweiß brannte in den Augen, und er konnte im Dunkeln nichts erkennen als nur die verschwommene Gestalt Gileads. Er suchte sein Gesicht und sah nichts als Nebel. Hilfloser Zorn überkam ihn, und er keuchte in die zerfließenden Schatten hinein. »Erinnere dich, Gilead. Du fragtest mich, ob ich je dem Tod begegnet sei. Ich werde dir antworten, und du wirst sehen, daß nichts, was dir unsterblich erschien, mehr war als nur Schatten in der Dämmerung. Ja, ich bin dem Tod begegnet. Aber ich fürchte, viel zu oft schon, um den

Phrasen von Ruhm und Heldentod mehr abgewinnen zu können als nur Hohn. Du sagtest, du hättest Freunde von dir im Kampf sterben sehen. Hast du deren Gesichter hinterher angesehen? Hast du bei einem von ihnen ein heldenhaftes Lächeln entdecken können? Oder war nur grenzenlose Enttäuschung in ihren Gesichtern zu lesen? Wo ist die Unsterblichkeit geblieben und wo sind die Namen in den Annalen der Geschichte? Ja, wo bist du selbst, mein Freund und Bruder?« Er starrte in das Dunkel und wandte seinen Blick, aber Gilead hatte bereits den Raum verlassen.

Das Dunkel wich, und das Licht war grell. »Marsena!« sagte eine Stimme, und es war Judas, der vor ihm stand. Sie waren vor dem Fechtplatz angelangt. Links von ihnen war das Hippodrom Herodes', und unweit vom griechischen Theater sah man die Bögen des großen Aquäduktes. Sie hatten ihre Schwerter gezogen, und Marsena hörte seine eigene Erklärung zu dem kurzen römischen Schwert, das seine Faust umspannte. »Das Gladius Hispaniensis, das kurze Schwert der römischen Legionstruppen, im Gegensatz zur Spatha, dem langen Reiterschwert, hat seine Begründung in der römischen Kampfweise. Die enge Phalanx, mit einem Bewegungsraum von drei Schritten, ließe ein längeres nicht zu. Man bräuchte zu seiner Handhabung zu viel Platz. Die Spatha, die dem keltischen Langschwert nachempfunden ist, wird bisher nur bei den Reitertruppen benutzt. Aber auch im Einzelkampf ist das kurze spanische Schwert dem längeren ebenbürtig. Geringes Gewicht und schnellere Führung gegen stärkere Schlagkraft. Es liegt beim Kämpfer selbst, die Vorteile jeder einzelnen Waffe zum Tragen zu bringen.«

»Dann wollen wir sehen, was du bei den Römern gelernt hast!« lachte Judas und schlug Marsena auf die Schulter. Marsena sah in die Runde. Da waren die Söhne Aris, Mertons, Eleasar ben Jair und Ben Assur, der ihn finster beobachtete. Damaris stand etwas abseits und hatte ihren Blick unruhig zwischen Jonathan ben Assur und ihm wandern lassen. »Schlag zu, Judas«, munterte Marsena ihn auf. »Ihr könntet euch verletzen«, sagte Damaris ängstlich. Judas ließ das Schwert sinken. »Damaris hat recht«, sagte er zögernd.

»Nehmt lieber Weidenstöcke, so wie ihr es früher tatet«, meinte das Mädchen verschmitzt. »Ihr hattet euch damit damals schon genug Wunden geschlagen.«

Jonathan ben Assur hatte Judas zur Seite geschoben, und sein Schwert blitzte im gleißenden Sonnenlicht. »Ich brauche keine Wei-

denstöcke«, sagte er ein wenig spöttisch. Marsena nickte ruhig und hob das kurze Schwert. »Denkt daran, es ist nur Spaß«, rief Judas. »Der Römer soll seinen Spaß haben«, knurrte Jonathan ben Assur und holte zum Schlag aus. Metall schlug auf Metall. Über den Fechtplatz ertönte der gellende Klang zusammenprallenden Stahls.
Das Licht wurde heller. In den Ohren peitschte der Klang der Schwerter. Die Gesichter waren nur Schemen. Und plötzlich sah Marsena ein Gesicht, das aus Knochen bestand, und er wußte, daß der Mitstreiter Tod hieß. Ben Assur war verschwunden, und die Gestalt mit den leeren Augen focht gegen ihn. Er hörte Damaris' Schrei, und der Tod verschwand. Ben Assur tauchte wieder auf, und sein Gesicht war voller Haß. »Ich werde dich töten, Damaris wegen«, keuchte er.
Das Licht war heiß und der Raum voller Feuer.
Der Ringwall zog sich um die ganze Stadt. Mit zugehauenen Spitzpfählen bewehrt, die schräg gegen die Stadt starrten, wirkte der Wall wie des riesige Maul eines gigantischen Ungeheuers, das seinen Blick auf die Stadt gerichtet hatte. Und mit den Unmengen von Holz, die der Belagerungswall geschluckt hatte, war das letzte Grün Judäas verschwunden. Bis zu den Ufern des Jordan war jeder Baum, ja selbst jeder Strauch abgehauen worden. Die Schönheit Judäas war ausgelöscht. Innerhalb zweier Wochen war alles zerstört, was einst an das Land, wo Milch und Honig floß, erinnern konnte. Nur die Wüste Judäas, um den Asphaltsee, hatte ihr Gesicht gewahrt. Ihr roter Staub, den der Wind um die schroffen Felsen wirbelte, war derselbe geblieben, und auch die Hitze, die sie aussandte.
Er wischte sich über die Augen. Die Hitze war überall und der Schmerz. Aus dem Nebel erklangen Stimmen. »Ohne Baum und Strauch wird das Land bald nur noch Wüste sein, wie das Gebiet am Asphaltsee«, hörte er Ari sagen.
»Wir werden wieder neu anpflanzen«, meinte Eleasar ben Jair. Aber seine Stimme klang nicht überzeugt.
»Wann soll das sein?« Simon fragte es so nebenbei, aber der tiefere Sinn erfaßte Marsenas Bewußtsein. Er wollte antworten – wenn der Krieg vorbei ist. Aber er schwieg, und das Licht verlöschte.

*

Es war Marsena, als trete er in einen weiten Saal voll verwirrender Bilder, die sich ständig wandelten, und an deren Stelle für die ver-

schwundenen eine Fülle von grotesken Formen und Farben bereitstand.
Dann erkannte er, daß er die Vergangenheit vor sich hatte, und er verharrte staunend. Er sah Jerusalem und den Ölberg, die Legionen Roms und die Gesichter von Freund und Gegner.
Er stand auf der Tempelmauer und verfolgte die erste überraschende Ausfallbewegung gegen die zehnte Legion. Er sah, wie die Masse der jüdischen Verteidiger mit furchtbarem Geschrei aus dem Susantor quoll, wie ein Strom den Abgrund des Kidrontales überschwemmte und die römischen Legionäre überflutete, die gerade mit Schanzarbeiten beschäftigt waren. Sie hatten wohl nicht im mindesten an einen Ausfall von dieser Seite her gedacht und sich völlig sicher gefühlt, denn die meisten Legionäre hatten ihre Waffen abgelegt, die sie bei den Schanzarbeiten nur behinderten. Die Überraschung war vollkommen, und wie ein welkes Blatt im Strom wurden die ersten Reihen der römischen Legionssoldaten fortgeschwemmt.
Der Jubelschrei der Sieger war wie das Tosen einer gewaltigen Brandung, die in Wellen über die Mauer zog. Die Schlachtreihen der völlig konfus wirkenden Römer zerstoben wie eine in Panik geratene Herde, und der Ölberg überzog sich mit fliehenden Römern und ungestüm nachdrängenden Juden.
Die Ordnung schien auf römischer Seite völlig aus der Bahn gekommen zu sein, und Marsena wußte um die Problematik solcher fanatisch vorgetragener Angriffe, die eine an Kommandos und in geordneter Schlachtreihe zu kämpfen gewohnte Truppe leicht aus dem Gleichgewicht zu bringen vermochte, besonders dann, wenn, wie in diesem Falle, auch die Offiziere der Legion völlig überrascht worden waren.
Es hatte den Anschein, daß nichts den jüdischen Angriff mehr aufzuhalten vermocht hätte, und die zehnte Legion schien schon zu Beginn der Kampfhandlungen verloren zu sein. Aber kein Strom fließt endlos. Je weiter die römischen Soldaten zurückgedrängt wurden und somit in die Nähe ihres eigenen Lagers kamen, desto hartnäckiger wurde die Abwehr. Zudem störten sich bald die ohne richtige Führung angreifenden Juden in ihrer Masse selbst. Marsena glaubte, Titus erkannt zu haben, der an der Spitze seiner Elitekohorte in die Flanke der Juden stieß und den Angriff vollends zum Erliegen brachte. Die ersten begannen zu fliehen, und die Nachdrängenden sorgten in dem abschüssigen Gelände für ein Chaos, das die Siegesschreie der Juden

bald verstummen ließ. Das Bild hatte sich gewandelt. Jetzt waren es die Juden, die den Ölberg hinabflossen und in der Kidronschlucht wie ein gewaltiger Wasserfall auseinanderstoben. Bis zum Mittag ging die Schlacht weiter und es schien, als hätten die Juden jetzt mehr Verluste hinzunehmen als zuvor die Römer bei ihrer Flucht.
Marsenas Augen suchten in dem ungeheuren Saal nach der Fortsetzung dieses Tages. Er meinte den Ölberg mit roter Farbe bestrichen zu sehen. War es Blut oder nur die Glut, die diesen Tag mit Haß und Schreien, Fanatismus und entfesselter Gier erfüllte?
Der zweite Angriff der Juden begann.
Die Sicherungstruppen der zehnten Legion hatten an der Kidronschlucht Aufstellung bezogen und schirmten die restliche Legion ab, die wieder zu ihren Schanzarbeiten auf den Ölberg zurückberufen worden war.
Marsena sah den geschwungenen Mantel Simon bar Gioras als Zeichen, den Angriff wieder vorzutragen. Die Absatzbewegung des römischen Heeres mußte in den Augen der Juden wie Flucht aussehen, und die neue Angriffswelle, die daraufhin wie ein Ungeheuer aus der Tiefe den Berg hinauftobte, riß im ersten Schwung auch die Sicherungstruppen fort, die der Legion Abschirmung hätten garantieren sollen.
An diesem Tag hätte sich das Schicksal auf die Seite Judäas schlagen können, wenn der Angriff konsequent weitergeführt worden wäre. Denn plötzlich erkannte Marsena, daß Titus Vespasian mit wenigen seiner Eliteeinheit allein auf dem Berg war. Der Rest der Legion flüchtete nach allen Seiten. Titus wäre erschlagen worden, hätte sich nicht ein Teil der Legion besonnen und die Gefahr erkannt, die aus dem Tode des Kaisersohnes sich ergeben mußte.
Wie wenn Wogen an einem Felsen zurückprallten, so wandelte sich die Fluchtbewegung der Legion zum eigenen Angriff. Waren es erst nur wenige, die sich der Brandung der Juden stellten, so wuchs plötzlich eine Einheit heran, an der die nicht an Widerstand denkenden Juden zerschellten. Marsena wußte, daß der so greifbar nahe Sieg verloren war. An diesem Tag, an dem sich das Schicksal einer ganzen Nation entschied, entschied sich auch die Frage, ob je eine Macht der Welt imstande sein mochte, ein römisches Heer, war es auch im ersten Augenblick überrascht worden, in seiner Struktur vollends zu vernichten.
Marsena sah, wie die Juden erst schrittweise zurückgingen, dann aber

wie von einer gewaltigen Woge in den Abgrund des Kidrontales zurückgeworfen wurden. Das Susantor nahm die Überlebenden auf. Die Toten waren zu viele, um sie zählen zu können.
Über das Kidrontal senkte sich der Schatten der Nacht. Judäa hatte Rom Verluste zugefügt. Aber sie konnten Rom nicht aufhalten. Das Feuer, das die untergehende Sonne in den Horizont brannte, war wie ein Symbol für die Wochen und Monate, die noch folgen sollten.
Die Bilder verschwammen, das Schreien und Toben verklang, und er war allein in dem großen Saal, in dem hohl und von irgendwoher Schritte klangen. Es war Gilead, der vor ihm stand, sein Gesicht war bleich, und er blieb stumm.

Der Wall

Julianus bohrte seine Stiefelspitze in den Sand des Zeltbodens. »Das ist Jerusalem«, sagte er langsam. Dann zog er in einem größeren Abstand einen Kreis um die Vertiefung, die sein Stiefelabdruck hinterlassen hatte. »Und was ist das?« fragte er und blickte der Reihe nach in die erstaunten oder gelangweilten Gesichter der umstehenden Stabsoffiziere. In Gedanken ging er die einzelnen Charaktere durch, diese so unterschiedlichen römischen Gesichter, die das Beratungszelt füllten.
Da war Tiberius Alexander, Statthalter von Ägypten, Konsul, sein Vorgesetzter, was die militärischen Gesamtentscheidungen betraf und sein Patenonkel. Ein Mann von gedrungener Gestalt, mit sinnlich fleischigen Lippen und einer etwas zu großen Nase. Welche Ironie des Schicksals, dachte Julianus. Er steht heute wieder dort, wo er seinen Anfang gemacht hatte. Als ehemaliger Prokurator von Judäa, selbst geborener Judäer, in Sichem aufgewachsen, Schwager von Berenike, der ehemaligen Königin und Frau des Herodes, war er als Oberbefehlshaber der Truppen Titus' in seine Heimat zurückgekehrt, um sie zu vernichten. Und er, Marcus Antonius Julianus, war jetzt Statthalter von Judäa, um später ein zerstörtes Land wieder aufzubauen. Wie unsinnig sich der Ablauf der Geschichte doch manchmal verhielt... Er schüttelte innerlich den Kopf und wandte sich weiter den Legaten und Tribunen zu, die für die einzelnen Truppenkontingente die Verantwortung trugen. Viele waren im Grunde genom-

men einfältige, ideenlose Bauernburschen, trotz ihrer Studien an den Militärakademien. Wohl waren es tüchtige Befehlsausführer, gute Soldaten an der Spitze ihrer Legionen, aber keine Strategen. Doch konnte sich Titus völlig auf sie verlassen. Die Ideen mußten eben anderswoher kommen. Und Titus rechnete da wohl mehr auf seinen Jugendfreund, Marcus Julianus, als auf seinen Generalstabschef Tiberius Alexander. Vielleicht war auch viel Protektion im Spiel, wenn man an Berenike dachte, die Tiberius' Schwägerin und nicht zuletzt Titus' Geliebte war. Aber was kümmerte es ihn. Für ihn zählte der Ablauf vor den Mauern Jerusalems und nicht persönliche Machtrangeleien innerhalb der Heeresleitung. Er blickte in die Augen seines Patenonkels. Ihre Blicke hielten einander stand, und Julianus war froh, im Gesicht Alexanders keinen Unmut zu entdecken. Ihm war es oft genug peinlich gewesen, wenn Titus ihn mehr ins Vertrauen zog, als seinen eigentlichen militärischen Oberbefehlshaber, fühlte er sich selbst auch mehr als Soldat und nicht als Planer über Karten und Statistiken. Er würde sich einmal mit Tiberius Alexander aussprechen müssen, wenngleich dieser ihm bislang die Vorrangstellung, die er eigentlich als Titus' Heerführer innehaben sollte, nicht übelgenommen zu haben schien. Vielleicht ist es ihm auch unangenehm, als Judäer seine ehemaligen Landsleute bekriegen zu müssen. Außerdem spielte das Alter auch eine gewisse Rolle. Titus fühlte sich zu ihm als dem Jüngeren von beiden mehr hingezogen; Tiberius Alexander war immerhin schon vierundfünfzig Jahre alt. Titus hätte ihn sicherlich zum Legaten über das Gesamtheer ausersehen, wenn nicht der Kaiser selbst sich für Alexander entschieden hätte. In seinen Gedanken war jedoch kein Neid auf den Älteren, der am Höhepunkt und dennoch am Ende seiner Karriere angelangt war, während ihm, dem Vierunddreißigjährigen, an der Seite des Kaisersohnes der Sprung nach oben sicher schien. Aber Jerusalem mußte fallen, bald fallen, und er, Marcus Antonius Julianus, Sohn des Konsuls Licinius Valerius Julianus, General der Legionen und Konsulanwärter, Freund des Titus Vespasian und Prokurator von Judäa, würde in den Annalen nicht unerwähnt bleiben.

»Nun«, forderte Julianus die Umstehenden auf.

»Es ist ein Kreis«, gab Cerealis zögernd von sich. Titus Phrygius grinste, und auch Larcius Lepidus konnte sich eines Schmunzelns nicht erwehren. Liternius Fronto und Antiochos Epiphanes warteten unbewegt auf Julianus' Reaktion.

O ja, Sixtus Cerealis, dachte Julianus belustigt. Ein Kreis, wie überlegt gedacht. Welch eine scharfsinnige Eröffnung für den Legaten der fünften Legion. Und doch, du hast den Anfang gemacht mit deiner Erklärung. In diesem Kreis wird sich alles abspielen, was in Judäa jetzt und für immer Bedeutung haben wird.

»Willst du damit sagen, wir sollten unsere Truppen kreisförmig um die Stadt verteilen?« fragte der Kommandant der fünften Legion, der zudem auch die Verantwortung für die Belagerungsmaschinen trug. Die Ironie war unüberhörbar. »Gerade hatten wir darüber gesprochen, daß dazu unsere Kräfte nicht ausreichen. Bei einem geschätzten Umfang von über vierzig Stadien wäre der Ring zu schwach und könnte überall mit einer massierten Ausfallbewegung durchstoßen werden.«

Marcus Antonius Julianus nickte zuvorkommend. »Du wiederholst das, was uns allen klar wurde.« Er blickte auffordernd in die Runde. Schweigen oder Schulterzucken war die Antwort auf seinen fragenden Blick.

Titus Vespasian sah nur regungslos zu ihm herüber, ohne sich bisher geäußert zu haben.

Ich werde dir offenbaren, Sohn des Vespasian, wie der Riegel der Mauern Jerusalems zu knacken ist. Wir haben Zeit, Nachschub, ein riesiges Heer und das Potential eines Weltreiches, alles was den Juden fehlt. Mit diesen Alternativen wird Jerusalem zu Staub werden. Bisher haben wir die Städte Palästinas im Sturm genommen. Bei dieser Stadt würden wir einen zu hohen Blutzoll zu zahlen haben. Wir haben Zeit und keinen Hunger. Bisher konnten die Einwohner der Stadt noch aus geheimen Schlupfwinkeln nach draußen, um sich, wenn auch kärglich, mit Lebensmitteln zu versorgen. Ab sofort werden wir jede Möglichkeit, die Mauern zu verlassen, im Keim erstikken. Nicht einmal eine Ratte soll die Gelegenheit haben, vor die Mauern der Stadt zu gelangen. Er wunderte sich über die harte Reaktion seines Bewußtseins. Sie werden euch als einzige Nahrung noch dienen. Kein Halm, keine Olive, nicht die Feder eines armseligen Sperlings möge zu euch gelangen. Und ihr selbst werdet den Boden vor euren Toren nicht wieder betreten, solange es Rom so beschlossen hat.

»Es ist ein Kreis«, brach Julianus plötzlich triumphierend das Schweigen. »Aber was für ein Kreis, lieber Cerealis.« Er schob den Sand mit dem Fuß ringsum zusammen. »Ein Kreis aus einem sechs

Fuß hohen Erdwall, ohne Durchgang und ringsum mit spitzen Pfählen bewehrt, die gegen die Stadt gerichtet sind. In Abständen von je einer halben Stadie ein Wachtturm mit leichten Wurfmaschinen. Vor dem Wall ein Graben durch die ausgehobene Erde der Aufschüttungen.«
»Ein einfacher Circumvallum«, sagte Titus Phrygius geringschätzig. »Eine Umschließung, wie sie die Heeresanleitungen vorsehen?«
»Nein, bester Titus«, gab Julianus überlegen lächelnd zurück. »Kein normaler Wall, wie die Lagervorschriften es vorsehen. Es soll ein Wall werden, der ein für alle Mal jeglichen Ausbruch aus der Stadt verhindern wird. Es wird kein Entkommen mehr möglich sein, und ein Eindringen nur noch durch uns selbst. Wir werden eine fünfte Legion vor ihren Mauern einsetzen – den Hunger.«

*

Er erwachte aus einem tiefen Nichts.
Nur langsam gewann das Licht die Oberhand, und die verschwommenen Schatten vor ihm nahmen Gestalt an. Er sah einen Jüngling und ein Mädchen, die ihn mit sorgenvollen Augen anstarrten.
Er erinnerte sich. Plötzlich war alles wieder Wirklichkeit. Der Wurf des Speeres, der beginnende Tod, das ewige Sterben, das Leben, das die Dunkelheit durchbrach, das Mädchen, das das Sterben verbannte und Damaris hieß, die Tochter des Ari.
»Damaris«, flüsterten seine Lippen.
Ihre Hand griff nach der seinen. Die Wärme ihrer Haut, der Glanz ihrer Augen brachten ihn ins Leben zurück.
»Was war mit mir?«
Der Jüngling hinter Damaris war zu ihm herangetreten.
Seine Gedanken sammelten sich. Es ist Simon, der Bruder Damaris'. O Gott Israels, wie weit im Scheol war mein Bewußtsein, daß es mir schwerfällt, den letzten Freund zu erkennen, der mir verblieben ist?
»Du hattest Wundfieber«, hörte er den Sohn Aris sagen.
»Wundfieber?« wiederholte Marsena matt. Gleicht Wundfieber der ewigen Nacht, die einen umfängt? War es vor unendlicher Zeit, daß Gilead mit mir sprach und Judas? War der Rest des eigenen Seins so nahe dem Rande des ewigen Scheols? Die Erinnerung ist wie ein Wesen aus Luft und Rauch, durchsichtig und verschwommen, wie das Leben selbst. War die lange dunkle Nacht nicht wie eine schirmende

Hand, die ihn vor schmerzender Helligkeit bewahrt hatte? War die Wirklichkeit, in die er neu hineingeboren wurde, das, was sein zurückkehrendes Bewußtsein vorzufinden hoffte?
Der lange Schlaf am Rande des Todes hatte keine Schrecken in sich geborgen; es waren nur die Bilder der Gegenwart und der Erinnerungen, die ihn gemartert hatten. Der Tod der Freunde, die Wahnsinnsetappen eines verlorenen Krieges. Nein, der Tod war nicht der Feind, der den letzten Willen zum Leben zur Rüstung zwang. Vielleicht hatte Gilead recht gehabt; vielleicht war der Tod wirklich die Verklärung des Lebens?
Er zwang sich, wach zu bleiben.
Du weißt es besser!
Vor dir ist das Leben, die Zukunft, wenn es noch eine gibt. Sie heißt Damaris! Nicht Israel, nicht Jerusalem, nicht Rom, nicht Sieg, nicht Niederlage, nicht Tod!
Leben für sie!
Der Druck über den Augen ließ nach. Ihr Antlitz war in wundervoller Klarheit vor ihm. Der unendlich lange Traum des Todes war von ihm gewichen. Er würde wieder leben dürfen, und er wollte es versuchen, solange der Odem des Lebens ihn erreichen würde.
»Wie sieht unsere Zukunft aus, Damaris?«
Sie legte ihm die Hand auf die Lippen. »Es ist alles unwichtig, solange du noch nicht völlig gesund bist. Du lebst, und nur das zählt!« Ihr Lächeln verschmolz mit seinen müden Gedanken. Traum, Liebe; er hatte alles wieder! Die tausend Sommer waren zur Wirklichkeit geworden. Er fiel in die Kissen zurück, und Nebel umfing ihn wieder.

*

Irgendwann war wieder Helligkeit um ihn. Marsena lag wach, und sein Blick ging grenzenlos durch Zeit und Raum.
Er sah die Freunde erst, als sich ihre Gesichter über ihn beugten.
Er wollte sich erheben.
Simon ben Ari drückte ihn zurück. »Du mußt erst völlig gesund werden, mein Bruder.«
Marsena wehrte ab. »Ich habe lange genug im Todesschlaf gelegen. Wie lange eigentlich wirklich?«
»Du warst zwei Wochen kaum bei Bewußtsein.«
»Zwei Wochen?« – Zwei Wochen, in denen sein Innerstes die Alp-

träume abgewehrt und den Kampf um das Leben gewonnen hatte. Was war alles in dieser Zeit geschehen?
Eleasar ben Jair sah seinen fragenden Blick. »Nicht jetzt, mein Freund. Nicht heute, nicht morgen. Aber bald wirst du wieder auf den Mauern sein, und du wirst dann selbst sehen, was deinen Augen bisher verborgen blieb.«
»Es steht nicht gut um uns?«
Die beiden lächelten müde. »Wir werden noch genug Zeit haben, unsere Schwerter abzunützen«, sagte Simon. Aber Marsena bemerkte den Zweifel in seiner Stimme.
»Die Sonne Judäas macht uns mehr zu schaffen als die Römer«, versuchte Eleasar zu scherzen. »Die Brunnen Jerusalems geben nicht mehr genug Wasser, seit der Aquädukt zerstört wurde. Aber den Römern ergeht es nicht besser. Uns bleibt sogar noch ab und zu Wasser zum Waschen übrig, während die römischen Pioniere es vom Jordan herauf transportieren müssen, da wir sie nicht an den Kidronbach heranlassen.«
Marsena lächelte müde und winkte ab. »Sagt mir endlich, was wirklich los ist. Wie steht es um die Stadt?«
Eleasar blickte auf Simon, und in Marsena regte sich ein Unbehagen, das ihn immer mehr ergriff, und das er sich nicht erklären konnte. Er sah die Ratlosigkeit in den Gesichtern der Freunde, und eine dumpfe Ahnung überkam ihn. Er hatte von einer gigantischen Hand geträumt, die sich über Jerusalem zu schließen schien...
Simon blickte über ihn hinweg. »Sie haben unsere Nachschubwege völlig abgeschnitten. Es besteht nicht einmal mehr nachts die Möglichkeit, durch die römischen Linien ins Hinterland zu gelangen.«
Marsena blickte Simon ungläubig an. »Dazu bräuchten sie dreihunderttausend Mann!«
»Sie haben einen Erdwall um die Stadt gezogen. Als sie zu graben anfingen, glaubten wir, daß es sie mehrere Monate in Anspruch nehmen müßte. Sie haben Tag und Nacht gearbeitet und haben ein Werk von nahezu einem halben Jahr in drei Tagen beendet!« Seine Stimme ging in Flüstern über. »Es war mehr, als Menschen eigentlich schaffen konnten!«
Marsena fröstelte plötzlich. Er sah die Hand aus dem Nichts über Jerusalem auftauchen und hörte die Stimme, die sagte: »Wenn du, ja du, an diesem Tage die Dinge erkannt hättest, die mit Frieden zu tun haben – doch nun sind sie vor deinen Augen verborgen. Denn es werden

Tage über dich kommen, da werden deine Feinde eine Befestigung aus Spitzpfählen um dich bauen und werden dich ringsum einschließen und dich von allen Seiten bedrängen, und sie werden dich und deine Kinder in deiner Mitte zu Boden schmettern, und sie werden in dir keinen Stein auf dem anderen lassen, weil du die Zeit deiner Besichtigung nicht erkannt hast.«
Er konnte sich des Grauens nicht erwehren, das über ihn kam. »Nikodemus ben Gorion, es ist nichts mehr, was in unserer Macht liegt.« Seine Lippen bewegten sich stumm, und die Umstehenden hörten nichts.
»Es war, als erhielten sie unmenschliche Kraft.« – Marsena hörte die Stimme Eleasars, aber es war keine Wirklichkeit in seinem Bewußtsein. Hier endete der Traum Jerusalems, mit den Worten des Gerichts, die niemand vernommen hatte, an die niemand glauben wollte. –
»Man konnte es direkt fühlen, daß nicht nur die Legionen untereinander wetteiferten, den Belagerungsring zu schließen, sondern jede einzelne Kohorte, jeder Manipel, jeder Soldat.« –
Marsena schloß die Augen, als Eleasars Worte sein Bewußtsein trafen: »Es schien, als überkäme sie eine göttliche Kraft, eine Kraft, die uns verlassen hat.« In Marsenas Ohren dröhnte die Wahrheit: »Wenn ihr daher das abscheuliche Ding, das Verwüstung verursacht, wovon Daniel, der Prophet, geredet hat, an heiliger Stätte stehen seht, dann sollen die, die in Judäa sind, in die Berge zu fliehen beginnen. Wer auf dem Hausdach ist, steige nicht hinab, um die Güter aus seinem Hause zu holen; und wer auf dem Felde ist, kehre nicht ins Haus zurück, um sein äußeres Kleid mitzunehmen. Wehe den schwangeren Frauen und denen, die ein Kleinkind stillen in jenen Tagen! Denn dann wird große Drangsal sein, wie es seit Anfang der Welt bis jetzt keine gegeben hat, nein, noch wieder geben wird.«
Die Worte waren verklungen, und Simon ben Aris Stimme zeigte die kalte Nüchternheit der Geschehnisse auf: »Sie haben den Wall, der schon mehr eine Mauer ist, oben mit spitzen Pfählen versehen, die nach innen gegen die Stadt gerichtet sind. Einige von Gioras Leuten haben einen Ausfall versucht; ihre verwesenden Leichen hängen immer noch an den Spitzpfählen. Die Mauer zieht sich vom Assyrerlager aus, wo Titus ja seinen Gefechtsstand hat, zum unteren Teil der Neustadt, durch das Kidrontal zum Ölberg hinauf, von dort erstreckt sie sich nach Süden bis zum Taubenschlagfelsen, dann hinun-

ter zum Abgrund der Siloahquelle, die zum Glück durch den Tunnel des Hiskia gesichert ist. Von hier verläuft sie westwärts bis an die Vertiefung, in der sich die Quelle selbst befindet. Vom Grabmal des Hohenpriesters Ananus führt sie wieder nach oben, in die Nähe, wo ehemals Pompeius sein Lager aufgeschlagen hatte. Von hier aus zieht sie sich hinunter zu dem Dorf, das wir Erbsenheim nennen; sie umschließt das Grab des Herodes, den Schlangenteich, und führt wieder in östlicher Richtung zum Lager des Titus zurück. Die Umwallung ist nahezu vierzig Stadien lang, mit dreizehn Hauptlagern in Kohortenstärke. Es gibt kein Entrinnen mehr. Die Legionen wechseln sich Tag und Nacht im Wachdienst ab. Sie haben bisher jeden Ausbruchsversuch abgefangen.«
Marsenas Gedanken waren weit entfernt. Was hatten sie vor wenigen Wochen noch voller Zuversicht den Römern ins Gesicht geschrien? – »Welche Luft wollen wir atmen? Die in den Kupfer- und Bleibergwerken, die in den stickigen Rümpfen der Galeeren, die der bluterfüllten Arenen Roms? Oder die eines freien Israels, so lange es uns noch möglich sein wird, sie zu atmen?« Solange es noch möglich war, sie zu atmen!
Er öffnete die Augen. Simon, Eleasar, wie weit können Träume reichen? Über eine endgültige Prophezeiung hinaus? Ich werde euch nichts von Nikodemus ben Gorion sagen, nichts von seinem Glauben an einen Messias, nichts von seinen Ahnungen, von seinen Bildern der Furcht. Ihr würdet sonst aufhören zu träumen. Und was wäre niederschmetternder als zerstörte Träume?
Du bist glücklich Marsena! sagte er sich. Du hast von alledem nichts gesehen, du lagst in einem Schlaf, in dem nur die wirren Träume dich umfingen und nicht die Wirklichkeit. Aber benötigte das Grauen die Realität des Geschehens, war nicht das Wissen um die Unabänderlichkeit Grauen genug? Es ist mehr geschehen, als deine wirren Wahnvorstellungen dir vorgaukelten! Du weißt es, du siehst es an den Gesichtern vor dir. Sie haben dir verschwiegen, was du eigentlich wissen mußtest! Jeder war dem Tod am nächsten. Du hier auf dem Lager des wochenlangen Ringens um das bißchen Atem, das dich mit einer sterbenden Stadt noch verbindet. Simon und Eleasar ben Jair draußen auf den Mauern, über die längst nur noch der Tod Regie zu führen vermochte. Wollen sie dich schonen vor der Wahrheit, die mehr ist als der Rachen einer spitzpfahlbewehrten Umklammerung?
»Sagt mir alles!« Er hörte seine Worte aus der Ferne, und er wußte,

daß die Prophezeiung des Jesus von Nazareth für sie niemals enden würde.
Er sah das Zögern in Eleasars Gesicht. »Du warst zwei Wochen lang kaum bei Besinnung.«
Marsena lächelte müde. »Du weichst aus, mein Freund. Also steht es mehr als schlecht um uns.«
Eleasar ben Jairs Stimme war tonlos, als käme sie nicht von ihm selbst. »Die Antonia ist gefallen.«
Marsena schloß die Augen. O Gott Israels. – Die einzige wirkliche Festung der Stadt!
»Simon ben Kathla ist gefallen, Tephtheus aus Garis, Magassaros, Malachias...«
Er würde die Augen nicht mehr öffnen und die Wirklichkeit würde fern bleiben! Aber dann wäre auch Damaris nur wesenlose Vergangenheit! Er sah in die Augen der Freunde und lächelte. »Helft mir hoch, bevor mich eure Worte erdrücken.« Er sah die Erleichterung in den Gesichtern von Simon und Eleasar. Er würde bald völlig genesen sein und wieder auf den Mauern stehen und das Sterben erblicken, das nur in seinen Alpträumen für ihn Erinnerung gewesen war. Und irgendwann würde auch das vorbei sein, beim Untergang Jerusalems oder auch schon vorher bei seinem eigenen Tod. Er wischte die Gedanken fort. Das alles zählte nicht. Er würde nach dem zweiwöchigen Todesschlaf das wirkliche Leben wieder sehen, das Damaris hieß...

*

Sie gingen durch die Stadt. Ihre Finger waren ineinander verschlungen, und sie fühlten die Wärme ihrer Körper mehr durch Ahnen als durch die Berührung ihrer Hände.
»Die Luft über Jerusalem riecht übel«, sagte Damaris und schmiegte sich fröstelnd an ihn. Er strich ihr über das Haar. »Wenn ich bei dir bin, atme ich nur den Duft von Thymian und Lavendel.«
Sie sahen nicht den Verfall der Stadt, nicht den Tod in den Häusern und die ausgezehrten Gestalten in den Ecken. Sie sahen nur sich.
Tod und Leben waren so eng beisammen.
Wenn man den Tod jeden Tag sieht, verliert er langsam an Schrecken. Man gewöhnt sich nicht an den Gedanken des ewigen Endes, aber man glaubt ihn, ignorieren zu können. Es ist Selbstbetrug, gewiß, aber ein Selbstbetrug, um das letzte bißchen Leben leben zu können.

Marsena wußte es. Er war dem Tod so nah gewesen, daß auch der Schrecken auf den Mauern und vor den Toren nur noch die Selbstverständlichkeit seiner Existenz unterstrich und kaum noch sein Innerstes erreichte.
Sie sahen vor sich die Säulenkolonnaden des Teiches Bethseda.
Hier war es, als hätte der Krieg nie Zugang zu der Stadt gefunden. Frauen schöpften Wasser aus tönernen Krügen oder wuschen sich an der Vielzahl der kleineren Becken, die den großen Teich umgaben. Nur Kinder mit aufgedunsenen Bäuchen erinnerten an die Schrecken von Krieg und Hunger.
Und still war es in den Bäumen rings um den Teich. Die Vögel waren verstummt, seit die Bewohner der Stadt auf der Jagd nach etwas Eßbarem ihnen intensiv nachstellten.
Das Leben weicht von uns, dachte Marsena traurig. Wenn auch der Anblick ein Bild der Idylle verspricht, so ist nichts von alledem mehr wahr.
»Sieh nur die Kinder, Marsena!« sagte Damaris erschrocken. »Sie sind am Verhungern!«
Marsena nickte stumm. Es ist nur der Anfang, dachte er. Wir verlieren nicht nur eine Befestigung nach der anderen, sondern was noch schlimmer ist, die Stärke in uns selbst. Bald wird uns alles gleichgültig sein, das Leben und das Sterben, der Anblick sterbender Kinder und der Tod auf den Mauern. Wir werden die Grenze unseres Wahrnehmungsvermögens überschreiten und tot sein, auch wenn wir weiterleben. Es ist nur noch ein Schritt bis dahin.
Er sah in Damaris' Augen. Sie sind der Glanz der Morgenröte wie eh und je. Nur ihre Züge zeigen die Trauer an, der sie sich nicht verschließen können. Ich wäre nicht mehr, würdest du nicht sein! In Traum und Wirklichkeit gilt mein Kampf und Überleben nur dir. Ich will leben, weil du lebst, und all der Schrecken um uns ist nur Trug, so lange wir Wirklichkeit sind.
Sie sahen nicht den Atem des Todes aus den Gassen kriechen, die angstvollen Gesichter der Menschen. Sie hörten nicht das Wimmern der Kinder, das leise Schluchzen der Frauen, den nackten Wind in den leeren Ästen der Bäume am Teich ohne die Begleitung des Vogelsangs. Sie sahen nur sich. Er küßte sie, und es war wie die Glut von tausend Feuern, in die sie versanken.

Am 17. Tag des Panemus hatten die Römer die Mauern der Antonia bis auf die Grundfesten niedergerissen. Sie erhofften sich, dadurch das Gesamtheer leichter an die salomonischen Hallen heranführen zu können, die den Tempelbezirk abgrenzten und fast schon die letzte Bastion der jüdischen Verteidigungsstellungen darstellten. Johannes von Gischala, der sich in seiner Stellung im Tempelareal plötzlich und unerwartet einem direkten römischen Angriff ausgesetzt sah, hatte seine einstige Überheblichkeit aufgegeben und um einen Zusammenschluß mit Simon bar Gioras Truppen gebeten.

»Sie haben uns durch den Verräter Joseph ben Mattathias wieder einmal zur Kapitulation aufgerufen!« Mit diesen Worten stürzte Johannes von Gischala mit seinen Unterführern in den Saal, wo ihn Simon bar Giora zu ihrer gemeinsamen Besprechung eingeladen hatte. Marsena saß neben Bar Giora als Oberbefehlshaber der Truppen aus der Davidsstadt. Er sah sich Ananus ben Bagadates gegenüber und sagte sich, daß sich endlich alle Wahnsinnigen, die für diesen Krieg mit Rom verantwortlich waren, in einem Rund gegenübersaßen. – Simon bar Giora, Johannes von Gischala, Ananus ben Bagadates und Meir ben Belgas, der oberste Priester Jerusalems. Und gleichzeitig wußte er, daß die Schuld der Geschichte auch ihn treffen würde und man irgendwann in ferner Zukunft vielleicht auch ihn nennen würde als denjenigen, der durch seine Maßnahmen, sein Wissen um römische Taktik, sein Koordinieren der Abwehrmaßnahmen und Ausfälle aus der Stadt zu dem endlosen Kampf beigetragen hatte, der Rom bisher 15 000 Mann gekostet hatte und sie selbst mehr als 100 000.

»Wir brauchen wieder einen spektakulären Erfolg«, sagte Johannes von Gischala, »wenn wir unsere Truppen nicht bald vollends demoralisiert erleben wollen.«

Marsena hatte Johannes von Gischala noch nie so unruhig und fahrig gesehen. Er wirkte wie ein fast zu Tode gehetztes Tier. Die Auflösungserscheinungen bei den Helden von früher sind nicht mehr zu übersehen, sagte er zu sich. Wir stehen vor einem Umbruch, der über unser Sein entscheiden wird.

Der Mut der Stadt war noch nicht völlig erloschen, wenngleich sich zwischendurch schon offensichtliche Resignation auszubreiten suchte. Aber es wurde jeden Tag schwieriger, die Verteidiger aus ihrer beginnenden Kampfesmüdigkeit zu wecken.

»Ja, wir brauchen wieder einen spektakulären Erfolg, der der zunehmenden Lethargie wenigstens vorübergehend Einhalt gebietet.« Marsena sagte es spöttisch. »Seit die Antonia in römischer Hand ist, ist Johannes von Gischala in seiner Rhetorik vorsichtiger geworden.« Er lachte leise in sich hinein. Vor wenigen Wochen noch hätte Johannes von Gischala denjenigen eigenhändig erschlagen, der auch nur von einem Aufschub des totalen Sieges über Rom gesprochen haben würde. Jetzt strafte er sein eigenes Gehabe Lügen.
Marsena mochte Johannes von Gischala nicht. Alles an ihm war Pose, ohne realen Hintergrund. Seine Grausamkeit ist der Ausdruck seines eigenen zerrissenen Wesens. Seine zur Schau gestellte Tapferkeit ein Verbergen seiner Hilflosigkeit angesichts der eisernen römischen Zange. Schon längst waren seine Reden nur mehr ein Abklatsch anfänglicher Begeisterung, und Marsena fragte sich, wie blind ein Volk sein mußte, um sich angesichts der wirklichen Lage von Phrasen und Lügen einschläfern zu lassen.
»Und wie stellst du dir diesen spektakulären Erfolg gegen Rom vor?« Marsena ben Arinos hatte sich direkt an Johannes von Gischala gewandt. Als Oberbefehlshaber der Truppen Simon bar Gioras wartete er keinen endlosen Disput zwischen den beiden ab. Simon bar Giora würde wieder zaudern, und Johannes von Gischala seine taktische Unkenntnis endlos zum besten geben.
Wenn die beiden schon ein erstes Mal gemeinsam handeln wollten, dann doch so, daß es nicht einer der vielen Fehlschläge wurde, bei denen sie viele ihrer wichtigsten Männer verloren hatten.
Johannes von Gischala starrte Marsena lauernd an. »Spricht er für dich, Simon?« fragte er böse.
Simon bar Giora nickte. »Er wird unsere Truppen führen. Und er versteht am besten, wie Rom zu schlagen ist.«
»Ich nehme an, du hast dir darüber Gedanken gemacht«, sagte Marsena und hielt dem Blick seines Gegenüber stand. »Und ich nehme an, du hast einen Plan, um diesen Erfolg zu realisieren.«
»Wir werden sie hinwegfegen«, brach es aus Johannes bar Levi hervor. Er begeisterte sich an seinen eigenen Worten. Marsena erschien es, als interessierte die Umgebung Bar Levi nicht mehr. Er sprach zu sich selbst, und er glaubte anscheinend, was er aus verzerrten Lippen hervorbrachte.
»Meine und eure Männer werden sich morgen aus den Toren stürzen und sie auf ihre eigenen Spitzpfähle spießen. Wir werden ihnen end-

lich zeigen, was in Judäas Männern steckt. Wir werden uns nicht mehr hinter den Mauern Jerusalems verstecken und warten, bis sie einen Stein nach dem anderen zerschlagen haben. Wir schlagen sie selbst auf dem getränkten Boden, aus dem das Blut unserer Brüder zu uns emporschreit. Wir werden diese Schreie durch die der römischen Soldaten verstummen lassen und den Boden endlich mit dem Blut einer ganzen römischen Legion tränken. Gib mir deine Männer, Simon bar Giora, und wir düngen den Boden Israels mit den zerfetzten Leichen der römischen Hunde!«

Marsena nickte und auf seinen Lippen erschien ein spöttisches Lächeln. »Gib ihm deine Leute, Simon bar Giora, und du wirst keine mehr haben. Du könntest gleich die Tore der Stadt öffnen, der Effekt wäre der gleiche. Rom in offener Feldschlacht anzugreifen, ist wahrhaft ein spektakuläres Ereignis. Es wird uns sicherlich Ruhm einbringen – ein einziges Mal. Hinterher wird es uns nicht mehr geben.«

Johannes von Gischala fauchte ihn böse an. »Du bist die Fessel an unserem gemeinsamen Erfolg. Oder sind es die Fesseln, die dir die Tochter des Ari auferlegt hat, daß dein Kampfgeist nichts weiter ist als ein ängstliches Verschanzen hinter Mauern?«

»Johannes von Gischalas großartiges Gebaren«, spottete Marsena. »Du willst unsterblich werden auf Kosten deiner Männer. Aber diese wollen leben, wie wir alle auch. Du solltest genug Erkenntnis haben, was die Überlegenheit der römischen Heere betrifft. Denke an Jotapata, Marchäus, den Berg Tabor, ja und an Gischala.« Er winkte ab, als Johannes bar Levi ihn mit verkniffenen Augen anstarrte. »Nein, lassen wir Vergangenes. Ich will gar nicht wissen, warum du Gischala den Römern in die Hand gabst und selbst am Leben geblieben bist. Wie ich schon sagte, wir alle wollen leben. Dein Vorhaben aber bedeutet für Jerusalem den sicheren Untergang!«

Marsena lächelte in das verkrampfte Gesicht Bar Levis. »Gib mir deine Männer, Johannes, wie du damals versprochen hast, und wir werden Roms Truppen schlagen – auf unsere Weise.«

*

Zum ersten Mal kämpften Simon bar Gioras Männer mit denen Johannes von Gischalas in einer gemeinsamen Aktion. Und es war das erste Mal, daß Marsena ben Arinos die Sikarier Bar Levis befehligte. Wie hätte Jerusalem dastehen können, wenn dies schon von Anbe-

ginn so gewesen wäre? Aber darüber nachzudenken, war sinnlos. Sie kämpften am Rande eines Traumes, der sich mit jedem Tag mehr verflüchtigte.
Marsena hatte die römische Wachkohorte an den Maschinen gegen Mitternacht angreifen lassen. Die Wachen waren, das wußte er, zu diszipliniert, um sie vollends überraschen zu können. Aber dennoch hatte ihr Überfall Roms Truppen gezeigt, daß sie noch da waren, daß das Sterben Jerusalems nur über sie führte, und daß sie noch nicht zum endgültigen Sterben bereit waren, wenn auch viele in dieser Nacht ihr Leben lassen mußten.
Die ersten Maschinen der Römer gingen in Flammen auf. Da standen sie in einer Reihe – die Führer der Akra: Judas ben Merton, Simon ben Ari, Simon der Sohn des Josias, Eleasar ben Jair. Dann die Männer Simon bar Gioras: Jakobus ben Sosas, Judas ben Judas – und die Unterführer Johannes ben Levis: Gyphthaeus und Alexas – alle mit einem Ruf auf den Lippen: »Für Judäa und Jerusalem!«
War es ein Symbol für den Geist, der sie trieb, oder das Wissen, daß ihr Traum von Judäa und Jerusalem nicht mehr greifbar war?
Der Klang der Schwerter hatte etwas Endgültiges. Er ließ Männer sterben und weiterleben, in einer Nacht, die durch das Brennen der Belagerungsmaschinen zum Tage wurde.
Judas ben Merton starb lautlos. Der Speer durchdrang seinen Rücken und trat an der Brust wieder aus. Ein verwunderter Ausdruck war alles, was sein Gesicht als letzte Regung zu vollbringen vermochte, dann fiel er in die Glut der zerstörten Maschine. Marsena ben Arinos kämpfte wie in Trance. Schon längst war jeder Überblick in dieser Schlacht verlorengegangen. Jetzt kämpfte jeder nur noch für sich und sein eigenes Überleben. Das Dunkel verstärkte nur noch den Eindruck des Aufsichalleingestelltseins, und auch die Flammen aus den brennenden Katapulten und Türmen vermochten nicht die Gesichter von Freund oder Feind aus der Finsternis zu schälen. Der Gegner vor einem und der Klang der Schwerter waren es, was für den jeweiligen Augenblick zu zählen hatte, nicht das Sterben der Freunde neben sich oder der Tod römischer Soldaten. Morgen würden sie trauern oder jubilieren, wenn das Licht den Erfolg oder die Niederlage ins Bewußtsein zu bringen vermochte.
Wie selbstverständlich dein Arm doch die Waffe deines Gegners pariert, sagten Marsenas Gedanken, und wie selbstverständlich dein Bewußtsein zu registrieren vermag! – Wie die Waffen aufgellen und die

Klingen Funken schlagen, wenn sie mit wütendem Haß aufeinanderprallen. Und doch empfindest du nichts als die kalte Reaktion deiner Abwehr. Marsena sah das Gesicht vor sich, als ein Belagerungsturm in sich zusammenfiel, und eine lodernde Flammensäule für einige Augenblicke das Rund erhellte. Ein dunkles Gesicht mit großen Augen, die ihn stumm anblickten. Er stammt wahrscheinlich aus Lucania, dachte er und schlug zu. Marsenas Schwert fegte fast spielerisch die Klinge seines Gegner weg und spaltete den Helm des Römers. Das dunkle Gesicht verschwand in einem Schleier von Blut, der sich vom Helmansatz herabsenkte. Lautlos sank der Körper zu Boden.
Soweit Marsena erkennen konnte, brannte der größte Teil der Maschinen. Das Feuer hatte die Abstützungen der Erdwälle ergriffen, auf denen sie standen. In den nächsten Tagen werden sie nicht weiterkommen, dachte er und wischte das blutige Schwert am Beinkleid des Toten ab. Im Feuerschein sah er die Augen des Römers, die ihn anstarrten, so als würden sie Anklage erheben. Marsena fühlte sich plötzlich allein. Die Kämpfer um ihn wirkten weit entfernt, und nur der tote Römer schien in seiner Nähe zu sein. Wie oft habe ich tote Augen gesehen, und wie lange wird man wohl brauchen, um ihrem starren, endlosen Blick standhalten zu können? Er wandte sich mit einem Ruck ab.
Der Kampf war zu Ende. Die römischen Soldaten mußten dem Druck nachgeben, obwohl sie in wütender Hast die Maschinen zu retten versucht hatten. Der Überfall war zu einem vollen Erfolg geworden, wiewohl sich Marsena auch im klaren darüber war, daß sie, im gesamten gesehen, nur einen unbedeutenden Teilerfolg errungen hatten. Die schweren Wurfmaschinen, mit Metallplatten geschützt, und die meisten Belagerungstürme, die über die Mauern ragten, und die die Verteidiger aus den geschützten Schießscharten mit einem Pfeilregen zu überschütten vermochten, waren unversehrt geblieben. Was wir verbrennen, bauen ihre Pioniere in wenigen Tagen wieder auf, so lange, bis kein Holz in Israel mehr existiert. Aber bis dahin sind ihre Mauerbrecher durch, wenn es uns nicht gelingt, die Fundamente der Widder und Rammböcke zu zerstören. Seine Augen erfaßten die brennenden Balken, und sie sogen sich an den fauchenden Flammen fest. Und dennoch, das muß unsere Taktik für die Zukunft sein! Nachts zu vernichten, was sie am Tage aufbauen! Marsena fühlte sich plötzlich frei und gelöst. Nur hier lag die Möglichkeit des Sieges! Nicht in freier Feldschlacht, nicht von den Mauern

herab. Die Vernichtung des Materials, jeden Tag; so lange, bis die Pioniere zermürbt waren, oder bis es kein Holz in Judäa mehr gab, das geeignet war, die Dämme und Fundamente zu erneuern, die sie niederbrennen würden. Nur das war es, was sie hoffen lassen könnte.

Fast beschwingt schwang sich Marsena über die Überreste der schwelenden Maschinen, über denen noch die verkohlten Körper von Römern und Juden hingen. Seine Augen sahen dieses Bild des Grauens nicht mehr; seine Gedanken fieberten der Lösung entgegen, die einen Hoffnungsstrahl inmitten des Chaos zu einem Akt der Schöpfung werden ließ.

»Marsena, wir haben es wirklich geschafft. Bei allen Propheten Israels, wir haben der fünften Legion einen Schlag verpaßt, den sie kaum verdauen dürfte.« Simon ben Aris rauchgeschwärztes Gesicht war aus dem Dunkel aufgetaucht und strahlte.

Marsena lehnte sich an einen Mauerpfeiler, der Risse zeigte. Seine Finger strichen über die rauhe Oberfläche, und sein Blick verlor sich irgendwo zwischen den dunklen Schatten der Häuser, die dichtgedrängt bis an die Mauer reichten. Dann nickte er langsam, und seine Gedanken kehrten in die Wirklichkeit zurück.

»Es ist nur ein Anfang, Simon«, sagte er. Seine Hände faßten den Freund an den Schultern. »Seit heute habe ich wieder ein wenig Hoffnung.« Über die Mauerzüge strichen träge die Rauchwolken aus brennendem Öl und schwelendem Holz. Nach dem Lärm des vorhergegangenen Kampfes mutete die Stille fast seltsam an. Ein Hund strich suchend an den Häusern vorbei, die im Bereich der Mauer schon längst verlassen waren. Eine Zone ohne Leben, nur von den Wachen betreten, die ihre Notdurft verrichteten. Jerusalem verkommt immer mehr, dachte Marsena. Es wird Zeit, daß das Leben wieder geregelte Bahnen nimmt. Kot und Unrat häufen sich, ohne daß sie weggeräumt werden können. Das Juwel Israels strahlt nicht mehr, es stinkt!

»Ich bin müde, mein Bruder«, seufzte Marsena. Sie schritten schweigend durch die Wachen, die ihnen respektvoll Platz machten. Die überlebenden Kämpfer drängten sich durch die Mauerbresche, und der Klang der Stimmen nahm zu. Freudenrufe wurden laut, wenn sich die Bekannten und Freunde zusammenfanden und über das Glück staunten, zu den Lebenden zu zählen.

Durch Schweiß- und Kotgestank, durch Rauch und Moder atmeten sie die Hoffnung des neuen Tages, der mit zarten Farben über den Ölberg strich.

*

Später berichteten die Überlebenden ihrem Feldherrn Marcus Antonius Julianus von dieser Nacht, deren grauenvolles Antlitz noch lange in den Erinnerungen wachbleiben sollte.

»Herr«, stammelte der Zenturio Domitius Sabinus verstört. »Es waren keine Menschen. Nicht einmal in der Unterwelt existieren solche Wesen.«

Marcus Julianus winkte mürrisch ab. »Versuche zu berichten, ohne dich in Fantastereien zu ergehen. Es waren Menschen wie du und ich. Genauer gesagt, es waren Juden. Du hast bisher schon oft genug gegen sie gekämpft. Ja, ich behaupte, als alter Veteran in den glorreichen Truppen Roms solltest du gelernt haben, nüchtern zu urteilen. Geister aus der Unterwelt schwingen keine Schwerter und werfen keine Fackeln.«

»Ja, Herr, aber Menschen fassen nicht mit bloßen Händen in rotglühendes Metall und schreien weiter, wenn ihnen der Kopf abgeschlagen ist. Sie halten keine Katapulte fest, nachdem ihnen ihre Körper in Fleischfetzen zerfallen und die Augen in der Glut verdampft sind. Sie beißen sich nicht an Armen und Beinen fest und krallen sich nicht an die Hoden der Soldaten, wenn sie von den Maschinen weggezerrt werden. Nein, Herr, gegen alle Macht der Welt vermag ein Legionär zu kämpfen, nicht aber gegen wesenloses Grauen.«

»Dichtkunst steht dir nicht, mein Freund«, knurrte Julianus ungehalten. »Als Offizier erwarte ich von dir einen klaren Bericht und kein Epos.«

Aber du hast ja recht, Domitius, sagte er zu sich selbst. Wir kämpfen wirklich gegen Geister und Schatten, und es ist schade, daß unsere felderfahrenen Truppen sich mit wilden Keilereien zu beschäftigen haben und nicht mit erlernter Strategie in überlegener Feldschlacht. Trotz der mitgeteilten Verluste mußte Marcus Julianus innerlich triumphieren. Der Plan Titus Vespasians, die Juden zu zermürben, anstatt sie mit den Legionen zu überschwemmen, hatte offensichtlich einen Schlag erhalten. Mein Freund Titus, du hast es hier nicht mit den Befestigungen Galiläas zu tun, nicht mit einer Handvoll Rebellen auf dem Berg Tabor und nicht mit einigen wilden Außenseitern von

den Hügeln Samarias. Er wußte, wem er zu einem großen Teil diese dauernden Schläge zu verdanken hatte. Kein Simon bar Giora und kein Johannes von Gischala hatten bisher den Geist bewiesen, der ihnen langsam Kälte in den Nacken trieb.
»Marsena ben Arinos«, sagte Julianus laut.
»Ja, Herr?« antwortete Domitius Sabinus verständnislos.
»Nichts, nichts«, gab Julianus unwirsch zurück. »Ich war nur in Gedanken. Du kannst gehen.« Das Klirren der Rüstung zeigte ihm, daß sein Prätorianer das Zelt verlassen hatte. Ich muß nachdenken, dachte er. Es wird Zeit, daß du wirklich Prokurator von Judäa bist, und nicht nur ein Bettler und Verlierer vor den Mauern Jerusalems. Er wischte sich mit dem Handrücken über den Mund, und er fühlte, wie die Schweißtropfen in seine Mundwinkel flossen. Bei allen Göttern Roms, du bist mitschuldig an jeder Niederlage deiner Truppen, hämmerte es in ihm. Nein, nicht Titus Vespasian mit seiner Geduld ist es, was den Rebellen immer wieder Auftrieb verschafft. Du selbst hast den Kern ihres Widerstandes in ihre eigenen Reihen verpflanzt. Einen der wenigen, die wirklich dem römischen Wissen Widerstand entgegenzubringen vermögen, hast du in einem Anfall von unrömischer Nachsicht an deine eigene Kehle gesetzt. Marsena ben Arinos, habe ich es wirklich verdient, dich, meinen Bruder, an meinem Lebensnerv zu spüren? Titus hat mich zum Prokurator über dein Land gemacht, und wenn du auch überleben solltest, so mußt du sterben, weil Rom immer leben wird!
Er zog sein Schwert aus der Scheide und betrachtete die Waffe eine Ewigkeit, wie es ihm schien. Griechischer Waffenschmied, du hättest das Schwert, das gegen mich gerichtet ist, nicht meinem so aufs Haar gleichen lassen sollen. Ich empfinde es wie den Gedanken an den Tod aus eigener Hand. Ach Unsinn. Marsena hatte dir angeboten, das Schwert zurückzugeben, und es würde nie die Klinge deines eigenen treffen. Wir haben unsere Begegnung gehabt, mein Bruder, und sie war endgültig.
Mit einer verzweifelten Geste warf er das Schwert von sich und ließ sich auf das Lager zurückfallen.

*

Marsenas Idee war nur ein Traum geblieben.
Wohl konnten sie in den nächsten Tagen noch zu kleineren Erfolgen kommen, aber die Zeit der Überraschung war vorbei.

Tag und Nacht erhellten riesige Feuer die Umgebung der Mauern. Die Römer schienen eine ganze Legion zur Sicherung der Kampfgeräte abgestellt zu haben.
Das Durchdringen bis zu den Rammböcken und Schleudern war immer schwieriger geworden und schließlich in den gestaffelten Reihen der römischen Soldaten erstickt.
»Wir können nur hoffen, daß ihre Feuer so viel Brennmaterial verschlingen, daß ihnen allein dadurch das Bauholz ausgeht«, knurrte Eleasar ben Jair.
Sie standen auf der Plattform des Phasaelturmes und starrten auf den Feuerschein der unzähligen Brände, die die Vorstadt erhellten. Überall blinkten Rüstungen und Waffen. »Sie stehen Tag und Nacht unter Waffen«, murmelte Simon ben Ari. »Das halten auch die besten Soldaten nicht lange aus.«
Aus Marsenas Mund kam ein glucksendes Lachen, aber ohne eine Spur von Freude. »Vier Legionen, Simon, von denen immer nur eine Dienst tut. Sie werden auch in fünf Jahren noch nicht müde genug sein, um sich dadurch besiegen zu lassen.«
»Du warst schon einmal zuversichtlicher«, murmelte Eleasar ben Jair.
Marsena schwieg, aber seine Gedanken sagten: Es ist jetzt auch kein Grund mehr vorhanden. Wir tun so, als ob wir über unser Schicksal noch selbst zu befinden hätten. Machen wir uns nichts vor. Schon längst hat uns Rom diese Entscheidung aus der Hand genommen. Die Stadt ist voll von Menschen, aber wir haben keine ausgebildeten Soldaten. Der Hunger und die Mutlosigkeit sind die besten Verbündeten Roms. Alle paar Tage zeigen sie sich in Paraderüstungen, scheinbar ohne Zeichen irgendeiner Schwäche, ohne Spuren des Kampfes, der an uns die Qual der Monate hinterlassen hat. Wo soll da noch Zuversicht Raum haben? Sollte Johannes von Gischala recht gehabt haben? – Ein einziger großer Kampf und dann sterben? – Eingehen in die Annalen, um unsterblich zu werden?
Marsena lehnte sich müde an die Zinne. Was alles mußte er an Kriegskunst noch aufbringen, um den Juden die Übermacht Roms erträglicher erscheinen zu lassen? Ich wäre in Roms Truppen zu einem guten Theoretiker geworden, dachte er ironisch. Doch konnten all die kleinen Gefechte nur ein Aufschieben des Endes bedeuten. Sie hatten ihm von Anfang an nicht geglaubt, als er die Taktik und Disziplin römischer Kampfesweise ihrem wilden, ungeordneten Kampfstil vor-

anstellte und ihnen klarzumachen versucht hatte, daß mit vorwärtsschreitender Zeit der flammende Elan verschwunden sein würde, womit sie ihre Anfangserfolge errungen hatten. Auch waren zu viele Menschen in der Stadt, so paradox es auch klang, um längere Zeit überleben zu können. Was Simon bar Giora und Johannes von Gischala bei ihrem ursprünglichen Streit alles an Lebensmitteln vernichtet hatten, nur um der gegnerischen Partei Schaden anzutun, war mit nichts mehr auszugleichen. Er fragte sich, wie er mit diesem Wissen dennoch diesen hoffnungslosen Weg mitgegangen war. Und da war die Antwort, die aller Hoffnungslosigkeit den letzten Stachel nahm, und die ein Bild vor seinen Augen malte, das alle Qual und allen Schmerz bedeutungslos werden ließ. Er schloß die Augen, und ihr Antlitz tauchte vor ihm auf.

»Ich wünschte, ich könnte mit dir die Ewigkeit verbringen, Damaris.«

Auf ihren Lippen war ein zartes Lächeln. »Die Ewigkeit ist sehr lang, Marsena.«

Er sah in ihre wundervollen Augen und flüsterte: »Sie dürfte nicht kürzer sein.«

»Sie werden bald über die Toten zu uns heraufklettern können, die wir jeden Tag hinunterwerfen, wenn sie der Gestank bis dahin nicht schon umgebracht hat.« Simon ben Aris Worte holten ihn aus seinen Gedanken zurück.

Das Bild vor Marsenas Augen verschwand, und er wußte, daß die Zeit der Träume auch für sie schon in weite Vergangenheit gerückt war. Hier auf den Mauern war jeden Tag die Wirklichkeit, und dort unüberschaubar, vom Scopusberg über den Ölberg und quer durch die Neustadt zog sich der Wall des spitzpfahlbewehrten Circumvallum mit den unzähligen Wachttürmen, die jeden Ausbruch aus der Stadt unmöglich machten.

In Marsena kroch ein Schaudern hoch, wenn er an die Worte des Nikodemus ben Gorion dachte, und an die Prophetie dieses Jesus von Nazareth, die in schauerlicher Realität den Niedergang Jerusalems umriß: »... denn dann wird große Drangsal sein, wie es seit Anfang der Welt bis jetzt keine gegeben hat, nein, noch wieder geben wird.«

Wie lange wird es noch dauern, bis diese Worte ihre letzte Erfüllung gefunden haben werden? Die kommende Drangsal zeigte ihren Beginn ohnehin schon jeden Tag mehr und mehr an.

Nachdem die Antonia gefallen war, und die römischen Pioniere die

Festung in sieben Tagen bis auf die Grundmauern niedergelegt hatten, war die Einnahme der letzten Mauer nur noch eine Frage der Zeit. Von den Kampfeinheiten geschützt, die zu einer Eliteeinheit aus der zwölften und fünfzehnten Legion zusammengezogen worden waren, hatten die beiden anderen Legionen begonnen, gegenüber der Nordwestecke des inneren Tempelbezirkes und nahe der nördlichen Halle, zwischen den beiden Toren, Dämme aufzuschütten.
Wenn Marsena zurückdachte, erschien ihm jeder Tag, den sie überlebten, als unwirkliches Hinauszögern einer tödlichen Krankheit.
Mit Entsetzen hatten sie von den Auswirkungen der heranschleichenden Hungersnot vernommen. So hatte angeblich Mirjam, die Tochter des Eleasar von Bethezob ihr eigenes Kind geschlachtet und gebraten, um den entsetzlichen Hunger zu stillen, der jeden Tag mehr und mehr um sich griff.
Noch hatten die Kampfeinheiten, allerdings äußerst rationiert, zu essen. Die Reserven konnten aber nur noch wenige Wochen reichen. Man sprach von fürchterlichen Szenen unter der Bevölkerung. Wo in einem Haus auch nur eine Spur von Nahrung gefunden wurde, da schlugen sich sogar Freunde, um mit den kümmerlichen Resten ihr Leben zu erhalten. Räuberbanden zogen plündernd durch die Stadt und entrissen sogar Sterbenden den letzten Brotkrümel. Menschen wurden schlimmer als Tiere. Was Tiere verschmäht hätten, wurde von Menschen verschlungen. Sogar Gürtel und Schuhe wurden gekaut, das Leder von den Schilden abgerissen und hinuntergewürgt, selbst vor faulendem Fleisch wurde nicht haltgemacht.
Wir sind keine Menschen mehr, dachte Marsena. Wie wird uns Jehova einst beurteilen, wenn sein Gericht über uns kommt?
Er fuhr sich resignierend über das Gesicht. Vielleicht ist aber gerade die Zeit, die wir noch zu leben haben, die Abrechnung, die unser Gott für uns gewählt hat?
Vielleicht war die Tat der Tochter des Eleasar von Bethezob ein Symbol für den Zustand, für den das Volk der Juden einzustehen hatte. »Armes Kind«, sollte diese Mirjam gesagt haben. »In all dieser Kriegs- und Hungersnot, mitten im Aufruhr, wofür soll ich da dein Leben erhalten? Was wir von den Römern zu erwarten haben, falls sie uns noch leben lassen, ist die Knechtschaft; vor der Knechtschaft jedoch hat sich der Hunger eingestellt, und die Rebellen wüten noch entsetzlicher als diese beiden Übel! Nun denn, so diene mir zur Nahrung, für die Tyrannen aber werde zum Rachegeist und für die

Lebenden eine Sage, die einzig noch fehlt, das entsetzliche Geschehen um die Juden zu vollenden!«
Marsena schloß für einen Augenblick die Augen, um das würgende Gefühl zu überwinden, das ihn bei dieser Erinnerung überwältigte.
O Jehova, welch entsetzliche Geschichte wird um uns geschrieben werden? Wie kann jemals die Schuld getilgt sein, die uns angelastet werden wird? Man wird vieles verfälschen, vieles unrichtig wiedergeben. Der Sieger wird glänzen, mit dem Schein der Glorie, die niemals existierte. Der Verlierer wird verdammt sein; von ihm werden die Greuel in Geschichten und Sagen eingehen, die nie vorhanden waren, oder die sich die Sieger selbst anzulasten hätten. Wird je von dem Fanal der Gedanken berichtet werden, die uns auf den Mauern ausharren ließen, die nichts wollten als in Freiheit leben und sterben? Wird von der Liebe gesprochen werden, die selbst die Trümmer dieser Stadt nicht zu verdecken vermag?
»Der Tod ist nichts, es lebe die Freiheit.« Marsena klammerte sich an die Zinne und sagte: »Wie wenig pathetisch diese Worte noch zu klingen vermögen. Sie vermitteln eher den Gedanken: Der Tod ist alles, und die Freiheit stirbt.«
Es ist niemand mehr da, den ich fragen könnte, ob die Stunden des Wartens auf den Mauern nicht nur elende Zeitverschwendung sind. Ari, mein Vater, sag mir, was ich tun soll! Soll ich denen, die mir in all der Sinnlosigkeit noch vertrauen, meine Ohnmacht eingestehen? Die Wahrheit ist, daß wir die Römer nicht mehr besiegen können, nie besiegen konnten. Soll ich ihnen sagen, wir hätten heldenhaft gekämpft und dadurch den Untergang hinausgezögert? Wie großartig waren einmal die Worte, die von den Mauern gespien wurden: ›Sind wir Speichellecker, daß wir uns der Gnade Roms auszusetzen hätten?‹ – Wir wären klug gewesen, es zu tun. – Jetzt erhalten wir keine Gnade mehr.
Er versuchte verzweifelt, an etwas anderes zu denken. Damaris, ich versprach dir ein Universum, und vermag nichts von alledem zu halten. Er sah sie in Gedanken an ihn gepreßt. Ihre Umarmung war ewig. Sie hatten nachzuholen, und sie hatten einzuholen, die ganze Unendlichkeit, die ihnen nicht zur Verfügung stehen würde. Die tausend Sommer flogen dahin, und der Hauch ihrer Lippen. Es war wie das Sterben des Windes über dem Jordantal.
Er zwang sich, die Traumbilder fortzuwischen.
Wir können warten und sterben, dachte er. Wir können aber auch et-

was tun und sterben. Was immer wir tun, es wird besser sein, als das Entsetzen jeden Tag mehr über uns kommen zu sehen.
Er sah zu den Belagerungstürmen, den unzähligen Wurfgeschützen, den hölzernen Rampen, auf denen die Widder und Rammböcke gegen die Mauer beim Hasmonäerpalast tagaus tagein hämmerten; er sah die kahlen Hügel, leergefegt von den Äxten der Römer, und ein Plan reifte in ihm heran.
»Es bleibt uns ein letztes noch zu tun«, murmelte er.

*

Der Tag spie seinen glutheißen Atem über die Lebenden und Toten. Nur die Toten waren besser daran als die Lebenden.
Simon wischte sich mit der Hand über das schweißnasse Gesicht. Sie hockten sich in den spärlichen Schatten der Mauerzinnen.
»Sie werden erst gegen Abend wieder angreifen, wenn die Hitze nachläßt«, sagte Marsena und blickte zu der grellen Scheibe am flimmernden Himmel.
Simon lachte matt. »Auf jeden Fall möchte ich jetzt nicht in ihrer Haut stecken. Sie müssen unter ihren Panzern und Helmen geradezu braten.«
»Was mit uns auf den Mauern auch ohne Helm und Panzer geschieht«, seufzte Marsena und schloß die Augen.
Sie lagen außerhalb der Reichweite der syrischen Bogenschützen, die Titus in den Resten der Antonia postiert hatte. Marsena wußte, daß sie von den höhergelegenen Türmen der Herodesfestung beobachtet wurden. Vielleicht sah gerade Marcus Julianus auf sie herab. Marsena glaubte ihn mehrfach gesehen zu haben, aber ihre Begegnung von damals, so nahe und doch über alle Grenzen entfernt, hatte keine Wiederholung gefunden.
Wir verlieren unser Gesicht, dachte Marsena, aber es war nur noch wenig Traurigkeit, was ihn berührte. Mit jedem Bollwerk, das in römische Hand fällt, büßt Jerusalem einen Teil des symbolischen Glanzes ein, das über Jahrhunderte hinweg die Kraft zum Überleben verliehen hatte.
Es ist nur noch die letzte Mauer des Nehemia und Hiskia da, die uns schützt, und der Tempel, der unüberwindlich scheint. Wie seltsam weit entfernt schien ihm die Schreckensbotschaft vom Fall der Bollwerke neben der Antoniafeste. Vor ihm tauchte das Bild aus der Ver-

gangenheit auf: Simon ben Ari stand keuchend an der Tür. Der Schweiß lief über seine Brauen, und er wischte sich nervös über das Gesicht. »Marsena, sie haben die Hallen neben der Antonia genommen.«

Marsenas Blick ging durch Simon hindurch. Er nickte nur langsam. Fast ironisch kamen seine Worte: »Eigentlich haben sie ganz schön lange gebraucht«, sagte er mehr zu sich selbst. »Nun bekommt Johannes von Gischala einiges zu tun, wo die Festung doch direkt an das Tempelgelände grenzt.« – Dann lachte er plötzlich hysterisch auf. »Simon, ich weiß auch nicht mehr, was wir tun sollen. Will denn niemand erkennen, daß alles aus ist? Braucht es überhaupt noch eine Bestätigung? Ich habe keinen Mut mehr, mein Bruder. Nein, nicht Angst ist es«, winkte er ab, als er Simons stummen, verwunderten Blick bemerkte. »Was sollen wir noch fürchten? Das Schwert? Gilead, dein Bruder, sagte einmal: ›Mit Stolz in den Augen sterben.‹ Vielleicht hatte er doch recht. Besser als dem Hunger zu unterliegen, der die Stadt vielleicht noch eher bezwingen wird als das römische Schwert. Wo ist noch Hoffnung, und für wen? Was hinterlassen wir? Verbrannte Mauern – und wem?«

Simon hatte sich umgewandt. Müde stieg er die Treppen hinunter. »Wenn du schon verzagst, Marsena, wer soll da noch an ein Morgen glauben?«

Die Bilder gleichen sich immer wieder, sagte sich Marsena und scheuchte die Gedanken von sich. Wir sind am Ende eines unendlichen Sommers, wir kämpfen, weil wir noch nicht ganz gestorben sind. Aber die Hoffnung, sie ist tief vergraben zwischen den Mauerresten einer einst unüberwindlich scheinenden Stadt. Wir sind schon damals gestorben, als Simon bar Gioras Trotz und Hochmut das Übergabeangebot Titus' ausschlug.

Marsena legte eine Hand über die Augen. Die Sonne sandte ihre Strahlen hindurch, und es schien ihm, als müßte einer Schwertklinge die gleiche Hitze entströmen, wenn sie sich durch Sehnen und Muskeln zu bohren begann. Was hatte damals Joseph ben Mattathias im Auftrag des römischen Kaisersohnes zu den Belagerten gesprochen? Die Erinnerung ist wie der Urteilsspruch selbst. Wir hätten kapitulieren können. Wir hätten gelebt – aber nur physisch.

Die Worte klangen in seinen Ohren, überdeutlich, wie damals hinaus zu den Mauern, als sie selbst noch an das Siegen glaubten.

Marsena war sich nicht klar, ob Simon bar Giora recht hatte, als er

den Sohn des Mattathias als Verräter und römischen Speichellecker bezeichnete.
War Aufgabe wirklich gleichbedeutend mit Feigheit zu werten? Wenn irgendwie noch Zuversicht in ihren Handlungen zu spüren gewesen wäre, dann ja. Aber der Sohn des Mattathias hatte ihnen das aufgezeigt, was in manchen Gedanken schon Wirklichkeit geworden war: »Ihr armen Narren, ihr denkt nicht mehr an eure wirklichen Bundesgenossen, und mit Waffen und mit bloßen Händen wollt ihr euch mit den Römern in den Kampf einlassen! Wo sind sie denn, die auf diese Weise unterlegen waren? Wann aber war Gott, der uns geschaffen hat, nicht immer auch unser Rächer, wenn wir Juden Unrecht hinnehmen mußten? Seht euch doch um, werdet ihr nicht gewahr, von wo aus ihr den Kampf aufnehmt und welch mächtigen Bundesgenossen ihr vor den Kopf gestoßen habt? Denkt ihr nicht daran, was Gott alles durch die Hände unserer Väter fügte und welch mächtigen Feinden dieser heilige Platz einst den Untergang brachte? Wohl wird mir bang, über Gottes Taten vor Unwürdigen zu sprechen. Gleichwohl aber hört es und wißt es, daß ihr nicht nur die Römer, sondern auch Gott betrügt!«
Marsena dachte an den Entrüstungssturm, der von den Mauern zu den römischen Linien hinüberhallte, als die Worte Ben Mattathias' geendet hatten. Und dennoch konnte der Kern der Rede nicht mit Schmähungen übertüncht werden. Wo war die Hand Jehovas, der seine himmlischen Heerscharen aussandte, um sein auserwähltes Volk zu schützen? Wo war der Engel, der in einer einzigen Nacht 185 000 assyrische Krieger des Welteroberers Sanherib vor den Toren Jerusalems vernichtete, als König Hiskia den Gott Israels um Gunst bat? Jehova hat sein Volk schon seit langem verlassen, und wir versuchen den Abglanz eines Königs David oder Salomo über eine Zeit zu retten, die schon längst verloren ist!
Er wußte, es war mehr Trotz als gezielte Verteidigung, die die Leute Simon bar Gioras und seine eigenen den römischen Truppen noch entgegenzuwerfen hatten.
Ich bin müde, pochten seine Gedanken. Müde von all dem Grauen. Müde vom Anblick des Todes, müde vom ewigen Nachdenken über Verlorenes. Mein Schwert hat viele Scharten, zu viele! Es ist eigentlich zu schade, um es jeden Tag im Kampf zu benützen. Am Griff fehlen schon einige Steine. Ich sollte mir beim nächsten Mal das eines gefallenen Römers nehmen! Ich glaube, ich bekomme eine Sehnenent-

zündung. Nicht einmal im Kampf für Rom habe ich so oft das Schwert geschwungen! Und ich kann nicht ruhen, nicht einen einzigen Tag!
Inmitten der sengenden Sonnenstrahlen auf der Mauer fiel Marsena in einen unruhigen Schlaf.

*

Das Grauen in der Stadt strebte seinem Höhepunkt zu, ohne erkennen zu lassen, wann es ihn endgültig erreicht haben würde. War in den vergangenen Wochen noch eine Andeutung von Ritterlichkeit in den Kampfhandlungen zu vermuten gewesen, so war nach dem großen Brand, der Rom einen Großteil seiner Belagerungsmaschinen gekostet hatte, nichts mehr davon zu erkennen. Der Haß siegte über jedes andere Gefühl. Es schien, als kämpfte der Wahnsinn persönlich in beiden Lagern jeweils gegen sich selbst.
Marsena sah Damaris kaum noch. Sie, die seinen Lebenswillen in Gang hielt, für die er glaubte, auf den Mauern nach einem unendlich weit entfernten Sieg Ausschau halten zu können, war ihm selbst unendlich fern. Er sehnte sich nach dem Duft ihres Haares, nach der Zartheit, mit der sie sich an ihn schmiegte, den Hauch ihrer Lippen, wenn sie ihn küßte, die Herrlichkeit ihrer Gestalt, wenn sie Hand in Hand durch den Sommergarten schritten, um am Myrtenteich das Grauen zu vergessen. Alles war nur sehnsuchtsvolle Erinnerung. Um ihn war die Wirklichkeit, der Gestank verkohlter Balken, verwesender Körper, schweißtriefender Männer, und der infernalische Haß, der ihre tiefe Müdigkeit immer wieder überwand. Und auf ihm lastete die übermächtige Bürde, die Truppen Bar Gioras zu befehligen, wo es kaum noch etwas zu befehlen gab. Sie waren am Rande des Scheols, und der Schritt dahin würde nur noch ein kleiner sein.
Als er den Thronsaal des Herodes betrat, wo er die wenigen Unterführer Bar Gioras einteilen sollte, die ihnen noch verblieben waren, hörte er das an Wahnsinn grenzende Schreien eines Mannes. Es klang durch die Doppeltüren hindurch, die die Nebenräume vom eigentlichen Saal abgrenzten.
Er sah das finstere Gesicht Bar Gioras, die grinsende Fratze Ben Bagadates', die erschrockenen Gesichter der Unterführer, die sich unruhig neben dem Thron drängten, und einen Mann in blutigem Ge-

wand, der sich auf dem Boden wälzte. Um seine rechte Hand war blutgetränktes Leinen gewickelt.
»Zeig unserem Freund die Vorstellung, die Titus und sein Helfershelfer Julianus von Gnade haben!« Simon bar Gioras Gesicht war voll bitterer Ironie und Hohn. Auf seinen Wink hielten zwei seiner Leute den schreienden Mann fest und rissen ihm den Verband herunter. Ein blutiger Armstumpf wurde sichtbar, aus dem die zersplitterten Knochen von Elle und Speiche ragten. Die Wunde war noch nicht verheilt, und der Mann mußte furchtbare Schmerzen haben. Sein Geschrei ging in Gurgeln über, dann wurde er ohnmächtig.
»Ja«, tobte Bar Giora. »Seht es euch gut an! Titus läßt allen Überläufern die Hände abschlagen und schickt sie wieder zurück. Was sollte er auch jetzt noch mit diesen Krüppeln? Zu Sklaven sind sie nicht mehr brauchbar. Er will uns demoralisieren, und ihr Narren glaubt an seine Versprechen von Straffreiheit und freiem Abzug!«
Die Gesichter der Umstehenden waren starr. In die erschrockene Stille drang nur das Stöhnen des Bewußtlosen. Aus dem Armstumpf troff Blut auf den hellen Marmorboden.
Marsena nahm den blutigen Verband, um ihn wieder um die gräßliche Wunde zu stülpen.
Simon bar Giora winkte ab. »Den braucht er nicht mehr!« Er machte eine Handbewegung zu Ananus ben Bagadates. »Erlöse ihn!«
Marsena registrierte das Geschehen wie in einem grausigen Traum. Ananus hatte sein Schwert gezogen und war vor die zuckende Gestalt des Verstümmelten getreten, der langsam zu sich kam. Angstschrei und Geräusch des gespaltenen Schädels waren eins. Ben Bagadates wischte das blutige Schwert am Gewand des Toten ab und wandte sich ohne Regung wieder um.
Ein gepreßtes Keuchen kam aus Marsenas Mund. Die Lähmung hielt ihn noch umfangen, und seine Gedanken überschlugen sich.
Simon bar Gioras Augen sahen an ihm vorbei. »Er hätte ohnehin sterben müssen.« Es klang wie eine Entschuldigung. »Wir können uns Überläufer zu den Römern nicht mehr leisten. Und Krüppel noch viel weniger. Wir werden bald für die kämpfende Truppe keine Lebensmittel mehr haben, geschweige denn für die, die kein Schwert mehr halten können.«
»Dann wirst du die Frauen und Kinder mit umbringen müssen.« Marsenas Gedanken waren wie gelähmt. Er sah in Simon bar Gioras Augen und entdeckte nichts, weder Mitleid noch sonst eine Regung.

Ben Bagadates stand hinter Bar Giora und blickte Marsena nur höhnisch an. »Die Frauen und Kinder sind nicht unser Problem«, sagte er, ohne den Mund zu verziehen.
»Auch nicht die deinen?«
Für einen Augenblick kehrte Leben in den Blick Bagadates' zurück; dann war wieder nur Kälte in ihm. »Auch sie nicht!«
»Willst du damit sagen, daß dein Haß auf Rom und deine Blutgier dem Leben deiner Familie vorgehen?«
»Meine Familie sind die Männer auf der Mauer!«
»Aber das sind doch nur Phrasen«, rief Marsena fassungslos. »Wie kannst du mit diesen Gedanken leben?«
»Ich kann mit ihnen sogar sterben«, antwortete Ananus ben Bagadates zynisch. »Warum also nicht auch leben?«
Marsena wankte aus dem Saal.
»Wir sind alle keine Menschen mehr«, flüsterte er fassungslos. O Gott Israels, mögen wir dies alles einmal vergessen dürfen! Er lehnte sich an eine der Marmorsäulen, die den Hof umgaben. Der Stein war kühl. Er hatte die Hände vor die Augen gepreßt. Das Bild des eiskalten Mordes wollte nicht aus seinen Gedanken entfliehen. »Wenn wir selbst keine Gnade geben, wie wollen wir sie je selbst erlangen?«
Was hatte Simon bar Giora gesagt? »Für die, die kein Schwert mehr halten können, ist keine Zukunft.«
Ein keuchendes Lachen kam von seinen Lippen: »Es sind mehr als eine Million Menschen in der Stadt. Wir werden eine Mauer aus Leichen vor Rom aufzubauen vermögen. Sie werden an dem Gestank sterben, der durch die Gassen Jerusalems ziehen wird, und dadurch werden wir letztendlich gewinnen.« Er hatte sein Schwert gezogen. »Ich sollte dich gegen diese Marmorsäule schlagen, wie damals bei Gileads Tod!«
Aber nein, wem würde das nützen? Er wollte für Damaris leben, und er würde kämpfen, solange dieses Schwert seine Schärfe behielt. »Ich werde dich eines Tages zerstören, denn du erinnerst mich jeden Tag an Rom, an Blut und Tod. Und ich möchte eines Tages dies alles vergessen haben. Nur kann es jetzt noch nicht sein. Wir werden die Tage der Unmenschlichkeit weiter aneinanderreihen, bis alles endgültig vorbei ist. Möge es bald sein!«

*

Es war wie ein tiefer Sturz, bei dem es keinen Halt mehr gab. Das Denken jedes einzelnen war schon längst abgestumpft, sonst hätte es ihn in den Wahnsinn stürzen müssen. Die letzten Tränen waren irgendwann vor langer Zeit geweint worden. Es würden keine neuen mehr kommen. Eine tiefe Leere war in Marsena ben Arinos. Er wußte, er hätte eigentlich weinen müssen. Aber es war nichts in ihm, das ihn rührte. Der Fall der Antonia war nur noch ein, vielleicht schon unbedeutend gewordener Schritt ins Verderben. Weit besorgniserregender als die Aufgabe der Festung war der Zustand der Resttruppe, die die Mauer des Nehemia, die letztverbliebene, zu sichern hatte. Und mit dem Verfall der Moral traten mehr als je zuvor in den Vordergrund die Hinterlist und Brutalität derer, die den Aufstand Judäas für ihre eigene selbstsüchtige Profilierung erkoren hatten.
Allen voran Ananus ben Bagadates, der seinen eigenen Wahnsinn über den eines ganzen Volkes zu stellen gedachte. Man hätte ihn beseitigen müssen, solange er unter Simon bar Giora noch zu keiner Macht gelangt war.
Sie hatten einen Gefangenen gemacht. Es war ein junger Bursche von kaum mehr als zwanzig Jahren.
Ananus von Emmaus hatte ihn vor Simon bar Giora und Marsena ben Arinos geschleppt, um sich kichernd das Todesurteil bestätigen zu lassen. Das Gesicht des Römers wies Spuren von Schlägen auf, und das geronnene Blut verbarg kaum die Schwellungen, die die Haßausbrüche Ananus' hinterlassen hatten.
So schüren wir den Haß nur, sagte sich Marsena. Wie wollen wir einmal Gnade erfahren, wenn wir selbst keine zu geben bereit sind?
Als hätte Ananus die Gedanken Marsenas erraten, zischte er giftig: »Wir erweisen keine Gnade und erwarten auch keine; nicht von römischen Hunden.«
Marsena nickte, und sein Gesicht verzog sich angeekelt. An Simon bar Giora gewandt, sagte er: »Wie lange muß ich noch dieses Wesen ertragen, das nichts kennt als nur sich selbst?«
Simon bar Giora zuckte nur die Schultern. »Marsena ben Arinos, wir schätzen dich, weil du besser als irgendeiner von uns mit den Römern umzugehen verstehst. Aber ebenso wie deine Gefühle dich lenken, erwarten wir von dir, daß du die deiner Mitkämpfer respektieren kannst.«
»Wie lange wirst du dem Mord noch deine Unterstützung geben, Simon?« Marsena hatte sich erhoben, und seine Stimme war voller An-

klage. »Schon jetzt ist der Feind nicht mehr allein Rom, sondern wir sind uns selbst Feinde. Wie lange wollen wir akzeptieren, was wir längst schon verurteilen? Was soll die Geschichte einst über uns berichten? Von dem Mut und der Entschlossenheit, die uns unsterblich machen – oder von dem zusätzlichen Tod, der uns unseren Platz in den Annalen streitig machen wird?«

Er ging auf Ananus zu, der unwillkürlich zurückwich. »Von dir wird die Geschichte berichten, Ananus, aber wie wohl? Sie wird für dich nichts übrig haben als nur Abscheu. – Und du, Simon bar Giora, willst du den Namen Jerusalems mit dem Greuel krönen, dem deine Vasallen nur allzu gewogen sind? Solange du mich für deine Pläne benötigst, und du weißt, daß du mich brauchst, werde ich nicht zulassen, daß über uns schlechter berichtet wird als nötig.«

Simon bar Giora lehnte sich zurück. Seine Augen gingen zur Decke des Saales, und seine Stimme war teilnahmslos. »Für wen sprichst du, Sohn des Arinos? Für dein Gewissen oder für das Leben eines unbedeutenden Römers?«

Marsena wußte, wie weit sein Empfinden von dem seiner Kampfgenossen entfernt war. Sie glichen dem Sternbild des Orion. Sie bestanden aus Beteigeuze, Bellatrix, aus den Sternen des Gürtels, aus all der Pracht dieses fantastischen Sternbildes. Und dennoch waren sie so weit voneinander entfernt wie die Sterne selbst.

»Du läßt diesen Jungen frei, Simon«, sagte Marsena mit einer Schärfe, die jede Regung im Saal verstummen ließ. Selbst Ananus starrte nur mit offenem Mund auf Marsena ben Arinos, ohne einen Ton hervorzubringen.

Simon bar Giora blickte Marsena nur kurz verwundert an, dann nickte er Ananus von Emmaus bejahend zu.

Wir werden Mensch sein müssen, sagte sich Marsena verzweifelt; wenigstens einmal in diesem verdammten Krieg. O Jehova, du alleiniger Gott Israels, laß uns Mensch bleiben, solange wir noch ein wenig menschlich zu denken vermögen!

Simon bar Giora saß lange nachdenklich da. Ananus hatte den Raum verlassen, und der Gefangene war hinausgebracht worden.

Als Bar Giora sprach, war Unsicherheit in seiner Stimme, und über seinen Brauen zeichneten sich Falten ab, die seine Nachdenklichkeit unterstrichen. »Warum mußtest du diesen Jungen freilassen, Marsena? Er war alt genug, um sterben zu dürfen. Als Soldat Roms hat er sicherlich viele unserer Brüder erschlagen.«

Marsena blickte über Bar Giora hinweg. »Kanntest du Gilead, den Sohn Aris, Simon bar Giora? – Es war für Gilead ben Ari, meinen Bruder. Es war seine Jugend, seine Zukunft, seine Träume.«
»Niemand wird es dir danken! Kein Römer würde so etwas für uns tun!«
»Wir dürfen anders sein, Simon. Wir müssen anders sein, soll die Geschichte von Gottes auserwähltem Volk nicht in den Buchstaben der Schriften und im Schutt der Trümmerstätten versinken!«
»Niemand wird es erwähnen! Oder glaubst du, daß dich ein impulsiver Gnadenakt aus falschem Mitleid von der Masse der Toten abheben wird?
Marsena sah Bar Giora für einen Augenblick stumm an. Sein Lächeln glitt über den Idumäer hinweg. »Du verstehst nichts, Simon bar Giora. – Wie solltest du auch! Wir haben heute ein Opfer dargebracht. Und es war das erste, das vielleicht tatsächlich von Wert war. Ich habe Gilead einmal gesagt: ›Nicht der Tod eines Helden zählt, nur jeder Tag des Lebens.‹ Er würde mich heute verstehen.«
Er schritt aus dem Saal hinaus. Hinter ihm blieb es still.

*

Marsena ben Arinos wußte, daß Ananus ben Bagadates für ihn mehr war als nur ein Todfeind. Er war in Wirklichkeit der Todfeind eines ganzen Volkes. Leute wie Bagadates hatten Judäa in einen tödlichen Abgrund gezogen, bevor die Römer überhaupt vor den Toren aufgetaucht waren. Simon bar Giora hatte Marsena ben Arinos von seinem Verteidigungsposten auf dem Hippikusturm rufen lassen. Wie lange werden wir in diesem Saal noch zusammenkommen, Simon bar Giora? sagte sich Marsena, als er das goldverzierte Tor aufstieß. Was gab es überhaupt noch zu besprechen? Es war alles gesagt worden, und es gab keine Wunderideen, die Jerusalem befreien konnten.
Sie hätten auf den alten Patriarchen Ben Merton hören sollen, als es noch Zeit war. Jetzt war es für alles zu spät, für Kampf und für Kapitulation. Wie viele Male wirst du mich noch um Rat fragen, Simon bar Giora, oder Anweisungen geben können, bis wir unseren Traum ausgeträumt haben?
»Es sind nur noch wenige, die dir verblieben sind, Simon bar Giora«, sagte Marsena zu sich, als er die kleine Schar musterte, die sich um den Tetrarchenthron gruppierte. »Gyphthaeus, der einst Johannes

von Gischala unterstützte, und Archelaos der Sohn des Magadatus.« Er vermißte Judas ben Judas. Dann sah er Ananus ben Bagadates, der einen Gefangenen vor sich hertrieb. »Die Schlange, die uns alle würgt«, murmelte Marsena voller Abscheu. »Der Helfer alles Bösen, der Fallstrick alles Guten. Mögest du mit Satan in den tiefsten Abgrund hinunterfahren!« Ist es wieder eines der niederen Schauspiele, die du inszenierst, weil du gegen Rom keine Erfolge mehr erzielst, Ananus? Willst du deine Macht in billigen Erfolgsstücken ausleben, die nicht einmal deine eigenen Leute mehr beleben?
Er sah Simon bar Giora fragend an. Der wies nur auf den kreischenden Ben Bagadates. »Es wird dich interessieren, Sohn des Arinos, was sich in unseren Reihen abspielt. Und du wirst Ben Bagadates verstehen.« Marsena schüttelte sich. Nichts würde den Schurken Ben Bagadates je von seiner Widerwärtigkeit befreien.
»Weiter!« schrie Ananus ben Bagadates und versetzte dem Mann einen derben Stoß.
Marsena kannte den Mann. Es war einer von Judas ben Judas' Leuten. Marsena sah in fragend an. Der Blick aus dem von Schlägen entstellten Gesicht war stumm und teilnahmslos.
»Was ist mit ihm?« fragte er Simon bar Giora.
»Er wollte mit den Römern Verbindung aufnehmen«, triumphierte Ananus. »Ich glaube, die ganze Gruppe des Judas ben Judas denkt an Desertieren. Wir werden auf die Verräter ein Auge zu werfen haben.« Er schlug dem Gefangenen den Schwertknauf ins Genick und kicherte höhnisch.
Marsena runzelte die Stirn. »Ich wundere mich nicht, daß alle aus Jerusalem flüchten wollen.« Er fragte sich, wie er überhaupt noch gemeinsame Sache mit diesen brutalen Gestalten machen konnte, denen es anscheinend Spaß bereitete, sich mit dem Blut der eigenen Leute zu beschmieren.
Er dachte an die beispiellosen Grausamkeiten, die die Leibwächter Simon bar Gioras verübten; allen voran Ananus, der Sohn des Bagadates. So hatte er Mathias, den Sohn des Boethos, aus dem fadenscheinigen Grund verhaften lassen, er würde angeblich freundschaftliche Gefühle zu den Römern hegen. Ananus hatte anscheinend völlig vergessen, daß es Mathias war, der Simon bar Giora Zutritt zur Stadt verschafft hatte. Es waren der Ananus angeborene Neid und die Mißgunst, die ihn Mathias ohne Möglichkeit der Verteidigung hatten hinrichten lassen. Mathias war beim Volk zu beliebt gewesen, als daß es

ein bösartiger Charakter wie der des Ananus hätte verwinden können. Er unterstrich seine Unbeliebtheit mit seinen Taten.
Es ist der Beginn der allgemeinen Auflösung, dachte Marsena. Mit Grausamkeit versuchen sie fehlende Autorität zu ersetzen. So werden wir den Krieg noch schneller verlieren. Er dachte an die Hinrichtungen, die ihm zu Ohren gekommen waren. Da waren Ananias, der Sohn des Masbalos, Aristeus aus Emmaus, alles vom Volk angesehene und beliebte Männer, und fünfzehn weitere, die ohne plausible Gründe zum Tode verurteilt wurden. Gleichzeitig hatte Ananus den Befehl herausgegeben, daß in der ganzen Stadt jegliche Zusammenkünfte verboten waren. Er fürchtete sich vor allem, und er hat allen Grund dazu. Eines Tages wird ihn jemand mit dem Messer aufschlitzen. Oder du wirst es selbst tun, sagte Marsena sich. Aber gleichzeitig verwarf er diesen Gedanken. Er wußte, daß er dem Grauen machtlos gegenüberstand. Simon bar Giora hatte zu viele Unterführer, und er, Marsena, mußte leben, Damaris' wegen. Ein Schrecken ohne Ende schleicht durch die Stadt. Wie kann dann das Ende der Stadt anders sein als ein Ende mit Schrecken?
Er faßte den Arm Ananus', als dieser den wehrlosen Gefangenen erneut schlagen wollte. »Genug«, sagte er mit ruhiger, aber scharfer Stimme.
»Er ist ein Verräter«, keuchte Ananus wütend. »Oder sollte der Sohn des Arinos etwa Gründe haben, einem Verräter Beistand leisten zu müssen?«
Marsena schlug zu. Ananus' Augen verdrehten sich und Blut trat aus seinem Mund. Marsena hatte sich an Simon bar Giora gewandt, der teilnahmslos das Geschehen verfolgt hatte. »Du wirst dir etwas einfallen lassen müssen, großer Feldherr, wenn du den Rest deiner Getreuen nicht auch noch verlieren willst! Oder bist du blind gegenüber den Greueln, die in deinem Namen und anscheinend mit deiner Billigung geschehen? Wofür kämpfst du? Für die Freiheit Judäas oder für seine Unterdrückung durch den Abschaum, der dich umgibt? Mich jedenfalls lasse erst wieder holen, wenn der Unrat um dich herum verschwunden ist. – Und wage nicht, mich zurückzuhalten!« Marsena hatte sein Schwert gezogen, aber niemand trat ihm entgegen.
Er trat in den dämmernden Abend hinaus. Ein tiefes Seufzen kam aus seiner Brust. Wo stehen wir im Ablauf der Geschichte? fragte er sich. Der Wahnsinn des Bruderkrieges ist in uns anscheinend verwurzelt. Wir waren nur einmal wirklich eins. Zu den glorreichen Zeiten unse-

rer Könige David und Salomo. Wie lange ist das schon her? Tausend Jahre! Nur die Erinnerung ist geblieben, und der Schmerz.
Eine Hand faßte nach ihm. Er wirbelte herum. Judas ben Judas stand vor ihm. Die Augen des Judäers waren voll zornigem Glanz. »Du hast gesehen, was sie mit Boas gemacht haben?«
Marsena nickte.
Judas spuckte aus. »Sie werden nicht ruhen, bis jegliche Einheit unter uns verschwunden ist. Hat es überhaupt noch einen Sinn weiterzukämpfen?«
»Wenn du es nicht weißt, Ben Judas!«
»Die Stadt ist nicht mehr wert, für sie zu sterben.«
»Es ist mehr da als nur die Stadt.«
»Für dich vielleicht.« Judas hatte die Fäuste geballt. »Welche Hoffnung hatten wir doch anfangs! Welch ein Jubelschrei umfing unsere Gedanken! Was ist uns geblieben! Mißtrauen, Haß und Rache – gegen uns selbst! Komm mit uns, Marsena! Laß uns den Fluch dieser Stadt abstreifen!«
»Was willst du tun? Zu den Römern überlaufen? Nicht du, Judas ben Judas!«
Der Judäer lachte gequält. »Was macht das jetzt noch für einen Unterschied? Hier oder dort zu sterben? – Du hältst mich doch nicht für feige?«
Marsena schüttelte den Kopf.
»Es ist nichts mehr da, was mich hier noch halten könnte. Es ist längst nicht mehr mein Krieg. Ja, wo es allein nur gegen die Römer zu gehen hatte, da waren mein Wille und mein Herz dabei. Unser geheiligtes Land, für das zu sterben, war ich bereit. Nicht aber, um den Greueln der Tyrannen den Weg zu ebnen. Ich habe mit den Schlächtern unseres eigenen Volkes nichts mehr zu schaffen. Komm mit uns, Marsena! Schaffen wir ein neues Judäa, wenn dieser verdammte Krieg irgendwann vorbei ist!«
Marsena ben Arinos lächelte traurig. »Du weißt, daß ich nicht mit euch gehen kann. Es hat nichts mit Loyalität Simon bar Giora gegenüber zu tun. Und ich verabscheue seine und Johannes von Gischalas Willkür wie du selbst. Aber wie könnte ich gehen, wenn mich ständig eine unstillbare Sehnsucht begleiten würde?«
Der Judäer nickte und faßte Marsenas Hand. Er wandte sich in die Dunkelheit ab.
»Möge Jehova deinem und meinem Weg nicht fern sein«, flüsterte

Marsena ihm nach. Er wußte, daß Judas ben Judas' Fluchtvorhaben kaum Erfolg haben konnte. Ein einzelner vielleicht konnte sich unbemerkt über die Mauer herablassen. Aber mit seiner Familie und seinen Leuten die Stadt verlassen zu wollen, war hoffnungslos. Marsena schloß für einen Augenblick die Augen. Wir sind dir sehr nahe, Judas, sagte er zu sich. Unsere Hoffnungslosigkeit ist Teil deines Vorhabens. »Wie fern sind wir all unseren Träumen«, flüsterte er in die Nacht hinaus. »Sidi hinn aleña – Herr erbarme dich unser!« Wie sollte er jetzt noch hören? Wir haben uns der wahren Freiheit so entfernt, wie dem Worte Gottes selbst! Er erinnerte sich der Worte Senecas, seines Lehrers in Rom. Es waren traurige Worte und dennoch vielleicht ein Zeichen unserer Zeit. »Siehst du jene schroffe Höhe? Von dort herab geht der Weg zur Freiheit.«
Der Tod als einzige Hoffnung für ewige Freiheit? Vielleicht. Dann werden wir bald frei sein!
Das Dunkel umfing ihn, als er weiter in die Nacht hinausschritt, und es war wie der Spiegel seines Inneren.

*

Fast ziellos war sein Weg durch die schlafende Stadt, die dennoch niemals Ruhe finden sollte.
Er fand sich plötzlich vor dem Hause Schealtiels wieder. Vom Eingang her flackerte ein seltsam unwirkliches Licht. Er schauerte. Prophet Israels, gehst du wieder in dich, um das Schicksal unseres Volkes zu ersehen? Selbst ich vermag es vorauszusagen. Er lächelte stumm in sich hinein. Du fühlst dich, wie vielleicht vor undenklicher Zeit unser erster König, Saul, als er die Hexe von Endor befragte und dadurch den Zorn Jehovas heraufbeschwor. Nicht die Zukunft will ich wissen, sondern die Hoffnung erlangen für die Gegenwart. Ich muß mit einem Freund sprechen.
Er betrat entschlossen den Raum. Der Alte saß an seiner Feuerstelle und sah kaum auf.
»Der Segen Jehovas sei mit dir und deinem Haus«, sagte Marsena höflich.
Schealtiel nickte nur kurz. Marsena nahm ihm gegenüber Platz und wartete. Der Alte musterte ihn durchdringend. Er schwieg lange, bis er sich mit einem mürrischen Knurren aus dem Zustand seiner Trance löste.

»Was suchst du bei mir, Marsena, Arinos' Sohn?« krächzte er unwirsch. »Oder willst du deine Sorgen auf die meinen häufen? Deine Probleme gehen mich nichts an. Such dir Rat bei deinen jungen Dummköpfen, die sich einbilden, in ihnen verkörperten sich Josua, Gideon, Simson und all die anderen Helden Israels persönlich!«
Das Herdfeuer spiegelte sich in seinem runzeligen Gesicht, und die Falten schienen noch tiefer zu sein als sonst. Nur die Augen waren jung und dem Feuer gleich, das zwischen den Holzstücken flammte. Und diese Augen durchdrangen ihn; es fiel ihm schwer, dem prüfenden Blick standzuhalten.
Marsena lächelte gequält. »Deine Späße sind wie immer aufbauend und geben einem geknickten Rücken den nötigen Halt für die besorgniserregende Zukunft, vor der wir stehen, und einem müden Herzen den Auftrieb, diese Zukunft in einem zuversichtlichen Licht zu sehen.«
»Was kümmert mich dein Zustand?« knurrte der Alte. »Hast du mich um Rat gefragt, als ihr Größenwahnsinnigen glaubtet, dem römischen Adler die Klauen ausbrechen zu können? Marsena ben Arinos, ein Name in aller Munde. Ein Stützpfeiler für all die Verrückten, die sich Simon bar Giora, Johannes von Gischala, Eleasar ben Jair, und wer weiß sonstwie nennen. Ja, ein Stützpfeiler ihres Unverstandes, denn sie sind zweifellos noch dümmer als du.«
Marsena schmunzelte über die Beleidigungen, die ein Teil des Gesprächrituals und keineswegs so ernst waren, wie sie sich anhörten.
»Du willst ein Führer sein?« stänkerte Schealtiel weiter. »Ein armseliger Führer eines noch armseligeren Restes einer Nation, die sich Jehova, aus welch seltsamem Grunde auch immer, auserwählte. Aber seine Gedanken sind höher als unsere Gedanken und seine Wege höher als unsere Wege. So steht es mir nicht an, mich weiter dazu zu äußern. Vielleicht wollte er den Nationen ringsum beweisen, was nur ein wahrer Gott vermochte – aus einem völlig nichtsnutzigen Volk eine einigermaßen brauchbare Nation zu machen. Aber die Zeiten eines David, eines Salomo oder auch eines Josua sind für alle Ewigkeit vorbei.« Er seufzte tief und wandte sich seinem Herdfeuer zu. Er warf eine Handvoll irgendeiner Substanz ins Feuer, und eine gewaltige Wolke grünen Qualms hüllte den düsteren Raum ein. Als Schealtiels Gesicht aus dem Rauch auftauchte, war es wie verklärt. »Wer wollte euch jetzt noch helfen?« murmelte er. Seine Augen bekamen den alten Glanz zurück. Er deutete mit einer triumphierenden Bewe-

gung auf Marsena. »Dein Gewissen zwingt dich, sich bei mir auszuweinen. Hast du endlich erkannt, daß du nichts weiter bist als die Luft aus deinen Gedärmen?« Er kicherte. »Als ich dich armseliges Bündel damals in den Gassen der Oberstadt traf – du erinnerst dich –, da hielt ich dich für einen Herrn, und du mich für einen Bettler. Die Rollen haben sich vertauscht, findest du nicht? Ich bin Herr über mich selbst, du aber der Sklave deiner eigenen Schwierigkeiten, und du hast doch welche, sonst wärest du nicht zu mir gekommen. Der große Rat Israels ist ratlos und schickt mir lästigerweise einen seiner Bettler. Ich verschwende meine Gedanken nicht an eure Probleme!«
»Ich komme aus eigenem Antrieb.«
Der Alte nickte. »Um so schlimmer. Suchst Almosen für deinen eigenen Unverstand. Wo sind die Tage geblieben, als das Wort Israel noch Klang hatte und die Heerführer keine Bittsteller waren? Mose, Josua, Gideon, Barak und Simson mußten sterben, und was ist übriggeblieben? Ein armseliges Nichts, das sich Marsena ben Arinos nennt.«
»Dein Aramäisch klingt wie Aussatz«, knurrte Marsena. »Ich bin nicht gekommen, um mir das Gekrächze eines Raben anzuhören – ich hoffte auf den Schrei eines Adlers. Ich muß das Haus verwechselt haben.« Er wandte sich zum Gehen.
»Bleib«, brummte der Alte versöhnlich. »Warum bist du zu mir gekommen?«
»Du hast recht, ich bin in Schwierigkeiten.«
»Wann bist du es nicht? Das ist nichts Neues. Was für einen Rat suchst du?«
Marsena ritzte wie gedankenverloren mit dem Finger in den Lehmboden. Was sollte er den Alten wirklich fragen? Was gab es noch, was ein alter verbrauchter Mann wie Schealtiel ihnen raten konnte, ein Greis, der die Schriften kannte, aber nicht die Strategie der Waffen, der mit Worten fechten konnte, aber nicht mit dem Schwert? War es schon so weit, daß er Schutz suchte bei einem alten Propheten, dessen seniler Zynismus allenfalls zur Heiterkeit beizutragen pflegte?
Marsena sah dem Alten in die Augen. Tiefe Ruhe lag in ihnen, keine Spur mehr der anfänglichen Heiterkeit. Ihm ist der Ernst der Lage Jerusalems voll bewußt, dachte er. Sein Zynismus verdeckt nur die Trauer, die im Inneren brennt.
»Bete zu Jehova, Prophet Israels, daß er uns einen Wink gebe, wie wir noch handeln können.«

»Daß euch nichts einfällt, verwundert mich nicht. Was mich erstaunen läßt, ist die Phantasie, die ihr bewiesen habt, als ihr den Krieg gegen Rom vom Zaun gebrochen habt. Nein, eure Gebete wären in Gottes Ohren nur Lästerung.«
»So rate uns etwas anderes!«
Schealtiel starrte ins Feuer und knurrte: »Mein Rat wird euch nicht gefallen. Legt die Waffen nieder, wie es Titus Vespasian gefordert hat. Ihr werdet die Freiheit verlieren, aber euer Leben retten.«
Marsena schüttelte den Kopf. »Du weißt, daß gerade das unmöglich ist.«
»Natürlich.« Der Alte kicherte. »Dummer Stolz wird ein ganzes Volk ins Verderben stürzen. Eure Freiheit wird im Hinnomtal enden, und die Freiheit derer, die davonkommen, in den Bleibergwerken Nubiens.«
»Es geht nicht darum, was ich wünsche, und es handelt sich nicht um mein Wollen«, gab Marsena müde zurück. »Simon bar Giora, Johannes von Gischala und auch Eleasar ben Jair werden niemals eine Kapitulation auch nur in Erwägung ziehen.«
»So sterbt und laßt mich in Ruhe!«
»Unser Tod ist auch deiner.«
Der Alte lachte und spuckte ins Feuer. »Wer will mich mit Sterben erschrecken ? Mein Tod wird nicht der eure sein. Ich bin alt, und ich habe mehr als neunzig Sommer über dieses Land hinweggehen sehen. Mein Tod wird ein sanftes endloses Schweben sein. Ich freue mich darauf. Nicht mein Ende wird der Angst, dem Schmerz Tribut zu zahlen haben. Eures wird Blut heißen, Schrecken vor einem endlosen Nichts, Warten auf den endgültigen Schlag, der den Kopf vom Rumpf trennt, das Wissen, fünfzig, sechzig Frühlinge nicht mehr erleben zu dürfen, die weichen wundervollen Körper von Frauen nicht mehr berühren zu können, den Blütenduft eines herrlichen Sommers vergessen zu müssen, das Rauschen des Regens, das Atmen des Windes, das Flüstern der Lorbeerbüsche, das Singen der Luft nicht mehr zu verspüren, das ganze Sehnen eines langen Lebens nicht erfüllt zu haben. Nein, Marsena, die Einsamkeit eures Herzens findet keinen Widerhall!«
»Ich kam um Mut zu schöpfen und gehe mutloser denn je.« Marsenas Stimme klang voller Resignation, als er sich erhob und zur Tür ging.
»Du wolltest dich selbst betrügen, und ich solltest dir dabei helfen, Sohn des Arinos«, klang die Stimme des Alten hinter ihm her.

Du hast recht, Schealtiel, dachte Marsena, als er in die Dunkelheit hinaustrat, und in seinem Inneren sprach eine Stimme die Worte des unvergessenen Salomo aus: »O höchste Nichtigkeit, alles ist Nichtigkeit. Was bleibt dem Menschen von all seiner Mühe, womit er sich abmüht unter der Sonne? Eine Generation geht, eine andere kommt, aber die Erde besteht auf unabsehbare Zeit. Die Sonne ist strahlend aufgegangen, und sie geht unter und eilt an ihren Ort, wo sie strahlend aufgehen wird. Der Wind weht gegen Süden und dreht sich nach Norden. Immer kreist er unaufhörlich und zu seinen Kreisen kehrt der Wind zurück. Alle Winterwildbäche gehen aus zum Meer, doch das Meer wird nicht voll. An den Ort, wo die Winterwildbäche ausgehen, dorthin kehren sie zurück. Alle Dinge sind voll Mühe, kein Mensch vermag es zu erfassen. Das Auge wird nicht satt vom Sehen, noch wird das Ohr gefüllt vom Hören. Das, was geschehen ist, das ist, was geschehen wird; und das, was getan worden ist, ist das, was getan werden wird; und so gibt es nichts Neues unter der Sonne. Existiert irgend etwas, von dem man sagen kann: Siehe, es ist neu? Es hat schon unabsehbare Zeit bestanden. Es gibt keine Erinnerung an Menschen von früheren Zeiten, auch wird es keine an die geben, die später dasein werden. Ich, der Prediger, war König über Israel in Jerusalem. Und ich richtete mein Herz darauf, zu suchen und Weisheit zu erforschen in Verbindung mit allem, was unter den Himmeln getan worden ist – die unglückbringende Beschäftigung, die Gott den Menschensöhnen gegeben hat, sich damit zu beschäftigen. Ich sah alle Werke, die unter der Sonne getan wurden, und siehe, alles war Nichtigkeit und ein Haschen nach Wind.«
Marsena wischte sich über die brennende Stirn. Alles war Nichtigkeit und ein Haschen nach Wind. Auch der Freiheitstraum Israels. Es war wie der leidenschaftliche Griff nach den Sternen, die über ihm blinkten und die so unerreichbar blieben.

*

Über ihm war das wundervolle Flimmern einer Sommernacht, die die ganze Herrlichkeit des Universums und dieser Erde widerspiegelte. Und es war plötzlich Ruhe und Stille um ihm. Wäre das ewige Hämmern des »Titan« von der Hasmonäermauer nicht gewesen, es hätte eine Sommernacht sein können, wie er sie Damaris tausendfach versprochen hatte. Sommer über Judäa. Voller Glut, aber auch voll der

Pracht der reifen Zitronen und Oliven, des wogenden gelben Korns, der Granatäpfel, der Maulbeeren und des Duftes von Thymian, Myrte und Lavendel. Und dieser diamanten besetzte Himmel als würdiges Diadem für die Unendlichkeit des Alls. Er atmete tief, und sein Blick konnte sich nicht sattsehen an der funkelnden Pracht da oben. Wie lange hatte er solche Empfindungen verbannen müssen? Wie lange konnte man überhaupt die Schönheit dieser Erde aus den Gedanken und Gefühlen ausschließen, ohne selbst daran zu zerbrechen?

Er stand plötzlich vor Aris Haus. Ein freudiger Schreck durchzuckte ihn. Konnte er Damaris wenigstens für einen Augenblick sehen?

Es war viel zu spät! Er tastete nach dem bronzenen Türklopfer und zögerte, ihn zu betätigen. Aber es war, als würde seine Hand seinen Gefühlen folgen und nicht seinem Verstand. Der Ton des Klopfers war kaum zu hören, es war mehr eine symbolische Handlung gewesen, als der Versuch, sich bemerkbar zu machen. Und dennoch öffnete sich der kleine Nebenflügel. Er sah im Sternenlicht eine helle Gestalt und hörte einen leisen, überraschten, glücklichen Aufschrei:

»Marsena!«

»Damaris!«

Sie flog in seine Arme, und es war, als wollten sie sich nie mehr voneinander lösen.

»Ich hoffte, du würdest kommen«, flüsterte sie zwischen ihren Küssen. »Nein, ich ahnte es. Ich wußte es.«

»Es ist einer von den tausend Sommern heute, Damaris.«

»Ja, und er wird alle anderen ersetzen müssen, die nie mehr kommen«, hauchte sie und küßte ihn mit einer Glut wie nie zuvor. Sie gingen eng umschlungen durch das im Sternenlicht flimmernde Silberblattwerk der Ölbäume hindurch zum Myrtenteich hinunter. Die dunklen Schatten der Lorbeerbäume am Rande der Mauer zum Kidrontal umfingen sie.

Sie ließen sich am Rande des Teiches nieder, der von keinem Windhauch bewegt den Glanz der Sterne widerspiegelte. Die Laute der Zikaden, Grillen und Frösche umrahmten ihr eigenes Schweigen. Aber es waren keine Worte nötig um sich zu sagen, wie sehr sie sich liebten. Vielleicht wären die tausend Sommer notwendig gewesen, um sich alles sagen zu können, was sie empfanden. Aber sie wußten, daß ihr Leben dieser eine Sommer war, und daß auch das Grauen um sie her ihre Träume nicht ganz zerstören konnte. Damaris – Marsena – es war wie das Lied des Salomo, das eine unsterbliche Liebe beschrieb und das keine Erfüllung finden konnte.

*

Judas ben Judas' Ausbruchsversuch war im Ansatz schon zum Scheitern verurteilt gewesen. Vielleicht hatte es Judas in seinem Inneren selbst gewußt. Und Marsena ahnte, daß Judas ben Judas in Wirklichkeit den Tod gewählt hatte, im Bewußtsein, in der sterbenden Stadt nicht mehr leben zu können.

Ananus' Spitzel waren überall. Sie waren da, bevor die ersten Seile an den Mauerzinnen des von Judas bewachten Turmes befestigt werden konnten und bevor die römischen Wachen auf die Anrufe von der Mauer hatten reagieren können.

Judas ben Judas starb, mit ihm seine letzten Getreuen, seine Frau und seine beiden Kinder.

Vor den Augen Titus Vespasians wurden ihre zerfetzten Leichen demonstrativ über die Mauer geworfen.

Die Worte des Boten, der Marsena die Nachricht gebracht hatte, klangen noch in seinen Ohren. So hatte Judas Simon bar Giora ins Gesicht geschrien: »So brichst du die Treue deinen Freunden, denen du mehr als nur allein dein jämmerliches Leben zu verdanken hast. Du denkst selbst nicht mehr an Rettung, gewährst sie aber auch deinem Nächsten nicht. Wie lange wird dir dieser Wahnsinn noch gewährt werden? Ja, wie kann diese Stadt noch auf Rettung hoffen, wenn sie sich einem Verbrecher weiterhin gefügig hält?«

»Die Worte des Judas gelten dir selbst«, flüsterte Marsena in die Nacht hinaus. Du hilfst die Schrecken über Jerusalem nur verlängern. Natürlich hast du nichts mit den Greueln des Ananus zu tun, die er mit dem Wissen Bar Gioras verübt. Aber du tust auch nichts dagegen. Du könntest es auch nicht. Und dennoch, wäre ein Sterben nicht besser in dem Bewußtsein, etwas versucht zu haben, was die Erinnerung an Jerusalem nicht mit Abscheu umgibt, als das ohnmächtige Dahinsiechen mit all dem Wissen in dir? Würden dann deine Träume um die Liebe zu der Tochter des Ari noch denen gleichen, die du vor wenigen Wochen hattest? Könnten es noch dieselben sein, wenn dieser Krieg einmal zu Ende wäre und du noch leben solltest? Deine wahren Träume sterben mit der Stadt. Sie haben die Erinnerung zu teilen mit einer grauenvollen Gegenwart. Irgendwann werden sie den Gestank

verfaulenden Fleisches, übelriechender Toten, verbrannter Häuser, verwesenden Blutes nicht mehr zu übertünchen vermögen. Werden deine ausgebrannten Gedanken die Tochter des Ari dann noch finden können und wird deine und ihre Liebe noch zu bestehen vermögen? Du hattest recht, Judas ben Judas, wenn du sagtest, es gäbe nichts mehr, wofür es sich zu sterben lohne.
Aber noch lebte er, und noch kämpfte er. Nur, die Tage waren ein Aneinanderreihen von Wahnsinn und stumpfem Grauen. Weder gab es mehr die Farben von Frühling und Sommer noch die Laute von Blätterrascheln und Vogelgesang. Vor den Augen tanzte nur das Rot von Blut. Die Worte von Liebe und Sehnsucht mußten in ferner Vergangenheit von einem Fremden ausgesprochen worden sein. Er fand keine Zeit mehr, sich seiner Liebe zu erinnern. »Wir alle sind nur noch der Abschaum unser selbst«, sagte er sich, als er in eine Schüssel mit Wasser starrte und sein Spiegelbild betrachtete. Er hatte sich seit Wochen nicht mehr rasiert. Sein Bart war wild und ungepflegt. »Auch hierin verstoße ich gegen die Gesetze Mosis und unseres Gottes, die einen sauber gestutzten Bart verlangen, ein würdiges Spiegelbild für das Volk Israel.« Er grinste ein verzerrtes Lächeln in den Spiegel des Wassers. »Bald werden wir keins mehr zum Trinken haben, geschweige denn unser Zerrbild darin sehen. Und es ist gut so. Hoffentlich bekommen die Römer so viel Angst bei unserem Anblick, wie wir vor uns selbst.«

*

Wieder begann ein Tag auf den Mauern. Die Römer hatten Sturmleitern angelegt. Es war unmöglich, alle von den Zinnen zu stoßen. Immer mehr Legionäre erreichten die Mauerkrone. Marsenas Schwert hatte sich schon längst rot gefärbt. Der römische Soldat vor ihm war ein guter Kämpfer. Und Marsena war müde. Die Nacht reichte nicht mehr aus, um sich völlig regenerieren zu können. »Ich werde ihn bald besiegen müssen, oder nie mehr«, dachte Marsena. Da machte der Römer einen entscheidenden Fehler. Die Klinge von Marsenas Schwert durchtrennte seinen Arm. Er sah die klaffende Wunde mit den weißen Wundrändern, die sich erst eine vermeintliche Ewigkeit später rot färbten. Dann schoß das Blut mit einer solchen Gewalt hervor, daß es ihm in die Augen spritzte.
Er war für einen Augenblick blind und wischte sich hastig über das

verschmierte Gesicht. Im Bruchteil eines Augenblickes sah er das Schwert vor sich. Er konnte den Schlag nicht mehr abwehren. Das Schwert traf ihn kurz unterhalb des Halses. Es würde eine häßliche Narbe zurückbleiben. Dann war der Schmerz da und der Taumel der Bewußtlosigkeit. Seine letzten Gedanken waren: Jetzt trifft dich das Arathena der römischen Priester und der Fluch deiner eigenen.
Als er zu sich kam, starrte er in das Dunkel der Nacht. Er sah im Schein des Mondes das vertraute Bild des arabeskenumrahmten Fensters und wußte, daß er in seinem Zimmer im Hause Aris war. Er tastete über den Verband an seinem Hals. Der Tag war Wirklichkeit gewesen, der Kampf, der Tod, der Schmerz. Das schmerzliche Pulsieren in seiner Wunde sagte ihm, daß er noch lebte. Wieder durfte er noch einmal leben, wie in all den Wochen des Niedergangs. Die Wunde würde bald verheilt sein und sich zu den Narben reihen, die seinen Körper immer mehr verunzierten. Ich werde bald einem Gladiator gleichen, dachte er und ließ sich stöhnend in die Kissen zurückgleiten.
»Marsena«, hörte er aus dem Dunkel neben sich eine Stimme. Er sah die Gestalt des Mädchens aus dem Schatten des Zimmers auftauchen und heiße Freude durchfuhr ihn.
»Damaris«, flüsterte er. Sie beugte sich über ihn, und er spürte den salzigen Geschmack von Tränen auf seinen Lippen. »Du weinst?«
»Du darfst nicht wieder zu den Mauern. Mit jeder Wunde, die du erhältst, sterbe ich ein Stück.«
»Du hast bei mir gewacht. Der Morgen beginnt schon zu dämmern.«
Er hörte ein gequältes leises Lachen. »Ich habe gewacht, gebetet und wäre mit dir gestorben. Aber die Wunde ist nicht sehr tief. Du wirst bald gesund sein. Und ich weiß nicht, ob ich mich freuen soll.« Sie stockte. »Verzeih mir, aber ich wünschte, du würdest nicht so schnell gesund, und meine Angst um dich nicht so unermeßlich tief.«
Er wollte antworten, aber sie legte ihm die Hand auf den Mund. »Sage nichts. Ich kenne deine Antwort. Ich weiß, daß ich warten muß, bis alles vorbei ist. Und ich hoffe, daß es bald sein wird.«
Er nickte stumm in das Dunkel. Er würde morgen wieder auf den Mauern sein, und nichts würde sich geändert haben. Nicht die Glut des Sommers, nicht der Tod und auch nicht die Sehnsucht.
Wieder spürte er die Tränen auf seinen Lippen. »Tau über herbstwelkem Laub«, flüsterte er. Ob wir diesen Herbst erblicken werden? Er küßte sie zärtlich. Es sind die Tränen, die ich wegzuküssen wünsche,

um die Träume zu wahren, die in den düsteren Scheol zu entschwinden drohen.
Was hatte er damals Eleasar ben Jair gefragt, als er aus seinem Todesschlaf erwacht war, irgendwann, tausend Jahre in der Vergangenheit? »Wie steht es um die Stadt?« Er erinnerte sich des Zögerns im Gesicht Eleasars und seiner Antwort: »Du warst lange ohne Bewußtsein.« Marsena lächelte müde. »Du weichst aus, mein Freund. Also steht es schlecht.« »Wir konnten die Mauer nicht halten... und auch die Antonia nicht...«
»Ich bin zu müde, um Furcht zu haben oder Schmerz zu verspüren«, dachte Marsena, und er sah durch das Gesicht des Galiläers hindurch. Was wird noch von der Stadt bleiben, wenn die stärksten Befestigungen gefallen sind? O ja, der Tempel, der war unsterblich! Oder doch nicht? Du bist alt geworden, Eleasar! Alle sind wir alt geworden. Wir sterben mit jedem Stein, der aus den Mauern fällt, mit jeder Stunde, die über Jerusalem hinwegzieht.
Was hatte Judas ben Ari gesagt, damals auf der Mauer, bevor er fiel? »Wir sind frei wie der Wind in den Bergen Moabs. Wir werden bleiben, solange die Erinnerung an das Land Abrahams, Isaaks und Jakobs bestehen bleibt.«
Die Erinnerung ja, sie wird bleiben. Doch wer wird sie weitergeben? Du Eleasar, du Simon, oder du, Marsena?
Marsena hörte kaum die Worte, die ihm zu erklären suchten, warum die Antonia gefallen war.
Die äußere Mauer, die von Johannes ben Levis Gängen unterhöhlt war, mit der Absicht, an die Belagerungsmaschinen heranzukommen, war in der Nacht des dritten Tages des Monats Panemus eingestürzt. Die Adlerträger der fünften Legion hatten mit einem Kontingent aus Reitertruppen und Trompetern die Trümmer erstiegen und die Wachtposten des Johannes getötet. Jetzt erwiesen sich die offenen Gänge, die Johannes gegen die Römer gegraben hatte, als tödliche Gefahr für die Juden selbst. Sie drangen fast ohne Gegenwehr in die Antonia ein, und selbst das wilde Draufgängertum der erwachenden Juden konnte sie nicht mehr zurückwerfen. Die Antonia, die direkt an das Herz Jerusalems grenzte, das Tempelgebiet, war in römischer Hand.
Jetzt stehen nur noch die Mauer zur Oberstadt und der Tempel. Es scheint, als ob eine höhere Macht die Entscheidung meines Schicksals bis zum Schluß aufbewahren wollte!

Judas, Gilead, Jonathan, sie schliefen. Sie hatten Ruhe vor der endlosen Qual der Tage und Wochen, die über Jerusalem vergingen. Der Mond schien voll durch das Fenster, und er sah das traurige Gesicht des Mädchens neben sich. Er küßte ihre Tränen und wußte, daß Worte jetzt nur noch Entschuldigung sein konnten für die Zukunft.
Damaris sah ihn verzweifelt an. »Wenn du morgen gehst, wirst du nicht wiederkommen!«
»Nichts könnte mich je zurückhalten, dich wiederzusehen!«
»Ich weiß es, ich fühle es!«
Er strich zärtlich über ihr Haar. »Nein, nichts wird mich aufhalten, zu dir zurückzukehren.«
Sie schluchzte. »Auch nicht der Tod?«
»Der Tod ist nicht stärker als die Liebe. Er wird nie über sie siegen!«
Die Sterne verblaßten, und der graue Schatten des Morgens strich durch das Fenster. Er wollte ihr Gesicht berühren, aber sie hatte den Raum verlassen.

*

Die Wunde am Hals schmerzte, und er wünschte, er könnte jetzt irgendwo liegen, wo aller Schmerz ein Ende hätte. Aber das würde nur der Scheol sein, dachte er mit bitterer Ironie. Wir werden vielleicht bald alle in ihn eingegangen sein und endlos ruhen, bis zu dem fernen Tage, an dem uns Jehova, unser Gott, herausrufen wird. Sein Gesicht war starr, und das Lächeln war nur kurz. Ob er uns hervorholen wird? Ob er sich an uns erinnert? Gewiß! Doch mit Schaudern, da wir nichts hinterlassen, was ihm Ehre bereitet.
Wie viele sind wir noch? Er sah in die Runde. Aus den Schießscharten des Phasaelturmes drang schwach das Licht in den Raum, wohin Eleasar ben Jair sie berufen hatte.
»Du solltest von heute ab in den Quartieren an den Mauern bleiben«, sagte Ben Jair. »Unsere Männer glauben an dich. Ja, auch die des Simon bar Giora. Wie lange werden sie es aber noch, wenn sie dich nicht jeden Augenblick sehen? Du bist ein Symbol auf den Mauern geworden, und ein Symbol muß man vor Augen haben.«
Ein Symbol – Marsena schüttelte sich innerlich. Ein Symbol ist etwas Vergängliches, etwas jenseits allen Lebens. Und ich bin sterblicher als je zuvor. Was kann ich mehr, als auf den Mauern mein Schwert zu schwingen wie sie selbst? Bin ich ein Symbol, weil ich noch nicht ge-

storben bin, wie die vielen anderen vor mir? Wie lange wird dies noch so sein? Ich weiß selbst nicht, warum sie so viel Vertrauen in mich zu setzen gedenken. Es ist nichts, was meinen Stolz berühren könnte. Nein, es macht mich nur unruhig. Warum nicht Simon bar Giora, Johannes von Gischala, Eleasar ben Jair oder Simon ben Ari? Warum suchen sie bei mir Halt, wo ich ihn selbst benötige? Sollten sie nicht besser daran tun, ihr Vertrauen auf ihren Hohenpriester zu setzen, auf Meir, den Sohn des Belgas, meinen alten Lehrer? Sie könnten mit ihm beten... Aber um was beten? – Etwa noch um einen Sieg? Marsena lächelte bitter. Das hatten die Priester bislang in einem fort getan, mit wenig Erfolg. Sie stehen Jehova näher als ich, wenn überhaupt. Aber ich finde, sie sollten lieber ein Schwert in die Hand nehmen, anstatt jetzt noch ihren lächerlichen Zeremonien nachzugehen.
Er hörte seine eigene Antwort: Sprich nicht so. Ihr Zorn und ihr Fluch könnten dich treffen.
Marsenas Gesicht verzog sich zu einer Grimasse voller Hohn. Er dachte an die ungeheure Armee vor den Toren Jerusalems und an die Berge von Toten innerhalb der Stadt. Und er sagte laut, so daß alle ihn verwundert anstarrten: »Welcher Fluch sollte mich jetzt noch treffen?«
Das Ende Jerusalems wird ein einziges Inferno sein, sagte er zu sich selbst. So wie Jesus von Nazareth es prophezeite: ... eine Drangsal, wie sie nie gewesen ist, noch sein wird...
»Du wirst doch mit uns von jetzt an in den Quartieren an den Mauern bleiben?« Eleasars Stimme war ein bittendes Drängen.
Marsena lachte innerlich gequält auf. Wenn der Wunsch nach meiner Anwesenheit so dringlich erscheint, wie tief muß die Hoffnungslosigkeit doch Fuß gefaßt haben! Was vermag ich noch zu tun? Ihr seid so schwach oder so stark, wie es Roms Truppen zulassen werden, mit mir und auch ohne mich. Aber ich werde natürlich weiter mit euch kämpfen und auch mit euch sterben.
Er nickte Eleasar ben Jair zu. »Ich werde bei den Mauern bleiben. Laß mich vom Hause Aris noch Abschied nehmen.«

Aris Hände drückten seine Schultern, als gälte es, die Berührung für die Ewigkeit festzuhalten.
Ich breche auf, als würde ich in ein fernes Land ziehen, sagte sich Marsena und in seiner Brust glomm ein Funke auf, der in erschrekkender Hast ein Gefühl von Angst und Panik in sein Bewußtsein zu drängen begann.
»Laß dir nichts anmerken von deinen Zweifeln, deiner Unruhe, deiner Angst«, wollte eine Stimme in seinem Innern sagen, und er hätte ihr antworten mögen: »Ich hasse dich, Stimme, ich verabscheue dich Ort, ich verwünsche dich, Zeit, da ihr mich nicht wählen laßt.« »O doch, du kannst wählen«, antwortete die Stimme mit erschreckender Ironie. »Wähle zwischen dem Tod draußen vor den Mauern und dem Tod, der sich bald genug als Gast in jedem Haus der Stadt einnisten wird.« Ein fernes, stummes und dennoch schallendes, höhnisches Gelächter wühlte in seinen Gedanken.
Marsena blickte sich noch einmal um. Er sah den Garten mit dem Silbermeer der Ölbaumblätter, der sich in sanftem Schwung bis zur Davidsmauer streckte. Irgendwo hinter dem bizarren Astwerk lag der Lilienteich mit den Myrtensträuchern; er würde unvergessen bleiben. Der große, säulenumrahmte Hof mit den Springbrunnen in der Mitte, die ihr tropfensprühendes Spiel jedoch schon längst vergessen hatten für die Zeit bis zum Ende des Krieges, vielleicht auch für immer. Das herrliche Haus mit dem Zaubergarten in seinem Inneren. Er hatte hier gelebt, gejubelt, gelitten und geträumt, und der Traum mit seinem Spuk und seiner teuflischen Realität, den farbenfrohen Phasen und dem erstickenden Dunkel zerfloß jetzt in unmenschlicher Wirklichkeit. Die Menschen vor ihm waren auf einmal wie übergroße Puppen in einem seltsamen Spiel, das Bunte ihrer Gewänder wie groteske Farbflecken in einem ansonsten leeren Raum. Und doch waren das die Menschen, bei denen und mit denen er gelebt hatte, einen Frühling und einen Sommer lang. Zilla, die alte Magd, verbunden mit dem Leben der Familie Aris wie die Porphyrsäulen im Atrium mit dem Gebälk des großen Hauses, die Diener und Dienerinnen, deren Namen ihm in den Monaten zur Selbstverständlichkeit geworden waren, und die ihm jetzt ein Lebewohl nachwinkten, als wäre es ein Abschied für immmer. Nur zwei Stadien würden sie trennen, vierhundert Meter, und doch schien es, als wäre die Ferne unermeßlich.

Ari, dessen stummer Abschied endgültig zu sein schien, und der ebenso seinem Sohn Simon galt, der mit Marsena ins Hauptquartier Simon bar Gioras zog. Die anderen Gesichter waren nur Bilder in der Erinnerung. Judas und Gilead, deren Tod in die Herzen aller ewige Runen geschnitten hatte. Ben Assur, der auf ihn bis nach dem Krieg warten wollte, um die Liebe zu Damaris mit dem Schwert zu erkämpfen; welch ein Zynismus steckte im Ablauf der Zeit! Gedanken, Träume, Hoffnungen und Taten, sie alle waren nur groteske Schatten in der Wirklichkeit.
Es war wie ein Erwachen. Die Stimmen um ihn waren wieder da, die Bewegungen von Menschen, die vertrauten Gesichter, die unvergessene Kulisse von Hof, Haus, Garten, mit dem Hintergrund von Mauer und Ölberg. Er hätte die Worte nie aussprechen können, die ihn bewegten und schmerzhaft waren.
»Ich verlasse dieses Haus nun zum dritten Mal«, sagte er nur und lachte gezwungen. Dann war plötzlich Damaris da. Ganz nah, und nur sie. Ihr Bild hatte in all seinen Gedanken gefehlt, aber sie war Wirklichkeit und nicht schmerzhaft Vergangenes.
O Damaris, flüsterte er. Das Lied des Salomo paßt nur auf dich. In ihm werden du und ich unsterblich sein. Auch wenn unsere Liebe nur so kurz sein kann wie ein Traum um ein freies Judäa, und wenn sie mit Jerusalem sterben sollte, sie wird etwas sein, was selbst Rom nicht zu zerstören vermag. Zeit, die du uns die Zeit verwehrst, die Herzen für mehr schlagen zu lassen als nur zum Leben. Du selbst bestehst von Ewigkeit zu Ewigkeit und neidest uns doch den Bruchteil der Zeit unseres Daseins!
Marsena schloß kurz die Augen. O Damaris. Wenn ich jetzt die Augen wieder öffne, möchte ich mit dir dorthin enteilt sein, wo weder Zeit noch Raum uns die Vergänglichkeit des Lebens in Erinnerung zu bringen versuchen, wo es keine Vergangenheit und Gegenwart gibt, nur Zukunft. Tau des Hermon, benetze meine Augen, nimm das Brennen und laß mich klar sehen. Aber nicht den ewigen Tod, der die Stadt umschleicht; ich kenne ihn, und er verbirgt nur noch wenig, was ihn fürchten ließe. Nein, laß mich sehen die Ufer der Seen, an denen ich mit Damaris sein wollte; laß mich sehen das Rot und Violett der Abendwolken, in denen sich unsere Träume zu bergen suchen. Laß mich sehen das immerwährende Lächeln auf Damaris' Lippen, das Leuchten ihrer Augen für die ewigwährende Nacht. Wind, der du die Erde kennst, nimm uns mit auf den Weg, der nie zu Ende geht.

Dämmernder Glanz am Horizont, zeige du uns den neuen Tag, der nicht mit dem Schrecken des alten beginnt. Laß deine Dämmerung nicht zum Dunkel werden, in das selbst der Glanz der Liebe nicht zu dringen vermag.
Damaris griff nach seiner Hand. Ihre Stimme war flüsternd, und ihre Worte wurden von den Geräuschen des Aufbruchs fast verschluckt. Aber Marsena sah ihre Augen, die weit geöffnet waren und mehr sagten, als es Worte je vermocht hätten.
»Du versprachst mir die Wälder Galliens zu sehen, den Wind in den Schluchten Dalmatiens raunen zu hören, den Schnee auf dem Gipfel des Antilibanon zu spüren. Es ist alles nichts, was jetzt noch zählte. Die tausend Sommer sind es, auf die ich warte.« Sie lächelte, aber in ihren Augen blinkten Tränen. In ihrem Haar spielten die letzten Sonnenstrahlen, und mit dem Wind schmiegten sie sich um ihr Gesicht voll Traurigkeit und doch voll von Liebe.
»Tausend Sommer, Damaris. Ja, die Ewigkeit liegt noch vor uns. Ich will bei dir sein, so lange sie dauert.«
»Sie beginnt jetzt, Marsena«, flüsterte sie.
Er zog sie mit einer entschlossenen Bewegung fest an sich, und unsagbare Sehnsucht durchströmte ihn.
Die Widderhörner tönten klagend von den Mauern her. Er küßte sie und fühlte das Weinen in ihren Augen und eine endlose Angst in ihren Händen, die sich um seinen Nacken geschlossen hatten.
Wieder erschollen die Hörner.
Sie greifen wieder an! Sie werden dir nie Zeit lassen, weder jetzt noch morgen noch sonst irgendwann!
Es war wie das Wissen um einen Weg ohne Wiederkehr.
Er löste sanft ihre Hände von seinem Nacken. Sie hielt die Augen geschlossen. »Deine Tränen sind wie die Winterwildbäche des Hermon«, flüsterte er.
»Denke an die tausend Sommer!« – Ihre Stimme war tonlos.
»Ich werde bald zurück sein.« Er wußte nicht, ob es überzeugend genug geklungen hatte.
Ihre Antwort kam fast unhörbar: »Wann?«
»Nach diesem Krieg.«
»Er wird nie zu Ende gehen.«
»Doch, sehr bald sogar.«
»Versprich es!«
»Ich verspreche es.« Er hob seine rechte Hand und lächelte gequält.

»Ich verpfände dir meine rechte Hand.«
Sie fuhr ihm mit den Fingern zärtlich über das Gesicht. Es schien, als wollte sie sich die Konturen seines Antlitzes für immer einprägen. Sie hielt immer noch die Augen geschlossen, nur die Tränen waren versiegt. »Dann geh!« Ihre Stimme klang endgültig. Ihre Hand war von ihm abgeglitten, und mechanisch wandte er sich um und ging. Ohne sich noch einmal umzudrehen, schritt er den Weg zum Hippikustor hinauf.

*

Als Marsena beim Hauptquartier Bar Gioras ankam, war die Schlacht schon geschlagen. Die fünfzehnte Legion hatte die Mauer nicht bezwingen können und war von Eleasars und Simon ben Aris Leuten zurückgeworfen worden. Wieder einmal. Aber wie lange noch?
In seinen Ohren dröhnten noch die Tuben, die Luren; das gellende Geschmetter der Trompeten und Fanfaren war noch nicht verklungen. Vor seinen Augen zeichneten sich die Bilder der vergangenen Tage ab, an denen Titus Vespasian wieder einmal den Bewohnern Jerusalems die grandiose Zurschaustellung seiner Macht geboten hatte. Ein zweites Mal vier Tage Parade aller Truppenteile, und selbst die eingefleischtesten Optimisten waren kleinlaut geworden. Und Titus hatte es auch wieder verstanden, die Schaulustigen auf den Mauern zu beeindrucken. Nicht nur, daß er vor aller Augen die zeremonielle Löhnung an die Soldaten durchführen ließ, die dadurch noch mehr zur Vernichtung Jerusalems angespornt wurden, er ließ auch der es an Lebensmitteln mangelnden Stadt die ungeheuren Vorräte der Legionen demonstrieren, indem er im Übermaß Nahrungsmittel aufstapeln und sie vor den Augen der Hungernden an die Soldaten verteilen ließ. Was ihm nicht einwandfrei erschien, ließ er vernichten, auch wenn die Belagerten vieles darum gegeben hätten, das angefaulte Gemüse verzehren zu können und den schal gewordenen Wein zu trinken. Marsenas Mund verzog sich zu einem grimmigen Lächeln. Die Parade der Legionen war wirkungsvoller gewesen als manche geschlagene Schlacht.
Wohl hatten die Mauerbesatzungen zu verhindern gesucht, daß die verhungernden Bewohner der Stadt das demoralisierende Schauspiel der ungeheuren römischen Machtentfaltung zu Gesicht bekommen sollten. Aber es war vergebens gewesen. Die Wehrgänge hatten sich

mit Männern und Frauen gefüllt, und wenn auch die Schreckensrufe der Jerusalemer nur vereinzelt zu hören gewesen waren, konnte doch nicht verhindert werden, daß den aufmerksamen Betrachtern in den römischen Reihen das Entsetzen und die Angst der Gesichter auf den Mauern allzu deutlich aufgefallen waren.

Immer noch wogte die verzweifelte Erregung in der belagerten Stadt. Marsena war sich darüber im klaren, daß die wiederholte Ablehnung Simon bar Gioras und Johannes von Gischalas auf den Aufruf Titus', die Stadt unter Zusage von Generalpardon zu übergeben, nichts weiter war als bloße Eitelkeit und verletzter Stolz. Wie wollten sie gegen diese Macht noch militärisch die Oberhand gewinnen? Schon damals, als Titus seine erste gewaltige Truppenparade den staunenden Bewohnern Jerusalems vorführte, hätten die Verteidiger die Konsequenz ziehen müssen. Sie hätten sich ihr Leben erkaufen können. Jetzt war nur noch der Tod die letzte Konsequenz. Wieviel Mann konnten sie noch zur Verteidigung der Stadt aufbringen – zweitausend, dreitausend? Vielleicht, wenn man die nur leichter Verwundeten mitzählte, gesamt etwa fünftausend. Und vor den Mauern warteten über siebzigtausend Römer in stoischem Gleichmut. Sie waren satt und konnten warten, bis die letzten Männer auf den Mauern Jerusalems verhungert waren.

Wir werden die letzte Konsequenz selbst zu suchen haben, sagte Marsena sich, als er durch das Tor der Herodesfestung schritt. Er sah die erschöpften Gesichter von Bar Gioras Leuten und wußte, daß dies bald zu geschehen hätte. Zumal der große Rammbock vor der dritten Mauer, den die Römer Titan nannten, die ersten Mauerquader zu lösen begann. Die Frage wird sein, ob sie zuerst die Mauer zerstört haben oder wir verhungert sein werden. Wir dürfen beides nicht abwarten. Wir werden Simon bar Giora und Johannes von Gischala zwingen müssen, etwas zu tun. Das endlose Warten hinter den Mauern auf den Tod ist sinnlos geworden. Rom wird nicht aufgeben, und wir haben die letzten Möglichkeiten einer friedlichen Einigung verspielt. Was ist noch an Verteidigungsmöglichkeiten geblieben? Die drei Türme des Herodes, der Palast und der Tempel.

Er sah zu Simon ben Ari, der schweigend neben ihm herging. Das fröhliche Lachen der Jugend ist für alle Zeiten dahin. In unseren Gesichtern sind nur Trauer und Verzweiflung. Wenn uns in der nächsten Zeit nichts Aufrüttelndes gelingt, werden wir in einen tödlichen Dämmerschlaf verfallen, aus dem wir nicht wieder erwachen. Nicht

die Abwehr der täglichen römischen Angriffe wird dies sein. Nein, etwas Großes, etwas Einmaliges muß uns gelingen, wenn wir diesen Sommer überleben sollen.
Und er hatte Damaris mehr versprochen als nur einen Sommer.
Er blickte mit ehernem Gesicht auf die Schlachtreihen vor den Mauern. Es gab nichts, was jetzt noch zu sagen war. Sieg oder Tod. Beides hatte seine Bedeutung verloren.
Eleasar ben Jair empfing sie am Palasttor. »Es ist gut, daß ihr kommt«, sagte er und schüttelte Marsena und Simon die Hand. »Simon bar Giora läßt die Führung immer mehr aus seinen Händen gleiten, und es ist niemand da, der sie übernehmen könnte.«
»Johannes von Gischala?« Marsena sagte es nur, um Zeit zu gewinnen und seine Gedanken und Erinnerungen von zuvor zu verbannen.
Eleasar spuckte aus. »Mit den Trümmern der Antonia und dem Tempelberg ist er mehr als überfordert.«
Marsena sah durch ihn hindurch. »Die Söhne des Merton?«
Eleasar ben Jair sah ihn prüfend an. »Warum fragst du? Du weißt so gut wie ich, daß niemand mehr diesen unseligen Haufen befehligen kann.«
»Und du selbst?«
Eleasar winkte ab. »Meine Reden überzeugen sie nicht mehr. Was wir brauchen, sind Taten.«
Marsena lachte trocken auf. »Wenn du es nicht vermagst? Du erwartest Wunder. Von wem?«
Eleasar ben Jair faßte ihn an den Schultern. Sein Mund verzog sich unter dem dichten Bart erkennbar zu einem schwachen Grinsen, aber seine Augen blieben ernst. »Wunder? Von allen, die noch nicht so betrunken sind wie Simon bar Giora.«
Marsena lächelte müde. »Ist überhaupt noch genügend Wein vorhanden, um betrunken werden zu können? Das wäre dann wirklich ein Wunder.«
Eleasar knurrte mürrisch: »Bar Gioras einziges Tun ist augenblicklich, sämtliche Keller des Herodianischen Palastes und sämtliche Wohntürme im Bereich der dritten Mauer zu inspizieren, um die letzten Lagerstätten ausfindig zu machen. Und sein Zustand zeigt, daß er Erfolg hat.
Du wirst ihn ablösen müssen, Marsena. Oder wollen wir die letzten Stunden unter der Willkür eines Säufers verbringen?« Simon ben Ari hatte mit ausdrucksloser Stimme gesprochen.

Es glaubt niemand mehr an ein Morgen, dachte Marsena erschüttert. Der Mut meiner Freunde, die meinen Mut selbst mit ausmachten, zerrinnt unaufhörlich. Wie lange werden wir von diesem Krieg noch sprechen, ohne in hysterische Angstschreie auszubrechen?

*

Simon bar Giora saß mit gesenktem Kopf auf dem Tetrarchenthron. Vor ihm stand ein Weinkrug; ein Teil des Inhaltes war verschüttet und tränkte Tisch und Boden. Bei ihrem Eintreten hob er den Kopf und stierte sie mit glasigen Augen an. Er wollte sich erheben, stieß dabei den Becher um und sank auf seinen Sitz zurück. »Heil dem Volke Judäas«, brachte er lallend hervor. »Wenigstens noch drei, die dem letzten Führer der Juden in seinen schweren Stunden beistehen.«
»Führer warst du noch nie«, murmelte Eleasar und verzog den Mund zu einem verächtlichen Lächeln.
Bar Giora hatte seine Worte nicht gehört oder sie in seinem trunkenen Zustand ignoriert. Er fingerte nach dem umgestürzten Becher und schüttete mit zitternden Händen aus dem Tonkrug nach. »Ich muß nachdenken«, murmelte er fast unhörbar. »Ich brauche Zeit, um nachzudenken. Wollt ihr den letzten Wein Judäas kosten? Er stammt noch aus dem persönlichen Besitz unseres großen Herodes. Wäre er nur da, um die Last meiner Verantwortung mit mir zu teilen. Aber ich habe ja euch noch.« Er hob ihnen den Becher entgegen und kicherte trunken. »Wir werden diesen Titus Vespasian und seinen Pseudoprokurator Marcus Julianus aus Judäa vertreiben!« sagte er plötzlich zusammenhanglos und heftete seine blutunterlaufenen Augen auf Marsena ben Arinos. »Du bist doch der Freund dieses Römers, der sich Prokurator über unser Land nennt. Kannst du ihn nicht bitten, unsere heiligen Stätten zu räumen? – So wie damals vor vier Jahren Cestius Gallus?« Er lachte prustend auf, und der Wein lief über seine Lippen und floß in seinen Bart. »Aber ihr steckt ja alle unter einer Decke mit den Römern. Niemand ist mir mehr geblieben.« Tränen liefen ihm plötzlich über die Wangen. Er hob anklagend die Fäuste. »Wo seid ihr alle, meine Unterführer? Ich hatte mehr als zweihundert. Jetzt sind es nur noch drei.«
Simon ben Ari schüttelte den Kopf. »Es ist niemand mehr da, der dir noch gehorchen wird, Simon bar Giora.«
Der Idumäer versuchte, ihm mit finsterem Blick zu fixieren.

»Hör zu, Simon bar Giora! Von jetzt an übernehmen Marsena ben Arinos, Eleasar ben Jair und ich die Führung über den armseligen Haufen, den du zurückgelassen hast. Wenn du schon die letzte Möglichkeit vertan hast, mit Titus Vespasian einen ehrenvollen Frieden auszuhandeln, dann wollen wir wenigstens in der Erinnerung zurückbleiben, die ein wenig die Schmach von unserem Volk nehmen wird, die du ihm angetan hast.«

Bar Giora sah ihn einen Augenblick verständnislos an, dann griff er wieder zum Weinkrug und brachte lallend hervor: »Ja, meine Freunde, übernehmt das, was uns noch verblieben ist, und laßt mich in Ruhe sterben.«

Sein Kopf sank plötzlich auf seine Brust, der Becher entfiel seiner Hand, und der tönerne Weinkrug zerbarst auf dem Marmorboden. Bar Giora fiel in die große rote Lache, die sich auf dem Boden ausbreitete, und durch den leeren Saal zog das Schnarchen des Betrunkenen.

Erschüttert hatten sich Eleasar, Simon und Marsena abgewandt. Bar Gioras Anblick erschien ihnen wie das Omen jener Zeit, die noch vor ihnen lag, und Grauen erfüllte sie.

*

»Die Hallen brennen, Marsena! Weder wir noch die Römer können sie noch löschen!«

»Was ist mit dem Tempel?«

»Er ist noch außerhalb ihrer Reichweite. Aber sie haben die Tore zum Vorhof angezündet. Wir mußten uns zurückziehen. Die Hitze ist so stark, daß die silbernen Türbeschläge zu schmelzen begannen. Noch steht die Umfassungsmauer. Aber sie sind im Begriff, ihren Titan an die Rampe zu schaffen. Die Mauer wird dann nur noch wenige Tage standhalten. Wenn der Tempel fällt...«

Marsena nickte müde. Aber seine Gedanken rasten. Ja, wenn der Tempel fällt, ist unsere letzte Hoffnung dahin. Die Tempelstätte ist unser Herz. Ein Herz, das schon mehr als tausend Jahre schlägt. Und die Tradition seiner Stätte ist noch älter. Dort opferte Abraham symbolisch seinen Sohn Isaak und machte für alle Ewigkeit seine Treue zu Jehova, unserem Gott, kund. Dort stand die Bundeslade zur Zeit unseres großen Königs David und auch der erste Tempel, den unser unvergessener König Salomo errichten ließ. An dieser Stätte pulsierte das Herz Israels in Freiheit und in Knechtschaft. Aber es schlug ohne Unterlaß. Sollte dieser Tempel wieder zerstört werden, dann wird auch unser Herz für immer stillstehen. Denn welcher Tempel wollte an Glanz den jetzigen jemals wieder übertreffen? Und würde Gott je wieder einen neuen von uns annehmen? Plötzlich kamen die Worte Nikodemus ben Gorions wieder in seine Erinnerung: »Wenn ihr das abscheuliche Ding an heiliger Stätte stehen seht...« Bei Cestius Gallus war das Unheil noch einmal gebannt worden. Würde das Ding der Verwüstung nicht bald wieder an heiliger Stätte stehen?

Ich muß noch einmal zu Nikodemus, sagte er zu sich.

Plötzlich stand Eleasar ben Jair neben ihm. Sein Gesicht war ausdruckslos auf die Rauchsäulen über dem Tempelbezirk gerichtet. Seine Worte waren mehr ein Flüstern, und er erwartete von Marsena keine Antwort. »Wir stehen am Abgrund, mein Freund. Wo wollen wir unserer Hoffnung noch Ausdruck verleihen, wenn der Sitz unseres Gottes in feindliche Hand zu fallen droht?«

Marsena starrte vor sich hin. Sein Blick war leer, und alle konnten sehen, daß seine Gedanken Hier und Heute vergessen hatten. Er dachte an die Wochen des Grauens, in denen der Rest von Menschlichkeit die Mauern Jerusalems verlassen hatte, geflüchtet vor den Schrecken, die alle menschliche Vorstellungskraft zu übersteigen begannen.

Nicht nur, daß sich die ehemals besten Freunde um die letzten Brotkrümel schlugen, nein, man fledderte sogar die Sterbenden in der verzweifelten Annahme, daß sich irgendein Speiserest noch in ihren Gewandfalten finden ließe.

Wir sind ein Haufen tollwütiger Hunde geworden, dachte Marsena. Wir zerfleischen uns selbst für jede Sekunde unseres kümmerlichen Lebens. Wir versuchen, etwas aufzuhalten, worüber wir schon längst alle Kontrolle verloren haben. Wir sehen mit fiebernden Augen die unermeßlichen Vorräte der Römer, die es sich leisten können, sich in unvorstellbarer Verschwendung zu mästen, während wir angesichts all der unerreichbaren Güter verhungern. Wir kauen auf Gürteln und Schuhen und schlingen selbst das Leder unserer Schilde hinunter, nur um den Eingeweiden das trügerische Gefühl von Sättigung zu geben! Wir wachen nicht nur auf den Mauern, sondern müssen auch Wachen abstellen, die die eigenen Leute vor Plünderungen zurückzuhalten haben. Wir nähren uns von den Resten des getrockneten Viehfutters, das für die Opfertiere bestimmt war. Wir haben alles verzehrt, was in der Stadt Leben in sich hatte, nur noch nicht uns selbst. Nein, das

stimmte nicht mehr! Der Fall der Mirjam, der Tochter des Eleasar von Bethezog, war kein Einzelfall geblieben. Wir haben die Grenze zum Kannibalismus bereits überschritten und sind schlimmer geworden, als selbst Tiere es sein können.
Er sah das Gesicht Eleasar ben Jairs vor sich. Seine Gedanken gleichen den meinen, dachte Marsena. Sie sahen einander an, und in ihren Gesichtern spiegelte sich ein Anflug des Grauens, das sich in den nächsten Tagen und Wochen der Stadt bemächtigen würde.

Am Rande der Nacht

Er sah plötzlich den alten Mann vor sich. Die Augen ein wenig traurig auf ihm ruhend, das schlohweiße Haar, das das ernste Gesicht umrahmte, und die Lippen, die die Worte sprachen: »Wenn ihr aber das abscheuliche Ding, das Verwüstung verursacht, dort stehen seht, wo es nicht stehen sollte, dann sollen die, die in Judäa sind, in die Berge zu fliehen beginnen. Denn jene Tage werden Tage einer Drangsal sein, wie es seit Anfang der Schöpfung, die Gott schuf, bis zu dieser Zeit keine gegeben hat und nicht wieder geben wird.« –
»Was hast du, Marsena?« Simon ben Ari sah, wie sich Marsenas Blick in die Ferne richtete.
»Ich muß zu Nikodemus«, murmelte Marsena leise.
»... während die Menschen ohnmächtig werden vor Furcht und Erwartung der Dinge, die über die bewohnte Erde kommen...«
Sie sahen ihm verständnislos nach, als er zur Tür hinauseilte.
Alter Mann, du mußt Unrecht haben! jagten seine Gedanken, als er die Mauer entlanghetzte, über die die Äste der alten Ölbäume hingen. Es war alles Unsinn, was du mir erzählt hast! Kein Wort ist wahr, und du sollst es mir sagen! Nein, Damaris! Er hat nie diesen Jesus, den er den Christus nennt, gesehen! Nein! Der Messias hätte uns vor der römischen Knechtschaft bewahrt. Er hätte Israel von dem jahrhundertelangen Joch der Fremdherrschaft befreit, so wie wir es jetzt selbst versuchen! O Gott! Du hast uns deinen Messias noch nicht gesandt! – Denn jetzt brauchen wir ihn, jetzt, wo deine heilige Stadt so in Bedrängnis ist! Er lehnte sich schweratmend gegen die Mauer. Die Blätter der Olivenbäume raschelten leise. Nein, Marsena! Du weißt, daß du selbst im Unrecht bist! Blind zu sein, ist schlimm. Schlimmer

jedoch, blind zu sein Dingen gegenüber, die man mit Augen zu sehen vermag! Vor den Mauern stand das abscheuliche Ding, das Verwüstung verursachte, und es stand sogar schon an heiliger Stätte. Wie sollten wir jetzt aber noch zu fliehen vermögen? Von Spitzpfählen, die die Stadt umfassen würden, hattest du damals gesprochen, Jesus von Nazareth! Sie umgeben uns wie die Zähne eines gigantischen Ungeheuers. Deine Worte sind wahr, und nur der letzte Rest der Hoffnung versucht, sie ungesprochen zu machen!

Hatte es überhaupt noch einen Sinn, Nikodemus ben Gorion aufzusuchen? Du weißt ohnehin seine Worte, und sie werden den Rest deines Seins vernichten!

»Ich will nicht länger blind sein«, sagte er leise und stemmte sich von der Mauer ab. Wir sind nicht würdig, Gott Israels, unter deiner schützenden Hand zu atmen. Welche Heuchelei steckt in unserem Volke! Die Gesetze Mosis werden erstickt unter einer Flut von Riten. Sogar jetzt noch, wo der Tod an unsere Mauern pocht. Nichts mehr ist geblieben von der Ursprünglichkeit deines Volkes dir gegenüber! Wir warten auf den Messias. Wenn er bereit war, dann waren wir nicht reif für ihn und sind es jetzt noch weniger.

Er stand vor dem Haus des Nikodemus ben Gorion. Das Tor war offen. Er betätigte den Türklopfer und trat ein. Eine seltsame Ruhe überkam ihn. Was sollte jetzt noch alle Trauer? Wir leben inmitten einer Prophezeiung, und sie wird sich erfüllen, was immer wir tun!

Was für Listen hatte er ersonnen, um seine ehemaligen Waffengefährten zu überrumpeln. Sie hatten die Stellungen der Römer untergraben, die Fundamente der Mauerbrecher zerstört, so daß die schweren Maschinen einsanken und nicht mehr zu gebrauchen waren. Sie hatten die Römer sogar einige Male in offener Schlacht geschlagen. Aber alles war umsonst, wenn der Sohn des allein wahren Gottes eine Prophezeiung ausgesprochen hatte!

Er trat in den Raum, der von einer Fülle von Öllampen erleuchtet war. Er sah den Alten auf den Ruhekissen. Er saß an die Mauer gelehnt, mit geschlossenen Augen.

Marsena zögerte. Da öffnete der Greis die Augen und musterte ihn. Ihr kurzes Aufleuchten zeigte, daß er Marsena erkannt hatte. Er winkte ihm näherzutreten.

Marsena grüßte höflich.

»Marsena, Sohn des Arinos. Ich erinnere mich an dich. Ist Damaris, meine liebe Tochter, nicht mitgekommen?«

Marsena schüttelte den Kopf. »Ich bin allein, mein Vater.«
Der Alte wischte sich über die Lider. Dann blickte er fragend auf Marsena. »Ich sehe Unruhe und Bedrückung in deinen Augen, mein Sohn.«
Marsena zögerte. »Ich bin gekommen, um dir Fragen zu stellen, über diesen Jesus von Nazareth.«
»Habe ich sie dir nicht schon alle beantwortet?«
»Ich hoffte einen Augenblick, von dir zu hören, daß du all das, was du mir erzähltest, selbst nicht glaubst.«
»Weil du dich betrügen möchtest? Ich werde dir nicht helfen können! Was soll ich dir sagen, mein Sohn? Du hast alles von mir gehört. Und du kannst mit deinen eigenen Augen seine Worte nachverfolgen.«
»Warum bist du selbst noch in der Stadt, wo alle Christen in die Berge Judäas und Peräas geflohen sind?«
Der Greis lächelte müde und voller Traurigkeit. »Es ist schwer für einen Reichen, all das zu verlassen, was man sein Leben lang aufgebaut hat.« Er schloß die Augen, als sänne er nach. »Ich hätte es wissen müssen«, sagte er nach einer Weile bitter. »Schon damals. Und wie haben sich seine Worte bewahrheitet: ›Es ist leichter für ein Kamel, durch ein Nadelöhr zu gehen, als für einen Reichen, in das Königreich Gottes einzugehen.‹ Nein, mein Sohn. Nicht eines seiner Worte ist einfach so gefallen. Ich werde dir nichts anderes erzählen. Weder jetzt noch am Ende der Tage.«
Marsena murmelte leise: »Wir bräuchten ihn jetzt, Nikodemus. Weil seine Prophezeiungen Wirklichkeit werden. Wie dringend benötigen wir jemanden, der dieses Ungeheuer von geheiligter Stätte wegwischt! Jetzt müßte er kommen, der Messias, der uns befreit.«
Der Alte lächelte nachsichtig, aber in tiefer Resignation. »Du hast nichts verstanden! Wie könntest du auch? Er war nicht gekommen, um Krieg auf dieser Erde zu führen. Nicht jetzt.«
»Moses, Josua, David, all die Vorbilder Israels, und auch die Gesalbten Gottes haben Krieg geführt. Ihr Ziel war Israels Freiheit und Größe!«
Nikodemus schüttelte den Kopf. »Nein! Ihr Ziel war Gott.«
»Ich bin umsonst gekommen, mein Vater.«
Das Lächeln des Alten war einer tiefen Traurigkeit gewichen.
Marsena zögerte, dann sah er den Patriarchen wehmutsvoll an. »Ich muß dir diese Frage noch einmal stellen, Nikodemus. Es ist eine letzte Frage. ›Hat Gottes Sohn wirklich gelebt?‹«

Der Greis blickte wehmutsvoll in seine Augen. »Du hast all meine Worte vernommen, mein Sohn, die ich zu dir gesprochen habe. Du müßtest die Antwort selbst finden können. – Ich weiß, daß es Gottes Sohn war!«

Marsena blickte an ihm vorbei. Seine Augen ruhten auf den glimmenden Öllampen, die einen unruhigen Schein und tanzende Schatten warfen.

Nikodemus sah, daß Marsenas Gedanken weit entfernt waren und schwieg. Er sah die Gesichtszüge vor ihm und erblickte darin nichts als Trauer und Finsternis.

Langsam wandte sich Marsena ihm wieder zu. »Ich komme nicht wieder, mein Vater.« Seine Stimme klang müde und voller Zweifel. »Denn kehrte ich zurück, müßte ich dir glauben. Und ich wüßte dann, daß für Jerusalem keine Hoffnung besteht. Und wie könnte ich kämpfen, ohne Hoffnung zu haben?«

»Der Sohn Gottes hat gelebt«, sagte der Alte. Aber Marsena hatte den Raum schon verlassen.

*

Am nächsten Morgen war Ananus aus Emmaus, der Sohn Bagadates' verschwunden. Mit ihm Archelaos, der Sohn des Magadatus, und Mannaeus, der Sohn des Lazarus, die eigentlich immer die größten Wortfechter gewesen waren.

»Die großen Worte verstummen langsam«, sagte Marsena höhnisch, als er in die Beratungshalle trat. Simon bar Giora starrte ausdruckslos an die Wand.

»Deine engsten Vertrauten ziehen es vor, sich der römischen Barmherzigkeit zu unterwerfen, anstatt in ihrer ursprünglichen feurigen Meinung bis zur tödlichen Konsequenz durchzuhalten.« Vor seinen Augen begann die Zukunft, Formen anzunehmen. Der große Zusammenbruch stand unmittelbar bevor. Vor wenigen Wochen noch hatte gerade dieser Ananus, der jetzt feige zu den Römern übergelaufen war, jeden ermordet, der nur gewagt hatte, an eine Kapitulation zu denken. Die Ratten sind immer die ersten, die ein sinkendes Schiff verlassen, dachte Marsena. Wo werden deine Hoffnungen bleiben, Simon bar Giora, wenn deine Truppe so zu zerbröckeln beginnt?

Aber Simon bar Giora hörte ihn nicht. Seine Gedanken waren im Schutz des Vergessens versunken. Marsena sah in Augen, die ihn

nicht wahrnahmen. »Du bist tot, Bar Giora«, sagte er leise. »Wir alle sind tot, gestorben in dem Augenblick, als wir unser Schwert gegen Rom zogen. Aber es ist nur gerecht, daß wir den Tod auskosten, den wir zugelassen haben.«
Er hätte unsagbaren Haß empfinden müssen auf den Mann, der teilnahmslos vor ihm saß, und der alles getan hatte, um das Sterben der Stadt hinauszuziehen. Aber in ihm war nur Leere. Selbst die feige Flucht des Ananus war nur Tatsache, ohne in ihm noch Emotionen hervorzurufen. Er dachte einen Augenblick an Judas ben Judas. Hätte Ananus nicht einige Tage früher desertieren können? Auf einmal kam hilfloser Zorn in ihm auf. Sollte ausgerechnet er, der nie Mitleid gehabt hatte, der jeden Hauch von Menschlichkeit vermissen ließ, in Sicherheit sein? War das Verteilen von Leben und Tod so ungerecht? Plötzlich waren Tränen in seinen Augen. Er hätte diesen Ananus schon vor Wochen vernichten müssen. Jetzt entging er der Strafe, die er erbarmungslos der Stadt zugedacht hatte, von der er sich selbst feige befreite.
Judas ben Ari, Judas ben Merton, Jonathan ben Assur und all ihr anderen. Ihr, die es wert gewesen wäret, einmal ein neues Israel zu erträumen, seid tot, und dieses Ungeheuer, dem unser Israel völlig gleichgültig war, das nur für seine eigenen Triebe lebte, darf leben! Wie passend, Simon bar Giora, ist unser Zusammentreffen heute. Die große Halle ist leer. Nur wir beide sind verblieben, und um uns ist nichts mehr. Seine Schritte hallten im leeren Raum, als er den Thronsaal verließ. Hinter ihm starrte blicklos Bar Giora ins Leere. Seine Hände waren um die Lehnen des Tetrarchenthrones verkrallt, als wollten sie das letzte Stück Macht festhalten, das schon längst verschwunden war.

*

Das Ende zeichnete sich immer klarer ab. Nachts konnten sie nicht mehr zu ihren Quartieren und mußten in ihren Stellungen übernachten. Die Mauerbrecher hämmerten Tag und Nacht. Würden sie verstummen, verstummte auch das Leben der Stadt.
Die Müdigkeit war schlimmer als der Hunger; eine Müdigkeit, gepaart aus Mangel an Ruhe und Hoffnungslosigkeit.
Das Grauen war schon längst über jegliches menschliche Fassungsvermögen hinweggehetzt, und in den Augen der meisten spiegelten sich Wahnsinn und Agonie.

So war es schon längst bekannt geworden, daß die syrischen und arabischen Hilfstruppen Überläufern den Bauch aufschlitzten, um etwaig verschluckte Wertgegenstände zu erbeuten. Diese grauenvollen Geschehnisse hatten ihren Anfang genommen, als ein aus Jerusalem sich glücklich wähnender Entflohener bei einer syrischen Hilfseinheit unterkommen wollte. Er war beobachtet worden, wie er aus seinem Kot mehrere Goldstücke hervorholte, die er vor seiner Flucht verschluckt hatte, da die Wachen in den römischen Lagern jeden Überläufer auf Wertsachen untersuchten. Aufgrund dieses einen Vorfalls griff das Gerücht rasend schnell um sich, daß alle aus Jerusalem Geflohenen ihr Gold verschluckt hatten, um Übergriffen zu entgehen. Man wußte, daß die jüdische Bevölkerung ihren Reichtum in Gold anzulegen pflegte, so daß die aufkommende Gier der Belagerer in jedem aufgegriffenen Juden einen immensen Schatz vermutete. So schlitzte man den aus Jerusalem glücklich Entronnenen bei lebendigem Leibe die Bäuche auf, um ihre Mägen und Gedärme nach Gold zu durchsuchen. In einer einzigen Nacht wurden so mehr als 2000 Flüchtende niedergemetzelt.
Das Schreien der Gepeinigten in den Lagern der römischen Hilfstruppen wurde in den abgestumpften Gemütern von Belagerern und Belagerten nur noch registriert, ohne tieferes Empfinden. Für beide Seiten war die Grenze zur Menschlichkeit schon längst verwischt.
Obwohl man nur bei den wenigsten wirklich den vermuteten Reichtum fand, war das einmal aufgekommene Gerücht nicht mehr zu ersticken. Die übermächtige Gier hatte aus Menschen bluttrinkende Tiere gemacht, denen selbst die von der römischen Heeresleitung angedrohte Todesstrafe für diese Handlungen keine Schranken mehr auferlegte.
Aber auch in Jerusalem selbst war das Grauen fester Bestandteil jedes neuen Tages geworden. Der Hunger, der in der überfüllten Stadt die schrecklichsten Geschehnisse hervorbrachte, daß selbst die unberührtesten Gemüter sich des Grauens nicht zu erwehren vermochten, griff auch auf die Reihen der Kampftruppen über. Jede Siegeshoffnung war schon tief ins Unbewußte gesunken, und nur noch ein verzweifelter Rest des einstigen Mutes war verblieben.
Die Leichenhaufen türmten sich überall in der Stadt und verbreiteten einen bestialischen Gestank, so daß sich die Kämpfer kaum noch zu Ausfallbewegungen aufraffen konnten. Selbst Massengräber vermochten all die Toten nicht mehr zu verbergen.

»Wir sind ein Volk von Verbrechern und Menschenfressern geworden«, murmelte Marsena in den versinkenden Tag hinaus. »An uns klebt der Schmutz und Dreck fingerdick, und selbst ein Wildbach vermag ihn nicht hinwegzuschwemmen.«
Die Schatten lagen schon zwischen den Tälern und hüllten die Lager der römischen Truppen ein, mitleidsvoll, als suchten sie ihren unbezwinglichen Anblick dem müden Rest der Verteidiger zu ersparen.
Die Kuppen der Berge waren wie Inseln im Nebelmeer, umwoben vom Gold der versinkenden Sonne.
Ein Windstoß fegte durch die Gipfel der Dattelpalmen im Garten des herodianischen Palastes. Das Geräusch klang wie fernes Klagen, und Marsenas Lippen verzogen sich zu einem resignierenden Lächeln. »Um uns her sind nur Trauer und Tod, die selbst der Wind beklagt.«
Er lehnte sich an die Zinnen des Phasaelturmes, von dem der Blick bis zu den Höhen des Toten Meeres reichte. Es war dunkel geworden. Die Gestalten der Wachtposten verschmolzen mit den Umrissen des Mauerwerks, und er war allein.
Die ersten Lagerfeuer der Römer flammten auf. Es ist alles so ruhig, dachte er. Es ist ein Sommerabend, der deine eigenen Gedanken betrügt, weil du es dir so wünschst. Du weißt, daß all die Ruhe nur eine Farce ist, die der morgige Tag hinwegwischen wird.
Das Rot am Himmel verschwand, und die Einsamkeit umschlang ihn mit plötzlicher Angst. Seine Augen suchten in der Dunkelheit. Strahlen der Sonne, wo war euer Glanz, der den Atem in sprachlosem Staunen stocken ließ, der das Klopfen des Herzens deutlicher dem Leben nahebrachte als alles Denken und Handeln? Wo werden wir morgen sein, wenn dein Leuchten wieder die Hügel Judäas in schemenhaftem Schein zu überfluten gedenkt; wenn in deinem Licht der Klang der Nacht verweht, das Klagen des Windes, das Flüstern alles Sterblichen, die Träume, die Sehnsucht, das Hoffen?
Er streckte sich auf dem Boden des Turmes aus, den Blick zu den ersten aufflammenden Sternen gerichtet.
Das Sterben ist langsamer geworden, dachte er, während seine Augen die Weite des Raumes zu erfassen suchten. Es ist langwieriger geworden und qualvoller. Mit jedem gewonnenen Kampf verlängern wir diese Qual, weil ein Gesamtsieg nicht mehr möglich ist. Vorbei sind die Tage und Wochen des Triumphes, dieses selbstbetrügerischen Jubels, als wir wirklich noch an einen Sieg zu glauben wagten! Shalom, Israel! Wie sinnlos ist dieser Gruß doch geworden!

Marsena ben Arinos, du weißt, daß dieses passive Abwarten auf den Mauern nur ein Hinauszögern des Untergangs ist! Wir werden die Römer damit nur noch kurzfristig aufzuhalten vermögen. Du wirst den letzten deiner Mitkämpfer deinen Plan unterbreiten müssen, wie wirr und verzweifelt er selbst in deinen Augen auch sein mag!
Das Klagen des Windes hatte sich gelegt. Aus dem Garten des Herodes tönte zart und einem verborgenen Wunder gleich der Gesang der Nachtigall.
»Wo bist du Nachtigall?« flüsterte er in die Nacht hinaus. »Dein Lied ist ein ewiger Traum. Wie können wir es deuten? Du wirst noch singen, wenn längst alles vorbei ist. Unsere Träume werden in deinem Gesang weiterleben, unsere Gedanken in der Nacht sich wiederfinden, wenn du erwachst.«
Er verschränkte seine Arme unter dem Kopf. Der samtschwarze Himmel war unendlich fern. Er schloß die Augen. Damaris' Bild tauchte vor ihm auf. Er ergriff ihre Hand, und es schien, als wäre es wundervolle Wirklichkeit.
Der Morgen begann lautlos über die Stadt zu streichen. Marsena erwachte aus seinem Traum. Seine Augen füllten sich mit Leben, das langsam zurückzukehren schien. »Wir werden etwas Letztes zu tun haben«, sagte er leise. »Heute oder morgen, nicht später, denn es wird kein Später mehr geben.«

*

Die Widderhörner erklangen schaurig, aber sie hinterließen keinen Eindruck mehr auf Marsena ben Arinos. Auch ohne das Hornsignal wissen wir, daß Rom jeden Tag, jede Stunde angreift. Aber wenn die Hörner einmal schweigen, wissen wir, daß es nichts mehr zu verteidigen gibt, und wir so gut wie tot sind.
Simon ben Ari eilte ihm auf dem Wehrgang entgegen. Sein Gesicht war besorgter als sonst. »Sie greifen wieder an derselben Stelle an, wo die Innenmauer schon Risse zeigt. Woher wissen sie, daß das unsere größte Schwachstelle ist?«
Marsena sah zu der in Schildkrötenstellung gesicherten römischen Angriffstruppe hinunter. Dann sah er einen Reiter außerhalb der normalen Bogenschußweite. Er hatte seinen Arm gehoben und die Angriffsformation verhielt in ihrem Vormarsch.
»Es ist Titus selbst«, sagte Marsena erstaunt.

Eleasar ben Jäir war zu ihm getreten.
»Er wird uns ein letztes Mal zur Kapitulation auffordern«, murmelte Marsena. Er hob die Hand und die Geräusche auf den Mauern verstummten. »Hören wir ihn uns an!«
Titus' Stimme klang deutlich zu ihnen herüber. Es war, als hielte alles den Atem an, und nur die Worte des römischen Kaisersohnes waren zu vernehmen. »Wir fordern euch ein letztes Mal auf, eure Waffen von den Mauern zu werfen und alle Tore der Stadt zu öffnen!«
»Das ist nichts Neues«, knurrte Simon ben Ari.
»... Wir wissen alles über eure Verteidigungsanlagen. Ihr habt keine einzige Chance, diesen Kampf zu überleben. Wir kennen eure Situation besser als ihr selbst. Was ihr auch vorhabt, es wird euer Tod sein. Ihr habt nur noch für eine Woche Nahrungsmittel. Wenn wir bis dahin eure Mauer nicht durchstoßen haben, werden wir euch nur noch verhungert antreffen.«
»Woher sollten sie das wissen, wenn nicht von uns selbst«, murmelte Simon.
»Wer von den Überläufern hat aber genaue Kenntnis unserer Befestigungsanlagen und unserer Vorräte? Und wer ist von allen aus Jerusalem Geflohenen so niederträchtig, uns auch noch zu verraten, nachdem er sich selbst in Sicherheit gebracht hat?« Eleasar ben Jair schüttelte voller Zorn den Kopf.
Marsenas Blick glitt über die Gruppe der Parlamentäre, die sich um Titus scharten. »Wie sehr muß Titus um unser Wohl besorgt sein, daß er persönlich die Unterhändler anführt«, murmelte er spöttisch. »Aber er hält sich wohlweislich außerhalb der Reichweite unserer Bogen. Oder er hat selbst Schwierigkeiten und hofft so auf eine Beendigung der Kämpfe. Wenn aber unsere eigenen Leute ihm die Schwächen unserer Verteidigung unterbreiten, wie sollen wir da bestehen können? Und sie haben Schwierigkeiten, sonst würde sich Titus nicht selbst bemühen.« Er maß die etwa zwanzig Reiter unter sich. »Wer von euch ist der Verräter, der uns die letzten Stunden Lebens mißgönnt?«
Er kannte einige Juden, die der Delegation angehörten. Aber unter ihnen war seiner Ansicht nach keiner, der den Römern genaue Angaben über ihre Stärke oder vielmehr Schwäche hätte machen können. Dann sah er Ananus ben Bagadates.
Er starrte fassungslos zu den Reihen der römischen Soldaten. Er sah, wie Ben Bagadates erklärend zu den Mauern wies. Dieses Stück

Dreck verrät uns. Mit der kalten Unmenschlichkeit, mit der er in Jerusalem handelte, wirkt er jetzt gegen sein eigenes Volk. Er ist mehr als ein Verräter. Er ist Satan selbst, der Feind alles Lebenden. In unmenschlicher Wut brüllte er seinen Haß zu dem Mann hinunter, der niemals Gnade gekannt hatte. Der in seiner teuflischen Selbstsucht die Moral der Truppe unterwandert und in unglaublichem Eigennutz die wertvollsten Verteidiger der Stadt denunziert hatte und sie ermorden ließ.

»Ich werde Feindschaft setzen...«, hatte Jehova geschworen. Feindschaft gegen seinen teuflischen Widersacher.

Marsena riß in plötzlicher Hast Simon den großen Doppelbogen aus der Hand. »Gib mir einen deiner Pfeile mit der Spitze aus Obsidian«, sagte er heiser. Dann hatte er den langen Schaft des Pfeiles in seiner Hand und die Sehne des schweren Bogens gespannt, so daß die Pfeilspitze seine Hand ritzte.

»Führe meine Hand, o Gott Israels«, stieß er aus. Mit dem letzten Wort peitschte die entspannte Sehne los. Die Wucht des Doppelbogens erschütterte Marsenas Hand. Er sah nicht den Flug des Pfeiles, nur sein Auftreffen. Das Geschoß zerfetzte das Gesicht Ben Bagadates'. Bis zu den Mauern klang das unmenschliche Schreien, als die Obsidianspitze beim Auftreffen auf die Gesichtsknochen zersplitterte und die Sehnerven und Augäpfel des Juden zerstörte. Dann fiel die Gestalt in die Reihen der römischen Soldaten zurück.

Marsena lehnte sich schweratmend zurück. Er reichte Simon schweigend den Bogen zurück. »Wir werden einige Stunden länger zu leben haben«, sagte er dann. Er stand da und sah den endlosen Himmel vor sich. Und es war etwas in ihm, das weinte.

Titus hob die geballte Faust. Fast sekundenlang verharrte er in dieser Pose. Sein Gesicht war gerötet, und selbst von den Mauern aus konnte man den zornigen Ausdruck in seinen Augen erkennen.

»Bei allen Göttern Roms«, hallte seine Stimme über die Mauerzinnen hinweg. »Ich verpfände hiermit meine rechte Hand, daß ich keinen Stein dieser Stadt auf dem anderen lassen werde. Von jetzt an gibt es keine Überläufer mehr, ob freiwillig oder nicht. Außerhalb dieser Mauern werden keine Gefangenen mehr gemacht! Nehmt allen Mut zusammen, wenn ihr von jetzt an gegen uns kämpft; ihr werdet ihn brauchen! Ich werde diese Stadt mit ihren uneinsichtigen Rebellen so vernichten, daß Generationen danach nur mit Grauen und Schrecken den Namen Jerusalem aussprechen werden!«

Einen unendlich lang scheinenden Augenblick verharrte alles in Schweigen. Dann kamen die ersten Schmährufe von den Mauern, und Titus wurde von seiner Garde gegen Pfeile und Steine abgeschirmt.
»Jetzt gibt es kein Entrinnen mehr«, flüsterte Marsena und wischte sich den Schweiß von der Stirn. »Die Brücken der Diplomatie sind vollends abgebrochen. Er hat seine rechte Hand verpfändet! Rom wird nicht mehr von Jerusalem ablassen, auch wenn es Jahre dauert. Aber das wird es nicht!«
Simon sah in prüfend an. »Du resignierst?«
Marsenas Mund verzog sich zu einem verzerrten Grinsen. »So ist es, mein Bruder. Nur weiß ich nicht, ob diese Resignation nicht schon Wochen alt ist. Ich weiß nicht einmal, ob ich jemals Hoffnung hatte.«
Simon ließ seinen Blick über die Mauern und Türme schweifen. »Werden sie wirklich die Macht haben, dieses gewaltige Bollwerk zu zerstören? Es sieht alles so unüberwindlich aus. Auch dieser großen Armee sind Grenzen gesetzt.«
»Alles ist von Menschenhand und somit zerstörbar«, murmelte Marsena. Wir werden uns nach der Vergangenheit sehnen, und nichts wird mehr da sein, dachte er. Vielleicht werden wir sein wie die Blätter im Herbst, die der Wind über das Kidrontal weht. Wir werden uns sehnen nach dem Frühling, der die Hänge des Hinnomtales rot und blau färbt. Wir werden das Silber der Ölbäume, das Dunkel von Lorbeer und Myrte, das Gelb des Safrans, das Purpur der Tulpen und Lilien an den steinigen Wegen vermissen. Wir werden uns nach dem hellen Grün der Feigen sehnen, dem Prangen von Hibiskus- und Granatapfelblüten, den betörenden Farben des Judasbaumes und dem Duft aus den Zweigen und Blüten der Zitronenhaine.
Über den Bergen vibrierte die Hitze in buntem Flimmern. Ihm war es, als vernehme er von fern das Stampfen und Schnauben der Schlachtrösser, den Klang der Schwerter, das Schreien der Sterbenden, den wilden Klang einer furchtbaren Schlacht. Das Bild zeigte ihm Saul und Jonathan, Abinadab, Malit-Schuab, Sauls Söhne. Die Schlacht ging ihrem Ende zu, und sie war unwiederbringbar verloren. Die Ebene von Jesreel und Megiddo war übersät von den toten Kriegern Israels. Die Höhenzüge des Gilboamassivs senkten ihre Schatten über den Tod eines Heeres, und irgendwo klang die Stimme des sterbenden Königs von Israel: »Ihr Berge von Gilboa, möge kein Tau, möge kein Regen auf euch sein. Die Zierde, o Israel, ist erschlagen auf deinen Höhen.«

Saul, erster König Israels! Wie werden wir dir gleichen, im letzten Kampf Israels! Uns trennt nur die Stätte. Und doch sind uns in Gedanken die Berghöhen Gilboas nicht mehr fern. Aber uns wird kein Lied beweinen, wie einst das des David. »Ihr Töchter Israels, weint um Saul, der euch in Karmesin kleidete mit schmückendem Putz. Wie sind die Starken gefallen inmitten der Schlacht! Schneller als die Adler waren sie, stärker als die Löwen. Und in ihrem Tode waren sie nicht getrennt. Ihr Berge von Gilboa, möge kein Tau, möge kein Regen auf euch sein. Mögen sie sich nicht freuen die Töchter der Philister noch frohlocken die Töchter der Unbeschnittenen! Wie sind die Helden gefallen und die Waffen des Krieges zugrunde gegangen!«
Marsena gab sich einen Ruck. Sein Blick kehrte aus den Tiefen der Vergangenheit zurück, und Simon sah plötzlich eine tiefe Leidenschaft in seinen Augen. Er lächelte den Sohn Aris an, als in dessen Stimme eine seltsame Entschlossenheit mitschwang: »Wir werden sie verbrennen. Wir werden ihre Hoffnung, die Stadt mit ihren Belagerungsmaschinen einzunehmen, in Feuer und Flammen aufgehen lassen. Nur einmal noch sollen sich in diesem Kriege die Tore öffnen. – Wenn wir hinausstürmen, um ihnen ein Flammenmeer zu bereiten, das diesen Krieg dann hoffentlich endgültig entscheiden wird. Ihre Rampen, Angriffstürme, Rammen, Katapulte, ihre Schutzdächer und Palisaden: Sie alle werden in einem einzigen Funkenregen zerstieben, und damit die Hoffnung, unsere letzte Mauer zu nehmen.«
Simon sah mit erstaunten Augen die Wandlung seines Freundes. Nicht mehr Resignation und Hoffnungslosigkeit sprachen aus dem Munde Marsena ben Arinos', sondern ein eiserner, ja übermenschlicher Wille. Wo bist du, Sohn des Arinos, in diesem Augenblick? Sind die Worte Titus Vespasians noch in deinem Gedächtnis oder spricht aus dir der unstillbare Traum Judäas und ganz Israels? Simon schwieg und hörte die Worte Marsenas, die in ihm selbst den Keim der Hoffnung und Begeisterung wachsen ließen.
»Hole sie alle zusammen, Simon!« flüsterte Marsena ben Arinos. Aber in seinen Gedanken pochte die Frage: Wen wollen wir noch zusammenholen? Es sind von allen Führern nur noch Eleasar ben Jair, Simon ben Ari und du selbst am Leben.
»Laß den Rest von Simon bar Gioras Truppen am Hasmonäerpalast zusammenkommen. Ich habe ihnen etwas zu unterbreiten, den letzten offensiven Schritt, den wir noch gehen können. Vielleicht ist es nur ein Traum. Wenn ja, wird es unser letzter sein.«

Simon sah ihn neugierig an: »Ja, Marsena, ich werde sie auf der Gabatha vor dem Makkabäerpalast versammeln. Möge das, was du uns zu sagen hast, mehr sein als der Traum, von dem du sprachst. Wir haben wirklich nicht mehr viel Zeit.«
Marsena stand allein da. »Es ist das Letzte, was wir für Israel tun können«, flüsterte er. »Ja, Titus Vespasian. Wir werden all unseren Mut vereinen, zu dem letzten Schritt, der uns verbleibt. Und es ist auch meine rechte Hand, die ich dafür zu verpfänden trachte. O Gott Israels. Du weißt, daß der Glaube in meinem Inneren nicht den Worten entspricht, die von meinen Lippen kommen. Aber es ist die letzte Hoffnung, die ich dieser Stadt noch zu geben vermag. Wir können Rom nicht besiegen. Du weißt es, und ich weiß es. Aber wir können etwas tun und dann sterben.«
Ich habe Simon überzeugt, dachte er. Er lächelte fast unmerklich. Es ist das letzte was ich für dich tun kann, mein Freund und Bruder. Einen Traum mit dir zu teilen für die lange Nacht, die über Israel zu dämmern beginnt.
Er sah noch einmal hinaus auf den unendlichen Lagerwall. Sein Gesicht war starr. Seine Augen ruhten wie verloren auf der ungeheuren Masse des römischen Kriegsmaterials, das sich vor den Mauern türmte. Nur weniges wird uns dennoch von Sieg und Niederlage trennen. Nicht der deprimierende Anblick der gewaltigen Überlegenheit Roms, sondern ein einfacher Traum. Ob er wahr wird oder im Nichts verweht. Schau dir alles noch einmal an! Er würde heute den römischen Wall ein letztes Mal so sehen, wie er sich seinen Augen darbot. Nichts würde morgen dem Heute gleichen. Er sah hinüber zum entfernten Haus Aris. Wir haben voneinander Abschied genommen, Vater. Aber mein Herz brennt, dich und die Deinen wiederzusehen. Damaris! Er schloß für einen Augenblick die Augen. Er sah nicht mehr zurück. Eine tiefe Unruhe hatte ihn erfaßt. Wie kann ich handeln, überlegen, kämpfen, wenn meine Gedanken nur bei ihr sind?
Er stieg die Treppen vom Wehrgang hinab. Sie werden auf der Gabatha schon warten. Hoffentlich glauben sie es, wie es Simon glaubte! Es wird dein letzter Auftritt werden, Marsena, Sohn des Arinos. Und du wirst deinen letzten Mut zusammennehmen müssen, um auch ihnen Mut zu machen!

Sie waren alle versammelt. Die letzten, die Marsena noch persönlich kannte. Josephus, der Sohn des Dalaeus, Simon ben Ari, Eleasar ben Jair, und Meir, der Sohn des Belgas, der seit der Ernennung zum Hohenpriester bei allen Beratungen zugegen war, als wenn von einem Priester bei militärischen Belangen je Konstruktives zu erwarten gewesen wäre.
Hinter diesen letzten Persönlichkeiten unter Jerusalems Verteidigern drängten sich die Truppen Simon bar Gioras. Sogar einige von Johannes von Gischalas Leuten hatten sich eingefunden. Es sind weniger, als ich dachte. Ein kümmerlicher Rest für die Aufgabe, eine Nation zu befreien. Er lächelte bitter in sich hinein. Wann gingen Träume schon in Erfüllung?
Er sprach, und seine Worte kamen von ferne. Er selbst wunderte sich über die Bewegung seiner Lippen, die ihm und den Versammelten glauben machen wollten, was sein Herz nicht mehr empfand.
»... Auch der unerschöpflich scheinende Mut Roms wird einem Schlag wie diesem nicht standzuhalten vermögen. Roms Soldaten kämpfen jetzt noch mit der Gewißheit, in den nächsten Tagen oder Wochen den endgültigen Sieg zu erringen. Gnade von ihrer Seite wird es nicht mehr geben. Ihr habt die Worte Titus Vespasians vernommen. Nehmen wir ihnen meinem Plan entsprechend diese Zuversicht, wird dies ein moralischer Schlag sein, der ihre Selbstsicherheit bis in die Grundfesten erschüttern wird. Und dieser Plan wird sein, all ihr hölzernes Angriffsmaterial in einem Augenblick in Asche zu verwandeln.«
»Wir haben es doch schon mehrfach versucht«, kam der Einwand aus dem Kreis der Versammelten. »Die paar Maschinen, die wir zerstört haben, wurden immer innerhalb weniger Tage ersetzt.«
»Warte es ab«, winkte Marsena ab. »Wir werden diesmal anders vorgehen und nicht nur mit einigen wenigen Männern. Wir setzen dieses, vielleicht letzte Mal unsere gesamte noch verbliebene Truppe ein. – Die Männer Bar Gioras, die Männer Mertons, die Leute Ben Jairs und die des Ari.«
»Doch nicht in einer offenen Feldschlacht?«
Marsena ben Arinos schüttelte den Kopf. »Nicht der Kampf, Mann gegen Mann, wird dieses Mal entscheiden. Der Ausgang spräche nur für die Römer. Nein, wir werden sie dort treffen, wo sie es nicht er-

warten. Und wir werden es morgen tun! Es wird wie das Feuer der Gehenna sein, das über ihnen wütet.«
Vielleicht werden deine Worte Wahrheit werden, Marsena ben Arinos. Vielleicht aber werden die Stätten versinken, die dein Auge heute noch sehen, und Gras und Blumen die Steine überdecken. Aber die Erinnerung wird immer wiederkehren. Sie wird unauslöschlich sein, wie das Wort Gottes selbst.
Meine Erinnerung wird Damaris heißen. Er war plötzlich mit seinen Gedanken weit weg. Der süße Duft eines unendlichen Sommers strich in den Morgen hinaus.
»Ich möchte tausend Sommer bei dir sein«, flüsterte sie.
»Kein Mensch wird je tausend Sommer erleben!« lächelte er. »Wir werden uns mit einigen wenigen begnügen müssen. Dreißig, vierzig.«
»Welch kurze Zeit nur im Vergleich zur Ewigkeit, die ich mit dir verbringen will«, seufzte sie.
»Damaris«, rief er jubelnd. »Ich liebe dich.«
Und der Tag, die Sonne über den Bergen Judäas, der Wind in den Blüten, das Rauschen der Lorbeerblätter, der Flügelschlag des Bussards über dem Kidrontal jubelten mit ihm.
»Er spürte den Hauch ihrer Lippen.
Die Liebe ist unbezwingbar wie der Tod«, flüsterte sie. »Wird unser Traum nicht zerrinnen, Marsena? Wie Schnee, wenn der Frühling kommt?«
»Du sagtest es selbst – Liebe ist unbezwingbar wie der Tod.«
Sie hatte plötzlich Tränen in den Augen.
Er küßte sie. »Deine Tränen sind dem Regen gleich, der die Wüste blühen läßt. Möge dieser Regen nie den bittersüßen Tränen des Abschieds gleichen, die der Abend über den Tag vergießt.«
Er spürte das Naß auf seinen Lippen. »Nichts kann den Traum je zerstören, Damaris«, flüsterte er.
Er erwachte, und der Sommer war zu Ende.
Marsena fuhr sich über die Augen. Er war müde, und seine Gedanken quälten ihn. Da standen sie vor ihm und hofften auf Wunder, die nie geschehen konnten. Soll ich ihnen meine Ohnmacht eingestehen? fragte er sich. Kann und darf ich diesen hoffenden Gesichtern entgegenschleudern, daß ihr Traum nur ein Spuk war, zu grotesk, um Wirklichkeit zu werden?
Soll ich ihnen sagen, daß ihr Leben dazu bestimmt ist, im Kampf gegen Rom zu sterben? Über seine Lippen huschte ein schmerzliches

Lächeln, kaum merkbar, aber es brannte in seinem Gesicht. Darf ich ihnen dies alles sagen? Du brauchst viel Kraft zu diesem Schritt, und wo soll diese Kraft noch herkommen?
Die Augen sehen nur Leere, das Herz empfindet nur Trauer und Sehnsucht. Wo sind sie geblieben, die grünen Hügel Judäas, die Palmengärten Jerichos, die Feigen- und Ölbäume, die Weinreben an den sonnenbeschienenen Hügeln unseres Landes? Nur roter Staub, vernichtete Kulturen, nackte Erde ohne Leben. Doch die Tränen wollen nicht fließen, die Augen brennen, das Herz verspürt den Schmerz und bleibt stumm. Werden jemals wieder die Lorbeerblätter im Wind rauschen, die Myrtensträucher blühen und die Lilien im Schatten der Tamarisken ihre Schönheit zeigen? O Land der Verheißung, deine Bewohner sind tot, deine Schönheit verbrannt, und der Duft deiner Rosenhügel verweht. Dein nackter Körper verglüht in der Sonne. Nur nachts werden die Schatten träumen von einem Land, in dem Milch und Honig floß. Nachtigall in den Königsgärten, wo ist dein Ruf? Taube in den Felsenklüften, vermagst du noch das Lied des Salomo in Erinnerung zu bringen? Junger Löwe, wo willst du noch Schatten finden? Wasser des Wildbachtales, wird dein Spiegel je die Weiden zeichnen, die im Sommerwind ihre Zweige in deine Wellen tauchten? Werden die Felsenklüfte je das Lachen wiedergeben, das Jubeln freudigen Herzens aus der Vergangenheit? – Oder nur das Weinen der Kinder und das stumme Klagen aus toten Augen? Sonne über Jerusalem, deine Strahlen sind feurig, doch kein Glanz ist in deinem Licht. Sommerwind, dein Atem ist ohne den Duft von Thymian und Lavendel; er birgt nur Tod und Verwesung.
Er kam wieder zu sich und wischte die letzten Gedanken fort. Er sah in die Gesichter vor ihm, die seinem Blick standhielten, und lächelte. Er vernahm die Stimme Judas'. »Wir werden über die Gräben hinwegsetzen und den Wall zerstören. Wir werden die Sonne stillstehen lassen wie einst Josua bei Gibeon.«
O toter Freund. Nichts von all dem begeisternden Hoffen ist geblieben. O Judas, jetzt bräuchten wir Josua für die Tat, die wir zu vollbringen haben. Es wird eine letzte Tat sein, wie immer das Ergebnis auch sein wird. Judas, jetzt bräuchte ich dich an meiner Seite, dich, mit deinem Mut und deiner Entschlußkraft. Ich bin allein, hämmerte es in ihm. Von allen Freunden sind nur noch Simon und Eleasar geblieben. Die anderen sind alle so fremd. Und jeden Tag neue Gesichter; nach jedem Kampf fehlen welche, an die man sich seit Stunden

erst gewöhnt hatte. Doch würde der morgige Tag dem ein Ende setzen. O ja, Judas, wir werden morgen die Hand nach der Sonne strekken, und vielleicht wird sie stillstehen.
»Für unseren Plan brauchen wir alles Öl, das in Jerusalem noch vorhanden ist. Wir benötigen jeden Tropfen, auch das aus dem Tempel Jehovas!«
Das Gemurmel um ihn herum erstarb. Die Gesichter wandten sich Meir zu, der auf Marsena zuschritt. Das Gesicht des Hohenpriesters war zornig. Er funkelte Marsena wütend an. »Willst du den letzten Rest von Heiligkeit zertreten, der dem Hause Gottes noch verblieben ist? Der Tempel wird von deinen Männern nicht betreten werden!«
Marsena atmete tief ein. Das Brennen hinter seiner Stirn hatte ihm quälend den letzten winzigen Rest seiner Energie bewußt gemacht. Es war nicht mehr viel, was ihn zur Ruhe zwang. Es ist immer dasselbe, dachte er. Eingefleischtes Zeremonienverhalten überwiegt die Vernunft. Wem würde morgen noch das heilige Öl nützen, wenn die Römer es in Brand steckten? Besser sie taten es selbst, unter den Wällen des römischen Lagers, an den Maschinen, die die letzte Mauer zu durchbrechen drohten. Dieses Öl wird einem letzten guten Zweck dienen; wenn auch nicht der Anbetung Gottes, so doch einem letzten und endgültigen Rettungsversuch zugunsten seines Volkes.
Wie konntest du Hoherpriester werden, Meir? Du dienst weder unserem Gott noch seinem Volk. Als wenn Jehova jetzt an einem Opfer noch Gefallen fände! Wir selbst werden das Opfer sein, ein allerletztes! Wir werden sehen, ob Jehova es anzunehmen gewillt ist.
Marsena sah den Priester stumm, aber durchdringend an, und Meirs zorniges Gesicht wurde sichtlich unruhig.
»Du wirst nicht wagen, das heilige Öl zu nehmen«, versuchte der Priester zögernd sein Gesicht zu wahren.
Marsena blieb ruhig. Was galten jetzt noch Tradition und äußerer Schein? »Warst nicht du es, Meir, der mir Verrat an unserem Volk vorwarf? Es ist jetzt an dir zu beweisen, daß dieser Vorwurf nicht dich selbst trifft. Jeder hier, den du um dich siehst, ist bereit, den letzten Tropfen Blut für die Freiheit Israels zu geben. Sei du dann wenigstens bereit, für diese Freiheit den letzten Tropfen Öl zu opfern.«
Der Priester sah in die Runde. Nur Schweigen begegnete seinem Blick.
»Du siehst, Meir, deine Einwände können niemanden mehr überzeugen. Wir werden den Tempel nicht mehr entweihen, als es bereits ge-

schehen ist. Hat nicht Johannes von Gischala aus dem Zedernholzvorrat im Tempelgewölbe Belagerungsmaschinen herstellen lassen? Wo war da dein Zetern? Sind nicht an der Schwelle zum Heiligtum Männer gestorben in sinnlosem Bruderzwist? Wie wolltest du uns noch mit dem Zorn Gottes einschüchtern, der uns sowieso schon droht?«

Meir ben Belgas hatte sich ihm wieder zugewandt. Seine Augen starrten Marsena an, in ungläubiger Verwunderung.

Fast Mitleid kam in Marsena auf. Du wirst nur für die Stunden Hoherpriester Israels sein, in denen wir am Leben sind – wir, denen du das heilige Salböl vorzuenthalten suchst. Ich glaube nicht, daß du dies bedacht hast.

Fast versöhnlich war sein Ton, als er zu Ben Belgas sprach. »Es ist das letzte, was wir vielleicht noch benötigen. Niemand weiß, wie der Tag morgen enden mag. Hat nicht selbst David die Schaubrote aus dem Heiligtum Jehovas genommen, als er in Not war, und hatte sie ihm nicht sogar der Priester Jehovas gegeben? Unsere Not, Priester des wahren Gottes, ist weit größer als die des David! Bitte Jehova um Vergebung, wenn wir ihm sein Salböl entleihen. Wir werden es für die Krönung unseres Sieges verwenden.« Unhörbar fügte er hinzu: »Oder für die Trauer um unseren Untergang.«

Meir ben Belgas hatte ihm schweigend zugehört, und Schweigen lag über dem Rund der Versammelten. Nur von der Mauer am Hasmonäerpalast ertönte das ununterbrochene Hämmern der Mauerbrecher.

Das Gesicht des Hohenpriesters glättete sich. Seine Stimme war schwer und tonlos. »Befehle deinen Männern, Sohn des Arinos, und möge uns Jehova vergeben.«

Marsena lehnte sich zurück. Er hielt die Augen geschlossen, da waren sie, die Wochen unauslöschlichen Geschehens. Aber da war noch etwas, etwas, was ihm Mut machte. Es könnte noch alles gut werden. Damaris liebte ihn. Morgen würde der Tag endlich einen strahlenden Anfang nehmen, nach dem düsteren Grau, das seine Gedanken jeden Morgen umfangen hatte.

Ich kämpfe nicht mehr für Judäa, nicht für Jerusalem. Ich kämpfe, um mit der wunderbaren jungen Frau leben zu können, die im Hause Aris auf mich wartet. Aber dieses Leben mußte noch einmal den Tod bezwingen, der an diesem Tag vor den Mauern wieder sein grausames eintöniges Spiel zu spielen dachte.

Dieses endlose Spiel mußte heute oder morgen ein Ende haben, denn er wollte leben, jeden Tag ihren Atem, den Duft ihres Körpers spüren, den Wind in ihren Haaren ahnen, vom Glanz ihrer Augen träumen, die Sehnsucht ihrer Lippen fühlen.
Marsena ben Arinos, ist es nicht zuviel, was du dir erträumst? Glaubst du den trügerischen Bildern, die du dir vorzugaukeln suchst? Woran klammert sich dein Wunsch, siegen zu können über eine Macht, von der du weißt, daß sie nicht zu besiegen ist. Doch jeder Mensch hat das Recht, an Wunder zu glauben. Ja, wo wäre der Glanz der Schöpfung ohne das göttliche Wunder ihres Entstehens? Marsena ben Arinos, klammere dich an das Wunder, das morgen über Israel und über dich zu entscheiden hat.
Marsena ben Arinos, wenn du den Safran wieder in den Ebenen in gelber Glut erstrahlen siehst, die purpurnen Lilien am Karmel, die dunklen Zedern an den Hängen des Libanon, die ewige Krone des Hermon, die fächernden Palmen im Jordantal bei Jericho, die fernen Berge Moabs, wo in den dunklen Schluchten der Wind geboren wird; wenn deine Augen diese Herrlichkeit je wieder erblicken sollten, dann wirst du leben, all die tausend Sommer der erträumten Ewigkeit!
Er kehrte zur Wirklichkeit zurück. Vor ihm waren wieder die Männer, die morgen mit ihm das Unmögliche versuchen wollten.
Wie leicht all die Einzelheiten des Planes von seinen Lippen kamen! Wie oft waren ihm die Bilder vor Augen gekommen – das plötzliche Aufgehen der Tore, die rasch gebildete Kette der Schwertträger, die wiederum von einer undurchdringlichen Mauer von Schilden geschützt wurde. Das Hasten der mit Ölschläuchen schwer Beladenen, das Rattern der Karren, auf denen die vollen Fässer schwankten, der Rauch der Fackeln, die Flammen an den hölzernen Wällen, das glutende Zerstieben der einstürzenden Belagerungstürme, die hoch auflodernden Flammen aus den Testudos und Rammböcken und die endgültige Hoffnungslosigkeit in den Gesichtern der römischen Soldaten.
Während sein Mund die Worte formte, die in der Menge mutlose Gesichter erhellten, spürte er fast die Glut der gewaltigen Lohe, die das Kriegsmaterial verschlingen würde, samt den Soldaten, denen sie morgen vielleicht zum letzten Male von Angesicht zu Angesicht gegenüberstehen würden.
»Wir werden wie ein gigantischer Sturm über sie herfahren, die Öl-

schläuche auf ihre Maschinen werfen, die Fässer unter ihre Wälle rollen. Sie mit unseren Schwertern zerschlagen und sie von den Fackelträgern entzünden, wird eins sein. Die Schwertkämpfer werden solange die angreifenden Wachen aufzuhalten haben, bis jeglicher Löschversuch unmöglich geworden ist. Jeder der Kämpfer hat bis zur Selbstaufopferung auszuharren. Ein Zurückweichen darf es nicht geben. Und unser Vorteil wird der helle Tag sein, so seltsam es klingen mag. Wir haben ja schon mehrfach versucht, die römischen Kriegsmaschinen zu zerstören. Außer den Anfangserfolgen konnten wir nur mehr selten positive Angriffe landen. Die Wachen sind in der Nacht verdreifacht worden, und außerdem werden alle Türme und Belagerungsmaschinen nach Sonnenuntergang von Zusatzeinheiten gesondert bewacht. Diesen Abwehrriegel zu durchbrechen, war nachts nicht mehr möglich, wenngleich es Johannes von Gischala noch einmal gelungen ist, durch seinen unterirdischen Gang an den großen Widder heranzukommen. Leider hat ja dann dieser ungesicherte Gang einen Teil der Mauer der Antonia einstürzen lassen, und der große Widder arbeitet weiter mit aller Gewalt. Nein, nicht in der Nacht werden wir diesen, hoffentlich letzten Vernichtungszug führen, denn unsere Fackeln werden gesehen, und wir selbst sehen nichts. Am Tage, am morgigen Tag, wenn sie nicht annehmen, daß wir uns auf sie stürzen werden. Wir müssen die Tore öffnen, auch auf die Gefahr hin, daß, wenn unser Plan fehlschlägt, die Römer mit einem Schlag die Oberstadt besetzen können. Es ist ein verzweifelter Plan, wir wissen es alle, aber der einzige, der noch eine winzige Hoffnung für uns übrig läßt. Wir werden keine Zeit haben, diesen Plan durchzuspielen oder größere Vorbereitungen treffen zu können. Die Mauer am Hasmonäerpalast wird kaum länger als noch einen Tag oder zwei den Rammen Widerstand leisten. Und wenn diese Mauer fällt, das wißt ihr so gut wie jeder in der Stadt, wird nichts mehr die römische Flut aufzuhalten vermögen. Wir müssen morgen bei Tagesanbruch, wenn die Zusatztruppen um die Maschinen sich zurückgezogen haben, unseren Angriff starten. Es wird nur dieses eine Mal geben. Wir werden keine zweite Gelegenheit mehr erhalten. Die Tore werden für eine Viertelstunde geöffnet bleiben müssen, bis alle Wagen und alle Träger der Ölschläuche hindurch sind. In dieser Zeit müssen sie gehalten werden, da sich die offenen Tore geradezu anbieten, einen römischen Angriff zu provozieren. Sie werden für kurze Zeit von unserem wirklichen Ziel ablenken. In dieser Zeitspanne müssen die Wehrlosen, die die Wagen ziehen, und die auf keinen Fall etwas anderes unternehmen dürfen, von einer Kette Schwerbewaffneter beschützt werden. Es darf kein Wagen im Torbereich liegenbleiben, und es darf keinem Römer gelingen, bis zu den Ölschläuchen und Fässern vorzudringen. Eleasar ben Jair wird diesen Teil des Vorhabens leiten. Ich selbst werde mit den Fackelträgern und einem Ring Schwerbewaffneter bis zu den Wällen vorgehen. Wir werden die Wagen abdecken, in der Weise, wie es die römischen Truppen beim Bilden ihrer Schildkrötformation tun. Nur muß das im Laufschritt geschehen. Wir haben keine Erfahrung darin und auch keine Zeit, es zu lernen oder zu üben. Es muß einfach funktionieren, oder es wird das Letzte sein, was wir je versuchten.«

Er strich sich müde über die Augen. Er wußte, daß dieser Plan jeglicher Strategie entbehrte. Wie konnte dieser übermüdete Haufen etwas vollbringen, was kaum mit einer Elitetruppe zu erreichen war? Er hätte sagen können, daß das Schicksal einer ganzen Nation in ihren ausgemergelten Händen lag. Aber was sollte jetzt noch Pathos?

»Wenn unser Plan gelingt, so können wir hoffen, daß die Römer stekkenbleiben. Ohne Wälle, ohne Wurfmaschinen und ohne Mauerbrecher können sie die Mauern zum Tempelbezirk und zur Oberstadt nicht nehmen. Aber es muß schon morgen geschehen, bevor es in diesem letzten Mauerwerk zu einer Bresche kommt, die den gesamten Wall schwächt. Für Rom und für uns wird dieser morgige Tag vielleicht die letzte Möglichkeit sein, zu einer schnellen und endgültigen Entscheidung in diesem Krieg zu kommen. Schon jetzt ist es der römischen Versorgungseinheit kaum mehr möglich, Holz für die Lagerfeuer und Feldküchen aufzutreiben, geschweige denn Baumaterial für Angriffs- und Belagerungsmaschinen. Selbst dieses mächtige Rom wird aufgeben müssen, wenn es uns gelingt, am morgigen Tag bis zu seinem Lebensnerv vorzudringen.«

»Und wenn wir nicht durchkommen?« rief jemand aus der Reihe der schweigend Lauschenden.

»Wenn wir nicht durchkommen?« wiederholte Marsena leise. »Dann brauchen wir uns um unsere Zukunft keine Sorgen mehr zu machen.« Seine Lippen bewegten sich fast unmerklich, und keiner der Umstehenden hatte seine Worte vernommen. Zauderer haben kaum jemals eine Schlacht gewonnen, dachte er – wozu diese Frage? Es wird dann kaum noch Zeit bleiben uns zu fragen, was wir falsch gemacht haben. Wir müssen einfach durchkommen!

Ob sie etwas gemerkt haben? Können sie in meinem Gesicht ablesen, daß ich selbst nicht an ein Wunder glaube? Wie viele von ihnen glauben selbst nicht mehr daran? Ich wünschte, ich könnte Gedanken lesen, um zu wissen, ob die meinen, die mich quälen, nicht nur Auswüchse eines verzagenden Herzens sind. Diese Augen, die auf mich gerichtet sind, hoffen sie oder schweigen sie nur, um mich meine Niederlage nicht sehen zu lassen? Der Plan ist gut, oder besser, er ist von allen schlechten der einzig durchführbare.
Die Gesichter vor mir sind heller geworden, aber sie jubeln nicht. Doch wozu sollten sie auch? Für viele, vielleicht für alle wird dieser neue Tag der letzte sein. Vielleicht auch für dich, Marsena ben Arinos! Seine Augen brannten, in seinen Schläfen klopfte das Blut. Ich muß schlafen, dachte er mühsam, so daß morgen das Zittern der Hände und der Druck hinter der Stirne vorbei sind. Ich muß wenigstens diese eine Nacht schlafen. Vor seinen Augen tauchten verworrene Bilder auf. Aber es waren auch einige, die sein Denken erneut anregten. Er wußte, daß er sich noch nicht diesem ersehnten Schlaf hingeben konnte. Es war noch ein letztes an diesem Tag zu tun!
»Wir werden durchkommen«, hörte er sich sagen, und er wunderte sich über den selbstbewußten Klang seiner Stimme. Und fast unhörbar kam es von seinem Mund: »Wir müssen durchkommen!«
Er hatte seine Arme wie zum Schwur erhoben.
Sie starrten ihn aus geröteten übermüdeten Augen an. Bärtige unrasierte Gesichter. Getrocknetes Blut in Haaren und Gewändern. Nichts unterschied sie von den zerlumpten Aussätzigen im Hinnomtal. Wir versinken mit dem Schutt unserer zerstörten Gebäude, aber auch im Schutt unseres eigenen moralischen Verfalls. Wie sollte morgen dieses Wunder wahr werden? Mit diesem verhungernden Rest aus Judäern, Galiläern, Idumäern? Ob die Flamme eurer unbeugsamen Gesinnung nochmals emporzulodern vermag, ihr Sikarier und Zeloten? Freiheit ist alles, der Tod bedeutet nichts! Euer Wahlspruch wird sich erfüllen – so oder so!
Es war still auf dem Platz der Gabatha. Hunderte von Augenpaaren blickten zu ihm, und die Gesichter schwiegen. Es war die Stille, die der Tod um sich breitet, aber auch die Stille vor einem gewaltigen Sturm.
Und der Sturm brach los. Erst war es eine einzelne Stimme, die diese Stille durchbrach: »Herr, Marsena ist der Name, den dir dein Vater Arinos gab. Wir geben dir heute einen neuen Namen – Simon von Ju-

da. Simon, Sohn des Arinos, Herrscher über Judäa. Simon soll dein Name sein, wie einst Simon der Makkabäer, der Befreier Judas! Marsena – Simon, führe uns, und wir werden dir folgen, was immer der morgige Tag auch bringen mag!«
Der Sturm ihrer Stimmen fegte über den Platz. Von den Zinnen des Tempelplatzes sahen neugierig die Männer Johannes von Gischalas zu ihnen herab. Auf den Trümmern der Antonia versammelten sich die aufgeschreckten Römer. Aus den umgebenden Straßen und Gassen kamen zögernd die Bewohner.
Simon ben Ari und Eleasar ben Jair waren zu ihm getreten. Sie lächelten leicht, und sie glaubten ihm. Sie alle glaubten an den morgigen Tag! In Marsenas Mund war ein bitterer Geschmack. Herrscher von Juda hatten sie ihn genannt. Welche Verzweiflung mußte in ihnen sein, daß sie sich an diese letzte Hoffnung zu klammern wagten! Diesen Traum könnte nur ein Messias erfüllen, und ich bin weder Messias noch Herrscher. Und, wer wird nach dem morgigen Tag noch herrschen können? Aber der Wind war zum Sturm geworden: »Marsena ben Arinos – Simon von Juda!«

*

Julianus sah zum gleißenden Himmel hinauf. Für einen Augenblick durchzuckte ein Schatten das grelle Rund der Sonne. Er sah einen Falken im steilen Flug auf eine Taube hinabschießen.
Dieses Bild sahst du schon einmal, durchfuhr es ihn. Damals, als du auf dem Tribunal das Todesurteil über Jerusalem aussprachst. »Welche Zeichen, ihr Götter, sendet ihr mir?« murmelte er. »Sind wir der Falke, der der jüdischen Taube den endgültigen Tod bringt?« Er lachte trocken auf. Die Juden waren alles andere als sanfte Tauben. »Wir müssen die dritte Mauer bald durchstoßen haben«, sagte er laut vor sich hin. »Oder wir scheitern an ihr wie Cestius Gallus.« Die Soldaten seiner Prätorianergarde sahen kurz zu ihm hin. Dann beeilten sie sich, die vorgeschriebene Wachhaltung wieder einzunehmen.
»Wir sind schon viel zu lange hier«, murmelte er. »Ich führe schon Selbstgespräche und verunsichere meine eigenen Leute. Wir können es uns einfach nicht mehr leisten, nur zu warten, bis die letzten Juden verhungert sind. Wir müssen die Mauer genommen haben, bevor der Sommer zu Ende ist. – Und solange wir noch Holz für Rampen und Lagerfeuer haben«, fügte er nachdenklich hinzu.

Seit dem Einsturz der Stollen an der Tempelmauer, nahe der Antonia, bei denen sie einige der wichtigsten Belagerungsmaschinen verloren hatten, hatte Julianus den Befehl gegeben, die restlichen Widder und Rammen in der Nacht mit zusätzlichen Kohorten aus allen vier Legionen zu bewachen. Seitdem hatten die Überfälle in den Nachtstunden ihr Ende gefunden. Und am Tage konnten die Juden es ohnehin nicht wagen, gegen die ausgeruhten Kampftruppen vorzugehen. »Es ist ein Wettlauf zwischen Zeit und Material«, sagte er sich. »Aber wir wären nicht Rom, sollte sich diese Frage nicht zu unseren Gunsten entscheiden. Aber wir werden bald diese letzte Entscheidung durchzuführen haben, sonst gibt es niemanden mehr in Jerusalem, den wir besiegen könnten. Oder aber, meine Leute wissen nicht mehr, was Siegen heißt.«
Er verzog angewidert die Nase. »Der Geruch, der Jerusalem entströmt, ist der eines Verwesenden. Jerusalem ist bereits tot. Wir sollten sehen, daß wir bald von hier wegkommen.« Er dachte sehnsüchtig an die Palmengärten Alexandriens und an die julianischen Villen in Rom und Pompeji. Er winkte seinem Sklaven und ließ das Zelt mit wohlriechenden Essenzen ausspritzen.

*

Es war wie ein unwiderstehlicher Drang, der Marsena ben Arinos durch die Gassen der Unterstadt trieb. Er mußte den Alten noch einmal sehen, bevor der Tag, der über die Zukunft Jerusalems entscheiden sollte, begann.
Ich will noch einmal seine Worte hören, seinen Zynismus, aber auch seinen tiefgreifenden Rat. Es sind noch Stunden und nicht mehr Tage und Wochen, die über uns vergehen werden und du, Schealtiel, wirst wissen, was sie für uns bedeuten. Ich werde auf dich hören, Prophet Jehovas, wie immer deine Worte auch ausfallen mögen. Sie können nicht schicksalhafter enden als die des Nikodemus ben Gorion. Ich werde dich fragen, was du über Jesus von Nazareth weißt. Du mußt ihn gekannt haben, und du wirst wissen, ob seine Prophetie für uns von Bedeutung sein wird. »Kein Stein soll auf dem anderen bleiben«; wenn das wahr ist, wozu dann noch der Griff zum Schwert, das letzte Aufbäumen der Gedanken um eine Zukunft, die keine mehr ist? Alter weiser Mann, du wirst es mir sagen können, und ich werde deinen Rat zum Ziel meines letzten Handelns machen.

Ein Windstoß fegte durch die Gassen. Er war heiß und brachte keine Kühlung. Wirbelnder Staub verdüsterte alles. Die Wände der Häuser verschwanden in grauen Schleiern von Staub und Unrat.
Vor ihm schälte sich das Haus Schealtiels aus dem glühenden Tag. Dunkel starrte Marsena die Türöffnung entgegen. Er zögerte einen Augenblick, dann trat er ein.
Es war still im Raum. Marsena wußte, was diese Stille bedeutete. Zu oft schon war diese Ruhe, das endgültige Schweigen, sein Begleiter gewesen.
Als er sich an das Dunkel des Raumes gewöhnt hatte, sah er Schealtiel vor sich. Der Alte saß mit gekreuzten Beinen vor seiner erloschenen Feuerstelle. Seine Augen waren offen, und der Blick ging in die Unendlichkeit. Marsena vermeinte im Gesicht des Toten ein Lächeln zu sehen, kaum merkbar, aber über die Gegenwart triumphierend. Es schien, als wachte er über einen fernen Punkt, irgendwo draußen im Universum. Aber die Augen, einst voller Wissen, Schalk und Ironie, waren erloschen.
»Du bist uns nur ein wenig voraus«, flüsterte Marsena und schloß müde die Augen. Der Weg des Alten war zu Ende. Wie seltsam ihn dies berührte. Es war, als würde jemand den letzten Satz in einer Buchrolle gelesen haben und nun das Schriftstück für alle Zeit versiegeln wollen.
Wer wird dir jetzt sagen, wie sinnlos deine Zukunft ist? Wer wird zu Jehova beten, wo du es nicht mehr vermagst? Marsena fuhr sich mit der Hand über das Gesicht. Seine Lippen bewegten sich unhörbar, und doch schwebten die Worte im Raum, als tasteten sie nach dem Schweigen, das für immer sein sollte.
»Ich wollte, du könntest mir noch einmal sagen, Schealtiel, wie wenig wir für Jerusalem geleistet haben, ich wüßte dann, daß ich noch lebe. Ich könnte mich dann über deine zynischen Worte ärgern oder aber auch schmunzeln, denn bei aller Wahrheit fand sich doch immer ein wenig Witz in ihnen. Doch jetzt, mein Freund, der für alle Ewigkeit gegangen ist, ist dein Lächeln die letzte Antwort auf all meine unausgesprochenen Fragen, die dennoch beantwortet sind. Ich danke für deinen Spott, auch jetzt, wo du ihn nicht mehr auszusprechen vermagst. Wir haben ihn alle verdient. Wer an Träume glaubt, muß den Fall in die Wirklichkeit vorauszusehen vermögen, will er nicht scheitern, so wie du, Marsena ben Arinos!«

Marsena beugte sich zu dem Toten nieder und strich ihm über die Lider, um die Augen zu bedecken, doch die Lider waren starr, und der Blick blieb unverändert.
Marsena überzog ein Frösteln. Seine Stimme war ein Flüstern, als er sprach: »Wache weiter, Schealtiel, achte auf unsere letzten Stunden. – Wir folgen dir bald nach, Prophet Israels.«
Marsena setzte sich ihm gegenüber.
»Ich hätte dich noch vieles zu fragen gehabt, aber es ist zu spät. Es ist vieles zu spät. Du bist eingegangen in die Ruhe der ewigen Nacht. Nichts, was du gesehen hast, wird dem gleichen, was vor uns liegt. Du hast gesiegt, weil du wußtest, daß wir nicht siegen konnten. Aber du sollst es wissen, Schealtiel. – Ich ahnte, daß deine Worte die Wahrheit über Jerusalem sprachen. Wir jagten einem Traum hinterher, der viel zu wirr war, um je Realität werden zu können. Aber eben dieser Traum, Prophet, mußte geträumt werden, einige wenige Monate lang; denn wie hätten wir sonst noch leben können?«
Er lachte kurz auf und nickte. »Gewiß, ich selbst wußte erst viel später, wie der Geist unseres Volkes zu wirken vermag.«
Er runzelte die Stirn, als suchte er nach einer Entschuldigung. »Ich war anfangs dagegen, ja gegen diesen Krieg, der nicht zu verhindern war. Dennoch bereue ich heute meinen Weg nicht. Das einzige, was ich bedaure, ist, daß ich mein Versprechen, das ich Damaris gab, nun nicht mehr einzulösen vermag. Tausend Sommer, Prophet, wollten wir leben. Wir waren hochmütig. Und so sehen wir nicht einmal das Ende dieses einen Sommers. Unsere Träume überstiegen die Grenzen des Universums. Wir wollten unsterblich sein, und leben dennoch nicht mehr lange genug, um den Winterwildbächen am Fuße des Hermon zu lauschen oder das Grün der Ebene Jesreel im Frühling zu atmen, oder an den Hängen des Tabor die Frühlingspracht aufleben zu sehen. Kannst du verstehen, Prophet, daß ich nie die Höhen der Gilboaberge sah, die Felsen von Megiddo – nie das Blühen des Safrans in der Sharonebene, nie die sanften Hügel von Nazareth und Nain? Ich habe nie vom Wasser des Kishon getrunken, nie meine Finger in die Quelle des Brunnens Charod getaucht, an dem einst Gideon lagerte, als er mit seinen dreihundert Getreuen gegen die fünfzehntausend Midianiter zog. Ich wünschte, ich könnte heute mit unseren letzten Getreuen rufen: ›Schwert Jehovas und Gideons!‹ Aber dieses Mal ist Jehova nicht hier, um den Sieg gegen fünfzehntausend Römer zu sichern.« Er lachte leise auf. »Es sind auch viel mehr als nur

fünfzehntausend. Mehr als achtzigtausend Mann stehen um unsere Mauern, Prophet Jehovas. Auch Gideon hätte Schwierigkeiten.« Er biß sich auf die Hand. »Du siehst Trauer in meinen Augen, Schealtiel. Mein Fuß hat nie den Boden berührt, den selbst die Philister zertraten, und auf dem Saul und Jonathan starben.
Ich sterbe für Israel, und ich habe nichts davon erblickt. Ja, die zerstörten Städte, als ich wieder zu euch zurückkam, die sahen meine Augen; aber all das, was die Erinnerungen sich zu ersehen erhofften, blieben nur Bilder aus ferner Vergangenheit.«
Er blickte in die toten Augen vor ihm und erschrak. Du hast Zwiesprache mit einem Toten gehalten! Wie nahe du ihm bereits bist! Wache weiter, Prophet! Bewahre die Vergangenheit in dir, sie wird nie wieder erwähnt werden!
Er erhob sich. Es war, als folgten ihm die Blicke des Toten, als wäre das Lächeln auf den starren Zügen Vergebung.
Er trat ins Freie. Er hatte das Gefühl, als müßte er Tränen fortwischen, wo keine waren.

*

Marsena sah in die sinkende Sonne. »Liebe und Freiheit, großer Gott Israels, sind so fern wie das glühende Rund vor deinem Antlitz. Doch worüber dürften wir klagen? Die Schuld, in der wir stehen, bedarf keiner Worte. Wie recht sagtest du deinem Knecht Hiob: ›Wo warst du, als ich die Erde gründete?‹ Ja, wo befanden wir uns, daß wir deine Wege nach unserem Denken auszurichten suchten? Deines Willens wegen existierten wir. Wir sind nur ein Tropfen im unendlichen Weltenmeer, und unsere Trauer nur wie das kurze Glühen einer Sternschnuppe in der Nacht. Ein Meer des Schweigens wird sich über uns senken, großer Gott, und dennoch wird etwas zurückbleiben, was auf unabsehbare Zeit nicht vergessen werden wird. Deine Gedanken, deine Worte in den heiligen Schriften, die unsere Namen nicht nennen, und die trotzdem ein Teil unseres Selbst bleiben werden, für alle Ewigkeit.«
Er sah sich plötzlich die Gassen entlanggehen, die die Wege seiner Kindheit waren. Möchte ich noch einmal den Erinnerungen lauschen, bevor die lange Nacht beginnt? Die Zeit dafür ist längst zu Ende gegangen. Wo suche ich den Mut für den morgigen Tag? In der Vergangenheit? Sie entfacht nur Sehnsucht und verleiht nur Traurig-

keit. Hatte Schealtiel ihm nicht deutlich gesagt, daß all sein Streben, seine Hoffnung, all die Worte von Freiheit nichts weiter gewesen waren als Selbstbetrug?
»Ewiges Haschen nach Wind«, flüsterte er und ließ sich auf den Rand des Brunnens nieder, hinter dem einst das Haus seines Vaters gestanden hatte.
Er schloß die Augen.
Und Jehova ging daran, Hiob aus dem Windsturm zu antworten: »Wer ist dieser, der den Rat verdunkelt durch Worte ohne Erkenntnis? Wo befandest du dich, als ich die Erde gründete? Bist du zu den Quellen des Meeres gekommen?
War es von deinen Tagen an, daß du dem Morgen gebotest? Hast du die Morgenröte ihren Platz wissen lassen, damit sie die äußersten Enden der Erde erfasse, daß die Bösen von ihr abgeschüttelt würden? Sind dir die Tore des Todes enthüllt worden, oder kannst du die Tore tiefen Schattens sehen? Wo nun ist der Weg dorthin, wo das Licht weilt? Was Finsternis betrifft, wo nun ist ihre Stätte? Wo nun ist der Weg, auf dem sich das Licht verteilt und der Ostwind sich zerstreut über die Erde? Wer hat für die Flut einen Kanal abgeteilt und einen Weg für die donnernde Sturmwolke, oder wer hat die Tautropfen geboren? Hast du die Bande des Siebengestirns geknüpft, oder kannst du die Fesseln des Orion lösen? Kennst du die Gesetze des Himmels, oder bestimmst du seine Herrschaft über die Erde?«
Über Marsenas Züge glitt ein trauriges Lächeln. »Nichts von alledem wissen wir, großer Souverän, und nichts von alledem vermögen wir zu tun. Wie überheblich war unser Tun und unser Streben. Du zeigst uns immer wieder, wo wir zu stehen haben, und immer wieder ist es schmerzlich, erkennen zu müssen, wie wenig wir deinem Willen entsprochen haben.«
Er bemerkte kaum, wie er weiterging. Er bewegte sich mechanisch. Plötzlich sah er sich vor der Synagoge stehen. Die Begegnung von damals wurde wach, und sie erfüllte ihn mit seltsamem Bedauern. Seine Hand berührte das Holz der Pforte. Sein Herz hämmerte, als er die Türe aufstieß und sie sich vor ihm öffnete.
Marsena betrat die Synagoge mit gemischten Gefühlen. Als sich seine Augen an die Dunkelheit gewöhnt hatten, sah er, daß der Raum leer war. Eine seltsame Ruhe umfing ihn. Es war kein Priester da, der ihm mit seinem Hochmut hätte belästigen können. Ich hoffe, Jehova wird mir die Beleidigung verzeihen, dachte er, die ich seinem Priester zu-

gefügt habe, als ich das letzte Mal eine Synagoge betrat. Ich bitte um nichts weiter als um Frieden. Frieden in meinem Bewußtsein, Frieden meiner Gedanken, Frieden in meinen Augen, die jeden Tag den Haß einer ganzen Welt erblicken. Ich weiß, daß es kein echter Frieden sein kann, nicht solange wir ein Schwert zu führen haben, und die Mauer von Blut dampft, das in der Sonne des judäischen Sommers vergossen wird. Nur ein bißchen Frieden in meinem Inneren, um all das Grauen zu ertragen, das über das menschliche Ermessen längst hinweggestiegen ist. O Adonai, Jehova, dein Prophet Schealtiel hat Wahres über dein Volk gesprochen! Die Gunst, die du ihm in all den Jahrhunderten gewährtest, ist endgültig dahin. Ein gigantisches Ungeheuer steht an heiliger Stätte, und du gewährst ihm Zutritt. Wie anders wäre dies zu deuten, als daß du dich von uns zurückgezogen hast? Ich bin keiner deiner Priester, Gott Israels, um von dir Gunst zu erbitten, doch bitte ich dich, mir ein wenig von dem Mut zurückzugeben, den alle von mir erhoffen, und den ich einst zu haben glaubte. Was hatte Schealtiel damals zu ihm gesagt? »Du willst ein Führer sein?« Er hat recht gehabt! Ein Führer muß glauben, was er sagt. Er muß von seinem Mut abgeben können, denn was wäre demoralisierender als ein verzweifeltes Vorbild? Du allein, o Gott Israels, weißt, wieviel Zeit uns noch verbleibt! Wir werden auf eines deiner Zeichen, mit denen du dein auserwähltes Volk zu stärken wußtest, vergeblich warten. Die Wunder, die du deine Diener Moses, Josua, Elia und Elisa wirken ließest, wirst du für uns nicht bereithalten. Wir spüren deinen Zorn und müssen uns ihm beugen, doch laß uns den Mut haben, aufrecht zu sterben. Laß uns nicht im Staub kriechen wie ein verwundetes Tier, das keine Frist erhält, seine Wunden zu lecken. Jerusalem war deine Stadt und das jüdische Volk dein Volk. Laß auch im Untergang ein wenig von der Erinnerung übrig, die uns mit deinem Namen verband.

Er hörte mit Erstaunen Worte widerhallen, die im dunklen Raum erstarben, und wußte, daß er seine letzten Gedanken laut ausgesprochen hatte. Es würde keine Antwort kommen, und dennoch fühlte er eine seltsame Ruhe in sich aufsteigen. Ja, die Erinnerung an den Namen ihres Gottes würde auch ihnen Unsterblichkeit verleihen, die sie vielleicht morgen zu Staub werden würden. Die Entscheidung war unwiderruflich herbeigekommen, und er war froh darüber. Die Monate des ewigen Kampfes, die Greuel und das Grauen würden bald zu Ende sein. Wie immer der morgige Tag auch ausgehen würde, mit Er-

folg oder Niederlage, der Schrecken ohne Ende würde seinen Abschluß finden.
Wie seltsam das Wissen um eine unverrückbare Entscheidung die aufgewühlten Gedanken zu beruhigen vermochte. Morgen würde noch einmal die peitschende Spannung alle Fasern seines Seins zur äußersten Willensbehauptung beanspruchen. Jetzt erfüllten ihn nur Müdigkeit und eine tiefe Sehnsucht nach endlosem Frieden. Das Bild Damaris' tauchte vor seinen Augen auf. Wie viele Tage hatte er sie schon nicht mehr gesehen? Seit er das Haus Aris verlassen hatte, um bei den gefährdeten Abschnitten sein Quartier zu beziehen, waren acht Tage vergangen. – Eine Unendlichkeit für eine Liebe, die sich Zeit und Ort mit Haß, Kampf, Blut und Tränen teilen mußte.
Tausend Sommer hatten sie zusammensein wollen, die ganze Unendlichkeit eines unerfüllbaren Wunsches. Jetzt würden sogar Stunden vielleicht unerreichbar bleiben. Er lehnte sich gegen die kühle Wand der Synagoge. O Herr, Jehova, flüsterten seine Gedanken. Ich bitte um mehr als nur um den Mut für den morgigen Tag. Ich bitte um den Bruchteil der erträumten Sommer mit Damaris. Er lächelte in sich hinein. Selbst für sein Leben konnte er jetzt den Wert einer einzigen glücklichen Stunde nicht mehr erkaufen. Er schloß die Augen, und das Dunkel des Raumes entschwand.
Vor ihnen waren die Jordanquellen, das schäumende, juwelenfunkelnde Wasser, das ewige Symbol von Leben. Damaris hatte ihr Gesicht seinem zugewandt, mit einem Lächeln, das für die Ewigkeit zu strahlen schien. Sie sprach zu ihm, doch waren ihre Worte stumm. Sie eilte auf ihn zu. Er versuchte, ihr entgegenzulaufen, aber eine unsichtbare Gewalt hielt ihn zurück. Mit jedem Schritt wurde ihr Bild undeutlicher. Sie streckte ihm die Hände entgegen, doch er vermochte nicht, sie zu berühren. Dann verschwand das Bild, und er stand allein im Dunkel der Synagoge. Ein Frösteln zog seinen Nacken hoch, und er zwang sich zur Ruhe. »Wir werden die Jordanquellen zusammen sehen, Damaris«, flüsterte er und trat aus der Synagoge.
Schatten lagen zwischen den Häusern. Der letzte Abend vor dem Morgen, der alles entscheiden wird. Vielleicht wird dann der Sommer endlich wieder nach Blüten und Gras duften und den Gestank der Toten verwischen. Vielleicht werden dann wieder die Springbrunnen der Stadt zu sprudeln beginnen, die jetzt trocken in der Sonne schmachten. Unendliche Müdigkeit breitete sich in ihm aus. Wirklichkeit und Traum teilten sich sein Bewußtsein. Es wird alles so wer-

den, wie wir es erhofften, sagte er sich. Jerusalem wird aus der verbrannten Asche seiner Häuser emporsteigen, wie die Sonne über dem Ölberg nach jeder Nacht. Das Klingen der Schwerter wird mit der Zeit nur noch ein zartes Anschlagen von Glocken sein und dann völlig in Vergessenheit geraten. Die Straßen werden sich wieder mit Händlern aus aller Welt füllen und mit Märchenerzählern, wie in den Tagen seiner Kindheit. Er lächelte. Der Morgen des nächsten Tages wird der Beginn eines neuen Lebens sein. Er beschleunigte seine Schritte. Simon und Eleasar würden auf ihn warten, und er mußte schlafen, ein paar wenige Stunden vor dem letzten großen Tag.

*

»Die Anweisungen sind getroffen, Marsena«, empfing ihn Eleasar ben Jair am Psephinus-Turm, wo sie ihr letztes Lager eingerichtet hatten. »Es ist mehr an Öl zusammengekommen, als wir erhofft hatten. Wir werden ihnen das Feuer der Gehenna bereiten. Meir hat fast den gesamten Tempelvorrat zur Verfügung gestellt.«

»Wo sind Simon bar Giora und Johannes von Gischala?«

Simon ben Ari machte eine wegwerfende Bewegung. »Sie existieren nur mehr dem Namen nach. Seit Simons feige rechte Hand sich von ihm abgewendet hat, ist er ein gebrochener Mann. Du hast seinen Zustand ja selbst gesehen. Wir können nicht mit ihm rechnen. Und Johannes von Gischala beschränkt sich ganz auf den Tempelbezirk. Seit dem Fall der Antonia ist er nur noch ein Schatten seiner selbst. Wir sind völlig auf uns allein gestellt. Wir wollten Simon bar Giora über unser Vorhaben informieren. Aber er hat gar nicht reagiert. Und Johannes hat Eleasar gar nicht erst vorgelassen. Sie lecken ihre Wunden und beweinen sich selbst. All die triumphalen Worte der Vergangenheit sind nur noch trockener Schaum auf sonnendurchglühten Felsen. Die Wogen, die sie einst krönten, sind längst in sich zusammengesunken. Nur mit uns werden die Römer morgen zu rechnen haben.«

Marsena nickte nur stumm. Seine Augen brannten vor Müdigkeit. Er registrierte nur undeutlich die Schläuche mit dem Öl auf den Karren und die schlafenden Männer ringsum, die morgen das Wunder zu vollbringen hatten, an das sich nur noch Träume zu klammern suchten. Er sah in die Augen seiner beiden letzten Freunde. Vielleicht dachten sie wie er... Vielleicht träumten sie aber auch von den tausend

Sommern, die auf den morgigen Tag warteten. Sie würden morgen beginnen oder nie. Er umarmte Simon und Eleasar mit einem seltsamen Gefühl der Wehmut. Seine Gedanken waren von unendlicher Müdigkeit erfüllt und von unvorstellbarer Sehnsucht nach Frieden.
Er sah in den Augen der Freunde sein eigenes Empfinden. Vielleicht haben wir uns heute ein letztes Mal so gesehen.
Er hörte sich plötzlich sprechen, und es war ihm, als spräche er ein Vermächtnis aus. »O Tau auf den Hängen des Hermon. Wenn es Tränen sind, dann sind es unsere. Mögen morgen die Tränen der Trauer sich in die der Freude verwandeln! Möge unsere Sehnsucht nach Frieden den Wind aus den Bergen Moabs begleiten, von Dan bis Beerscheba! O Gott Israels, Jehova der Heerscharen. Leite deinen Knecht, wie einst Gideon und Barak, ein letztes Mal. Möge dein Name über Israel sein auf unabsehbare Zeit. Und laß uns nicht in Vergessenheit geraten um deiner Knechte Moses und Abraham willen, wenngleich wir selbst uns nicht als ihrer würdig erwiesen haben. Laß uns mit deinem unsterblichen Namen auf den Lippen leben oder sterben. Aber mögest du gepriesen sein von Ewigkeit zu Ewigkeit!«
Er hatte sein Schwert gezogen. Es glänzte in den Strahlen der untergehenden Sonne. Im Sand vor der Mauer am Hasmonäerpalast entstanden Linien und Kurven. So würden sie morgen vorgehen! Hier würden die Belagerungstürme der Römer in Schutt und Asche versinken, hier die Widder und Scorpione!
Rötlich verschleiert hing der niedergehende Sonnenball am trägen Himmel. Er sah auf. Es wird zu einem Sturm kommen! Heute nacht oder morgen früh, wenn die Mächte des Himmels und die letzte Kraft Israels den neuen Tag bestimmten! Die ersten Zelte der zehnten Legion verschwanden vom Ölberg. Die Planen wirbelten, großen welken Blättern gleich, durch die Olivenhaine.
Endlich ist der Gott Israels mit uns! Ein Windstoß fegte durch die Kronen der Ölbäume. Das Rascheln erfüllte Marsena mit bittersüßem Sehnen. Es war, als flüsterte eine Stimme aus dem Atem des Windes. Wie in Kindertagen stieg die Sehnsucht in den silbernen Äther hinaus.
Der Blick wanderte in Gedanken zu den Teichen der Davidsstadt. Er sah die Frösche und Wasserschildkröten auf den sonnigen Steinen am Rand des Teiches, ihr Gleiten ins blaugrüne Wasser, wenn ein Schatten auf sie fiel. Über ihm im tiefen Blau der unendlichen Kuppel zog eine Schar Tauben mit schnellem Flügelschlag. Er vernahm ihr Gur-

ren von den Mauerzinnen, auf die sie sich niederließen, und der tiefe Frieden des Frühlingsmorgens war spürbar, wie das sanfte Wiegen auf den Wellen des Sees Genezareth.

Aber auch das war nur ein Traum. Es war nicht der Frühling, von dem er träumte, sondern der letzte Sommer vor der Kälte der Zukunft. Vielleicht würde es wieder so werden!

Marsena wußte auf einmal! Ja, das, was er in den Sand zeichnete, das glaubte er! Das war die Hoffnung, die sich morgen erfüllen mußte! Sie alle mußten es glauben, und nur so würden sie siegen! Die Müdigkeit griff wie eine stählerne Hand nach ihm. Er zwang sich mit aller Konzentration das Bild des Planes im Sand zu beenden.

Eine Hand legte sich auf seine Schulter. Eleasars Antlitz lächelte. Und da war auch Simon! Mit ihnen würde der morgige Tag zum Wunder werden, zum Wunder für Israel!

Ein Windstoß verwehte die Zeichnung im Sand.

Die Müdigkeit war wie ein großer Taumel. Weit weg war der vergehende Tag. Nur das Morgen zählte!

Das Schwert, das Zeichen und Linien in den Sand gegraben hatte, entfiel seiner Hand. »Tausend Sommer, Damaris! Morgen beginnt der erste Tag!«

Marsena schlief neben der Mauer inmitten all der Toten ein. Nicht einmal das ewige Wummern der Mauerbrecher konnte seine Müdigkeit überwinden.

»Laßt ihn schlafen«, sagte Eleasar ben Jair sanft. »Er hat es nötiger als sonst jemand von uns. Und, weiß Gott, ob es je wieder einen Schlaf geben wird, der nicht zur Ewigkeit wird?« – Er winkte die Umstehenden fort. »Geht und ruht euch selbst auch aus.« Und murmelnd zu sich selbst kamen die Worte: »Wenn dein Plan morgen Erfolg haben soll, Marsena, dann werden wir die letzten, die ein Schwert zu halten vermögen, bitter nötig haben.«

Eleasar blickte über die Hunderte von Ölschläuchen, mit denen die Karren beladen waren. »Gebe Gott«, dachte er, »daß wir morgen Erfolg haben. Wenigsten dieses eine Mal möge uns der Gott Israels zur Seite stehen.« Er lächelte mit einem bitteren Zug auf den Lippen. »Ein kleiner Finger würde schon genügen, wenn du uns deine Hand auch nicht mehr reichen willst.« – Er atmete tief ein. »Ich war eigentlich nie besonders gläubig«, dachte er »und doch wünschte ich, daß ich jetzt, in dieser Stunde, zu ihm beten könnte, zu ihm, der einmal das ganze Volk auf so wunderbare Weise aus der Hand seines Unter-

drückers, Ägypten, befreite, daß selbst fremde Nationen beim Namen Israels und seines Gottes Jehovas zu zittern begannen.«
Ohne unseren Gott sind wir hilflos, dachte er bedauernd; und es sieht nicht so aus, als wolle er uns zu Hilfe eilen. – So müssen wir also selbst versuchen, seinem Volk den Namen wieder zu geben, den es einst hatte. Welch pathetische Gedanken, sagte er zu sich; aber etwas, was wenigstens das letzte Fünkchen Hoffnung noch weiterglimmen läßt. Du hast recht, Marsena, sie haben kein Holz mehr, um neue Wälle zu bauen und neue Maschinen. Auch werden sie keine Stämme für neue Mauerbrecher in den nächsten Wochen herbeischaffen können. Bis zum Libanon werden sie kein geeignetes Material mehr vorfinden. Wenn es uns gelingt, mit dem Öl wirklich so weit zu kommen, wie du es erhoffst, dann müssen sie abziehen!
Er breitete seinen Umhang über den Schlafenden. – »Schlafe, Marsena, schlafe für den letzten großen Tag.«
Die Sonne war vollends verschwunden. Über den Himmel ergoß sich eine Flut von Farben, während die Dächer der großen Stadt im Dunkel zu verwischen begannen.
»Der neue Tag hat schon begonnen«, sagte er leise.

*

Irgendwo hinter der schwarzen Kulisse des Ölberges bereitete sich der Morgen vor. Zögernd nur, mit klammen Fingern, strich er über den nachtdunklen Himmel.
»In spätestens einer Stunde ist es hell«, seufzte Marcus Julianus. Er hatte keinen Schlaf finden können. Er sah den Fackelschein an den Mauern zur Vorstadt und vernahm das monotone Hämmern der Rammböcke, die Tag und Nacht ohne Unterbrechung arbeiteten. »Ob sie bei dem Lärm schlafen können?« murmelte er. »Es ist an der Zeit dieses Land zu verlassen, Zeit, diesem monatelangen Spuk ein Ende zu bereiten.« Er trat aus dem Zelt. Die Wachen salutierten.
Ich werde mich an dieses Land nie gewöhnen können, dachte er mißmutig. Der judäische Sommer ist zu heiß, die Luft voller Staub, und nur selten weht ein Windhauch. Er dachte beinahe sehnsüchtig an die Palmengärten Jerichos, wo der Wind durch das Tal des Jordan wehte, an die Gärten Alexandriens, wo wenigstens die Meeresbrisen für Erfrischung sorgten. Die Kühle des Atriums mit seinen Windkanälen, die die Zimmer temperiert hielten, die belebenden Bäder in den Ther-

men und das kühle Wasser in den Schwimmbecken im Garten. Hier hatte er als einziges Stück menschlicher Zivilisation eine alte, verbeulte Wanne, in der er sich beim Baden zusammenkrümmen mußte, und die ihm schmerzlich die Erinnerungen an Rom und Alexandria ins Gedächtnis rief.
»Ich bin schon viel zu lange hier«, seufzte er und trat ins Zelt zurück. »Marcus Antonius Julianus als Prokurator von Judäa.« Er lachte kurz auf. Ich habe mit meinen jüdischen Untertanen noch kein Wort gewechselt. Nein, es ist nicht ganz so. Du hast mit einem der Gefangenen gesprochen und ihn kreuzigen lassen. Welche Farce von einem Amt. Er griff nach dem Becher auf dem Tisch. Der Wein schmeckte schal und abgestanden. Unwillig verzog er das Gesicht. Der judäische Wein war schon längst ausgegangen, und dieses Getränk war unter Kennern kaum als Wein zu bezeichnen. »Es ist wirklich an der Zeit, diesem Land den Rücken zu kehren.«
Domitius Sabinus erschien am Zelteingang und salutierte. »Meldung von Cerealis, mein Feldherr. Die Mauerbrecher sind durch.«

Lorbeer und Myrte

Marsena erwachte. Es war so still um ihn herum. Er wußte im ersten Augenblick nicht, was diese Stille verursacht haben mochte. – Und dann fuhr es plötzlich durch sein Gehirn: Die Mauerbrecher arbeiteten nicht mehr!
Er sprang auf und blickte verwirrt um sich.
Da standen die Wagen mit dem Öl. Aber weit und breit kein Mensch zu sehen. Nur die vielen Toten lagen so, wie sie tags zuvor hingeworfen worden waren. »Simon, Eleasar!« – Seine Stimme verhallte ungehört.
Er vernahm das Prasseln und Donnern stürzenden Gesteins. Es klang unwirklich, als wäre es nur ein Auswuchs quälender Gedanken. Aber seine Augen sahen die Wirklichkeit, die sein Innerstes nicht erfassen wollte, und wie ein Schmerz durchfuhr ihn der Gedanke: Sie sind durch!
Beim Hasmonäerpalast fiel die Mauer unter Getöse in sich zusammen. Eine riesige Staubwolke, die den Fackelschein verschluckte, zog über den Platz. Sie sind durch, hämmerte sein Hirn. O Gott, einen

Tag zu früh. – Nein, nur einige Stunden. Die Enttäuschung ließ ihn taumeln. Er wankte über die Toten. An seine Stiefel hefteten sich Kot und geronnenes Blut.
»Eleasar, Simon!« schrie er. Sein Schrei ging in einem vieltausendfachen unter. Die Stille hatte nur Sekunden gedauert. Eine Stille des Schreckens und des Nichtverstehens. Jetzt erfüllte das Gellen aufeinanderschlagenden Metalls die weichende Nacht, das Brüllen von Stimmen, Latein und Hebräisch in unverständlichen Lauten, das Schreien der Verwundeten und das Gurgeln Sterbender. Fackelschein vermischte sich mit dem bleichen Licht des dämmernden Tages und zeichnete die Gestalten von Römern und Juden in die Unwirklichkeit der sterbenden Nacht.
Jetzt war Marsena auch nicht mehr allein. Um ihn herum hatten sich einige kämpfende Gruppen gebildet, und mit jedem Augenblick verstärkte sich das Toben verbissenen Kampfes. Er sah jetzt auch Eleasar, der wie wahnsinnig mit dem langen ägyptischen Schwert um sich schlug, und Simon, der von einigen Legionären verfolgt, im Laufen den Bogen abschoß. Die ersten Wagen mit den Ölschläuchen gingen in Flammen auf. Flackernde Schatten und beißender Rauch vermischten sich mit den Kämpfenden zu einer Orgie des Grauens. Brennende Körper wälzten sich brüllend im lodernden Feuersee, der sich rasend schnell ausbreitete. Immer mehr Öl floß aus den zerschlagenen Behältern und strömte zwischen die tobende Menge. Die Hitze begann mit glühendem Atem über den Platz zu kriechen, und der Schweiß der Lebenden und das Blut der Sterbenden verdampfte.
Marsena hatte sich in die Kämpfenden geworfen. Er schlug um sich, als gelte es eine Schlacht zu entscheiden; und doch sagten ihm seine Gedanken, daß diese Nacht, nein, der beginnende Morgen, der sich über dem Ölberg abzeichnete, niemals enden würde.

*

Der Zenturio Domitius Sabinus war wie von Sinnen. In der Linken hielt er die brennende Fackel, in der Rechten das Schwert. Sein Pilum steckte schon irgendwo in diesem Chaos von Leibern, die sich am blutgetränkten Boden wälzten. Er konnte es nicht fassen, daß er erst vor wenigen Minuten seinem Feldherrn Marcus Julianus die Meldung vom Durchbruch der dritten Mauer gemacht und die Bitte ausgesprochen hatte, mit den ersten Verbänden endlich wieder im Kampf stehen zu dürfen.

Er war mit der zweiten Kohorte durch die Mauerbresche gestürmt, nachdem die erste in Einzelkämpfen aufgerieben worden war. Und alles, was er sah, nachdem sie mit einem Brüllen der Angst glücklich über einen Berg von Toten gehetzt waren, war Blut, ein Meer von Blut und Flammen. Im Unterbewußtsein folgte er seinem Tribunen. Nur dranbleiben, nicht abgeschnitten werden von der Phalanx der vorstürmenden Truppe! Und nicht denken! Niemals anfangen zu denken! Er vergaß das Denken und schlug um sich. Die Flanken wurden in Einzelkämpfe verwickelt; doch er, der Zenturio Domitius Sabinus, der niemandem erzählen würde, daß er Rosen liebte, folgte seinem Tribunen durch die Reihen der flüchtenden Gegner, mit vor Entsetzen aufgerissenen Augen. Bei allen Larven und Lemuren, nichts würde je mehr dem gleichen, was seine Augen registrierten. Er, der in vielen Schlachten mit geradezu stumpfsinniger Gleichgültigkeit Leben vernichtet hatte, fühlte bis in sein Innerstes ein tiefes Grauen.

Schreiend hieb er weiter mit seinem Schwert um sich, an dessen Klinge das Blut zu gerinnen begann. Seine Sandalen stapften über aufgequollene zerschlagene Leiber. Er schrie, um seinen Ekel zu überwinden, der ihm die Kehle würgte. Haß und Abscheu ballten sich zu einem infernalischen Reigen, der den Atem keuchend aus den Lungen preßte. Er mußte sich übergeben. Und er stapfte weiter, über die Toten, die so dichtgedrängt lagen, daß die Sandalen an den Füßen den Boden nicht mehr berühren konnten. Seine Augen vermochten das Grauen nicht mehr zu registrieren, auch wenn sie weit aufgerissen waren. Seine Ohren vernahmen ein Rauschen und Heulen. Waren das menschliche Stimmen?

Der Zenturio Domitius Sabinus sah seinen Tribunen vor sich fallen. Über die Leiber seiner toten Kameraden schwankend, watete er durch einen See von Blut, der immer tiefer zu werden schien. Wut und Angst: Was zählte noch im Bewußtsein eines kleinen Soldaten, der eine Stadt zu erobern begann? Die Gefallenen häuften sich, wenn es den Juden gelang, die Reihen der Legionäre zu zersplittern, um sie in Einzelkämpfe zu verwickeln. Er wünschte, er hätte seinen Schild nicht weggeworfen, um die Fackel zu ergreifen, die für ihn Licht im Dunkel bedeutet hatte.

Das Klirren der Schwerter war ein einziger Klang, wie aus einer riesi-

gen Glocke gezeugt, der über dem Platz vibrierte, und mit dem Brüllen der Männer zu dem Schreckenslaut eines gigantischen Ungeheuers wuchs.
»Ob Hades, Tod, ob Stahl und Stein, Soldaten hauen alles kurz und klein«, hämmerte sein Gehirn. Der Schweiß, der unter dem stickigen Helm hervorströmte und in seine Augen floß, machte ihn beinahe blind.
»Nur nicht stehenbleiben!« schrien ihm seine Gedanken zu. Nicht immer das Blut sehen müssen, das nicht mehr aufhören kann zu gerinnen. – Knöcheltief, und es wird immer mehr. – »Soldaten hauen alles kurz und klein.« – Er schrie die Worte, als gälte es, all die Schreie zu übertönen, die in seinem Kopf gellten, wie der Klang eines gigantischen Gongs.
Ich werde dieses unmenschliche Schreien niemals mehr vergessen, tobte es in seinem Hirn. Nein, so alt kann man nicht werden, um dies alles vergessen zu lernen. – Nicht denken, bei allen Göttern, nicht denken!
Er suchte verzweifelt einen der höheren Offiziere seiner Kohorte; doch vor ihm waren nur noch Juden.
»Sie sind alle tot«, versuchte er zu schreien, aber seine Kehle erzeugte nur ein krächzendes Geräusch, das seine Ohren in dem chaotischen Ringen um ihn herum nicht mehr vernahmen.
Und dann sah er den Tempel vor sich.
Die goldenen Fenster, die silberbeschlagenen Rahmen mit den Portalen aus Zedern- und Sandelholz. Die weißen goldbeschlagenen Wände aus phönizischem Marmor, die goldenen Weinstöcke mit den mannshohen Reben daran, deren Glanz im Fackelschein den Vorhof mit einem seltsamen Licht überstrahlte.
Ein Taumel erfaßte ihn.
Hier schlug das Herz der Juden, und seine Hände griffen danach!
Hinter ihm drängte der Rest der Legion nach, im tierischen Brüllen entfesselter menschlicher Wahn. Er sah undeutlich, als wäre er an dem Geschehen unbeteiligt, wie der Rest der flüchtenden Juden durch das geöffnete Tor in das Heiligtum rannte und die gewaltigen gold- und silbergefaßten Türflügel zu schließen suchte.
Und dann befand er sich an dem Platz, der vor ihm noch von keinem Römer betreten worden war – im heiligen Raum der Priesterschaft Israels, im Heiligtum des schönsten Tempels im römischen Imperium.
Er starrte auf die Wände aus purem Gold, und ein dumpfes Stöhnen

kam aus seiner Brust. Sein Blick irrte von den Schaubrottischen mit den zwölf Broten darauf zum siebenarmigen Leuchter aus getriebenem Gold, wovon eine ganze Welt zu sprechen wußte, ohne sie wirklich gesehen zu haben.
Fast wie im Traum registrierte sein Blick die Szenerie, die so unwirklich schien und dennoch in all ihrer geheimnisvollen Fremdheit für einen Augenblick die Wirklichkeit tief in sein Bewußtsein senkte.
Dann ließ der Bann in seiner Wirkung nach, und das entsetzliche Toben der letzten Minuten, die so unendlich fern gewesen zu sein schienen, fegte den Nimbus weg, die Scheu, sich in der Gegenwart eines fremden Gottes befunden zu haben. Das Mosaik des Bodens begann sich zu verfärben, und eine Stimme im Kopf des Soldaten Domitius Sabinus schrie ihm wieder zu, daß die Ströme von Blut noch nicht enden sollten, und das Schlachten erst jetzt zu beginnen schien.

*

»Laßt sie nicht an die Tore heran«, schrie Marsena keuchend. Aber was besagten jetzt noch Befehle, die keiner mehr hörte. Sie verklangen, als wären sie nie ausgesprochen worden.
Das helle Klingen der aufeinandergeschlagenen Schwerter hatte etwas Endgültiges. Marsena wußte, wenn dieses Klingen verstummte, war alles vorbei.
Er kämpfte nur noch wie in Trance. Das Keuchen und Stöhnen um ihn her waren in seinen Ohren nur noch unwesentliche Begleiterscheiungen, Statisten eines letzten Theaterstückes, das unaufhaltsam zum Finale kam.
Die Phalanx der Juden war längst zersprengt. Die Einzelkämpfe hatten den Charakter sinnloser Selbstzerstörung.
Marsena empfand plötzlich eine unendliche Leere in sich. In diesem Augenblick wußte er – es war zu Ende. Der Traum von Freiheit, dieser kurze, geradezu hochmütige Traum war für alle Ewigkeit verloren. – Zersprungen wie ein kristallener Spiegel, zerbrochen unter den gellenden Klängen der Schwerter, die den letzten Widerstandswillen durch die Straßen Jerusalems trieben.
Fast panische Angst überfiel Marsena. Nicht die Angst vor dem Tod, nein, das Erkennen des Verlustes von Unwiederbringlichem war es, was die Brust mit ehernen Fingern umklammerte, unbarmherzig jede

Zuversicht verdrängte und die Hoffnung im Innersten verlöschen ließ.
Er war müde, aber es war weniger sein körperlicher Zustand, als die Müdigkeit seiner Gedanken, die nichts mehr erfassen wollten, die Enttäuschung, die sein ganzes Ich zu lähmen schien, und die grenzenlose Verwunderung, daß mit einem Mal das Ende da war, an das er so oft gedacht hatte, ohne es wirklich begreifen zu wollen.
Er spürte den Schmerz kaum, als der wuchtig geführte Streich eine klaffende Wunde an seiner Stirn hinterließ. Die Wucht des Schlages ließ den Römer taumeln. Marsena sah alles plötzlich durch einen roten Schleier. Bevor ihn das Blut, das über sein Gesicht strömte, vollends blendete, stieß er seinem Gegner das Schwert in den Bauch. Als er es mit einem Ruck wieder herausriß, quollen aus der Wunde weißlich die Gedärme.
Er muß die Wunde schnell zudrücken, dachte Marsena, und über seine Lippen kam ein irres Lachen, als er sich des Grotesken seiner Gedanken bewußt wurde.
Der Römer war schon tot, bevor Marsena das Blut aus den Augen gewischt hatte und wieder richtig sehen konnte.

*

Simon ben Ari griff in seinen Köcher. Er war über die Gleichgültigkeit erstaunt, mit der er die wenigen Pfeile registrierte, die ihm noch verblieben waren. »Mit dem letzten Pfeil folge ich euch nach, Judas, Gilead«, flüsterte er müde. Er wußte, daß er Marsena ben Arinos und Eleasar ben Jair nicht wiederbegegnen sollte. Ich sehe, aber ich fühle nichts mehr, sagte er sich, und verfolgte den Flug seines Pfeiles, der von der gewaltigen Kraft des großen Doppelbogens in den dämmernden Morgen hinausgeschnellt wurde.
Er lächelte, als er der Bilder gewahr wurde, die in schneller Reihenfolge in seinen Gedanken vorüberzogen. Ein ganzes Leben in einem Augenblick. Er war sich plötzlich bewußt, wie wenig er von all dem je wieder sehen würde. Esther, Tochter des Merton, flüsterten seine Gedanken, deine Gestalt spiegelt sich in meinen Augen, und doch werden sie sie nie wieder erblicken. Oh, wären wir doch den Sternen gleich, wir würden aus dem All herabblicken und lachen über all das sinnlose Streben, dem wir uns unterwarfen. Oder nein, nichts wür-

den wir von alledem erblicken, nur die Ruhe über dem Rund der Erde, und wir hätten wieder Zeit, unseres Gottes zu gedenken.
Ob du den Hauch unserer Worte überhaupt noch zu hören vermagst, Gott Israels? Marsena hatte recht. Wir haben nichts getan, um uns deiner Erinnerung würdig zu erweisen. Wie schnell doch Gegenwart und Vergangenheit wechseln! Gestern noch hatte er in Marsenas Worten einen Anflug von Hoffnung für das niedersinkende Jerusalem ersehen können, und in einem Augenblick war diese Hoffnung zerstoben, wie ein Meteoritenschauer am nächtlichen Himmel.
Für einen Moment dachte er an Damaris und an Marsena ben Arinos. War es der Qualm der brennenden Häuser, der seine Augen tränen ließ oder die tiefe Traurigkeit, die er plötzlich verspürte? Eure Liebe ist so hoffnungslos wie der Versuch des Jordan, das große Meer im Westen zu erreichen, wie der Wunsch des Mondes, sein Licht mit den Strahlen der Sonne zu vereinen, ja wie der Traum des Sommers, in der ewigen Nacht des Winters bestehen zu bleiben. O meine Schwester, nie werden wir den Klang der Tamburine vernehmen, den Schall der Zimbeln und der Saiteninstrumente, die den Weg der Braut und des Bräutigams in einem Meer von Blumen begleiten. Nie wird das Lachen und Tanzen dieses Tages unsere Erinnerungen beglücken und nie werde ich selbst je den Myrtenkranz berühren.
Er wischte sich die Tränen aus den Augen und sagte leise: »Ich möchte dich noch einmal sehen, Tempel Jehovas, als Erinnerung für die ewigwährende Nacht.« Und in seinem Inneren waren die Worte: O Jehova, du selbst hast dich uns Generation um Generation als wirkliche Wohnung erwiesen. Ehe selbst die Berge geboren wurden oder du darangingst, wie mit Geburtswehen die Erde und das ertragfähige Land hervorzubringen. Ja von unabsehbarer Zeit bis auf unabsehbare Zeit bist du Gott. Du läßt den sterblichen Menschen zurückkehren zu zerfallener Materie, und du sprichst: Kehret zurück, ihr Menschensöhne. Denn tausend Jahre sind in deinen Augen nur wie der gestrige Tag, wenn er vergangen ist, und wie eine Wache während der Nacht.

*

Domitius Sabinus sah, wie aus den geöffneten Mündern Blut floß; wie es durch die Abflußöffnungen des Altars rann, gleich dem Blut der Tiere, die hier als Opfer geschlachtet wurden. Ein würgender Griff erfaßte seine Kehle. Auf keinem Schlachtfeld der Welt hatte er je solch einen Anblick vor Augen gehabt. Über dem Schaubrottisch lagen die Getöteten mit verdrehten, in grotesken Stellungen verrenkten Gliedern; und Blut, überall nur Blut. Der heilige Tempel der jüdischen Nation ein Schlachthaus. Er konnte kaum noch richtig atmen; der eklige frische Blutgeruch machte ihn wahnsinnig. Die goldenen Wände wurden rot, blutbespritzt die heiligen Tempelgeräte. Er wurde von der tobenden Masse der plündernden Soldaten fortgerissen. – Über den Teppich der Leichen hinweg, über abgeschlagene Glieder und hervorquellende Eingeweide. Der Rausch des Kampfes, die hochgepeitschte Raserei des im Unterbewußtsein handelnden Tieres, klang in ihm ab. Seine Augen registrierten, und seine Gedanken erfaßten die Schreckensszene, die sich wie mit Feuer gezeichnet in sein Gehirn grub. Er warf die Fackel weit von sich und bemerkte kaum, wie das Flammenbündel durch eines der goldenen Fenster in einen Raum flog, in dem das heilige Öl aufbewahrt wurde. Er sah nicht, wie der Feuerbrand in eine Lache ausgelaufenen Öls fiel und zu einer wild aufflackernden Lohe wurde. Er sah nicht, wie das Feuer in rasender Geschwindigkeit um sich griff, sich die schweren buntgewebten Vorhänge hinauffraß und das Zedernholzgebälk erfaßte. Er sah nicht, wie der Flammensee in die Räume floß, die mit duftenden trockenen Hölzern und unzähligen Ballen kostbaren Stoffes gefüllt waren. Eine Flammenwand stieg empor. Das Blut verdampfte unter der Hitze, und die Toten erhielten eine feurige Bestattung in schmelzendem Silber und kochendem Blei, in einem Grabmal aus Gold und Marmor, während die Flammen den Totengesang in den dämmernden Morgen hinausbrüllten.

Der Soldat Domitius Sabinus taumelte ins Freie und warf sein Schwert fort.

*

Von irgendwoher hörte Marsena den Schrei: »Der Tempel brennt!« Es war ein Schrei, der alle Verzweiflung ausdrückte, den eine gepeinigte Kreatur nur auszustoßen vermochte – wie das Zittern einer riesigen Stimmgabel im zerbrechenden Universum.

Marsena lehnte sich einen Augenblick an einen umgestürzten Karren. Sein Innerstes blieb tot. Er empfand kein Bedauern. Die letzte Hoff-

nung jüdischen Denkens war mit der Zerstörung des Tempels erloschen.
»Das Herz Jerusalems hat zu schlagen aufgehört«, dachte er und seine Lippen sprachen seine Gedanken nach, »und mit ihm auch das Herz eines ganzen Volkes.«
Er blickte auf sein Schwert.
»Ich brauche jetzt kein neues mehr«, murmelte er, und das fast unmerkliche Lächeln, das sich über seine Lippen zog, war wie das letzte Aufbäumen seines Ichs. Er wischte sich das Blut aus den Augen, das nicht zu fließen aufhören wollte und blickte die Straße entlang, die zur Gabatha führte.
»Wo sind unsere Leute?« dachte er. »Ich sehe nur Römer.«
Er lief verzweifelt durch die Gassen, doch seine Augen suchten vergebens nach einem bekannten Gesicht.

*

Titus sah zu dem roterleuchteten Himmel, und seine Hände ballten sich zu Fäusten. »Habe ich nicht alles getan, um das zu verhindern?«
In seiner Stimme schwang Wehmut, und in seinen Augen war mehr zu lesen, als man von einem Legaten des römischen Imperiums erwarten konnte.
Die Hand Marcus Julianus' legte sich auf seine Schulter. »Du hast alles getan, Titus Vespasian.«
Titus nickte ihm dankbar zu.
Die zwölfte Legion machte sich fertig, um durch die geöffneten Tore in die Stadt einzudringen.
»Wie ruhig alles vor sich geht«, dachte Julianus, und sein Blick glitt wohlgefällig über die schimmernden Rüstungen der angetretenen Männer.
Er vernahm die Befehle der Tribunen an die Zenturios der einzelnen Abteilungen und sagte sich, daß wohl nichts in der Welt mit dem Ausbildungswesen der römischen Armee vergleichbar war.
Ein bißchen zu dunkel noch für die Bogenschützen, dachte er, als er die im Laufschritt vorbeitrabende Truppe betrachtete, bis sie im Dunkel der Mauer verschwunden war.
Die Legion setzte sich in Bewegung.
Drinnen sieht alles anders aus, waren Julianus' Gedanken, als das

Stampfen der Stiefel verklang. In der Stadt würden sie brennen und morden.
Für einen Augenblick sah er in Gedanken das Gesicht Marsenas vor sich. Dann wischte er das Bild entschlossen weg. »Es ist vorbei«, murmelte er fast unhörbar. »Es war vorbei, als du das Zelt verließest, Marsena ben Arinos, und selbst die Erinnerung wird eines Tages verschwunden sein.«
»Soll ich Abteilungen zum Löschen aussenden?«
Marcus Julianus fuhr aus seinen Gedanken hoch. Er lächelte still in sich hinein. Da soll die Welt behaupten, ein Römer sei bar jeden Gefühls. Für seinen Begriff zeigte Titus zuviel davon.
Er schüttelte den Kopf. »Der Tempel ist verloren. Außerdem hört da drinnen jetzt bestimmt keiner mehr auf Befehle. Ich kenne das. Man ist wie in Trance. Jede Vernunft ist gewichen. Sie werden wie Tiere reagieren, blutrünstig und gnadenlos. – Und man kann es ihnen nicht verdenken. Zu lange schon dauert das Ringen um diese Stadt. Jetzt kann endlich Schluß sein. Wie willst du ihnen das klarmachen, daß sie etwas retten sollen, was ihnen verhaßt ist, zu schonen, was ihnen zu vernichten geboten wurde? Nein, Titus, sie werden den Schlußakt genießen wollen, auf ihre Weise. Ich würde jetzt keinen meiner Stabsoffiziere in ihre Reihen schicken wollen mit dem Befehl, zu löschen, was ihrer Meinung nach zu brennen hat.«
Titus trat an den Eingang des Zeltes.
Die Geräusche der marschierenden Truppen waren verstummt, und bedrückende Stille breitete sich im Zelt aus.
Das Entsetzen, das sich der großen Stadt bemächtigt hatte, drang nur undeutlich zu ihnen herüber. – Und dennoch vermeinte man die Hitze zu spüren, die sich über dem sterbenden Jerusalem ballte, durch die Straßen und Gassen kroch und das letzte Leben aus den Winkeln trieb.
Hinter ihnen begann der Morgen, sich einen Weg zu bahnen. Die Stadt lag noch im Dunkeln, erhellt von der feurigen Hand des Todes, der gierig und in geifernder Hast sein Werk zu vollenden suchte.
Titus wandte sich mit einem Ruck um. »Ich muß in die Stadt, Marcus!«
Marcus Julianus nickte nur kurz und setzte seinen Helm auf.

*

Marsena war stehengeblieben. Er lehnte sich schweratmend gegen eine Hauswand, und es war ihm, als hätte er einen seltsamen Traum.
Er sah sich am Kidronbach stehen und mit Steinen werfen. Die Lorbeersträucher ließen ihr dunkles Laub über die blitzenden Wellen hängen, und er versuchte, mit den Steinen die Blätter zu treffen, so daß sie ins Wasser fielen und wie Schiffchen mit der Strömung zu treiben begannen.
Er war allein. Das Kidrontal war leer; selbst die Aussätzigen bei den Grabmälern waren nicht zu sehen. Die Olivenbäume des Ölbergs standen wie zur dunklen Mauer verschmolzen vor dem Heranbrechen des neuen Morgens. Wie Flammenbündel zuckten die Strahlen der aufgehenden Sonne über die Kuppe und umgaben Ast- und Laubwerk mit einer Korona blendenden Scheins.
Für das Kinderherz begann hinter dem Ölberg die große unbekannte Welt voller Träume und Wünsche. Der Wind schlief dort irgendwo am Rande des großen Salzsees, oder auch vielleicht in den dunklen Bergen Moabs, die ihm so unerreichbar schienen, daß seine kindliche Phantasie sie mit dem Mythos der Unendlichkeit umgab.
Eine seltsame Stille lag über dem Tal. Nichts regte sich. Selbst die Vögel schwiegen, und nur das Plätschern der Wellen war zu vernehmen. Es klang in des Jungen Ohren wie die sacht berührten Saiten der Lyra, die seine Mutter spielte, als sie noch lebte. Und es schwang ein Hauch von Traurigkeit und Verträumtheit mit, der sich sehnsuchtsvoll mit dem Morgen verband.
Der Junge jauchzte, als der Himmel sich mit einer verschwenderischen Fülle von Licht umgab und die Schatten über dem Tal sich verflüchtigten.
Er staunte über die Pracht, in die der Morgen sich zu kleiden wußte und die das Kinderherz mit Freude füllte.
Er sprang über die Steine am Rande des Baches, hob Kiesel auf, warf sie nach dem dunklen Laub der Lorbeersträucher und freute sich, wenn er die schwankenden Blätter auf den glitzernden Wellen traf.
Dann war es mit einem Male, als tauche aus dem klaren Grund des Baches ein Kinderantlitz auf. – Ein blasses schmales Gesicht mit dunklen langen Haaren und großen vorwurfsvollen Augen. Von der bleichen Stirn perlte ein Blutstropfen, und ein ängstlicher Kindermund fragte: »Warum wirfst du nach mir, Marsena?«
Tränen flossen über die bleichen Wangen, und die großen dunklen Augen waren voller Traurigkeit auf ihn gerichtet.

»Damaris«, flüsterte er erschrocken. »Damaris, wie kannst du so etwas sagen? Ich würde nie nach dir werfen, meine kleine liebe Schwester. Eher füllte sich dieses Tal mit einem reißenden Strom, als daß ich dir etwas zuleide täte.« Er wollte zärtlich über die dunklen Haare streichen, doch das traurige Antlitz verschwand, und seine Hand griff ins Leere.

Er lief den Bach entlang, durch die immergrünen Myrtensträucher hindurch und stand plötzlich vor einem kleinen Mädchen in einem weißen Leinenkleid, das am Ufer des Baches saß und einen Kranz flocht.

»Was machst du da, Damaris?« fragte er neugierig.

Das Antlitz des Mädchens wandte sich ihm zu. Die Augen blickten strahlend zu ihm hoch, und der kleine Mund begann zu lächeln. »Ich winde einen Myrtenkranz, Marsena.«

»Er ist schön geworden, Damaris. Komm, laß mich ihn dir aufsetzen.« Er griff übermütig nach dem Geflecht, doch sie hielt erschrokken die Hand hinter ihren Rücken.

»Weißt du nicht, was das bedeutet, Marsena?« flüsterte sie scheu.

Er schüttelte den Kopf.

»Man schmückt eine Braut damit.« Sie senkte verlegen den Blick.

»Ach so«, lachte er. »Und damit schmückt man einen Helden.« Er riß übermütig einen Zweig von einem Lorbeerbaum und steckte ihn sich in das Haar. »Die Römer tun es wenigstens«, sagte er und sprang lachend im Kreis herum. »Ich werde einmal ein großer Held.«

Er ließ sich atemlos neben das Mädchen fallen.

Sie sah ihn mit großen Augen an. »Wirst du dann weit weggehen?«

»Ja«, sagte er mit strahlendem Gesicht. »Über den Ölberg hinweg bis zum großen Salzsee, vielleicht auch bis nach Rom.«

»Wirst du mich dann heiraten, Marsena?« fragte sie ihn verschämt. »Du hattest es mir versprochen.«

»Bestimmt, Damaris«, lachte er zufrieden. Er ließ die Füße in das Wasser baumeln, riß sich einen Grashalm ab und kaute darauf.

»Stimmt das mit dem Myrtenkranz?« fragte er nach einer Weile.

Sie nickte, und er sah aus den Augenwinkeln heraus, wie sie die Myrten zu Ende flocht. »Esther hat es mir gesagt, und die weiß es von ihrer großen Schwester.«

Er spuckte den Halm aus und sagte feierlich: »Ich werde dich heiraten, Damaris. Gib ihn mir.«

Er nahm das Myrtengeflecht aus ihrer Hand und wollte es auf ihr

Haar legen. Doch ihr verschämtes Antlitz verhauchte wie Nebel im Morgenwind, und seine Hände umspielte nur die laue Luft des anbrechenden Tages.
Er hetzte die Mauer entlang, kletterte über Felsblöcke, strauchelte über lose Steine und rannte vorbei am Misttor in das Hinnomtal. Düstere Schatten umfingen ihn. Auf beiden Seiten türmten sich drohend die Felsen, und Furcht überkam ihn.
»Damaris«, schrie er schweratmend.
Sein Schrei hallte von den Felsen wider, blieb aber ohne Antwort. Nur einige Geier erhoben sich schwerfällig mit unwilligem Gekrächze.
Er rannte weiter.
Ein durchdringender Gestank breitete sich aus. Es war der Geruch von Feuer und Verwesung. Er stolperte über Knochen und menschliche Schädel.
Übelkeit befiel ihn. Es schien, als rückten die Felsen über ihm zusammen, als suchten sie, ihm den Blick zu dem strahlend blauen Himmel zu verwehren, der so unendlich weit entfernt zwischen den Abgründen zu verschwinden drohte.
Dann war plötzlich Nacht um ihn. Aber nicht die sanfte Nacht im samtenen Schein der Sterne, sondern der schwere Atem aus dem Rachen eines bodenlosen Schlundes.
»Damaris!« schrie er wie von Sinnen. Doch sein Schrei wurde verschlungen von dem wallenden Brodem aus Rauch und Finsternis. Er tastete sich blind durch das undurchdringliche Dunkel. Immer wieder kam es von seinen Lippen: »Damaris! Damaris!«
Er meinte, nicht mehr atmen zu können. Der Geruch wie von brennendem Schwefel biß in seiner Nase.
Dann plötzlich sah er durch den brodelnden Qualm den düster flakkernden Schein von Feuer. Schwaden dunklen Rauches wälzten sich träge aus dem glühenden Schutt und wallten durch einen Raum, der keinen Anfang und kein Ende zu haben schien.
Er rang nach Atem und glaubte zu ersticken.
»Damaris«, kam es keuchend aus verzerrtem Mund.
Seine Augen brannten wie von tausend Nadeln durchstochen; nur undeutlich erfaßten sie eine dunkle Gestalt, die sich vor der Glut von unzähligen Feuern abzuzeichnen begann.
»Damaris?« tönte eine hohle Stimme. »Es ist keine Damaris hier.«
Plötzlich stand die Gestalt ganz dicht vor ihm, und ein düsteres Ge-

sicht starrte ihn an. Aber nein, es war kein Gesicht. Dieses Wesen hatte kein Gesicht. Es war das Antlitz des Todes.
Die Stimme ertönte wieder, hohl und von irgendwoher. »Weißt du, Unseliger, wo du dich befindest? Dieser Ort ist die Gehenna.«
Die Gestalt wuchs ins Unermeßliche und vermischte sich mit Qualm und Feuer zu wesenlosem Rauch, während der Hall des letzten Wortes in einem unendlichen Raum zu ersterben schien.
Er taumelte weiter, und Dunkelheit umschloß ihn wieder. Er griff in die Finsternis, doch seine Finger krallten sich nur ins Nichts.
»Damaris!« schrie er verzweifelt – aber um ihn war nur der eklige Gestank von Rauch, Blut und Verwesung.

*

Die Wirklichkeit erfaßte ihn.
»Damaris«, stammelte er und drückte sich von der Hauswand ab.
Er wischte sich das Blut aus den Augen. Sein Atem ging keuchend.
Der Gestank von Rauch, Blut und Verwesung war jetzt unerträglich geworden. »Mein Gott«, schrie er laut. »Die ganze Welt ist erfüllt von Blut – nur Blut.« Er stolperte über aufgeblähte Leiber und sagte sich mit irrem Lachen, daß das ganze Tal Hinnom nicht ausreichte, all die Toten aufzunehmen.

*

Merton ben Ephraim stand an der Schwelle und sah eine Horde römischer Soldaten auf das Haus zulaufen. Ohne Hast schloß er die Türe und legte den Balken davor. Er wandte seinen Blick zu seiner Frau und dann zu seinen Töchtern. »Eure Brüder kehren nicht zurück, meine Töchter. In wenigen Augenblicken werden die Römer hier sein. Wollt ihr in ihre Hände fallen?«
Seine Stimme zitterte, und das Herz schmerzte ihm beim Anblick der verängstigten Augen, die zu ihm aufsahen. »Wollt ihr ein unwürdiges Leben führen, als Sklavinnen oder als Huren?«
Heftiges Donnern ertönte von der Tür.
»Aufmachen!« schrie eine Stimme. »Aufmachen im Namen Marcus Antonius Julianus', des Statthalters von Judäa!«
Mertons Stimme klang beherrscht, aber seine Augen füllten sich mit Tränen als er seine Frau in die Arme schloß und seinen Töchtern lie-

bevoll über das Haar strich. »Vielleicht töten sie euch, vielleicht vergewaltigen sie euch und schleppen euch als Sklavinnen fort. Was immer sie tun, wollt ihr, daß sie Hand an euch legen?« Die Mädchen schluchzten, doch sie schüttelten stolz ihre Häupter.
»Nein, Vater, sie sollen ihren Sieg nicht haben!«
Das Hämmern vom Eingang her wurde wütender, und in das Klopfen mischte sich das Brechen und Splittern von Holz.
»Sie haben uns besiegt«, sagte der Alte tonlos. Und mit fester Stimme: »Aber sie sollen ihren Sieg nicht feiern können.«
Er nahm ein Schwert von der Wand und sprach: »O Gott Israels, der du uns siehst beladen mit Schuld, die wir vor deinem Angesicht zu sühnen haben. Vergib mir diese Tat und gib uns den Mut, in Freiheit zu sterben.«
Als die Römer in den Raum eindrangen, fanden sie nur Tote.

*

Die Schlacht im Tempelbezirk ging ihrem Ende entgegen, nicht jedoch das Schlachten. In den Straßen hatten sich einige Gruppen zusammengefunden, die sich erbittert auf die durch die geborstenen Mauern einströmenden römischen Soldaten warfen. Doch der Traum war im Schwinden, die Freiheit verstummte in blutenden Wunden, mit ihr der Haß, und die Furcht gewann die Oberhand.
Eleasar ben Jair hatte den Rest seiner Leute um sich geschart.
Die Flammen der brennenden Häuser warfen zuckende Schatten auf sein düsteres Antlitz. »Freunde«, sagte er bitter, »wir haben gut gefochten. Israel kann stolz sein, Männer wie euch in seinen Stämmen gezeugt zu haben. Aber die Stunde ist nahe, da unser Blut den Boden tränken wird. Wir Zeloten haben geschworen, uns, so lange wir atmen können, gegen die römische Hand zu wehren. Doch unser Blut, das jetzt noch vergossen würde, könnte der Stadt nichts mehr nützen. – Denn Jerusalem ist gefallen, auch wenn wir noch Tage zu kämpfen hätten. Nichts kann daran noch etwas ändern. Welchen Sinn hätte es also, sich für etwas zu opfern, das unserem Bestreben, dem römischen Joch entgegenzutreten, jegliche Grundlage nehmen würde? In wenigen Stunden wäre dieses letzte Ziel unseres Daseins für immer verloren. Es ist niemand mehr da, der unsere letzten Kämpfer noch zusammenhalten könnte. Unsere Truppen sind aufgesplittert, die Legionen können ungehindert die geöffneten Tore passieren, der Plan unseres Freundes Marsena ben Arinos ist nur ein Traum geblieben.

Wir hatten Eitles ersonnen, und wir mußten damit rechnen, daß unser Fall der Größe unseres Hochmutes entsprechen würde.«
Er sah in die ausdruckslosen Gesichter um sich und wußte nicht, ob die übernächtigten, ausgemergelten Gestalten die Ungeheuerlichkeit seiner Gedanken überhaupt erfaßten. Marsena ben Arinos, mit dir zusammen würde der Plan Zukunft haben. Aber wo bist du in diesem Augenblick? Kämpfst du irgendwo in den brennenden Gassen einen Kampf, der so enden wird wie die kurze Hoffnung, die deine Worte uns machten? Oder liegst du schon längst zwischen all den Toten, die nie begraben werden würden? Simon ben Ari, auch du bist fortgeschwemmt unter der Flut der römischen Macht. Vielleicht bist du schon deinen Brüdern gefolgt, und von allen, die wir uns gegenseitig stützten, bin nur noch ich am Leben. Ich werde es nie erfahren, sagte er sich. Aber noch einmal gewann sein müder Geist an Kraft, und seine Stimme bekam ein wenig von dem mitreißenden Klang wieder, die ihn in den Versammlungen so ausgezeichnet hatte.
»Wir können dem römischen Greuel noch länger entgegentreten als nur in den letzten Stunden des Bestehens der Stadt. In eurer Hand liegt es, ob wir als namenlose Tote die Gassen Jerusalems füllen werden oder in der Geschichte des Volkes Israel Unsterblichkeit erlangen. So beschwöre ich euch, Freunde! Sucht jeden, der bereit ist, auch in Zukunft gegen Rom das Schwert zu führen! Sammelt sie und bringt sie aus der Stadt. Ich sage dies nicht, weil der Mut mich verlassen hätte, sondern weil wir leben müssen, um irgendwann in neuer Stärke gegen die römische Gewalt anzukämpfen.«
Eleasar ben Jair blickte in die Runde und sah in den rauchgeschwärzten, schweißglänzenden Gesichtern den Widerhall seiner Worte: Hoffnungsvoll blitzende Augen, atemlose Gesichter, in denen der letzte Funken Hoffnung wieder zu glimmen begann.
»So eilt, Freunde. Versucht, in all den Wirren die Stadt zu verlassen. Nehmt auch Frauen und Kinder mit, ja jeden, der euch zu folgen vermag, und führt sie nach Masada, der alten Felsenfestung des Herodes. Bitten wir den Gott Israels, daß er uns diese letzte Gnade gewähren möge.« Und wie ein Schrei kam es aus seinem Munde: »Wir müssen leben, damit Judäa weiterlebt!«
Und Eleasar ben Jair gelang es, mit neunhundert Männern, Frauen und Kindern die sterbende Stadt zu verlassen, um für die Freiheit Judäas weiterzuleben.

*

Meir ben Belgas' Gesicht flammte unter der Glut des brennend
Tempels. Er hatte die Hände zum glühenden Himmel erhoben, un
Tränen flossen über sein verzerrtes Gesicht. »Jehova«, rief er mit brüchiger Stimme, »vergib uns – vergib mir!«
Er zerrte das Ephot, das verrutscht war, wieder an seinen Platz, glättete die Falten des Turbans und strich über das edelsteinbesetzte Obergewand. »Ich war dir kein würdiger Hoherpriester – wir waren dir kein würdiges Volk!«
Er sah weit unten die Gestalt Marsena ben Arinos', und ein trauriges Lächeln überflog kurz sein verhärmtes Gesicht. »Du hast in allem recht behalten, Römer«, flüsterte er in die glühende Nacht hinaus. »Aber, Gott Israels, du wirst uns würdig unseren Weg zu Ende gehen sehen. Und auch ihr, Römer, werdet uns nicht nachsagen können, daß wir nicht in Würde gestorben sind.«
Er hielt noch den Speer mit der Bleifassung in der Hand, den er von der Tempelmauer gerissen hatte, als er sich langsam zu der brennenden Kulisse des Tempels umwandte. »Der Vorhang zum Allerheiligsten ist verbrannt«, murmelte er. »Man kann das Nichts dahinter sehen. Und weder der Gott Israel noch seine Engel sind mehr in unserer Nähe...«
Er durchbohrte mit dem Speer einen anrennenden Römer, und für einen Augenblick verspürte er in sich den stolzen Triumph des Sieges.
Marsena ben Arinos war seinen Blicken entschwunden. »Wir gehen heute alle denselben Weg, Marsena, der du für einen kurzen Augenblick Simon von Juda genannt worden bist. – Ein Traum, der nie Wirklichkeit werden durfte«, flüsterte er wehmütig in die Nacht. Dann warf er den blutigen Speer von sich und sprang mit einer entschlossenen Bewegung von der Mauer in die Glut des berstenden Tempels.

*

Ein ekelerregender Gestank lag über der brennenden Stadt. Rauchwolken wälzten sich durch die Straßen. Der Geruch von Verwesung mischte sich mit dem von frischem Blut, brennenden Balken und verkohlenden Menschen.
Marsena hetzte durch die von Leichen gesäumten Wege zum Hause Aris.

Das Schreien und Toben ebbte ab, je weiter er die abschüssigen Wege hinuntereilte. Sein Atem ging keuchend. Aus der langen Wunde an der Stirn lief immer noch Blut, und er mußte es immer wieder aus seinen Augen wischen, um sehen zu können.
Aus den Rauchschwaden vor ihm drang das Gegröle römischer Soldaten und das Schreien einer Frau. Sie hatten ihr das Kleid vom Leibe gerissen und sie zu Boden gestoßen. Mit obszönen Worten übergingen sie ihr Flehen, und ihre gierigen Hände griffen nach dem entblößten Körper.
Marsena war müde, aber noch einmal flammte der Haß in ihm auf.
Die drei Soldaten sahen ihn erst, als er schon bei ihnen war. – Und sie sahen ein Gesicht, über das Blut strömte und in wildem Zorn zu einer Fratze grenzenloser Härte verzerrt war.
In das unmenschliche Brüllen des ersten, dem Marsena in wildem Streich den Arm abschlug, mischte sich der tierische Laut aus den verzerrten Lippen des Juden. Sein Schwert fuhr in den Bauch des zweiten Legionärs, bevor dieser die Waffe ziehen konnte. Marsena fühlte den schneidenden Schmerz kaum, mit dem die Lanze des dritten Soldaten in seine Hüfte fuhr. Er registrierte nur den panischen Schrecken des Mannes vor ihm, der abwehrend den Schild hob. Sein Schwert fuhr in den Oberschenkel des Legionärs und trennte fast das Bein ab. Ein Blutstrom ergoß sich auf die Erde. Der Mann brüllte, und Marsena schlug noch einmal zu. Das Brüllen verstummte.
Der Legionär, dem Marsena den Arm abgeschlagen hatte, wälzte sich am Boden.
Jetzt erst sah Marsena die klaffende Wunde an seiner Hüfte, und der Schmerz ließ ihn taumeln. Das Heulen des sich am Boden wälzenden Römers gellte in seinen Ohren. Er ergriff die Lanze, die rot von seinem eigenen Blut war, und stach sie in den Nacken des Soldaten. Dann wandte er sich an die am Boden liegende Frau und schrie: »Lauf, Weib, solange du es noch kannst!« Und er fügte müde hinzu: »Doch wohin solltest du wohl noch gehen können?«
Der Römer vor ihm lebte noch. Er hielt die Hände auf den Unterleib gepreßt als könnte er das strömende Blut aufhalten, das zwischen seinen Fingern unaufhörlich quoll. Die Augen waren angstgeweitet auf ihn gerichtet. Marsena starrte ihn sekundenlang an, und sein Zorn wuchs. Er wies auf die brennenden Häuser und schrie: »Ist das die Gnade, die Titus uns angedeihen lassen wollte?«
Der Römer blieb stumm, nur die dunklen Augen waren weiterhin

groß auf ihn gerichtet. Diese Augen klagen dich selbst an, fuhr durch Marsenas Kopf. Nicht sie sind die Verbrecher, die eine Nati ausgelöscht haben. Wir selbst waren es, und meine Worte sind n das Eingeständnis unserer eigenen Schuld. Wir hätten immer wieder diesem Krieg ein Ende bereiten können. Dieser Römer vor mir weiß es, seine Augen lassen meine Gedanken zur Farce werden.
Marsena hob das Schwert und spaltete ihm das Gesicht.
Die Frau neben ihm schrie auf und rannte in die Dunkelheit hinein.
»Ja Weib, laufe. Wir werden bald nirgendwohin mehr laufen können.«
Seine müden Gedanken glommen noch einmal auf. Er dachte an Damaris, und er rannte los. Die Wunde an der Hüfte schmerzte. Sein Körper schien aus Blei zu bestehen, aus glühendem Blei.
Er sah von weitem das Haus Aris unversehrt.
Aber das große Tor zum Hof war erbrochen. Mit keuchendem Atem schleppte er sich die Stufen empor. Stille und Tod war das einzige, was ihm entgegenkam. Der Wein, der die Terrasse umspann, war kalt und grau im fahlen Morgen. Die Fensterfront des Dachgartens blickte aus leeren Augenhöhlen zu ihm herab.
Nirgendwo Leben.
»Damaris, Damaris!« schrie er. Aber die Worte hallten nur leer von den Wänden wider. Er hastete die Gänge entlang, die zum Innenhaus führten und hielt plötzlich inne. Das Echo seiner Schritte verklang, und die Stille war endlos.
Er sah den Vorhang zum Atrium von seinen Haltestangen gerissen, und vor ihm die leblosen Körper von Aris Dienern, den treuen alten Dienern, die sich von Ari auch im Jubeljahr nicht hatten freigeben lassen. Sie mußten erbittert gekämpft haben. Ihre Körper waren von Hieben übersät. In den erstarrten Händen waren die Waffen auch im Tode noch umschlossen. Die hellen Marmorwände waren blutbespritzt.
Marsena registrierte das Grauen, das ihm nichts mehr bedeutete. Er taumelte durch das Portal und sah Zilla, die alte Magd, inmitten des Raumes knien, mit erloschenen Augen und zitternden Lippen. Neben ihr lag Ari ben Aschchur mit einem Speer im Rücken. Er starrte lange auf den Toten, der ihm Freund und Vater gewesen war, aber aus seinem Mund kam kein Laut. Sie hatten vor Ewigkeiten voneinander Abschied genommen, und das Heute war nichts weiter als die Bestätigung, sich niemals wiederzusehen. Es waren keine Tränen mehr da,

e fließen konnten, all das war in grauer Vorzeit zu Ende gegangen. ann erwachte er aus seiner Erstarrung. Sein Blick schwankte durch n Raum, ohne die geliebte Gestalt zu erblicken, für die er noch einmal leben wollte.
»Wo ist Damaris?« schrie er wild.
Zilla antwortete nicht. Nur ihre Lippen bewegten sich lautlos.
Er stürzte zu ihr und schüttelte sie wie wahnsinnig an den Schultern.
»Sage mir wo Damaris ist!«
Die alte Magd hob den Kopf, und ihre Augen richteten sich verständnislos auf ihn.
»O Gott, Zilla, was ist geschehen? Wo ist Damaris?«
Mit zitternder Hand wies sie auf die Tür.
»Die Römer..., sie haben sie mitgenommen.«
Ihre Worte waren kaum hörbar, doch in Marsenas Ohren klangen sie wie Hammerschläge. Er stöhnte verzweifelt auf. Er wollte sich fallen lassen. Sein Gehirn war leergebrannt, seine Gedanken ausgelöscht. Er taumelte in die Nacht hinaus, in eine helle Nacht voller Flammen.
»Damaris«, stöhnte er. Und die Nacht erstickte seine Worte im Knistern der Flammen und Schreien der Menschen.

*

Simon ben Ari hatte den Tempelvorhof erreicht. Der Tempel brannte immer noch, und die ersten Säulen der salomonischen Hallen stürzten ein. Eine Wolke von Funken stob aus den berstenden Mauern. Simon spürte die Hitze auf seinem Gesicht und die Funken, die sein Haar versengten. Er glitt auf dem blutüberschwemmten Platz aus und schlug hin. Es wäre jetzt leicht, liegenzubleiben und zu sterben, dachte er. Die seltsamsten Gedanken zogen durch seinen Kopf. Das Gesetz verbietet uns Blut zu essen. Er spie das Blut aus, in das er gefallen war und erhob sich.
»Blut hat einen seltsamen Geschmack«, murmelte er und wischte sich über die Lippen. Er griff nach seinem Bogen, der ihm entfallen war und eilte auf die Westseite des Tempels, wo eine Kohorte Römer eine Schar Juden vor sich hertrieb. Auf den Stufen des Tempels saß ein alter Mann, der seine Hände gegen den flammenden Himmel erhoben hatte, und der schrie: »O Herr Jehova, Gott Israels. In dieser Stunde erfüllen sich wieder die Worte, die du deinen Propheten Hesekiel einst hast sprechen lassen: ›Ich will euch aus dieser Stadt hinausfüh-

ren, und euch in die Gewalt der Fremden geben und das Urteil an euch vollstrecken. Ihr sollt durch das Schwert fallen, an der Gren[ze] Israels will ich euch richten.‹ – Du hast uns gerichtet, o Gott.«
Seine Stimme verstummte plötzlich, und Simon sah den langen Schaf[t] des Speeres aus seiner Brust fahren.
»Ja, du hast uns gerichtet, o Gott«, rief er laut. »So strafe auch die Römer durch meine Hand.«
Er legte einen Pfeil auf, und seine Stimme übertönte das Wüten der Flammen. »Stirb Römer, durch den Pfeil Simons, des Sohnes Aris.«
Die Sehne summte leise, als der Pfeil losschoß und in die Stirn des Soldaten drang, der den Alten auf der Treppe des Tempels getötet hatte.
Noch dreimal schwirrte die Sehne seines Bogens, und noch dreimal starben römische Soldaten, bis ihn selbst mehrere Speere durchbohrten.

*

Immer mehr Römer strömten vom Kidrontal her durch das offene goldene Tor und überschwemmten den Tempelvorhof.
Im Flammenmeer schimmerten Rüstungen und Waffen. Der Wind hatte sich nach Osten gewandt. Die Rauchschwaden des brennenden Tempels zogen träge zum Ölberg, aus dessen Schatten sich die Soldaten der zehnten Legion in die sterbende Stadt ergossen.
Trommelwirbel und Klirren von Metall übertönten den Kampfeslärm, der sich immer mehr nach Westen hinzog. Und das Schreien und Stöhnen verstummte unter dem stampfenden Inferno der römischen Stiefel.
»Kein Stein soll auf dem anderen bleiben«, hatte Jesus von Nazareth prophezeit, und seine Worte fanden ihre Erfüllung in den Stunden, in denen Jerusalem starb.

*

Marsena wankte ziellos durch die Gassen der Unterstadt. Er schleppte sich die Stufenstraßen hinauf, vorbei an brennenden Häusern, die die Gassen säumten. Die Oberstadt schien unversehrt. Die Hitze des Tages lastete noch zwischen den Häusern, und ein erstickender Atem aus Verwesungsgeruch, Staub und Asche verband sich wie zum Hohn mit dem Duft von Myrten und Lorbeer.

orbeer und Myrte«, murmelte Marsena. »Sieg und Liebe. – Wir ha-
 beides verloren.«
einer Seitenstraße drangen einige Soldaten in ein Haus. Er ver-
nm das siegessichere Brüllen der Römer und die verängstigten Schreie von Frauen und Kindern, und es war nichts in ihm, das sich rührte.
»Ich lebe«, dachte er, »und doch bin ich tot.«
Seine Augen brannten. War es Schweiß oder waren es Tränen? Das Schwert in seiner Hand war auf einmal unsagbar schwer. Seine Hüfte schmerzte jetzt unerträglich. Seine Hand, die die Wunde betastete, war rot von Blut. Er sah den Palast des Herodes vor sich. Ein Teil der Seitenmauern war eingestürzt, und eine unübersehbare Phalanx römischer Soldaten stand auf dem mosaikgefliesten Platz, in Reih und Glied, als gelte es, eine Parade abzunehmen. Eine Menge Gefangener wurde zusammengetrieben. In dem Toben und Lärmen hörte Marsena eine flehende Stimme: »O Gott Israels, hilf uns aus unserer Bedrängnis.«
Marsena verzog die Lippen zu einem hilflosen Lächeln. »Es ist niemand da, der uns jetzt noch helfen könnte.«
Er sah die Standarten, die Feldzeichen, die Trommeln, Tuben und Posaunen, das ganze Gepränge einer ausgeruhten und wohlgerüsteten Armee, und er fragte sich mit irrem Lachen, wie sie es hatten wagen dürfen, den unerfüllbaren Traum, diese Macht zu stürzen, einen ganzen Sommer lang zu träumen.
Dann erblickte er das schöne weiße Pferd mit der hohen Gestalt darauf in prunkvoller Rüstung.
»Marcus Antonius Julianus«, kam es über Marsenas Lippen. »Mein Freund und Feind.« – Und er sah noch etwas, und seine Brust erbebte unter dem Schrei, der in die Nacht hinausgellte:
»Damaris!«
Er hetzte über den Platz, über die Toten, die kein Mensch zu zählen vermochte. Er sah nicht, wie die Prätorianergarde sich nach ihm umwandte, wie Marcus Julianus' Blick erstaunt die blutbespritzte Gestalt mit dem römischen Schwert in der Hand maß. Und er sah nicht, wie die Prätorianer sich bereitmachten, sich ihm entgegenzustellen. Er sah nur Damaris bei den Gefangenen, und seine Gedanken wollten nur sie erfassen.
Seine Augen registrierten nicht den Tod, den Rauch, die Flammen, nicht das Blitzen der Schwerter in den Händen der Römer.

Sein Denken war nur bei der Gestalt, die sich aus den Reihen der Gefangenen gelöst hatte und auf ihn zueilte.
Sie hörten nicht, wie der Wachtposten rief: »Zurück, Weib!«
Sie vernahmen nicht den Choral des Todes über der schwelenden Stadt. Sie vernahmen nur das Hämmern ihrer Herzen:
Damaris – Marsena
Der römische Soldat warf den Speer.
Marsena fing die stürzende Gestalt des Mädchens auf, und ein Strom warmen Blutes ergoß sich über seine Hände.
Damaris' Augen waren weit geöffnet, und der Glanz war leuchtender als der Feuerschein auf den vergoldeten Dächern des Herodianischen Palastes. Ihre Lippen öffneten sich, und fast unhörbar kamen die Worte: »Marsena, du bist endlich da, für alle Ewigkeit.«
Blut perlte von ihren Lippen und vermengte sich mit Marsenas Tränen.
Er ließ den leblosen Körper zu Boden gleiten, sanft und zärtlich, als wollte er ein Kind zum Schlafe betten.
Er faßte das Schwert fester und schritt langsam auf die Römer zu.
Er achtete nicht auf die Prätorianer, die auf ihn zustürzten, und er fühlte kaum, wie ein Schwert in seine Brust drang.
»Marcus Antonius«, rief er und schlug sein Schwert auf den Marmorboden, daß es zersprang. »Du hast dein Geschenk wieder, es gehört Rom!«
Er blickte auf die Gestalt Damaris', und es schien, als schliefe sie.
»Ja, endlich bin ich da, Damaris«, flüsterte er. »Und ich gehe mit dir, wie lange die Ewigkeit auch immer sein mag.«

*

Der dunkle Nachthimmel verbrannte zu Glut und Asche.
Unsägliches Grauen ballte sich über der Stadt und vermengte sich mit Tränen, Blut und Rauch zu einem infernalischen Triumph des Todes.
In dem Prasseln und Knistern des Feuers, in den Schreien der gepeinigten Menschen erklang von irgendwoher die tonlose Stimme des Mannes in weißem Leinen und mit dem Schreibzeug an der Seite:
»Es ist getan.«

GLOSSAR

kra	Unterstadt Jerusalems
uxilia-Auxiliartruppen	Hilfstruppen des römischen Heeres
Auspizien	abergläubische, aus der Deutung des Vogelfluges gezogene Weissagung der römischen Priester
Auguren	römische Sakralbeamte, Priesterkollegium, Deuter göttlicher Zeichen; wurde vor jeder wichtigen Kriegs- und Regierungshandlung konsultiert
Arathena	Fluch der Priester
Bezetha	Jerusalems Neustadt im Norden der Stadt
ballista/ballistae	Steinschleudermaschine
Dekurio	römischer Unteroffizier, Führer einer Reitereinheit
Ephod	Teil der Amtstracht des jüdischen Hohenpriesters, aus Gold, blauen Fäden und Edelsteinen
familiaris	Deutung der Eingeweide eines Opfertieres
gladius	römisches Kurzschwert
ehenna	hebräisch, symbolischer Ort ewiger Vernichtung
hastatus/hastati/Hastaten	Soldaten der vordersten römischen Heereslinie
haruspices	römische Weissager, die aus den Eingeweiden von Tieren Zustimmung oder Mißbilligung der Götter erkundeten
Kohorte	römische Truppeneinheit, der 10. Teil einer Legion, 500—1000 Mann
Legat	Legionskommandant, Feldherr
Legion	oberste Einheit des römischen Heeres, ca. 5200 Mann, bestehend aus 10 Kohorten, zusätzlich Auxiliartruppen; Gesamtstärke bis zu 15 000 Mann
Manipel	römische Truppeneinheit, zwei gekoppelte Zenturien, ca. 160 Mann
Mesusa	Metallkapsel am Eingangstor eines jüdischen Hauses mit der Abschrift der Gesetze Moses

Nisan	erster Mondmonat des heiligen jüdischen Kalenders, März/Apr
Nabathäer	Volksgruppe arabischer Abstammung
pilum/pila	schwerer Wurfspieß der römischen Legionäre
Peristil	Innenhof eines römischen Hauses
principes	schwerbewaffnete Soldaten der zweiten römischen Angriffslinie
principia	Hauptquartier des römischen Lagers, breite Hauptstraße
Parther	asiatisches Reitervolk — von den Grenzen Indiens bis Mesopotamien
Proseuchen	jüdische Anbetungsstätten
Prätorianer	Leibgarde des Kaisers, auch Leibgarde eines Feldherrn
Quaestor	römischer Finanzbeamter, jüngerer Magistrat
Scheol	hebräisch Grab
Sanhedrin	oberster jüdischer Gerichtshof
Sikarier	fanatische jüdische Extremistengruppe, benannt nach dem gekrümmten Dolch, ihrer Hauptwaffe
Scorpion	Pfeilschleuder, kleine Wurfmaschine
Spatha	römisches Langschwert der Reitertruppen
stadie/stadien	römisches Längenmaß, 1 Stadie ca. 180 m
Tribun	höherer römischer Offizier aus dem Adel, im Rang eines Obersten
Talent	größte hebräische Gewichts- und Münzeinheit
Tetrarch	Vierfürst, Zivilgouverneur eines Distrikts
Triarier	schwerbewaffnete, altgediente Elitesoldaten, drittes Glied der römischen Legion
Tribunal	überhöhter Platz für Ansprachen des Legionskommandanten
Testudo	schildkrötenpanzerförmige Soldatenformation, die von allen Seiten, auch nach oben hin, durch Schilde vollständig geschützt war; entsprechender Schutzbau bei Befestigungs- und Angriffsmaschinen
Vir clarissimus	lat. höchst bedeutender Mann
Widder	schwerer Rammbock
Zenturio	römischer Offizier im Hauptmannsrang, Befehlshaber einer Zenturie
Zeloten	militante Splittergruppe der Pharisäer, die mit Waffengewalt ein Reich Gottes auf Erden anstrebte
Zenturie	römische Truppeneinheit, ca. 80 Mann